O TRONO do SOL

A MAGIA DO ANOITECER

S. L. FARRELL

O TRONO do SOL

A MAGIA DO ANOITECER

O CICLO NESSÂNTICO - LIVRO DOIS

Tradução
André Gordirro

LeYa

Publicado originalmente por Daw Books.
Título original: *A magic of nightfall*

Este livro foi revisado segundo o Novo Acordo Ortográfico da Língua Portuguesa.

Preparação de texto: Carolina Costa
Revisão: Juliana Caldas
Projeto gráfico: Jordana Chaves
Diagramação: Vivian Oliveira
Imagem de capa: Shutterstock
Adaptação de mapas: Eduardo Borges e Vivian Oliveira
Capa: Neusa Dias

DADOS INTERNACIONAIS DE CATALOGAÇÃO NA PUBLICAÇÃO (CIP)
(ANGÉLICA ILACQUA CRB-8/7057)

Farrell, S. L.
O trono do sol – a magia do anoitecer / S. L. Farrell; tradução de André Gordirro. – São Paulo : LeYa, 2013. 640 p.
(O Ciclo Nessântico, v. 2)
Título original: A magic of a nightfall
ISBN 978-85-8044-789-7

1. Romance norte-americano 2. Fantasia I. Título II. Gordirro, André III. Série

13-0327 CDD-813

ÍNDICE PARA CATÁLOGO SISTEMÁTICO:
1. ROMANCES : LITERATURA NORTE-AMERICANA 813

LEYA EDITORA LTDA.
Av. Angélica – 13º andar
01228-200 – Consolação – São Paulo - SP
www.leya.com.br

Para meus pais, Wally & Betty,
que sempre encorajaram a estranha
criança "artística" que eles criaram.
No fim das contas, a culpa é deles!

E, como sempre, para Denise.

AGRADECIMENTOS

Li vários livros como inspiração e referência para escrever esta série. Os que li antes de começar o Ciclo Nessântico, bem como os lidos quando escrevi *O trono do Sol – a magia da alvorada*, estão listados no livro um; obviamente, eles também influenciaram este livro que você tem em mãos. Continuei a ler textos históricos para inspiração e pesquisa — é algo que eu curto, de qualquer maneira. Aqui estão os que li enquanto escrevia o livro dois; todos influenciaram um pouco o texto.

DAWKINS, Richard. *Deus, um Delírio*. Companhia das Letras, 2007.
THOMAS, Keith. *Religion and the Decline of Magic*. Oxford University Press, 1971.
ACZEL, Amir. *The Jesuit & The Skull*. Penguin, 2007.
KIND, Ross. *Brunelleschi's Dome*. Penguin, 2001.

Uma viagem à França também serviu como inspiração para grande parte do Ciclo Nessântico. Em especial, a região do vale do Loire, com seus castelos e adoráveis campos, provocou várias ideias, assim como nossos dias em Paris. Eu gostaria de recomendar a todos que estão indo à França que visitem o vale do Loire e passem um tempo explorando não só os castelos, mas também os pequenos vilarejos nos campos ao redor, como Azay le Rideau ou Villaines-les-

-Rochers. Nessântico não é Paris especificamente, mas muitos detalhes saíram de nossas experiências lá. Espero que elas tenham enriquecido o livro.

Pode parecer estranho agradecer a um programa de computador, mas irei fazê-lo. No meio do processo de criação deste livro, eu esbarrei com o *software* mais útil para escrever romances que um dia honrou meu computador: Scrivener. Para aqueles que estão escrevendo na plataforma Macintosh, vocês precisam dar uma olhada nisso. O Scrivener pensa como eu penso e me permitiu gerenciar a tarefa monumental de escrever um romance muitíssimo melhor do que qualquer processador de texto jamais conseguiria. Obrigado, Keith Blount, por criar esse programa! Para quem ficou curioso, o Scrivener pode ser encontrado em <http://www.literatureandlatte.com> — eu recomendo muitíssimo!

Muitos agradecimentos, como sempre, à minha agente Merrilee Heifetz da Writers House, que é minha parceira de escrita há muitos anos — sem ela, nada disso seria possível.

Minha gratidão aos meus primeiros leitores, Denise Parsley Leigh (que foi forçada a ler *todos* os manuscritos), e a Justin Scott e Don Wenzel, que aperfeiçoaram o manuscrito para submissão — obrigado a todos vocês pelas opiniões e pelas correções! Estou muito agradecido pela ajuda!

E, por último (mas certamente não menos importante — ela vem por último porque a pessoa sempre quer encerrar com algo forte!), eu preciso expressar minha gratidão a Sheila Gilbert, uma editora extraordinária e alguém que também considero uma amiga. Já trabalhamos juntos em vários livros, e suas opiniões e críticas tornaram cada livro mais rico do que ele seria sem essas contribuições. Obrigado, Sheila!

Sumário

PRELÚDIO: NESSÂNTICO

SE UMA CIDADE TIVESSE SEXO, Nessântico seria mulher...

Antigamente, ela era jovem e cheia de vitalidade: a cidade, a mulher. Durante sua ascensão, transformou-se na mais famosa, mais bonita e mais poderosa de sua espécie.

Agora, ela olhou para si mesma e imaginou — como alguém que se vislumbra inesperadamente em um espelho e fica assustado e incomodado pelo reflexo — se esses atributos ainda carregavam verdade.

Ah, ela sabia que a juventude era passageira e efêmera. Afinal, as pessoas que moravam entre suas muralhas levavam vidas curtas e difíceis. Para elas, o rosto refletido mudava implacavelmente a cada dia que passava, até surgir a manhã em que perceberiam que a imagem no espelho estaria enrugada e cansada, que os cabelos grisalhos nas têmporas se espalhariam e ficariam mais brancos. Elas talvez sintam suas juntas reclamando durante um movimento que antigamente não exigia qualquer esforço ou pensamento, ou talvez descubram que agora as feridas levariam semanas em vez de dias para sarar, ou que a doença permaneceria como um convidado indesejado — ou pior, que mudaria de "persistente" para "crônica".

O frio da mortalidade penetrou lentamente em seus ossos mortais como gelo.

Mortalidade: Nessântico também sentia esta condição. Os habitantes da cidade escondiam as rugas e dobras com a cosmética da arquitetura. Vejam, ela poderia dizer: lá está o grande domo de co'Brunelli para o Velho Tempo — há 15 anos sendo construído neste momento —, que, quando terminado, será o maior domo sem suportes do já mundo conhecido. Aquele lá na Ilha A'Kralji é o lindo e ornamentado Teatro A'Kralji de ca'Casseli, capaz de abrigar uma plateia de duas mil pessoas, com acústica tão excelente que todo mundo pode ouvir o mais baixo sussurro no palco; ali, a Grande Biblioteca da margem sul, que começou a ser construída no reinado do kraljiki Justi e que contém as maiores obras intelectuais da humanidade. Ouçam: aquela é a doce música de ce'Miella, cujas composições rivalizam com as melodias magníficas do mestre Darkmavis. Vejam as pinturas e os murais cheios de símbolos de ce'Vaggio, cuja habilidade de retratar figuras geralmente é comparada àquela do trágico mestre ci'Recroix. Há uma vida tão vibrante aqui no interior de Nessântico: todas as peças e danças, as celebrações e a alegria.

Tudo aqui é igual ao que sempre foi; não, tudo é *melhor*.

No entanto, ela *mudou*, e sabia disso. Havia sinais e portentos. No Velho Distrito, há não muito tempo, havia uma mulher que nasceu com as patas de uma tarântula e (diziam os rumores) que podia matar com um único olhar de seus olhos multifacetados. Houve a praga de milhares de sapos verdes nos Brejos há duas primaveras, tão intensa que eles cobriram as passagens próximas com uma massa agitada que tinha um palmo de profundidade. Nos esgotos da margem norte, diziam que havia uma criatura à espreita, com cabeça de dragão, corpo de touro e pés e mãos de humano, e que se alimentava de ratos que cresciam do tamanho de lobos.

Havia os sinais reais e indiscutíveis também. Os Domínios foram rachados, aquela forte aliança forjada lentamente ao longo dos séculos. Após um malfadado ataque a Nessântico, depois do assassinato da kraljica Marguerite, a cidade de Brezno tornou-se sua rival, à medida que Firenzcia tomava várias terras vizinhas ao seu redor: uma Coalizão sob o comando do hïrzg Jan ca'Vörl.

A fé concénziana também fora cindida, e não era mais o que tinha sido. A archigos Ana ocupava o templo na margem sul, era verdade, mas outra pessoa dizia-se archigos em Brezno. Dentro de Nessântico, os hereges numetodos adquiriam novos partidários, e não era incomum ver alguém conjurar um feitiço sem vestir um robe verde ou apelar primeiro para Cénzi.

Sinais e portentos. Mudança. Quanto mais velha ficava Nessântico, mais difíceis ficavam as mudanças para ela.

Pega em seu próprio outono indesejado, Nessântico — a cidade, a mulher — encarava o reflexo nas águas escuras do rio A'Sele e imaginava...

E, como muitos em sua posição, Nessântico negava o que via.

◇◇◇ RESPOSTAS ◇◇◇

Allesandra ca'Vörl

Jan ca'Vörl

Varina ci'Pallo

Audric ca'Dakwi

Sergei ca'Rudka

Nico Morel

Allesandra ca'Vörl

Enéas co'Kinnear

Karl ca'Vliomani

Allesandra ca'Vörl

A Pedra Branca

~ Allesandra ca'Vörl ~

O VATARH DE Allesandra ca'Vörl era o sol ao redor de quem ela orbitava desde que se entendia por gente. Agora aquele sol finalmente estava se pondo.

A mensagem chegara de Brezno através de um mensageiro rápido, ela olhava fixamente para as palavras escritas em uma caligrafia legível e apressada. — *Seu vatarh está morrendo. Se a senhora quiser vê-lo, apresse-se.* Essa foi toda a mensagem. Estava assinada pelo archigos Semini de Brezno e selada pelo seu sinete.

O vatarh está morrendo... O grande hïrzg Jan de Firenzcia, em homenagem a quem ela batizara seu único filho, estava falecendo. As palavras acenderam um fogo amargo em seu estômago; elas nadaram na página com as lágrimas salgadas que surgiram espontaneamente em seus olhos. Allesandra ficou sentada ali — à elegante escrivaninha, no gabinete opulento perto do palácio do gyula em Malacki — e viu uma gotícula cair no papel e borrar a tinta das palavras.

Ela odiava que o vatarh ainda a abalasse tanto; odiava se importar. Allesandra deveria odiá-lo, mas não conseguia. Não importava o quanto tentasse ao longo dos anos, ela não conseguia.

Pode-se amaldiçoar o sol pelo calor escaldante ou por sua ausência, mas sem o sol não haveria vida.

— Eu o odeio — declarou ela para a archigos Ana. Havia dois anos que Ana tirara Allesandra de seu vatarh para mantê-la como refém. Dois anos, e ele ainda não tinha pagado o resgate para trazê-la de volta. Ela tinha 13 anos, na iminência da menarca, e fora abandonada pelo vatarh. O que originalmente era ansiedade e decepção, aos poucos se transformara em raiva dentro dela. Pelo menos era o que Allesandra acreditava.

— Não, você não o odeia — falou Ana baixinho enquanto acariciava o cabelo de Allesandra. As duas estavam na sacada de seus aposentos no complexo do templo em Nessântico e olhavam para a confusão de ténis vestidos de verde que corriam com suas tarefas lá embaixo. — Não de verdade. Se ele pagasse o resgate

amanhã, você ficaria radiante e pronta para correr de volta para seu vatarh. Olhe para dentro de si, Allesandra. Olhe sinceramente. Não é verdade?

— Bem, ele deve me odiar — retrucou ela — ou teria pagado.

Ana abraçou-a com força então. — Ele vai pagar. Vai sim. É que... Allesandra, seu vatarh queria se sentar no Trono do Sol. Ele sempre foi um homem orgulhoso, e uma vez que eu levei você embora, seu vatarh jamais foi capaz de realizar seu sonho. Você é uma lembrança de tudo o que ele perdeu. E isto é culpa minha. Não é sua. Não é sua de forma alguma.

O vatarh não pagou. Não por dez longos anos. Era Fynn, o novo filho que sua matarh, Greta, deu ao hïrzg que gozava do carinho do vatarh, que aprendera a guerrear, e fora nomeado o novo a'hïrzg — o título que deveria ter sido dela.

Em vez do vatarh e da matarh, era a archigos Ana que se tornara sua responsável, que a orientara durante a puberdade e adolescência, que confortara Allesandra em suas primeiras paixões, que ensinara os modos da sociedade ca' e co', que a acompanhara em bailes e festas, que a tratara não como uma prisioneira, mas como uma sobrinha que tinha se tornado sua responsabilidade criar.

— Eu amo você, tantzia — disse Allesandra para Ana. Ela passara a chamar a archigos de "tia". O kraljiki Justi recebera a notícia de que um tratado entre os Domínios e a "Coalizão" Firenzciana estava para ser assinado em Passe a'Fiume, e, como parte das negociações, o hïrzg Jan finalmente pagara o resgate de sua filha. Ela passara uma década em Nessântico, praticamente metade de sua vida. Agora, aos 21 anos, ela deveria retornar à vida que perdera há tanto tempo, e estava assustada pela perspectiva. Antigamente, isso era tudo o que ela queria. Agora...

Parte de Allesandra queria ficar aqui. Aqui, onde ela sabia que era amada.

Ana abraçou-a com mais força. Allesandra era mais alta do que a archigos agora, e Ana teve que ficar na ponta dos pés para beijar sua testa. — Eu também amo você, Allesandra, e sentirei a sua falta, mas chegou a hora de ir para casa. Saiba que eu sempre estarei aqui para você. Sempre. Você faz parte do meu coração, minha querida. Eternamente.

Allesandra tinha esperanças de poder banhar-se ao sol do amor de seu vatarh novamente. Sim, ela tinha ouvido falar que o novo a'hïrzg Fynn era o filho que o hïrzg Jan sempre desejou: habilidoso com o cavalo, com a espada, com a diplomacia. Ela sabia que o irmão estava sendo preparado para a carreira na Garde Firenzcia. Mas ela também fora um dia o orgulho de seu vatarh. Com certeza poderia voltar a ser.

Mas Allesandra soube assim que o vatarh olhou para ela, do outro lado da tenda de negociação em Passe a'Fiume, que isso não aconteceria. No olhar de predador de Jan havia uma aversão que ardia lentamente. Ele avaliou Allesandra como se olhasse para uma estranha — e ela era realmente uma estranha para o vatarh: uma jovem agora, não mais a menina que Jan perdera. Ele pegou as mãos dela, aceitou a mesura como faria com qualquer ca' e co' e passou a filha para o archigos Semini um momento depois.

Fynn estava ao lado dele — agora com a idade que Allesandra tinha ao ser capturada — e avaliou a irmã mais velha como faria com um rival qualquer.

Allesandra procurou o olhar de Ana através da tenda, e a mulher deu um sorriso triste e um aceno de despedida. Havia lágrimas nos olhos de Ana, que brilharam ao sol que passava pela lona fina da tenda. A archigos, pelo menos, fora fiel à própria palavra. Ela escrevera regularmente para Allesandra. Negociara com o vatarh para que tivesse a permissão de comparecer ao casamento de Allesandra com Pauli ca'Xielt, o filho do gyula da Magyaria Ocidental, e, portanto, um matrimônio politicamente vantajoso para o hïrzg, e um enlace sem amor para Allesandra.

Ana tinha até mesmo estado presente, em segredo, no nascimento do filho de Allesandra, há quase 16 anos agora. A archigos Ana — a archigos falsa e herege de acordo com Firenzcia, a quem Allesandra era obrigada a odiar como uma boa cidadã da Coalizão — abençoara e batizara a criança com o nome que Allesandra lhe dera: Jan. E o fizera sem uma crítica ou um comentário. Fizera com um sorriso gentil e um beijo.

Até mesmo batizar a criança em homenagem ao vatarh não mudou nada. Isso não o aproximara de Allesandra — na maior parte do tempo, o hïrzg Jan ignorava seu neto e homônimo. Jan ficava na companhia do hïrzg Jan cerca de duas vezes ao ano, quando ele e Allesandra o visitavam em ocasiões de estado, e raramente o hïrzg falava diretamente com o neto.

Agora... agora seu vatarh estava morrendo e Allesandra não conseguia evitar chorar por ele. Ou talvez não conseguisse evitar chorar por si mesma. Com raiva, ela atacou a umidade nas bochechas com a manga. — Aeri! — Allesandra chamou o secretário. — Venha aqui! Tenho que ir para Brezno.

Allesandra irrompeu no quarto do hïrzg e jogou longe a capa suja de viagem. O cabelo estava despenteado pelo vento, e as roupas cheiravam a cavalo. Ela empurrou os criados que tentaram ajudá-la e se dirigiu para a cama. Os chevarittai e vários parentes reunidos ali afastaram-se para deixar que ela se aproximasse; Allesandra sentiu os olhares de avaliação às suas costas. Ela olhou fixamente para o rosto murcho e encarquilhado no travesseiro e mal o reconheceu.

— Ele está...? — perguntou Allesandra bruscamente, mas então ela ouviu o barulho causado pela respiração cheia de catarro do hïrzg e viu o lento movimento do peito sob as cobertas. O quarto cheirava a doença, apesar das velas perfumadas. — Fora! — falou ela para todos, gesticulando. — Digam a Fynn que eu vim, mas deixem-me sozinha com meu vatarh. Fora!

Eles dispersaram-se, como Allesandra sabia que fariam. Ninguém tentou protestar, embora os curandeiros dirigissem olhares de desaprovação sob frontes cautelosamente franzidas, e ela pôde ouvir os sussurros enquanto as pessoas saíam. *"Não é de admirar que o marido fique longe dela... Um bode tem melhores maneiras... Ela tem a arrogância de Nessântico..."*.

Allesandra bateu a porta na cara deles.

Então, finalmente, ao olhar para o rosto encovado e cinzento do vatarh, ela permitiu-se chorar, ajoelhada ao lado da cama, segurando as mãos frias e debilitadas. — Eu amei o senhor, vatarh — falou Allesandra. Sozinha com ele, a verdade era possível. — Eu amei. Mesmo depois que o senhor me abandonou, mesmo depois que o senhor deu a Fynn todo o carinho que eu queria, eu ainda o amei. Eu poderia ter sido a herdeira que o senhor merecia. *Ainda* posso ser, se tiver a chance.

Allesandra ouviu o arrastar de botas na porta e ficou de pé. Secou os olhos com a manga da tashta e fungou assim que Fynn empurrou a porta para abri-la. Ele irrompeu no quarto; Fynn nunca simplesmente entrava em um aposento. — Irmã, noto que as notícias chegaram até você.

Allesandra cruzou os braços. Ela não deixaria que o irmão notasse como havia ficado abalada ao ver o vatarh em seu leito de morte. Deu de ombros. — Eu ainda tenho fontes aqui em Brezno, mesmo que meu irmão deixe de mandar um mensageiro.

— Eu esqueci, mas imaginei que você saberia, de qualquer maneira. — O sorriso que ele deu era mais uma careta de desprezo, contorcida pela longa cicatriz enrugada que ia do canto do olho direito atravessando o lábio até o queixo: a marca de uma cimitarra de Tennshah. Fynn, aos 24 anos, tinha o corpo esbelto e forte de um soldado profissional, uma forma física que caía bem nas calças e blusas soltas que usava. Esse estilo de vestir de Tennshah tinha virado moda em Firenzcia desde as guerras de fronteira, há seis anos, quando Fynn enfrentou as forças do t'sha e empurrou os limites de Firenzcia quase 165 quilômetros para o leste, e ganhou a cicatriz comprida que maculava o belo rosto.

Foi durante essa guerra que Fynn conquistou plenamente o carinho do vatarh e acabou com qualquer esperança persistente de Allesandra de que pudesse vir a se tornar a hïrzgin.

— Os curandeiros disseram que o fim virá em algum momento do dia de hoje ou possivelmente à noite se ele continuar a lutar; o vatarh nunca desistiu facilmente, não é? Mas os retalhadores de almas *virão* atrás dele desta vez. Não há mais dúvida alguma quanto a isso. — Fynn abaixou os olhos na direção da figura na cama quando o hïrzg estremeceu novamente ao respirar. O olhar do jovem era carinhoso e triste, e, no entanto, também era avaliador, como se calculasse quanto tempo levaria até que ele pudesse retirar o anel com sinete das mãos unidas e colocá-lo no próprio dedo; até que pudesse colocar a coroa fina de ouro de hïrzg nos cachos da própria cabeça. — Não há nada que eu ou você possamos fazer, irmã, além de rezar para que Cénzi receba a alma do vatarh com carinho. Fora isso... — Fynn deu de ombros. — Como está meu sobrinho Jan?

— Você o verá em breve — falou Allesandra. — Ele está a caminho de Brezno atrás de mim e deve chegar amanhã.

— E seu marido? O querido Pauli?

Allesandra torceu o nariz. — Se você está tentando me provocar, Fynn, não vai funcionar. Eu sugeri que Pauli permanecesse em Malacki e cuidasse dos negócios de estado. E quanto a você? Já encontrou alguém para casar ou ainda prefere a companhia de soldados e cavalos?

O sorriso demorou a surgir, e era vacilante quando apareceu. — Agora quem provoca quem? O vatarh e eu ainda não tomamos uma decisão quanto a isso, e agora parece que a decisão será somente minha, embora eu certamente ouvirei quaisquer sugestões que você tenha. — Fynn abriu os braços e Allesandra relutantemente permitiu que ele a abraçasse. Nenhum dos dois deu um abraço apertado, mas apenas envolveram um ao outro, como se abraçassem um espinheiro, e o gesto acabou em um piscar de olhos. — Allesandra, eu sei que sempre houve uma distância entre nós, e espero que possamos trabalhar em conjunto quando... — ele hesitou, e Allesandra observou o peito de Fynn inchar após respirar fundo — ... quando eu for o hïrzg. Precisarei de seus conselhos, irmã.

— E eu os darei a você — ela aproximou-se e cautelosamente beijou o ar a um dedo de distância da bochecha marcada pela cicatriz —, irmãozinho.

— Eu queria que nós realmente pudéssemos ter sido irmãozinho e irmãzona. Eu queria ter conhecido você naquela época.

— Eu também — disse Allesandra para Fynn. *E eu queria que estas fossem mais do que palavras vazias e educadas que ambos dizemos porque sabemos que são o que a etiqueta exige.* — Ficaria aqui comigo agora? Deixe o vatarh perceber que estamos juntos pelo menos uma vez.

Ela sentiu sua hesitação e perguntou-se se Fynn iria recusar. Porém, após um instante, o irmão deu de ombros. — Por uma virada da ampulheta ou menos, nós podemos rezar por ele. Juntos.

~ Jan ca'Vörl ~

— EU TENHO QUE CAVALGAR o mais rápido possível para Brezno — falou a matarh de Jan para ele. — Eu dei ordens para os criados arrumarem o que temos nos quartos em malas para viagem. Quero que você venha atrás assim que eles aprontarem as carruagens. E, Jan, veja se consegue convencer seu vatarh a vir com você. — Ela deu um beijo na testa do filho, com mais intensidade do que em anos, e abraçou-o. — Eu amo você — sussurrou. — Espero que saiba disso.

— Eu sei. — Jan afastou-se e sorriu para a matarh. — E eu espero que *a senhora* saiba disso.

Ela sorriu e deu um último abraço no filho antes de subir no cavalo mantido pelos dois chevarittai que iriam acompanhá-la. Jan observou o trio se afastar pela estrada da propriedade a galope.

Isto foi há dois dias. Sua matarh devia ter chegado a Brezno ontem. Jan recostou a cabeça nas almofadas da carruagem e viu a paisagem do sul de Firenzcia passar sob a luz dourado-esverdeada do fim da tarde. O condutor dissera que eles parariam no próximo vilarejo à noite e chegariam a Brezno ao meio-dia de amanhã. Jan imaginou o que ele encontraria lá.

Ele estava sozinho na carruagem.

Jan pedira ao vatarh Pauli para vir com ele, como a matarh solicitara. Os criados disseram que Pauli estava em seus aposentos na propriedade, em uma ala separada dos aposentos de Allesandra. O assistente chefe de Pauli entrou para anunciar o filho e retornou com as sobrancelhas arqueadas. — Seu vatarh disse que pode ceder alguns momentos — falou o homem ao acompanhar Jan em uma das salas de recepção depois do corredor principal.

Jan ouviu os risinhos abafados de duas mulheres vindo de um quarto que dava para a sala de recepção. A porta foi aberta em meio a risada rouca de um homem. O vatarh vestia um robe, o cabelo estava desgrenhado e revolto, a barba encontrava-se por fazer. Ele cheirava a perfume e vinho. — Um instante — disse Pauli para Jan. Ele tocou os lábios com um dedo antes de cambalear um pouco até a porta que levava ao quarto abrindo-a ligeiramente. — Shh! — falou alto. — Estou tentando levar uma conversa sobre minha esposa com meu filho. — O que foi recebido com uma risada estridente.

— Diga ao garoto para se juntar a nós. — Jan ouviu uma delas gritar, e sentiu o rosto ficar vermelho com o comentário, enquanto Pauli apontava o dedo na direção da mulher que não podia ser vista.

— Vocês duas são umas safadas encantadoras — disse Pauli para elas. Jan imaginou as mulheres: com perucas e ruge no rosto, seminuas ou talvez completamente nuas, como um dos quadros das deusas moitidis que decoravam os salões. — Voltarei em um instante — continuou Pauli. — Bebam mais vinho, moças.

Ele fechou a porta e apoiou-se pesadamente contra ela. — Desculpe. Eu estou com... companhia. Então, o que a megera queria? Ah, é melhor você dizer por mim para a sua matarh que o a'gyula da Magyaria Ocidental tem coisas melhores para fazer do que ir a Brezno porque alguém pode ou não estar morrendo. Quando o velho desgraçado finalmente der seu último suspiro, sem dúvida eu serei enviado ao funeral como nosso representante, e isso ocorrerá em breve. — As palavras saíram arrastadas. Ele pestanejou lentamente e arrotou. — Você também não precisa ir, garoto. Por que não fica aqui? Nós dois podemos nos divertir, hein? Tenho certeza de que estas moças têm amigas...

Jan balançou a cabeça. — Eu prometi para a matarh que pediria ao senhor que viesse, e foi o que fiz. Eu parto hoje à noite; os criados estão quase terminando de arrumar as carruagens.

— Ah sim — disse Pauli. — Você é um filho tão bom e obediente, não é? O orgulho e alegria de sua matarh. — Ele afastou-se da porta e cambaleou enquanto apontava um dedo para Jan, que andava de um lado para o outro. — Você não quer ser como ela. Sua matarh não ficará satisfeita enquanto não dominar o mundo inteiro. Ela é uma vadia ambiciosa com um coração duro como pedra.

Jan já tinha ouvido Pauli insultar sua matarh mil vezes, e a cada ano que passava mais. Antes ele sempre rangia os dentes, fingia não escutar ou murmurava uma reclamação que Pauli ignoraria. Agora... o rubor que surgia no rosto de Jan tornou-se vermelho como lava. Ele cruzou o aposento acarpetado com três passos ligeiros, levou a mão para trás e deu um tapa na cara do vatarh. Pauli cambaleou contra a porta, que se abriu e fez com que ele desmoronasse ali, sobre um tapete trançado. Jan viu duas mulheres dentro do quarto — realmente seminuas sobre a cama do vatarh. Elas cobriram os seios com os lençóis e gritaram. Sem acreditar, Pauli levou a mão ao rosto; sobre a barba fina, Jan pôde ver a marca dos dedos na bochecha do vatarh.

Ele imaginou por um instante o que faria se Pauli se levantasse, mas o vatarh apenas pestanejou novamente e riu como se tivesse levado um susto.

— Bem, você não precisava fazer *isso* — disse Pauli.

— O senhor pode pensar o que bem entender da matarh. Eu não me importo. Porém, de agora em diante, vatarh, guarde suas opiniões para o senhor ou trocaremos mais do que palavras. — Dito isso, antes que Pauli conseguisse se levantar do tapete ou responder, Jan virou-se e apressou-se a sair da sala.

Ele se sentiu estranhamente alegre. A mão formigava. Pelo resto do dia, Jan esperou ser chamado à presença do vatarh — assim que o vinho tivesse ido embora da cabeça do homem. Porém, até ser informado de que as carruagens estavam prontas e à espera, Jan não tinha ouvido nada. Ele ergueu os olhos para as janelas da ala do vatarh ao entrar na carruagem principal, enquanto os criados que viajariam com ele subiam nas outras. Jan pensou ter vislumbrado uma silhueta observando da janela e levantou a mão — a mão que batera no vatarh.

Outra silhueta, uma forma feminina, aproximou-se do vatarh por trás, e a cortina fechou-se novamente. Jan entrou na carruagem. — Vamos — falou para o condutor. — Temos uma longa jornada à frente.

Ele olhou mais uma vez pela janela da carruagem. Pela maior parte da jornada, Jan ficou remoendo o que aconteceu. Ele tinha quase 16 anos. Era quase um homem. Até já tivera sua primeira amante: uma garota ce' que fizera parte do corpo de funcionários da casa, embora a matarh de Jan tivesse mandado a menina embora quando percebeu que eles se tornaram íntimos.

Ela também deu um longo sermão sobre o que esperava dele. — Mas o vatarh... — Jan começara a falar, e Allesandra interrompeu o protesto com um golpe forte da mão.

— Pare aí, Jan. Seu vatarh é preguiçoso e libertino, e, desculpe a grosseria, ele geralmente pensa com o que tem entre as pernas, não com a cabeça. Você é melhor do que ele, Jan. Vai ser importante neste mundo, *se* escolher não ser o filho de seu vatarh. Eu *sei* disso. Prometo a você.

Ela não dissera tudo que poderia ter dito, e ambos sabiam disso. Pauli podia ser o vatarh de Jan, mas para ele isto era apenas outro título, e não uma ocupação. Era a matarh quem Jan via todo dia, que brincava com ele quando era pequeno, que ia vê-lo todas as noites após as babás o colocarem na cama. Seu vatarh... Ele era uma figura alta que às vezes mexia no cabelo de Jan ou dava presentes extravagantes que pareciam mais um pagamento pela ausência do que presentes de verdade.

Seu vatarh era o a'gyula da Magyaria Ocidental, filho do atual gyula, o governante que Jan via com tanta frequência quanto o outro vavatarh, o hïrzg. As pessoas faziam mesuras na presença de Pauli, riam e sorriam quando falavam com ele. Mas Jan ouvia os sussurros dos funcionários e dos convidados quando eles pensavam que ninguém escutava.

Sua mão direita pulsava, como se lembrasse do tapa na cara do vatarh. Jan olhou para a mão à luz do fim do dia: uma mão de adulto agora. O tapa na cara do vatarh fez com que ele rompesse com a infância para sempre.

Jan não seria como seu vatarh. Ao menos isso ele se prometeu. Jan teria a própria personalidade. Independente.

~ Varina ci'Pallo ~

VARINA ESTAVA AO LADO de Karl na elegante sala de recepção da archigos, mas — como quase sempre era o caso quando Ana se encontrava no mesmo ambiente — ela parecia invisível a ele. Toda a atenção de Karl estava voltada para a archigos. Varina queria se virar e dar um tapa na cara dele. *Você não enxerga o que está diante da sua cara? Você é tão distraído assim?*

Parecia que ele era. Karl sempre fora abstraído e sempre seria quando Ana estivesse envolvida. Ao longo dos anos, Varina chegou a essa conclusão. Talvez tivesse sido diferente se a própria Varina não gostasse e admirasse a archigos, se não considerasse a mulher uma amiga. Ainda assim...

— Você tem certeza disso? — perguntou Karl para Ana. Ele olhava para um pergaminho dado pela archigos e batia com o indicador nas palavras escritas ali. — Ele está morto? — Não havia traço algum de tristeza em sua voz; na verdade, Karl sorria ao devolver o papel para a archigos.

Ana franziu a testa. Se Karl considerou boas as notícias, era óbvio para Varina que a opinião de Ana era mais ambígua. — O hïrzg Jan está morrendo — falou a archigos. — E suspeito que ele provavelmente já morreu a esta altura, se a informação for correta. O téni que enviou esta mensagem tem o toque da cura; ele saberia dizer se o homem está além da salvação.

— Até que enfim o velho urubu morreu — disse Karl. Ele olhou ao redor da sala, pensativo, mas não para Varina. — Você já falou com Allesandra? Ela vai contestar o direito de Fynn ao trono?

— Não sei. — Ana pareceu suspirar. Ela nunca fora bonita; na melhor das hipóteses, quando jovem, Ana fora uma mulher singela. Até mesmo ela teria admitido isso. Agora, ao chegar à meia-idade, Ana tornou-se uma figura matrona, mas havia algo de impressionante, confiável e cativante a seu respeito. Varina conseguia entender a atração e a devoção de Karl pela mulher, mesmo que parte dela se ressentisse com isso. A reputação de Ana só cresceu ao longo dos anos. As pessoas riam do kraljiki Justi pelas costas, e a situação não parecia ser diferente com seu filho, Audric, e havia aqueles na Fé que consideravam heréticas a tolerância e a franqueza de Ana, mas o povo de Nessântico e dos Domínios parecia adorar sua archigos e ter afeição por ela. Varina já tinha visto as multidões em volta do templo sempre que Ana ia dar uma Admoestação e já tinha ouvido a aclamação quando a carruagem da archigos passava pela Avi a'Parete.

— Se Allesandra estivesse no trono de Firenzcia, eu me sentiria melhor a respeito disso tudo — continuou Ana. — Sentiria que haveria esperança de que os Domínios pudessem ser restaurados. Se Allesandra fosse a hïrzgin... — Outro suspiro. Ana olhou sobre seus ombros, na direção do enorme ornamento de globo partido que se destacava no outro canto da sala: dourado e cravejado de joias, com esculturas dos moitidis, os semideuses que eram filhos de Cénzi, se contorcendo de agonia na base. A voz era quase um sussurro, como se ela estivesse com medo de que alguém pudesse escutá-la secretamente. — Então eu poderia considerar abrir negociações com Semini ca'Cellibrecca, para ver se a fé concénziana também poderia ser reunificada.

Varina fez uma expressão de aflição, e Ana dirigiu um olhar compreensivo a ela. — Eu sei, Varina. Garanto que a segurança dos numetodos não será negociável, mesmo que eu estivesse disposta a abdicar do título de archigos em favor de Semini. Eu não permitiria que as perseguições se repetissem.

— Você não pode confiar que ca'Cellibrecca manterá essas promessas — falou Varina. — Ele é praticamente filho de seu vatarh por casamento.

— Ca'Cellibrecca estaria obrigado a cumprir uma promessa pública, assim como seus votos a Cénzi.

— Você tem mais fé nele do que eu — respondeu Varina. O que fez Ana sorrir.

— É estranho ouvir um numetodo falar de fé — disse a archigos. Ela tocou o ombro de Varina sob a tashta e deu uma risada amigável. — Mas entendo sua preocupação e seu ceticismo. Peço que confie em mim; se a situação chegar a este ponto, eu garanto que você, Karl e seu povo serão protegidos.

— *Será* que a situação chegará a esse ponto? — interrompeu Karl, que observou as mãos de Ana como se quisesse que ela o tocasse. — Acha que há chances, Ana?

Ela olhou para o papel em sua mão como se procurasse uma resposta ali, depois se virou para pousar o pergaminho em uma mesa próxima. Ele emitiu um pequeno ruído; estranho, pensou Varina, para algo com tão pesada importância. — Eu não sei — falou Ana. — Allesandra e o irmão não se toleram. Dado o tempo que Allesandra esteve aqui comigo enquanto ambos cresciam, eles são mais estranhos do que irmãos, e o jeito com que o hïrzg Jan tratou Allesandra quando ele *de fato* pagou o resgate por ela... — Ana balançou a cabeça. — Mas eu não sei mais o que Allesandra quer ou quais seriam seus desejos e ambições. Eu *achei* que soubesse antigamente, mas...

— Você foi uma matarh para ela — disse Karl, Ana riu novamente.

— Não, não fui isso. Talvez uma irmã mais velha ou uma tantzia. Tentei ser alguém com quem ela pudesse estar segura, porque a pobre criança ficou completamente sozinha aqui por tempo demais. Não consigo imaginar como isso pode tê-la magoado.

— Você foi maravilhosa com ela — insistiu Karl. Varina observou Karl estender a mão para pegar a de Ana. Doía ver o gesto. — Foi sim.

— Obrigada, mas eu sempre imagino se poderia ter feito mais, ou melhor — disse Ana, que afastou lentamente suas mãos das de Karl. — Fiz o que pude. Isto é tudo que Cénzi pode pedir, creio eu. — Ana sorriu. — Vamos ver o que acontece, não é? Manterei vocês dois informados assim que souber de mais notícias.

— Você ainda está disponível para jantar amanhã? — perguntou Karl para Ana.

O olhar da archigos deslizou de Karl para Varina e de volta para Karl. — Sim, após a Terceira Chamada. Gostaria de se juntar a nós, Varina?

Ela sentiu o olhar de Karl. — Não — disse Varina, às pressas. — Não posso, archigos. Tenho uma reunião com Mika e uma aula para dar... — Desculpas demais, mas Karl assentiu com a cabeça. A satisfação dele diante da resposta de Varina foi como o corte de uma pequena navalha.

— Amanhã à noite, então — disse Karl. — Aguardo ansiosamente o jantar. Talvez fosse melhor nós irmos embora, Varina. Tenho certeza de que a archigos tem outros compromissos... — Ele inclinou a cabeça na direção de Ana e começou a andar na direção da porta. Varina virou-se para segui-lo, mas Ana chamou-a quando eles deram as costas.

— Varina, um momento? Karl, eu a mando imediatamente, prometo.

Karl olhou para trás, intrigado, mas fez uma mesura novamente e caminhou em direção às portas. Os dois enormes painéis eram entalhados com baixos-relevos dos moitidis em batalha, com espadas que se sobrepunham e colidiam na junção. Karl puxou as portas e os combatentes se separaram. Varina esperou até que a madeira escura e envernizada se fechasse enquanto ele saia e os moitidis novamente estivessem em guerra.

— Archigos?

— Eu queria um momento com você, Varina, porque estou preocupada — falou Ana. — Você parece tão cansada e abatida. Magra. Eu sei o quanto você anda envolvida com sua... pesquisa. Está se lembrando de comer?

Varina tocou seu rosto. Ela sabia o que Ana dizia. Tinha visto o rosto no espelhinho que mantinha sobre a penteadeira. As pontas dos dedos percorreram o traçado das novas rugas que surgiram nos últimos meses e sentiram a aspereza dos cabelos grisalhos nas têmporas. Ela tinha medo de se olhar no espelho a maioria das manhãs; o rosto refletido era o de uma estranha mais velha que Varina mal reconhecia. — Eu estou bem — respondeu automaticamente.

— Está mesmo? — perguntou Ana novamente. — Estas "experiências" que Karl diz que você está fazendo para tentar recriar o que Mahri podia fazer... — Ela balançou a cabeça. — Eu me preocupo com você, Varina. E Karl também.

"E Karl também...", ela queria poder acreditar nessas palavras. — Eu estou bem — repetiu Varina.

— Eu poderia usar o Ilmodo, se você quisesse. Isso pode ajudar, se você estiver sofrendo.

— Você desobedeceria a Divolonté e me curaria? Uma ateísta? Archigos! — Varina sorriu para Ana, que devolveu o gesto.

— Eu confio a você meus segredos — disse Ana. — E a oferta continua de pé, se algum dia sentir necessidade.

— Obrigada, archigos. Não me esquecerei disso. — Ela apontou com a cabeça para os moitidis em guerra silenciosa. — É melhor eu alcançar Karl.

— Sim, é melhor. — Ana começou a fazer o sinal de Cénzi para Varina, depois se deteve. — Eu posso falar com ele.

— Archigos?

— Eu tenho olhos. Quando vejo você com ele...

Varina riu. — Você é a única que ele enxerga, archigos.

— E eu sou comprometida com Cénzi. Com ninguém mais. Não estou destinada a este tipo de relacionamento nesta vida. Eu disse isso a ele. Aprecio a amizade de Karl e tudo que ele fez por mim e por Nessântico. Eu o amo muito, mais do que um dia amei outra pessoa. Mas o que ele quer... — A cabeça acenou lentamente de um lado para outro enquanto Ana cerrava os lábios. — Você deveria dizer a ele como *você* se sente.

— Se eu preciso dizer a ele, então é óbvio que o sentimento não é mútuo — respondeu Varina. Ela conseguiu dar um sorriso forçado. — E estou comprometida com meu trabalho, como você é comprometida com Cénzi.

Ana deu um passo à frente e um rápido abraço em Varina. — Então Karl é um tolo por não ver como somos parecidas.

~ Audric ca'Dakwi ~

NEM MESMO UM KRALJIKI podia evitar ter aulas ou fazer provas para raspar qualquer essência de conhecimento grudada no interior do crânio.

Audric estava diante do Trono do Sol com as mãos entrelaçadas nas costas, voltado para seu professor, mestre ci'Blaylock. Atrás do mestre magro, frágil e sujo de giz, a plateia olhava Audric com sorrisos de incentivo: alguns chevarittai enfeitados com Medalhas de Sangue, os ca' e co', os cortesãos de sempre, Sigourney ca'Ludovici, e alguns outros integrantes do Conselho dos Ca'... todos aqueles que queriam que Audric notasse seu comparecimento ao exame trimestral do jovem kraljiki. Com 14 anos, Audric estava bem ciente da atenção bajuladora que recebia por conta de seu título e linhagem.

Eles não estavam aqui pelo exame; estavam aqui para serem vistos. Por ele. E apenas por ele.

Audric sentia prazer ao pensar nisto.

— Ano 471 — entoou ci'Blaylock ao erguer os olhos do púlpito carregado de papiros onde estava. — A linhagem dos kralji.

Uma pergunta fácil. Sem desafio algum. — Kraljica Marguerite ca'Ludovici — respondeu Audric rapidamente e com firmeza. Ele tossiu, então, como fazia frequentemente, e acrescentou — Também conhecida como a Généra a'Pace.

E também minha mamatarh... O retrato de Marguerite ficava pendurado no quarto de Audric. A obra era de um realismo perturbador e foi pintada pelo falecido mestre artista Edouard ci'Recroix, que também criara o grande painel de uma família de camponeses que enfeitava o próprio salão do Trono do Sol. Marguerite observava o neto toda noite, enquanto ele dormia, e dava o mesmo meio sorriso cansado e estranho toda manhã quando Audric acordava. Muitas vezes ele quis ter tido a oportunidade de conhecê-la de verdade, ele certamente já tinha ouvido muitas histórias a respeito da mamatarh. Às vezes Audric imaginava se todas elas eram verdade: na memória do povo de Nessântico, a kraljica Marguerite governou durante uma Era de Ouro, uma era de luz do sol, comparada às políticas tempestuosas do presente.

A corte sorriu e aplaudiu com educação a resposta. A maior parte da alegria era indubitavelmente motivada pelo fato de que eles finalmente se aproximavam do fim do exame, conforme o mestre ci'Blaylock descia a escada da história. Eles começaram há quase meia-virada da ampulheta, no ano 413, com o kraljiki Henri VI, o primeiro ano da linhagem ca'Ludovici, da qual o próprio Audric descendia; os espectadores ficaram de pé o tempo todo, desde então; afinal, ninguém se senta na presença do kraljiki sem permissão. Audric sabia as respostas das próximas perguntas que faltavam; e como não saberia, sendo elas tão envolvidas com a vida de sua família? Um suspiro praticamente inaudível veio da corte, juntamente com o farfalhar de tecido conforme as pessoas trocavam os pés de apoio. — Correto — disse ci'Blaylock, bufando. Ele tinha pele negra, como muitos que vinham da província de Navarro.

O mestre molhou a ponta da pena no pote de nanquim do púlpito e fez uma demorada marca no papiro aberto. O traçado da pena era sonoro. As sobrancelhas brancas tremulavam sobre os olhos opacos de catarata. — Ano 485. A linhagem dos archigi.

Tosse. — Archigos Kasim ca'Velarina. — Tosse.

Mais aplausos educados, e outro mergulho e traçado da pena. — Correto. Ano 503. A linhagem dos archigi.

Audric respirou fundo e tossiu novamente. — Archigos Dhosti ca'Millac, o Anão. — Aplausos. Traço da pena. Audric ouviu as portas do fundo do salão serem abertas; o regente Sergei ca'Rudka entrou a passos largos e rápidos na direção de Audric. Apesar da idade, o regente movia-se com energia e uma postura ereta. Os cortesãos, com um olhar cauteloso, afastaram-se rapidamente para abrir caminho. O nariz artificial de prata de Sergei alternava entre brilhar e se ofuscar sob os fracos feixes de luz do sol que entravam pelas janelas.

— Correto — entoou ci'Blaylock. — Ano 521. A linhagem dos kralji.

Esta era fácil: esse foi o ano em que o vatarh de Audric assumiu o Trono do Sol, após o assassinato de Marguerite. Audric respirou fundo novamente, mas o esforço rendeu outro espasmo momentâneo de tosse preenchida pelo horrível som de líquido nos pulmões. Passada a tosse, ele empertigou-se e pigarreou. — Kraljiki Justi ca'Dakwi — disse ele para ci'Blaylock e os cortesãos. — O Grande Guerreiro — acrescentou. Esta foi a alcunha que Justi deu a si mesmo. Audric tinha ouvido as outras alcunhas dadas a Justi, que as pessoas sussurravam quando achavam que ninguém as estava escutando. *Justi, o Perneta; Justi, o Incompetente; Justi, o Grande Fracasso.*

Ninguém teria se atrevido a dizer essas alcunhas na cara do kraljiki quando Justi era vivo. Audric olhou para os sorrisos estampados nas caras dos ca' e co' e imaginou por quais alcunhas *ele* era chamado quando não estava presente para escutar.

Audric, o Enfermo. Audric, o Fantoche do Regente.

Novamente os espectadores aplaudiram. Sergei, de braços cruzados, não se juntou a eles. Ele observava logo atrás do mestre ci'Blaylock, que parecia sentir a pressão da presença do homem. Ele deu uma olhadela sobre seus ombros, viu o regente e tremeu visivelmente. — Hum... — O velho balançou a cabeça, olhou para o papiro, mergulhou um dedo sujo de nanquim no papel. — Ano 521. A linhagem dos archigi.

Esta era uma resposta mais longa, mas ainda fácil. — Archigos Orlandi ca'Cellibrecca, o Grande Traidor e primeiro falso archigos de Brezno. — Audric tossiu novamente e fez uma pausa para pigarrear. — Então, no mesmo ano, depois que ca'Cellibrecca traiu a fé concénziana e o kraljiki Justi em Passe a'Fiume: archigos Ana ca'Seranta, a mais jovem téni a ser nomeada archigos da história.

Ana, que ainda mantinha o título de archigos. Ana, que Audric amava como se fosse a matarh que ele jamais conhecera. Audric sorriu ao mencionar seu nome, e o aplauso que se seguiu foi genuíno — a archigos Ana era muito amada, com sinceridade, pelo povo de Nessântico.

— Correto — falou ci'Blaylock. — Também no ano 521. Guerra e política.

— A rebelião do hïrzg Jan ca'Vörl — respondeu Audric rapidamente. As guturais sílabas firenzcianas provocaram um espasmo em seus pulmões novamente. Foram necessárias várias respirações para que a tosse parasse e ele conseguisse falar novamente. — O hïrzg foi derrotado pelo kraljiki Justi na Batalha dos Brejos — disse Audric com a voz rouca, finalmente.

— Excelente! — A voz não era de ci'Blaylock, mas sim de Sergei, que aplaudiu alto e caminhou até ficar ao lado de Audric. Os cortesãos uniram-se aos aplausos com atraso e incerteza. Audric notou que Sigourney ca'Ludovici não aplaudiu, apenas cruzou os braços e o olhou intensamente. — Mestre ci'Blaylock, tenho certeza de que o senhor já ouviu o suficiente para fazer seu julgamento — continuou Sergei.

Ci'Blaylock franziu a testa. — Regente, eu não termi... — Ele parou, e Audric viu o mestre encarar a expressão fechada do regente. Ci'Blaylock pousou a pena e começou a enrolar o papiro da prova. — Sim, foi muito satisfatório. Muito bem, kraljiki, como sempre.

— Ótimo — disse Sergei. — Agora, se todos os senhores nos dão licença...

A dispensa do regente foi abrupta, mas efetiva. O mestre ci'Blaylock reuniu os papiros e mancou na direção da porta mais próxima; os cortesãos recuaram como filetes de neblina em uma manhã de sol e sorriram até virar as costas. Audric ouviu as frenéticas especulações sussurradas ao saírem do salão. Sigourney, no entanto, fez uma pausa. — É algo que o Conselho dos Ca' deva saber? — perguntou ela para Sergei. Sigourney não olhava para Audric; era como se ele não fosse importante o suficiente para ser notado.

Sergei balançou a cabeça. — Não no momento, conselheira ca'Ludovici. Se for o caso, fique tranquila que a senhora será avisada imediatamente.

Sigourney torceu o nariz diante da resposta, mas acenou com a cabeça para Sergei e fez a mesura apropriada para Audric antes de sair do salão. Apenas alguns criados permaneceram, parados em silêncio perto das paredes de pedra cobertas por tapeçarias, enquanto dois e'ténis — sacerdotes da fé concénziana — sussurravam preces ao acender lamparinas para diminuir a luz difusa. Na parede próxima ao Trono do Sol, os rostos da família de camponeses no quadro de ci'Recroix pareciam tremer sob a luz do fogo mágico.

— Obrigado, Sergei — disse Audric. Ele tossiu e cobriu a boca com a mão fechada. — Mas você podia ter vindo meia-virada da ampulheta mais cedo e me poupado de todo esse martírio.

Sergei deu um sorriso irônico. — E encarar a fúria do mestre ci'Blaylock? Nem pensar. — Ele fez uma pausa, e as rugas em volta do nariz de metal adquiriram uma expressão séria. — Eu teria estado aqui mais cedo para ouvir sua prova, kraljiki, mas acabei de receber uma mensagem de um contato em Firenzcia. Há notícias que acho que o senhor deve ouvir antes do Conselho: o hïrzg Jan de Firenzcia está em seu leito de morte. Não esperam que ele sobreviva além desta semana. Pode ser que já esteja morto, pois a mensagem é de dias atrás.

— Então o a'hïrzg Fynn se tornará o novo hïrzg? Ou Allesandra irá se contrapor à ascensão do irmão?

O sorriso irônico de Sergei voltou momentaneamente. — Ah, então o senhor presta *mesmo* atenção nos meus relatórios. Que bom. Isto é bem mais importante do que as aulas do mestre ci'Blaylock. — Ele meneou a cabeça. — Duvido que Allesandra vá protestar. Ela não tem apoio suficiente entre os ca' e co' de Firenzcia para contestar o testamento do hïrzg Jan.

— Qual dos dois *nós* preferiríamos?

— Nossa preferência seria por Allesandra, kraljiki. Após uma década ou mais que ela passou aqui, à espera que o hïrzg Jan pagasse seu resgate, nós a conhecemos muito mais. A archigos Ana sempre teve um bom relacionamento com ela, e Allesandra é bem mais favorável aos Domínios. Se ela se tornasse a hïrzgin... bem, talvez houvesse alguma esperança de reconciliação entre os Domínios e a Coalizão. Poderia até mesmo haver uma pequena possibilidade de que conseguíssemos voltar a como as coisas eram na época de sua mamatarh, com o senhor no Trono do Sol sob os Domínios reunificados. Mas com Fynn como hïrzg... — Sergei meneou a cabeça outra vez. — Fynn puxou ao vatarh, tão belicoso e teimoso quanto ele. Se Fynn for hïrzg, teremos de vigiar nossa fronteira oriental com atenção, o que significa ter menos recursos à disposição para a guerra nos Hellins, infelizmente.

Audric curvou-se com outro acesso de tosse, e Sergei colocou a mão com gentileza em seu ombro. — Sua tosse está piorando novamente, kraljiki. Mandarei os curandeiros fazerem outra poção para o senhor, e talvez a archigos Ana faça uma visita amanhã, depois da cerimônia do Dia do Retorno. É um pouco cedo, mas com as chuvas do mês passado...

— Eu estou melhor agora — disse Audric. — É apenas o ar úmido aqui no salão. — A e'téni mais próxima interrompeu o cântico, as mãos ficaram paralisadas em meio à moldagem do Ilmodo – a energia que abastecia sua magia. Ela era uma jovem moça não muito mais velha que Audric e ficou vermelha quando se vira notada pelo kraljiki, rapidamente afastou o olhar e recomeçou o cântico: a lamparina presa no alto da parede foi acesa quando as mãos realizaram o gestual do Ilmodo abaixo dela.

O peito de Audric começava a doer com o esforço da tosse. Ele odiava ficar doente, mas parecia estar sempre assim desde que se entendia por gente. Se uma doença fosse contraída pelo corpo de funcionários do palácio, certamente ele pegaria; Audric sofria constantemente de acessos de tosse e de uma dificuldade para respirar. Qualquer esforço físico rapidamente deixava o kraljiki exausto e ofegante. Entretanto, de alguma maneira Cénzi o protegera de um surto de febre do sol aos quatro anos de idade, embora a doença tenha levado sua irmã mais velha, Marguerite, batizada em homenagem à famosa mamatarh e preparada para ser a kraljica quando o vatarh deles morresse. O funeral oficial da irmã — uma cerimônia longa e triste — foi uma de suas primeiras memórias.

Deveria ser Marguerite aqui, agora, não ele. Audric tinha esperanças de que isso significasse que Cénzi tinha um plano para ele.

Ele respirou fundo e desta vez prendeu a tosse que ameaçava surgir. — Pronto, viu só? É só o ar úmido e ter que responder a todas aquelas malditas perguntas do mestre.

— Ao menos as perguntas do mestre têm respostas definitivas. As soluções para um kraljiki raramente são claras, como o senhor já sabe. — Sergei colocou o braço em volta de Audric, que se apoiou no abraço do homem. *"Confie em ca'Rudka como seu regente"*, sussurrara seu vatarh deitado na cama durante aquele último dia. *"Confie nele como você confiaria em mim..."*

A verdade era que Audric nunca confiou totalmente em seu vatarh, cujo temperamento e favoritismo eram, na melhor das hipóteses, inconstantes. Mas Sergei... Audric achava que o homem tinha sido a última boa escolha de seu vatarh. Sim, ele podia sofrer cada vez mais nas mãos do regente conforme se aproximava da maioridade, podia se irritar com as pessoas às vezes tratando Sergei como se ele fosse o kraljiki, mas Audric não podia ter pedido um aliado mais leal nos ventos caóticos da corte do kraljiki.

Não importava o que os cortesãos murmuravam a respeito do regente. Não importava o que o homem fazia nas masmorras da Bastida ou com as *grandes horizontales* que ele às vezes levava para a cama.

— Imagino que devemos redigir um comunicado pela morte do hïrzg — falou Audric. — E que devemos ouvir dez conselheiros diferentes pedindo que respondam de vinte maneiras diferentes. E mais dez assessores que nos dirão o que precisamos fazer a respeito dos Hellins no oeste.

Sergei riu. Seu braço estreitou-se em volta do ombro de Audric, depois soltou o kraljiki e esfregou o nariz de prata como se tivesse sentido uma coceira. — Sem dúvida. Eu diria que o senhor aprendeu muito bem todas suas lições, kraljiki.

~ Sergei ca'Rudka ~

SUA AUGUSTA PRESENÇA, o kraljiki Audric, curvou-se em sua cadeira elevada e estofada ao lado de Sergei e tossiu tão desesperadamente que o regente inclinou seu corpo na direção do garoto. — O senhor precisa de um pouco do xarope do curandeiro, kraljiki? Eu mando um dos criados trazer aqui... — Ele começou a gesticular, mas Audric pegou seu braço.

— Espere, Sergei. Vai passar — disse Audric ao tomar fôlego três vezes. *Espere, Sergei (fôlego). Vai (fôlego) passar...* O mero esforço de segurar o braço de Sergei deixou o garoto visivelmente cansado.

Sergei esfregou a superfície reluzente do nariz falso grudado em seu rosto; o original fora perdido há décadas em uma luta de espada na juventude. — O senhor prefere retornar ao palácio, kraljiki? A fumaça dos incensários e o incenso não devem fazer bem para seus pulmões, e a archigos entenderá. De qualquer maneira, ela visitará o senhor assim que terminar aqui.

— Nós ficaremos, Sergei. É aqui que devo estar. — *Nós ficaremos (fôlego) Sergei (fôlego, tosse, fôlego). É aqui (fôlego) que devo (fôlego) estar...*

Sergei concordou com a cabeça. Quanto a isso, o garoto estava certo. Os dois estavam sentados na sacada real do Templo da Archigos, na margem sul do rio A'Sele, em Nessântico. Embaixo, o piso principal do templo estava lotado de devotos para o Dia do Retorno. A archigos Ana estava com vários a'ténis no coro do templo. Seu cabelo, com mechas grisalhas nas têmporas, reluzia sob a luz das lamparinas mágicas, a voz forte e possante recitava os trechos do Toustour. O Dia do Retorno era a cerimônia do solstício da primavera, que preparava os fiéis para o eventual retorno de Cénzi ao mundo que Ele criara.

Comparecer era dever do kraljiki Audric, e era por isso que o templo estava com todos os cantos absolutamente lotados de chevarittai, dos ca' e co', de famílias de menor status que conseguiram se enfiar nos espaços que sobraram; todo mundo estava lá para ver o jovem kraljiki e talvez também para ser visto por *ele*: atrás de um pedido, de uma requisição, ou talvez porque o kraljiki ainda não fosse comprometido com ninguém, apesar dos insistentes rumores de que o regente tinha a intenção de fazer um arranjo com uma das grandes famílias dos Domínios.

Eles também deviam ter notado as tosses fortes e secas do kraljiki, que pontuavam a leitura da archigos Ana. Até mesmo ela parou uma vez no meio da recitação para erguer o olhar com preocupação e solidariedade na direção da sacada. A archigos acenou com a cabeça de maneira praticamente imperceptível para Sergei, e o regente soube que ela correria para o palácio depois da cerimônia. Sergei inclinou o corpo novamente e sussurrou no ouvido do garoto. — A archigos prometeu fazer uma visita após terminarmos aqui e rezar pelo senhor. Ela sempre o ajuda, eu sei. O senhor conseguirá aguentar essa crise sabendo que se sentirá melhor em breve.

Audric concordou com a cabeça, de olhos arregalados, e conteve outra tosse com um lenço perfumado. Sergei perguntou-se se Audric sabia — tanto quanto ele — que a razão pela qual as "preces" da archigos o ajudavam tanto era que Ana usava suas habilidades com a magia do Ilmodo para curar os pulmões arruinados de Audric, o que ia contra as leis da Divolonté que governavam a fé concénziana. Era algo que Ana fazia desde pouco depois do nascimento de Audric, quando ficou claro que a vida do menino estava em perigo. Ela fizera praticamente a mesma coisa pela mamatarh de Audric, a tão lastimada kraljica Marguerite, em seus últimos dias, mantendo a soberana viva quando ela teria morrido sem interferência.

Fazia um mês desde a última visita da archigos Ana com este objetivo; era óbvio que a doença do garoto retornou mais uma vez, como sempre fazia, inevitavelmente. Audric dobrou o lenço e guardou novamente na bashta; Sergei viu manchinhas vermelhas no linho. Não falou nada, mas decidiu que mandaria um recado para Ana dizendo que, em vez de ela ir ao palácio, eles a encontrariam imediatamente depois da missa, nos aposentos da archigos. O garoto precisava de cuidados rapidamente.

Sergei recostou-se na cadeira quando a archigos Ana foi até o Alto Púlpito para proferir a Admoestação para o público, enquanto o coro na galeria começava um hino de Darkmavis. Os ca' e co' agitaram-se em suas roupas elegantes. Sergei viu Karl ca'Vliomani acenar com a mão para ele perto da lateral do templo — ca'Vliomani, embaixador da Ilha de Paeti e da facção dos numetodos, não era um fiel, mas Sergei sabia que o embaixador e a archigos Ana tinham sido, se não amantes de fato, ao menos amigos e confidentes desde antes da Batalha dos Brejos, há 24 anos. Durante aquele combate, a jovem archigos Ana usou tanto a magia dos numetodos quanto a própria para tirar a a'hïrzg Allesandra de Firenzcia de seu vatarh e mantê-la como refém contra a retirada do hïrzg. O plano funcionou, embora Firenzcia e os países vizinhos tenham se separado dos Domínios como resultado das hostilidades e tenham formado a Coalizão Firenzciana.

Sergei viu-se considerando, novamente, se a derrota das forças firenzcianas nas mãos de Ana foi realmente o triunfo que todos eles pensavam, se não teria sido melhor para os Domínios que o hïrzg Jan tivesse tomado a cidade e se tornado kraljiki. Se isso tivesse ocorrido, tanto Ana quanto o próprio Sergei estariam mortos, mas muito provavelmente haveria apenas os Domínios, e nenhuma Coalizão rival. Haveria apenas uma fé concénziana. Se isso tivesse ocorrido, o então novo kraljiki teria lidado plenamente com o levante dos ocidentais em Hellins com todos os recursos da Garde Civile, e sem ter que se preocupar com o que poderia acontecer no leste.

Se isso tivesse ocorrido, Justi então, o Tolo Perneta, jamais teria se tornado kraljiki e Audric nunca teria sido seu herdeiro, e Nessântico prosperaria em vez de definhar.

Sergei, francamente, nunca esperou que a archigos Ana fosse capaz de manter o título — ela fora muito jovem e inocente, mas o fogo da Batalha dos Brejos forjou o espírito de aço dentro dela. Ana provou ser mais forte do que qualquer a'téni que pudesse ter tentado tomar seu lugar, mais forte do que o archigos rival em Brezno, e certamente mais forte do que o kraljiki Justi, que acreditou que poderia controlar a Fé através dela.

No fim das contas, Jan não foi capaz de dominar nada: nem Ana, nem a Fé, nem os Domínios. Enquanto Ana fora bem-sucedida de maneira surpreendente como archigos, Justi fora uma catástrofe como kraljiki.

Justi, o Perneta, gastou em duas décadas o que sua matarh e os kralji antes dela levaram mais de cinco séculos para criar, e coube a nós pagar por sua incompetência com os Domínios e a Fé rompidos em facções orientais e ocidentais. E agora os problemas nos Hellins complicam a questão, ao mesmo tempo em que temos um menino no Trono do Sol que pode não viver para gerar um herdeiro.

Sergei suspirou e fechou os olhos enquanto ouvia o coral. Ele iria à Bastida amanhã de manhã e aplacaria suas preocupações com dor. Encontraria alívio nos gritos. Sim, isto seria ótimo. Os acordes finais flutuavam reluzentes na mente do regente, e ele ouviu a archigos subir os degraus do Alto Púlpito.

Sergei se lembraria do momento seguinte pelo resto da vida.

Uma luz violenta e impossível surgiu, como se Cénzi tivesse mandado um raio dos céus através do domo dourado acima. A luz intensa penetrou as pálpebras fechadas de Sergei; um trovão rugiu em seus ouvidos, e uma onda de choque bateu em seu peito. Por instinto, o regente jogou-se sobre Audric, derrubou o garoto no chão da sacada e cobriu o corpo do kraljiki com o próprio corpo. As velhas juntas reclamaram pelo movimento repentino e pelo abuso. Ele ouviu a respiração ofegante de Audric; também ouviu gritos e lamentos vindos de baixo, cortados pelo berro abalado e horrorizado de Karl ca'Vliomani, que ecoou mais alto do que todos eles: — Ana! *Ana!* Nãoooooo!

— Kraljiki! Regente! — Mãos puxaram e levantaram Sergei, um quarteto da Garde Kralji, cujo dever era proteger o kraljiki e o regente. Uma nuvem de poeira surgiu dentro do templo, e Sergei piscou em meio à poeira; ele mesmo quase não conseguia respirar. O regente ouviu a tosse desesperada de Audric. O templo fedia a enxofre.

— Você e você, escoltem o kraljiki para fora daqui e de volta para o palácio, imediatamente — disse Sergei ao apontar os dedos para os gardai. — Vocês dois, venham comigo.

Sergei desceu correndo a escada da sacada, flanqueado por gardai com espadas desembainhadas e empurrando quem estivesse no caminho. As pessoas gritavam e berravam, ele ouviu os gemidos e ganidos estridentes dos feridos. O regente foi forçado a mancar, pois o joelho direito estava ferido e inchou rapidamente; ele levou muito tempo para descer a escada enquanto agarrava o corrimão a cada degrau. Lá embaixo, tudo era confusão.

— Regente! Aqui! — Aris co'Falla, o comandante da Garde Kralji, fez um gesto acima das cabeças para Sergei enquanto os gardai empurravam a multidão. O barulho de dor e sofrimento era enorme, e o regente notou vários rostos e braços ensanguentados. A fachada do templo estava cheia de pedras quebradas e madeira estilhaçada; ele notou vários corpos nos escombros.

Um dos corpos usava o robe da archigos. Sergei perdeu o fôlego, que foi substituído por uma raiva fria. — Comandante, o que aconteceu aqui?

Co'Falla balançou a cabeça. — Eu não sei, regente. Não ainda. Eu assistia à cerimônia próximo à saída do templo. Quando a archigos chegou ao Alto Púlpito... Eu nunca tinha visto algo assim, regente. Foi alguma espécie de feitiço, tenho quase certeza, mas algo que um téni-guerreiro faria. O clarão, o barulho, a pedra e a madeira e... — Ele franziu a testa. — ... outras coisas voaram para todos os lados. A explosão pareceu ter vindo debaixo do Alto Púlpito. Há pelo menos meia dúzia de mortos, e muitos mais feridos, alguns gravemente...

O regente gemeu pela dor no joelho ao se ajoelhar ao lado do corpo de Ana. O rosto estava praticamente irreconhecível, ela perdera a metade inferior do corpo completamente e o braço direito. Sergei soube imediatamente que Ana estava morta, que não havia esperança ali. Uma estranha poeira negra cobria o chão em volta dela. Ele virou o rosto e viu Karl ca'Vliomani sendo contido pelos gardai, com o rosto em pânico e a bashta coberta de pó. Sergei ficou de pé devagar e fez uma careta quando os joelhos estalaram. — Cubra a archigos e os outros corpos — falou o regente para co'Falla. — Tire todo mundo do templo, a não ser os ténis e os gardai. Mande chamar o comandante co'Ulcai da Garde Civile se precisar de mais ajuda. — Ele estremeceu ao respirar. — E deixe o embaixador vir até mim.

Co'Falla meneou a cabeça e deu as ordens. Ca'Vliomani disparou imediatamente na direção do corpo de Ana, Sergei interceptou o embaixador. — Não — ele disse para Karl ao agarrar seus ombros. — Ela morreu, Karl. Não há nada que você possa fazer. Nada.

Ele sentiu o homem desmoronar e ouviu um soluço. — Sergei, eu tenho que vê-la. Por favor. Eu preciso *saber*. — Seu olhar estava abalado, e subitamente Karl ca'Vliomani pareceu décadas mais velho. O sotaque de Paeti, que o embaixador jamais perdeu, apesar dos anos em Nessântico, ficou mais forte do que nunca nesse momento.

— Não, você não precisa, meu amigo — insistiu Sergei. — Por favor, me ouça. Você não quer que esta seja a última imagem que tem dela. Você não quer isso. De verdade. Eu digo isso pelo seu bem.

Então ca'Vliomani começou a chorar, e Sergei segurou o embaixador enquanto os gardai se movimentavam em volta deles, conforme os ténis do templo — calados pelo choque e horror — cuidavam dos mortos e feridos, e a poeira negra assentava-se sobre eles e ao redor deles, e o rugido do feitiço ecoava eternamente nos ouvidos de Sergei.

Ele achava que jamais se esqueceria daquele som e perguntou-se o que ele anunciava: para si próprio, para Audric, para a fé concénziana, para Nessântico.

Nico Morel

NICO TOMOU UM PEQUENO GOLE DO CHÁ que sua matarh colocara diante dele, com a caneca de madeira nas duas mãos pequenas. — Matarh, por que alguém iria querer matar a archigos Ana?

— Eu não sei, Nico — respondeu ela, que colocou uma fatia de pão e alguns pedaços de queijo diante do filho, na mesa arranhada perto da janela.

A mulher afastou as mechas do cabelo castanho de sua testa e olhou pelas persianas abertas para a rua estreita do lado de fora. — Eu não sei — repetiu. — Só torço...

— A senhora torce para que, matarh?

Ela balançou a cabeça. — Por nada, Nico. Ande, coma.

Eles compareceram à cerimônia do Dia do Retorno no Parque do Templo, à distância de uma longa caminhada de seu apartamento no Velho Distrito. Nico sempre gostava quando eles iam ao Parque do Templo, pois o espaço verde e aberto contrastava bastante com as ruas sujas e apinhadas de gente do labirinto do Velho Distrito. Bem na hora em que saíam do parque, eles ouviram as trompas começarem a soar, e então os rumores se espalharam pela multidão como fogo em um campo seco de verão: a archigos tinha sido morta. Por magia, diziam alguns. Magia terrível, como a que os hereges numetodos sabiam fazer, ou talvez um téni-guerreiro.

Nico chorou um pouco, porque todo mundo chorava, e sua matarh pareceu preocupada. Eles voltaram correndo para casa.

Certa vez, a matarh de Nico atravessou a Pontica Mordei na direção da a Ilha A'Kralji com o filho, e eles viram o terreno do palácio do regente e do Velho Templo, o primeiro construído em Nessântico. Nico ficou maravilhado com o novo domo que estava sendo construído no topo do Velho Templo, com as fileiras de andaimes que alçavam os trabalhadores tão alto no céu, de maneira impossível. Nico ficou tonto só de vê-los.

Depois, eles passaram pela Pontica a'Brezi Nippoli na direção da margem sul, onde a maioria dos ca' e co' viviam. Nico atravessou com sua matarh o grande complexo do Templo da Archigos e viu a archigos em pessoa: uma figura minúscula de verde em uma das janelas dos prédios ligados ao enorme templo que acenava para a multidão na praça.

Agora ela estava morta. Algo fácil de imaginar. A morte era totalmente comum; Nico costumava vê-la nas ruas, e a viu visitar a sua própria família. A matarh disse que Ana era a archigos desde quando ela era um bebê, e a matarh tinha 28 anos — praticamente uma anciã, portanto, não chegava a ser uma surpresa que a archigos morresse. Nico mal se lembrava de sua mamatarh, que morreu quando ele tinha cinco anos. Talvez ela fosse tão velha quanto a archigos Ana. Nico lembrava-se muito do irmão mais velho, que morreu de febre do sul há quatro anos. A matarh disse que houve outro irmão, ainda mais velho, que também morreu, mas Nico não se lembrava dele. Havia Fiona, a irmã que nascera primeiro — Nico não sabia se ela ainda estava viva, embora sempre tenha imaginado que estivesse; ela fugira aos 12 anos, há quase três anos agora. Talis vivia com eles — Talis vivia com a matarh desde que Nico se entendia por gente, mas Fiona dissera a ele que nem sempre foi assim, que houve outro homem antes de Talis, que era o vatarh de Fiona e de seus irmãos. Ela dissera que Talis era o vatarh de Nico, mas que nunca quis ser chamado assim.

Nico sentia saudade de Fiona. Ele às vezes imaginava que a irmã tinha ido para outra cidade e ficado rica. Gostava de pensar assim, às vezes. Sonhava com o retorno de Fiona a Nessântico com um ce' ou até mesmo um ci' antes do nome, e ele abriria a porta para vê-la sorrindo com uma tashta limpa e muito colorida. — Nico — diria a irmã. — Você, a matarh e Talis vão morar comigo...

Talvez Nico saísse de casa quando tivesse 12 anos também, daqui a dois anos. Nico notou as rugas marcadas no rosto da matarh enquanto ela olhava para a rua lá fora. O cabelo nas têmporas tinha mechas grisalhas. — A senhora está esperando por Talis? — perguntou ele.

Nico viu a testa franzida, depois o sorriso quando ela se virou para ele. — Apenas coma, querido. Não se preocupe com Talis. Ele vai chegar em breve.

Nico concordou com a cabeça enquanto roía a crosta dura do pão quase velho e tentava evitar o molar solto no fundo da boca que ameaçava cair, o último dos dentes de leite. Ele não estava preocupado com Talis, apenas com o dente. Não queria perdê-lo, uma vez que, se perdesse, a matarh mandaria que ele esmagasse o dente com um martelo até virar pó, e isso era muito trabalhoso. Quando Nico terminasse, ela o ajudaria a salpicar o pó em um pouco de pão umedecido com leite, e os dois colocariam o pão do lado de fora da janela ao lado de sua cama. À noite, ele ouviria os ratos e camundongos comerem a oferenda e correrem de um lado para o outro lá fora. De manhã, o prato estaria vazio; a matarh dizia que isso significava que seus novos dentes cresceriam tão fortes quanto os dentes de um rato.

Nico já tinha visto o que os ratos conseguiam fazer com os dentes. Eles podiam arrancar a carne de um gato morto em poucas horas. Nico torcia para que seus dentes ficassem fortes assim. Ele meteu o indicador na boca e mexeu no dente, sentiu que balançava facilmente para trás e para frente nas gengivas. Se puxasse com força, o dente sairia...

— Serafina?

Nico ouviu Talis chamar sua matarh. Ela correu até ele e os dois se abraçaram logo após Talis fechar a porta ao entrar.

— Eu estava preocupada — disse sua matarh. — Quando soube...

— Shh... — falou Talis ao dar um beijo na testa de Serafina. Seu olhar estava voltado para Nico, que observava os dois. — Ei, Nico. Sua matarh levou você ao Parque do Templo hoje?

— Sim — respondeu Nico. O menino se aproximou dos dois e se esgueirou em sua matarh, de maneira que ela passasse o braço por ele. Nico torceu o nariz e ergueu os olhos para o homem. — Você está com um cheiro esquisito, Talis.

— Nico... — A matarh começou a falar, mas Talis riu e mexeu no cabelo de Nico. O menino odiava que ele fizesse isso.

— Tudo bem, Serafina — disse Talis. — Não se pode culpar o menino por ser honesto. — Ele não falava como as outras pessoas do Velho Distrito; Talis pronunciava as palavras de um modo esquisito, como se a língua não gostasse do sabor das sílabas, então ele as cuspia o mais rápido possível em vez de falar com calma, como a maioria das pessoas fazia. Talis agachou-se próximo a Nico e disse — Eu passei por um incêndio a caminho daqui. Havia muita fumaça preta. Os ténis-bombeiros apagaram o fogo, contudo.

Nico assentiu com a cabeça, embora achasse que Talis não cheirava exatamente à fumaça. O odor era mais intenso e pungente. — A archigos Ana morreu, Talis — falou o menino.

— Foi o que eu ouvi — respondeu Talis. — O regente vai varrer a cidade à procura de um bode expiatório para culpar. É hora de os estrangeiros não chamarem atenção se quiserem continuar a salvo. — Ele parecia falar mais para a matarh de Nico do que para o menino, os olhos erguidos na direção dela.

— Talis... — A matarh sussurrou o nome da mesma maneira que às vezes dizia o de Nico quando o menino estava doente ou tinha se machucado. Talis ficou de pé novamente e a abraçou. — Vai ficar tudo bem, Sera. — Nico ouviu Talis sussurrar para ela. — Eu prometo.

Enquanto ouvia Talis, Nico empurrou o dente solto com a língua. Ele escutou um estalinho e sentiu gosto de sangue.

— Matarh, meu dente caiu...

~ Allesandra ca'Vörl ~

— MATARH?

Allesandra ouviu o chamado, seguido por uma batida hesitante na porta. Seu filho, Jan, estava parado na porta aberta. Aos 15 anos, quase 16, ele era magricelo e desajeitado. Somente nos últimos meses o corpo começara a se transformar no de um jovem, com uma bela penugem no queixo e debaixo dos braços. Ele ainda era bem mais baixo do que as meninas da mesma idade, muitas das quais tiveram a primeira menarca no ano anterior. Batizado com o nome do vatarh de Allesandra, ela enxergava algumas características dele no filho, mas também havia um forte traço da família ca'Xielt — a família de Pauli. Jan tinha a cor da pele mais escura dos magyarianos, os olhos negros e o cabelo encaracolado quase preto de seu vatarh. Ela duvidava que algum dia o filho teria a musculatura mais parruda dos ca'Belgradin, como a de seu onczio Fynn, que o vavatarh Karin e o vatarh Jan de Allesandra também possuíram.

Ela, às vezes, tinha dificuldade em imaginar o filho galopando loucamente para entrar em combate — embora Jan cavalgasse tão bem quanto qualquer pessoa e possuísse a visão aguçada que um arqueiro invejaria. Ainda assim, ele geralmente parecia mais à vontade com pergaminhos e livros do que com espadas. E, apesar da linhagem paterna, apesar do ato (por puro dever) que o produziu, apesar do mau humor e da raiva mal contida que pareciam consumi-lo ultimamente, Allesandra amava o filho mais do que pensou ser possível amar alguém.

E ela temeu, especialmente no ano anterior, que estivesse perdendo Jan, que ele pudesse estar cedendo à influência de Pauli. Ele esteve ausente na maior parte da vida do filho, mas talvez essa fosse a sua vantagem: era mais fácil não gostar do vatarh ou da matarh que estava sempre corrigindo; admirar aquele ou aquela que deixava fazer o que quisesse. Houve aquele incidente com a funcionária, e Allesandra precisou mandá-la embora — *aquilo* foi bem parecido com Pauli.

— Entre, querido — chamou Allesandra.

Jan aquiesceu sem sorrir, foi até a penteadeira onde ela estava sentada e encostou os lábios no topo da cabeça da matarh, um beijo discretíssimo, enquanto as mulheres que ajudavam Allesandra a se vestir se afastavam em silêncio. — O onczio Fynn mandou que eu buscasse a senhora — falou Jan. — Evidentemente chegou o momento. — Uma pausa. — E evidentemente eu sou pouco mais do que um criado para ele. Apenas um traste magyariano que serve para levar recados.

— Jan! — disse Allesandra com rispidez. Ela apontou para as aias com o olhar. Todas eram magyarianas ocidentais, parte da comitiva que veio de Malacki com Jan.

Ele deu de ombros, sem se importar. — A senhora vem, matarh, ou vai me mandar de volta para Fynn com sua própria resposta, como se eu fosse um bom menininho de recados?

Você não pode responder aqui do jeito que quer. Não onde tudo o que nós dissermos possa virar fofoca na corte hoje à noite. — Estou quase pronta, Jan. — Allesandra gesticulou. — Vamos descer juntos, uma vez que você já está aqui. — As aias voltaram, uma escovou o cabelo dela, outra colocou no pescoço o colar de pérolas que antigamente fora de sua matarh Greta, e mais uma ajustou as dobras da tashta. Allesandra passou outro colar para a aia: um globo partido em uma corrente elegante, com continentes de ouro, mares do mais puro lápis-lazúli, e a fenda cheia de rubis nas profundezas: o globo de Cénzi. A archigos Ana dera o colar para Allesandra quando ela teve a primeira menarca, em Nessântico.

— *Isto antigamente pertencia ao archigos Dhosti* — dissera Ana para ela. — *Ele deu para mim; agora eu dou para você.* — Allesandra tocou o globo enquanto a criada o prendia em seu pescoço e lembrou-se de Ana: o som da voz, seu cheiro.

— Todo mundo vive me dizendo que o onczio Fynn dará um belo hïrzg — disse Jan, e a lembrança foi interrompida.

— Eu sei. — Allesandra começou a dizer. *E por que você esperaria outra coisa?*, ela queria acrescentar. Jan entendia muito bem a etiqueta da corte para saber disso.

Evidentemente ele viu o comentário implícito no rosto da matarh. — Eu não tinha terminado. Eu ia dizer que a senhora daria uma hïrzgin melhor. Era a senhora que deveria usar a coroa e o anel, matarh.

— Quieto — falou Allesandra novamente para Jan, embora com mais gentileza desta vez. As aias eram dela, era verdade, mas nunca se sabia. Segredos podiam ser comprados ou arrancados pelo amor ou pela dor. — Nós não estamos em casa, Jan. Você tem que se lembrar disso. Especialmente aqui...

A expressão mal-humorada de Jan foi desfeita por um momento, e ele pareceu tão arrependido que toda a irritação de Allesandra passou. Ela fez um carinho no braço do filho. Era assim com Jan nos últimos tempos: cara fechada em um instante e sorrisos afetuosos no próximo. No entanto, as caras fechadas apareciam mais frequentemente conforme a criança amorosa dentro dele recuava cada vez mais fundo no interior da nova carapaça adolescente. — Tudo bem, Jan. Apenas... bem, você tem que tomar muito cuidado enquanto estivermos aqui. Sempre. — *E especialmente com Fynn.* Ela tirou a ideia da cabeça. Diria para Jan mais tarde. Em particular. Allesandra ficou de pé e as criadas foram embora, como folhas no outono. Ela abraçou Jan: ele permitiu o gesto, e nada mais, os próprios braços mal se mexeram. — Tudo bem, vamos descer agora. Lembre-se de que você é o filho do a'gyula da Magyaria Ocidental, e também o filho da atual a'hïrzg de Firenzcia.

Fynn dera o título a Allesandra ontem, após a morte do vatarh: o título que deveria ter sido dela desde o início, que a teria tornado hïrzgin. Ela sabia que até mesmo este presente era temporário, que Fynn nomearia outra pessoa como a'hïrzg com o tempo: o próprio filho, talvez, se algum dia ele se casasse e produzisse um herdeiro, ou algum protegido da corte. Allesandra seria a herdeira de Fynn até ele encontrar alguém de quem gostasse mais.

— Matarh — interrompeu Jan. Ele bufou bem alto, e a cara fechada voltou. — Eu conheço o sermão. "Os olhos e ouvidos dos ca' e co' estarão em você." Eu sei. A senhora não precisa me dizer. De novo.

Allesandra gostaria de poder acreditar nisso. — Tudo bem — falou baixinho. — Vamos descer então e ficar com o novo hïrzg enquanto sepultamos seu vavatarh.

Com a morte do hïrzg Jan, foi proclamado o obrigatório mês de luto e marcadas uma dúzia de cerimônias necessárias. O novo hïrzg, Fynn, presidiria vários rituais nas próximas semanas: alguns apenas para os ca' e co', outros para o benefício moral do público. O Besteigung formal, o ritual final, aconteceria no fim do mês, no Templo de Brezno, presidido pelo archigos Semini — marcado assim para dar tempo de os líderes dos outros países da Coalizão Firenzciana chegarem a Brezno para prestar homenagem ao novo hïrzg. Allesandra já havia sido informada de que o a'gyula Pauli chegaria para o Besteigung, pelo menos — ela já estava apreensiva pela chegada do marido.

E hoje à noite... hoje à noite era o Confinamento.

Os kralji queimavam os mortos; os hïrzgai os enterravam. O corpo do hïrzg Jan seria enterrado na catacumba dos ca'Belgradins, onde várias gerações de seus ancestrais estavam sepultadas, e um punhado ou mais destes antecessores dividiram com Jan a coroa dourada que agora estava na cabeça de Fynn. Fynn aguardava Allesandra e Jan nos próprios aposentos; dali, eles desceriam para as catacumbas abaixo do piso térreo do Palácio de Brezno. Os chevarittai dos Lanceiros Vermelhos e outros nobres de Firenzcia já esperavam por eles lá.

Os salões do palácio estavam em silêncio, os criados que Jan e Allesandra viram pararam o que faziam e curvaram-se calados com os olhos abaixados conforme eles passavam. Dois gardai parados do lado de fora dos aposentos de Fynn abriram as portas quando eles se aproximaram. Allesandra ouviu vozes vindo do interior quando ela e o filho entraram.

— ... acabo de receber notícias de Gairdi. Isto vai complicar a situação. Não sabemos exatamente o quanto, ainda... — O archigos Semini ca'Cellibrecca parou no meio da frase assim que Allesandra e Jan entraram na sala. O homem sempre trouxera a imagem de um urso à mente de Allesandra, desde quando ela era uma criança, e ele, um jovem téni-guerreiro em ascensão: mesmo quando moço, Semini era enorme, peludo e perigoso. A barba negra agora estava salpicada de branco, e a massa de cabelo encaracolado recuava na testa como uma maré lenta, mas ele ainda era parrudo e musculoso. O archigos fez o sinal de Cénzi para Jan e Allesandra, com as mãos entrelaçadas na testa, enquanto sua esposa, Francesca, fazia o mesmo atrás dele. Disseram para Allesandra que antigamente Francesca era linda; na verdade, havia rumores de que ela um dia fora amante de Justi, o Perneta, mas Allesandra não a conhecia na época. Agora Francesca era uma matrona corcunda sem vários dentes, com o corpo arrasado pelos rigores de uma dezena de gestações ao longo dos anos. A personalidade era tão amarga quanto o rosto.

Fynn levantou-se da cadeira.

— Irmã — disse ele enquanto pegava as mãos de Allesandra ao ficar diante dela. Fynn sorria, parecia quase exultante. — Semini acabou de trazer notícias interessantes de Nessântico. A archigos Ana foi assassinada.

Allesandra engasgou, sem conseguir esconder sua reação. As mãos se dirigiram para o pingente com o globo partido no pescoço, então ela se forçou a abaixá-las. A sensação era de que não conseguiria respirar. — Assassinada? Por quem...? — Allesandra parou e olhou para Semini, que também sorria, quase presunçoso, pensou ela, e depois se voltou para o irmão. — Fomos *nós*? —

perguntou. A voz saiu afiada como uma adaga. Ela sentiu Jan colocar a mão em seu ombro por trás ao sentir sua angústia.

Fynn deu um muxoxo de desdém e perguntou — Isso faria diferença?

— Sim — disse Allesandra para ele. — Apenas um tolo pensaria o contrário. — As palavras saíram antes que ela conseguisse impedi-las. *E bem depois que acabei de alertar Jan...*

Fynn fechou a cara diante do insulto implícito. A mão de Jan apertou o ombro de Allesandra. Semini pigarreou alto antes que Fynn pudesse falar.

— Isso não foi obra do hïrzg, Allesandra. — Semini respondeu rapidamente enquanto balançava a cabeça e abanava a mão com desdém. — Firenzcia pode estar em desacordo com a Fé em Nessântico, mas o hïrzg não participa de assassinatos. Nem a Fé.

Ela olhou de Semini para Francesca. A mulher afastou o olhar rapidamente, mas não tentou esconder a satisfação no rosto. O prazer com a notícia era óbvio. A mulher tinha tanto calor humano quanto o inverno de Boail. Allesandra perguntou-se se algum dia Semini gostou dela ou se o casamento entre os dois era tão sem amor e premeditado quanto o seu, apesar dos vários filhos do casal. Allesandra não conseguia imaginar se submeter ao prazer de Pauli com tanta frequência. — Temos certeza de que esta informação é verdadeira? — perguntou ela para o archigos.

— Ela veio até mim por três fontes diferentes, uma em que confio implicitamente, o comerciante Gairdi, e todas concordam nos detalhes básicos — falou Semini. — A archigos Ana realizava a missa do Dia do Retorno quando houve uma explosão. "Como o feitiço de um téni-guerreiro", todos dizem, o que quer dizer que foi alguém usando o Ilmodo. Isso está claro.

— O que também quer dizer que eles podem se voltar para o leste, em nossa direção — disse Fynn. Ele parecia ávido pela ideia, como se estivesse ansioso para convocar o exército de Firenzcia para a batalha. Isso seria a cara dele; Allesandra ficaria terrivelmente surpresa se o reinado de Fynn fosse pacífico.

— Ou eles se voltarão para o oeste — argumentou Allesandra, e Fynn olhou para a irmã como se ela fosse um inseto chato e insistente. — Nessântico também tem inimigos lá, e os ocidentais também podem usar o Ilmodo, mesmo que o chamem por outro nome, como os numetodos.

— Os ocidentais? Como os numetodos, eles são hereges que merecem a morte — disparou Semini. — Eles abusam da dádiva de Cénzi, que é destinada apenas aos ténis, e um dia nós os faremos pagar pelo insulto, se Nessântico não fizer isso.

Fynn grunhiu em acordo com a opinião, e Allesandra viu o filho Jan também aquiescer com a cabeça — isso também era a influência do maldito vatarh do menino, ou pelo menos do téni magyariano que Pauli insistiu que educasse o filho deles, apesar das reservas de Allesandra. Ela cerrou os lábios.

Ana está morta. Ela colocou os dedos no colar do globo partido, sentindo sua superfície lisa e cravejada. O toque trouxe novamente a memória do rosto de Ana, do sorriso assimétrico que surgia nos lábios da mulher quando algo a divertia, das rugas severas que apareciam em volta dos olhos quando ficava irritada. Allesandra passou uma década com Ana; captora, amiga e matarh postiça, tudo ao mesmo tempo para ela durante os longos anos que passou como refém de Nessântico. Os sentimentos de Allesandra para com Ana eram tão complexos e contraditórios quanto o relacionamento entre as duas. Eles eram quase tão conflitantes quanto os sentimentos com relação ao vatarh, que a deixara em Nessântico enquanto Fynn se tornava o a'hïrzg e seu favorito.

Allesandra queria chorar por causa da notícia, de tristeza por alguém que a tratou bem, com gentileza, quando não havia obrigação alguma para que agisse assim. Mas ela não podia chorar. Não aqui. Não na frente de pessoas que odiavam a mulher. Aqui, Allesandra teria que fingir.

Mais tarde. Mais tarde eu choro por ela como se deve...

— Eu esperava um pouco mais de reação de você, irmã — disse Fynn. — Afinal, aquela mulher abominável e o impostor perneta mantiveram você como prisioneira. O vatarh praguejava sempre que alguém falava o nome dela e dizia que Ana não era diferente de uma bruxa.

Fynn observava Allesandra, e ambos sabiam o que ele deixou de fora no comentário: que o hïrzg Jan poderia ter pagado o resgate por ela a qualquer momento durante aqueles anos, e que, se ele o tivesse feito, provavelmente a coroa dourada estaria na cabeça de Allesandra, não na de Fynn. — *Você não ficará aqui nem meio ano — disse Ana para Allesandra naqueles primeiros meses. — O kraljiki Justi cobrou um resgate justo, e seu vatarh irá pagá-lo. Em breve...*

Mas, por algum motivo, o hïrzg Jan não pagou.

Allesandra fez uma expressão impassível. *Você não vai chorar. Não vai deixar que eles vejam seu sofrimento.* Não era difícil; era o que ela fazia frequentemente, e dava certo na maioria das vezes. Allesandra sabia como os ca' e co' a chamavam pelas costas: *a Megera de Pedra.* — A morte de Ana ca'Seranta é importante. Eu agradeço ao archigos Semini por nos trazer a notícia, e nós devemos, nós *temos* que decidir o que isso significa para Firenzcia, mas ainda levaremos semanas para conhecer todas as consequências. E neste momento o vatarh espera por nós. Eu sugiro que cuidemos dele primeiro.

As Tumbas dos Hïrzgai eram catacumbas abaixo do Palácio de Brezno, não eram como os níveis inferiores da mais nova propriedade privada fora da cidade conhecida como Encosta do Cervo, que fora construída na época do hïrzg Karin. Uma escada comprida e larga descia para as Tumbas, e uma crosta de nitrato cobria as paredes suadas e crescia como pústula branca nas faces dos murais pintados ali há dois séculos e restaurados uma dezena de vezes desde então: a umidade sempre vencia os pigmentos. Um ar frio, quase fétido, subia lá de baixo, como se os avisasse que o reino dos mortos se aproximava. As tochas acesas nos suportes preveniam a escuridão, mas tornavam as sombras da ocasional passagem lateral mais escuras e misteriosas em contraste. Uma dezena de gerações de hïrzgai esperava por eles lá embaixo, com suas várias esposas e muitos dos descendentes diretos. O irmão mais velho de Allesandra, Toma, fora enterrado ali quando ela era apenas um bebê, e sua matarh, Greta, estava deitada ao lado dele há 19 anos agora. Com o tempo, a própria Allesandra poderia se juntar à família, embora passar a eternidade ao lado da matarh Greta não fosse uma ideia agradável.

A procissão desceu pela escadaria em um silêncio pomposo: em frente os e'ténis com lamparinas acesas por fogo mágico, depois o hïrzg Fynn acompanhado pelo archigos Semini e Francesca, e Allesandra e Jan alguns passos atrás deles, seguidos por um último grupo de criados e e'ténis. Conforme eles se aproximavam da entrada ricamente entalhada em direção às catacumbas, decoradas com baixos-relevos de feitos históricos dos hïrzgai, Allesandra pôde ouvir sussurros, o farfalhar de tecido e um espirro ou tosse ocasionais: os ca' e co' foram convidados para testemunhar as cerimônias. Era a elite de Firenzcia, a maioria composta por parentes de Fynn e Allesandra: famílias que haviam sido misturadas com a deles, ou aqueles que serviram por décadas ao hïrzg Jan.

Luzes mágicas e de tochas banhavam os corpos enroscados de criaturas fantásticas entalhados nas paredes, as sisudas feições esculpidas dos hïrzgai e os corpos massacrados dos inimigos aos seus pés. Os chevarittai dos Lanceiros Vermelhos entraram em posição de sentido, as lanças (com lâminas cobertas por panos vermelhos) bateram contra as lustrosas armaduras de gala. Os outros ca' e co' fizeram mesuras e os sussurros caíram no silêncio quando o novo hïrzg entrou na câmara enorme. Allesandra notou os olhares deslizarem de Fynn para ela, e também para Jan. O filho notou a atenção; ela sentiu Jan respirar fundo e empertigar o corpo. Allesandra acenou para eles — um movimento mínimo da cabeça, um sorriso quase imperceptível.

Olhe para ela, tão fria quanto esta câmara... Era o que alguns deles deveriam estar pensando. *Com certeza ela está contente de ver o velho Jan morto depois de ele deixá-la com o kraljiki e a falsa archigos por tanto tempo. Ela provavelmente deseja que Fynn também estivesse lá com o vatarh para que ela pudesse ser a hïrzgin.*

Nenhum deles conhecia Allesandra. Nenhum deles conhecia seus verdadeiros pensamentos. Com efeito, ela mesma não tinha certeza se sabia. Allesandra ainda estava abalada com a notícia sobre Ana, e se demonstrava sinais de tristeza, era pela archigos, não pelo vatarh.

O caixão que continha os restos do hïrzg Jan estava perto da entrada da câmara de confinamento, ao lado da enorme pedra redonda que selaria o nicho.

O caixão estava coberto por uma tapeçaria que representava sua vitória sobre o t'sha no lago Cresci. Não havia nada que celebrasse Passe a'Fiume ou o ataque tolo e ousado contra Nessântico há uma década: aqueles dias em que Allesandra cavalgara com ele, quando olhava o vatarh com adoração, quando ele prometera dar para ela a cidade de Nessântico.

Em vez disso, Nessântico tirou Allesandra de seu vatarh e deu a Fynn o lugar de braço direito de Jan.

Fynn prestou continência aos lanceiros, que relaxaram sua postura, e disse — Eu gostaria de agradecer a todos por estarem aqui. Eu sei que o vatarh olha lá de cima, dos braços de Cénzi, e agradece esse tributo a ele. E também sei que o vatarh nos perdoaria por não ficarmos muito tempo aqui quando lareiras e comidas quentes esperam por nós lá em cima. — Fynn recebeu risos discretos ao dizer isso e sorriu. — Archigos, por obséquio...

Semini dirigiu-se rapidamente à frente com os ténis e abençoou o caixão. Ele chamou Allesandra e Jan com um gesto quando os ténis começaram a entoar a oração. Os dois foram até o caixão e colocaram as mãos na tapeçaria. — Eu queria que você tivesse tido a chance de conhecê-lo melhor — sussurrou ela para Jan e colocou a mão em cima da mão do filho enquanto os ténis entoavam. — Ele não foi sempre tão furioso e rude quanto nos últimos anos.

— A senhora me disse isso — falou Jan. — Várias vezes. Mas, ainda assim, não é a memória dele que levarei comigo, não é? — Ela olhou para o filho; ele olhou com uma cara feia para o caixão.

— Falaremos a respeito disso depois — disse Allesandra.

— Não duvido, matarh.

Allesandra conteve a resposta que teria dado; ela não falaria nada aqui. As pessoas já olhavam com curiosidade, imaginavam que segredos os dois estariam sussurrando e o porquê da rispidez na voz de seu filho. Allesandra ergueu a mão e deu um passo para trás para permitir que Fynn se aproximasse.

Ela imaginou o que o irmão estaria pensando ao ficar parado ali, com a mão no caixão e a cabeça baixa.

Após alguns minutos, Fynn também se afastou. Ele acenou com a cabeça para os lanceiros; quatro vieram à frente para pegar o caixão. Com expressões soturnas, eles ergueram e enfiaram o caixão no nicho que o aguardava. A pedra roçou na madeira, e o som ecoou. Os quatro deram passos para trás, e outro quarteto empurrou com os ombros o selo de pedra, que gemeu e resistiu enquanto rolava devagar. A enorme roda de pedra avançou por um sulco aberto no chão na direção da enorme fenda onde se assentaria e ficaria. A pedra era entalhada com glifos em firenzciano antigo, uma língua falada hoje apenas por estudiosos, tão grossa quanto o braço de uma pessoa e com metade da altura de um homem. Quando a grande roda chegou ao fim do sulco e entrou na brecha onde deveria ficar, houve um enorme som de rachadura. Uma fenda cortou a face entalhada da roda e um terço da parte de cima desmoronou. Allesandra sabia que deveria ter dado um alerta, mas tudo acabou antes que qualquer um deles pudesse se mexer ou reagir. A massa de pedra esmagou completamente um lanceiro embaixo dela e as pernas de outro soldado ao cair no chão.

Os gritos do lanceiro preso eram agudos e estridentes, e sangue espesso escorreu debaixo da pedra.

Isso é um sinal... Ela não conseguiu evitar o pensamento enquanto o restante dos lanceiros avançou e os ca' e co', ténis e criados corriam para ajudar ou encaravam paralisados o horror no fundo da câmara. Jan estava entre aqueles que tentavam desesperadamente levantar a lápide, e Fynn gritava ordens inúteis no caos.

Foi o vatarh que fez isso. De alguma forma, ele fez isso. Ele não descansa em paz...

~ Enéas co'Kinnear ~

ELE IA MORRER aqui nos Hellins.

A sensação de um destino horrível tomou conta de Enéas enquanto ele estava com as forças dos Domínios no cume de um morro não muito longe das cercanias de Munereo. As tropas observavam os estandartes de formato estranho dos ocidentais se aproximarem vindos da direção do lago Malik, e Enéas escutava o início dos cânticos dos ténis-guerreiros em preparação para a batalha. O a'offizier Meric ca'Matin estava com ele, assim como os outros offiziers do batalhão e vários pajens prontos para levar mensagens entre as companhias. As cornetas e bandeiras estavam de prontidão para transmitir ordens. A uma centena de passos encosta abaixo, as fileiras do exército dos Domínios estavam reunidas, inquietas e nervosas.

Enéas esteve em meia dúzia de batalhas e incontáveis escaramuças e confrontos nos últimos anos. Esta sensação de ruína iminente era algo que nunca havia sentido antes. Ele sentiu o suor descer pelo rosto debaixo do elmo grosso de ferro, e não era apenas o sol que causava a transpiração. Enéas queria gritar em negação para o céu, mas não podia. Não aqui. Não na frente de suas tropas. Em vez disso, abaixou a cabeça e rezou.

Ó, Grande Cénzi, por que o Senhor manda esta premonição para mim? O que o Senhor está me dizendo?

Enéas era um o'offizier da Garde Civile dos Domínios. Seu comandante de campo, o a'offizier ca'Matin, dissera justamente ontem que tinha feito a recomendação de que Enéas fosse sagrado chevaritt, que o documento já estava cruzando o Strettosei a caminho de Nessântico. Seu vatarh ficaria orgulhoso — há 25 anos, o vatarh de Enéas serviu com o regente ca'Rudka em Passe a'Fiume e ficou severamente queimado, perdeu um braço e um olho durante aquele cerco horrível. A Garde Civile dera a condecoração e a pensão que ele merecia, e embora a família tenha sido promovida de ce'Kinnear para ci'Kinnear como consequência, seu vatarh sempre falava que poderia ter se tornado um chevaritt se não tivesse sido ferido, que aquelas aspirações foram arrancadas pelo fogo mágico firenzciano que o desfigurou e encerrou sua carreira.

Enéas nunca quis ser um chevaritt ou um offizier. Teria preferido seguir a carreira de um téni da fé concénziana do que aquela que encontrou na Garde Civile. Ele sentia o chamado de Cénzi desde que era um menino; na verdade, Enéas pediu aos pais que o mandassem para o templo como um acólito.

Porém, seu vatarh insistiu que trilhasse o caminho marcial. — *Somos apenas ci', e mal conseguimos nos manter assim* — dissera o vatarh. — *Nossa família não tem as solas para mandá-lo para os ténis. Isso é uma coisa para os ca' e co', que podem bancar. Você entrará para a Garde, como eu. Vai fazer como eu fiz...*

Enéas saiu-se melhor que seu vatarh. "Falsoténi" era como seus homens o chamavam por sua religiosidade, por seguir rigidamente as regras da Divolonté, e pela insistência em que seus comandados comparecessem aos rituais no Templo de Munereo nos Dias da Observância, como era devido. Mas seus comandados também alegavam que o próprio Cénzi protegia Enéas — e que, através de Éneas, eles próprios eram protegidos. Na Batalha das Colinas perto do lago Malik, como um e'offizier, em sua segunda batalha de verdade, ele foi o único offizier sobrevivente de sua companhia, quando os homens foram massacrados por uma força ocidental bem superior. Enéas conseguiu surpreender os ocidentais ao fingir uma retirada, depois marchou com o restante das tropas pelos pântanos para atacar o inimigo por um flanco desprotegido pelos nahualli — os terríveis feiticeiros ocidentais, aqueles que chamavam o Ilmodo de *X'in Ka*.

Hereges, eles eram. Falsos ténis que adoravam falsos deuses. Pensar nos nahualli enfurecia Enéas.

Ele conseguiu infligir grandes baixas no flanco dos ocidentais e manter a posição até a chegada de reforços. Como recompensa por suas ações, Enéas foi promovido a o'offizier; poucos meses depois, após a Campanha dos Brejos Profundos, o a'offizier ca'Matin disse que a Gardes a'Liste promovera sua família a co'.

Quando o período de serviço militar terminasse, daqui a um ano, após voltar para Nessântico, Enéas prometeu a Cénzi que daria baixa na Garde Civile e se ofereceria para o treino como téni, mesmo que ele fosse muito mais velho do que os acólitos usuais. Enéas tinha certeza de que isso era o que Cénzi queria dele.

A Guerra dos Hellins vinha sendo boa para Enéas, embora não para os Domínios.

Ao menos vinha sendo assim até essa sombra surgir. Esse arrepio na espinha.

Não é uma premonição. É apenas medo...

Ele sentiu medo antes. Todo soldado sentia medo, a não ser que fosse um completo tolo, mas Enéas nunca tinha sido tocado pelo sentimento dessa forma. O medo estremecia os ossos na carne; fazia o sangue zunir nos ouvidos. O medo transformava as entranhas em água podre e marrom. O medo fazia a arma tremer na mão. Mas Enéas não estremeceu, o estômago estava calmo, e a ponta da espada não tremeu em sua mão.

Aquilo não era medo — ou nenhum tipo de medo que tivesse sentido antes. Aquilo o preocupava mais que tudo.

O que é isso que o Senhor me manda, Cénzi? Diga-me, para que eu possa Lhe servir como o Senhor quiser...

— O'offizier co'Kinnear! — vociferou o a'offizier ca'Matin, e Enéas balançou a cabeça para afastar os pensamentos. Ele prestou continência ao offizier superior, que já estava montado no cavalo de guerra. — Preciso que o senhor entre com seus homens no flanco direito do inimigo; empurre-os para dentro do vale para que os ténis-guerreiros cuidem deles. Não devemos nos preocupar com os nahualli; os batedores disseram que eles ainda estão lá atrás, perto do Tecuhtli no lago Malik. Compreendido?

Enéas concordou com a cabeça.

— Ótimo — falou ca'Matin. — Então vamos começar. Pajem, diga aos corneteiros para anunciar o avanço. — O garoto a quem o a'offizier se dirigiu correu para a colina onde as trompas e bandeiras de sinalização estavam concentradas enquanto ca'Matin cumprimentava Enéas com o sinal de Cénzi, que ele devolveu solenemente e com devoção. — Que a fortuna de Cénzi esteja com o senhor, Enéas — disse o a'offizier.

— E com todos nós — respondeu Enéas com fervor.

Ca'Matin puxou as rédeas e foi embora a meio galope, o poderoso cavalo de guerra atravessou a grama alta com cuidado na direção do centro das fileiras onde os estandartes dos Domínios tremulavam com a brisa da tarde.

As cornetas soaram então, estridentes e altas. O chamado pairou diante deles em desafio aos ocidentais, e o som de armas batendo contra armaduras ecoou rapidamente. Enéas pegou as rédeas do próprio cavalo de guerra das mãos de um pajem à espera e montou. Seus e'offiziers olharam para ele com expectativa. — Façam suas pazes com Cénzi — disse o o'offizier. — É chegado o momento.

Enéas ergueu a mão para sinalizar na direção do flanco direito e dos morros íngremes ali.

Um bramido respondeu ao o'offizier, o grito de mil gargantas. Eles começaram a se mover, primeiro lentamente, depois mais rápido, até correrem impetuosamente na direção das lanças do inimigo. Enquanto investiam, o fogo mágico dos ténis-guerreiros na retaguarda passava estridente por cima da cabeça de Enéas e de suas tropas, acertando as fileiras da vanguarda das forças ocidentais e abrindo buracos nas fileiras irregulares. Não pareceu haver uma resposta dos nahualli; Enéas achou que isso faria o medo desagradável ir embora, mas a sensação permaneceu.

Éneas e seus homens avançaram pelas brechas fumegantes. O choque de aço contra aço ecoou dos flancos dos morros verdejantes, assim como os gritos dos feridos que caíram debaixo dos cascos dos cavalos de guerra que eles montavam. Éneas atacou uma lança curta que foi estocada em sua direção, afastou a ponta serrada com um golpe e cortou com o sabre a mão que empunhava a arma. O sangue jorrou e o rosto selvagem abaixo dele caiu. O cavalo avançou, e Enéas atacou os ocidentais de ambos os lados, protegidos por placas peitorais de bambu e tecido grosso com pequenos anéis de latão costurados. Eles usavam elmos decorados com plumas de pássaros muito coloridos, a pele avermelhada era pintada com faixas laranjas e amarelas, que faziam os rostos parecerem com crânios, ou era tatuada com linhas rubro-negras. Eram oponentes ferozes, os ocidentais, e nenhum soldado dos Domínios que os encarou ousava menosprezar suas habilidades e bravura. No entanto, eles tinham dado espaço agora — o que era estranho — e recuaram na direção da massa principal do exército. Enéas viu uma escuridão debaixo dos pés calçados com sandálias dos inimigos: o solo diretamente em frente a ele parecia um círculo de areia, mas aquela areia era tão negra quanto restos de lenha queimada.

A inquietação que afligiu Enéas antes da batalha aumentou e tornou-se um frio mortal dentro dos pulmões, de maneira que ele teve dificuldade para respirar e a espada pareceu como um peso de chumbo nas mãos. Ele obrigou o cavalo a entrar na areia e, ao fazer isso, berrou: um grito sem palavras para banir a sensação com barulho e fúria.

Éneas teve como resposta um som que nunca tinha ouvido antes.

O som... era como se um dos moitidis da terra — os filhos indignos de Cénzi — tivesse soltado um grito forte e sobrenatural, e fez com que Enéas girasse a cabeça para esquerda, na direção de sua origem. Um fogo laranja e uma fumaça negra e desagradável foram cuspidos do chão. Punhados de terra caíram em volta do o'offizier como uma chuva sólida que respingou sobre ele, e com a terra... e com a terra havia pedaços de corpos. Uma mão, ainda segurando uma espada quebrada, quicou no pescoço do cavalo de Enéas e caiu no chão. Ele olhou para o objeto ensanguentado. Então ouviu os gritos, com atraso.

— São os nahualli! Feitiçaria! — gritou Enéas para avisar as tropas, para a mão horrível que caiu do céu.

O o'offizier recebeu como resposta um rugido ainda mais alto que o primeiro, uma explosão cuja luz o cegou e a força arrancou seu corpo da sela e do cavalo. Um semideus ergueu Enéas — ele pareceu levitar por um instante ou dois: *isso... isso é a premonição e o aviso de Cénzi...* — e jogou o o'offizier de volta para a terra como se estivesse com nojo.

A terra levantou-se para recebê-lo.

Ele não se lembrou de mais nada depois disso.

~ Karl ca'Vliomani ~

KARL SEGUROU FIRME O COLAR na mão: uma concha de pedra cinza e polida que ele dera para Ana há muito tempo. O colar estivera no pescoço da archigos quando ela morreu; Sergei dera o objeto para ele. Havia manchas do sangue de Ana nos sulcos profundos. Karl apertou os dedos em volta da concha e sentiu as bordas duras forçarem a palma da mão. A dor não importava; significava que ele ainda conseguia sentir algo além do vazio que o tomava agora.

Quem fez isso? Por que matariam Ana?

Karl perdeu muitas pessoas de que gostava ao longo dos anos. O embaixador era tomado pelo sofrimento, tristeza e, às vezes, raiva diante da morte delas. Karl acordava à noite com a certeza de que tinha ouvido suas vozes ou pensando "ah, hoje tenho que visitá-lo ou visitá-la...", apenas para lembrar que a pessoa em mente foi embora para sempre, de maneira irrevogável.

Isso... isso era pior do que qualquer uma daquelas mortes. Isso era uma facada no coração, e ele sentiu o sangramento por dentro.

Será que consigo sobreviver a isso? Perdi minha melhor amiga, a mulher que eu amo...

Karl estava sentado na frente do templo, com o regente Sergei e o kraljiki Audric à sua esquerda, e o recém-empossado archigos Kenne e os a'ténis da Fé à sua direita. Kenne foi amigo e aliado de Ana desde o início, quando ambos fizeram parte da equipe do archigos Dhosti. Agora, parecendo duas décadas mais velho do que sua idade de verdade, de cabelos brancos e mãos que tremiam com uma eterna paralisia, Kenne parecia extremamente pouco à vontade com a responsabilidade confiada a ele. O archigos debruçou-se sobre Karl e deu um tapinha em sua mão. Disse algo que o embaixador não conseguiu ouvir contra o canto do coro: "Longo lamento", do compositor ce'Miella. As palavras que Kenne realmente falou não importavam: Karl concordou com a cabeça porque sabia que era a reação esperada.

No banco diretamente atrás deles, no meio dos ca' e co', estavam Varina e Mika ci'Gilan; como Varina, Mika também era um amigo de longa data de Karl e Ana. Ele era o líder local da facção dos numetodos em Nessântico e dirigia a pesquisa da seita aqui. A mão de Varina tocou o ombro de Karl; sem olhar para trás, o embaixador a cobriu com a própria mão antes de deixá-la cair no colo como se estivesse morta. Os dedos de Varina apertaram o ombro de Karl, e sua mão permaneceu ali.

O gesto tinha a intenção de confortá-lo, ele sabia, mas era simplesmente um peso morto.

Quem fez isso? Karl ouviu uma dezena de rumores. Previsivelmente, alguns culpavam os numetodos. Outros, Firenzcia. Alguns apontavam a facção da fé concénziana de Brezno. A história mais absurda dizia que o assassino, conhecido como a Pedra Branca, era o responsável, que havia uma pedrinha branca no olho esquerdo de Ana quando ela foi encontrada, a assinatura da Pedra Branca.

O último rumor certamente não era verdade. Porém, os outros... Karl não sabia, mas jurou que descobriria.

Às vezes ele invejava o consolo da fé que Ana tinha. Karl e ela até mesmo conversaram a respeito disso na noite em que ele descobriu que Kaitlin estava morta: a mulher com quem Karl havia se casado e que dera à luz seus dois filhos na Ilha de Paeti. Ela recusou-se terminantemente a vir a Nessântico com o marido. Kaitlin sabia da profunda amizade entre ele e Ana; assim como Karl também tinha certeza de que a esposa sabia que — apesar das promessas e garantias dele — havia mais do que amizade ali, pelo menos para o embaixador numetodo.

Ele nunca fora capaz de mentir facilmente para Kaitlin. Karl dizia para si mesmo que amava a esposa, mas também nunca fora realmente capaz de mentir para si mesmo.

Na noite em que recebeu a terrível carta de Paeti com a informação de que Kaitlin tinha adoecido e morrido, ele ficou arrasado. Karl nunca soube exatamente como Ana soube da notícia, mas ela o visitou naquela noite. A archigos o alimentou, o abraçou, deixou que gritasse, gemesse, berrasse e sofresse. Mais que isso, ela jamais tentou oferecer para Karl o consolo da fé como teria feito com qualquer um de seus seguidores. Ela jamais mencionou Cénzi, não até ele mencionar enquanto secava as lágrimas com a manga da bashta...

— Eu invejo você — disse Karl.

Os dois estavam sentados ao lado das chamas que ela acendera na lareira. O chá fervia lentamente em uma chaleira. A madeira estava molhada; ela assobiava e estalava sob o ataque das chamas e cuspia jatos rodopiantes de cinzas de tom vermelho-alaranjado chaminé acima.

Ana ergueu uma sobrancelha na direção de Karl.

— Você acredita que Cénzi leva as almas daqueles que morrem — falou o embaixador. — Você acredita que os mortos continuam a existir dentro Dele, e que é possível um dia encontrá-los novamente. Eu... — Lágrimas ameaçaram cair novamente, e foram contidas à força por Karl. — Eu não tenho essa esperança.

— Ter fé não leva a dor embora — disse Ana. — Ou leva muito pouco. Nada pode aliviar o sofrimento e a perda que todos nós sentimos: nem a fé, nem o Ilmodo. O tempo, talvez, consiga dar jeito, e, ainda assim, apenas diminui a tristeza. — Ela enrolou a manga do robe na mão, pegou a chaleira no suporte e serviu a bebida nas xícaras. Passou para Karl o jarro de mel. — Eu ainda me lembro da minha matarh. Às vezes, tudo volta à mente, tudo que senti quando ela morreu, como se tivesse acontecido ontem. — Ana passou os dedos na bochecha de Karl, que sentiu a maciez contra a barba por fazer. — Isso vai acontecer com você também, infelizmente.

— Então para que *serve* a sua fé, Ana?

Ela sorriu, como se estivesse à espera da pergunta. — Fé não é um bem. A pessoa não a compra porque ela vai fazer isto ou aquilo. A pessoa acredita ou não, e a crença oferece o que oferece. Você *não* tem fé, meu amor; Cénzi sabe que eu lhe daria fé se pudesse. Eu certamente conversei o bastante com você a respeito disso ao longo dos anos. Vocês, numetodos... vocês tentam envolver o mundo em razão e lógica e, portanto, a fé vira pó sempre que vocês a tocam, porque tentam impor racionalidade sobre ela. Você vai fazer isso com Kaitlin também, vai tentar encontrar razões e lógica na morte dela. — Ana tocou Karl novamente. — Não há *razão* para ela ter morrido, Karl. Não há lógica nisso. Apenas *aconteceu*, e não teve nada a ver com você ou com seus sentimentos por ela, ou com o que aconteceu entre vocês dois.

— Nem com a vontade de Cénzi?

Ela empinou o queixo e deu um sorriso triste para Karl. O rosto de Ana foi banhado pela luz quente e amarela da lareira. — Nem mesmo isso. É rara a pessoa com quem Cénzi se importa a ponto de mudar o resultado dos dados rolados pelo moitidi do destino. Era a hora de sua Kaitlin. Só isso. Não é culpa sua, Karl. Não é.

Isto aconteceu há nove anos. Ele viajou de volta para Paeti a fim de ver a sepultura de Kaitlin e estar com os filhos. Karl até trouxe Nilles e Colin para Nessântico quando retornou no ano seguinte. Nilles ficou dois anos com o vatarh, Colin ficou quatro, até que eles atingiram a maioridade, aos 16 anos. Com o tempo, ambos deixaram a cidade para retornar à Ilha de Paeti. Nilles já tinha dado uma neta a Karl — com três anos agora — que ele ainda precisava conhecer.

Karl ficou aqui porque seu trabalho era nos Domínios, dizia ele para qualquer um que perguntasse. Porém, na verdade, era porque Ana estava aqui. Havia aqueles que sabiam disso, mas não eram muitos e fingiam não ver.

A mão de Varina apertou o ombro de Karl novamente e se afastou.

Karl olhou fixamente para o corpo de Ana, embrulhado em uma mortalha no altar de pedra, e para a falange de seis ténis-bombeiros reunidos em um círculo em volta dela. O cadáver estava enrolado sob camadas de uma seda verde bordada com linhas metálicas douradas, que reluziam sob a luz multicolorida do vitral das janelas do templo; incensários fumegavam pelo altar e envolviam os raios de luz com fumaça aromática. Karl não conseguia acreditar que era Ana embrulhada em exposição ali. *Não* acreditaria. Era outra pessoa qualquer. A memória que ele tinha da luz, do bramido impactante, do corpo sendo dilacerado, do sangue, da poeira negra... Era falsa. Tinha que ser falsa. Mesmo o pensamento era doloroso demais para suportar.

A morte de Kaitlin, de sua família, de todos os outros que faleceram ao longo das décadas: nenhuma doeu como esta. Nenhuma.

Alguém matou a pessoa que Karl mais amava no mundo, acabou com uma mulher que lutou mais do que qualquer um desde a kraljica Marguerite para manter a paz nos Domínios, que acreditava em reconciliação antes de confronto, que tinha o potencial de reunir as duas metades partidas dos Domínios e da fé concénziana. Não haveria paz para Karl até que soubesse quem fez isso e até que essa pessoa estivesse morta. Se houvesse vida além da morte, como Ana acreditava, então Karl deixaria que a alma do assassino fosse condenada a cuidar de Ana pela eternidade. Se houvesse deuses, se Cénzi realmente existisse, se houvesse justiça após a morte, então era isso que deveria acontecer.

Ele teria fé *nisso*: uma fé sombria, implacável e intransigente.

O archigos Kenne deu um tapinha na mão de Karl e sussurrou mais palavras que ele não conseguiu ouvir. O ombro do regente Sergei estava pressionado contra o esquerdo do embaixador. O kraljiki Audric ofegou do outro lado do regente, sua respiração difícil era mais alta que o cântico dos ténis. Karl ouviu Varina chorar baixinho no banco atrás dele.

Os ténis-bombeiros agitaram-se em volta do corpo embrulhado em pano verde. As mãos moveram-se na dança do Ilmodo, as vozes ergueram-se em uníssono em um cântico que lutou contra as vozes etéreas do coro. Eles espalmaram bem as mãos como em uma benção, e a chama feroz do fogo mágico irrompeu em volta do corpo de Ana. A onda de calor das chamas mágicas passou por eles, selvagem e implacável. Não havia fagulhas, nem pira alimentando as labaredas: enquanto os corpos dos kralji e dos ca' e co' queimavam em chamas alimentadas por madeira e óleo, os ténis queimavam seus próprios mortos com o Ilmodo — rápida e furiosamente. O fogo do Ilmodo consumiu o corpo no espaço de alguns instantes, o tecido verde metálico ficou preto instantaneamente, o brilho do calor era tão intenso que o corpo de Ana parecia se mexer ali dentro. Enquanto Karl observava, conforme seu corpo recostou-se por instinto contra o ataque violento do calor, Ana foi levada.

As chamas morreram abruptamente quando o coro encerrou a canção. O ar frio voltou a correr em volta deles, um vento que desmanchou penteados e tremulou roupas. Agora no altar não havia nada além de cinzas e alguns fragmentos de ossos.

A prisão mortal de Ana sumiu.

— Ela voltou para as mãos de Cénzi agora — falou o archigos Kenne para Karl. — Ele dará consolo para Ana.

E eu darei algo melhor que consolo para ela. Ele aquiesceu em silêncio para o archigos. *Darei vingança.*

~ Allesandra ca'Vörl ~

— *NÃO* FOI um sinal.

Fynn socou com força o braço da cadeira. Os criados postados ao longo da parede, de prontidão para servir o jantar, tremeram com o som. A longa cicatriz que descia pelo lado direito do rosto ficou branca contra o rosto corado. — Eu não me importo com o que dizem. O que aconteceu foi um terrível acidente. Nada mais. *Não* foi um sinal.

— Claro que você está certo, irmão — falou Allesandra, para acalmá-lo. Ela fez uma pausa por um instante e gesticulou para os criados magyarianos: os dois irmãos ceavam nos aposentos de Allesandra no palácio. Os criados se aproximaram e serviram sopa nas tigelas e encheram as taças de vinho. Fynn estava sentado à cabeceira; Allesandra, ao pé da mesa. O archigos Semini e a esposa estavam à direita de Fynn; seu filho, Jan, à esquerda.

A própria Allesandra tinha ouvido alguns dos rumores. *O hïrzg Jan está irritado que Fynn tomou a coroa, e não sua filha... A alma do hïrzg não consegue descansar... Ouvi da parte de um criado do palácio que seu fantasma ainda anda pelos salões à noite, gemendo e gritando como se estivesse furioso...* Havia dezenas de histórias que surgiam por toda Brezno, deturpadas dependendo dos interesses de quem as espalhasse, e que ficavam maiores e mais absurdas a cada vez que eram contadas. *Cénzi manda um aviso ao hïrzg de que os Domínios e a Fé devem se unir novamente... As almas de todos aqueles que o hïrzg matou — os numetodos, os nessânticos, os tennsha — o perseguem e não permitem que ele descanse... Dizem que, quando o selo de pedra caiu, aqueles na câmara ouviram a voz do velho hïrzg amaldiçoar Firenzcia...*

A sopa foi servida e o silêncio durou tempo demais. Allesandra ouviu a respiração dos criados e o barulho distante e abafado do cozinheiro e dos funcionários da cozinha no andar debaixo. — Eu soube que o outro lanceiro também morreu — ela comentou quando ficou claro que ninguém mais estava disposto a começar uma conversa.

Fynn olhou feio para a irmã do outro lado da mesa e falou — Isso foi uma benção de Cénzi. O homem jamais teria voltado a andar. O curandeiro disse que a espinha estava quebrada; se eu fosse ele, preferiria morrer a viver o resto da vida como um aleijado inútil.

— Tenho certeza de que ele tinha a mesma opinião que você, irmão. — Ela manteve o tom de voz cautelosamente neutro. — E tenho certeza de que o archigos fez o possível para aliviar seu sofrimento. — Outra pausa. — Até onde a Divolonté permite, é claro — acrescentou.

Francesca deixou a colher bater na mesa ao ouvir isso. — A senhora pode ter sido maculada pelas crenças da falsa archigos durante seus anos com ela, a'hïrzg — declarou ela com frieza —, mas eu lhe garanto que meu marido não se maculou. Ele *jamais*...

— Francesca! — A bronca de Semini fez Francesca fechar a boca como uma carpa agonizante na margem de um rio. Ele olhou fixamente para a esposa, depois levou as mãos entrelaçadas à testa ao se voltar para Allesandra. Semini sustentou o olhar da a'hïrzg. Allesandra sempre achou que o archigos tinha belos olhos: poderosos e encantadores. Também notou que, quando ela estava em um ambiente, Semini geralmente prestava atenção nela. Isso nunca incomodou Allesandra, que gostava da atenção dele. A a'hïrzg pensou, na época em que seu vatarh finalmente pagou o resgate por ela, que o hïrzg Jan poderia tê-la casado com Semini, se o archigos já não estivesse comprometido com Francesca. Este teria sido um casamento poderoso, que permitiria reunir os poderes políticos e religiosos do estado, e Semini poderia ter sido alguém que ela viesse a amar, também. Mesmo agora... Allesandra afastou essa ideia rapidamente. Ela teve amantes durante o casamento, sim, como sabia que Pauli também tinha, mas sempre com cautela. Um caso com o archigos... isso seria difícil de esconder.

— Eu peço desculpas, a'hïrzg — disse Semini. — Às vezes, hã, a devoção da minha esposa pela Fé faz com que ela fale com muita grosseria. Eu realmente dei ao pobre lanceiro o consolo que pude, a pedido do hïrzg. — Ele então se dirigiu a Fynn. — Meu hïrzg, o senhor não deveria se preocupar com as fofocas da ralé. Na verdade, eu deixarei claro na minha próxima Admoestação que aqueles que acreditam que existem portentos nesse acidente horrível estão enganados, e que esses rumores absurdos são simplesmente mentiras. Já mandei começarem a investigar quem está espalhando essa fofoca sórdida. Eu diria que, se a Garde Hïrzg levasse alguns deles sob custódia, especialmente alguns do baixo escalão, e... hã, os *convencesse* a desmentir publicamente antes de serem executados por traição, isto certamente serviria de lição para os outros. Acho que veríamos que toda essa conversa sobre o que aconteceu no enterro de seu vatarh desapareceria tão rápido quanto neve em Daritria.

Francesca concordava com a cabeça ao ouvir as palavras do marido. — Nós devemos tratar essas pessoas da mesma maneira que trataríamos os numetodos — aquiesceu ela. — Da mesma forma que os numetodos são traidores da Fé, esses fofoqueiros são traidores de nosso hïrzg. Alguns corpos balançando na forca calarão a boca do populacho. — Ela olhou para Allesandra. — A senhora não concorda, a'hïrzg? — perguntou Francesca com voz gentil e ávida demais. A mulher chegou mesmo a se debruçar sobre a mesa, o que enfatizou a corcunda.

— Acho que é perigoso igualar fofocas com heresias, vajica ca'Cellibrecca — ela começava a dizer com cautela, mas Jan a interrompeu.

— Se você punir as pessoas por boataria, vai convencê-las de que os rumores são verdadeiros — disse o filho de Allesandra, as primeiras palavras que Jan disse desde que se sentaram à mesa, e deu de ombros quando os demais olharam para ele. — Bem, é verdade — insistiu. — Se o senhor der o sermão que sugere, archigos, estará apenas atraindo *mais* atenção para o que aconteceu, o que fará as pessoas acreditarem ainda mais nos rumores. É melhor não dizer, nem fazer nada; todo esse falatório vai passar por conta própria quando nada mais acontecer. Toda vez que um de nós repete a fofoca, mesmo que para negá-la ou refutá-la, nós fazemos com que pareça mais real e mais importante do que ela é.

Allesandra acompanhou o olhar de Jan deslizar de Semini para os demais à mesa. O archigos estava furioso, com as sobrancelhas baixas como nuvens carregadas sobre aqueles olhos cativantes; Francesca estava boquiaberta, como se estivesse atordoada e sem palavras diante da insolência do garoto; ela soltou uma tosse de desdém e abanou uma mão parecida com uma garra na direção de Jan, como se afastasse a praga de um mendigo. Fynn encarava a toalha de mesa diante dele. — É melhor não dizer e não fazer nada — repetiu Jan no silêncio, com a voz mais fraca e vacilante agora — ou o que aconteceu *vai* virar um sinal. Todos os senhores transformarão o boato em um sinal.

Allesandra tocou no braço do filho: foi o que ela teria dito, embora de uma maneira menos diplomática. — Muito bem dito — sussurrou Allesandra para Jan. Ele talvez tivesse sorrido momentaneamente; era difícil dizer.

— Então, se *você* fosse o hïrzg, não faria *nada*? — falou Francesca. — Então agradeçamos a Cénzi por você não ser, criança.

O que fez Jan erguer a cabeça novamente e responder — Se eu fosse o hïrzg, pensaria que esses rumores não valem o meu tempo. Há eventos mais importantes que eu consideraria, como a morte da archigos Ana, ou a guerra nos Hellins que consome os recursos e a atenção de Nessântico, e o que tudo isso significa para Firenzcia e a Coalizão.

Francesca olhou com desdém novamente. Ela voltou a atenção para a sopa, como se o comentário de Jan não merecesse ser levado em consideração. Semini balançava a cabeça e olhava feio para Allesandra como se ela fosse diretamente responsável pela impertinência de Jan.

Allesandra imaginou que Fynn estivesse irritado sob a carranca que fazia, mas o irmão a surpreendeu e quebrou o silêncio incômodo. — Eu acho que o jovem está certo — disse Fynn, que deu para Jan um sorriso distorcido pela cicatriz no rosto. — Eu odeio pensar em ouvir os boatos por outro instante sequer, mas... você está certo, sobrinho. Se não fizermos nada, a boataria sumirá em uma semana, talvez até mesmo em alguns dias. Talvez eu devesse tornar você meu novo conselheiro, hein?

Jan ficou radiante com o elogio de Fynn enquanto Francesca se recostou abruptamente com a testa franzida. Semini tentou parecer despreocupado. — Você criou um jovem inteligente, irmã — falou Fynn para Allesandra. — Ele é tão ousado quanto eu gostaria que meu próprio filho fosse. Devo conversar mais com você, Jan, e sinto muito por não conhecê-lo tão bem quanto um onczio deveria. Vamos começar a retificar isso amanhã. Vamos caçar depois das reuniões da tarde, eu e você. Que tal?

— Sim! — disparou Jan, de repente criança novamente, recebendo um presente inesperado. Então ele pareceu perceber como soou jovem e concordou solenemente com a cabeça. — Eu gostaria muito, onczio Fynn — falou com a voz grave. — Matarh?

— O hïrzg é muito gentil — disse Allesandra sorrindo enquanto a suspeita martelava em sua cabeça. *Primeiro o vatarh, agora Fynn. O que o desgraçado pensa que vai ganhar com isso? Será que está apenas tentando me aborrecer ao roubar a afeição de Jan? Estou perdendo meu filho, e quanto mais forte tento me agarrar a ele, mais rápido ele vai escapar...* — Parece uma ideia maravilhosa — falou ela para Jan.

~ A Pedra Branca ~

HAVIA ASSASSINATOS FÁCEIS, e havia os difíceis. Este foi um dos fáceis.

O alvo era Honori co'Belgradi, um comerciante de mercadorias das Magyarias, e um mulherengo que cometera o erro de dormir com a esposa da pessoa errada: a esposa do cliente da Pedra Branca.

— *Eu vi o sujeito cobrir minha mulher* — disse o homem para Pedra Branca com a voz trêmula de raiva diante da lembrança. — *Eu o vi possuir minha esposa como um animal, e eu a ouvi chamar seu nome no momento de desejo. E agora... agora ela está grávida, e eu não sei se a criança é minha ou...* — Ele se interrompeu, com a cabeça baixa. — *Mas vou garantir que ele não faça isso com nenhum outro marido, vou garantir que a criança jamais seja capaz de chamá-lo de vatarh...*

Relacionamentos e desejo eram responsáveis por metade do trabalho da Pedra Branca. Ganância e poder respondiam pelo resto. Jamais faltou gente à procura da Pedra Branca; se a pessoa precisava encontrá-la, ela achava um jeito.

Honori co'Belgradi era um sujeito com hábitos, e hábitos geravam uma presa fácil. Pedra observou o comerciante por três dias, e o ritual do homem jamais variava por mais que uma marca da ampulheta. Ele fechava a loja em Ville Serne, uma cidade a meio dia de cavalgada ao sul de Brezno, depois ia a uma taverna na esquina da próxima rua. Ficava por lá até por quatro viradas da ampulheta, após a Terceira Chamada, e então se dirigia aos aposentos onde a mulher — a esposa do cliente da Pedra — esperava pela aventura noturna.

A caminho daqueles aposentos, Honori passava pelo beco onde a Pedra esperava agora. Ela já era capaz de ouvir os passos no ar fresco da noite. — Honori co'Belgradi — chamou a Pedra quando a silhueta do homem passou pela boca do beco. O comerciante parou com uma expressão cautelosa, depois olhou com muito interesse quando a Pedra ficou sob a luz das lâmpadas mágicas da rua.

— Você me conhece? — perguntou co'Belgradi, e a Pedra deu um sorriso gentil.

— Conheço. E queria conhecer melhor, meu amigo. Você e eu, nós temos um negócio para acertar.

— O que quer dizer? — indagou co'Belgradi quando a Pedra se aproximou. *Tão fácil...* A apenas um passo de distância. A uma facada de distância, e co'Belgradi inclinou a cabeça, intrigado.

— Assim — respondeu a Pedra. Ela olhou para a rua, viu que ninguém observava, e deu um tapinha no ombro de co'Belgradi, como se o homem fosse um amigo que não via há anos. Ao mesmo tempo, a mão com a adaga envenenada cravou a arma com força debaixo das costelas do comerciante em direção ao coração. Co'Belgradi soltou um grito sufocado pelo sangue, e de repente o corpo ficou pesado contra a compleição atlética do assassino. A Pedra meio arrastou, meio carregou o moribundo co'Belgradi para dentro do beco e deitou o corpo rapidamente no chão. Os olhos do comerciante estavam abertos, ela tirou duas pedras de um bolso na capa: ambas brancas sob a luz fraca do beco, embora uma estivesse lisa e polida como se fosse muito manuseada. O assassino colocou as pedras sobre os olhos abertos de co'Belgradi e pressionou fundo dentro das órbitas. A pedra do olho esquerdo foi deixada ali; já a pedra reluzente, branca e lisa que estava sobre o olho direito (o olho do ego, aquele que guardava a imagem do rosto que o olho viu no último momento), esta a Pedra Branca pegou novamente e recolocou em uma bolsinha de couro pendurada no pescoço.

— E agora eu possuo você para sempre — sussurrou a aparição conhecida como a Pedra Branca.

Um instante depois, não havia mais ninguém vivo no beco, apenas um cadáver com uma pedrinha sobre o olho esquerdo: um contrato cumprido.

◇◇◇ SUBSTITUIÇÕES ◇◇◇

Audric ca'Dakwi

Varina ci'Pallo

Jan ca'Vörl

Enéas co'Kinnear

Allesandra ca'Vörl

Karl ca'Vliomani

Sergei ca'Rudka

Allesandra ca'Vörl

Nico Morel

A Pedra Branca

~ Audric ca'Dakwi ~

ESTA ERA UMA daquelas noites ruins.

Cada tomada individual de fôlego era uma luta. Audric tinha que forçar o ar velho e inútil para fora dos pulmões, e o peito doía a cada inalação, mas ele nunca conseguia aspirar ar suficiente. O kraljiki sentou-se na cama; sentiu que, se ficasse deitado, poderia sufocar. Os curandeiros do palácio agitaram-se em volta dele, com expressões de muita preocupação nos rostos — ainda que por medo do que poderia acontecer com eles se o kraljiki morresse sob seus cuidados —, mas Audric prestou pouca atenção neles, a não ser quando tentavam fazer com que tomasse uma poção ou inalasse a fumaça de alguma erva desagradável. Os braços estavam marcados por novas casquinhas; os curandeiros quase o deixaram sem sangue, e um deles estava abrindo um novo corte, mas Audric sequer fez uma careta. Seaton e Marlon, os camareiros de Audric, entravam e saíam correndo do quarto para pegar o que quer que os curandeiros pedissem a eles.

Toda a atenção de Audric estava voltada para a guerra com o fôlego. O mundo fora reduzido à batalha por cada inalação, pela tentativa de aspirar ar suficiente para os pulmões a fim de permanecer consciente. Os limites da visão ficaram escuros; ele apenas conseguia enxergar o que estava diretamente à sua frente. Sentia pouca coisa a não ser a eterna dor no peito.

Audric prestou atenção ao quadro da kraljica Marguerite sobre a lareira ao pé da cama. A mamatarh devolvia o olhar, o rosto pintado era completamente realista, como se a moldura dourada fosse uma janela por trás da qual a kraljica estivesse sentada. Ele podia jurar que a viu se mover ligeiramente contra o pano de fundo do Trono do Sol, que o próprio trono pintado reluzia com a luz do Ilmodo como o verdadeiro fazia sempre que Audric se sentava nele.

A archigos Ana nunca dera mais do que um olhar amargo para o quadro, que sempre parecia capturar o olhar de outros visitantes ao quarto de Audric. Uma vez, ele perguntou para a archigos por que ela dava tão pouca atenção à obra-prima. A archigos apenas balançou a cabeça e disse — Tem coisa demais de sua mamatarh naquele quadro. Eu sofro por vê-la presa ali. — Então Ana franziu a testa. — Porém, seu vatarh adorava a pintura, por seus próprios motivos.

Marguerite encarava Audric agora com seu olhar penetrante e avaliador. Ele esperou que o acesso passasse. A crise passaria; sempre passara. *Precisava* passar. A boca de Audric moveu-se em silêncio ao rezar para Cénzi para que o acesso passasse, para que o gigante invisível montado em seu peito e que amassava seus pulmões se levantasse lentamente e fosse embora, e que ele pudesse respirar facilmente outra vez.

Isso aconteceria. *Precisava* acontecer.

Sua mamatarh parecia acenar com a cabeça, como se concordasse.

Enquanto encarava o quadro, Audric mais ouviu do que viu o regente ca'Rudka irromper no quarto e afastar os curandeiros. Ele debruçou-se sobre a cama e afastou a fumaça desagradável dos incensários. — Tirem essas coisas daqui — rosnou Sergei. — A archigos Ana disse que a fumaça piora a respiração do kraljiki em vez de melhorar. E saiam daqui vocês também. — Os curandeiros afastaram-se entre murmúrios, dedos ensanguentados e barulho de frascos, e deixaram o regente sozinho com Audric. Não, não sozinho... Havia outra pessoa com ele. Relutantemente, Audric tirou o olhar do quadro e cerrou os olhos na escuridão.

O esforço provocou um gemido.

— Archigos... Kenne... — Cada palavra saiu depois de um fôlego, acompanhada por uma arfada agitada de ar; ele não conseguia fazer melhor do que isso.

— Kraljiki — falou o archigos. — Por favor, não se mexa. Eu vim rezar com o senhor. — Audric viu o archigos Kenne olhar com preocupação para o regente. — A archigos Ana tinha uma... relação especial com Cénzi que infelizmente poucos ténis conseguem igualar, mas farei o que for possível. Deite-se com o máximo de conforto que conseguir. Feche os olhos e não pense em nada além da respiração. Concentre-se apenas nisso...

A respiração estava rápida e ofegante. Ele sentiu o solavanco brusco do coração contra o espaço restrito das costelas. Só conseguiu tomar um gole mínimo do precioso ar. Audric fechou os olhos quando o archigos começou a rezar. A archigos Ana, quando o visitava, também rezava e colocava as mãos com delicadeza em seu peito. Era como se Audric pudesse senti-la *dentro* dele. O kraljiki ouvia a voz de Ana dentro da cabeça e sentia o poder do Ilmodo queimar no peito, consumir os bloqueios e permitir que ele respirasse plenamente outra vez. Ana envolvia Audric naquele calor interior, sua voz entoava e ao mesmo tempo falava dentro de sua cabeça. — *Você vai ficar bem, Audric. Cénzi está com você agora, e Ele fará sua saúde melhorar novamente. Apenas respire devagar: respire fundo e bem. Isso, assim...* — Dentro de poucos minutos, ele respiraria naturalmente e com facilidade mais uma vez, um alívio que, no início, durava meses, mas recentemente durava apenas algumas semanas.

Agora, com Kenne, Audric só ouvia as preces meio sussurradas pelo homem com os ouvidos. Não havia nada dentro. Não havia calor que se espalhava pelo peito. Havia apenas as preces de um velho, ditas por uma voz vacilante do lado de fora de Audric. Não havia sensação do Ilmodo, nem sinal do poder de Cénzi — ou talvez houvesse, só que era tão fraco que Audric mal conseguia sentir. Talvez *houvesse* calor, talvez a expansão e a contração dos pulmões estivessem um pouco mais fáceis. Audric tentou respirar fundo, mas o esforço provocou uma tosse seca e espasmódica que fez com que dobrasse o corpo na cama. Ele abriu os olhos, e viu Marguerite franzir a testa no quadro. Audric viu as gotículas de sangue que espirraram sobre o lençol.

— *Você tem que lutar contra isso, Audric. Se você morrer, nossa linhagem morre, e com ela nosso sonho para Nessântico e os Domínios...* — Ele viu os lábios pintados de Marguerite se moverem, ouviu a voz que sempre imaginou que ela tivesse. — *Você tem que lutar contra isso. Eu vou ajudar você...*

Sergei correu rapidamente para o lado de Audric, que sentiu a mão forte do regente em suas costas e ouviu sua voz chamar Marlon com rispidez. Deram um pano molhado em água fria para o kraljiki. Audric pegou com gratidão e levou o pano aos lábios. Sentiu o gosto doce da água. E sim, ele conseguia respirar um pouco melhor. — Obrigado, regente — falou o kraljiki. — Estou muito... melhor agora... archigos. — A própria voz soou distante e abafada, como se alguém meio que cobrisse seus ouvidos. Era a voz de Marguerite que soava mais claramente.

— *Escute o que digo, Audric. Eu vou ajudar você. Escute a sua mamatarh...*

O archigos Kenne assentiu com a cabeça, mas Audric apenas viu a dúvida nos olhos do homem. — Sinto muito, kraljiki. A archigos Ana... Eu sei que ela podia fazer mais pelo senhor.

Audric esticou o braço para tocar a mão do homem. A pele de Kenne era fria e seca como papel velho. — Eu vou ficar bem — disse o kraljiki. — Acho que... encontrei a solução.

O retrato de Marguerite dirigiu um sorriso sutil para o neto, e ele devolveu o gesto.

— *Você não pode morrer porque tem muita coisa a fazer...*

— Eu não posso morrer porque tenho muita coisa a fazer — falou Audric para ele, para os dois. Foi tanto uma promessa quanto uma ameaça.

~ Varina ci'Pallo ~

À ÉPOCA EM QUE ELA se juntou aos numetodos, quando era apenas uma humilde iniciada na sociedade deles e tinha acabado de conhecer Mika e Karl, a Casa dos Numetodos era um local decadente no centro do Velho Distrito, oculto pela pobreza e sujeira dos prédios do entorno.

Agora, a Casa dos Numetodos ocupava um belo prédio na margem sul, com um jardim, piso lustroso do lado de fora e portões que davam para a Avi a'Parete — um presente da archigos Ana e (com mais relutância) do kraljiki Justi pela ajuda dos numetodos em acabar com o cerco firenzciano à cidade em 521. As acomodações mais espaçosas e luxuosas ajudaram a tornar os numetodos mais aceitáveis para os ca' e co', mas também os deixou mais visíveis. No passado, eles reuniam-se em segredo, e a maioria dos integrantes mantinha a afiliação em segredo. Isso acabou. Varina não tinha dúvidas de que todos aqueles que cruzavam os portões eram observados pelo utilino e pela

Garde Kralji, que constantemente patrulhavam a Avi, e de que a informação era transmitida ao comandante — e dele seguia para Sergei ca'Rudka, o Conselho dos ca' e do kraljiki.

Os numetodos eram conhecidos — o que não era problema, desde que suas crenças fossem toleradas. Porém, com a morte de Ana, Varina não tinha mais certeza de quanto tempo essa situação duraria. Seus receios a levaram de volta à pesquisa...

Apesar dos rumores paranoicos entre os fiéis conservadores, grande parte da pesquisa dos numetodos não tinha nada a ver com magia: eles realizavam experiências de física e biologia; criavam belos e elegantes teoremas matemáticos; pesquisavam medicina; exploravam alquimia; examinavam livros empoeirados e cavavam antigos sítios arqueológicos para recriar a história. Mas, para Varina, era a magia que a fascinava. O que a intrigava em particular era como a Fé, os numetodos e os ocidentais abordavam a conjuração de feitiços.

Os numetodos provaram há muito tempo — apesar da negação irritada e por vezes violenta da fé concénziana — que a energia do Segundo Mundo não precisava de crença em deus algum. Podia ser chamada de "Ilmodo", "Scáth Cumhacht" ou "X'in Ka." Não importava. Essa compreensão dissolveu quaisquer resquícios de fé que Varina tivesse quando se juntou aos numetodos.

"Conhecimento e compreensão podem ser moldados somente pela razão e lógica; só que não é algo fácil ou simples. As pessoas criam deuses para explicar o mundo de modo que não tenhamos a responsabilidade de descobrir as coisas por nós mesmos." Foi o que ela ouviu Karl dizer em uma palestra há anos, quando ela considerou se juntar aos numetodos pela primeira vez. "A magia é uma manifestação tão religiosa quanto o fato de que um objeto solto da mão cairá no chão."

Sim, tanto os ténis da fé concénziana quanto os ocidentais usavam cânticos e gestuais para criar a estrutura do feitiço, e, no entanto, cada um deles tinha uma "crença" diferente como base, que permitia que dominassem a energia da magia. O que os numetodos perceberam foi que os cânticos e gestuais usados pelos feiticeiros eram apenas uma "fórmula". Uma receita. Nada mais. Falar *essa* sequência de sílabas com *aquele* conjunto de movimentos daria *nesse* resultado.

Mas os ocidentais... Varina não conheceu Mahri, o Maluco, mas Karl e Ana conheceram, e as histórias dos nahualli ocidentais dos Hellins apenas confirmavam o que eles disseram sobre Mahri. Os nahualli eram capazes de colocar os feitiços *dentro* de objetos, que depois podiam ser disparados por uma palavra, um gesto ou uma ação. Nem os ténis, nem os numetodos conseguiam fazer isso. Os feiticeiros ocidentais invocavam os próprios deuses para os feitiços, assim como os ténis faziam com os seus, mas Varina tinha certeza de que os deuses ocidentais eram tão imaginários e desnecessários quanto Cénzi e seu moitidi.

Se ela conseguisse aprender os métodos dos ocidentais, se fosse capaz de encontrar a fórmula das palavras e gestos corretos para colocar o Scáth Cumhacht dentro de um objeto inanimado, então ela poderia começar a replicar o que Mahri foi capaz de fazer. Ela vinha trabalhando nisso, de tempos em tempos, há anos. Agora a preocupação movia Varina mais do que nunca: preocupação com o significado da morte de Ana para os numetodos; com a imensa tristeza de Karl, que abalava Varina como se fosse sua.

Se ela não conseguia entender por que as pessoas faziam coisas tão terríveis umas com as outras, pelo menos tentaria compreender isso.

Varina estava em um cômodo quase sem mobília, nos níveis inferiores da Casa. Na mesa diante dela havia uma bola de vidro que Varina comprara de um vendedor no Mercado do Rio, pousada em um ninho de pano para que não rolasse. A bola era feita inabilmente: havia uma linha de pequenas bolhas de ar no interior e o vidro ao redor dela estava manchado e marrom, mas Varina não se importava — ela tinha sido barata. Varina entoou e mexeu as mãos: um simples e fácil feitiço de luz, um dos primeiros truques ensinados a um iniciado numetodo. Moldar o feitiço de luz não exigia esforço, mas colocá-lo dentro do vidro era bem, bem mais difícil. Era como empurrar um fio de cabelo por uma parede de pedra. Ela sentiu a fadiga minar sua força. Varina ignorou a sensação e concentrou-se na bola de vidro à sua frente, tentou imaginar o poder do Scáth Cumhacht entrando no vidro da mesma forma que ela teria colocado a energia dentro da própria mente, visualizou a luz potencial depositada em volta daquelas bolhas bem no fundo do vidro e colocou uma palavra ali que acionaria o feitiço.

O encantamento terminou; Varina abriu os olhos. Seus músculos tremiam como se ela tivesse corrido quilômetros ou levantado pesos por uma virada da ampulheta. Ela teve que fazer um esforço para continuar de pé. A bola estava apoiada na mesa, e Varina permitiu-se dar um sorrisinho. Agora, se...

A bola começou a vibrar sem ser tocada. Varina deu um passo para trás quando ela soou como uma taça de vidro batida por uma faca, houve um faiscar súbito de uma brilhante luz amarela e o globo estilhaçou-se. Ela sentiu uma lasca atingir seu braço erguido e gritou.

— Você está bem? — Varina escutou a voz atrás dela na porta: Mika. O líder dos numetodos entrou rapidamente no aposento, enquanto balançava a cabeça cada vez mais careca e esfregava a barba por fazer no queixo. — Você está sangrando, e parece que não dorme há uma semana. — Ele puxou uma cadeira até a mesa e ajudou Varina a se sentar.

Ela ergueu o braço, que parecia tão pesado quanto um bloco de mármore do Palácio do Kraljiki, e examinou o corte no antebraço. Era comprido, mas não fundo, e Varina fez uma careta ao puxar uma lasca de vidro da ferida. Um filete de sangue escorreu no braço próximo à mão, que ela ignorou. — Droga. — Varina fechou os olhos, depois abriu de novo com esforço para olhar a mesa: o globo havia se partido praticamente ao meio na linha de bolhas, e o pano de apoio estava cheio de cacos. — Eu cheguei tão perto.

— Eu estava vendo — disse Mika, que deu uma olhadela para o globo quebrado. — Pensei que você finalmente tivesse conseguido.

— Eu também pensei. — Varina balançou a cabeça. — Mas estou cansada demais para tentar novamente.

— Melhor assim. Eu desci para lhe dizer: Karl voltou para o próprio apartamento.

Varina inclinou a cabeça, intrigada. — Eu pensei que ele ficaria com você, Alia e as crianças por enquanto.

Mika deu de ombros. — Ele disse que estava bem, que precisava retomar a própria vida. Que precisava retomar os compromissos numetodos e o trabalho como embaixador.

— Você não parece acreditar nisso.

— Eu acho... — Mika cerrou os lábios finos. — Estas são desculpas. Karl está magoado e com raiva, e eu não tenho certeza do que ele vai fazer. Acho que Karl precisa de alguém ao lado dele, para conversar se ele quiser, para garantir que esteja bem e que não faça nenhuma estupidez. A morte de Ana abalou Karl mais do que ele admite.

Mika ficou em silêncio, e Varina sentiu que ele esperava por uma resposta. Mas estava difícil simplesmente manter a cabeça erguida. O sangue pingou do dedo para o chão; as metades partidas do globo de vidro reluziam de maneira acusadora para ela sob a luz da lamparina. — Acho que posso mandar Karoli ou Lauren visitá-lo — disse Mika em meio ao silêncio.

— Eu vou. Apenas dê-me alguns minutos. Tenho que me arrumar.

Mika sorriu e falou — Deixe-me ajudar você.

~ Jan ca'Vörl ~

JAN GOSTAVA DE FYNN. Ele não tinha certeza do que sua matarh pensaria a esse respeito.

Allesandra contou para o filho que ela nunca conheceu Fynn, que o irmão nasceu poucos meses depois que ela foi sequestrada pela archigos Ana da tenda do hïrzg Jan no campo de batalha. Quando era criança, Jan não tinha compreendido todas as implicações dessa situação; agora, ele achava que finalmente começara a entender a dinâmica do relacionamento entre irmã mais velha e irmão caçula, distorcido e desvirtuado pelo orgulho e pela vaidade do vatarh de Allesandra e Fynn. Ele entendia que sua matarh jamais se permitiria gostar de Fynn, nunca poderia tratá-lo como irmão, jamais confiaria nele.

Mas ele gostava do sujeito, seu onczio.

Fynn mandou um bilhete para Jan imediatamente depois da Segunda Chamada, para convidá-lo a se juntar a ele na reunião da tarde. Jan sentou-se ao lado de Fynn, que se inclinava para sussurrar comentários irônicos enquanto os vários ministros e conselheiros colocavam o novo hïrzg a par das novidades sobre a atual situação política. Helmad co'Göttering, comandante da Garde Brezno, relatou que houve um pequeno conflito com forças leais de Tennshah a leste do lago Cresci, facilmente debelada. (— Você devia ver como eles correm como cães açoitados quando veem soldados de verdade cavalgando entre suas cabanas. Todos eles têm medo de um bom aço firenzciano — disse Fynn baixinho no ouvido de Jan. — Minha própria espada tem manchas de sangue de incontáveis dezenas de soldados de Tennshah. No outono, se quiser, podemos passear pela região, e talvez colocar alguns desses rebeldes para correr nós mesmos.)

O starkkapitän Armen ca'Damont da Garde Civile firenzciana atualizou as informações sobre a guerra dos Domínios nos Hellins, a qual, se tudo o que o starkkapitän disse fosse verdade, não estava indo bem para os Domínios e o kraljiki. (— Os Domínios não sabem guerrear de verdade, Jan. Eles dependeram de Firenzcia para isso por tempo demais e esqueceram. Se nós pudéssemos mandar nossa Garde Civile e um batalhão de bons Lanceiros Vermelhos para lá por um mês, debelaríamos esses ocidentais de uma vez por todas.)

O archigos Semini especulou sobre quem o Colégio A'téni poderia nomear como novo archigos "daquela Fé falsa e desprezível em Nessântico" e teceu um longo e tedioso comentário sobre cada a'téni das principais cidades dos Domínios e seus relativos pontos fortes e fracos. Ele alegou que o a'téni ca'Weber de Prajnoli se tornaria o próximo archigos em Nessântico, em última análise. (— E, no fim das contas, não importa quem eles escolham, portanto todo esse esforço e conversa fiada é uma perda do nosso tempo, não é?)

Havia relatórios sobre a falta de comida na Magyaria Oriental (— Você *comeu o* suficiente no almoço, não é?), sobre práticas comerciais injustas entre Firenzcia e Sesemora (— Você acha isso tão chato quanto eu?), sobre o valor relativo das solas firenzcianas contra as solas dos Domínios (— Por Cénzi, acorde-me quando este aí terminar de falar, pode ser, sobrinho?). No fim, Jan já não escutava mais. Ao dar uma olhadela para Fynn, viu que os olhos do onczio também perderam o foco. Os dedos do novo hïrzg tamborilavam no tampo da mesa com impaciência, e ele remexia o corpo inquieto na cadeira. Quando a próxima ministra ficou de pé para dar seu relatório, Fynn ergueu a mão e disse — Chega. Mande-me o relatório que eu lerei. Tenho certeza de que é fascinante, mas meus ouvidos estão prestes a cair pelo uso exagerado, e eu prometi uma caçada ao meu sobrinho. Saiam!

Eles resmungaram baixinho, franziram a testa, mas todos fizeram uma mesura e saíram da sala. O hïrzg fez um gesto para que os criados em pé contra as paredes trouxessem comes e bebes. — Então... — falou Fynn enquanto os dois beliscavam os pães e frios e bebiam o vinho — a vida de um hïrzg é uma delícia, não é? Todo aquele falatório sem parar... Eu entendo por que o vatarh sempre ficava de péssimo humor antes dessas reuniões.

— Eu acho que o archigos Semini estava errado — disse Jan. Ele não tinha certeza por que disse isso; de alguma forma confiou que Fynn fosse dar ouvidos. A matarh sempre deu sermões, como se ela fosse uma professora e ele, o estudante; o vatarh estava mais preocupado com o próprio prazer do que escutar as opiniões do filho. O onczio Fynn, por outro lado, realmente *deu ouvidos* a ele na noite anterior, durante o jantar, enquanto os demais à mesa teriam preferido que ele ficasse calado. Então, agora, Jan falou o que pensava, apenas com a voz um pouco trêmula. — Ca'Weber não será nomeado archigos. O Colégio vai escolher Kenne ca'Fionta.

Fynn ergueu uma sobrancelha grossa e escura. — Por que você diz isso? Semini pareceu achar que ca'Fionta era o mais fraco do grupo.

— É exatamente por isso — respondeu Jan com mais avidez agora. Ele assinalou os argumentos com a ponta dos dedos. — O archigos Semini presumiu que o Colégio A'téni pensará como ele pensaria e escolherá a pessoa que ele escolheria. Eles não farão isso. O resto dos a'ténis está preocupado nesse momento: o assassinato da archigos Ana fez com que eles vissem que um archigos forte tem inimigos, e os a'ténis também se perguntam por quanto tempo a Fé pode se manter dividida, agora que a archigos Ana está morta. Então, eles escolherão Kenne: porque ele *é* fraco e porque é mais velho do que qualquer um dos a'ténis. E mesmo que Kenne seja uma má escolha, eles não terão que aguentá-lo por décadas.

Fynn riu. Ele bateu com a borda de sua taça na de Jan. Ao se inclinar na direção do sobrinho, o hïrzg passou um braço parrudo sobre seus ombros.

— Muito bem dito, e veremos em breve se você está certo. O que mais anda escondendo? Vamos, você não pode esconder o resto de mim.

Fynn estava sorrindo. Jan sorriu de volta e sentiu apreço pelo homem. — O starkkapitän ca'Damont pode estar certo a respeito da guerra nos Hellins, mas ele não nota a *importância* da guerra. Com a Garde Civile dos Domínios concentrada naquele conflito e gastando recursos, dinheiro e soldados todo mês, eles não podem se voltar para leste com força alguma. Os Domínios estão em uma posição fraca de negociação contra a Coalizão; em termos militares, eles estão em uma posição ainda pior. Um hïrzg forte pode tirar vantagem disso, de uma forma ou de outra.

Fynn levantou ainda mais as sobrancelhas e deu um abraço apertado nos ombros de Jan. — Por Cénzi, eu *deveria* fazer de você meu novo conselheiro, sobrinho. Você tem a mente sutil de sua matarh.

Ele abraçou Jan novamente com um braço só, depois desmoronou na cadeira. — Ah! Eu gosto de você, Jan! Isso me faz pensar no que perdi com a minha irmã. — Fynn franziu a testa ao dizer isso e tomou outro gole de vinho. — Você sabia que eu sequer fazia ideia de que *tinha* uma irmã até mais ou menos os nove anos? O vatarh jamais a mencionou para mim uma vez sequer. Jamais. Não falou o nome dela uma vez que fosse; era como se Allesandra jamais tivesse existido para ele. Então, quando decidiu que finalmente pagaria o resgate por ela, o vatarh sentou-se comigo e me explicou que Allesandra fora levada pela archigos bruxa. Ele não me contou como esse fato acabou com a guerra com os Domínios; *isso* eu aprendi muito tempo depois. O vatarh sempre foi amargo a respeito daquilo, sua única derrota. Creio que Allesandra era o símbolo daquele fracasso para ele, por isso certamente casou a filha, assim que ela retornou. Eu nunca a conheci realmente...

O hïrzg tomou outro longo gole do vinho e bateu a taça na mesa com tanta força que Jan deu um pulo. O vinho derramou; a base da taça deixou uma mancha em formato de lua crescente na mesa.

— Agora vamos caçar! — declarou Fynn. Ele empurrou a cadeira e ficou de pé. — Ande, sobrinho. Vamos para a Encosta do Cervo.

~ Enéas co'Kinnear ~

SE ELE ESTAVA MORTO, a vida após a morte não era nada como a que os ténis prometiam aos fiéis.

A vida após a morte de Éneas era iluminada por uma luz fraca e avermelhada e fedia à carne podre e enxofre. O solo onde estava deitado era molhado e duro, com punhos de pedra cutucando suas costas. Os ténis sempre disseram que os males do corpo de uma pessoa seriam curados quando ela finalmente descansasse nos braços de Cénzi, que braços e pernas perdidos seriam restaurados, que não haveria mais dor.

Mas a respiração de Enéas tremeu nos pulmões, e, quando tentou se mover, a agonia fez com que ele berrasse.

Enéas ouviu asas baterem em resposta, pontuadas por grasnidos roucos de alerta. Ele piscou, e a vermelhidão acompanhou as pálpebras. Ergueu lentamente uma mão ferida e esfregou os olhos. O filtro vermelho clareou um pouco, e Éneas percebeu que olhava para uma paisagem iluminada pelo luar através de uma película viscosa de sangue, com a cabeça no solo lamacento. Uma montanha marrom erguia-se a um metro dedo de distância. Ele piscou novamente e franziu os olhos; era um cavalo caído e morto, seu cavalo de guerra. *Cénzi, o Senhor me deixou vivo.* Quando se deu conta disso, duas patas com garras apareceram no cume da montanha equina, acompanhadas por outro grasnido irritado, e Enéas ergueu o olhar para ver uma das aves carniceiras dos Hellins, a criatura que os soldados chamavam de estripadores: pássaros feios com uma envergadura da altura de dois homens ou mais, grandes bicos curvos em um rosto sem penas e branco como um fantasma, olhos sem expressão, como contas negras, e garras curvas para abrir os cadáveres que eles preferiam comer. Não havia nada como esses bichos nos Domínios.

O pássaro olhou fixamente para Enéas, como se observasse uma bela refeição posta diante de si. O o'offizier apoiou-se nos cotovelos; era o mais próximo que conseguiria chegar de se sentar. Irritado, o pássaro guinchou e foi embora voando. Enéas sentiu o vento desagradável provocado pelas asas.

Não morri. Não ainda. Louvado seja Cénzi.

Ele tentou se lembrar de como chegou ali, mas a cabeça estava confusa. Lembrava-se de ter falado com o a'offizier ca'Matin e do início da investida, a corrida morro abaixo em direção à força ocidental. Então... então...

Nada.

Enéas balançou a cabeça para desprender a memória. O gesto foi um erro. O mundo ao redor girou, a vermelhidão voltou, e ele sentiu uma pontada de dor nas têmporas. Ele se equilibrou antes que caísse no chão novamente e esperou que a terra parasse de girar. Novamente, fez um esforço para ficar sentado e tocou a cabeça com hesitação; o cabelo estava empastado com sangue seco e os dedos sentiram o contorno irregular de um corte comprido e profundo. Enéas começou a passar mal. Deixou a mão cair, fechou os olhos e respirou fundo várias vezes até que a náusea passasse, enquanto recitava a Prece da Aceitação para se acalmar. Abriu os olhos novamente e olhou em volta com cuidado.

Havia estripadores por toda parte; sob o fraco luar, o campo parecia vivo com eles e o solo corcovado com os morros escuros dos corpos dos companheiros de Enéas e seus cavalos caídos. O som repugnante, úmido e rascante dos pássaros comendo os corpos era um barulho que atormentaria seus pesadelos para sempre. Bem ao longe, abaixo do declive onde estava sentado, Enéas viu o brilho de uma fogueira, e ao redor dela as silhuetas escuras de gente se mexendo. Havia outro som, mais fraco: cantoria?

As figuras recortadas pelas chamas usavam acessórios com penas na cabeça, Enéas viu. Eles eram ocidentais, então. "Tehuantinos", como se chamavam.

Todos os corpos ao redor usavam os uniformes com detalhes dourados de Nessântico, agora pretos pelo sangue e pelo luar mortiço em vez do azul reluzente que deveriam ter.

Nós perdemos. Fomos massacrados aqui, e as pessoas em Munereo podem não saber o resultado ainda. Cénzi, é por isso que o Senhor me salvou, para que eu pudesse avisá-los...?

Enéas tentou se mexer; as pernas não quiseram cooperar, e ele percebeu que uma delas ainda estava presa debaixo do seu cavalo. Com o máximo de silêncio possível, Enéas empurrou a carcaça com a perna livre, e enfim a perna se soltou. O tornozelo estava inchado e sensível; Enéas não tinha certeza se poderia se apoiar nele.

O o'offizier encontrou a espada ao seu lado meio enterrada na lama. Enfiou a lâmina imunda na bainha presa ao cinto. Com uma careta, rastejou na direção das chamas, meio que se arrastando em volta do cavalo.

Parte de Enéas gritou em alerta. Ele ia na direção do inimigo; os tehuantinos o matariam se o vissem. Todos os a'offiziers contavam como os ocidentais percorreram o campo de batalha após o combate no lago Malik, como eles mataram todos os gardai que ainda estavam vivos mas aleijados ou gravemente feridos. Aqueles que estavam apenas levemente feridos foram levados como prisioneiros. Os rumores sobre o que os ocidentais tinham feito com eles eram muito, muito piores.

A fogueira — imensa e furiosa — estalava no pé da ladeira, e reunidos ao redor estavam os ocidentais: milhares deles, enquanto fogueiras menores pontuavam a paisagem depois do grande fogaréu onde o inimigo estava acampado. Enéas viu um grupo de cavalos atrelados de um lado da fogueira, um pouco distante dos ocidentais sentados em volta das chamas.

Se ele não podia andar, ainda podia cavalgar.

A jornada pareceu levar séculos. As estrelas deram voltas pela Estrela Velejante, a lua chegou ao ápice e começou a descer, os estripadores continuaram o festim sangrento. Exausto, Enéas descansou atrás da cobertura de uma pilha de toras. Os cavalos relincharam perto dali; ele sentiu o cheiro dos animais e ouviu seus movimentos agitados. A cantoria estava mais alta agora, uma melodia grave e dissonante, as palavras que os ocidentais cantavam eram estranhas e desconhecidas: mil vozes, todas cantando juntas. O zumbido monótono era alto e enlouquecedor; a música vibrava no peito e parecia fazer tremer o próprio solo. Ele conseguiu ver os ocidentais: a pele bronzeada como o povo de Namarro, a armadura de bambu com anéis de ferro que tilintavam enquanto eles cantavam e se agitavam. As imensas toras da pira desmoronaram e dispararam fagulhas para o alto com um ribombar.

Um ocidental à frente das fileiras ficou de pé e avançou. Ele ergueu os braços nus e musculosos; como os demais, o homem usava um elmo de bambu decorado com penas compridas e reluzentes. Havia um grande disco prateado e amassado sobre o peito, pendurado no pescoço por uma corrente, e pintado com figuras: o que identificava o homem como um offizier ocidental. Ele parou de cantar ao proclamar alguma coisa em voz alta. Mais dois guerreiros ocidentais saíram da escuridão do outro lado da fogueira e arrastando com eles a figura ensanguentada de um homem. Sua cabeça levantou-se quando os soldados se aproximaram da luz da fogueira, e, mesmo àquela distância, Enéas reconheceu o a'offizier ca'Matin. Ele estava nu até a cintura e agora era forçado a ficar de joelhos em frente ao offizier ocidental. Enéas ouviu ca'Matin rezar para Cénzi, com a face erguida para as fagulhas, as estrelas e a lua; para qualquer coisa, menos para o ocidental.

O ocidental falava com ca'Matin enquanto retirava um apetrecho estranho de uma bolsinha no cinto. Enéas apertou os olhos para tentar ver o que era no momento em que o offizier ergueu o objeto para mostrá-lo às tropas reunidas. Um cano curto e curvo como o chifre de um touro de cor marfim reluziu; o apetrecho tinha um cabo de madeira. O offizier ofereceu o objeto para ca'Matin com o cabo voltado para frente. Quando ca'Matin o pegou, com mãos visivelmente trêmulas e uma expressão de dúvida, o guerreiro virou o chifre de marfim — Enéas ouviu um nítido clique metálico — e deu um passo para trás. Ele fez um gesto como se virasse o apetrecho, depois como se tocasse a ponta do chifre no abdômen. Ca'Matin balançou a cabeça e o offizier ocidental suspirou. Sua expressão parecia quase solidária ao pegar o instrumento e virá-lo nas mãos de ca'Matin. Ele fez um gesto de apoio com a cabeça ao empurrar as mãos de ca'Matin para trás. O chifre tocou no estômago de ca'Matin.

Houve um clarão que iluminou toda a paisagem como se fosse um raio, e ecoou um trovão estrondoso que abafou o grito involuntário de Enéas e fez os cavalos relincharem nervosos e lutarem contra as amarras. Ca'Matin escancarou a boca e os olhos, embora a expressão parecesse estranhamente estática para Enéas, como se no momento final Cénzi tivesse tocado o a'offizier com Sua glória.

Ca'Matin desmoronou, e o apetrecho caiu de suas mãos. O estômago era uma cavidade sangrenta, como se tivesse sido rasgado por um punho com garras. Entranhas e sangue estavam espalhados pelo chão debaixo do homem, bem como nas pernas dos ocidentais em volta dele. O offizier ocidental levantou as mãos novamente, e a cantoria recomeçou. Com uma estranha reverência, os dois soldados que trouxeram ca'Matin até a fogueira envolveram o corpo em um pano tingido com cores intensas dispostas em padrões geométricos. Eles entraram correndo nas sombras com o cadáver embrulhado.

Enéas forçou-se a andar novamente, agora mais desesperadamente. Ele não sabia que feitiçaria fora feita com ca'Matin, mas tinha que dar um jeito de voltar para Munereo: para avisá-los. *Ajude-me a fazer isso, Cénzi...* Enéas começou a rastejar na direção dos cavalos. Se conseguisse erguer o corpo e jogar a perna ferida por cima... Os ocidentais poderiam persegui-lo, mas Enéas conhecia esse terreno tão bem quanto eles, talvez até melhor, e seria encoberto pela noite.

Ele chegou aos cavalos agora. Eram cavalos de guerra capturados de Nessântico, usavam os uniformes que ele conhecia tão bem e, mais importante, ainda estavam selados. Eram mais lentos do que as montarias dos ocidentais, mas mais vigorosos. Se Enéas conseguisse uma vantagem razoável, os cavalos dos ocidentais poderiam se cansar antes de alcançá-lo.

Com a ajuda de Cénzi...

Enéas desamarrou as patas de uma grande égua cinzenta e manteve o animal entre ele e a fogueira. O cavalo de guerra relinchou, mostrando o branco de seus olhos sob o luar. Enéas sussurrou com delicadeza para ela. — Shh... shh... Tudo bem... Você vai ficar bem... — Ele agarrou as correias da sela e ficou de pé, tirando o peso do tornozelo machucado. Pegou as rédeas com uma mão e acariciou o pescoço do animal. — Shh... Quieta, agora... — Ele teria que se equilibrar parcialmente no tornozelo machucado para colocar um pé no estribo; com delicadeza, Enéas pousou o pé no chão e apoiou o peso sobre ele devagar. Mordeu o lábio inferior ao sentir a dor. Ele conseguiria por um instante. Era tudo que era preciso...

Enéas levantou o pé que estava bom e o colocou no estribo. Uma onda de facadas se espalhou do tornozelo até a perna durante o instante em que ele sustentou todo o peso, e a agonia quase fez com que Enéas desmaiasse. Desesperadamente, ele passou a perna machucada sobre a espinha do cavalo e quase gritou quando o tornozelo bateu no outro lado do corpo maciço do animal. Mas agora Enéas estava no cavalo de guerra, meio deitado sobre o pescoço grosso e musculoso da montaria. Ele estalou as rédeas e cutucou com a perna boa. — Devagar — falou para a égua cinzenta. — Muito devagar agora. Quieta...

A égua balançou a cabeça e começou a se afastar dos outros cavalos. Ela voltou para a encosta, longe da luz da fogueira e do acampamento. A cantoria dos ocidentais encobriu o som dos cascos com ferraduras no solo. Assim que entrasse na escuridão novamente, assim que conseguisse colocar a saliência de um daqueles morros entre ele e os ocidentais, Enéas poderia galopar a toda.

Ele começava a ousar pensar que seria possível.

Enéas quase não notou a silhueta que se movia à sua esquerda, um pedaço de escuridão que se levantou subitamente e se atirou sobre ele. Enéas teve apenas um vislumbre do rosto sinistro antes que o homem o acertasse e derrubasse da sela. Um clarão de luz flamejou atrás dos olhos quando Enéas caiu no chão, e ele gritou de dor na perna machucada, que ficou torcida debaixo do corpo. Ele ouviu o cavalo de guerra ir embora a galope, sem cavaleiro, e então a sombra de um guerreiro ocidental com os braços erguidos surgiu sobre ele, e Enéas caiu novamente na escuridão.

~ Allesandra ca'Vörl ~

— EU GOSTARIA DE ME DESCULPAR pela minha esposa, a'hïrzg. Ela... bem, o assunto da archigos bruxa sempre a aborrece. Elas têm... uma história em comum, afinal. Ainda assim, minha esposa não deveria ter dito o que pensa no jantar ontem à noite, especialmente para a senhora, como anfitriã.

Allesandra assentiu com a cabeça para o archigos Semini. Eles estavam sentados em uma plataforma de observação no alto de uma ladeira atrás da residência particular do hïrzg — o palácio na Encosta do Cervo, bem afastado de Brezno. Os dois olhavam para leste, para a vista de uma campina comprida e larga, de grama alta, cheia de flores silvestres. Lá embaixo, eles enxergavam um grupo de figuras e cavalos: Fynn, Jan e vários outros. De ambos os lados da campina, em uma floresta de abetos altos, tambores ecoavam dos flancos dos morros íngremes e verdejantes que formavam a paisagem: o som dos batedores, que arrebanhavam a presa para a campina e para o hïrzg, à espera.

Atrás de Allesandra, na sacada, criados corriam de um lado para o outro com comes e bebes enquanto preparavam uma mesa comprida para o jantar. Fora isso, Allesandra e o archigos estavam sozinhos; todos os outros privilegiados ca' e co' que jantariam com eles naquela noite estavam com o grupo do hïrzg na campina. Allesandra não tinha a menor vontade de ficar tão próxima do irmão por tanto tempo assim. Ela não tinha certeza por que Semini ficou para trás, no palácio — Francesca estava na campina com os demais.

— Por favor, acredite em mim quando digo que não me ofendi, archigos — falou Allesandra. — Embora eu tenha muito mais simpatia pela archigos Ana, entendo que sua esposa se sinta dessa maneira.

Ela deu uma olhadela para Semini e viu o archigos sorrir. — Obrigado. Isso é gentil de sua parte. — O homem olhou com cuidado para os criados, depois abaixou o tom de voz para que eles não conseguissem escutar. — Cá entre nós, a'hïrzg, eu gostaria de ter convencido seu vatarh a nomear a senhora como herdeira. Aquele menino... — ele apontou com o queixo para o grupo na campina — ... seria um starkkapitän perfeitamente adequado para a Garde Civile, mas ele não tem a visão ou a inteligência para ser um bom hïrzg.

— Creio que ouvi o archigos falar em traição. — Allesandra teve a cautela de manter o olhar afastado do archigos e concentrou sua atenção em Jan, a cavalo ao lado de Fynn. Ela perguntou-se se podia acreditar no que ca'Cellibrecca dizia e por que ele declararia tal opinião para ela. O archigos tinha motivos para agir assim, Allesandra tinha certeza: Semini não era um homem de fazer declarações acidentais. Mas qual era o motivo? O que ele queria, e como isso o beneficiaria?

— Será que eu talvez tenha dito o que também está no *seu* coração, a'hïrzg, mesmo que a senhora não ouse dizer em voz alta? — respondeu Semini no mesmo sussurro baixo e rouco. O archigos voltou-se para ela. — Meu coração está aqui, neste país, a'hïrzg Allesandra. Eu quero o que é melhor para Firenzcia. Nada mais. Eu dei minha vida a serviço de Cénzi e a serviço de Firenzcia. Eu compartilhava a visão de seu vatarh de que os Domínios deviam ter Brezno, e não Nessântico, como o centro de todas as coisas. Ele quase conseguiu realizar essa visão. Ele *teria* realizado, estou convencido, se não tivesse sido a feitiçaria herege da archigos bruxa.

Havia ódio na voz de Semini, genuíno e intenso. E também uma estranha satisfação.

O vatarh teria sido bem-sucedido se Ana não tivesse me capturado como refém, se não tivesse me arrancado do vatarh e me usado para terminar a guerra. Enquanto Allesandra permanecesse em Nessântico, enquanto o vatarh se recusasse a pagar o resgate exigido, sua derrota ainda não seria completa. Ainda havia esperança de que os resultados pudessem mudar, e o vatarh levou pouco mais de uma década para perder aquela esperança.

Era o que Allesandra dizia para si mesma. Era o que Ana dizia para ela. Ana jamais falou mal do hïrzg Jan; sempre pintou seu vatarh da maneira mais favorável possível, mesmo quando Allesandra bufava de raiva por ele demorar a pagar o resgate.

Allesandra tomou fôlego e levou a mão à garganta, tocando o globo partido de Cénzi em volta do pescoço.

Ca'Cellibrecca evidentemente interpretou mal o pensamento por trás do gesto. — Ah, vejo que compartilhamos a mesma opinião sobre Ana ca'Seranta. Aquela criatura impediu que os Domínios desmoronassem sob o governo de Justi, aquele tolo perneta. E agora, finalmente, ela morreu, louvado seja Cénzi. — O tom de voz ficou ainda mais baixo quando ele inclinou o corpo e se aproximou de Allesandra. — Agora seria a hora para um novo hïrzg fazer aquilo que seu vatarh não conseguiu... ou seria a hora, se tivéssemos um hïrzg, ou hïrzgin, à altura da tarefa. Alguém que *não* fosse Fynn. Existem aqueles em Nessântico que acreditam nisso, a'hïrzg. Pessoas que a senhora não suspeitaria que tenham ideias assim.

O clamor dos batedores estava se aproximando no vale abaixo. Os cavaleiros remexiam-se irrequietos, e Allesandra viu Fynn sinalizar para que Jan encaixasse a flecha no arco. — O que você está me dizendo, archigos? — perguntou ela enquanto observava a cena abaixo dos dois.

— Estou dizendo que a senhora atualmente é a a'hïrzg, mas ambos sabemos que esta é uma situação temporária. Mas se Fynn, de alguma forma... — Ele hesitou. Os tambores bateram alto lá embaixo, e agora eles podiam ouvir uma movimentação debaixo da sombra das árvores à direita. — ... não fosse mais hïrzg, então a senhora se tornaria hïrzgin. — Outra pausa. — Como deveria ter sido.

Os tambores e a gritaria ficaram mais altos, e de repente um cervo surgiu da linha de árvores a várias dezenas de passos do grupo do hïrzg. O animal era magnífico, a galhada tinha a envergadura dos braços e ombros de uma pessoa, alcançava facilmente a altura de um homem alto ou mais. A pele tinha um tom deslumbrante de marrom-avermelhado com um toque de branco debaixo da garganta. O cervo saiu do matagal a meio galope, e sentiu o cheiro do grupamento de caça. Allesandra sentiu uma aflição ao ver a bela criatura; ao lado, ela ouviu Semini murmurar — Por Cénzi, olhe aquele animal lindo!

O cervo parou e olhou fixamente para os cavaleiros por um instante antes de dar um pulo enorme e fugir na direção do fim da campina, ao longe. No mesmo instante, eles viram uma flecha ser disparada pelo arco de Fynn, e o estalo da corda do arco chegou com atraso aos seus ouvidos. O cervo caiu com as patas traseiras emaranhadas e a flecha enterrada nas ancas. Então, o animal levantou-se outra vez e começou a correr.

Jan esporeou o cavalo no momento do disparo de Fynn. Ele correu atrás do cervo ferido e controlou a montaria apenas com as pernas enquanto puxava o arco. A toda velocidade, Jan disparou a própria flecha com o cervo a apenas poucos passos de chegar à cobertura da floresta novamente.

O cervo estremeceu quando a flecha penetrou fundo no lado esquerdo do peito. O animal correu por mais alguns passos, quase até a floresta. Pareceu se recuperar, pulou, mas as patas dianteiras esbarraram na tora sobre a qual ele tentou saltar, e caiu.

O cervo ficou caído de lado, as patas debateram-se no matagal, a galhada arrancou punhados de terra com grama do solo. Fynn galopou até onde Jan parou com seu cavalo. Allesandra viu o irmão dar um tapinha no ombro de Jan e depois colocar outra flecha no arco.

Com o disparo de Fynn, o cervo ficou imóvel. Uma vibração distante ecoou do grupamento de caça.

— Seu filho pode ter um físico franzino, mas é um excelente cavaleiro, e arqueiro ainda melhor. Aquilo foi impressionante: atirar daquele jeito em plena perseguição.

Allesandra sorriu. *Por um instante, ele quase pareceu com o seu vavatarh ao cavalgar daquela maneira...* Lá embaixo, Fynn e Jan desmontaram para se dirigir até o cervo caído. — Atirar flechas a cavalo é uma habilidade ensinada à cavalaria magyariana, e Jan teve excelentes professores.

— Ele também teve uma excelente educação em política. Jan esperou que o hïrzg desse o golpe final. Presumo que a senhora tenha sido sua professora neste quesito.

— Jan sabe o que tem que fazer, mesmo que algumas vezes ignore meu conselho — falou Allesandra. — Geralmente porque fui eu que dei o conselho.

— Filhos na idade dele acham que devem se rebelar contra a família. É natural, e eu não me preocuparia muito com isso, a'hïrzg. Jan vai aprender. E um dia, se ele for o a'hïrzg em vez de apenas outro ca' em algum ponto da linha sucessória para ser o gyula da Magyaria Ocidental... — Semini deixou a voz sumir gradualmente.

Allesandra finalmente se virou para ele. O archigos agigantava-se sobre ela como um urso vestido de verde. Os olhos escuros do homem encaravam os de Allesandra. *Sim, ele tinha olhos em que uma pessoa podia se perder.* — Você continua a me dizer estas pequenas insinuações e sugestões, archigos — falou ela baixinho. — Você tem mais do que isso para oferecer ou está tentando me provocar a ponto de eu me revelar? Isso não vai acontecer.

Ca'Cellibrecca concordou devagar com a cabeça e inclinou o corpo na direção dela. A boca ficou tão próxima da orelha de Allesandra que ela sentiu o hálito quente de Semini. Ela arrepiou-se. — Eu tenho uma proposta, a'hïrzg. Se isso for algo que lhe interesse, eu realmente tenho — sussurrou o archigos. Então ele se levantou e aplaudiu na direção da campina. — Os cozinheiros terão alguns belos filés de cervo — disse Semini em voz alta — e haverá uma galhada nova para enfeitar o palácio. Nós devíamos descer e encontrar os bravos caçadores, a'hïrzg. O que a senhora diz?

Ele ofereceu o braço.

Ela se levantou e aceitou.

~ Karl ca'Vliomani ~

— ONDE VOCÊ ESTÁ INDO? — perguntou Varina para ele.

Karl passou a primeira noite após a morte de Ana na casa de Mika, mas apesar da boa vontade do homem e de sua esposa, Karl achou a casa deles — com os filhos e agora o primeiro neto sempre entrando e saindo — cheia demais de vida e energia. Ele voltou para o próprio apartamento na margem sul. Era Varina que passava lá todo dia, que atormentava os criados e geralmente garantia que Karl estivesse sendo alimentado e cuidado. Ela o deixava sozinho com sua tristeza; estava lá quando ele precisava conversar ou quando Karl simplesmente quisesse sentir a sensação de ter outra pessoa no cômodo. Varina parecia saber quando ele precisava de silêncio e permitia isso. Karl era grato por essa atitude.

Ele lembrou-se de quando mostrou para Ana, pela primeira vez, o que os numetodos conseguiam fazer, há muito tempo. Naquela noite, havia sido Varina, uma recém-chegada sem experiência ao grupo, que Ana tinha visto demonstrando um feitiço. Varina cresceu muito desde então; ela era a segunda em poder depois de Mika dentro da facção dos numetodos na cidade, e não havia ninguém que rivalizasse sua dedicação à pesquisa, nem sua habilidade com o Scáth Cumhacht. Karl nunca entendeu exatamente como ela permaneceu sozinha todos esses anos. Varina havia sido muito notável na juventude: cabelo da cor do trigo no outono; olhos grandes e expressivos da cor de carvalho antigo e envernizado; um sorriso e uma risada maravilhosos e encantadores que sempre faziam os outros sorrirem com ela. Varina ainda era atraente, mesmo agora, na meia idade, mesmo que nos últimos anos ela tenha parecido envelhecer rapidamente. No entanto... Varina parecia ter pegado toda a vitalidade e energia que possuía e colocado exclusivamente no aprendizado das complexidades do Scáth Cumhacht e do Segundo Mundo, para descobrir todas as maneiras de conter aquele poder. Mesmo entre os numetodos, ela raramente parecia falar por muito tempo com alguém além de Mika ou Karl. Até onde ele sabia, Varina não tinha outros amigos ou amantes fora do grupo. Ela era um enigma, até mesmo para os mais próximos.

Karl dava valor à presença de Varina agora, mesmo que não soubesse como expressar sua gratidão.

Ele remoía a morte de Ana há uma semana agora, remexeu na mente o ocorrido sem parar, como se fosse um adubo repugnante. Alguém a queria morta. Ana fora o alvo, o assassino esperou que ela fosse ao Alto Púlpito;

certamente Karl tinha visto os outros ténis na missa subirem ao púlpito para colocar as leituras e o pergaminho com a Admoestação que a archigos pretendia ler, e não foram eles que acionaram a explosão.

Quanto mais Karl considerava essa situação, mais parecia haver uma única resposta. Uma resposta que ele queria verificar.

Varina estava apoiada na arcada da antessala de braços cruzados enquanto Karl encolhia os ombros em seu manto. Ela não repetiu a pergunta, apenas olhou para ele com ternura, como se estivesse preocupada.

— Eu tenho um compromisso — respondeu Karl. Ela concordou com a cabeça. Ainda em silêncio. Os olhos estavam arregalados e não piscavam. — Eu tenho perguntas a fazer.

Outro gesto com a cabeça. — Eu vou com você — disse Varina. Karl hesitou. — Não vou interferir — falou ela. — Se você vai aonde eu penso que vai, pode precisar de apoio. Estou certa?

— Pegue sua capa — disse Karl. Ela deu um breve sorriso, um relance de dentes brancos, e pegou a capa em um gancho na parede.

O embaixador da Coalizão Firenzciana, Andreas co'Görin, tinha um rosto tão fino e anguloso quanto o de um falcão. Quando o homem se levantou da cadeira, os olhos da cor de urze observaram Karl e Varina como se os dois fossem coelhos a serem capturados e devorados. O rosto aquilino era complementado pelo corpo esguio de um espadachim. Karl imaginava que o sujeito ficava mais à vontade de armadura do que na bashta respeitável e conservadora que usava.

Isso fez com que Karl pensasse se teria sucesso aqui.

— Embaixador ca'Vliomani, vajica ci'Pallo, sua visita é... inesperada — falou co'Görin. — O que posso fazer pelos senhores?

Karl olhou enfaticamente para o assistente que ocupava a mesa menor do outro lado do gabinete.

— Gerald, por que você não vai ver se acha aquela proposta sobre as novas regulamentações de fronteira? — disse co'Görin. O assistente, tão robusto e corpulento quanto co'Görin era magro, concordou com a cabeça e remexeu em alguns papéis ruidosamente por um momento antes de sair da sala.

Karl esperou até ouvir o clique da porta se fechando quando o homem saiu. — Eu passei os últimos dias pensando na morte da archigos Ana, embaixador — falou ele. As palavras soaram quase casuais, até mesmo para seus ouvidos. Varina baralhou os pés ao lado de Karl, irrequieta. — Sabe, por mais que eu tente encontrar motivos para alguém ter feito aquilo, não consigo pensar em ninguém que quisesse Ana morta, a não ser as pessoas que o senhor representa.

Varina ficou nitidamente aflita. Uma nuvem passou sobre os olhos de urze de co'Görin, que escureceram e ficaram verdes. Os músculos do rosto do homem retesaram-se, e ele fechou a mão direita como se procurasse pelo cabo de uma espada. — O senhor é bem curto e grosso, embaixador.

— Eu desisti da diplomacia por enquanto — respondeu Karl.

Co'Görin o olhou com desdém. — Certamente. Então serei curto e grosso também. Eu considero uma ofensa a sua acusação. Eu o perdoo por saber... — ele torceu o nariz e franziu os olhos — ... como o senhor era próximo da archigos de Nessântico, mas também espero por um pedido de desculpas imediato.

— Pela minha experiência, as esperanças geralmente viram decepção — disse Karl.

— Karl... — falou Varina com delicadeza. Ela tocou levemente o braço dele. — Talvez...

Varina parou de falar, como se soubesse que ele não escutava. A raiva o queimava por dentro. Karl queria apenas que co'Görin fizesse um gesto brusco ou o insultasse abertamente, qualquer coisa que servisse como desculpa para usar o Scáth Cumhacht que ardia em sua mente à espera da palavra de ativação. Mas co'Görin balançou a cabeça; não se sentou, pareceu relaxar atrás da mesa, tranquilo.

— Eu acho, embaixador ca'Vliomani, que o senhor descartou a possibilidade de que o assassino pode ter sido um elemento sem vínculos, ou talvez uma pessoa contratada por alguém com contas a acertar com a archigos, alguém dentro dos Domínios de Nessântico. Não há necessidade de atrelar uma conspiração ao fato. — Ele ergueu as sobrancelhas; o resto do corpo permaneceu imóvel. — A não ser, é claro, que o senhor tenha provas que gostaria de compartilhar comigo? Mas não, se tivesse *isso*, o senhor teria ido ao regente, não é? O comandante da Garde Kralji estaria aqui, não dois hereges numetodos. — Devagar, quase de maneira debochada, ele sentou-se outra vez. Seus dedos compridos brincaram com os pergaminhos espalhados sobre a superfície da mesa, e a expressão aquilina se voltou com um olhar de desdém para Karl. — Acho que terminamos por aqui, embaixador. Firenzcia não se envolve com hereges e jamais se envolverá. Estamos perdendo o tempo um do outro.

A dispensa atiçou o fogo que ardia dentro de Karl. — *Não*! — berrou ele. — Nós *não* terminamos! — Karl gesticulou e falou uma das palavras de ativação que havia preparado antes de vir. Um fogo rápido lambeu a papelada sobre a mesa do embaixador e consumiu os papéis no mesmo tempo que co'Görin levou para reagir. O homem deu um pulo para trás e saiu da cadeira. Um vento ligeiro veio em seguida soprando a papelada que passou por co'Görin e saiu pela janela, além de balançar a bashta do embaixador; isso só podia ter sido obra de Varina. — Aquele fogo podia muito bem ter sido direcionado para o senhor em vez dos documentos — disse Karl, que ouviu a porta ser escancarada atrás de si e ergueu uma mão preventivamente ao sentir Varina se virar para encarar a ameaça. — Eu não vim com apenas um feitiço, embaixador, e minha amiga é mais poderosa do que eu. Diga ao seu pessoal para ficar onde está, ou garanto que o senhor, pelo menos, não sairá vivo desta sala.

— Nem o senhor, se insistir com essa tolice — rosnou co'Görin, e Karl quase gargalhou.

— Isso pouco me importa a esta altura — disse Karl. As costas de Varina apoiadas nas costas dele. Karl sentiu que ela ergueu os braços para preparar um feitiço.

O embaixador acenou para as pessoas atrás de Karl, que ouviu uma espada ser embainhada e sentiu Varina abaixar os braços novamente. Co'Görin falou — Vou lhe dizer novamente, embaixador, o senhor está enganado se pensa que Firenzcia está envolvida na morte da archigos. Mate-me, não me mate; isso não vai mudar o fato.

— Eu não acredito nisso.

Co'Görin torceu o nariz. — Falta de crença é o principal problema com os numetodos, não é? O senhor quer que eu fique de luto pela sua archigos, embaixador? Não ficarei. Ela atraiu este destino ao acolher os numetodos e se recusar a reconhecer o archigos de Brezno como o verdadeiro líder da Fé. A violência era um resultado inevitável de suas ações, mas, até onde eu sei, não foi Firenzcia que fez isso. Essa é a verdade, e se o senhor não consegue acreditar em mim... — Ele deu de ombros. — Então faça o que tem que fazer. O senhor apenas provará que os numetodos são realmente os tolos perigosos que todo fiel de verdade sabe que eles são. Olhe para mim, embaixador. *Olhe* para mim — falou co'Görin com mais rispidez, e Karl encarou o embaixador com raiva. — O senhor enxerga uma mentira em meu rosto? Eu vou lhe dizer: quem matou a archigos não foi alguém que eu conheça ou tenha contratado. *Essa* é a verdade.

Karl sentiu o Scáth Cumhacht vibrar loucamente por dentro. Ele não queria outra coisa a não ser atacar esse tolo metido, ver a arrogância do sujeito desmoronar e virar um grito, fazer com que berrasse em agonia ao morrer. Mas também ouviu Ana. Karl sabia o que ela lhe diria e deixou a mão cair ao lado do corpo. Ouviu Varina suspirar de alívio.

As palavras de co'Görin não tranquilizaram Karl, mas ele começou a se perguntar se o embaixador talvez não tivesse dito a verdade segundo o que sabia. Karl também se lembrou de um tempo, há muitos anos, e de uma outra pessoa que era capaz de invocar o Scáth Cumhacht — embora ele não chamasse a energia dessa maneira, nem de Ilmodo.

— Se eu descobrir que o senhor está mentindo, embaixador — falou Karl —, não vou lhe dar a chance de pedir desculpas ou de sacar sua espada. Matarei o senhor onde quer que eu lhe encontre. Isso também é a verdade.

Dito isso, ele deu meia-volta, e Varina ficou ao seu lado. Havia três guardas bloqueando a porta, mas Karl empurrou os homens e saiu a passos largos para o ar fresco e a luz do sol.

— O que, em nome dos Seis Abismos Eternos, foi aquilo? — Varina estourou com Karl quando os dois estavam novamente do lado de fora, na Avi a'Parete. Ela agarrou a manga dele e o puxou para pará-lo. — Karl! Eu estou falando sério. O que você achou que estava fazendo?

— O que eu precisava fazer — disparou ele com mais rispidez do que pretendia, ainda vermelho de raiva por co'Görin, pela atitude do homem e pelas próprias dúvidas que o remoíam. Toda essa raiva estava contida na resposta. — Se você não queria estar ali, não precisava vir.

— Ana está morta, Karl. Você não pode trazê-la de volta. Acusar pessoas sem provas só vai fazer você morrer também.

— Ana merece justiça.

— Sim, merece — disparou Varina em resposta. — Deixe para aqueles que têm essa função fazer isso por ela. Vocês não eram amantes. Ana não era a matarh de seus filhos.

A fúria ferveu dentro dele. Karl ergueu a mão, o calor frio do Scáth Cumhacht aumentou, e Varina espalmou as mãos. — Faça isso! — disparou outra vez. — Vamos! Isso vai fazer você se sentir melhor? Vai mudar alguma coisa?

Karl pestanejou; em volta dos dois, as pessoas na rua olhavam fixamente. Ele abaixou as mãos. — Eu... eu sinto muito, Varina.

Ela olhou com raiva para Karl e franziu os lábios. — Ela era sua amiga, e eu compreendo isso. Ela era minha amiga também. Mas Ana também cegou você, Karl. Você jamais foi capaz de ver o que está bem à sua frente.

Dito isso, ela deu meia-volta e deixou Karl, seguiu quase correndo pela Avi. — Varina — chamou ele, mas ela enfiou-se na multidão e desapareceu como se jamais tivesse estado ali. Karl ficou parado na rua, as pessoas passando à sua volta. Karl ouviu as trompas do Templo da Archigos, o templo de Ana, começarem a soar para conclamar a Segunda Chamada, e o som pareceu uma risada debochada.

~ Sergei ca'Rudka ~

— VOCÊ não confia em mim, Karl?

Sergei observou a onda de emoções que percorreu a face do embaixador. O sujeito tinha um rosto impressionantemente franco para quem era diplomata, um defeito que ele possuía desde que Sergei o conheceu. Tudo que Karl pensava ficava nítido para um observador que soubesse ler expressões. Talvez fosse apenas o estilo Paeti; o regente tinha conhecido algumas pessoas da Ilha ao longo de décadas, e a maioria costumava não apenas falar com muita franqueza o que pensava, mas também fazia pouco esforço para esconder opiniões e emoções sinceras. Talvez fosse isso o que tornava a Ilha reconhecida por seus grandes poetas e bardos, pelas canções e pelo temperamento e paixão intensos de seu povo, mas que também os tornava vulneráveis, na avaliação de Sergei.

O estilo deles não era o de Sergei.

Karl pestanejou diante da brutalidade da pergunta, que Sergei disparou antes mesmo que o criado tivesse fechado a porta. O embaixador estava parado na entrada do gabinete do regente, hesitante, quando a porta foi fechada delicadamente atrás dele. — Claro que confio, Sergei — gaguejou um pouco Karl, as palavras saíram carregadas pelo sotaque cantado de Paeti. — Eu não sei do que você está... — E então — Ah.

— Sim. Ah. — Sergei respirou fundo e coçou o nariz. — Eu acabei de receber uma visita bastante desagradável do embaixador co'Görin, embora francamente qualquer visita da parte dele costume ser desagradável. Ainda assim, o sujeito parece achar que você é um homem perigoso que deveria morar na Bastida em vez de andar pelas ruas. Na verdade, ele disse: "em Brezno, o homem seria estripado e pendurado em público por sua impertinência, quanto mais por sua dedicação à heresia." Eu não acho realmente que ele goste de você. — Sergei ficou de pé, foi até Karl e deu um tapa em suas costas.

Co'Görin realmente reclamara sobre Karl, mas o embaixador firenzciano havia comparecido a pedido de Sergei, e ido embora com uma mensagem selada que o regente esperava que já estivesse na bolsa de um mensageiro disparando pela Avi a'Firenzcia a caminho de Brezno. Mas nada disso era algo que ele contaria para ca'Vliomani. — Venha, sente-se comigo, velho amigo. Vou mandar Rodger trazer um chá para nós. Eu ainda não tomei meu café da manhã.

Pouco tempo depois, eles estavam sentados em uma sacada com vista para os jardins. Jardineiros rondavam o terreno e arrancavam qualquer erva daninha que metia sua cara comum no meio da realeza das flores. O chá e os biscoitos permaneciam intocados por qualquer um dos dois.

— Karl, você tem que deixar esse assunto comigo.

— Eu não posso.

— Você deve. Meu pessoal está procurando intensamente a pessoa ou pessoas que fizeram isso com Ana. Estou em cima do comandante co'Falla nessa questão como se ele fosse um cavalo. Não vou deixar o assunto quieto, não vou deixar morrer. Eu lhe prometo. Eu quero justiça para Ana tanto quanto você, mas você tem que *me* deixar fazer isso. Não você. *Você* precisa ficar fora do caminho da investigação.

Karl então encarou Sergei, e o regente viu o desespero pulsar nas bolsas embaixo dos olhos do homem e puxar os cantos da boca. — Sergei, estou convencido de que só pode ter sido um plano firenzciano. Com o hïrzg Jan morto e Fynn no trono, só faz sentido que ele, e talvez o archigos Semini de Brezno... — Karl umedeceu os lábios. — Todos eles têm uma razão para odiar Ana.

Sergei interrompeu Karl com a mão erguida. — Razões, sim, mas você não tem provas. Nem eu. Não ainda.

— Quem mais iria querer Ana morta? Diga para mim. Existe alguém nos Domínios, talvez um a'téni invejoso que queria ser archigos? Ou alguém das províncias? Nós suspeitamos de mais alguém?

— Não — admitiu Sergei. — Eu mesmo suspeito de Firenzcia, mas precisamos saber antes de agir, Karl. — A mentira, como sempre, vinha fácil à boca. Sergei estava acostumado a mentiras. Uma mentira não seria ouvida em sua voz ou vista no espasmo de um músculo.

Às vezes o regente pensava que era composto inteiramente por mentiras e falsidades, que se alguém tirasse essas coisas de Sergei, ele não seria nada além de um fantasma.

— Saber? — repetiu Karl. — Da mesma forma que você *sabia* quando me atirou na Bastida anos atrás? Da mesma forma que *sabia* que eu e os numetodos devíamos ter algo a ver com a morte da kraljica Marguerite?

Sergei esfregou o nariz de prata ao fazer uma careta diante da memória.

— Eu estava cumprindo ordens do kraljiki Justi na época. Você sabe disso. E note que você ainda está vivo, enquanto Justi preferiria que estivesse morto. Reconheça o meu mérito quanto a isso. Karl, o que está em jogo aqui é importante demais para palpites ou para que pessoas esquentadas invadam o gabinete do embaixador da Coalizão para ameaçá-lo. Se seu palpite estiver correto e o hïrzg Fynn for responsável por esse ato, a única coisa que você conseguiu foi alertá-lo de nossas suspeitas. Você e Varina realmente usaram feitiços numetodos? — Ele estalou alto com a língua e balançou a cabeça. — Estou surpreso que você não o tenha matado logo de saída.

— Eu queria — disse Karl. Por um momento, as rugas em volta da boca foram repuxadas, e os olhos brilharam sob a luz do sol. — Mas eu pensei em Ana... — O brilho nos olhos aumentou. Ele limpou-os com a manga da bashta.

Por um instante, Sergei genuinamente sentiu pena e compaixão pelo homem. Ele respeitava a archigos Ana porque não havia outra escolha. Ana jamais deixou alguém chegar muito próximo a ela, mesmo aqueles — como Karl — que podiam ter desejado tal coisa. Sergei sabia disso porque observava Karl ao longo dos anos, observava-o porque era seu dever saber as preferências e interesses das pessoas de destaque nos Domínios. Sergei sabia que ele usava os serviços das mais caras e discretas *grandes horizontales* da cidade, e — o que era interessante para o regente — cada uma dessas mulheres que Karl preferia tinha uma semelhança física com a archigos, e mudava ao longo das décadas, assim como a própria Ana. Foi preciso pouca intuição para adivinhar o motivo dessa preferência.

Karl... Sergei gostava do homem, tanto quanto ele jamais se permitiu gostar de alguém. Ele acenou com a cabeça para o numetodo. — Estou contente que o fantasma de Ana conteve sua mão, do contrário, eu poderia não ter outra escolha. Karl, você tem que deixar essa questão de lado. Prometa para mim. Deixe meus subordinados investigarem. Contarei qualquer coisa que eu descobrir. — Essa era outra mentira, obviamente. Sergei já sabia detalhes do assassinato que não tinha a menor intenção de compartilhar com Karl; tinha suspeitas em mente que ele não falaria.

Na escuridão da Bastida, ele mandou que os gardai o deixassem a sós com um homem, um empregado do comerciante Gairdi, que regularmente viajava entre Nessântico e Brezno. Ele ouviu o choramingo delicioso quando desenrolou o pedaço de lona com as terríveis ferramentas amarradas dentro dela e sorriu para o prisioneiro. — Diga-me a verdade — falou Sergei — e talvez não precisemos de nada disso aqui. — Aquilo também fora uma mentira, mas o homem animou-se com a oportunidade e balbuciou em uma voz alta e rápida. Os gritos, quando vieram depois, foram maravilhosos.

Havia alguns vícios de Sergei que ficavam mais fortes com a idade, não mais fracos. — Prometa para mim — repetiu o regente.

Karl hesitou. O olhar afastou-se de Sergei para pousar no jardim abaixo, e o regente acompanhou o gesto. Lá, um jardineiro enfiou o dedo em um solo tão úmido e rico que parecia negro e arrancou outra erva daninha. O funcionário jogou o emaranhado de folhas e raízes na bolsa de lona pendurada no ombro. Sergei acenou com a cabeça: o trabalho necessário para manter o jardim bonito também exigia morte.

— Eu prometo, Sergei. — O regente, preso na imagem, olhou de volta para Karl e viu que o embaixador sorria palidamente para ele.

Ainda assim... havia alguma coisa que Karl não estava dizendo, alguma informação que estava escondendo. Sergei pôde perceber. O regente concordou com a cabeça, como se acreditasse nele, e decidiu que faria com que co'Falla colocasse alguém para vigiar Karl, com a intenção de descobrir o que o homem sabia, bem como de evitar que o embaixador de Paeti cometesse outro erro crítico — especialmente um erro que pudesse interferir nas próprias intenções de Sergei.

Ana estava morta. Quando ela era viva e uma presença firme e forte que guiava a fé concénziana, Sergei não esteve disposto a tomar o rumo que considerava estar tomando no momento. Porém, com sua morte, com o hesitante e bem mais fraco Kenne eleito para o trono de archigos, com o kraljiki Audric tão doente, frágil e jovem...

Tudo mudou.

— Bom — falou Sergei, que devolveu com afeto o sorriso de Karl. — Tem sido difícil para todos nós, mas especialmente para você, meu bom amigo. Agora, vamos tomar este chá antes que esfrie e provar os biscoitos. Aposto que você não come há dias, pela sua cara. Varina e Mika não estão cuidando de você...?

Naquela noite, uma virada da ampulheta após as trompas anunciarem a Terceira Chamada, Sergei sentou-se com o novo archigos Kenne na sacada de observação do templo na margem sul, para assistir à Cerimônia da Luz, que ocorria diariamente. Há dois séculos ou mais, os ténis da Fé saíam do templo à noite e — com a dádiva do Ilmodo — acendiam as lâmpadas que expulsavam a noite da cidade. Por toda sua vida, Sergei testemunhou o ritual diário. Douradas e dentro de globos de cristal, as lâmpadas mágicas eram colocadas em intervalos de cinco passos ao longo da grande Avi a'Parete, a larga avenida circular que cercava os trechos mais antigos da cidade. Até tarde da noite, as lâmpadas bradavam seu desafio para a lua e as estrelas e proclamavam a grandeza de Nessântico.

Para Sergei, esta era a cerimônia que definia Nessântico para a população. Essa era a cerimônia que proclamava o apoio de Cénzi aos kralji e à fé concénziana, uma cerimônia que ocorria sem alterações há gerações — até a época da archigos Ana. Agora o significado era menor, havia pessoas pelas ruas que podiam produzir luz sozinhas: sem invocar Cénzi, e sem o treinamento de um téni. A aceitação de Ana à heresia dos numetodos diminuiu a Fé, na opinião de Sergei, e forçou a mudança de visão das pessoas.

Mudança. Sergei não gostava de mudança. Mudança significava instabilidade, e instabilidade significava conflito.

Mudança significava que tudo tinha que ser reavaliado. Ana... Sergei nunca fora especialmente íntimo da mulher, porém, no papel de comandante da Garde Civile, e depois como regente, ele certamente tinha trabalhado em conjunto com ela. Independentemente dos defeitos pessoais, Ana tinha sido forte, e Sergei admirava sua força. Foi somente sua presença no trono de archigos que impediu que o reinado de Justi como kraljiki fosse uma catástrofe completa. Só por isso, ele sempre seria grato à memória de Ana.

Mas agora Kenne era o archigos. Sergei gostava genuinamente de Kenne como pessoa. Gostava da companhia do homem e de sua amizade. Contudo, Kenne não seria o archigos que Ana tinha sido. Não *podia* ser porque não tinha a coragem interior. Sergei sabia por que o Colégio A'téni o escolhera — porque nenhum dos outros a'ténis queria o título, a responsabilidade ou os conflitos que vinham com o trono e o cajado de archigos, e eles temiam o cargo especialmente agora. Kenne não era inimigo de ninguém e, principalmente, Kenne era velho. Era frágil. Ele não seguraria o cajado de Cénzi por muitos anos... e talvez quando ele morresse, os tempos fossem menos turbulentos.

O Colégio agiu em nome da autopreservação e, portanto, entregou a Fé a um archigos fraco.

Sergei perguntou-se se algum dia Kenne o perdoaria pelo que ele pretendia fazer.

Os dois homens ficaram parados enquanto os ténis-luminosos saíam em uma longa procissão pelas grandes portas principais bem abaixo deles. Sergei ouviu a melodia sonora do coro que terminava os cultos da noite na capela principal do templo. O som ecoou como uma lamúria pela praça quando as portas se abriram. O sol havia acabado de se pôr, embora o céu nublado do oeste ainda fosse um turbilhão revolto de tons de vermelho e laranja. Sob aquela luz, os ténis deram meia-volta e fizeram o sinal de Cénzi para o archigos, e Kenne abençoou-os com o mesmo gesto.

Os e'ténis — todos pareciam jovem demais aos olhos de Sergei, todos solenes com o fardo do dever — curvaram-se simultaneamente para o archigos, os robes verdes tremularam como um campo de grama ao vento, antes de darem meia-volta novamente para cruzar o enorme pátio diante do templo. A multidão de sempre estava reunida para assistir à cerimônia, embora fosse menor nos últimos anos do que fora na época da kraljica Marguerite, quando os Domínios eram um só e os visitantes afluíam para Nessântico de todos os pontos da bússola. Nos últimos anos, houve muito menos visitantes do leste e do sul, de Firenzcia ou das Magyarias, de Sesemora ou Miscoli. Com a guerra nos Hellins do outro lado do Strettosei, muitos jovens foram embora e as famílias viajavam menos. Embora o pátio do Velho Templo estivesse repleto de espectadores, a Garde Kralji não tinha dificuldades em abrir espaço para os ténis-luminosos; Sergei conseguia enxergar as pedras de pavimentação entre eles. Os ténis chegaram à Avi e dividiram-se em duas fileiras, espalharam-se à leste e à oeste pela avenida e seguiram para as lâmpadas mais próximas, dispostas de cada lado do portão de entrada do Templo do Archigos.

Os primeiros ténis-luminosos alcançaram as lâmpadas. Eles se postaram debaixo do globo reluzente de vidro trabalhado e ergueram os olhos para o céu do anoitecer como se vissem que Cénzi os observava. Os ténis falaram uma única palavra e gesticularam do peito para a lâmpada, os punhos fechados abrindo-se em mãos espalmadas.

As lâmpadas irromperam em uma luz amarela brilhante.

Sergei aplaudiu com Kenne. Mesmo assim...

Aquela única palavra que ativou o feitiço: aquilo era uma mudança também, uma concessão aos numetodos, que conseguiam lançar rapidamente seus feitiços. Era outra mudança provocada por Ana. — Às vezes eu sinto saudade dos velhos costumes, archigos — falou Sergei. — Os cânticos demorados, a sequência de gestos, a maneira como o esforço cansava visivelmente seus ténis... O jeito numetodo de usar o Ilmodo faz tudo parecer muito fácil. Havia... — ele suspirou quando os dois homens se sentaram novamente — ...um *mistério* envolvido naquela época, uma noção de trabalho e amor ao ritual que desapareceu. Não tenho certeza se Ana tomou a decisão certa quando permitiu que os ténis começassem a usar os métodos dos numetodos para iluminar nossas ruas.

Ele viu Kenne concordar com a cabeça. — Eu entendo — respondeu o archigos. — Parte de mim concorda com você, Sergei; havia uma emoção nos velhos rituais que sumiu agora. Porém, os numetodos provaram seu valor contra o hïrzg Jan, e Ana dificilmente poderia abandoná-los depois, não é? — Sergei ouviu Kenne dar uma risadinha irônica. — Nós somos velhos, Sergei. Queremos que as coisas sejam como eram na época da nossa juventude. Quando o mundo era certo e Marguerite ficaria sentada no Trono do Sol para sempre.

Sim. Eu quero isso mais do que você acreditaria. Sergei coçou o lado do nariz onde a cola irritava a pele; alguns pedacinhos da resina saíram sob a unha. — Não há nada de errado com isso. As coisas eram boas naquela época, com a kraljica Marguerite e Dhosti vestindo o robe de archigos. Não houve momento melhor para os Domínios ou para a Fé. Nós vivíamos em uma época perfeita e nem sabíamos.

— Sim, vivíamos. Eu concordo. — Kenne suspirou com a memória.

As portas douradas do templo atrás deles foram abertas, e um u'téni mais velho surgiu, Sergei o reconheceu: Petros co'Magnaio, o assistente de Kenne. O homem vivia com Kenne desde a época do archigos Dhosti. Kenne acenou com a cabeça e sorriu para co'Magnaio quando ele pousou uma travessa com frutas e chá entre os dois. Sergei nunca ficou incomodado por Kenne sofrer do que era eufemisticamente chamado de "doença dos gardai". Havia alguma verdade, afinal, no termo: quando passavam anos em uma campanha, os soldados às vezes encontravam satisfação onde fosse possível, com aqueles que estavam em volta. — O tempo ficará frio com o pôr do sol — disse co'Magnaio. — Pensei que fossem gostar de chá quente.

A mão de Kenne pairou sobre a de co'Magnaio, mas não exatamente a tocou; Sergei sabia que a situação seria diferente se ele não estivesse aqui. — Obrigado, Petros. Não vamos demorar muito aqui, mas agradeço.

Co'Magnaio curvou-se e fez o sinal de Cénzi para eles. — Vou cuidar para que os senhores não sejam incomodados enquanto conversam. Archigos, regente... — O assistente deixou os dois e fechou as portas da sacada ao sair.

— Ele é um bom homem — falou Sergei. — Você deu sorte com ele.

Kenne concordou com a cabeça e olhou afetuosamente para as portas por onde Petros passou. — Falando sobre aqueles que se sentaram no Trono do Sol, Sergei, sinto muito que o kraljiki não tenha podido se juntar a nós na noite de hoje. Como está Audric?

Sergei deu de ombros. Lá embaixo, os ténis-luminosos saíram do templo e seguiram para as lâmpadas mais afastadas da Avi e foram acompanhados pela multidão murmurante. Os pombos desceram dos domos do templo e dos telhados dos prédios do complexo para ciscar nas pedras que ficaram vagas na praça, atrás de restos. — Ele não está bem. — O regente olhou para trás; as portas permaneciam fechadas, mas, ainda assim, Sergei abaixou a voz. — Você teve sorte em achar outro téni com dons de cura?

Kenne suspirou. — Esses sempre foram os dons mais raros, e uma vez que a Divolonté condena seu uso em especial... bem, tem sido difícil, mas eu tenho esperanças. Petros está realizando uma apuração criteriosa. Encontraremos alguém. — O archigos fez uma pausa, olhou para as frutas no prato entre eles e escolheu um pedaço. Kenne tinha mãos compridas e delicadas, mas a pele em volta dos ossos era fina e enrugada, e Sergei notou o tremor quando o archigos levou uma casca de fruta doce aos lábios e a chupou. *Não podemos permitir fraqueza tanto no kraljiki quanto no archigos, não se quisermos sobreviver.*

— Sergei, temos que considerar o que pode acontecer se o menino morrer — continuou Kenne, quase como se tivesse escutado os pensamentos de Sergei. — Os filhos de Justi... — Ele franziu a testa e devolveu a casca de fruta ao prato. — Amarga demais. Os filhos de Justi nunca foram conhecidos pela longevidade.

Os ténis seguiram pela Avi e sumiram de vista. O som do coro terminou em um acorde etéreo e persistente. — Espero que Cénzi não nos faça encarar essa escolha — falou Sergei com cuidado. — Mas é o que todo mundo está se perguntando, não é?

— Existem os gêmeos ca'Ludovici, Sigourney ou Donatien. Eles são, o quê...? — Kenne franziu os lábios finos em concentração — ...primos em segundo grau de Audric e primos diretos de Justi, pois Marguerite era tantziabisamatarh deles. Já são maiores de idade, o que é bom. Donatien, em especial, destacou-se na Guerra dos Hellins, mesmo que as coisas não andem bem ultimamente, e ele é casado com uma ca'Sibelli, uma tradicional família de Nessântico; nós poderíamos chamá-lo de volta dos Hellins. Sigourney, entretanto, pode ser a melhor escolha. Ela ainda carrega o sobrenome ca'Ludovici, logicamente: isto certamente tem um peso incrível aqui, e Sigourney fez sua presença ser sentida no Conselho dos Ca'. Os dois têm direito ao trono mais direto em termos de linhagem, creio eu, e tenho certeza de que o Conselho dos Ca' apoiaria qualquer uma das duas reivindicações ao Trono do Sol.

Sergei não ficou surpreso ao ver que o pensamento do archigos corria tão paralelo ao seu; ele suspeitava que este fosse o caso por toda parte dos Domínios e também da Coalizão. O regente fez uma pausa e perguntou-se se deveria falar mais. Seria interessante, talvez, ver como Kenne reagiria. — Allesandra ca'Vörl pode alegar ter a mesma linhagem e o mesmo relacionamento através de sua matarh — respondeu Sergei, como se divagasse à toa. — Por falar nisso, o novo hïrzg Fynn pode alegar o mesmo. Eles também são primos em segundo grau de Marguerite, com o mesmo direito ao trono que Sigourney ou Donatien.

Sob a luz intensa das lâmpadas mágicas, as sobrancelhas de Kenne escalaram os sulcos em sua testa. — Você não está sugerindo seriamente...

O tom volúvel era a reação que o regente esperava, e Sergei sorriu rapidamente para dar a impressão de que as palavras eram uma simples brincadeira. — Longe disso. Apenas apontei como Allesandra poderia reagir. Certamente Sigourney ou Donatien seriam boas escolhas, como você sugere, embora talvez nós precisemos que Donatien permaneça como comandante nos Hellins. No entanto, Audric não está morto, e eu preferiria que ele continuasse assim.

Porém, se o pior acontecer... Você está certo; nós devemos considerar a sucessão. Os Domínios já estão partidos, graças à incompetência de Justi, e não podemos permitir que o que sobrou se rompa ainda mais. — O regente fez uma pausa. Ele cerrou os olhos e coçou o queixo propositalmente, como se a ideia tivesse acabado de lhe ocorrer. — Mas... talvez os Domínios e a Coalizão possam chegar a um meio-termo se o pior acontecer, Kenne. Um ca'Vörl tomaria o Trono do Sol, mas a fé concénziana seria regida por você, não por Semini ca'Cellibrecca. — *Pronto. Vejamos como ele considera a oferta.*

— Você aceitaria os assassinos de Ana sentados no Trono do Sol? — O horror na voz do homem era palpável.

Sergei bufou com desdém, um assobio alto soou pelas narinas de metal do nariz falso. — Você está fazendo a mesma acusação que o embaixador ca'Vliomani. Até o presente momento, não tem fundamento.

— Quem mais *teria* feito isso com Ana, Sergei? Sabemos que não foram os numetodos, pois ela era aliada deles.

Sergei não insistiu mais na questão. Ele já sabia o que precisava. — Isso é algo que meu pessoal está tentando determinar. E vão conseguir. — O fogo do pôr do sol não ardia mais no céu do oeste. As estrelas lutavam contra as chamas frias das lâmpadas mágicas, e o frio da noite tomava conta da cidade. Sergei sentiu um arrepio e levantou-se da cadeira. As juntas do joelho estalaram e protestaram com o movimento; ele gemeu com o esforço. O regente ainda sentia a dor nos músculos e os hematomas da ocasião em que se jogou sobre Audric no templo.

Velhos, realmente...

Petros devia estar vigiando (e com certeza escutando também) pelas frestas das portas do templo; assim que Sergei se levantou, elas foram abertas e um atendente e'téni correu até ele com seu sobretudo. O regente viu Petros parado na penumbra do corredor atrás das portas. — Eu tenho que verificar como Audric está, archigos — disse Sergei ao se ajeitar nas dobras de lã. — Se você encontrar alguém com os dons que discutimos, por favor, mande esta pessoa para o palácio imediatamente.

— Eu mesmo passarei lá em mais ou menos uma virada da ampulheta — falou Kenne. — Petros já deve ter aprontado minha sopa neste momento, mas passarei depois, para ver o que posso fazer.

— Obrigado, archigos. Eu talvez veja você, então.

Ao sair do templo, Sergei perguntou-se se sua mensagem já chegara a Brezno e que recepção teria recebido.

Allesandra ca'Vörl

— A FLECHADA DO SEU FILHO foi tão boa quanto uma das minhas — declarou Fynn.

Allesandra duvidava disso. Jan podia não ter o volume e o poder da massa muscular de Fynn. Podia não ser capaz de manejar o peso do aço temperado que alguém como Fynn podia com facilidade fazer, mas o menino cavalgava como ninguém e tinha uma mira com flechas que pouquíssimos poderiam igualar. Allesandra tinha certeza de que nem Fynn, nem outra pessoa qualquer poderia ter acertado, quanto mais derrubado, o cervo montado nas costas de um cavalo a galope.

Porém, pareceu simplesmente melhor apenas aquiescer com a cabeça, dar um falso sorriso para Fynn e concordar. Era a atitude mais segura, mas concordar com a falsidade machucava, pois o orgulho pelo filho fazia com que ela quisesse discordar. Allesandra guardou o sentimento, juntamente com outras mágoas e insultos que Fynn e seu vatarh deram a ela ao longo dos anos.

— Foi sorte eu ter estado lá para dar a última flechada, ou o cervo teria escapado.

Allesandra sorriu novamente, embora soubesse que não tinha sido sorte ou destino, apenas a demonstração de que Jan sabia que não deveria eclipsar a presença do hïrzg. Um gesto político, tão habilidoso quanto qualquer um que ela pudesse ter feito.

Os dois andavam pela sacada leste do Palácio da Encosta do Cervo — tão reservado quanto qualquer um podia ser dentro da propriedade. Os gardai estavam em rígida posição de sentido no ponto onde a sacada fazia uma curva do norte para o sul; era evidente que eles evitavam o hïrzg e a a'hïrzg de maneira impassível enquanto olhavam para fora. Das janelas abertas para entrar a brisa da noite, Allesandra e Fynn ouviam os murmúrios dos convidados na mesa de onde acabaram de sair. Ela conseguiu distinguir a voz de Jan quando ele riu de algo que Semini disse.

Allesandra olhou para leste, na direção da bruma da noite que subia como uma maré lenta que vinha dos vales para as encostas íngremes onde o palácio estava instalado. O topo das sempre-vivas embaixo deles estava envolvido por filamentos de nuvens brancas, embora os picos sem árvores e assolados pelo vento permanecessem banhados pelo sol, que reluzia nos penhascos de granito e nos bancos de neve presos às rochas. Em algum lugar escondido na bruma lá embaixo, uma cachoeira borbulhava e cantava.

— É realmente bonito aqui — disse Allesandra. — Eu nunca me dei conta quando estive aqui quando era menina. O vavatarh Karin escolheu um lugar perfeito: deslumbrante e perfeitamente defensável. Nenhum exército jamais conseguiria tomar a Encosta do Cervo se o local fosse bem defendido.

Fynn concordou com a cabeça, embora não parecesse estar olhando para a paisagem. Em vez disso, ele remexia o punho brocado da manga. — Eu pedi que andasse comigo para que pudéssemos conversar sozinhos, irmã.

— Imaginei que fosse isso. Nós, ca'Vörls, raramente fazemos alguma coisa sem motivos ocultos, não é? — falou Allesandra, que deu um rápido sorriso. — O que você queria me dizer, irmãozinho?

Ele sorriu, brevemente, ao ouvir isso, e o movimento contorceu a larga cicatriz na bochecha. — Você nunca me conheceu quando eu era pequeno.

— Houve uma boa razão para isso. — Sim, aquela mágoa estava bem no âmago da montanha interior, a semente de onde tudo brotou...

— Ou uma má razão. Eu não entendi na época, Allesandra, por que o vatarh deixou você em Nessântico por tanto tempo. Depois que ele finalmente me contou a seu respeito, eu sempre me perguntei por que o vatarh deixou minha irmã mofar em outro país, que ele obviamente odiava tanto.

— Você entende agora? — perguntou ela, e continuou antes que Fynn pudesse responder. — Porque eu ainda não entendo. Sempre esperei que o vatarh se desculpasse ou explicasse, mas ele nunca fez isso. E agora...

— Eu não quero ser seu inimigo, Allesandra.

— Nós somos inimigos, Fynn?

— É o que pergunto a você. Eu gostaria de saber.

Allesandra esperou antes de responder. O parapeito de mármore da sacada sob sua mão estava molhado, o orvalho lustrou os torvelinhos azul-claros na pedra leitosa. — Você acha que, se nossas posições fossem invertidas, e eu tivesse sido nomeada hïrzgin pelo vatarh, então você me consideraria sua inimiga? — perguntou ela com cautela.

Fynn fez uma careta e abanou o ar fresco como se estivesse espantando um inseto irritante. — Tantas palavras... — Ele suspirou alto, e a irmã ouviu a irritação no gesto. — Você faz discursos que entram em meus ouvidos e distorcem o significado das minhas próprias palavras, Allesandra. Eu nunca fui capaz de duelar com palavras e discursos; esta não é uma das minhas habilidades. Também não era uma habilidade do vatarh. Ele sempre dizia exatamente o que pensava: nem menos, nem mais, e o que não queria que alguém soubesse, ele não dizia de maneira alguma. Eu fiz uma pergunta bem simples, Allesandra: você é minha inimiga? Por favor, faça a gentileza de dar uma resposta simples, sem enfeites.

— Não — respondeu ela com firmeza, depois balançou a cabeça. — Fynn, apenas um idiota responderia com outra coisa que não "não, nós não somos inimigos". Você também sabe disso, apesar dos protestos. Você pode ser muitas coisas, mas não é *tão* simples assim, e eu não sou tão tola a ponto de cair em uma armadilha tão óbvia. Qual é a verdadeira pergunta que você está escondendo?

Fynn bufou com irritação e bateu com a mão no parapeito. Allesandra pôde sentir o impacto da mão, que fez tremer o parapeito. — Existem... existem *pessoas*... — Ele parou e respirou fundo, bem alto. Quando soltou o ar, Allesandra viu a condensação diante do rosto de Fynn. Ele tocou a coroa dourada e lisa que usava na cabeça. — O vatarh me disse antes de morrer que havia rumores entre os chevarittai e os ténis mais graduados da fé concénziana. Alguns deles eram contra minha nomeação como o a'hïrzg ou diziam que eu era... estúpido demais. — Ele cuspiu a palavra como se tivesse um gosto desagradável na língua. — Alguns deles queriam que você tivesse aquele título ou queriam outra pessoa completamente diferente para assumir a coroa dos hïrzgai.

— O vatarh disse para você quem espalhava esses rumores? De onde eles vinham? — indagou ela. Allesandra tinha que fazer a pergunta. Ela tremeu um pouco e esperou que Fynn não tivesse notado. — O vatarh contou quem disse isso?

No entanto, Fynn apenas balançou a cabeça. — Não. Nenhum nome. Apenas... que havia pessoas que seriam contra mim. Se eu encontrá-las... — O hïrzg respirou fundo pelo nariz e fez uma expressão séria. — Eu acabarei com elas. — Ele olhou diretamente para a irmã. — Eu não me importo com quem elas sejam e não me importo com quem eu tenha que machucar.

Allesandra virou a face para que ele não pudesse vê-la e olhou para a névoa que passava pelos pinheiros logo abaixo. *Ótimo. Porque eu conheço algumas dessas pessoas, e elas me conhecem...* — Você não pode punir rumores, Fynn. Não pode acorrentar e aprisionar fofocas da mesma forma que não pode capturar a bruma.

— Eu não acho que o vatarh tenha sido enganado pela bruma.

— Então, o que você quer de mim, irmãozinho?

Era isso que Fynn queria que ela perguntasse. Allesandra percebeu pela expressão dele, sob a luz que diminuía no céu. — No Besteigung — ele começou a falar, depois parou para colocar a mão em cima da mão da irmã, no parapeito. Não pareceu um gesto afetuoso. — Você é aquela para quem todos olham. Você é aquela que poderia ter sido hïrzgin se o vatarh não mudasse de ideia. Os ca' e co' ainda gostam de você, e muitos acham que o vatarh agiu mal a seu respeito. Os rumores sempre giram em torno de *você*, Allesandra. Você. Eu quero parar com os rumores; quero que não haja razão alguma para eles existirem. Então... no Besteigung, eu quero que você, e Pauli e Jan também, façam um voto formal de lealdade ao trono. Em público, para que todos ouçam vocês dizerem as palavras.

Elas seriam apenas *palavras*, Allesandra quis dizer para o irmão, *com tanto significado quanto as que eu disse agora "não, Fynn, não sou sua inimiga". Palavras e votos não significam nada: para saber isso, basta olhar para a história...* Mas ela sorriu gentilmente para o irmão e deu um tapinha na mão dele. Talvez ele realmente fosse simples assim, tão inocente? — Claro que faremos isso — disse Allesandra. — Eu sei qual é o meu lugar. Sei onde eu devo estar e onde quero estar no futuro.

Fynn concordou com a cabeça e afastou a mão da irmã. — Ótimo — disse ele com um tom alto de alívio na voz. — Então nós esperamos por isso. — *Nós*... Ela ouviu o plural real na voz, completamente inconsciente, e franziu os lábios diante disso. — Eu gosto de seu filho — disse Fynn subitamente. — Ele é inteligente, como você, Allesandra. Eu odiaria achar que Jan esteve envolvido em algum plano contra mim, mas se ele esteve, ou se a família dele esteve... — O rosto ficou contraído novamente. — O ar está frio e úmido aqui fora, Allesandra. Eu vou entrar. — Fynn deixou a irmã e voltou para o calor do salão comunal do palácio. Allesandra ficou ao lado do parapeito um instante mais antes de segui-lo. Observando até que as brumas estivessem quase no mesmo nível que ela e o mundo lá embaixo tivesse desaparecido na penumbra e nas nuvens.

Allesandra pensou em ser hïrzgin e percebeu que o Grande Trono de Brezno jamais a satisfaria, mesmo que tivesse sido dela. Era uma conclusão difícil, mas ela soube agora que foi em Nessântico que tinha sido mais feliz, que tinha se sentido mais em casa.

— Eu sei qual é o meu lugar, irmão — sussurrou Allesandra para o silêncio da bruma. — Eu sei. E será meu.

~ Nico Morel ~

NICO OUVIU TALIS FALAR no outro cômodo, embora a matarh tenha ido à praça para comprar pão.

A matarh deu um beijo e mandou Nico tirar uma soneca, disse que voltaria antes do jantar. Mas ele não conseguiu dormir, não com o barulho de gente na rua bem do lado de fora das persianas da janela, nem com o sol que penetrava pelas frestas entre as tábuas. De qualquer maneira, Nico estava velho demais para sonecas. Aquilo era coisa de criança, e ele estava se tornando um homenzinho. A matarh também disse isso para ele.

Nico jogou os cobertores para o lado e cruzou o quarto de mansinho. Inclinou o corpo para frente, o suficiente para enxergar pela borda da porta arranhada e empenada que nunca fechava direito — fez questão de não tocá-la, pois sabia que as dobradiças dariam um alarme enferrujado. Através da fenda entre a porta e a ombreira, ele conseguiu ver Talis. Ele estava debruçado sobre a mesa que a matarh usava para preparar as refeições. Havia uma tigela rasa sobre a mesa, e Nico franziu os olhos em um esforço para ver melhor: animais entalhados dançavam pela borda, e a tigela tinha o mesmo tom castigado pelo clima da estátua de bronze de Henri IV, na praça do Velho Distrito. A matarh não tinha uma tigela de metal, pelo menos nenhuma que Nico tivesse percebido; os animais entalhados também eram estranhos: um pássaro com a cabeça de uma cobra; um lagarto escamoso com um focinho comprido cheio de dentes arreganhados. Talis despejou água do jarro da matarh dentro da tigela, depois desamarrou uma bolsinha de couro do cinto e sacudiu um pó avermelhado e fino na palma da mão. Ele polvilhou o pó na água como se estivesse salgando comida. Passou a mão sobre a tigela como se acalmasse alguma coisa, depois disse palavras na língua estranha que às vezes falava quando sonhava à noite, aninhado com a matarh de Nico na cama.

Uma luz pareceu brilhar dentro da tigela e iluminou o rosto de Talis com um tom pálido de amarelo esverdeado. Ele olhou fixamente o interior da tigela brilhante, de boca aberta, e a cabeça foi se aproximando cada vez mais, como se Talis estivesse pegando no sono, embora os olhos estivessem arregalados. Nico não sabia dizer por quanto tempo ele encarou a tigela — bem mais do que o tempo em que Nico tentou prender a respiração. Enquanto assistia, Nico achou que sentiu uma friagem, como se soprasse um vento de inverno da tigela, tão frígido que ele estremeceu. A sensação ficou mais intensa, e o fôlego que Nico tomou deu a impressão de sugar todo o frio, embora o ar, de alguma forma, quase parecesse quente dentro do corpo. O que fez com que ele quisesse expelir o ar, como se pudesse cuspir fogo gelado.

No outro cômodo, a cabeça de Talis pendeu ainda mais. Quando o rosto pareceu estar a dois centímetros de tocar a borda da tigela, o brilho sumiu tão repentinamente quanto surgiu, e Talis arfou como se respirasse pela primeira vez.

Nico também arfou, involuntariamente, como se o frio e o fogo dentro dele tivessem sumido no mesmo momento. O menino começou a recuar a cabeça da porta, mas foi detido pela voz de Talis. — Nico. Filho.

Ele voltou a espiar. Talis olhava fixamente para Nico, com um sorriso que contorcia as linhas do rosto moreno-escuro. Havia mais rugas ali ultimamente, e o cabelo de Talis começou a ficar salpicado de fios grisalhos. Ele gemeu ao se levantar rápido demais, e as juntas às vezes rangiam, embora a matarh dissesse que Talis tinha a mesma idade que ela. — Está tudo bem, filho. Não estou bravo com você. — O sotaque de Talis também parecia mais carregado do que o normal. Ele gesticulou para Nico, que notou uma mancha de pó vermelho ainda na palma da mão. Ele suspirou como se estivesse cansado e precisasse dormir. — Venha aqui. — Nico hesitou. — Não se preocupe; venha aqui.

Nico empurrou a porta para abri-la; a dobradiça, como ele sabia, rangeu alto, e foi até Talis. O homem ergueu o menino (sim, ele gemeu com o esforço) e colocou-o em uma cadeira perto da mesa para que pudesse ver a tigela. — Nico, esta é uma tigela especial que eu trouxe comigo do país onde costumava viver. Veja... tem água dentro. — Talis mexeu na água com um dedo. Ela parecia completamente normal agora.

— A tigela é especial porque faz a água brilhar? — perguntou Nico.

Talis continuou a sorrir, mas o jeito com que as sobrancelhas desceram sobre os olhos fez o sorriso parecer de certa forma inadequado no rosto. Nico viu o próprio rosto no reflexo das íris marrom-escuras dos olhos de Talis. Havia dobras fundas nos cantos daqueles olhos. — Ah, você viu aquilo, não é?

Nico concordou com a cabeça e perguntou — Aquilo era magia? Eu sei que não é um téni porque nunca vi você ir ao templo com a matarh e eu. Você é um numetodo?

— Não, não sou um numetodo, nem um téni da fé concénziana. O que você viu não era magia, Nico. Era apenas a luz do sol que entrou pela janela e foi refletida pela água na tigela, só isso. Eu também vi; era tão intensa que parecia que havia um pequeno sol debaixo d'água. Eu gostei como a tigela ficou, então a observei por um tempo.

Nico concordou com a cabeça, mas se lembrou do pó vermelho, da cor estranha e verdejante da luz e da maneira como a claridade banhou o rosto de Talis, como se fosse acariciado por uma mão de luz. Ele lembrou do fogo frio, mas não mencionou nada disso. Pareceu melhor não mencionar, embora não tivesse certeza do porquê.

— Eu amo você, Nico — continuou Talis, que se ajoelhou no chão perto da cadeira de Nico, de maneira que os rostos ficassem na mesma altura. Ele pousou as mãos nos ombros do menino. — Eu amo Serafina... sua matarh... também. E a melhor coisa que ela me deu na vida, a coisa que mais me deixou feliz, é você. Sabia disso?

Nico concordou novamente. Talis apertou os dedos em seus braços com tanta força que ele não conseguia se mexer. O rosto de Talis estava quase próximo ao seu, e Nico sentiu o cheiro de bacon e chá adoçado com mel no hálito do homem, e também um leve traço de algum condimento que não conseguiu identificar de forma alguma. — Ótimo — falou Talis. — Agora, preste atenção, não há necessidade de comentar sobre a tigela ou a luz do sol com sua matarh. Eu pensei que um dia pudesse dá-la de presente para sua matarh, e quero que seja uma surpresa, e você não quer estragá-la, não é?

Nico balançou a cabeça ao ouvir isso, e Talis deu um largo sorriso, como se tivesse contado uma piada para si mesmo que Nico não ouviu. — Excelente — disse ele. — Agora, deixe-me terminar de lavar a tigela, que era o que eu estava começando a fazer quando você me viu. É por isso que coloquei água dentro dela. — Talis soltou Nico; o menino esfregou os ombros enquanto o homem pegou a tigela, mexeu de maneira ostentosa a água dentro dela e depois abriu as persianas da janela para jogá-la na jardineira com flores. Talis secou a tigela com a bashta de linho, e Nico ouviu o tom do metal. Viu Talis colocar a tigela dentro de uma bolsa que ele mantinha debaixo da cama que compartilhava com sua matarh, depois recolocar a bolsa debaixo do colchão de palha.

— Pronto — falou Talis ao endireitar o corpo novamente. — Este será nosso segredinho, hein, Nico? — Ele piscou para o menino.

Esse seria o segredo deles. Sim.

Nico gostava de segredos.

A Pedra Branca

ELES VINHAM A ELA À NOITE, aqueles que a Pedra Branca matou. À noite, eles agitavam-se e acordavam. Reuniam-se em volta da Pedra Branca em sonhos e falavam com ela. Geralmente, quem falava mais alto era o Velho Pieter, a primeira pessoa que ela matou.

Ela tinha 12 anos.

— *Lembre-se de mim*... — murmurava o Velho Pieter para ela durante o sono. — *Lembre-se de mim*...

O Velho Pieter era um vizinho no modorrento vilarejo na Ilha de Paeti, e ela conhecia o homem desde que nasceu, especialmente depois que seu vatarh morreu, quando ela tinha seis anos. O Velho Pieter sempre foi amigável com ela, ria e dava como presentes os animais que ele entalhava a partir de galhos de árvore, com a pequena faca que sempre levava no cinto. Ela pintava os animais que ganhava e colocava no parapeito da janela em seu pequeno quarto, onde pudesse vê-los todas as manhãs.

O Velho Pieter tinha cabras, e, quando sua matarh permitia, ela às vezes ajudava o homem com o pequeno rebanho. No dia em que sua vida mudou, no dia que entrou no caminho que a traria até aqui, ela havia saído com Pieter e as cabras perto do Água Berrante, um córrego barulhento que descia rápido das encostas da Colina dos Carneiros, um dos morros altos ao sul do vilarejo. As cabras pastavam placidamente perto do córrego, e ela andava perto dos animais quando viu um corpo no chão: uma corça recém-morta, com o corpo dilacerado por carniceiros e moscas que começavam a se agitar em volta da carcaça. A cabeça da corça, no longo pescoço castanho-amarelado, olhava com desespero com seus belos olhos grandes.

— Se *cê* olhar no olho direito, *cê* vai ver o que matou *ela*.

Uma mão acariciou seu ombro e desceu pelas costas antes de se afastar. Ela levou um susto, pois não percebeu que o Velho Pieter surgira por trás. — O olho direito *tá* ligado à alma de uma pessoa ou de um animal — continuou ele. — Quando um ser vivo morre, bem, o olho direito se lembra da última coisa que viu: o último rosto ou a coisa que matou *ele*. Olhe dentro do olho daquela corça que *cê* vai ver lá dentro: um lobo, *tarvez*. Acontece com gente, também. Assassinos são capturados desse jeito: quando alguém olha no olho direito da pessoa que eles mataram e vê o rosto do assassino ali.

Ela estremeceu ao ouvir isso e afastou-se, o Velho Pieter riu. A mão do homem tirou do rosto da menina as mechas de cabelo que escaparam das tranças, e ele sorriu afetuosamente para ela. — Agora, não fique transtornada, menina. Anda, vai cuidar das cabras, que eu vou entalhar alguma coisa *procê*.

O Velho Pieter voltou a ela no fim da tarde, quando a menina estava sentada às margens do Água Berrante vendo o córrego passar pelo leito rochoso. — Aqui, *cê* gostou? — perguntou ele.

Era uma figura humana entalhada, pequena o suficiente para ela esconder facilmente na mão: uma figura nua e inegavelmente feminina, com pequenos seios como os que brotavam em seu próprio peito. O cabelo a deixou mais perturbada: há uma lua, uma mulher ca' de Nessântico passou pela cidade e ficou uma noite na estalagem da estrada para An Uaimth. O cabelo da mulher era trançado e preso em um nó complicado atrás da cabeça; fascinada por este vislumbre da moda de fora, a menina trabalhou por dias para imitar aquelas tranças; desde então, ela trançava o cabelo todo dia, da mesma maneira. Estava trançado agora, igual ao da figura nua, e a mão foi involuntariamente ao nó do cabelo atrás da cabeça. Ela quis, de repente, desmanchá-lo.

A menina olhou fixamente para o entalhe, sem saber o que dizer, e sentiu a mão do Velho Pieter na bochecha. — É *ocê*. *Tá* virando uma mulher agora.

A mão do homem pegou a cabeça dela e puxou a menina em sua direção, apertou-a com força contra ele. Ela sentiu a excitação do Velho Pieter, dura contra a sua coxa. A menina soltou a boneca.

O que aconteceu em seguida ela jamais esqueceria: a dor e a humilhação do ato. A vergonha. E depois que acabou, depois que o peso do homem saiu de cima dela, a menina viu o cinto caído na grama ao lado, e ali estava a bainha com a faca, que ela pegou. A menina pegou o cabo com as mãos tremendo, chorando, com sua tashta arrancada e meio rasgada, com seu sangue e o sêmen dele espalhados nas coxas, pegou com toda a raiva, fúria e medo por dentro e esfaqueou o Velho Pieter. Enfiou a faca na parte baixa da barriga do homem, e quando ele gemeu e berrou assustado, ela puxou a lâmina e a enfiou mais uma vez, e mais uma vez, e mais uma vez até que ele parou de gritar, parou de bater na menina com os punhos e parou de se mover completamente.

Coberta no próprio sangue e no sangue do Velho Pieter, ela deixou a faca cair quando se ajoelhou ao lado dele. Os olhos mortos do homem encararam a menina.

— *Quando um ser vivo morre, o olho direito se lembra da última coisa que viu: o último rosto que viu...*

Ela quase se arrastou até a margem do Água Berrante. Encontrou uma pedra ali, um seixo branco e polido pela água, do tamanho de uma moeda grande. A menina trouxe a pedra de volta e enfiou no olho direito do homem. Depois, ficou encolhida ali, a poucos passos do Velho Pieter, até que o sol estivesse praticamente posto e as cabras se reunissem ao redor dela. Os animais baliram e queriam voltar aos estábulos. A menina acordou, como se tivesse dormido, viu o corpo ali e se percebeu sendo levada na direção dele pela curiosidade. Ela levou a mão trêmula ao rosto do homem, ao olho direito coberto pelo seixo, e pegou a pedra. O seixo pareceu quente de um modo estranho. O olho embaixo estava cinza e opaco, e embora a menina tenha olhado com cuidado, não viu nada ali: nenhuma imagem de si mesma. Absolutamente nada. Ela apertou com força o seixo na mão: a pedra quente quase pulsava com vida. Sua respiração estremeceu quando ela apertou o seixo contra o peito.

Então, ela foi embora e deixou o corpo ali. Foi para o sul, não para o norte, e levou o seixo consigo.

A menina jamais retornaria para o vilarejo onde nasceu. Nunca mais veria sua matarh novamente.

A Pedra Branca revirou-se no sono. — *Eu não queria machucar* ocê, *menina* — sussurrou o Velho Pieter nos sonhos. — *Não queria mudar* ocê. *Sinto muito, sinto muito...*

◇◇◇ PRESSÁGIOS ◇◇◇

Enéas co'Kinnear

Audric ca'Dakwi

Sergei ca'Rudka

Allesandra ca'Vörl

Karl ca'Vliomani

Enéas co'Kinnear

Jan ca'Vörl

Sergei ca'Rudka

Nico Morel

Varina ci'Pallo

Allesandra ca'Vörl

A Pedra Branca

~ Enéas co'Kinnear ~

AGORA ELE QUERIA ter se preocupado em aprender mais da língua ocidental.

Enéas conhecia algumas das palavras, o suficiente para se virar nos bazares ruidosos, cheirosos e lotados de Munereo. Lá, entre a multidão que tagarelava e se acotovelava, podia-se encontrar perfumes doces das planícies de Horn Ocidental; iguarias doces, escuras e saborosas das florestas do Grande Rio do Sul; cestas com pinturas elaboradas dos povos da Grande Espinha; belas peças de lã das ovelhas dos morros do nordeste de Paeti, tingidas com tons intensos de verde e laranja, com estampas elaboradas, bordadas em padrões geométricos; frutas e ervas exóticas que os vendedores diziam vir de todas as partes dos grandes lagos internos do continente ocidental. Nos mercados oficiais, Enéas encontrava produtos inferiores com preços duas ou três vezes mais altos do que pagaria nos mercados abertos, vendidos por ocidentais que sabiam a língua de Nessântico.

Mas era nos bazares, escondidos no labirinto de ruas estreitas da cidade onde os habitantes nativos ainda moravam, que os verdadeiros tesouros eram encontrados, e lá ninguém falava a língua de Nessântico, mesmo que soubesse.

Munereo... era um sonho. Outra vida, como a época em que ele viveu na própria Nessântico. Comparados à dura realidade, aqueles tempos pareciam ter acontecido com outra pessoa, inteiramente em outra vida.

Enéas sabia que as pessoas de puro sangue nativo eram chamadas de tehuantinos. Neste momento, era com os tehuantinos que eles lutavam. Os tehuantinos fluíram para os Hellins vindos das montanhas a oeste, após o comandante Petrus ca'Helfier ter sido assassinado por ter estuprado ou se apaixonado por — dependia de quem contava — uma mulher tehuantina. Ca'Helfier fora assassinado por um ocidental. Então, o novo comandante — Donatien ca'Sibelli — retaliou, houve tumultos, baderna e agitação crescentes, e o conflito finalmente se expandiu em uma guerra aberta, com cada vez mais tehuantinos vindo dos Hellins.

Agora Enéas seria uma nova baixa naquela guerra. *Se esta for a Sua vontade, Cénzi, então irei até o Senhor com prazer...*

Ele gemeu ao levar um chute nas costelas de um pé em sandálias levando o fôlego e as memórias embora. Alguém rosnou alguma coisa rápida e praticamente ininteligível na língua dos tehuantinos para Enéas. — ...pé... — ouviu ele. — ...momento... — Enéas fez um esforço para abrir os olhos, que estavam apertados contra o sol implacável, para ver a carranca do ocidental: a pele da cor de chá; as bochechas tatuadas com faixas azuis e pretas da classe guerreira; os dentes brancos; a armadura de bambu no corpo, e, na mão, uma espada curva ocidental que o homem usava para gesticular e que fazia um som audível quando a lâmina cortava o ar.

Enéas tentou mexer as mãos e descobriu que estavam firmemente amarradas atrás das costas. Ele lutou para se levantar, mas a perna e o tornozelo feridos recusaram-se a cooperar. — Não — falou Enéas na língua ocidental. O o'offizier tentou fazer com que a recusa soasse menos rebelde e procurou na mente confusa pelo cansaço as palavras que poderia usar. — Eu... machucado. Não posso... pé. — Enéas torceu para que o ocidental entendesse a sintaxe e o sotaque capengas.

O ocidental suspirou com irritação. O homem ergueu a espada, e Enéas soube que estava prestes a morrer. *Eu vou ao Senhor, Cénzi.* Ele esperou pelo golpe e ergueu os olhos para ver o golpe mortal, para que o ocidental soubesse que não tinha medo.

— Não. — Enéas ouviu a palavra; outra voz. Uma mão deteve o braço do ocidental assim que começou a descer. Outro tehuantino entrou no campo de visão de Enéas. Não havia marcas de classe no rosto deste homem, as mãos não tinham calos e pareciam ser macias, e ele usava uma roupa simples e folgada que não era diferente das bashtas e tashtas da terra natal do o'offizier. À exceção do chapéu decorado com plumas que o homem usava sobre o cabelo escuro e oleoso, ele poderia se passar simplesmente por um estrangeiro qualquer em Nessântico. — Não, Zolin — repetiu o sujeito para o guerreiro, depois liberou uma enxurrada de palavras velozes demais para Enéas compreender.

O guerreiro grunhiu e embainhou a arma. Ele gesticulou uma vez para Enéas.

— ...ruim... sua escolha... nahual Niente — disse o homem e foi embora.

Nahual. Isso queria dizer que seu salvador era o líder dos nahualli, os ténis-guerreiros dos ocidentais. "Niente" podia ser um nome, podia ser um título secundário; Enéas não sabia. Ele encarou o homem e notou que seu cinto continha dois dos estranhos apetrechos em forma de tubo de marfim que foram usados para matar o a'offizier ca'Matin. Enéas perguntou-se se seria o próximo; teria preferido a espada. Ele fechou os olhos e ofereceu outra rápida prece silenciosa para Cénzi.

— Você consegue andar, o'offizier?

Enéas abriu os olhos ao ouvir o sotaque carregado de Nessântico. O nahual Niente olhava fixamente para ele, que balançou a cabeça. — Com dificuldade. Meu tornozelo e a perna...

O homem resmungou e ajoelhou-se ao lado de Enéas. Ele tocou a perna do o'offizier sob o uniforme e sondou com as mãos. Enéas soltou um ganido involuntário quando o nahualli manipulou seu pé. Niente resmungou novamente e chamou alguém. Um jovem veio correndo com uma grande bolsa de couro e entregou para o feiticeiro. O homem vasculhou o interior e tirou uma peça comprida de linho branco. Ele enfaixou a perna de Enéas e bateu na mão do o'offizier quando ele tentou detê-lo. — Deite-se, se quiser viver — falou o nahualli.

Após enfaixar completamente a perna de Enéas, o nahualli ficou de pé. Fez um gesto e falou uma palavra na própria língua. Imediatamente, Enéas sentiu o pano se apertar na perna e gritou. Ele tentou arrancá-lo com as unhas, mas o pano não era mais feito de linho macio. A perna parecia presa por um torno de aço implacável, e um fogo lento ardeu dentro dela enquanto o o'offizier se debatia no chão e o nahual entoava um cântico na própria língua.

A agitação de Éneas não adiantou. O coração inflamou até ele gritar de dor...

... e o fogo abruptamente se apagou. Enéas atacou o pano novamente, que agora era apenas pano e nada mais. Ele desenfaixou a perna enquanto o nahualli assistia impassivelmente, esperou ver a perna negra, cheia de bolhas e esmagada. Mas os hematomas que manchavam a perna tinham sumido, e o inchaço em volta do tornozelo diminuiu.

— Agora, fique de pé — disse o nahualli.

Enéas levantou-se. Não havia mais dor, e a perna estava intacta e forte.

Cénzi, o que ele fez? Sinto muito... — Por que você fez isso? — disse o o'offizier com raiva.

O homem encarou Enéas da maneira como se encara uma criança retardada. — Para que você pudesse andar.

— Curar com o Ilmodo vai contra a Divolonté —- disse Enéas com raiva. — Minha recuperação estava nas mãos de Cénzi, não nas suas. É Dele a escolha de me curar ou não. Vocês selvagens usam o Ilmodo de modo errado.

O nahualli torceu o nariz ao ouvir isso. — Eu usei um encantamento que poderia ter usado em um dos meus homens, o'offizier. Você está de pé, curado e, no entanto, está sendo ingrato. Toda sua gente é assim arrogante e estúpida?

— Cénzi... — Enéas começou a falar, mas o homem o interrompeu com um gesto.

— Seu Cénzi não está aqui. Aqui, Axat e Sakal reinam, e foi o X'in Ka e não o seu Ilmodo que eu usei. Agora, venha comigo.

— Por quê? Onde estamos indo?

— Para nenhum lugar que você conheça. Venha ou morra aqui, caso se sinta melhor assim.

— Você vai me matar de qualquer maneira. Eu vi o que vocês fazem com os capturados. — Enéas gesticulou para os apetrechos no cinto do homem. O nahualli tocou os objetos, os dedos alisaram o osso curvo.

— Acredite no que quiser — disse ele. — Venha comigo ou morra aqui. Não me importo com a sua escolha.

O nahualli começou a ir embora. De pé, Enéas pôde ver o acampamento dos ocidentais sendo desmanchado à sua volta em uma manhã escura, que ameaçava chover. Agora mesmo, muitas tropas dos tehuantinos iam embora marchando para o nordeste: os offiziers deles estavam montados, os homens andavam com longas lanças nos ombros. Enéas notou o grande círculo enegrecido, o resquício da grande fogueira ainda fumegante que ele tinha visto na noite anterior. Uma arcada inconfundível de costelas queimadas surgiu das brasas. Enéas estremeceu ao ver aquilo, pois sabia que o esqueleto devia ser de ca'Matin ou de outro colega soldado.

Ele viu o nahualli gesticular para um dos guerreiros por quem passou e apontar de volta para Enéas. *Cénzi, o que devo fazer? O que o Senhor quer de mim?*

Como se fosse a resposta, as nuvens abriram-se a noroeste, e ele viu um facho de luz do sol pintar os morros da cor de esmeralda ao longe, antes de sumir novamente.

— Espere — falou Enéas. — Eu vou com você.

~ Audric ca'Dakwi ~

— VOCÊ NÃO PODE CONTAR PARA NINGUÉM que eu converso com você, Audric — disse a mamatarh. Os olhos pintados do quadro cintilaram ao dar o aviso, e o rosto envernizado ficou sério. — Você entendeu, não é?

— Eu podia... contar para Sergei — sugeriu Audric, que estava diante do quadro com um candelabro na mão. Ele dispensou Seaton e Marlon pelo resto da noite, embora soubesse que os dois dormiam na câmara ao lado e viriam se fossem chamados. A respiração estava difícil; ele lutava por cada fôlego, as palavras saíam em espasmos ofegantes. Audric sentiu o calor do fogo na lareira em frente. — Ele... acreditaria em mim. Ele... entenderia. A senhora... confiava nele, não?

Mas o rosto no quadro balançou a cabeça, um movimento praticamente imperceptível à luz instável das velas. — Não — sussurrou ela. — Nem mesmo Sergei. Que eu converso com você, que dou conselhos, isso deve ser segredo nosso, Audric. Segredo nosso. E você tem que começar a se impor, Audric: como eu me impus, desde o início.

— Eu não tenho... 16 anos. Sergei é... o regente, e é... a palavra dele... que o Conselho dos Ca'... ouve... Sigourney e os demais... — O esforço de falar era um sacrifício, e Audric não conseguiu terminar. Ele fechou os olhos e ouviu a resposta de sua mamatarh.

— O regente e o Conselho têm que entender que *você* é o kraljiki, não Sergei — interrompeu Marguerite com rispidez. — A Guerra nos Hellins... não vai bem. Há perigo lá.

Audric concordou com a cabeça, com os olhos ainda fechados. — Sergei... sugeriu retirar... nossas tropas, ou talvez... — ele fez uma pausa porque foi acometido por outro acesso de tosse — ... até mesmo abandonar as cidades... em que nos estabelecemos... nos Hellins até... que os Domínios sejam... unificados novamente, quando pudermos... dar recursos a elas...

— *Não!* — A palavra foi quase um guincho, tão alto que Audric tapou os ouvidos e arregalou os olhos, surpreso ao ver que a boca no quadro não estava aberta em fúria e que Seaton e Marlon não entraram correndo no quarto, em pânico; porém, as mãos nos ouvidos não conseguiam deter a voz de Marguerite em sua cabeça. — Você sabe do que me chamavam no início do meu reinado, Audric? O seu mestre de lições lhe contou?

— Ele contou. Eles chamavam a senhora... de *"Spada Terribile"*... a Espada Terrível.

O rosto no quadro assentiu sob o brilho fraco das velas. — Eu era a Espada Terrível. Eu trouxe a paz aos Domínios primeiro pela espada do meu exército, antes de um dia eu virar a Généra a'Pace. Eles se esquecem disso, aqueles que se lembram de mim. Você tem que ser forte e firme da mesma maneira, Audric. Os Hellins: eles têm uma terra rica, que traria grande riqueza aos Domínios, *se* você tiver a coragem de pegá-la e mantê-la.

— Eu terei — falou Audric fervorosamente. Imagens de guerra passaram pela sua mente, de si mesmo no Trono do Sol com mil pessoas ajoelhadas diante dele, e nenhum regente ao lado.

— Ótimo — respondeu Marguerite. — Excelente. Ouça o que eu digo e vou lhe contar o que você tem que fazer para ser o maior dos kraljiki. Audric, o Grande; Audric, o Amado.

Ao ver o sorriso da mamatarh, ele finalmente concordou com a cabeça. — Eu serei tudo isso. — Audric respirou ofegante novamente e tossiu. — Eu serei.

— Será o que, kraljiki?

Audric deu meia-volta ao ouvir a pergunta e quase derrubou o candelabro com o movimento, que foi tão violento que duas das velas foram apagadas. O esforço provocou espasmos ofegantes, e o regente Sergei correu para pegar o candelabro das mãos do kraljiki e apoiar o menino com um braço em volta de sua cintura. No nariz lustroso e reluzente do regente, Audric vislumbrou o archigos Kenne à espreita, nas sombras perto da porta, mantida aberta para os dois por Marlon. Ca'Rudka ajudou Audric a desmoronar em uma das cadeiras estofadas em frente à lareira. Marguerite olhou para ele com uma expressão indecifrável. — Aqui, meu kraljiki, um pouco do xarope do curandeiro — falou ca'Rudka ao colocar uma taça nos lábios de Audric, que encarava o quadro. O menino balançou a cabeça e afastou a bebida.

Ela diz que os curandeiros não ajudarão, Audric quis falar, mas não falou, e a boca bem fechada de Marguerite curvou-se em um ligeiro sorriso. As pálpebras do kraljiki queriam se fechar, mas ele obrigou-as a ficarem abertas. — Não — disse o menino.

Ca'Rudka franziu a testa, mas pousou a taça e falou — Eu trouxe o archigos. Deixe que ele reze pelo senhor...

Audric ergueu o olhar para o quadro e viu a mamatarh concordar com a cabeça. Ele fez o mesmo, e o archigos Kenne entrou apressadamente no quarto. Enquanto o archigos se ocupava com o cântico e o gestual, Audric ignorou os dois homens. Ele só tinha olhos para o quadro e para o olhar sereno da mamatarh. Marguerite falou com o neto enquanto Kenne tocava em seu peito e o calor do Ilmodo amenizava a congestão nos pulmões.

— Nós podemos fazer isso juntos, Audric. Você é o neto que eu sempre quis ter em vida. Ouça o que eu digo, e em toda a história não haverá um kraljiki que poderá se igualar a você. Eu vou lhe ajudar. Ouça o que eu digo...

— Eu *estou* ouvindo — disse Audric para ela.

— Kraljiki? — falou o regente ca'Rudka, que acompanhou o olhar de Audric até o quadro. O kraljiki perguntou-se se o homem também tinha ouvido o sussurro, mas aí o nariz de prata do regente reluziu à luz das velas quando ele se virou de volta e refletiu a própria imagem de Audric. — Nenhum de nós disse coisa alguma.

Audric balançou a cabeça e falou — Realmente. E é por isso que eu ouço.

Ca'Rudka deu um sorriso hesitante. Kenne, em meio ao encantamento, deu de ombros. — Ah, uma piada — disse o regente. Ele deu uma risadinha sem graça. — Está se sentindo melhor, kraljiki?

— Estou, Sergei. Sim. Obrigado, archigos. Você pode ir. — O archigos não se mexeu, e Audric fechou a cara. — Eu disse, archigos, você pode ir.

Kenne arregalou os olhos e Audric viu o archigos olhar para Sergei, que deu de ombros. Kenne fez uma mesura e o sinal de Cénzi e saiu.

— Aquilo foi uma grosseria — disse Sergei para Audric depois que Marlon fechou as portas do quarto do kraljiki ao sair. — Depois dos esforços e preces do archigos...

— As preces do homem tinham acabado — falou Audric com uma agressividade que jamais havia usado com Sergei antes. Ele olhou para o quadro e viu a mamatarh acenar com a cabeça, como se estivesse satisfeita. A voz de Marguerite murmurou em sua cabeça. — *Sergei não se importa com você, Audric. Ele apenas quer manter o poder que é seu. Não quer que você seja o que pode ser. Quer que você continue fraco, que sempre precise dele, para se manter como regente.* — A força da mamatarh pareceu fluir por Audric. Ele descobriu que podia falar sem as pausas, sem tossir. O kraljiki falou tão bem e com tanta força quanto o próprio Sergei. — Preciso falar com você, regente, sobre os Hellins. Andei considerando a situação de lá desde nossa última conversa. Decidi mandar outra divisão da Garde Civile para complementar nossas tropas lá.

Audric ficou orgulhoso de como a voz soou: altiva, forte e intensa. Ele sorriu para Marguerite, e, sob a luz das velas, ela acenou com a cabeça para o neto.

— DECIDI... MANDAR outra... divisão da... Garde Civile... para complementar... nossas tropas... lá — falou Audric.

O menino mal conseguiu colocar as palavras para fora no meio das arfadas e da tosse. A raiva dentro dele pareceu tornar a agonia ainda pior do que o normal, como se as preces do archigos Kenne não tivessem feito nada.

Sergei obrigou-se a ficar impassível, a não revelar nada do que pensava. *Deixe o menino ter seu acesso de raiva.* Porém, as palavras deixaram o regente preocupado: não parecia Audric falando; ele escutava as palavras de outra pessoa. *Quem andou falando com o menino? De quem era o conselho que foi sussurrado em seu ouvido para ele declamar? Um dos chevarittai, talvez, em busca de glória na guerra. Talvez a própria Sigourney, uma vez que o irmão era o comandante lá.*

Audric olhava por cima do ombro de Sergei, que se voltou para o mórbido retrato da kraljica Marguerite sobre a lareira. — Eu pensei que tinha deixado clara minha opinião sobre a questão, kraljiki — falou o regente em um tom de voz cuidadosamente neutro, cuidadosamente sem emoção. — Não acho que isso seja prudente, não com o tamanho do exército que a Coalizão conseguiria arregimentar se eles quisessem. Esta guerra nos Hellins é como uma ferida que sangra; ela nos enfraquece e desvia a atenção de onde o foco deveria estar: no leste, não no oeste. Devíamos ver o que podemos fazer para restaurar os Domínios.

O olhar do menino desviou do retrato para Sergei e voltou. — Os Hellins nos dão riquezas e bens que não encontramos em nenhum outro lugar. *Riquezas... e bens... (tosse)... que... não encontramos... em nenhum outro lugar.*

— Realmente, kraljiki, mas nós poderíamos obter esses bens através do comércio com os orientais tão facilmente quanto pela guerra. Mais facilmente, na verdade. Assim que os Domínios forem reunificados, *então* haverá tempo para olhar para o outro lado do Strettosei, para os Hellins, mais uma vez. Perdemos muito terreno lá porque não pudemos dar a atenção que o território merece.

O rosto de Audric ficou vermelho, pelo esforço de falar ou pela raiva, ou por ambos. — Não foi isso que meu vatarh disse quando os Distúrbios começaram, regente. Você acha que por que eu era apenas uma criança na época eu não me lembraria? ... *apenas uma... criança... na época... (arfada)... que não... me lembra... ria?*

O rosto impassível do regente não revelou nada. — Quando os Distúrbios começaram, o kraljiki Justi acreditava que ele não tinha escolha a não ser responder. Seu vatarh acreditou no que os a'offiziers disseram para ele: que os ocidentais eram pouco mais do que selvagens, que em pouco tempo seriam repelidos para além do lago Malik. Porém, eu gostaria de lembrá-lo que eu não compartilhava deste ponto de vista. As notícias continuam piorando apesar dos melhores esforços do comandante ca'Sibelli. Nós julgamos mal os ocidentais, e é hora de salvar o que for possível de uma decisão ruim.

— Meu vatarh *não tomou* uma decisão ruim! — O menino guinchou as palavras e conseguiu falar todas em um fôlego só. Depois ele tossiu muito e intensamente, e Sergei esperou. — Eu quero que outra divisão seja enviada — insistiu Audric. — Esta é a minha vontade. Essa é a vontade do kraljiki.

— O senhor *é* o kraljiki — disse Sergei, que manteve o tom de voz baixo e reconfortante em contraste com os guinchos estridentes de Audric. — Mas eu fui nomeado regente pelo Conselho dos Ca' após a morte de seu vatarh até que o senhor atinja a maioridade.

— Eu já sou quase maior de idade — respondeu Audric. O rosto estava tão pálido que Sergei pensou que o menino fosse desmaiar. — Daqui a menos de dois anos. Eu poderia pedir ao Conselho para removê-lo e ter permissão de governar plenamente. Eles já fizeram isso no passado. O mestre ci'Blaylock me disse: o kraljiki Carin dispensou seu regente aos 14 anos, a mesma idade que a minha.

Sergei ergueu a mão. Com delicadeza. Com um sorriso debaixo do nariz de prata. — Sim, isso foi feito, mas o senhor e eu não precisamos estar em desacordo, meu kraljiki.

— Então não me desobedeça, regente. Eu irei ao Conselho. Irei sim. Farei com que o removam. — O menino gesticulou freneticamente, o que provocou outro ataque de tosse.

— Audric... — respondeu Sergei pacientemente enquanto o jovem se deitava no travesseiro. Marlon, à espreita no canto dos fundos do quarto, encarava Sergei de olhos arregalados e balançava a cabeça. — Talvez eu tenha sido negligente por não lhe envolver plenamente, por não fazer com que tomasse parte de todas as reuniões e discussões. Isso pode mudar; isso *será* mudado. Eu lhe prometo: se quiser tomar parte de todas as discussões de estado, ler todos os relatórios, ouvir todos os conselheiros, realmente ver o que significa governar, então eu me adequarei a isso. Mas os Hellins... — Ele balançou a cabeça. — Já são quase sete anos, Audric. Sete anos e os ocidentais recuperaram a maior parte do que conquistamos por lá originalmente. Sete anos, e perdemos gardai demais, desperdiçamos solas de ouro e sangue vermelho em excesso na tentativa de conter a maré. No fim das contas, eu quero o que o senhor quer. Eu quero que os Domínios tenham as riquezas das Terras Ocidentais. Quero mesmo. Mas esta não é a hora. E não é a hora de discutirmos isso. Amanhã, quando se sentir melhor...

— Então *saia*! — berrou Audric para Sergei, tão alto que o atendente no corredor abriu um pouquinho a porta para espiar. O regente fez que não para o homem. — Saia e me deixe em paz. — Ele virou o rosto e tossiu no travesseiro.

— Como quiser, kraljiki. — Sergei fez uma mesura para o jovem. Ao se virar para ir embora, ele viu o retrato da kraljica mais uma vez. Ela pareceu dar um sorriso triste para o regente, como se compreendesse.

~ Allesandra ca'Vörl ~

A CERIMÔNIA NO TEMPLO DE BREZNO foi dolorosamente longa, assim como o discurso de boas-vindas de Fynn para o a'gyula da Magyaria

Ocidental: Pauli, o marido de Allesandra. O rosto dela doía por ter de manter um sorriso durante as monótonas saudações de Fynn — escritas, sem dúvida, por um dos escribas do palácio, já que Fynn às vezes espiava intrigado o pergaminho diante de si, quando tropeçava em palavras desconhecidas. A coluna de Allesandra doía por causa dos bancos desconfortáveis e de espaldar reto do templo. Jan, sentado entre ela e seu vatarh, remexia-se sem parar, tanto que Pauli finalmente se inclinou na direção do jovem e sussurrou algo em seu ouvido. Depois disso, Jan parou de se remexer no banco, mas o mau humor era visível em seu rosto quando Allesandra e Pauli saíram do templo atrás de Fynn, do archigos Semini e de sua esposa megera, sendo seguidos pelos ca' e co' de Firenzcia como um obediente rebanho de ovelhas.

Depois veio a festa no Grande Palácio de Brezno. Agora eram os pés que doíam, e Allesandra pensou que as barbatanas do espartilho, que apertavam a tashta como a moda ditava, deixariam sulcos permanentes na sua cintura. O salão de baile era um forno na noite úmida e sufocante, mais como em pleno verão do que na primavera que o calendário insistia em marcar. O archigos havia postado e'ténis pelo salão para manter os ventiladores de teto girando com a energia do Ilmodo. O movimento das pás parecia intensificar o calor em vez de diminuí-lo e transformava o ar em uma colônia fétida de suor, pomadas e perfumes. A noite estava ruidosa com a música da orquestra no fim do salão, com o som de pés que dançavam na pista de madeira colocada sobre os ladrilhos, e com uma centena de conversas isoladas, tudo refletido de volta para eles pelo domo acima.

Allesandra desejava fervorosamente que estivesse em outro lugar, mas se os desconfortos incomodavam Pauli, ele não deixou transparecer. Pauli separou-se de Allesandra assim que o decoro permitiu e estava com um grupo de moças em volta de Fynn. Jan estava lá também, ao lado do vatarh, e Allesandra notou que ele recebia quase tanta atenção quanto o hïrzg, e certamente mais do que Pauli. Fynn divertia todo mundo com a história da caçada ao cervo, o braço inclinado para trás como se mirasse o arco enquanto ria, e deu um tapinha nas costas de Jan. — ... o garoto atira praticamente tão bem quanto eu — ela ouviu Fynn dizer, e o rosto de Jan ficou radiante e com um largo sorriso enquanto as moças aplaudiam e faziam os elogios apropriados.

Obviamente, seria Pauli quem certamente encontraria satisfação e alívio entre as coxas de uma delas na noite de hoje. Allesandra tinha certeza disso; o marido não se importava mais em esconder suas aventuras. Ela dizia para si mesma que não se importava.

— A'hïrzg, está se divertindo? — Ela virou-se e viu o archigos Semini ca'Cellibrecca parado atrás dela com duas bebidas geladas na mão. Fynn trouxera, sob grande despesa, carroças cheias de gelo glacial das montanhas em volta do lago Firenz. O homem ofereceu um copo para Allesandra e disse — Por favor, pegue. Francesca parece ter sumido e o gelo vai desaparecer em breve nesse calor.

Com gratidão, Allesandra pegou o copo, que suava. Tomou um gole da bebida gelada e saboreou a sensação fria quando o suco adoçado por mel desceu pela garganta. — Obrigada, archigos. Acho que você acabou de salvar a minha vida.

Ele deu um largo sorriso ao ouvir isso, a barba reluzia por causa do óleo. — A senhora se importaria de andar comigo, a'hïrzg? Eu suspeito que haja um pouco de brisa perto das janelas.

Ela olhou o grupo barulhento em volta de Fynn, o marido e o filho ali com ele. — Certamente — falou Allesandra para o archigos. Semini ofereceu o braço, e ela colocou a mão na dobra do antebraço enquanto andavam. Ele não falou nada até que os dois ficassem bem afastados do hïrzg e então se aproximou de Allesandra. — Seu marido gosta da atenção que recebe como a'gyula, mas é um tolo ao deixar a senhora desacompanhada. — A mão livre de Semini cobriu a de Allesandra em seu braço.

— Eu poderia dizer o mesmo sobre sua esposa, archigos.

Semini riu. Sua mão deu um tapinha na dela. — A esposa ideal é ao mesmo tempo uma aliada e uma amiga, mas este é um ideal raramente alcançado, não é? Uma pena. Eu me pergunto, às vezes, o que poderia ter acontecido se a falsa archigos não tivesse sequestrado a senhora. Talvez, a'hïrzg, nós pudéssemos ter acabado como... aliados. Ou algo mais.

Allesandra acenou com a cabeça para um grupo de esposas ca' e co' que passava. Ela viu os olhares especulativos notarem sua mão no braço do archigos. — A filha do archigos ca'Cellibrecca foi uma escolha melhor para você, archigos. Veja onde está agora.

Ela sentiu mais do que ouviu o muxoxo de desdém do archigos. — Uma escolha fria e calculista da parte do jovem Semini e que me deu um casamento com exatamente estas mesmas características. Mas existem outras alianças que podem ser forjadas fora do casamento, a'hïrzg, se a pessoa é cuidadosa. E interessada. — O archigos manteve a mão sobre a de Allesandra e apertou os dedos.

— Eu sempre fui extremamente cuidadosa a respeito de minhas alianças, archigos. Isto foi uma coisa que aprendi cedo.

Ele concordou com a cabeça. Os dois estavam perto da pista de dança agora, a música abafava suas vozes. — Soube que a senhora fará um voto de lealdade ao hïrzg Fynn no Besteigung amanhã?

— Sim. Você tem fontes próximas ao hïrzg.

Sob a barba grisalha, o homem sorriu. — Saber o que os poderosos sabem é uma tática de sobrevivência, a'hïrzg, como tenho certeza que compreende. — Por vários momentos, os dois andaram em silêncio pelo limite da pista. Casais flutuavam ao dançar uma gavota perto deles. — Também ouvi a notícia de Nessântico de que o jovem kraljiki não está bem — falou Semini. Allesandra não disse nada. — Os rumores que chegaram a mim dizem que o Conselho dos Ca' em Nessântico pode considerar os gêmeos Sigourney ca'Ludovici ou Donatien ca'Sibelli como sucessores caso Audric morra. Eles são primos em segundo grau de Audric, creio eu. — Ele respirou fundo e sorriu. — Assim como a senhora.

Allesandra devolveu um olhar neutro para o homem. Pessoas passaram dançando por eles. — Assim como Fynn — respondeu ela finalmente.

— Sim, mas a senhora é a irmã mais velha. E tem a vantagem de ter vivido lá; a senhora *conhece* Nessântico, enquanto seu irmão, não. E talvez existam pessoas em Nessântico que saibam reconhecer força quando a veem e desejem uma presença forte no Trono do Sol. Alguém mais forte do que Sigourney ou Donatien. — Semini aproximou-se e abaixou a voz em um murmúrio rouco. — Por falar nisso, existem pessoas *aqui* que prefeririam que a senhora usasse a coroa que atualmente está na cabeça de Fynn.

— Você fala em traição novamente, archigos? — perguntou Allesandra, tão baixo quanto ele.

— Eu falo a verdade, a'hïrzg.

— E sobre estas pessoas aqui de que você fala, você estaria entre elas, archigos?

Ele apertou os dedos da mão de Allesandra. — Eu estaria. Talvez... talvez até mesmo seja possível unificar tanto a Coalizão quanto a Fé... sob os líderes certos.

O archigos certo seria você mesmo, é claro... Allesandra observou as pessoas dançarem na pista enquanto executavam os passos complicados e predeterminados. *O que ele realmente sabe? O que realmente quer?* Allesandra não sabia como responder a Semini. Não sabia se o archigos tinha conhecimento da mensagem que ela recebera de Nessântico ou se talvez ele recebera algo igual. Allesandra não sabia se Semini era um aliado em potencial ou um inimigo — e o archigos seria um inimigo terrível, como podiam confirmar os esqueletos dos hereges numetodos pendurados em exibição pública, perto do Templo de Brezno.

O gelo virou água na bebida de Allesandra. Ela entregou o copo para um criado que passava e sorriu para o archigos. — Meu vatarh acreditava que os Domínios seriam unificados novamente quando ele estivesse sentado no Trono do Sol como kraljiki. É o que eu acredito também, archigos: que um hïrzgai também pode ser o kralji. E eu... — Allesandra ergueu a mão que segurou o copo e viu as gotas frias e reluzentes de água nos dedos. — Da última vez que vi, eu *não* era hïrzgin.

— Não, a senhora não é, mas...

Ela interrompeu Semini antes que ele abrisse a boca novamente. — Não, eu não sou. Isso parece ser a vontade de Cénzi. Você não pretende frustrá-lo, não é, archigos? — Allesandra não deu chance para resposta. Ela retirou a mão do braço de Semini e fez o sinal de Cénzi para ele. — Obrigada pela bebida e pela conversa, archigos. Você me deu muita coisa para pensar. Se... *se* algo acontecer para, bem, mudar as coisas, sei que você e eu poderíamos ser excelentes aliados. Certamente você é um archigos bem mais competente do que aquele que a Fé de Nessântico nomeou. Kenne nunca me impressionou.

Allesandra notou o prazer no rosto de Semini quando disse aquilo, e ele concordou levemente com a cabeça. — Estou lisonjeado, a'hïrzg.

— Não, sou eu quem deveria estar lisonjeada. Agora... você deve encontrar Francesca, e eu preciso ser a esposa do meu marido e a a'hïrzg, e fingir não notar quando o a'gyula escapulir durante a noite.

~ Karl ca'Vliomani ~

VARINA ENTREGOU A KARL a bola de vidro enquanto Mika observava. Varina tocou a mão de Karl por um momento antes de soltá-lo e deu um sorriso pontuado por tristeza. O rosto dela parecia mais enrugado do que ele se lembrava, como se tivesse envelhecido de repente no último mês.

Eles estavam no salão de reuniões da Casa dos Numetodos, onde uma vez por semana os vários numetodos faziam relatórios sobre suas pesquisas. Havia cadeiras vazias dispostas impecavelmente em fileiras, na frente de um pequeno tablado onde eles estavam.

Karl não contou para Mika sobre sua visita ao embaixador firenzciano no outro dia; evidentemente, Varina também não, uma vez que Mika não comentou a respeito.

— É só uma bola, certo? — perguntou Mika enquanto Karl ergueu o globo na palma da mão. — Embora seja bem feita. — Ela *era* pesada e bem feita; Karl não viu bolhas de ar ou defeitos no vidro. A lente da esfera fez com que ele tivesse uma visão deturpada e distorcida do salão. — Você a considera incomum ou notável de alguma outra maneira?

Karl deu de ombros. — Não. É apenas o trabalho de um verdadeiro vidraceiro ou o trabalho de formatura de um aprendiz, mas tirando isso...

Mika sorriu. — Realmente. O que eu quero que você faça, Karl, é que diga a palavra "abra" em paeti e depois jogue a bola para mim.

Karl ergueu a bola de vidro novamente. — *Oscail* — falou e atirou o pequeno globo na direção de Mika. O que aconteceu a seguir o surpreendeu. Quando a bola de vidro tocou a mão de Mika, surgiu um clarão branco-azulado que lançou momentaneamente agitadas sombras negras pelo salão dos numetodos e na parede dos fundos. Karl protegeu os olhos com atraso. Ele ouviu a risada ligeira de Varina e palmas de alegria. Karl piscou e tentou enxergar atrás das manchas de imagens persistentes que atormentavam a sua visão. — Por todos os moitidis... vocês dois andaram trabalhando *mesmo*, pelo que eu vejo.

— Eu, não — respondeu Mika. — Foi Varina, sozinha. — Ele devolveu o globo para Karl, que era simplesmente vidro novamente. — Se os ocidentais eram capazes de encantar objetos com o Scáth Cumhacht da maneira como você e Ana disseram que Mahri fazia, então nós sabíamos que era possível. E não apenas isso: Mahri deu para Ana um objeto encantado que *ela* podia controlar ao falar a palavra certa. *Qualquer um* podia usar a magia desde que soubesse a palavra de ativação.

Varina continuava sorrindo. Ela esfregava a crosta de uma ferida comprida no antebraço. — Nós sabíamos que era *possível*; o resto foi simplesmente uma questão de descobrir a fórmula para fazer.

— Varina finalmente conseguiu decifrar a sequência — acrescentou Mika. — Ela me fez jurar segredo; disse que queria surpreender você. O feitiço é complicado e consome mais tempo e mais energia do que você imaginaria. Comparado com nossos próprios feitiços, algo assim sai caro e exige muito mais do corpo do que qualquer um esperaria, mas... — Ele acenou com a cabeça, feliz. — Dá para ser reproduzido. Finalmente. Varina diz que pode nos ensinar, e qualquer um de nós pode fazer o mesmo.

Karl olhou para Varina, que concordou com a cabeça sem dizer nada e sustentou o olhar do embaixador quase como uma provocação. Ele jogou a bola para o ar e falou — É impressionante, Varina. De verdade. Mas um clarão de luz não chega a ser uma arma.

— Teoricamente, qualquer feitiço dentro do conhecimento arcano pode ser armazenado em qualquer objeto: ofensivo, defensivo, tanto faz — respondeu Varina. Havia empolgação em sua voz. — Teoricamente. Na prática, bem, ainda não. Eu usei o feitiço de luz porque é o primeiro e mais simples que ensinamos a um iniciado, então pareceu ser o melhor. — Ela balançou a cabeça. Havia mechas brancas no cabelo castanho de que Karl não se lembrava, mesmo há uma semana. Será que elas estavam ali há tanto tempo assim? — Olhe, é questão de unir o feitiço ao objeto e criar um gatilho para ativá-lo, de envolver o objeto com a energia do Scáth Cumhacht como se embrulha uma fruta-das-brumas com papel. Depois disso, é como se ele fosse uma extensão do feiticeiro, mas o objeto em si tem que ser de boa qualidade ou não sobreviverá ao esforço. Eu levei um tempo para entender isso. Mas... — Varina suspirou e espalmou as mãos. — Só colocar este simples feitiço dentro de um objeto foi incrivelmente cansativo, Karl. Você não pode imaginar como é cansativo até tentar por si mesmo. Eu levei três viradas da ampulheta para concluir o processo e depois tive que descansar um dia inteiro para me recuperar. Até mesmo agora, eu ainda sinto que minha energia está baixa e imagino o que mais o feitiço possa ter custado. — Ela mordeu o lábio inferior e prendeu fios de cabelo branco atrás das orelhas. — Você falou que a archigos Ana dizia que o velho Mahri, o Maluco, deu para ela um encantamento que podia literalmente parar o tempo?

Karl concordou com a cabeça. — Foi o que ela me contou; foi assim que ela tirou Allesandra de seu vatarh. E Mahri foi capaz de trocar de corpo comigo quando eu estive na Bastida. A magia dele...

— ... era extremamente acima da nossa, então — Varina terminou a sentença por Karl. — Eu sei. Os relatórios da guerra nos Hellins sugerem o mesmo. Os nahualli dos ocidentais podem fazer mais do que nós, *mas*... eu acabei de provar que o X'in Ka dos ocidentais não tem uma origem divina tanto quanto o Ilmodo, não importa o que eles aleguem ou acreditem. — Ela apontou para a bola de vidro. — Se eu consigo fazer isso, então aposto que também podemos aprender a fazer o mesmo com feitiços mais poderosos. É apenas questão de aprender a fórmula correta de unir o Scáth Cumhacht ao objeto físico. Pode ser feito. *Nós* podemos fazer.

Karl lembrou-se de Mahri, que fez amizade com ele e Ana quando os dois pensaram que estavam perdidos, e que se revelou não como aliado, mas como inimigo. O rosto arruinado e enrugado de Mahri, com apenas um olho, passou pela mente de Karl quando olhou para Varina. Ele ergueu a bola de vidro novamente. — Então qualquer um pode ter feito este feitiço... — Sua voz foi sumindo. *A explosão... o grande clarão de luz terrível... o corpo destroçado de Ana... magia, sem ninguém ser visto ou ouvido enquanto o feitiço era conjurado... talvez você esteja errado; talvez você esteja olhando na direção errada...* — Será que o que aconteceu com Ana poderia...? — Karl não conseguiu terminar a pergunta, que ficou entalada na garganta, pesada e maciça.

Mas tanto Varina quanto Mika concordaram com a cabeça como resposta.

— Sim — disse Mika. — Isso é o resto do que queríamos falar com você. Varina e eu já tivemos a mesma ideia. Não podemos descartar envolvimento ocidental na morte de Ana, e, francamente, o que aconteceu lá faz com que pareça provável, ao meu ver. Mas *por que*, Karl? Por que não assassinar o kraljiki ou o regente, que são diretamente responsáveis pela guerra? Por que matar *Ana*, dentre tantas possibilidades?

Porque seria vingança por Mahri. Vingança. Isso ele podia compreender. — Nesse momento, eu não sei — respondeu Karl evasivo. — Mas alguém aqui em Nessântico sabe, tenho certeza, e eu vou encontrar essa pessoa. — O embaixador respirou fundo. Ambos olhavam fixamente para ele. — Mas isso fica para depois. Agora, eu quero que vocês me ensinem este truque nahualli. Quero ver como funciona.

Varina pareceu que ia começar a dizer alguma coisa, mas fechou a boca. Mika olhou para ela, depois para Karl. — Acho que vou deixar isso com vocês dois. Alia queria que eu levasse um pouco de carneiro para casa, para o jantar, e o açougueiro vai fechar o açougue daqui a pouco. — Ele despediu-se rapidamente e deixou os dois.

Por um longo tempo após a porta ter sido fechada, nenhum deles falou. Quando falaram foi ao mesmo tempo.

— Eu sinto muito pelo outro dia...

— Eu andei pensando no que você disse...

Eles riram, um pouco sem jeito, diante da colisão de desculpas. — Você primeiro — disse Karl, mas Varina fez que não com a cabeça. — Tudo bem, eu começo então — falou ele. — Você disse que meu... carinho por Ana me cegou. Eu andei pensando a respeito disso e...

— Pare, Karl. Não diga nada. Eu estava furiosa e disse coisas que não tinha direito de falar. Eu... gostaria que você esquecesse o que eu disse.

— Mesmo que elas sejam verdade?

O rosto de Varina ficou vermelho. — Você amava Ana. Eu sei disso. Seja lá que relacionamento vocês dois tiveram... — Ela deu de ombros. — Não é da minha conta. — Varina deu um passo à frente e ficou diante de Karl, tão perto que ele foi capaz de ver as manchas de cor na íris e as linhas finas nos cantos. Ela abaixou as mãos e fechou os dedos de Karl em volta da bola de vidro que ele ainda segurava, depois segurou sua mão. — Eu posso mostrar para você como encantar isto. Você só tem que ser paciente porque...

— Varina — ele interrompeu; ela parou de falar e ergueu os olhos para Karl. — Você não devia se dedicar tanto a isso.

Varina franziu os lábios, como se quisesse dizer alguma coisa. Depois, apertou a mão de Karl e abaixou o olhar. — ... porque é difícil, e você tem que pensar de maneira diferente sobre o processo inteiro. Mas assim que fizer a mudança, tudo fará sentido — disse Varina. — Você tem que imaginar a bola como uma extensão de si mesmo...

Enéas co'Kinnear

PASSARAM-SE TRÊS DIAS desde sua captura. Nesse ínterim, o exército ocidental continuou marchando para nordeste, e Enéas seguiu com eles. O o'offizier permaneceu próximo a Niente — que Enéas descobriu ser realmente o nome do nahualli que o curou.

— Ninguém vai amarrá-lo — disse Niente no início da jornada. — Mas se você for descoberto perambulando sem mim, os guerreiros irão matá-lo imediatamente. A escolha é sua.

Eles estavam indo na direção de Munereo. Os dias eram consumidos pelo caminhar e nada mais. Enéas permaneceu perto do nahualli, mas também ficou de olho em uma oportunidade para escapar — este era seu dever como soldado. O que quer que Niente tenha feito com sua perna curou os ferimentos completamente; o tornozelo nunca pareceu tão forte. Se houvesse uma chance de escapulir, bem, não seria um machucado que o impediria.

Não seria fácil. Todos aqueles da classe dos nahualli andavam juntos no meio do exército, bem protegidos, cercados por todos os lados pelos soldados ocidentais tatuados e cheios de cicatrizes. Isso indicava o valor que os tehuantinos davam aos feiticeiros. Cada um dos nahualli carregava um cajado ou bengala, entalhados com figuras de animais e muito elegantes; a maioria dava sinais de muito uso. Uma vez, quando eles pararam para uma refeição no meio do dia, Éneas esticou a mão para tocar no cajado de Niente, curioso em relação à sensação. Niente tirou o cajado de seu alcance.

— Isto não é para você, oriental — falou ele baixinho, mas com um tom ríspido na voz. — Deixe-me dar um alerta: você toca o cajado de um nahualli por sua conta e risco. Não repita isso.

Niente conversou com os outros nahualli, mas sempre na língua dos tehuantinos; se algum deles, como Niente, também falava a língua de Enéas, jamais demonstrou tal habilidade. Na maior parte do tempo, os outros nahualli ignoravam a presença do o'offizier ao lado de Niente, os olhares passavam por Enéas como se ele fosse nada mais do que um cavalo ou uma tenda. Duas vezes ao dia, um guerreiro de classe inferior entregava uma tigela para Enéas com purê de raízes que parecia ser a comida básica do exército; ele comia faminto e com rapidez — nunca era o suficiente para satisfazer a fome gerada pelas longas marchas. Niente também deu um odre para Enéas, que ele enchia nos pequenos lagos e córregos abundantes da região montanhosa.

O exército cruzou os vales sinuosos como um rio maciço, os homens eram envolvidos pelos paredões íngremes e verdejantes.

Eram sempre os guerreiros de classe inferior que montavam as tendas dos nahualli — os próprios feiticeiros pareciam fazer pouco trabalho físico. Niente supervisionava a colocação de várias dezenas de barris em sua tenda pessoal toda noite, marcados com símbolos queimados na madeira. Havia quatro símbolos que Enéas conseguiu discernir. Niente não parecia muito preocupado com a maior parte dos barris, mas aqueles marcados com o que parecia ser um dragão com asas ele observava com atenção quando eram alocados. Niente fazia uma cara feia e repreendia sempre que um dos guerreiros pousava o barril com muita força. Um barril estava cheio com pedaços do que parecia ser (e tinha cheiro de) madeira queimada; em outro havia um pó branco; enquanto um terceiro continha reluzentes cristais amarelos. Enéas espiou com mais atenção o conteúdo dos barris marcados com dragões e viu que estavam cheios com uma areia espessa cinza-escura, que reluzia um pouco ao luar.

Ele lembrou-se da areia espalhada em círculos no chão. *O trovão, o clarão, a dor...*

Toda noite, os dois juntos na tenda, Niente sentava-se com as costas eretas e entoava um cântico por pelo menos algumas viradas da ampulheta, de olhos fechados, enquanto Enéas ficava deitado perto dele. Algumas vezes ele polvilhava um dos ingredientes dos barris no chão entre os dois enquanto entoava. Enéas sentia no ar o poder do Ilmodo, que arrepiava a nuca e pinicava a pele, e ele rezava para Cénzi enquanto Niente conjurava seus feitiços, para tentar compensar com suas preces o uso herege do Ilmodo. Por toda parte havia silêncio: nenhum dos outros nahualli entoava enquanto Niente recitava os cânticos, e Enéas perguntou-se por quê. Também se perguntou como — depois — ele parecia sentir um calor por dentro, como se o esplendor do sol preenchesse os próprios pulmões. Seja qual fosse o feitiço que Niente conjurava, Enéas parecia ser afetado por ele.

O o'offizier imaginou se Niente sentia o mesmo calor e energia, mas o nahualli sempre parecia mais exausto do que empolgado pelos esforços. O homem gemia ao dormir, como se estivesse sentindo dor, e quando acordava pela manhã havia novas rugas no rosto, como uma maçã velha.

Na terceira noite, após os cânticos, em vez de dormir, como geralmente fazia, Niente colocou uma pequena tigela de bronze perto da abertura da tenda, de maneira que fosse banhada pela claridade da fogueira. A tigela era decorada em volta da borda com um friso de pessoas e animais estilizados, muitos dos quais Enéas não reconheceu. Enquanto o o'offizier observava, Niente colocou água na tigela, depois separou uma pequena quantidade de pó fininho e avermelhado que tirou de uma bolsa de couro e pôs na mão. O nahualli polvilhou a superfície da água com o pó enquanto entoava um cântico. A água começou a brilhar com uma claridade azul-esverdeada e anormal, que fez o rosto de Niente parecer fantasmagórico e morto. O homem olhou no interior da tigela, em silêncio, enquanto a luz sinistra dançava e se fundia com o rosto. A curiosidade fez Enéas se arrastar mais adiante para ver melhor. Ele ergueu o corpo e olhou sobre o ombro de Niente.

Dentro da tigela, na água, havia a vista de uma cidade. Ele a reconheceu imediatamente: Nessântico. Enéas notou a Pontica a'Brezi Veste e a vista da Avi a'Parete, que levava aos pilares de mármore da entrada pública do Palácio do Kraljiki. Ele viu o Velho Templo, mas o novo domo magnífico de co'Brunelli dava a impressão de ter desmoronado completamente; não havia nada ali a não ser um buraco escuro onde o domo deveria estar. As pessoas pareciam andar pelas ruas, mas havia poucas, a maioria corria de cabeça baixa como se estivesse com medo de ser vista. As ruas estavam sujas e cheias de lixo, e o palácio exibia uma rachadura visível na parede do sul e a ala norte estava em ruínas. Do outro lado da rua, o que tinha sido uma residência deslumbrante agora era uma massa negra. Parecia que uma mortalha de fumaça pairava sobre a cidade. Enéas aproximou-se para ver melhor na água...

... que foi agitada pelos dedos de Niente, e a visão dissolveu-se, a luz apagou-se. Enéas viu apenas água; o fundo de bronze da tigela estava salpicado com grânulos de pó.

— O que foi isto? — perguntou ele para Niente ao voltar a se sentar. O homem deu de ombros.

— Heresia, para você. A magia do deus errado.

— Eu vi... pensei ter visto... Nessântico.

— Talvez tenha visto — respondeu Niente. — Axat concede as visões que Ela quiser.

— Visões do quê? — Ele lembrou-se da fumaça, da rachadura na parede do palácio, das pessoas que corriam assustadas...

Niente não respondeu a Enéas. Ele jogou a água fora da tenda e secou a tigela com a bainha da roupa. Guardou-a na bolsa ao lado do colchonete de algodão que servia de cama. — Como você se sente, Enéas?

— Eu me sinto bem.

— Está na hora de você voltar para seu povo.

— O quê? — Enéas balançou a cabeça, sem acreditar. — Você disse...

— Eu disse que os soldados matariam você se tentasse escapar. E matariam mesmo, mas... não haverá lua hoje à noite. Axat está com o rosto escondido, e vem chuva. Haverá um cavalo do lado de fora de nossa tenda quando a tempestade chegar. No momento em que você ouvir a chuva, vá até o cavalo. Cavalgue sem parar; ninguém irá persegui-lo até o amanhecer. Se tiver sorte, se Axat lhe sorrir, você chegará a Munereo alguns dias antes de nós.

— Você está me deixando ir? Permitiria que eu avisasse meu povo e dissesse para eles ficarem prontos para o seu exército?

Niente sorriu e falou — O exército dos tehuantinos não tem o que temer do seu povo. Não aqui em nosso próprio país. Vá. Axat não quer que você morra aqui. Você foi preparado para outro destino, um bem melhor. Vá até o seu líder, fale com ele e leve uma mensagem por nós.

— Preparado? Por quem, sua Axat? Eu não acredito Nela. Ela não é minha deusa e não controla meu destino, e eu não sou seu menino de recados.

— Ah. — Niente deitou-se no colchonete e puxou um lençol sobre o corpo para se abrigar da noite fria. — Bem, então fique aqui se é o que deseja. A escolha é sua.

— Que mensagem é essa?

— Você saberá quando for a hora.

Niente não falou mais nada. Depois de um tempo, Enéas ouviu os roncos do homem e ficou ali, pensativo. Ainda podia sentir o formigamento residual do cântico de Niente, como se as pontas dos dedos tivessem adormecido. Sentiu fisgadas nos braços e pernas, quase dolorosas, mas revigorantes ao mesmo tempo. A sensação manteve Enéas acordado pelo que pareceu ser várias viradas da ampulheta: enquanto Niente dormia, e os sons do acampamento diminuíam aos poucos até que ele só ouviu homens dormindo à sua volta e o barulho suave da chuva, que começou a bater no pano da tenda, acompanhada por clarões de relâmpagos e o rugido ocasional do trovão.

Ali perto, um cavalo relinchava.

Enéas saiu do cobertor e rastejou até a abertura da tenda. Lá fora, a chuva passou a cair de forma constante e formou poças agitadas pelos respingos. A alguns passos de distância, havia um cavalo de cabeça baixa que arrancava tufos de grama molhada. A criatura estava selada e embridada, mas as rédeas estavam penduradas, como se o animal tivesse sido puxado de onde havia sido posto. O clarão de um relâmpago iluminou o acampamento e congelou momentaneamente os riscos da chuva. O trovão bramiu por perto. O cavalo bateu os cascos, nervoso com a luz e o som, e Enéas pensou que ele pudesse fugir.

Era dever do soldado fugir, se possível.

Está na hora de você voltar para seu povo. Vá ao seu líder, fale com ele e leve uma mensagem por nós.

Enéas olhou em volta; era difícil enxergar na bruma da tempestade, mas parecia não haver alguém acordado. Os guardas do acampamento recolheram-se às tendas para se abrigar da tempestade. Ele reuniu coragem, ficou de pé do lado de fora da tenda. A chuva molhou seu cabelo e ensopou sua roupa quando ele caminhou até o cavalo, com a mão esticada enquanto murmurava suavemente para o animal, para encorajá-lo. O cavalo ergueu a cabeça, mas fora isso permaneceu imóvel e encarou Enéas. Ele pegou as rédeas e deu tapinhas no pescoço musculoso e molhado. — É chegado o momento — falou para o animal.

Poucos momentos depois, ele estava montado e foi embora a galope.

~ Jan ca'Vörl ~

QUANDO ELE ENTROU para tomar café da manhã com sua matarh, ela estava diante da janela do quarto com as persianas abertas, e Jan pensou ter visto o sol reluzir nos olhos de Allesandra como se, talvez, ela tivesse chorado recentemente. Se fosse o caso, ele fazia ideia do porquê. — O vatarh não deveria tratar a senhora desse jeito — disse Jan. — Especialmente com algo assim tão importante. Eu falei para ele como me sinto, também.

Allesandra virou-se para ele e pegou as mãos do filho. Os cantos dos lábios ergueram-se em um sorriso. — Não importa, Jan. Não mais. Não sou mais capaz de ser magoada por ele. — Jan sentiu o aperto dos dedos da matarh. — Além disso, ele me deu tudo o que eu realmente queria.

A a'hïrzg puxou Jan para perto e deu um beijo em sua testa. — Com fome? — perguntou ela. — Eu mandei a cozinha preparar rétes doces de queijo. Sei que você gosta deles. — Allesandra conduziu o filho até a mesa, cheia de sucos e leite, com ovos, bacon, fatias de pão e manteiga, e uma travessa de delicados *strudels* com um queijo branco e cremoso escorrendo. — Sente-se à minha frente para que possamos conversar. — Ela passou a travessa de rétes para Jan e sorriu quando ele pegou um.

— A senhora parece cansada, matarh.

— É? — Allesandra levou uma mão ao rosto. — Eu mandarei minha criada cuidar disso. Esse será um longo dia.

Jan deu uma mordida no *strudel* e saboreou a doçura do mel no queijo e o toque delicado de amêndoa da massa folhada. Ele sentiu que era observado pelo olhar da matarh. — Isso a incomoda? — perguntou o filho impulsivamente. — O onczio Fynn ser hïrzg, quero dizer.

— Já pensei muito a respeito disso. — A mão de Allesandra foi à bochecha novamente. — Confesso que não consegui dormir ontem à noite, pensando sobre esse assunto... — Ela hesitou e baixou o olhar para a toalha de mesa — ... entre outras coisas.

Jan ficou com medo de que isso fosse tudo que ela diria. — E...?

Allesandra sorriu. — Eu decidi que não quero ser hïrzgin. Cénzi tem outros planos para mim.

Jan observou o rosto da matarh à procura de uma mentira. Ele não conseguia se imaginar dizendo tal coisa se estivesse na posição dela, se seu direito de nascença tivesse sido roubado daquela maneira. No entanto, não viu nada na expressão que contradissesse o que Allesandra falou. — Que bom — disse Jan.

Um leve sorriso tocou os lábios de Allesandra. — Por que isso é bom?

— Porque eu gosto do onczio Fynn.

Como neve no verão, o sorriso desmanchou-se. — Jan, uma de suas características que eu adoro é que você está disposto a confiar nas pessoas que gosta. Eu não quero que você perca isso, mas precisa ter cuidado com Fynn.

— A senhora mesma não o conhece de verdade, matarh. A senhora disse isso.

— Eu disse. E não o conheço, mas você também não, não depois de passar alguns dias com ele. Fynn tem um mau temperamento. Ele pode ser generoso com aqueles que acha que são aliados, mas se suspeitar que a pessoa está contra ele...

— Acho que a senhora está exagerando as coisas — interrompeu Jan. — O onczio Fynn não tem sido nada além que gentil comigo, e ele não acha que *a senhora* esteja do seu lado. Seja justa, matarh.

— Eu sou. Mais do que você imagina. O que você diria se eu falasse que ele ameaçou você?

— Eu não acreditaria — respondeu Jan por reflexo, depois se deu conta de que estaria chamando sua matarh de mentirosa. — A não ser que a senhora mesma tenha ouvido da própria boca de Fynn. — Ele inclinou a cabeça para Allesandra. — A senhora ouviu, matarh?

Ela já estava balançando a cabeça e respondeu — Não, não ouvi. Ainda assim... prometa-me que você tomará mais cuidado com ele.

— Claro que tomarei — disse Jan e foi recompensado com a volta do sorriso da matarh.

— Ótimo. Agora me passe a travessa de rétes? Estou morrendo de vontade de prová-los...

~ Sergei ca'Rudka ~

A NOTÍCIA NÃO era boa.

O comunicado — o último relatório das contínuas batalhas nos Hellins — veio por envio expresso de Munereo, passou pelo Strettosei até a grande ilha de Karnmor, cruzou o Nostrosei, que ficava entre Karnmor e o continente, até a cidade de Fossano, depois seguiu por mensageiro pelo A'Sele até Villembouchure, e de lá até Nessântico. Com ventos favoráveis e mensageiros que não se importavam em exaurir os cavalos, a mensagem levou duas semanas para chegar. O número de baixas era suficiente para Sergei balançar a cabeça tristemente. Ele passou o papel para o archigos Kenne; o homem mais velho espiou como um míope, segurando o comunicado tão próximo ao rosto que Sergei não conseguiu ver sua expressão.

— Você deve notar, archigos, que agora nós não controlamos nada nos Hellins além da área imediatamente ao redor de Munereo, com um braço ao longo do mar que se estende ao norte, na direção de Tobarro — disse Sergei com impaciência, enquanto Kenne penava com a letrinha compacta do comandante ca'Sibelli. — Ter mandado o a'offizier ca'Matin e seu batalhão para enfrentar o exército ocidental foi um erro, na minha opinião, mas é um erro que já está feito e pago a esta altura, eu suspeito. Espero que ca'Matin ainda esteja vivo; ele é um dos poucos bons offiziers que temos lá. Eu acho que teria sido melhor se ca'Sibelli tivesse recuado para uma posição de defesa contra esta última ofensiva, em vez de tentar repelir os ocidentais, mas ca'Sibelli nunca gostou de defesa. Nós já perdemos a área do lago Malik. Suspeito que perderemos Munereo a seguir.

— Você mostrou isso para Audric? Falou para ele o que acabou de dizer para mim? — Os olhos de Kenne apareceram acima da borda do papel amarelo e grosso, depois sumiram novamente. Sergei ouviu o homem murmurar para si mesmo enquanto lia.

— Sim. Ele falou: "o comandante ca'Sibelli fez exatamente o que eu mandaria que fizesse. É como eu disse: precisamos de mais tropas". — Sergei fez uma pausa e olhou em volta do gabinete do archigos. Não havia mais ninguém ali, mas o regente abaixou a voz mesmo assim; nunca se sabia quem poderia ouvir atrás das portas. — Nós discutimos; eu pensei que ele fosse morrer na minha frente, Audric estava tossindo e respirando muito mal. Ele ficou olhando por cima de mim para o quadro da kraljica Marguerite e dizia... — Ele hesitou novamente, sem saber quanto queria compartilhar com Kenne. — ... coisas perturbadoras. Audric insiste em convocar o Conselho dos Ca' e exigir que receba autonomia como kraljiki. Ele quer arrancar meu título; não quer um regente em Nessântico.

O fato pareceu frio, dito sem rodeios. Sergei tinha visto o que Kenne não viu: a maneira como os gritos distorceram as feições de Audric, a vermelhidão que subiu pelo pescoço do menino e cobriu as bochechas, as gotas de saliva que voaram da boca, os olhos arregalados e perturbados.

— Eu sou o kraljiki! — berrou Audric para Sergei com os braços agitados. — Você vai fazer o que eu mandar, regente, ou mando jogá-lo na Bastida! — As últimas palavras foram gritos, cada um berrado a cada tomada de fôlego. A histeria de Audric fez com que os gardai do corredor, bem como seus camareiros, Marlon e Seaton, abrissem as portas do quarto para dar uma olhada. Sergei gesticulou para que fossem embora, e as portas foram fechadas novamente. Audric olhou por cima do regente, que se virou para trás. O quarto estava um forno, quente demais para o gosto de Sergei, as

chamas da grande lareira iluminavam o retrato de Marguerite sobre o consolo. Audric encarava a mamatarh com lábios que se moviam sem emitir palavras.

— Este relatório, Audric, é prova conclusiva de que...

— Você irá se dirigir a mim com o devido respeito, regente, ou mandarei açoitá-lo na praça do palácio.

Sergei permitiu-se respirar fundo e conteve a resposta que ameaçava escapulir. — Kraljiki, esse relatório demonstra que os Hellins já podem estar perdidos. Ca'Matin é o melhor offizier que temos lá; francamente, eu confio mais na avaliação dele do que na opinião do comandante ca'Sibelli. Se ele não conseguiu deter os ocidentais...

— Então a fúria de Nessântico cairá de forma plena sobre eles — berrou Audric, que depois foi tomado por um acesso de tosse...

O resto da conversa não seguiu melhor.

— Pode não ser uma loucura genuína, Sergei. Talvez a doença dele ou uma febre... — começou Kenne.

— Não importa — interrompeu Sergei. — Doença ou simples loucura; não há diferença se não pode ser curada. Kenne, eu mesmo pretendo ir ao Conselho dos Ca' e pedir que declarem Audric incapaz.

Kenne abaixou o papel ao ouvir isso. Sergei viu a tremedeira nos dedos do homem e ouviu o farfalhar do papel. O archigos franziu os lábios como se tivesse provado algo desagradável. — Alguns deles pensarão que você está tentando conquistar o poder, Sergei, que isso não é nada além de uma tentativa sua de se colocar no Trono do Sol. É o que Audric dirá para eles, suspeito. Certamente é o que *eu diria* para os ca' no lugar dele. Eu posso ver Sigourney imaginando a mesma coisa.

— É isso que você pensa, Kenne? Com certeza você me conhece melhor que isso. — Sergei deu um muxoxo de desdém, balançou a cabeça e andou de um lado para o outro na frente do archigos. *Eu não quero ser kraljiki. O que eu quero é bem pior do que você ou qualquer um dos ca' imagina, e se soubessem, todos se recusariam a me ajudar...*

— Não, Sergei. De maneira alguma — falou Kenne rápido. Rápido demais, na verdade. O homem não olhava para ele, o que indicava a Sergei que também havia dúvida na cabeça do archigos. Isso era ruim; se Kenne se perguntava sobre as intenções do regente, então o Conselho dos Ca' não teria problema algum em imaginar o pior. — Isso tudo é apenas... tão preocupante — continuou o archigos. — Eu não sei o que pensar. Declarar um kraljiki incapaz... — Ele balançou a cabeça, os dedos tamborilaram sobre o relatório. — Ele ainda é um menino, afinal de contas. Um jovem. Jovens muitas vezes dizem coisas que talvez não devessem ou se empolgam mais do que deveriam, e quando o menino em questão não só é um ca', mas também foi a'kralj e agora é kraljiki, bem...

— A questão não é juventude e privilégio, Kenne. Você não esteve lá. Não ouviu o que eu ouvi e não viu o que eu presenciei. Você viu indícios da situação nas últimas vezes que esteve com ele, mas isso... O que ouvi de Audric agora era pura loucura. E um kraljiki louco também afetará a Fé.

— Eu pegarei todos os ténis-guerreiros e mandarei para os Hellins — gritou o menino. — Todos eles. Todos aqueles que a Fé puder me dar...

— Sei que você acredita nisso, Sergei.

— Mas?

Mãos tão secas quanto uvas velhas ergueram-se da escrivaninha e repousaram de novo. O olhar do archigos pareceu alcançar o nariz de Sergei, apenas para ver o reflexo distorcido ali e voltar a cair. — Eu sei que você se importa apenas com Nessântico, Sergei. Sei que tem os interesses dos kralji e da fé concénziana em mente. — O regente encarou Kenne, em silêncio. À espera. — Mas — continuou o archigos finalmente —, talvez alguém com as, hum, "habilidades" de Ana ainda possa ser encontrado, e nós possamos trazer o menino de volta da beira da ruína. Sergei, nenhum kraljiki jamais foi deposto pelo Conselho dos Ca'. Nunca. Este é um passo que você não pode dar levianamente. Esse é um passo que temo que vá falhar e destruir você.

— Acredite em mim, eu conheço os riscos. — Sergei levantou-se da cadeira e pegou o relatório na escrivaninha de Kenne. — A guerra nos Hellins custa dinheiro e vidas, Kenne, e nos força a olhar para o lado errado. Quanto mais durar a guerra por lá, mais perigosa ela se torna para os Domínios. Audric está convencido de que a guerra nos Hellins será o triunfo de Nessântico. Não será. Será nossa queda.

— Eu sei que é isso em que você acredita.

Sergei não conseguiu evitar totalmente que a voz demonstrasse irritação diante das evasivas do velho. — É o que eu *sei*. O que tenho que saber de você, Kenne, é se terei seu apoio.

Um aceno de cabeça. — Eu quero apoiar você. Quero mesmo. Mas primeiro preciso rezar, Sergei. Você diz que acredita. Eu quero acreditar também e confio em Cénzi para me ajudar. Deixe-me rezar. Amanhã... nós nos falaremos, amanhã ou no draiordi no máximo...

Inútil. Isto é inútil... Sergei deu um sorriso falso e fez uma mesura e o sinal de Cénzi para o archigos. — Eu mesmo rezarei em seu nome, archigos, para que Cénzi fale com você em breve. — *E é melhor que Ele fale. É melhor ou Nessântico poderá se ver esmagada entre as pedras do leste e do oeste.*

Serguei pegou o comunicado da escrivaninha de Kenne. Ele foi até a lareira do gabinete do archigos e deixou o papel flutuar sobre as chamas. Viu o papel escurecer, enroscar-se, soltar fumaça e finalmente pegar fogo.

Ele imaginou a cidade fazendo a mesma coisa.

~ Nico Morel ~

NICO JAMAIS HAVIA SEGUIDO Talis antes. A matarh do menino trabalhava em uma taverna depois da esquina e do beco próximos à casa deles. Se Talis trabalhava, não era como os outros homens da vizinhança: em uma loja; como aprendiz de algum mestre; como um simples trabalhador, talvez nos engenhos onde gigantescas mós eram movidas pelos cânticos dos e'ténis, ou nas fundições ardentes do lado de fora das velhas muralhas da cidade, cujas fornalhas ardiam com o fogo do Ilmodo e dos cânticos de e'ténis de diferentes habilidades — que, em troca dos serviços, recolhiam uma porção dos lucros para a fé concénziana.

Nico ouvia a matarh ou outras pessoas no Velho Distrito reclamarem muito a respeito disso, que a Fé metia as mãos nos bolsos de cada grande indústria na cidade. A fofoca provocou pensamentos estranhos em Nico: ele imaginava mãos compridas em mangas verdes que saíam dos templos para arrancar moedas das bolsas da população. O menino perguntou-se por que os ténis precisavam fazer isso, pois sua matarh e todos os demais colocavam moedas nas cestas a cada cénzidi quando iam ao templo. Se Nico tivesse tantas moedas assim, ele poderia comprar um palácio na margem sul para viver com a matarh e Talis.

Talis...

Nico estava brincando de chute o sapo na rua com alguns dos outros meninos. Ele estava ganhando: já tinha chutado três vezes na poça o saco cheio de palha que era o sapo, mas seu amigo Jordis conseguira apenas uma vez, e os demais, nenhuma. Nico era bom em chute o sapo. Às vezes, quando jogava, ele sentia um frio estranho por dentro e quase era capaz de *ver* o sapo ir à poça, e quando chutava, o sapo espirrava bem dentro da água.

Nico retirou o sapo encharcado da poça pela quarta vez quando viu Talis sair da porta de casa e começar a subir a rua. Ele chutou o sapo para Jordis e os outros. — Volto já — disse o menino, e correu atrás de Talis.

Desde que viu Talis com a tigela de latão, ele andou vigiando atentamente seu vatarh sempre que podia. Nico viu e ouviu coisas estranhas quando Talis pensava que ele estava dormindo, até mesmo quando sua matarh estava dormindo também. Talis entoava e gesticulava igual a um téni, geralmente com a bengala diante de si. Quando ele fazia isso, Nico sentia os filamentos de frio no ar até que a bengala parecesse sugá-los para dentro.

Era muito estranho, mas as palavras — elas quase soavam como as palavras de sonho que Nico às vezes escutava, e ele queria saber mais.

A princípio, Nico tinha intenção de simplesmente alcançar Talis e perguntar aonde ele ia, mas quando o vatarh virou no primeiro cruzamento, com a bengala batendo nos paralelepípedos e andando em passos rápidos, como se estivesse com pressa para chegar a algum lugar, o menino decidiu ficar para trás e apenas observá-lo.

Talis andava tão depressa que Nico quase teve que correr para acompanhá-lo. Algumas vezes, quando ele virou para a esquerda ou direita no confuso emaranhado de ruas, o menino quase o perdeu, e quanto mais longe os dois iam, mais assustado Nico ficava — ele não sabia mais onde estava. Nem sabia qual seria o caminho de casa, ficou confuso pelas ruas sinuosas e tortuosas do Velho Distrito.

A luz do sol surgiu de repente à frente, e ele viu Talis fazer uma curva fechada à esquerda. Nico correu atrás do vatarh. O menino viu-se na confluência de um beco com o grande rio da Avi a'Parete, a enorme avenida que cercava o trecho interior da cidade. Ele foi atacado pelas cores, barulhos e movimento: as bashtas e tashtas de todos os tons e padrões imagináveis, as carruagens que passavam em meio às multidões (olha — aquela não tinha cavalos, apenas um téni como condutor, com um a'téni dentro), mil pessoas indo a algum lugar ao mesmo tempo: falando ou em silêncio, sérias ou rindo, juntas ou sozinhas. Os vendedores espalhados pelos muros anunciavam suas mercadorias; condutores gritavam alertas ou tocavam os sinos de aviso; uma dezena de conversas passou por Nico em um instante e foi substituída por outra dezena.

Os prédios aqui, ao longo da avenida mais famosa de Nessântico, pareciam tão grandiosos e altos quanto aqueles na margem sul, embora mais apinhados de gente e mais velhos. À esquerda, Nico viu píeres de uma ponte arqueada que levava à Ilha A'Kralji, onde o kraljiki e o regente viviam. No entanto, em meio à grandiosidade havia sinais de que nem todo mundo na cidade vivia tão bem. Mendigos sentavam-se encolhidos nas esquinas; a mais próxima de Nico, envolta em trapos imundos, parecia ter apenas um braço e o mesmo número de dentes na boca de gengivas vermelhas. Seus olhos eram brancos com cataratas, como a velha cega que morava do outro lado da rua de Nico.

O único braço, que chacoalhava uma caneca surrada de madeira com algumas d'folias de bronze no fundo, tinha uma mão com dedos de menos. A multidão que passava por ela ignorava a mendiga na maioria das vezes, como se as pessoas não a vissem.

Nico percebeu que não fazia ideia de para onde Talis havia ido na multidão. Ele olhou para a esquerda, depois para a direita, e o pânico subiu do estômago para a garganta. O menino correu na direção que achava que Talis tinha ido.

Uma mão agarrou seu ombro; Nico levou um susto e quase gritou.

— O que você está fazendo aqui, Nico? Por que está me seguindo? — Talis franziu a testa para ele, seus dedos agarraram o pano da camiseta de Nico.

O alívio conquistou o medo; Nico exclamou — Talis! Eu estava... você saiu e pensei em ver onde você estava indo e se eu podia ir junto, e aí eu já estava longe demais e fiquei com medo de que estivesse perdido.

A cara feia de Talis desmanchou-se aos poucos. — Você não sabe o caminho de casa?

Nico balançou a cabeça. — Por ali? — perguntou Nico hesitante ao apontar para um dos prédios atrás dele.

Talis bufou. — Só se você quiser tomar um banho no A'Sele. Eu devia simplesmente deixar você aqui — ele começou a falar, e o coração de Nico passou a bater mais forte, lágrimas surgiram em seus olhos, mas o homem continuou —, e Serafina me mataria se descobrisse. Eu já estou atrasado. Você terá que vir comigo, Nico.

Nico concordou enfaticamente com a cabeça. Ele abraçou Talis pela cintura quando o homem colocou a mão em sua cabeça e puxou-o para perto. — Sem me atormentar com perguntas, entendeu? Preciso encontrar uma pessoa.

— Quem você vai encontrar? — perguntou Nico, que engoliu em seco. — Desculpe, Talis — disse o menino, mas o homem já estava rindo.

— Você é um caso perdido, sabia? Vamos. Fique perto de mim, agora.

Com Nico correndo ao lado dele, Talis cruzou a Avi a'Parete, desviou-se de grupos de pessoas a passeio e parou aqui e ali para deixar uma carruagem passar, depois correu pelo caminho do próximo veículo. Quando os dois finalmente chegaram ao outro lado, Talis rapidamente entrou em uma pequena rua transversal, e a agitação, cores e glória da Avi a'Parete sumiram como se nunca tivessem estado lá. Eles viraram à esquerda, depois à direita, enquanto seguiam por uma viela estreita e tortuosa, e surgiram de repente — como se uma floresta feita de casas e prédios fosse contraída em um espaço diminuto — em uma área aberta.

Nico sentiu o cheiro do A'Sele antes de ver o rio: o fedor de peixe morto, dejetos humanos e água oleosa. Eles estavam em um mercado com dezenas de barraquinhas dispostas em fileiras ao longo da margem. À esquerda, Nico viu — do outro lado, desta vez — o grande arco da Pontica A'Kralji, e nas águas reluzentes do A'Sele, a Ilha A'Kralji com o Palácio do Kralji, o Velho Templo e a Residência do Regente. O menino olhou fixamente, depois se deu conta, com atraso, de que Talis já percorria os corredores do mercado, e andou rápido para alcançá-lo. Agora Nico descobriu que mal conseguia manter o olhar em Talis; ele não parava de ser distraído pelas mercadorias nas barraquinhas: grandes pilhas de cebolas, ervas penduradas para secar, peixes frescos e secos, facas brilhantes e pedras reluzentes, rolos de tecido, tamborins e alaúdes, montanhas de maçãs... — Isso aqui é melhor do que o mercado do Velho Distrito — falou ele em uma voz que ecoou seu deslumbramento.

— Isso não é nada — disse Talis. — Eu soube que na época da kraljica Marguerite dava para ouvir as bancadas gemerem com o peso das mercadorias que chegavam pelo A'Sele de todas as partes do mundo conhecido. Não dava para andar aqui por causa das multidões e dos vendedores. Qualquer coisa que se quisesse era possível comprar aqui, não importa o que fosse. — Talis parou. Eles estavam diante de uma barraca protegida do sol por um pano grosso e forrado. Na penumbra sob o toldo, uma grande forma moveu-se. Nico apertou a vista e protegeu os olhos com a mão. O dono da barraca era musculoso, tinha braços grossos que saíam das mangas soltas de uma bashta decorada com um desenho que lembrava talos de trigo. Ele abaixou o corpo, e Nico viu que o rosto era marcado por estranhas linhas brancas, como se a pele estivesse em carne viva. Entre as linhas, a pele intacta era quase da cor de cobre lustroso, como de uma pessoa das províncias do sul.

— Quem é o garoto? — perguntou o homem para Talis. A voz tinha um sotaque carregado que Nico não reconheceu até que Talis respondeu; aí ele notou que era uma versão mais forte e evidente do próprio sotaque do vatarh.

— Meu filho. Nico. — Talis deu um tapinha no ombro do menino com a bengala. — Não se preocupe com ele.

— A matarh do garoto faz você brincar de babá agora, Talis? Mahri ficaria tão orgulhoso.

— Cale a boca, Uly.

O homem riu como se tivesse achado graça no diálogo. Ele falou por um instante em uma língua complemente diferente, e Nico ouviu Talis responder no mesmo idioma. Talis entrou debaixo do toldo com o sujeito. — Fique aqui — falou ele para o menino. — Você pode olhar o que Uly tem para vender, mas não nos incomode.

Nico ouviu os dois homens conversarem na estranha língua deles enquanto mexia à toa nas mercadorias sobre as bancadas de Uly. Ouviu o nome "Mahri" mais algumas vezes. Finalmente, Uly derramou vários punhados de um pó preto e granulado em um saco de couro e entregou para Talis, que amarrou no próprio cinto. Os dois falaram por mais um momento, depois Talis pegou Nico pela mão e conduziu o menino para fora da barraca, na direção da Avi a'Parete. As perguntas saíam espontaneamente de Nico — ele não conseguia mais segurá-las.

— Você e Uly são do mesmo país?

— Sim, originalmente, embora nós dois estejamos longe de lá há muito tempo.

— Você é de Namarro?

— Não. — Talis não disse mais nada, e Nico permaneceu em silêncio enquanto eles cruzavam a avenida e entravam nas ruelas populosas do Velho Distrito novamente.

— Quem é Mahri, Talis?

— Ninguém hoje em dia. Ele está morto.

— Quem *era* ele, então? — insistiu Nico.

— Ninguém importante.

— Uly disse que Mahri ficaria orgulhoso de você. E eu ouvi Uly mencionar Mahri outra vez também.

— Você vai continuar a me amolar, não vai?

Nico ergueu o olhar para Talis, que não pareceu muito irritado, então ele concordou com a cabeça. — Você conheceu Mahri? Ele era seu vatarh?

Talis riu, embora Nico não soubesse o que tinha dito de tão engraçado, e balançou a cabeça. — Não. Mahri não era meu vatarh, e eu jamais o conheci. Apenas sabia *a respeito* dele.

— Por quê?

— Porque diziam que Mahri era capaz de fazer coisas que ninguém mais conseguia. Eu pensei ter dito sem perguntas.

Nico ignorou a última frase. — Que coisas?

Talis soltou um suspiro com tom de irritação. — Coisas que nem os ténis conseguem fazer com o Ilmodo deles.

— Ah. — Nico ficou calado ao ouvir aquilo. Todo mundo sussurrava que os ténis conseguiam fazer praticamente tudo com o Ilmodo, e havia rumores de que a archigos Ana também era capaz de fazer tudo que os numetodos faziam. Mas Nico sabia que Talis não acreditava em Cénzi e nem ia ao templo. Então talvez Mahri fosse um numetodo? E os ocidentais também não usavam magia? Ou talvez houvesse vários tipos de magia pelo mundo.

— Você quer ser igual a Mahri? — perguntou Nico.

Ele viu Talis levantar um canto da boca. — Isso depende do que você quer dizer, Nico. Eu não quero estar morto. — O homem riu, mas Nico torceu o nariz em uma careta de irritação.

— Não foi isso que eu quis dizer.

Talis abaixou a mão e desgrenhou o cabelo do menino, mas Nico deu um passo para trás. — Eu sei que não é o que você quis dizer — falou Talis. — E não acho que eu jamais queira ser como Mahri. Agora, será que nós podemos tentar chegar em casa antes que Serafina perceba que você saiu e vire a vizinhança inteira de cabeça para baixo à sua procura?

Talis parou de falar, pegou a mão de Nico e apertou o passo. A bolsa de couro macio e seu pó escuro balançaram no cinto. Nico espiou de rabo de olho enquanto os dois andavam.

Ele continuaria a ficar de olho em Talis. Talvez pudesse aprender a fazer magia também. Afinal de contas, os numetodos diziam que a maioria das pessoas podia fazer magia caso se esforçasse bastante. Nico era esforçado: ele sempre vencia no chute o sapo porque se esforçava bastante. Quando a pessoa fazia isso, era capaz de sentir a energia fria.

Ele ficaria de olho em Talis. Aprenderia a fazer o que Talis fazia.

~ Varina ci'Pallo ~

SE ELA FOSSE FORÇADA a seguir a carreira de espiã, Varina teria sido capturada e executada no primeiro dia.

Ela encostou o corpo na lateral de um boticário no limite do centro do Velho Distrito, olhou fixamente para a multidão reunida sob o sol intenso e procurou entre as pessoas por um rosto familiar, um que ela tinha perdido no labirinto do Velho Distrito. Varina ofegava um pouco pelo esforço de tentar alcançar o homem depois que ele fez uma curva brusca — ela chegou à esquina e viu que o sujeito não estava ali. Ele desapareceu.

— O que você pensa que está fazendo?

A pergunta, que surgiu atrás dela, assustou-a. Varina deu meia-volta com as mãos erguidas, pronta para falar uma palavra e lançar um rápido feitiço de repulsão, mas uma mão pegou seu braço quando ela se virou e a impediu de conjurar o feitiço, e ela olhou para o rosto que andou procurando.

— Karl...

Ele soltou a mão de Varina e deu um passo para trás. Ela não soube dizer se Karl estava irritado ou não. — Você estava me seguindo. — O olhar, como um mar revolto, sustentou o de Varina.

— Sim — admitiu ela.

— Por quê?

— Porque estou preocupada com você.

Ele riu como se tivesse achado graça. Isso deixou Varina mais irritada do que a expressão dele. — Você ou Mika? — vociferou ele. — Ou talvez Sergei?

Varina sustentou o olhar de Karl com ar de desafio e queixo empinado. Afastou o cabelo do rosto. — Todos nós. *Todo mundo* que conhece e gosta de você está preocupado, Karl, apesar de parecer que você não nota. Segui-lo foi minha ideia, porém. Não foi de Mika, nem de Sergei. Portanto, você pode gritar comigo se quiser, mas não com eles. Os dois não sabem.

— Eu não sou uma criança que precisa ser vigiada.

— Perdão. Não deixarei de contar isso para Sergei e para o embaixador co'Görin. Ambos ficarão contentes ao saber que você amadureceu.

Karl torceu o nariz novamente. — Aquilo foi um erro. Eu não o repetirei.

— Karl, você se convenceu de que foram os firenzcianos e estava pronto para ser juiz e executor em relação a eles. Agora está igualmente convencido de que é uma trama dos ocidentais e está perseguindo o fantasma de Mahri. Eu estou preocupada com você, sim. Mahri está morto; você não o encontrará. E estou ainda mais preocupada com o que você fará se encontrar algum ocidental, alguém que pode ser completamente inocente. Não sei dizer de outra forma que não sendo direta: faça o que Sergei lhe disse, deixe que eles tomem conta da investigação. Você não os está ajudando, *nem* a si mesmo.

— E o que eu devo fazer, Varina? — perguntou Karl. Ele contorceu o rosto, a pele abaixo dos olhos estava escura e empapuçada. Karl não aparava a barba há dias.

— Você disse que estava interessado no que eu poderia mostrar sobre o encantamento de objetos. Deixe-me ensinar para você. Vamos trabalhar nisso juntos. Eu certamente poderia contar com sua ajuda e seu conhecimento. Isso poderia tirar sua mente... — ela olhou ao redor — ... desta situação.

— Você não consegue entender. — Karl rangeu os dentes. — Apenas me deixe em paz. — O olhar de desprezo de Karl foi como um tapa na cara de Varina.

— Você já foi bastante magoado, Karl. Eu não quero vê-lo piorar as coisas para si mesmo.

— Eu não preciso de sua piedade, Varina, e não quero nem preciso de sua ajuda — disparou Karl. As palavras machucaram Varina. — O que eu preciso fazer para deixar isso claro para você?

— Você acabou de deixar. Deixou bem claro mesmo. — Dito isso, ela gesticulou para o espaço aberto e ensolarado do centro do Velho Distrito. — Vá em frente. Eu não seguirei mais você.

Com isso, sem arriscar uma olhadela para trás, Varina começou a ir embora para o sul, na direção da Casa dos Numetodos. Ela não olhou para trás. Varina disse para si mesma que não queria ver se Karl a observava ou não.

Allesandra ca'Vörl

BESTEIGUNG. O CERIMONIAL de coroação do novo hïrzg.

O dia nasceu brilhante e cooperativo, com o céu de um azul exuberante onde navios de nuvens brancas iam embora para o oeste. O calor cedeu, foi afugentado pela chuva purificadora da noite anterior. Cénzi abençoou o dia, e os ténis estavam radiantes, como se o lindo dia tivesse sido causado por suas preces.

Talvez tivesse sido mesmo.

Allesandra também rezou para Cénzi. Rezou para que o dia fosse como ela esperava, que não tivesse interpretado errado os sinais. E embora tenha rezado, Allesandra também fez questão de levar uma adaga embainhada no antebraço, debaixo das franjas e rendas da manga da tashta. Ela aprendeu há muito tempo com seu vatarh que jamais deveria estar sem uma arma.

O dia seria longo para Fynn — e para aqueles, como Allesandra, que eram obrigados a acompanhá-lo. Primeiro veio a cerimônia no Templo de Brezno na Primeira Chamada, onde o archigos deu ao novo hïrzg a Benção de Cénzi. Depois houve as exigidas visitas de estado: à tumba do hïrzg Kelwin, primeiro hïrzg de Firenzcia; ao templo perto do Palácio do Hïrzg, que continha um frasco de sangue de Misco, o fundador de Firenzcia; ao grande pedregulho rachado perto da praça principal de Brezno, onde diziam que os moitidis — a pedido de Cénzi — mandaram um furioso raio à terra para fulminar o exército de Il Trebbio, que invadira Firenzcia em 183 durante a Guerra das Três Gerações. Em cada local, aconteciam as cerimônias e os discursos obrigatórios, e os ca' e co' ouviam com atenção, gratos por não haver chuva torrencial, frio de rachar ou calor úmido para suportar além da frases imbecilizantes já esperadas.

Então veio a procissão final à nova estátua de Falwin I, erigida por Jan, o vatarh de Allesandra, após ele decretar a separação de Firenzcia dos Domínios — foi Falwin que liderou a revolta tragicamente malsucedida contra o kraljiki Henri VI em 418, e foi ali que Fynn erigiu o palanque onde, finalmente, a Coroa e o Anel de Firenzcia seriam oficialmente declarados como seus.

Quando o archigos ca'Cellibrecca passou por Allesandra na carruagem conduzida por um téni a caminho de seu lugar na fila de dignatários, ele inclinou-se para fora da janela e mandou o condutor parar o veículo. O e'téni interrompeu o cântico e as rodas desaceleraram. O archigos acenou para Allesandra sobre o símbolo do globo partido de Cénzi, pintado em ouro e lápis-lazúli. — Com licença um instante — disse ela para Jan e Pauli. Jan deu de ombros para a matarh; Pauli, envolvido em uma conversa com uma jovem bonita da família ca'Belgradin, não deu resposta alguma. Allesandra foi até a carruagem do archigos e fez o sinal de Cénzi para Semini. Francesca estava sentada ao lado do marido, nas sombras. — Cénzi sorriu para Fynn.

— É verdade — respondeu Semini. Ele diminuiu o tom de voz, o bastante para Francesca não ouvi-lo, praticamente inaudível com o tumulto dos músicos que começavam a marcha da procissão. — No entanto, a'hïrzg, eu não ficaria tão perto do novo hïrzg no palanque.

— Archigos?

Ele olhou para o fim da fila, onde aguardava a carruagem de Fynn, puxada por quatro cavalos brancos, um deles sem cavaleiro. — É realmente um lindo dia — falou Semini, mais alto agora. — Um bom dia para toda Firenzcia, creio eu. Condutor, eles nos esperam.

O e'téni recomeçou o cântico; as rodas rangeram ao começarem a girar novamente. Allesandra afastou-se da carruagem no momento em que Semini acenou com a cabeça para ela e recostou-se no assento estofado ao lado de Francesca, que lançou um olhar azedo para a a'hïrzg quando eles passaram. Allesandra viu o veículo entrar na fila logo atrás da carruagem do hïrzg.

Ela passou o dia nervosa, imaginando se ca'Cellibrecca realmente tinha a intenção de levar a cabo o que havia insinuado — ele não faria nada por conta própria, obviamente, mas trabalharia através de uma camada de intermediários; se algo fosse acontecer, o archigos também gostaria que acontecesse em público, onde poderiam ver que ele não estava envolvido, e onde houvesse maior impacto. Era exatamente o que ela mesma teria feito.

"Eu não ficaria tão perto do novo hïrzg no palanque..."

Allesandra sentiu um arrepio de medo sobreposto pela empolgação. Ela queria voltar correndo para o archigos e sussurrar três palavras para ele: "a Pedra Branca?" Se Semini concordasse com a cabeça, então o que Allesandra planejou seria realmente uma trama perigosa, dadas as lendas sobre o assassino. Diziam que a Pedra Branca mataria qualquer um que tentasse interferir na execução de um contrato. A Pedra Branca, diziam os mesmos rumores, era um mestre no uso de todas as armas; não havia ninguém que pudesse cruzar espadas com ele. Porém, a Pedra Branca sempre atacava suas vítimas isoladamente, não no meio de multidões. Não poderia ser ele... pelo menos Allesandra torcia para que não fosse.

Seja qual fosse o caso, o assassinato ocorreria em breve, então. E não importava a maneira como isso aconteceria, ela seria a pessoa que mais lucraria, se tomasse cuidado. Allesandra voltou a se juntar à família. — O que o archigos queria, matarh? — perguntou Jan. Pauli continuou conversando com a ca'Belgradin.

— Queria falar do tempo e, de acordo com Francesca, creditar-se por isso — disse Allesandra. Jan riu. — Sim, eu sei, a mulher não é nada além de previsível. Vamos pegar nossa carruagem, querido. A procissão está começando a andar. Pauli, odeio interromper sua tentativa de impressionar a jovem vajica, mas temos nosso dever...

Com uma careta de irritação, Pauli interrompeu a conversa e seguiu na direção de Allesandra, que seguia Jan até a carruagem aberta logo à frente do archigos. Ela viu que estavam sendo observados por Semini e Francesca, e acenou com a cabeça para ele. — Você não precisava ser tão *estridente*, minha querida — falou Pauli.

— E você não precisava ser tão óbvio — respondeu Allesandra. — Mas essa não é uma conversa que deveríamos ter em público, Pauli.

— Essa não é uma conversa que deveríamos ter de forma alguma, no que me diz respeito. — Pauli entrou na carruagem. Ele ajeitou o corpo desconfortavelmente no couro elegante do assento e bateu nas almofadas com os dedos. O som foi tão agudo e alto quanto se ele tivesse batido em madeira, e a almofada mal afundou. — Firenzcia tem um talento para fazer algo parecer atraente quando na verdade é extraordinariamente desconfortável — comentou Pauli. — Mas eu sei que você já tem intimidade com essa característica, minha querida.

— Vatarh! — falou Jan com rispidez, e Pauli, estranhamente, virou-se para olhar para fora da janela da carruagem. Allesandra sentiu o rosto ficar quente, mas não disse nada. Eles chegariam ao palanque em uma marca da ampulheta, e o dia seria o que seria. De qualquer maneira, Pauli acabaria sendo tão irritante quanto uma mosca, e ela enxotaria o marido com a mesma facilidade quando o momento certo chegasse. Com alívio.

A carruagem deu um solavanco e começou a andar, e por cerca de meia virada da ampulheta eles passaram pela principal avenida de Brezno, com as laterais apinhadas de moradores da capital e das cidades vizinhas. Todos eles vibravam e gritavam, empurravam e acotovelavam os utilinos e gardai posicionados ali no esforço de ver a elite de Firenzcia, os grandes visitantes de outros países da Coalizão Firenzciana e o novo hïrzg.

A praça ao redor da estátua de Falwin estava lotada por uma massa compacta, as carruagens da realeza percorreram um caminho aberto pelos gardai. Ao lado do palanque, eles foram escoltados pela subida por uma larga escada temporária até os lugares à sombra da estátua de Falwin. O antigo hïrzg erguia braços de bronze sobre eles, com a enorme espada em riste. Allesandra podia *sentir* o som da multidão, os gritos e aplausos aumentaram quando Fynn apareceu na plataforma, com as mãos estendidas como se fosse abraçar todo mundo. Ele regozijou-se com a adulação da multidão, destacado pela luz intensa do sol. Allesandra sentiu uma pontada de inveja ao ver o irmão.

A a'hïrzg estava logo à esquerda de Fynn com Jan próximo a ela, a seguir Pauli (que já se virava de costas para falar com a moça ca'Belgradin novamente); Semini estava à direita do hïrzg com a coroa de archigos na cabeça e o robe cerimonial dourado e esmeralda. Allesandra olhou de relance para ca'Cellibrecca, parado ao lado da azeda Francesca, que parecia ser a única que não estava completamente impressionada com os eventos. Semini acenou com a cabeça sutilmente.

Quando? Quem? Como?

Fynn começou a falar, a voz foi amplificada pelos esforços de dois o'ténis que entoavam um cântico baixinho de ambos os lados do hïrzg. Ela retumbou sobre as massas, a voz possante de um semideus que gritava dos céus. — Firenzcia, estou diante de vocês como seu criado e agradeço humildemente pela dádiva de sua confiança.

Um rugido respondeu ao hïrzg, que ergueu os braços novamente. Porém, a atenção de Allesandra foi desviada. A a'hïrzg vasculhou a linha de frente da multidão, vasculhou as pessoas com ela na plataforma. Havia gardai no parapeito do palanque de ambos os lados de Fynn, que olhavam fixamente para fora e para baixo — certamente eles veriam algo preocupante ali antes que estivesse visível para ela.

"Eu não ficaria tão perto do novo hïrzg no palanque...". Um ataque mágico então? Uma bola de fogo como aquelas dos ténis-guerreiros? Semini tinha sido um téni-guerreiro, afinal. Mas o archigos certamente não usaria o Ilmodo

ou arriscaria que outra pessoa usasse quando tal coisa atrairia suspeita para os ténis e, portanto, para ele.

— Como seu hïrzg, eu prometo que continuarei com o desejo de meu vatarh de tornar Firenzcia a primeira entre todas as nações...

Allesandra deu uma olhadela para trás. Os ca' e co' e dignatários visitantes estavam dispostos atrás dela, e, ao fundo, os criados aguardavam. Não havia nada anormal ali. Allesandra começou a se virar novamente quando um movimento chamou sua atenção.

— ... um sonho que deseja ver Brezno como o centro do mundo...

Um dos criados vinha à frente com uma bandeja e uma jarra de água. Ele andava lentamente pelas fileiras, murmurava desculpas ao passar cuidadosamente pelas pessoas. Andava na direção de Fynn. A atenção do criado jamais pareceu deixar o irmão de Allesandra, que se assustou com alguma coisa na intensidade do olhar do homem. Semini, na ação mais indicativa de todas, sussurrou algo para Francesca e deslizou para longe de Fynn, na direção do outro lado da plataforma.

Existem aqueles que usam magia e são inimigos de Firenzcia, que matariam o novo hïrzg de bom grado e não levantariam suspeitas sobre o archigos, de maneira alguma. Allesandra sentiu um arrepio de medo; ela não estava mais certa de seu plano. Tinha esperado que o ataque fosse físico: uma faca, uma espada, uma flecha. *O vatarh não teria hesitado, não se pensasse que ainda havia uma chance de sucesso. E você é a filha dele, a mais parecida com ele...*

— Jan — disse ela ao se inclinar para o filho. — Aquele homem, o criado atrás de nós, que está avançando com a bandeja; não, não olhe diretamente para ele, mas você o vê?

Jan moveu a cabeça rapidamente para a esquerda, depois voltou. — Sim.

— Ele é um numetodo. Um assassino.

Jan pestanejou. — O quê?

— Acredite em mim — sussurrou Allesandra furiosamente. No palanque, Fynn ainda declamava. "Um novo dia para Firenzcia, um novo alvorecer..." — Quando ele pousar a bandeja, tudo que ele precisa fazer é falar uma palavra e gesticular com as mãos; não podemos deixar que isso aconteça. Vou confrontá-lo para atrasá-lo; você vem pelo lado. Ande! — Ela empurrou o filho. Com uma olhadela, Jan virou-se e murmurou desculpas enquanto escapuliu para os fundos, através das fileiras dos ca' e co'. Pauli olhou para eles, curioso, e depois voltou sua atenção para a jovem ca'Belgradin. Allesandra entrou cautelosamente atrás de Fynn e virou-se para encarar o criado.

Havia apenas poucas pessoas entre eles. O criado com a bandeja parou ao ver que ela virou-se para encará-lo, e seu rosto ficou tenso. Por um momento, Allesandra pensou que estivesse enganada, que o homem não era nada mais do que fingia ser. Mas os próximos instantes jamais seriam esquecidos por ela.

... o criado jogou a bandeja para o lado (os ca' e co' perto do homem reagiram tarde demais quando a bandeja, a jarra, a caneca e a água caíram em cima deles). O sujeito ergueu as mãos como se fosse rezar...

... Allesandra atirou-se em cima do criado, apenas para ser impedida pelas pessoas entre eles, que contiveram seu avanço...

... um fogo surgiu entre as mãos do assassino quando ele bradou uma única palavra que soava como a língua dos ténis. Allesandra esperou morrer naquele momento, consumida pelo fogo mágico que também mataria seu irmão...

... mas Jan esbarrou no numetodo na hora em que ele abriu as mãos, derrubando o criado. (Em volta dos dois, bocas eram escancaradas em meio aos gritos, a maioria dos ca' e co' ainda não tinha se dado conta do que acontecia e perguntava-se por que tinha sido empurrada por este jovem mal-educado ou por que aquele criado trapalhão arruinara sua roupa elegante. Atrás dela, Allesandra ouviu Fynn gaguejar e ficar calado. Ela podia imaginá-lo se virando devagar para ver a comoção às suas costas.) O fogo mágico fez um arco para os lados e para cima, em vez de ir na direção de Fynn e Allesandra. Os ca' e co' gritaram quando foram tocados pelo fogo, que irrompeu entre eles e virou uma bola de fogo que explodiu na altura dos olhos da estátua de Falwin. Uma luz vermelha pulsou e morreu, mais intensa que o sol, e agora a multidão gritava também.

— Jan! — berrou Allesandra, em pânico. Ela avançou para chegar até o filho, que parecia incólume e brigava com o numetodo, embora o homem parecesse curiosamente letárgico nas mãos de Jan, como se atordoado pela reviravolta. Ao redor dos dois, havia caos. Allesandra ouviu Fynn gritar.

Ela sacou a adaga da manga, ajoelhou-se rapidamente, cravou a arma debaixo do queixo do homem e puxou para o lado com violência. O sangue jorrou como um chafariz, espesso e grosso ao escorrer pela mão e pelo braço de Allesandra. — Matarh! — disse Jan, e ela ouviu o horror na voz do filho quando o sangue também espirrou sobre ele. Mãos agarraram os dois; os gardai chegaram com espadas em punho e empurraram os ca' e co' para o lado. Fynn berrava ordens.

— Quem fez isso? — Allesandra ouviu o irmão gritar às suas costas. Ela virou-se para Fynn com a parte da frente da roupa arruinada pelo sangue.

— Meu filho salvou sua vida e a minha, meu hïrzg, meu irmão. E eu garanti que este assassino jamais ataque você novamente.

A sombra fria da estátua de Falwin tocou Allesandra. Ela viu o archigos ca'Cellibrecca atrás de Fynn, e a confusão e a dúvida lutavam com o horror na cara barbuda de Semini. Allesandra achou que havia quase uma decepção no jeito como Fynn olhava para o corpo. Pauli chegou à frente e parou estupefato ao lado de Fynn quando Allesandra deixou a adaga cair dos dedos. A arma fez um barulho alto sobre as tábuas do palanque.

— Eu preciso me limpar dessa imundície — disse Allesandra calmamente. — Fynn, fale com seu povo. Acalme as pessoas. Tranquilize-as. Isso é o que o hïrzg precisa fazer.

Ele torceu o nariz para a irmã: Fynn sempre fazia cara feia quando alguém ousava dar uma ordem para ele. Mas o hïrzg virou-se para a multidão horrorizada e preocupada e começou a falar.

A Pedra Branca

ELA ASSISTIU À TENTATIVA de assassinato no meio da multidão, a salvo e sem ser notada. *Que trapalhada horrível*, pensou a Pedra Branca, enquanto as pessoas ficavam boquiabertas, gritavam e berravam à sua volta. *Uma trapalhada estúpida ainda por cima.*

Uma faca era uma arma bem melhor do que magia. Furtividade era muito melhor do que um ataque brutal. Deve-se estar presente para ver os olhos da vítima quando se ataca. Deve-se sentir o calor no sangue escorrendo pelas mãos.

Ela aprendeu as habilidades com faca na tenra idade, nas ruas populosas de An Uaimth. O corpo ainda tinha as cicatrizes daquelas lições, e a Pedra Branca pensou mais de uma vez que morreria por causa delas. Seus professores foram a escória da sociedade, gente corrompida e sombria, violenta e perturbada demais para ser tolerada pela sociedade educada. Eram perigosos, e ela viu-se abusada, usada e machucada por eles mais de uma vez. Porém, os professores tinham as habilidades físicas que a Pedra Branca queria ter, adquiridas com sangue, dor e fúria. Ela aprendeu bem essas lições e tirou de cada um deles o que foi possível.

A Pedra Branca jamais deixaria alguém se aproveitar dela. Jamais seria fraca. Jamais se deixaria ficar vulnerável.

Ela teve que matar alguns de seus "professores" quando ficaram muito perigosos ou tentaram se aproximar demais, quando começaram a bisbilhotar ou adivinhar seus segredos. Ela deixou seu cartão de visitas com cada um deles, um seixo branco sobre o olho esquerdo. *A Pedra Branca...* Ela começou a ouvir o nome sussurrado nas ruas. *O assassino sempre deixa uma pedra branca no olho esquerdo...*

As pessoas sempre presumiam que era "ele, o assassino"; isso também era uma proteção. Ela podia andar por qualquer lugar e nunca ser suspeitada.

E nunca se soube que eram sempre duas pedras; que ela tirava uma do olho direito da vítima para manter consigo. Para manter *as vítimas* consigo.

Aquela pedra ficava na pequena bolsinha de couro pendurada em seu pescoço, aninhada entre os seios, debaixo da roupa. *Aquela* estava sempre com o assassino.

Ela tocou a bolsinha enquanto o povo avançava na direção do palanque, quando a a'hïrzg levantou-se coberta pelo sangue do assassino e o novo hïrzg ergueu as mãos para a multidão e gritou para que as pessoas ficassem calmas.

A Pedra Branca sorriu diante disso.

A morte... a morte era sempre calma.

TENDÊNCIAS

Allesandra ca'Vörl

Enéas co'Kinnear

Audric ca'Dakwi

Sergei ca'Rudka

Jan ca'Vörl

Allesandra ca'Vörl

Karl ca'Vliomani

Nico Morel

Enéas co'Kinnear

Allesandra ca'Vörl

A Pedra Branca

~ Allesandra ca'Vörl ~

— É COM IMENSO PRAZER e gratidão que eu lhe concedo a Estrela dos Chevarittai. Você pode ser jovem, chevaritt Jan ca'Vörl, mas não conheço ninguém mais merecedor do título.

O aplauso fluiu entre as pessoas que assistiam na antecâmara no salão de baile do Palácio de Brezno. Jan deu um sorriso radiante quando Fynn — que usava a coroa dourada de hïrzg no cabelo e o anel com sinete no dedo — prendeu a estrela dourada na faixa vermelha de ombro de sua bashta, depois entregou um presente que pertencera ao vatarh de Allesandra e homônimo de Jan: uma espada de aço escuro firenzciano, endurecida pelo fogo e pela água fria, e afiada como uma navalha. Allesandra viu Jan pegar o punho incrustado da arma e enfiar a espada na bainha. Fynn amarrou-a ao cinto de Jan, depois abraçou o sobrinho enquanto os aplausos aumentavam. Parada próximo aos dois, Allesandra ouviu as palavras que Fynn sussurrou no ouvido de Jan.

— Aquele foi realmente um ato de bravura, sobrinho, embora eu não corresse perigo real. Eu certamente teria saído do caminho do feitiço daquele idiota.

Para Allesandra, o verdadeiro idiota era Fynn. A bravata já era ruim, e ele ignorou o papel que Allesandra teve em salvar sua vida. Foi como se ela não tivesse estado ali de forma alguma, como se Jan tivesse notado o assassino por conta própria.

Allesandra disse para si mesma que não se importava, que isso apenas correspondia às baixas expectativas que tinha de seu irmão, mas o pensamento não a convenceu. A porta para o salão de bailes abriu um momento depois, e Fynn gesticulou. — Venham, vamos todos aproveitar essa celebração — falou o hïrzg para os ca' e co' e os chevarittai reunidos. Fynn passou o braço pelos ombros de Jan, e juntos os dois entraram no salão quando os músicos começaram a tocar e uma dezena de e'ténis entoou para acender todas as lâmpadas do aposento ao mesmo tempo. Pauli ofereceu o braço à Allesandra; ela aceitou, *por dever e aparência*, e o casal seguiu. Atrás deles, entraram o archigos Semini e Francesca.

Allesandra sentiu o olhar de Semini em suas costas.

Em seguida à tentativa de assassinato, houve um expurgo a qualquer um em Brezno que fosse suspeito de ser numetodo. Isso, certamente, também era esperado. Houve outro expurgo, um pouco menos brutal, dentro do corpo de funcionários do novo hïrzg — o que confirmou o que Fynn dissera para Allesandra sobre como ele trataria qualquer um que se opusesse a ele. Cada criado, todo mundo abaixo do status de co' empregado pelo palácio, foi interrogado pelo comandante da Garde Hïrzg. Uma meia dúzia de funcionários, suspeitos como simpatizantes dos numetodos, foram levados para a Bastida para serem interrogados com mais afinco. O mestre do palácio, que contratara o pretenso assassino, foi considerado culpado por negligência. Seu cargo foi tomado, a família reduzida a ce', e o próprio mestre perdeu as mãos como castigo. A família do assassino foi presa; ninguém mais os viu desde que entraram na Bastida. Um numetodo que disseram ter ajudado o assassino foi chibatado e esquartejado na Praça de Brezno. Ele foi mantido vivo cuidadosamente pelo carrasco pelo máximo de tempo possível, e seus gritos ecoaram entre os prédios enquanto a multidão assistia e gritava insultos e caçoadas para o homem. O corpo do assassino, infelizmente morto durante o ataque, foi pendurado e exposto publicamente em uma jaula de ferro que balançava em uma corrente na espada de Falwin. Dobraram o número de gardai em volta do palácio, com soldados da Garde Firenzcia, trazidos para reforçá-los. Rumores voavam pela cidade tão rapidamente e tão numerosos quanto pardais.

Dois ca' foram mortos no ataque pelo feitiço errante; seus funerais foram caprichados e atraíram um bom público. Mais seis espectadores no palanque foram queimados e feridos no ataque, quatro gravemente; dizia-se que tinham sido muito bem compensados pelos cofres do hïrzg para manter as famílias caladas e satisfeitas.

Allesandra ainda podia sentir a tensão no ar, mesmo durante esta celebração. Os criados mantinham a cabeça baixa por prudência, e se alguém notou os gardai que vigiavam as festividades perfilados pelas paredes ou o impressionante número de ténis presentes, ninguém comentou. Era melhor sorrir e permanecer calado.

Pauli dançou com Allesandra uma vez — o mínimo de exigência conjugal. Assim que a dança acabou, ele pediu licença. Ela sabia que, dali em diante, só veria Pauli de relance do outro lado do salão, e que em pouco tempo descobriria que o marido sumiu de vez e que somente retornaria em algum momento cedinho de manhã para seu próprio quarto separado, na ala de visitantes do palácio. Jan também dançou com Allesandra, mas as atenções do filho eram exigidas por Fynn e pela multidão de bajuladores em volta do hïrzg. As moças, em especial, pareciam considerar a presença de Jan bastante agradável. Allesandra decidiu que teria que prestar muita atenção ao filho pelo resto da estadia em Brezno quando viu uma ca' jovem e solteira pegar o braço de Jan e levá-lo para a pista de dança.

— A senhora me surpreendeu, a'hïrzg. — A voz de Semini surgiu atrás dela. — Eu não sabia que tinha um amor tão grande por seu irmão a ponto de se colocar entre ele e um assassino, mesmo que o hïrzg pareça ter convenientemente se esquecido de que a irmã fez isso.

Allesandra olhou em volta para garantir que não havia ninguém que pudesse ouvir, depois se virou para o archigos e inclinou o corpo para sussurrar. — E eu fiquei surpresa que o archigos contratasse um numetodo.

Seu sorriso talvez tenha tremido levemente, seus olhos talvez tivessem se apertado. — Eu *jamais* faria isso, a'hïrzg.

— Não há necessidade para falsa modéstia, Semini. Eu achei a ideia brilhante quando percebi a ironia.

— Eu não sei do que a senhora está falando, a'hïrzg — respondeu ele com intransigência.

— Ah, mas sabe, sim. E agora você está em dívida comigo, archigos. Afinal de contas, o assassino não foi capaz de responder a quaisquer perguntas embaraçosas depois, não é? Isso fui *eu* que fiz por você, archigos, embora meu irmão tenha ficado terrivelmente desapontado por não haver alguém para torturar depois. Venha, você quer saber por que eu fiz aquilo, não quer? Vamos tomar um pouco de ar, archigos, onde possamos ser vistos, mas não ouvidos.

Allesandra conduziu Semini para a entrada aberta de uma sacada, que estava vazia. Ela ficou diretamente voltada para as portas, onde qualquer um que olhasse pudesse vê-los. A música passou por eles e flutuou noite afora; Allesandra e Semini podiam ver as pessoas dançando, entre elas o hïrzg e Jan. Ela virou-se para olhar os jardins, iluminados por centenas de lâmpadas mágicas; alguns casais passeavam por lá. — Isso quase me lembra Nessântico e a Avi... — A a'hïrzg voltou-se do parapeito. — Quase. Eu percebo que sei muito pouco a respeito de sua vida pessoal, archigos. Você algum dia já foi a Nessântico?

Sergei concordou com a cabeça. Ele observava Allesandra como um cão desconfiado observaria outro. — Eu fui ordenado aqui em Brezno por Orlandi ca'Cellibrecca, meu vatarh por casamento, mas como um jovem o'téni eu viajei com ele para Nessântico várias vezes quando Orlandi era o a'téni de Brezno.

— Então sem dúvida você entende por que Nessântico sempre foi o centro dos Domínios. Há uma grandiosidade e uma história lá que ninguém consegue sentir em qualquer outro lugar. Dá para entender por que, quando os Domínios forem reunificados, Nessântico será o centro do mundo conhecido novamente. Tenho certeza disso. — Allesandra tocou o braço dele e sentiu o archigos puxá-lo de volta. — Eu quero lhe agradecer, Semini. Você me deu a oportunidade perfeita para demonstrar a Fynn como eu era leal a ele, apesar da maneira como meu vatarh me dispensou como herdeira; apesar da paranoia e das suspeitas de Fynn a meu respeito; apesar de todas as discussões e brigas que tivemos. Meu irmão jamais suspeitará novamente que eu ou Jan conspiraríamos contra ele.

Mesmo na penumbra da sacada, iluminada apenas por lâmpadas mágicas postas em ambas as pontas do parapeito, ela pôde ver a cor do rosto de Semini escurecer. O archigos cerrou os punhos ao lado do corpo e afastou o olhar de Allesandra. Ele não disse nada.

— O kraljiki Audric não viverá muito tempo, pelo que me dizem — continuou ela. — Eu descobri que realmente não quero ser a hïrzgin, Semini, mas quando chegar o dia em que os Domínios estiverem unificados, digamos, sob uma kraljica, eles precisarão de um hïrzg forte para ser sua espada, o papel que Firenzcia sempre cumpriu. Agora, meu filho dará um grande hïrzg um dia, não acha? Um líder maravilhoso.

Semini arregalou os olhos um pouco. — Você quer...

— Sim — respondeu Allesandra antes que ele pudesse terminar a pergunta.

— Você assumiu um risco incrível, Allesandra.

— Sim, admito que você me surpreendeu bastante com sua audácia. Eu quase decidi apenas deixar que acontecesse. Porém, grandes ambições exigem grandes riscos, como você obviamente entende. E você me deve pelo risco que corri, Semini, porque depois eu garanti que a tentativa de assassinato não pudesse conduzir facilmente até você. Eu destruí a prova que podia falar.

— Eu não tive nada a ver com...

Ela dispensou o protesto fraco com a mão. — Ora, vamos. Apenas a lua pode nos ouvir aqui, e ambos sabemos a verdade. *Ainda* há provas contra você, caso eu seja forçada a revelá-las. Ambos sabemos que se eu relatasse para Fynn algumas das conversas que tivemos ou dissesse para ele sobre a missiva que você recebeu do regente de Nessântico — diante disso, Semini arregalou ainda mais os olhos, e Allesandra soube que o palpite estava certo —, bem, nós sabemos que os interrogadores na Bastida conseguem extrair uma confissão plena de qualquer um. Fynn daria ordens para que se fizesse um interrogatório assim, mesmo com o archigos, caso eu insistisse. Afinal de contas, eu sou sua leal irmã, que se colocou entre ele e aquele numetodo desprezível. E se você tentasse dizer para Fynn que *eu* estava envolvida também, ora, minhas ações e as de Jan tornariam a acusação uma mentira, não é?

— O que você quer? — perguntou Semini com grosseria. O archigos deu um passo para trás, como se a presença dela fosse infecciosa. Aquilo agradou Allesandra; significava que toda aquela dissimulação tinha acabado. Os belos olhos escuros do archigos brilharam com os reflexos das lâmpadas mágicas abaixo deles, a postura de Semini era a de um urso acuado, forte e pronto para se defender até a morte. Ela descobriu que gostava disso.

— Na verdade, eu não quero nada além do que você mesmo queira. Nós ainda estamos do mesmo lado, embora eu sinta que você tem dúvidas quanto a isso. Eu gosto de você, Semini, gosto mesmo. Gostaria que se tornasse o Único Archigos. E *será*, se fizer o que eu mandar. Você cometeu dois erros, Semini. Um foi pensar que Fynn só seria útil para nós morto quando, na verdade, nós *queremos* ele vivo. Por enquanto.

— E o segundo?

Ela inclinou a cabeça para o lado e observou Semini. — Você pensou que fosse a pessoa que deveria tomar as decisões por nós. Não espero que cometa esse erro novamente. Na época em que fui refém em Nessântico, a archigos Ana muitas vezes dizia que o archigos sempre serve a dois mestres: Cénzi, em nome da Fé, e a pessoa no Trono do Sol, em nome dos Domínios.

Allesandra tocou o braço dele novamente. Desta vez Semini não recuou, e ela deu o braço ao archigos. — Vamos dançar juntos, archigos, uma vez que nenhum dos nossos respectivos cônjuges parece se importar. Vejamos quão bem nos movemos juntos.

Allesandra insistiu que Semini saísse da sacada e entrasse no barulho e na luz do salão de baile.

~ Enéas co'Kinnear ~

— CÉNZI SEM DÚVIDA OLHA pelo senhor, o'offizier co'Kinnear, embora as notícias que traz sejam muito perturbadoras. — Donatien ca'Sibelli, comandante das forças dos Domínios nos Hellins e irmão gêmeo de Sigourney ca'Ludovici do Conselho dos Ca', andava de um lado para o outro atrás da mesa enquanto Enéas permanecia em posição de sentido diante do superior. A sala era um reflexo do homem: limpa e escassa, sem nada que distraísse os olhos. O tampo da mesa era polido, com uma única pilha de papel em cima, alinhada perfeitamente com a borda do móvel. Havia um pote de nanquim e uma pena do outro lado, com um areeiro que formava um ângulo reto perfeito acima deles. A cesta de lixo estava vazia. Havia uma única cadeira de madeira simples diante da mesa. Em um canto, o estandarte azul e dourado de Nessântico pendia frouxo em um poste.

Ca'Sibelli, pelo menos em seu gabinete, não permitia que nada se intrometesse em seu dever como comandante. Não havia como duvidar da lealdade ou bravura do homem — ele lutara muito bem contra uma força adversária muito superior na Batalha dos Brejos e fora condecorado e promovido pelo kraljiki Justi, sua irmã servia ao Estado da maneira dela, mas Enéas sempre suspeitou que o cérebro do homem tinha tão pouca mobília quanto seu gabinete.

— Sente-se, o'offizier — disse ca'Sibelli, que apontou para a cadeira e sentou-se na própria. Ele tirou a folha de cima dos relatórios e colocou diante de si enquanto Enéas se sentava. O indicador do comandante percorreu o texto enquanto ca'Sibelli vasculhava o documento. — O a'offizier ca'Matin fará muita falta. Deve ter sido horrível vê-lo ser sacrificado aos caprichos dos falsos deuses que aqueles selvagens idolatram, e o senhor é extremamente afortunado por ter evitado o mesmo destino, o'offizier.

O próprio Enéas tinha pensado nisso, e os offiziers que o interrogaram desde seu retorno muitas vezes disseram a mesma coisa, alguns com uma insinuação de acusação na voz. Ele passou três dias cavalgando pelo ermo território ao redor do lago Malik e manteve o cavalo na direção nordeste. No quarto dia, fraco e faminto, com a montaria praticamente exausta, Enéas vislumbrou cavaleiros em um morro. Eles também o viram e vieram galopando em sua direção. Enéas esperou pelos homens, ciente de que não conseguiria fugir dos cavaleiros, fossem amigos ou inimigos. Cénzi sorriu para ele novamente: o grupo era uma pequena patrulha de reconhecimento dos Domínios, e não soldados ocidentais. Eles o alimentaram, ouviram espantados sua história, e o trouxeram de volta para seu posto avançado.

Nos dias seguintes, conforme notícias foram mandadas para Munereo e uma ordem enviada de volta para Enéas retornar para lá, ele soube que somente um terço do exército liderado pelo a'offizier ca'Matin conseguiu se arrastar de volta depois da retirada caótica. Da própria unidade, Enéas era o único sobrevivente. O choque da notícia fez Enéas se ajoelhar e rezar para Cénzi pelas almas dos homens que ele conhecera e comandara. Muitos morreram a esta altura. Homens demais. Ele ficou atordoado e confuso pela perda.

Neste momento, Enéas simplesmente concordou com a cabeça diante do comentário do comandante e observou o homem continuar a ler e murmurar para si mesmo.

— Os nahualli *estavam* com o exército então. Nossa informação estava errada.

— Sim, senhor. Eu lutei contra eles várias vezes e nunca tinha visto feitiços como aqueles: o fogo explodiu do chão embaixo de nós, aqueles círculos de areia escura... — Enéas engoliu em seco ao se lembrar. — Um daqueles feitiços foi disparado perto de mim, e eu não me lembro de nada depois daquilo até... depois de a batalha já estar encerrada. Eles pensaram que eu estava morto.

— Cénzi colocou Sua mão sobre o senhor e o salvou — comentou ca'Sibelli, e Enéas concordou com a cabeça novamente. Ele acreditava nisso. Com o passar dos dias, cada vez mais tinha certeza, desde que saíra do acampamento tehuantino. Cénzi abençoou-o. Cénzi salvou-o por um motivo especial: Enéas *sabia* disso. Podia sentir. À noite, ele parecia ouvir a voz de Cénzi dizendo o que queria que Enéas fizesse.

Ele obedeceria como qualquer bom téni faria.

— Cénzi realmente esteve comigo, comandante. — Enéas sentia isso com fervor. Que outra resposta haveria? Ele esperava morrer e, no entanto, Cénzi fez contato com o pagão Niente e tocou o coração do homem. Era a única explicação. E apesar da fome e da sede, apesar da exaustão que sentiu ao fugir dos ocidentais, de certa maneira Enéas jamais se sentiu assim tão revigorado, tão cheio de vida e *vivo*. A própria alma ardia dentro dele. Às vezes,

Enéas era capaz de sentir a energia formigar na ponta dos dedos. — É por isso, comandante, que fiz o pedido de retornar a Nessântico. Eu acho que esta é a tarefa pela qual Cénzi me poupou.

Havia um destino para Enéas cumprir. Foi por isso que ele escapou dos ocidentais; foi Cénzi que trabalhou de dentro do nahual Niente. Certamente não foi o ato do falso deus deles, Axat.

Ca'Sibelli franziu um pouco a testa diante do último comentário de Enéas. Ele mexeu na papelada novamente. — Eu preparei um relatório para enviar a Nessântico — continuou ca'Sibelli — e uma recomendação para uma condecoração para o senhor, o'offizier co'Kinnear. Porém, ainda assim, sua experiência e liderança farão falta aqui, especialmente com a perda do a'offizier ca'Matin.

— É muita gentileza de sua parte, comandante — respondeu Enéas. Não era de seu feitio reclamar de ordens, mas Cénzi era uma autoridade superior. — Mas relatórios são secos, e as pessoas em Nessântico, especialmente o regente e o kraljiki, precisam saber como nossas circunstâncias são desesperadoras. Eu acho... acredito que eu seria a pessoa certa para levar a mensagem. Posso falar diretamente com as pessoas em Nessântico sobre a situação aqui. Elas poderão ouvir da minha boca o que aconteceu. Posso convencê-las; Cénzi me diz que eu posso.

Vá ao seu líder, fale com ele e dê uma mensagem por nós... Ele pensou, por um momento, ter ouvido aquela sentença em uma voz alta e grave em sua cabeça. Ficou assustado demais para falar imediatamente. — Comandante — continuou Enéas —, eu entendo que meu lugar é aqui com as tropas, especialmente com os ocidentais ameaçando avançar contra a própria Munereo. Eu retornarei assim que for possível, mas posso entregar seu relatório com muito mais impacto. Prometo isso ao senhor. Eu sugeriria que o senhor mesmo fosse, mas seu conhecimento e liderança são fundamentais para nossa vitória contra os ocidentais.

Ca'Sibelli abanou a mão. O movimento fez mexer os papéis do topo da pilha na mesa, que ele parou para alinhar novamente. O comandante suspirou. — Eu creio que um offizier a mais ou a menos não fará diferença; ou melhor, acredito no senhor quando diz que pode fazer mais diferença ao falar com o kraljiki e o Conselho dos Ca' do que empunhando uma espada aqui. Talvez o senhor esteja correto sobre a vontade de Cénzi. Tudo bem, o'offizier co'Kinnear: o senhor partirá amanhã de manhã na alvorada no *Nuvem Tempestuosa*. O e'offizier co'Montgomeri está com meu relatório para o senhor entregar; pode pegá-lo ao ir embora. Espero o senhor de volta aqui quando o *Nuvem Tempestuosa* retornar.

Ca'Sibelli levantou-se, e Enéas ficou de pé às pressas para prestar continência. — O senhor já sabe que tinha sido recomendado para o título de chevaritt pelo a'offizier ca'Matin — disse o comandante ao devolver a continência. — Eu aprovei aquela recomendação; ela também estará no *Nuvem Tempestuosa* para o kraljiki assinar. Eu suspeito que o futuro lhe reserva grandes coisas, o'offizier. Grandes coisas.

Enéas concordou com a cabeça. Ele também suspeitava disso. Cénzi cuidaria disso.

~ Audric ca'Dakwi ~

AS TROMPAS DO TEMPLO soaram a Primeira Chamada, as notas dissonantes e tristes apagaram os últimos vestígios de sono.

Audric permitiu que Seaton e Marlon o ajudassem a sair da cama. Mesmo com a assistência, o kraljiki ficou sem fôlego ao ficar de pé, com a roupa de dormir. Os camareiros ajudaram Audric, as mãos dos dois tiraram a camisola do kraljiki, depois começaram a vesti-lo para a audiência matinal. Enquanto cambaleava de leve nas mãos dos camareiros e ofegava, Audric olhou o quadro de Marguerite. Ela deu um sorriso cruel para o neto.

— Você é fraco fisicamente porque é fraco politicamente — disse a kraljica. — Cénzi lhe mandou a doença como um aviso. Você está tão envolvido por grilhões de ferro que não consegue enxergar, Audric: são correntes pesadas, que confinam e oprimem, e é este fardo que deixa você doente. Foi o regente que colocou as correntes, Audric. Ele rouba seu poder; rouba sua saúde. Quando você se soltar dos grilhões do regente, quando for o kraljiki na prática, assim como no título, sua doença também lhe deixará.

— Eu sei, mamatarh — falou Audric. Era um esforço apenas erguer a cabeça. Os cantos do quarto estavam escuros, como se ainda fossem encobertos pela noite; ele só conseguia enxergar o quadro. — Eu estou ansioso... por esse dia. — Por um momento, Marlon e Seaton pararam as atenções, assustados com a resposta.

— Em breve — murmurou Marguerite. — O que quer que você faça tem que ser em breve. O regente tem a intenção de enfraquecê-lo até que morra, Audric. Ele o envenena com suas palavras, com conselhos para ter cautela, com o poder que roubou de você. O regente quer tudo para si e está matando você para obtê-lo. Você tem que agir.

— É o que farei hoje, mamatarh.

— Kraljiki? — perguntou Seaton.

Audric olhou com raiva para o camareiro e disparou — Não interrompa quando estou conversando com seus superiores. — As palavras eram interrompidas por arfadas. — Repita isso e você será dispensado do meu serviço, além de ser chibatado pela insolência. Entendeu?

Ele viu Seaton olhar de relance para Marlon e depois fazer uma rápida mesura para Audric. — Minhas desculpas, kraljiki. Eu... eu errei.

Audric torceu o nariz. Marguerite sorriu para o neto enquanto concordava com a cabeça, no quadro. — Andem depressa, vocês dois — falou o menino para os camareiros. — Hoje vai ser um dia cheio.

Meia virada da ampulheta depois, Audric estava vestido e tomava café da manhã na sacada do quarto, que dava vista para os jardins oficiais do palácio. Ele ouviu a batida na porta externa e a conversa do criado no corredor com Marlon. — Kraljiki — disse o camareiro alguns momentos depois, enquanto Audric tomava um gole de chá de menta e saboreava o aroma da erva. — Seus convidados esperam o senhor na antecâmara.

— Excelente. — Ele pousou a xícara e dispensou Marlon e Seaton com um gesto quando os dois correram para atendê-lo. — Deixem-me. Eu estou bem. — Ao passar pelo quadro de Marguerite, Audric acenou com a cabeça para ela, depois foi para a porta da câmara de recepção. Marlon moveu-se para abrir a porta para ele, e Audric ergueu a mão, à espera de recuperar o fôlego, à espera de conseguir respirar sem ofegar. O kraljiki finalmente aquiesceu, e Marlon abriu a porta.

Audric viu todos se levantarem rapidamente e fazerem mesuras quando ele entrou: Sigourney ca'Ludovici, Aleron ca'Gerodi e Odil ca'Mazzak — todos integrantes do Conselho dos Ca', os três mais influentes entre os sete. Sigourney era a pedra fundamental, Audric sabia: ela tinha o sobrenome ca'Ludovici, como a kraljica Marguerite. Magra e ativa, com um rosto animado, comprido e delicado, Sigourney aproximava-se da quarta década de vida e tinha o cabelo pintado de preto como carvão com raízes brancas; com o irmão gêmeo no comando das forças nos Hellins, ela contava com a voz dos militares também. Odil, um saudável sexagenário, era o que estava há mais tempo sentado no Conselho dos Ca' dentre todos eles. Seu corpo tinha a aparência magra e murcha de carne defumada, e ele arrastava os pés com cuidado ao andar apoiado por uma bengala, mas a mente permanecia afiada. Com quase 30 anos, Aleron era um dos mais jovens integrantes, mas era carismático, charmoso e usava de sua influência muito bem, a ponto de ainda ser considerado bonito — e fez um ótimo casamento com alguém da antiga família ca'Gerodi.

— Por favor, sentem-se — mandou Audric, que tomou o próprio assento perto da lareira, do lado oposto ao lugar onde o quadro da mamatarh estava pendurado. O kraljiki podia imaginá-la com a parte detrás da cabeça voltada para eles enquanto escutava. — Eu pedi que os senhores viessem aqui hoje porque valorizo seus conselhos e gostaria de ouvir suas opiniões. — Ele fez uma pausa, tanto para respirar quanto para dar efeito. — Não perderei seu tempo. Eu gostaria de remover o regente ca'Rudka de seu posto e que os plenos poderes do governo sejam passados para mim.

Audric viu Odil recostar-se visivelmente na cadeira e Sigourney e Aleron trocar olhares cuidadosamente dissimulados. — Kraljiki — Aleron começou a falar, depois parou para passar a língua pelos lábios grossos. — O que o senhor pede... bem, o senhor está a apenas dois anos de chegar à maioridade legal. Eu sei que parece um longo tempo para alguém da sua idade, mas dois anos...

— Eu sei muito bem disso, conselheiro ca'Gerodi — disse Audric com desdém. A voz foi interrompida por tosses ocasionais e pausas para respirar. — O senhor estava lá quando o mestre ci'Blaylock testou meus conhecimentos sobre a linhagem dos kralji. Eu conheço a minha história, talvez melhor do que qualquer um dos senhores. Eu poderia citar o kraljiki Carin...

— Sim, kraljiki. — foi Odil que falou. — Existe um precedente real em Carin, mas Carin...

— "Mas Carin?" — Audric repetiu quando o homem parou. Odil respirou fundo ao se sentar na ponta da cadeira.

— O kraljiki Carin era precoce em quase todos os aspectos — continuou Odil. Ele abaixou o olhar para os dedos, entrelaçados no colo, e falou mais para eles do que para Audric. — Com o perdão do kraljiki, a história de Nessântico é meu passatempo, e eu diria que houve circunstâncias atenuantes na extraordinária ascensão de Carin. Aos 12 anos, ele assumiu o comando da Garde Civile contra as forças de Namarro quando seu vatarh foi morto, e Carin demonstrou habilidades extraordinárias naquela batalha. Todas as histórias dizem que ele era capaz de se lembrar de tudo que ouvia. Ele também tinha o Dom de Cénzi e podia usar o Ilmodo quase tão bem quanto um ténieguerreiro. E a saúde de Carin — dito isso, Odil finalmente olhou diretamente para Audric — era excelente.

— E foi o próprio regente de Carin que foi ao Conselho dos Ca' com o pedido de que o kraljiki recebesse plenos poderes mais cedo — acrescentou Sigourney rapidamente enquanto Audric sentia o calor do sangue nas bochechas. — Talvez se o regente ca'Rudka viesse até nós com uma recomendação dessas...

— Ca'Rudka é o problema! — berrou Audric. *Com calma...* Ele ouviu a voz da mamatarh na cabeça. *Olhe para os rostos dos conselheiros, Audric. Você os assusta com seu poder e tem que ter cuidado. Use a cabeça. Manipule-os. Você quer que eles escutem, que cumpram suas ordens. Você tem que soar como um adulto, não como uma criança petulante. Tem que parecer sensato. Fazer com que acreditem que é do interesse deles fazer o que você pede. Diga para eles. Diga todas as coisas sobre as quais conversamos...*

Audric concordou com a cabeça. Ele tossiu e respirou fundo. Limpou a boca com a manga da bashta e ergueu a outra mão para os conselheiros. — Eu peço desculpas, conselheiros — falou Audric finalmente. — Por favor, entendam que minha... hum, veemência é causada apenas por minha grande preocupação com Nessântico e com os Domínios, e sei que todos os senhores se preocupam comigo. — Ele olhou de relance para Sigourney. — Conselheira ca'Ludovici, o regente ca'Rudka nunca virá até os senhores. Jamais. A verdade é que ele tem intenção de permanecer no poder, não importa qual seja a minha idade.

— Esta é uma acusação preocupante, kraljiki, com certeza — respondeu Sigourney. — O senhor tem alguma prova disso?

— Assim como o kraljiki Carin — disse Audric, acenando para Odil —, eu me lembro do que é dito na minha presença. O regente insinuou tal coisa para mim, e eu ouvi ca'Rudka sussurrar com o archigos Kenne quando eles pensavam que eu estava dormindo ou doente demais para prestar atenção. Provas? Não tenho nada além do que ouvi, mas eu *ouvi*. Há fatos curiosos também. O regente ca'Rudka, afinal, era o comandante da Garde Civile na época do meu vatarh e também foi o líder da Garde Kralji antes disso. Os homens escolhidos a dedo pelo regente ainda cuidam da segurança de Nessântico: o comandante co'Falla, da Garde Kralji, e o comandante co'Ulcai, da Garde Civile. E, ainda assim, de alguma forma, não só eles não conseguiram impedir o assassinato de nossa amada archigos, Ana, como ambos alegam que sequer sabiam de alguma trama contra ela.

— O que o senhor quer dizer, kraljiki? — perguntou Aleron. — Está dizendo que o regente ca'Rudka...? — Ele parou. Um gordo dedo indicador cofiou o cavanhaque.

— Todos os senhores conhecem os rumores a respeito da archigos Ana, que ela às vezes usava o Ilmodo para curar, apesar de a Divolonté ser contra tais práticas — falou Audric. — Eu sei que essas práticas são verdadeiras porque a archigos Ana me ajudou muitas vezes, desta mesma maneira. Sim, conselheira ca'Ludovici, eu vejo que a senhora concorda. Sei que todos suspeitavam disso. Com a archigos Ana morta, ora, alguém também poderia acreditar que eu também morreria em breve... e que o Conselho dos Ca', em agradecimento pelo longo serviço, e dado que a linhagem direta da kraljica Marguerite atualmente não importava mais, poderia simplesmente nomear o atual regente como kraljiki em título, assim como na prática. Se ca'Rudka esperasse mais tempo para agir, ora, há o perigo de eu me casar e ter filhos que pudessem reivindicar o título.

Audric percebeu que eles refletiam sobre as acusações, especialmente sua prima ca'Ludovici. Ele tentou conter a tosse e se apressou em dizer o resto. *Sim, você tem a atenção dos conselheiros agora*, o kraljiki ouviu sua mamatarh dizer com uma voz contente.

— Essa situação chegou a um ponto crítico por causa das más notícias que continuam a vir dos Hellins. — Audric apressou-se para continuar. — Conselheira ca'Ludovici, seu irmão está lutando bravamente com os míseros recursos que demos a ele. O comandante ca'Sibelli é um ótimo guerreiro, mas, ainda assim, estamos sendo humilhados pelos ocidentais; nós, Nessântico, os Domínios, a maior potência do mundo. Essas pessoas são pouco mais do que selvagens, e, no entanto, elas roubam de nós a terra que o sangue de nossos soldados santificou. Eu disse ao regente que não tolerarei isso. Disse que quero mandar tropas adicionais e ténis-guerreiros para os Hellins a fim de ajudar seu irmão a acabar com esta rebelião. Deixem-me perguntar para cada um dos presentes: o regente ca'Rudka falou a respeito disso com algum dos senhores? — Ele viu as cabeças dos conselheiros balançarem em silêncio. — Eu imaginei que não. O regente está satisfeito em perder os Hellins; ele me disse isso. Está satisfeito em desperdiçar o grande sacrifício de nossos gardai. Fosse eu o kraljiki neste momento, ordenaria a imediata prisão de ca'Rudka. Eu o colocaria na Bastida e faria com que assinasse sua confissão, assim como ele fez outros confessarem ao longo de décadas. Porém, se os senhores não fizerem isso, então sugiro que simplesmente *perguntem* ao regente. Não sobre a morte da archigos ou suas intenções a meu respeito, mas sobre os Hellins. Perguntem a ca'Rudka a respeito de nossa situação lá e qual seria a melhor linha de ação que ele considera. Perguntem por que o regente não sabia nada sobre o plano contra a archigos Ana. Ouçam cuidadosamente as respostas. E quando os senhores perceberem que eu falo a verdade a respeito dessa situação, entenderão que também falo a verdade sobre o resto.

Audric ficou de pé. Sentiu o corpo tremer com o esforço, a exaustão ameaçava tomar conta dele. O kraljiki pareceu enxergar os três conselheiros como se estivessem atrás de um vidro fumê e não queria outra coisa a não ser cair na cama sob o olhar vigilante de Marguerite. Ele tinha que encerrar essa reunião. Rapidamente. — Por enquanto, encerramos por aqui. Falem com ca'Rudka. Depois, pensem no que eu falei para os senhores.

Audric fez uma mesura para os conselheiros e — com o passo mais lento e majestoso que conseguiu ter forças para dar — cruzou a sala até a porta do quarto, que Marlon abriu para ele.

O kraljiki conseguiu esperar até a porta ser fechada para cair nos braços de Seaton.

~ Sergei ca'Rudka ~

— REGENTE CA'RUDKA! UM momento!

Sergei virou-se na entrada da Bastida a'Drago. Acima dele, cimentado nas pedras do sombrio baluarte, o crânio de um dragão escancarava as enormes mandíbulas com dentes afiados que reluziam. A cabeça do dragão, descoberta durante a construção do que era para ser um castelo de defesa, deu à Bastida seu nome: Fortaleza do Dragão. Agora ela espiava os prisioneiros que entravam na masmorra e parecia rir quando eram devorados pela Bastida.

Ou talvez a cabeça risse de todos eles: os numetodos alegavam que não era um crânio de dragão em hipótese alguma, mas sim de algum animal antigo e extinto que virou pedra. Para Sergei, esta era uma teoria enrolada demais para se acreditar, mas os numetodos também alegavam que as conchas de pedra encontradas no alto dos morros em volta de Nessântico estavam lá porque, em algum passado distante inimaginável, as montanhas foram o leito de um mar.

O passado não importava para Sergei. Apenas o presente, e o que ele podia tocar, sentir e compreender.

Uma carruagem parou na Avi a'Parete. Da janela do veículo, Sigourney ca'Ludovici gesticulou na direção de Sergei. O regente fez uma mesura e andou até a carruagem. — Bom dia, conselheira. A senhora saiu cedo. A Primeira Chamada aconteceu há menos de uma virada da ampulheta.

Os olhos de Sigourney eram de um surpreendente cinza-claro em contraste com o cabelo tingido de preto. Ele notou as linhas finas debaixo do rosto maquiado. — O Conselho dos Ca' teve uma reunião com o embaixador co'Görin da Coalizão na manhã de hoje, como seu gabinete foi informado.

— Ah, sim. — Sergei empinou o queixo. — Eu vi a declaração que o conselheiro ca'Mazzak escreveu. Ele fez um belo trabalho ao ficar no meio termo entre congratular o novo hïrzg e ameaçá-lo, eu aprovei a declaração. Acho que o conselheiro ca'Mazzak daria um belo embaixador em Brezno, se ele estivesse disposto. E acho que o embaixador co'Görin ficaria convenientemente irritado com a indicação.

Em outra ocasião, Sigourney teria rido do comentário, mas ela parecia distraída. Os lábios estavam parcialmente abertos, como se esperasse para dizer outra coisa, e o olhar continuava a se afastar do rosto de Sergei para a fachada da Bastida. Não era por causa do nariz de metal; Sergei estava acostumado com essa reação da parte de estranhos, com seus olhares ou capturados pela réplica de prata colada no rosto ou tão incomodados pelo nariz que deslizavam do rosto como esquis no gelo do inverno. Mas Sigourney conhecia o regente há décadas. Eles nunca foram amigos, mas também não eram inimigos; na política de Nessântico, isso era suficiente. *Algo está errado. Ela não está à vontade.* — O que a senhora realmente queria me perguntar, conselheira? — A pergunta atraiu o rosto dela de volta para Sergei.

— O senhor me conhece muito bem, regente.

Ele podia conhecer Sigourney, mas ela não o conhecia. Ninguém realmente o conhecia; Sergei jamais deixara alguém se aproximar tanto do seu âmago desprotegido, e estava velho demais para começar agora. A conselheira ficaria chocada se soubesse o que ele fez na manhã de hoje, nas entranhas da Bastida. — Eu tenho prática em ler as pessoas — disse o regente com um aceno de cabeça para o dragão no baluarte da Bastida. — O problema está nos olhos e nos minúsculos músculos do rosto que ninguém realmente consegue controlar. — Ele deu uma batidinha proposital no nariz falso. — A dilatação das narinas, por exemplo. A senhora está incomodada com alguma coisa.

— Todos nós lemos o último relatório do meu irmão nos Hellins. É a situação por lá que me incomoda.

Sergei colocou o pé no degrau da carruagem e inclinou-se na direção dela. As molas da suspensão do veículo gemeram e cederam sob seu peso. — Isso também me incomoda, conselheira.

— O que o senhor faria a respeito?

— Quando alguém sangra muito, o conselho é atar a ferida. Eu digo isso sem críticas ao seu irmão. O comandante ca'Sibelli está fazendo o possível com os recursos de que podemos abrir mão para ele, mas lutar contra um inimigo obstinado em seu território natal é difícil sob a melhor das circunstâncias, e praticamente impossível a essa distância.

— O senhor está sugerindo que nós atemos a ferida, regente, como o senhor disse tão elegantemente, ou que nós fujamos em desonra do que está causando o dano? — Ela arqueou as sobrancelhas ao fazer a pergunta, e Sergei hesitou. Ele sabia que Audric havia se encontrado com Sigourney, Odil e Aleron, esse tipo de fofoca era impossível de abafar no palácio, e lembrava-se bem demais das discussões sobre a questão que tivera com Audric. O regente ainda não tivera a chance de tocar no assunto com qualquer um do Conselho dos

Ca'; agora parecia que Audric fizera isso por ele, e Sergei duvidava que tivesse sido favoravelmente representado pela opinião do kraljiki.

— Se há desonra em recuar depende — respondeu ele com cautela — da pessoa acreditar que a próxima ferida possa ser fatal.

— É *nisso* que o senhor acredita, regente? — insistiu Sigourney. — Que a guerra nos Hellins está perdida?

Antigamente, ele poderia ter sido evasivo, por não saber qual seria a opinião mais segura de revelar. Ao ficar mais velho, ao ganhar mais poder, Sergei tornou-se menos propenso a ser sutil. — Eu acredito que haja um perigo de a guerra estar perdida, sim. Eu dei minha opinião ao jovem kraljiki, e essa será minha declaração ao Conselho dos Ca' no meu próximo relatório. Portanto, a senhora tem uma prévia. — Ele sorriu, o que exigiu esforço. — Da maneira que a senhora fala, conselheira, suspeito que o Conselho já esteja ciente da minha opinião. Seu pressentimento é impressionante. — Não houve um sorriso em resposta; o rosto de Sigourney estava impassível nas sombras da carruagem. — Deixe-me contar o resto. O maior perigo, como eu também disse para o kraljiki, é que, ao olharmos para o oeste, nós ignoramos o leste e a Coalizão. Imagino que Audric não tenha mencionado isso para a senhora.

Sigourney permaneceu na sombra, sua reação foi encoberta. — O senhor não aconselha mandar mais tropas para os Hellins? Aconselha que abandonemos o que conquistamos lá?

Sergei olhou para o dragão, que parecia espiá-lo, cheio de dentes. — Por que eu tenho a impressão de que a senhora já sabe as minhas respostas para essas perguntas, conselheira?

— Ainda assim eu gostaria de ouvi-las. De seus lábios.

— Então: não e sim — disse ele secamente. — Se mandarmos mais tropas, mandaremos mais gardai para morrer do outro lado do Strettosei, quando estou convencido de que precisaremos deles aqui, e talvez antes do que gostaríamos. Quanto aos Hellins: minha experiência diz que outro comandante não se sairá melhor do que seu estimado irmão. Seu predecessor, o comandante ca'Helfier, no fundo é o responsável pela terrível situação por lá; foram suas trapalhadas e mau julgamento que causaram o envolvimento do exército tehuantino no conflito, e isso virou o jogo. — Sergei ficou satisfeito ao vê-la recuar ao ouvir isso e desviar o olhar, como se a vista da Pontica à frente da carruagem de repente fosse bem mais interessante. — Nossas dificuldades são a distância, a comunicação e um vasto exército que luta em seu território natal. — Ele deu um tapinha na janela aberta da carruagem. — E um inimigo que agora está mais forte do que a maioria de nós quer acreditar. Quando tomamos os Hellins, os tehuantinos permaneceram nas próprias terras depois das montanhas, mas as ações de ca'Helfier fizeram os nativos da região convocar seus primos para ajudar. Nós podemos chamar os ocidentais de selvagens e infiéis que idolatram apenas os moitidis e dizer que eles são falsos deuses, mas isso não altera o fato de que os ténis-guerreiros dos tehuantinos, através de seja lá a que divindades eles apelam, são pelo menos tão eficientes quanto os nossos. Talvez até mais.

— Algumas pessoas podem dizer que o senhor mesmo passa perigosamente perto da heresia com esta declaração, regente — disse ca'Ludovici ao fazer o sinal de Cénzi.

— Eu considero que meu dever, como regente, é encarar a verdade, não importa qual seja, e dizê-la. — Isto era uma mentira, é claro, mas soava bem; na opinião de Sergei, seu dever como regente era cuidar para que a Nessântico que fosse passada ao próximo kralji estivesse em uma posição mais forte do que a que originalmente encontraria; não importava como isso o implicava se ele fizesse ou dissesse, que fosse legal ou ilegal. — Essa sempre foi minha função em Nessântico. Eu sirvo à própria Nessântico, não a ninguém dentro dela. É por isso que a kraljica Marguerite me nomeou como comandante da Garde Kralji, e por isso que seu primo, o kraljiki Justi, me nomeou primeiro como comandante da Garde Civile e depois como regente, mesmo que nós discordássemos muitas vezes. — Sua boca tremeu diante das memórias das discussões que teve com o grande tolo Justi. *Que os retalhadores de almas o façam em pedaços eternamente pelo que ele fez com os Domínios.*

— Eu também sirvo à Nessântico em primeiro lugar — falou Sigourney. — Nisso, nós somos parecidos, regente. Eu só quero o que é melhor para ela e para os Domínios. Fora isso... — Ela deu de ombros nas sombras.

— Então nós concordamos, conselheira — respondeu Sergei. — Nessântico precisa de verdade e de olhos abertos, não de arrogância cega. Certamente o Conselho dos Ca' reconhece isso, não é?

— A verdade é mais maleável do que o senhor parece pensar, regente. Como diz o ditado? "O vinagre de um ca' pode ser o vinho de um ce'". Muito daquilo que é chamado de verdade é apenas opinião, na prática.

— Esse pode ser realmente o caso, conselheira, mas o que incomoda as pessoas é também o que elas dizem quando querem ignorar uma verdade — respondeu Sergei, que foi recompensado por um beicinho de irritação e o brilho de lábios umedecidos no rosto mal iluminado. — Mas nós podemos falar a respeito disso depois, com todo o Conselho presente, se a senhora quiser. Deve haver um novo relatório vindo dos Hellins em breve, e talvez este nos diga o que é verdade e o que é apenas opinião.

Ele mais ouviu do que viu Sigourney fungar, e uma mão branca foi erguida no interior escuro para bater no teto da carruagem. — Falaremos mais a respeito desse assunto, regente — falou a conselheira para Sergei em um tom frio e distante, e se dirigiu ao condutor sentado no banco. — Vamos.

Ele observou a conselheira partir enquanto as rodas com aro de ferro da carruagem faziam barulho sobre os paralelepípedos da Avi. O som era tão frio e hostil quando a atitude de Sigourney. Sergei voltou-se novamente para a Bastida e ergueu os olhos para o crânio do dragão acima dos portões. Sua boca feroz sorria.

— Sim — disse ele para o crânio. — A verdade é que um dia todos nós ficaremos iguais a você. Mas não ainda para mim. Não ainda. Eu não me importo com o que Audric tenha dito ao Conselho. Não ainda.

~ Jan ca'Vörl ~

JAN ENCONTROU SUA MATARH parada na sacada de seus aposentos no Palácio de Brezno. Ela olhava para baixo, para a agitação na praça principal. O Templo do Archigos agigantava-se no horizonte diretamente em frente a eles, quase a 800 metros de distância, e praticamente cada metro daquela distância estava coberto por gente. A praça estava iluminada por lâmpadas mágicas com luzes amarelas, verdes e douradas que dançavam nos globos dos postes, e as feiras e lojas em volta do enorme espaço aberto estavam apinhadas de clientes. A música dos artistas de rua chegava fraca até os dois e flutuava acima do zumbido de mil conversas.

— É uma cena que merece ser pintada, não é? — perguntou Jan para ela, e o jovem emendou antes que Allesandra pudesse responder — Qual é o problema, matarh? A senhora se isolou desde a festa. É o vatarh?

Ela virou-se ao ouvir isso. O olhar deslizou do rosto do filho para a estrela de chevaritt que ele usava, e Jan achou que o sorriso forçoso da matarh vacilou momentaneamente. — Foram semanas muito corridas — falou Allesandra. Sua mão espanou fios soltos imaginários dos ombros do filho. — Só isso.

— Eu acho que o comportamento do vatarh tem sido péssimo desde que ele chegou aqui. Eu juro que às vezes penso que seria capaz de matar o homem, mas tenho certeza de que a senhora já se sentiu bem mais tentada que eu. — Jan riu para abrandar as palavras, mas Allesandra não o acompanhou. Ela deu meia-volta e olhou novamente para a praça lá embaixo.

— Você é um chevaritt. Algum dia você irá à guerra, e algum dia realmente terá que matar alguém ou ser morto. Será forçado a tomar essa decisão, e ela será irrevogável. Eu sei...

— A senhora *sabe*? — Jan franziu a testa. — Matarh, quando foi que a senhora...

Ela interrompeu o filho antes que ele pudesse terminar a pergunta meio debochada. — Eu tinha 11 anos, quase 12. Eu matei o feiticeiro ocidental Mahri, ou ajudei Ana a matá-lo.

— Mahri? O homem responsável pela morte da kraljica Marguerite? — *Isso é uma piada*, ele queria acrescentar, mas foi detido pela expressão da matarh.

— Eu esfaqueei Mahri com a faca que o vatarh me deu, ataquei quando ele tentou matar Ana. Eu nunca contei para ninguém depois, e Ana também não. Ela sempre tomou cuidado para me proteger. — Allesandra olhava para as próprias mãos no parapeito. Jan perguntou-se se ela esperava ver sangue ali. Não tinha certeza do que dizer ou como responder. Ele imaginou a matarh com a faca na mão.

— Isso deve ter sido difícil.

Allesandra balançou a cabeça. — Não. Foi fácil. Esta é a parte estranha. Eu nem pensei a respeito, apenas o ataquei. Foi só depois... — Ela respirou fundo. — Já pensou como seria se uma pessoa que você conhece estivesse morta? Que poderia ser melhor para todos os envolvidos se esse fosse o caso?

— Ora, que assunto mórbido.

— Alguém matou Ana porque acreditava que o mundo seria melhor se ela estivesse fora do caminho. Ou talvez os assassinos mataram Ana por que alguém em quem eles acreditavam mandou que fizessem isso, e eles apenas seguiram ordens. Ou talvez apenas porque pensaram que o assassinato *poderia* mudar as coisas. Às vezes, este é todo o motivo que alguém precisa; a pessoa não pensa em quem possa gostar da vítima ou quais seriam as repercussões. A pessoa mata porque... bem, eu acho que às vezes não se sabe por quê.

— A senhora está me deixando preocupado, matarh.

Ela riu ao ouvir isso, embora Jan pensasse que ainda havia uma tristeza no som. — Não fique preocupado, eu só estou com um humor estranho.

— Todo mundo pensa assim, às vezes. — Jan deu de ombros. — Aposto que todas as crianças desejaram, em algum momento, que o vatarh e a matarh estivessem mortos; especialmente após elas terem feito algo estúpido e terem sido flagradas e castigadas. Ora, teve uma ocasião em que eu roubei a faca do seu... — Ele parou e arregalou os olhos. — Foi a mesma faca? A senhora disse que o vavatarh lhe deu.

Outra risada. — Foi sim. Eu me lembro disso; descobri você usando a faca para cortar umas maçãs na cozinha e arranquei da sua mão, depois bati muito em você, mas você se recusou a chorar, ou se desculpar, então bati com mais força.

— Eu chorei sim. Depois. E tenho que admitir que fiquei tão furioso que pensei em... — Jan deu de ombros novamente. — Bem, a senhora sabe. Mas o pensamento não durou muito tempo... não depois que a senhora levou torta ao meu quarto e prometeu que me daria a faca um dia. — Ele sorriu para a matarh. — Ainda estou esperando.

— Fique aí. — Allesandra saiu do parapeito e passou pelo filho. Jan ouviu a matarh remexendo coisas no quarto dela, depois ela retornou para a noite fria. — Aqui — falou Allesandra com uma faca na mão, guardada em uma bainha de couro gasta, com o punho de osso preto, aço ainda reluzente e minúsculos rubis em volta do pomo. — Esta foi originalmente a faca do hïrzg Karin, e ele deu para seu filho, seu vavatarh Jan, que me deu. Agora é sua.

Ele empurrou a arma de volta para Allesandra. — Matarh, eu não posso... — Mas ela estendeu a faca novamente.

— Não, pegue — insistiu Allesandra, e ele pegou. Jan tirou a faca metade da bainha. O escuro aço firenzciano refletiu seu rosto. — Dado quem somos, Jan, nós dois temos que tomar decisões realmente difíceis, com as quais não estamos totalmente à vontade, mas as tomaremos porque parecem ser as melhores para aqueles que gostamos. Apenas lembre-se que às vezes decisões são finais. E fatais.

Dito isso, Allesandra puxou Jan para si e abaixou a cabeça do filho para beijá-lo no rosto. Quando ela falou, pareceu com a matarh que ele se lembrava. — Agora, não vá se cortar com isso, promete?

Jan sorriu para Allesandra e disse — Prometo.

~ Allesandra ca'Vörl ~

A*UDRIC NÃO SERÁ KRALJIKI por muito tempo. É o que a maioria das pessoas acredita. Em breve chegará a hora em que um novo kralji será nomeado. Eu* *me lembro de você, Allesandra. Lembro-me de sua inteligência e força, e me lembro de que a archigos Ana amava você como se fosse a própria filha, e rumores chegaram até mim de que você não está contente que os Domínios permaneçam divididos.*

Pelas minhas conversas com Fynn, não tenho esperanças de que ele queira fazer parte dos Domínios reunificados a não ser que ele esteja no Trono do Sol. Ele tem a força do seu vatarh, mas não a inteligência. Infelizmente, todos os bons atributos do finado hïrzg Jan passaram para você.

Quando o Trono do Sol estiver vazio, eu apoiarei sua reivindicação, a'hïrzg. E existem outros aqui que fariam a mesma coisa. Eu apoiaria você abertamente, se me der um sinal de que concorda comigo...

As palavras estavam gravadas em sua mente, tão nítidas quanto as letras escritas por tinta de fogo no pergaminho. As chamas destruíram o papel quase tão rápido quanto ela leu a mensagem e deixaram para trás cinzas e uma fumaça desagradável. A promessa de Sergei. Allesandra pensava nela quase todo dia desde a chegada da mensagem e agora sabia que o archigos recebera uma missiva similar. Ela era capaz de imaginar o que o regente prometera para Semini.

Ca'Rudka queria os Domínios unificados e a Fé unida. Bem, ela também. Criar Domínios ainda mais fortes do que os da kraljica Marguerite foi o sonho de seu vatarh e — porque era o sonho do hïrzg Jan e Allesandra o amava tão desesperadamente quando era criança — de Allesandra também. Ele traiu o sonho e dividiu o império, mas o sonho permanecia vivo nela.

Era o que Allesandra queria mais do que qualquer outra coisa. Mais do que a sua própria segurança.

... se houvesse um sinal...

O archigos Semini encarou a missiva como a óbvia insinuação que era e agiu afobadamente, antes que as peças estivessem nos lugares corretos. Agora, em parte graças à impaciência e falta de jeito do archigos, elas estavam no lugar.

Um sinal. Allesandra daria aquele sinal para ca'Rudka, embora isso corroesse sua consciência. Embora ela pudesse vir a se odiar depois.

Já pensou como seria se uma pessoa que você conhece estivesse morta? Era a pergunta que Allesandra fez para Jan, mas era a mesma que ela se fazia sem parar.

— Infelizmente, eu menti para você, Elzbet — falou Allesandra para a mulher do outro lado da mesa manchada e suja. — Não estou interessada em você como criada. — A mulher deu de ombros e começou a se levantar. Allesandra gesticulou para que voltasse a se sentar. — Fiquei sabendo — disse a a'hïrzg — que você consegue me colocar em contato com um certo homem. — Allesandra pousou um seixo na mesa: uma pedra lisa mais ou menos do tamanho de uma sola, de cor muito clara.

Mesmo ao dizer as palavras, Allesandra duvidava de sua veracidade. A jovem sentada diante da a'hïrzg tinha uma aparência comum. Parecia estar na terceira década, embora fosse difícil dizer; uma vida dura fazia com que ela parecesse mais velha do que a idade real. O cabelo evidentemente não sabia o que era uma escova: comprido e com toques de vermelho intenso no tom castanho, o cabelo tinha mechas soltas que apontavam para todos os lados e estava muito repuxado em uma trança malcuidada, feita em um estilo que Allesandra não via desde que era nova. A franja estava desgrenhada e formava uma floresta que quase escondia os olhos. Allesandra nem conseguia ver a cor dos olhos de tão escondidos que estavam, embora parecessem claros.

A mulher apenas deu de ombros ao olhar para o seixo e falou — Pode ser. — As palavras tinham um sotaque tão leve que Allesandra não conseguiu identificar, e a voz era rouca. — Aquele de quem a senhora fala é difícil de contatar. Mesmo para mim.

Se o sujeito conhece você tão bem assim, menina, eu não fico impressionada com o gosto dele... — Qual é o seu nome completo, Elzbet?

A mulher encarou Allesandra sem piscar os olhos através do emaranhado de mechas castanhas. — Peço desculpas, a'hïrzg, mas a senhora não vai precisar do meu nome. Afinal, a senhora não está me contratando, pelo menos não para outra coisa além de encontrar este *homem*.

Allesandra levou dias para chegar até esse ponto e não tinha certeza de nada. Houve investigações discretas sobre pessoas que teriam um motivo para matar as três vítimas mais recentes da Pedra Branca, investigações feitas por agentes particulares que, por sua vez, não sabiam quem representavam, apenas que era alguém rico e influente. Nomes e descrições foram dados e, lentamente, aos poucos, tudo levou a esta jovem. Allesandra armou um encontro com ela, em uma taverna no limite de um dos distritos mais pobres de Brezno, sob o pretexto de entrevistá-la para um cargo no corpo de funcionários do palácio. Através das persianas fechadas da taverna, a a'hïrzg enxergou os uniformes dos gardai que a acompanhavam, à espera de Allesandra ao lado da carruagem. — Como eu posso saber se você pode fazer o que diz ser capaz?

— A senhora não tem como saber — respondeu a mulher. Foi tudo o que ela disse. A jovem esperou e manteve os olhos ocultos em Allesandra, sem piscar, como se desafiasse a a'hïrzg a desviar o olhar. O atrevimento e a falta de respeito quase fizeram Allesandra se levantar da cadeira e sair da taverna, mas ela precisava deste contato e foi preciso tempo demais para chegar até aqui.

— Então como procedemos? — perguntou Allesandra.

— Dê-me três dias para ver se eu consigo contatar a pessoa que a senhora procura. — A mulher deu um peteleco na pedra que Allesandra colocou sobre a mesa. — Se eu achar que seus gardai ou agentes estão me vigiando, ou se *ele*, em especial, os vir, nada vai acontecer. Na noite do terceiro dia, que seria o draiordi, a senhora fará isso... — A jovem debruçou-se sobre a mesa, depois sussurrou instruções no ouvido de Allesandra e voltou a se recostar. — A senhora entendeu, a'hïrzg? Pode fazer isso?

— É muito dinheiro.

— Ninguém barganha com *ele* — disse a mulher. — Se o que a senhora quer executar fosse uma tarefa fácil, a senhora mesmo faria. E a a'hïrzg pode arcar com o preço que ele cobra.

— Se eu fizer isso, como saberei que ele vai cumprir com sua parte do acordo?

Nenhuma resposta. A mulher simplesmente ficou sentada com as mãos sobre a mesa como se estivesse pronta para empurrar a cadeira.

Allesandra finalmente acenou com a cabeça e disse — Encontre-o, Elzbet. — Ela tirou uma meia sola do bolso da capa e colocou a moeda na mesa entre as duas, perto da pedra. — Pela inconveniência.

A mulher abaixou o olhar para a moeda e contorceu os lábios. A cadeira foi arrastada pelas tábuas do piso. — Draiordi, à noite — falou ela para Allesandra. — Esteja lá como eu falei. Lembre-se do que eu disse sobre eu ser seguida.

Dito isso, Elzbet deu meia-volta e saiu rapidamente da taverna, com os passos largos de uma pessoa que estava acostumada a andar por longas distâncias. A luz irrompeu na penumbra quando ela empurrou a porta com uma força surpreendente. Através das persianas, Allesandra viu os gardai subitamente alertas no momento em que a mulher saiu da taverna.

A moeda continuou na mesa. Allesandra pegou a pedra, mas deixou a moeda, se dirigiu para a porta e fez um sinal negativo com a cabeça para os gardai, um dos quais já abria a porta, preocupado, enquanto os outros observavam Elzbet. — Eu estou bem — disse a a'hïrzg para eles. A mulher já estava no meio da rua e andava rápido sem olhar para trás. O garda que abriu a porta inclinou a cabeça na direção de Elzbet e ergueu as sobrancelhas, intrigado. — Devo...?

— Não. Não vou contratá-la; ela era uma péssima escolha. Deixe-a ir...

~ Karl ca'Vliomani ~

KARL OBSERVOU O HOMEM com cuidado, ficando perto dele na padaria, onde poderia escutá-lo.

O sujeito parecia diferente dos demais que ele observou. Nas últimas semanas, Karl andou à espreita pelo Velho Distrito, vestido em roupas sujas e esfarrapadas, e observou a multidão que passava por ele. Karl assombrou locais públicos, escondeu-se nas sombras de praças escondidas no labirinto de ruas minúsculas enquanto evitava os utilinos aqui e ali que faziam suas rondas e que podiam reconhecê-lo. Ele olhou os rostos à procura de peles com tom de cobre, por maçãs do rosto pronunciadas e por rostos ligeiramente achatados, como ele se lembrava das próprias incursões às Terras Ocidentais há décadas. Karl encontrou meia dúzia de pessoas, tanto homens quanto mulheres, que seguiu por um tempo ou ouviu às escondidas, que tocou com o Scáth Cumhacht para ver se elas responderiam.

Não houve nada. Nada.

Mas agora...

— Estes croissants passaram o dia inteiro aqui e já estão meio velhos — falou o homem. Karl escutou sua voz perfeitamente de onde estava, na porta aberta da padaria, enquanto olhava para o outro lado da rua como se esperasse por alguém. Ele ouviu a bengala do sujeito bater no piso de madeira. — Eles não valem mais do que uma d'folia a dúzia. — As palavras não significavam nada, mas aquele sotaque... Karl lembrava-se bem: da época de sua juventude, do sotaque de Mahri, que era tão estranho e inconfundível em Nessântico quanto o seu próprio.

Karl olhou o interior da loja a tempo de ver a cara feia do padeiro. — Eles continuam tão fresquinhos e macios quanto estavam hoje de manhã, vajiki. E valem uma se'folia, pelo menos. Ora, eu posso vendê-los para qualquer um por este valor; a farinha que usei foi abençoada pelos u'ténis do Velho Templo.

O homem deu de ombros e abanou a mão. — Eu não vejo ninguém mais aqui, e você? Talvez queira esperar o dia inteiro até que os croissants fiquem tão duros quanto paralelepípedos, enquanto eu posso dar duas d'folias por eles agora. Duas d'folias contra pão jogado fora; parece mais do que justo para mim.

Karl ouviu enquanto os dois negociavam e chegaram ao acordo de quatro d'folias pelos croissants. O padeiro embrulhou os pãezinhos em papel e resmungou o tempo todo sobre o preço da farinha, o tempo gasto assando e o aumento geral dos custos de tudo na cidade recentemente, até que a presa de

Karl saiu da padaria. O homem passou perto dele — o cheiro dos croissants fez o próprio estômago de Karl roncar — e seguiu pela alameda estreita na direção leste. Karl deixou o sujeito dar vários passos de vantagem antes de segui-lo. O homem virou à esquerda em um beco transversal; na hora em que Karl chegou ao cruzamento, o sujeito já estava no meio do beco. No fim da tarde, as casas lançavam sombras púrpuras na viela e pareciam se inclinar na direção umas das outras para conversar em sussurros sobre os paralelepípedos. Não havia mais ninguém visível no beco. Os feitiços que Karl havia conjurado naquela manhã ardiam dentro dele, à espera do lançamento. Ele começou a chamar o homem, fazer com que se virasse...

... mas uma criança, um menino de 10 ou 11 anos talvez, surgiu de um cruzamento um pouco mais adiante no beco. — Talis! Aí está você! A matarh estava se perguntando se você viria para o jantar.

— Croissants! — disse o sujeito para o garoto ao erguer os pãezinhos embrulhados. — Eu praticamente os roubei do velho Carvel. Só quatro d'folias... — O homem, o tal Talis, passou o braço pelo ombro do menino. — Vamos então, não podemos deixar Serafina esperando.

Juntos, os dois começaram a descer a rua. Karl hesitou. *Você não pode fazer nada com o menino ali ao lado dele. Não é o que Ana iria querer de você.*

Os feitiços ainda chiavam e borbulhavam dentro da mente, ansiosos para serem lançados. Ele escolheu um, o mais brando. Karl ergueu o punho e sussurrou uma palavra em paeti, a língua de sua terra, e sentiu a energia ser disparada e lançada para longe. O feitiço fora projetado para não fazer nada; ele apenas espalhava o poder do Scáth Cumhacht por uma área — o suficiente para que alguém acostumado a usar aquele poder o sentisse e reagisse.

A reação foi mais rápida do que Karl esperava. Talis deu meia-volta assim que ele lançou o feitiço. O menino virou-se um momento depois; provavelmente, pensou Karl, porque o homem parou. Não houve tempo para ele se esconder. Talis, com um olhar que jamais se desviou de Karl, deu o pacote de croissants para o menino e um empurrãozinho para que fosse embora. — Nico, vá para casa. Eu sigo você em alguns minutos.

— Mas, Talis...

— Vá — respondeu Talis, em tom mais ríspido desta vez. — Ande ou seu traseiro vai se arrepender assim que eu chegar lá. Vá!

Diante disso, o garoto engoliu em seco e correu. Ele virou a esquina e desapareceu. O homem olhou na penumbra, depois recuou a cabeça e acenou com ela. — Eu devo lhe agradecer, embaixador, por poupar o menino — falou Talis. Uma mão estava enfiada no bolso lateral da bashta, a outra permanecia na bengala; se ele estava prestes a lançar um feitiço, não demonstrava sinais. Ainda assim, Karl ficou tenso, com a mão erguida, e os feitiços restantes que preparou tremendo dentro dele, esperava que tivesse acertado na preparação.

— Você me conhece?

Ele concordou com a cabeça. — O seu rosto é muito conhecido nesta cidade, embaixador. Algumas roupas pobres e sujeira no rosto não o disfarçam bem. Eu realmente espero que o senhor não pense que poderia passar despercebido no Velho Distrito.

— Você sentiu meu feitiço. Isso significa que você é um dos ténis ocidentais, como Mahri.

— Talvez eu simplesmente tenha me virado porque ouvi o senhor falar uma palavra, embaixador. Feitiço? Eu já vi os ténis-luminosos acenderem as lâmpadas da cidade; já vi os ténis girarem as rodas de suas carruagens e limparem a sujeira da água. Já vi algumas pessoas dessa cidade com seus pequenos e triviais feitiços de luz ensinados pelos numetodos, o que eu tenho certeza que a fé concénziana considera preocupante. Mas não vi feitiço algum há instantes.

— Você tem o sotaque.

— Então o senhor tem um bom ouvido, embaixador; a maioria pensa que sou de Namarro — respondeu o homem. — Eu sou um ocidental, sim; como Mahri, não. Houve pouquíssimos como ele. — Talis parecia calmo e confiante, e isso, juntamente com a admissão fácil, deixou Karl preocupado. Ele começou a se perguntar se havia cometido um erro grave. *O homem está muito confiante, muito seguro de si. Não está com medo algum de você. Você deveria apenas ter observado, deveria apenas ter seguido o sujeito.* — Então por que o embaixador dos numetodos anda por aí, pelo Velho Distrito, enquanto lança feitiços invisíveis para encontrar ocidentais, se me permite perguntar?

— Nós estamos em guerra com os ocidentais.

— "Nós?". Então os numetodos são tão aceitos assim pelos Domínios? Eu também sei ouvir sotaques e posso lhe dizer que existem aqueles da Ilha de Paeti cujas afinidades estão mais alinhadas com os ocidentais do que com o povo de Nessântico. Afinal, Paeti foi conquistada pelos Domínios da mesma forma que os Hellins, e seu povo lutou contra aquela invasão da mesma forma que o nosso faz agora. Talvez nós devêssemos ser aliados, embaixador, não adversários.

Karl rangeu os dentes ao fechar a cara. — Isso depende, ocidental, do que você está fazendo aqui e do que fez.

— Eu não a matei, se essa é a sua acusação.

Karl quase lançou um feitiço diante disso. *Eu não a matei...* Então o sujeito sabia exatamente do que Karl estava atrás, e a resposta era uma mentira. Só podia ser uma mentira. O homem diria qualquer coisa para salvar a própria vida. Um ocidental e um téni... A mão erguida de Karl tremeu; a palavra de ativação em paeti já estava nos lábios. Ele era capaz de sentir seu gosto, tão doce quanto a vingança. — Eu não falei de assassinato algum.

— Nem eu — disse Talis. — Por outro lado, não considero assassinato matar seu inimigo em tempo de guerra.

Diante disto, a fúria estourou dentro de Karl, que não conseguiu mais contê-la. Ele deu um soco no ar e falou a palavra — *Saighneán!* —, e com o gesto e a palavra, um raio branco-azulado estalou e pulou de Karl na direção do ocidental insolente.

Mas o homem moveu-se na mesma hora e levantou a mão com a bengala. Um brilho irrompeu de maneira impossível do objeto, uma claridade que cegou Karl no momento em que filamentos de um brilho incômodo deslizaram pelo ar como se fossem dedos que arranhavam um enorme globo invisível. Os dedos etéreos agarraram seu raio e o apertaram, um pequeno sol pareceu pairar no ar entre os dois enquanto um trovão retumbava. Ele ouviu risadas. Assustado agora, Karl falou outra palavra: um feitiço de proteção contra o ataque que tinha certeza de que viria a seguir.

Mas a proteção se dissipou sem uso, e através da agitada cortina de imagens persistentes, ele viu que o beco minúsculo estava vazio. Talis sumiu. Karl soltou um grito de frustração (enquanto cabeças começavam a espiar com curiosidade das janelas fechadas, conforme chamados e berros de alarme irrompiam das casas mais próximas a ele, e filamentos de fumaça saíam das fachadas queimadas de ambos os lados da rua) e correu para o cruzamento por onde o menino fora embora.

Nem o menino, nem o ocidental estavam visíveis. Karl socou a parede mais próxima e praguejou.

~ Nico Morel ~

NICO DEU APENAS DOIS PASSOS ao virar a esquina e parou. Ele ouviu Talis discutir com o estranho e voltou de mansinho até eles, apoiando as costas contra a casa da esquina e prestando atenção.

— Eu não a matei, se esta é a sua acusação — falou Talis para o homem, e Nico perguntou-se sobre quem ele falava.

Evidentemente o sujeito estava igualmente perplexo, porque respondeu — Eu não falei de assassinato algum.

— Nem eu — disse Talis. — Por outro lado, não considero assassinato matar seu inimigo em tempo de guerra.

Guerra? Nico não teve tempo para ficar curioso porque o mundo explodiu. Ele nunca teve muita certeza do que aconteceu nos próximos momentos ou como poderia um dia descrever para alguém. Embora fosse dia, houve um clarão de luz que pareceu tão intenso nas sombras da viela quanto uma trovoada pulsando na escuridão da noite. O menino teve certeza de que Talis estava morto, só que ouviu sua risada no momento em que se afastou da casa a fim de correr para ajudar seu vatarh com os croissants ainda na mão, esquecidos.

Então Nico foi agarrado pelo ombro por Talis. — Por todos os moitidis, Nico... — O vatarh correu e puxou o menino com ele pelo beco, entrou em uma viela estreita entre duas casas e saiu em um beco entre os fundos dos prédios. Talis deu voltas até Nico ficar sem fôlego e confuso e então finalmente parou, ofegante.

Ele colocou as mãos nos joelhos e olhou feio para Nico, com a respiração acelerada. — Droga, Nico, eu mandei que fosse embora. Quando chegarmos em casa...

Nico segurou o choro diante do tom severo de Talis e disse — Eu queria escutar. Pensei... pensei que haveria magia.

Talis inclinou a cabeça ligeiramente, embora os olhos muito escuros ainda brilhassem com raiva. — Por que você pensou isso?

— Porque eu *senti* a magia em toda parte, como na hora em que sinto frio de repente e fico arrepiado. — Nico esfregou o antebraço ao mostrá-lo para Talis.

— Você *sentiu* a magia? — indagou o vatarh, e agora a voz não parecia tão chateada. Nico concordou com a cabeça enfaticamente. Talis ficou de pé e olhou de um lado para o outro, como se tentasse ver se o homem havia seguido os dois.

— Ele era mesmo o embaixador ca'Vliomani, o numetodo? — perguntou Nico. — A matarh diz que o viu uma vez, perto do Templo do Archigos na margem sul. Ela disse que os numetodos não deviam ser permitidos aqui. Disse que o archigos devia ser mais duro com eles.

Talis torceu o nariz e respondeu — Talvez sua matarh esteja mais certa do que ela pensa. — Ele suspirou e de repente deu um abraço em Nico. — Venha, temos que correr para casa agora, enquanto ainda há tempo.

Nico jantou sozinho no quarto, enquanto Talis e sua matarh conversavam na sala. Ele beliscou os croissants e tomou a sopa de batata-baroa que a matarh tinha feito enquanto ouvia as vozes abafadas. Na maior parte do tempo, o menino não conseguiu distinguir as palavras, mas quando os dois falavam alto, ele era capaz de entendê-los. — ... eu disse para você que eu esperava por isso. Os sinais... só que não tão cedo...

— ... quer que a gente vá embora *agora*? Hoje à noite? Você enlouqueceu, Talis?

— ... se vocês ficarem, correrão perigo... vá para a sua irmã...

— ... então *foi* você? Você mentiu para mim...

Nico ergueu a cabeça ao ouvir isso e imaginou se sua matarh falava da mulher que o embaixador acusou Talis de ter matado.

Houve mais murmúrios, depois a matarh bufou de raiva ao escancarar a porta e olhou feio para Nico sem parecer ter visto o menino. Ela começou a reunir panelas e utensílios e enfiá-los ruidosamente em sacolas de pano que usava quando ia ao mercado, enquanto murmurava consigo mesma. Talis, na passagem entre os aposentos, observou Serafina por um momento e gesticulou para Nico, que o seguiu até o quarto e viu o homem fechar a porta assim que entrou.

— A matarh está realmente furiosa — disse Nico ao se sentar na cama.

Talis concordou com tristeza. — Está mesmo, e por um bom motivo. Nico, vocês dois têm que sair da cidade. Hoje à noite. Vocês ficarão com sua tantzia em Ville Paisli, que não é longe de Nessântico.

— Você vai com a gente?

Talis balançou a cabeça. — Não. Nico, depois do que aconteceu, a Garde Kralji estará à minha procura; o embaixador é amigo do regente, e ele mandará os gardai atrás de mim. O embaixador provavelmente sabe meu nome e talvez o seu, sabe como nós somos e onde moramos. Temos algumas viradas da ampulheta antes que ele consiga alertar alguém, mas tenho certeza de que o Velho Distrito não será seguro para vocês dois em breve. Então você terá que ajudar sua matarh a pegar o que for possível e ir embora.

— Mas a Garde Kralji... — falou Nico agitado. — Você fez algo de errado, Talis?

— De errado? Não. Eu explicarei tudo para você quando eu puder, Nico, mas agora você terá que confiar em mim. Você confia em mim, filho?

Nico concordou com a cabeça, incerto. Ele não tinha certeza de nada no momento.

— Ótimo — disse Talis. — Eu vou sair agora e arrumar uma carroça para levar vocês dois para fora da cidade. Lembra-se do homem com quem falei no mercado? Uly? Ele pode me ajudar a fazer estes preparativos. Quando eu voltar, você e sua matarh precisam estar prontos para ir embora, então cuide para pegar tudo que é seu que você queira e ajude sua matarh a juntar as coisas dela.

Nico sentiu um gosto desagradável na boca, e a comida ardeu no estômago. Da cozinha, ele ouviu a matarh ainda empacotando coisas. — Mas, se você ficar, não vão te encontrar?

— Eu tenho maneiras de me esconder se estiver sozinho, Nico, e tenho coisas que preciso fazer que só serei capaz aqui. E também... — Talis fez uma pausa e despenteou a cabeça do menino. Nico fez uma careta e passou os dedos pelo cabelo para arrumá-lo novamente. — O que aconteceu mais cedo também tem que ser segredo, Nico, como todo o resto. Se você contar às pessoas o que viu, bem, irá colocar sua matarh em risco, e você não quer isso, quer?

— Foi magia, não foi?

Talis concordou com a cabeça. — Sim, foi. E, Nico, eu acho que você... — Ele parou e sacudiu a cabeça.

— O que, Talis?

— Nada, Nico. Nada. — Talis enfiou o braço debaixo da cama enquanto falava. Ele puxou a bolsa de couro que continha a estranha tigela de metal e colocou suas roupas e outros pertences dentro. — Agora, por que você não começa a juntar suas coisas? Coloque todas em um só lugar, e você e sua matarh podem decidir o que levar e o que deixar aqui. Vamos, agora.

Talis já olhava para o outro lado enquanto abria o baú ao pé da cama para tirar uma camisola de linho. Nico observou o homem. — Você é um téni?

Talis endireitou-se, já tinha posto metade da camisola na bolsa. — Não — disse ele. A maneira como Talis falou, sem olhar diretamente para Nico e estendendo a sílaba, revelou para o menino que era mentira ou o tipo de resposta evasiva que Nico às vezes usava quando a matarh perguntava se ele fizera algo que não deveria ter feito. — Agora vamos, menino. Rápido!

Nico sentiu um arrepio. Ele saiu e perguntou-se se algum dia veria esta casa novamente.

~ Enéas co'Kinnear ~

ENÉAS ESTAVA NA POPA do *Nuvem Tempestuosa* e olhava para as nuvens revoltas que pareciam perseguir o navio. O horizonte tinha um tom sinistro de preto sob as nuvens carregadas, a noite se aproximava pontuada por clarões intermitentes de raios. Ele viu a chuva torrencial difusa caindo sobre o oceano sob as nuvens e ouviu o resmungo do trovão ao longe. O Strettosei assumiu um tom fosco de verde acinzentado manchado pelas cristas brancas formadas pelo vento; as velas do navio de dois mastros inflavam e estalavam ao serem preenchidas pelas rajadas de vento forte e impulsionavam o navio pelas ondas, que ficavam maiores. A proa se ergueu e varou os morros agitados de água; o borrifo frenético molhava o cabelo dos marinheiros e deixou ensopada a bashta militar que Enéas usava. Ele sentiu o gosto de água salgada na boca. O ar parecia ter esfriado drasticamente nos últimos instantes quando os primeiros motores da tempestade aproximaram-se do navio. O mergulho e o balanço do convés sob os pés era tão preocupante que Enéas viu-se agarrado à amurada.

Ele *sentia* a tempestade. A energia parecia ressoar dentro de Enéas, e as pontas dos dedos formigavam a cada raio que caía, como se o tocassem ao longe.

A tempestade nos segue do oeste, como as hordas dos ocidentais, e estala com o poder dos nahualli. Persegue-nos enquanto fugimos e vem atrás de nós em nossos próprios lares... Enéas sentiu um arrepio ao ver a aproximação da tempestade e ao imaginar que podia ver as formas de guerreiros ocidentais nas nuvens ou que elas eram a fumaça das piras de sacrifício. Ele se perguntou o que teria acontecido nos Hellins desde sua partida. Imaginou e ficou preocupado com o augúrio da tempestade.

— É melhor o senhor descer para seu cabine, o'offizier. Eu farei o que puder, mas Cénzi sabe que não há como acalmar o mar com essa tempestade aí. — A téni dos ventos designada para o navio estava ao lado Enéas, ela tinha subido sem ser ouvida por causa do barulho das velas, do lamento estridente do vento através das cordas e dos chamados urgentes dos offiziers do navio para os marinheiros no convés. A téni encarava a tempestade da mesma forma que Enéas encararia uma força inimiga avançando contra ele; ela avaliava e ponderava que estratégias funcionaram melhor contra o temporal. A tarefa dos ténis dos ventos era inflar as velas quando os ventos naturais do Strettosei não cooperassem. Eles também lutavam para acalmar as tempestades que agitavam as águas profundas entre os Domínios e os Hellins, mas esta era uma tarefa mais difícil, Enéas sabia: os moitidis do céu eram poderosos e desdenhosos do Ilmodo e das tentativas dos ténis dos ventos de acalmar sua fúria.

— É das ruins? — perguntou Enéas.

O convés se elevou quando o navio passou pela próxima onda, depois caiu abruptamente quando o *Nuvem Tempestuosa* desceu correndo um vale de onda. Enéas passou um braço pela amurada quando a água fluiu pelo convés; a téni dos ventos só trocou o pé de apoio com facilidade e naturalidade. — Já vi piores — respondeu ela, mas aos ouvidos de Enéas isso soou mais como bravata do que confiança. — Mas nunca se sabe na verdade o que há por trás das nuvens carregadas até que se chegue lá. Deixe-me fazer um teste. — Ela ergueu as mãos e fez o gestual de um feitiço, entoou um cântico na língua do Ilmodo com os olhos fechados ao enfrentar a tempestade.

A téni abaixou as mãos, abriu os olhos e encarou Enéas. — O'offizier, o senhor também é um téni?

Ele balançou a cabeça, intrigado. — Não, eu tive um pouco de treinamento, mas...

— Ahh... — Ela fez uma pausa e franziu os olhos. — Talvez seja isso.

— O quê?

— Há um instante, quando eu me abri para a tempestade, pensei ter sentido... — Ela balançou a cabeça, e gotículas voaram do cabelo escurecido pela água. Os primeiros pingos de chuva fria caíram no convés como pedras. — Não importa. Neste momento, eu tenho que ver o que posso fazer com essa tempestade. Por favor, é melhor o senhor descer, o'offizier...

O navio balançou de novo e, com ele, lá se foi o estômago de Enéas. Um raio estalou perto, e o o'offizier quase pôde sentir a queda do relâmpago na própria pele quando os pelos nos braços se eriçaram. Ele fez o sinal de Cénzi para a téni dos ventos. — Que Cénzi esteja com você para que acalme a tempestade — disse Enéas para a mulher, que devolveu o gesto.

— Eu precisarei Dele — falou a téni dos ventos, que encarou a tempestade novamente. Agora as mãos moviam-se em um novo gestual, e o cântico era mais longo e complexo. Enéas pensou ser capaz de sentir o poder se acumular em volta da mulher; ele recuou pelo convés inclinado e escorregadio e segurou-se onde era possível até quase cair na escada estreita que levava para os apertados compartimentos dos passageiros. Lá, o o'offizier deitou-se na maca que balançava e ouviu a tempestade cair sobre eles enquanto a téni dos ventos tentava afastar a pior parte da ventania furiosa da embarcação frágil que era o navio. Enéas também rezou, com as mãos nodosas entrelaçadas à testa, e pediu a Cénzi pela segurança do navio e pelo retorno seguro a Nessântico.

Você estará seguro... Ele pensou ter ouvido as palavras, mas contra a tempestade e a vastidão do Strettosei, elas eram pequenas e insignificantes. As palavras podiam ter sido o sussurro de um mosquito.

A tempestade foi enviada para levá-lo mais rápido ao seu lar... O pensamento surgiu de repente, naquela voz baixa que ele ouvia algumas vezes desde a fuga dos tehuantinos. A Voz de Cénzi. Enéas riu com isso, e de repente não temeu a tempestade, embora o navio balançasse e o vento berrasse de maneira estridente. O medo foi embora, e o o'offizier sentiu uma certeza de que eles estariam seguros.

Enéas agradeceu a Cénzi por lhe dar esta paz.

~ Allesandra ca'Vörl ~

SERÁ QUE EU REALMENTE QUERO fazer isto? Allesandra sentiu um arrepio diante desse pensamento. Era, talvez, tarde demais para mudar de ideia.

Sozinha, na escuridão de um beco estreito em Brezno, em um draiordi à noite, ela esperava onde tinha sido mandado. Um homem aproximou-se, suas botas com tachas nas solas estalavam alto nos paralelepípedos, e Allesandra empertigou-se, subitamente alerta. Com todos os sentidos sob pressão, ela apertou a mão próxima à faca escondida debaixo da manga da tashta, embora soubesse que, se a Pedra Branca fosse como os rumores diziam, arma alguma a protegeria se o assassino decidisse matá-la. O homem chegou perto, com os olhos voltados para as sombras sob o capuz da tashta de Allesandra, e a avaliou.

— Ah — falou o sujeito. — Acho que você é atraente o suficiente. Que tal um programa comigo, mocinha? — perguntou ele ao se aproximar, enquanto deixava um rastro de cheiro de cerveja.

Ele acha que eu sou uma puta. Este não é ele. Mas, para ter certeza, ela abriu a mão e mostrou o seixo liso e branco acinzentado. O homem não reagiu. — Eu tenho um se'siqil que pode ser seu se você for boazinha comigo — falou o sujeito, e Allesandra fechou os dedos em volta da pedra.

— Vá embora — disse ela — ou eu chamo o utilino.

O homem fez uma cara feia, soluçou, depois passou por ela. Ele cuspiu no chão perto dos pés de Allesandra.

— Você acha que seria fácil assim? — Ao som da voz, Allesandra começou a dar meia-volta, mas uma mão enluvada pegou seu ombro e deteve a a'hïrzg. — Não — falou a voz. — Continue aí e olhe para o outro lado da rua. Eu sou a Pedra Branca. — A voz era rouca, embora com um tom mais agudo do que Allesandra tinha imaginado. Em sua mente, ela imaginava uma voz grossa e sinistra, e não essa, genérica.

— Como eu sei que é você? — perguntou ela.

— Você não tem como saber. Não agora. Você *não* saberá até ver a pedra no olho esquerdo do homem que quer morto. *É* um homem, não é? — Ela ouviu uma risadinha baixa. — Para uma mulher, é sempre um homem... ou por causa de um.

— Eu quero ver você — disse Allesandra. — Quero saber com quem falo, quem eu contrato.

— As únicas pessoas que veem a Pedra Branca são aquelas que eu mato. Vire-se e você será uma delas. Eu sei quem *você* é, e isso basta. Fui bem claro, a'hïrzg ca'Vörl? — Involuntariamente, Allesandra sentiu um arrepio diante da ameaça, e a voz riu novamente. — Ótimo. Eu não gosto de serviço desnecessário e não remunerado. Agora... você trouxe meu pagamento, conforme Elzbet lhe disse?

Ela concordou com a cabeça.

— Ótimo. Você vai pôr a bolsa aos seus pés e colocará a pedra que trouxe em cima dela. É uma pedra clara, tão branca quanto conseguiu achar? Você a reconheceria outra vez?

Allesandra concordou com a cabeça novamente. A a'hïrzg resistiu à tentação de olhar para trás e soltou do cinto da tashta a bolsinha pesada com solas de ouro, abaixou-se e colocou a bolsa nos paralelepípedos da rua, ao lado dos pés. Ela colocou o seixo em cima do couro macio e levantou-se.

— Em quanto tempo? — perguntou Allesandra. — Em quanto tempo você vai fazer?

— No momento que me convier e em um local à minha escolha — respondeu a Pedra Branca. — Mas dentro de uma lua, não mais do que isso. Quem você quer que eu mate? Qual é o nome dele?

— Você pode não querer o dinheiro quando eu lhe disser.

A Pedra Branca deu uma risada debochada. — Você não precisaria de mim se aquele que quer que morra não fosse alguém bem protegido, do alto escalão. Talvez, dada a sua história, seja alguém de Nessântico?

— Não.

— Não? — Havia, pensou Allesandra, decepção na voz. — Então quem, a'hïrzg? Quem você quer que morra tanto assim a ponto de me encontrar?

Ela hesitou, sem querer dizer em voz alta. Allesandra parou de prender o fôlego e suspirou. — Meu irmão. O hïrzg Fynn.

Não houve resposta. Allesandra ouviu um barulho ao longe na rua, à direita, e virou a cabeça involuntariamente para aquela direção. Não havia nada lá; sob o luar, a rua estava vazia a não ser por um utilino que acabara de virar a esquina no outro quarteirão, assobiando e balançando a lanterna. Ele acenou para Allesandra, que devolveu o gesto. — Você me ouviu? — sussurrou ela para a Pedra Branca.

Não houve resposta. Allesandra abaixou o olhar: a bolsa e a pedra sumiram. Ela virou-se. Havia uma porta fechada atrás dela, que levava ao interior de um dos prédios.

Allesandra decidiu que não seria bom para ela abrir aquela porta.

~ A Pedra Branca ~

— MEU IRMÃO. O hïrzg Fynn.

A Pedra Branca achava que não se surpreenderia mais a esta altura, mas isso...

Ela estava em Firenzcia há mais ou menos três anos agora, o período mais longo que passou em um lugar há algum tempo, mas o trabalho era bom lá. A Pedra Branca sabia um pouco da história de Allesandra e Fynn ca'Vörl; tinha ouvido os rumores, mas nenhum deles falava de um ressentimento tão grande na a'hïrzg. E ela mesma testemunhara Allesandra *salvar* o irmão de um ataque.

A Pedra Branca viu-se confusa. Ela não gostava de incertezas.

Mas... isso não lhe dizia respeito. As solas de ouro na bolsinha eram bem reais, ela tinha ouvido Allesandra claramente, e o seixo branco da mulher estava na bolsinha ao lado da pedra do olho direito, o seixo que continha as almas de todos aqueles que a Pedra Branca matou.

Os dedos apalparam o seixo branco sobre o couro fino e macio da bolsinha. O toque reconfortou a Pedra Branca, e ela pensou que podia ouvir o chamado fraco de suas vítimas.

— *Eu quase matei você primeiro... Você era tão desajeitada naquela época...*

— *Quantos mais? Nós ficamos mais fortes cada vez que você adiciona outro...*

— *Em breve você nos ouvirá sempre...*

Ela tirou a mão da pedra e as vozes pararam. Nem sempre elas faziam isso. Às vezes, em especial recentemente, ela ouvia mesmo quando não tocava na pedra.

Matar um hïrzg... Seria um desafio. Seria um teste. Ela teria que planejar com cautela; teria que observá-lo e conhecê-lo. Ela teria que se *tornar* o hïrzg.

Os dedos retornaram à pedra. — *Você matou gente sem status, você matou ce' e ci', e eles foram fáceis demais. Você matou co' e ca' e sabe que eles são bem mais difíceis porque dinheiro traz isolamento e poder atrai proteção. Mas nunca isso. Nunca um governante.*

— *Você está com medo...*

— *... Você duvida de si mesma...*

— Não! — disse a Pedra Branca com raiva. — Eu sou capaz de fazer isso. Eu farei. Vocês verão. Verão quando o hïrzg estiver aí com vocês. Verão.

— *Eles reconhecerão você. A a'hïrzg reconhecerá você...*

— Não, não reconhecerá. Pessoas como ela sequer enxergam pessoas sem status, como eu era para a a'hïrzg. Minha voz será diferente, meu cabelo e, mais importante, minha atitude. Ela não me reconhecerá. Não.

Dito isso, ela tirou da cama a bolsinha de moedas de ouro e colocou no baú com os outros pagamentos. Do baú, ela retirou um espelho surrado de bronze e olhou o reflexo na superfície polida. Tocou no cabelo, viu os olhos atormentados, quase sem cor. Era o momento de ela se tornar outra pessoa. Alguém mais rico, mais influente.

Alguém que pudesse chegar perto do hïrzg...

◇◇◇ TRONOS ◇◇◇

Allesandra ca’Vörl

Audric ca’Dakwi

Sergei ca’Rudka

Varina ci’Pallo

Enéas co’Kinnear

Jan ca’Vörl

Nico Morel

Allesandra ca’Vörl

Karl ca’Vliomani

Nico Morel

Allesandra ca’Vörl

A Pedra Branca

DENTRO DE UMA LUA...

Esta foi a promessa feita pela Pedra Branca. Allesandra perguntou-se se conseguiria manter o fingimento por tanto tempo. Era mais difícil do que ela tinha pensado. A a'hïrzg era atormentada pelas dúvidas; sonhou nas últimas três noites que havia ido à Pedra Branca para tentar encerrar o contrato. — Fique com o dinheiro — dissera Allesandra. — Fique com o dinheiro, mas não mate Fynn. — Todas as vezes a Pedra Branca ria e recusava.

— Não é isso que você quer — respondeu a Pedra Branca. No sonho, a voz do assassino era mais grossa. — Não realmente. Farei o que você deseja, não o que diz. Ele estará morto dentro de uma lua...

Allesandra torceu para que Cénzi não a reprovasse. *Fynn provavelmente considerou me matar quando o vatarh estava moribundo, por pensar que eu o desafiaria pela coroa. Fynn ainda me mataria se suspeitasse que eu tramo contra ele — Fynn praticamente disse isso. A morte não é menos do que ele merece pelo que o vatarh e ele fizeram comigo. Isso é o que Fynn merece por ser sempre arrogante comigo. É o que eu preciso fazer por mim; é o que preciso fazer por Jan. É o que preciso fazer pelo sonho do vatarh. É o único jeito...*

As palavras soaram como brasas queimando em seu estômago, e elas tocavam todos os aspectos da vida de Allesandra. Ela suspeitou que um dia a situação chegaria a este ponto, mas também torceu para que esse dia jamais chegasse.

Desde a tentativa de assassinato, Fynn desfrutava da bajulação da população firenzciana e Jan — como o protetor do hïrzg — também se beneficiou com isso. Todo mundo parecia ter se esquecido completamente de que Allesandra teve algo a ver com o fato de o assassinato ter sido impedido. Até mesmo Jan parecia ter se esquecido disso — seu filho certamente nunca mencionou, em todas as vezes que recontou a história, que fora a matarh que apontara o assassino para ele.

Multidões reuniam-se para celebrar sempre que o hïrzg saía do palácio em Brezno, e havia festas quase todas as noites, com os ca' e co' da Coalizão.

Havia novas pessoas lá todas as noites, especialmente mulheres que queriam se aproximar do hïrzg (ainda solteiro, apesar da idade) e de seu novo protegido, Jan.

Seu marido, Pauli, também se aproveitava do fluxo de novas moças na vida palaciana. Allesandra ficou bem menos contente com isso, e menos ainda com a atitude de Pauli em relação a Jan. — Ele é seu filho — disse a a'hïrzg para o marido. Seu estômago deu um nó com a discussão que Allesandra sabia que se desenvolveria, e colocou a mão na barriga para acalmá-lo, engoliu a bile ardente que ameaçava subir pela garganta e odiou o tom estridente da própria voz. — Você precisa alertá-lo sobre essas coisas. Se uma dessas ávidas ca' e co' em cima dele acabar grávida...

Pauli fez uma expressão com um sutil sorriso de desdém, o que fez a bile subir mais dentro dela. — Então nós pagamos umas férias em Kishkoros para a moça e sua família, a não ser que seja um bom partido para ele. Se for o caso, deixe que Jan case com ela. — Pauli deu de ombros despreocupadamente, um gesto irritante. Allesandra perguntou-se quantas férias em Kishkoros Pauli pagou durante os anos do casamento.

Os dois estavam na sacada acima do salão principal de bailes do palácio. Outra festa acontecia lá embaixo; Allesandra viu Fynn e a aglomeração de sempre de tashtas coloridas, isto fez suas mãos tremerem. O archigos Semini também estava próximo, embora a a'hïrzg não visse Francesca na multidão. Jan estava no mesmo grupo e conversava com uma jovem com o cabelo da cor de trigo novo. Allesandra não reconheceu a moça.

— Quem é aquela? — perguntou ela. — Eu não sei quem é.

— Elissa ca'Karina, da linhagem ca'Karina, de Jablunkov. Ela foi mandada aqui para representar a família no Besteigung, mas atrasou-se próximo ao lago Firenz e acabou de chegar há poucos dias.

— Você conhece bem a moça, então.

— Eu... falei com ela algumas vezes desde que chegou.

A hesitação e a escolha das palavras indicaram mais do que Allesandra queria saber. Ela fechou os olhos por um instante e esfregou o estômago.

Perguntou-se se foram apenas flertes ou algo mais. — Tenho certeza de que Jan ficaria grato pelo seu interesse de família, assim como Fynn dá valor ao seu Primeiro Provador.

— Essa foi uma grosseria indigna de você, minha querida.

Allesandra ignorou o comentário e espiou sobre o parapeito. — Qual é a idade dela?

— Mais velha do que o nosso Jan alguns anos, julgo eu — falou Pauli. — Mas é uma mulher atraente e interessante.

— E candidata a umas férias em Kishkoros?

Allesandra ouviu Pauli rir. — Ela deve preferir uma localidade mais ao norte, mas sim, se a situação chegar a este ponto. — A a'hïrzg sentiu o marido se aproximar enquanto olhava para a multidão. — Você não pode protegê-lo para sempre, Allesandra. Você não pode viver a vida de Jan por ele e nem manter alguém da idade dele como prisioneiro, não sem esperar que Jan tenha raiva de você por isso.

— *Eu* fui mantida como prisioneira. — Allesandra afastou-se do parapeito. *"Você não pode viver a vida de Jan por ele". Mas eu* darei *forma ao futuro de Jan. Eu darei...* — É melhor nós descermos.

Eles foram anunciados na festa pelos arautos à porta. Allesandra dirigiu-se diretamente para Fynn e Jan, enquanto Pauli fez uma mesura para a esposa e prosseguiu sozinho. O archigos Semini arregalou um pouco os olhos diante da aproximação da a'hïrzg — desde a tentativa de assassinato e a subsequente conversa entre eles, o archigos não trocou mais do que o esperado diálogo cortês com Allesandra. Ela se perguntou o que Semini acharia se contasse o que fez.

Os ca' e co' no grupo fizeram uma mesura quando Allesandra se aproximou. Ela também fez uma mesura — uma sutil inclinação da cabeça — para Fynn e o sinal de Cénzi para Semini. Sorriu na direção de Jan, mas o olhar estava mais voltado para a mulher ao seu lado. Elissa ca'Karina era uma dessas mulheres que eram incrivelmente impressionantes, embora não tivesse uma beleza clássica, e os braços visíveis através da renda da tashta eram com certeza musculosos — uma amazona, talvez. Os olhos eram seu melhor atributo: grandes, com um tom de azul-claro gelado, que ficavam proeminentes por conta de uma sábia aplicação de sombra. Allesandra julgou que a moça tivesse 20 e poucos anos — e se era solteira com essa idade, dado o status, então talvez estivesse envolvida em algum escândalo; a a'hïrzg decidiu que era necessária uma investigação criteriosa. Os traços do rosto da vajica eram estranhamente familiares, mas talvez a impressão fosse causada apenas por ela ser pouco diferente das demais: jovem, ansiosa, sorridente, toda olhares, risos e atenções.

— Uma bela festa, irmão — falou Allesandra para Fynn. O sorriso dele era praticamente predatório ao olhar em volta do grupo.

— Sim, não é? — respondeu Fynn. Seu prazer era óbvio. — Eu estou completamente cercado por beleza. — Risadas estridentes responderam ao hïrzg. Allesandra sorriu, mas observou o rosto animado do irmão. A imagem que veio à sua mente foi a de Fynn esparramado nos ladrilhos, sangrando, com um seixo sobre o olho esquerdo, enquanto o direito olhava cego para ela. A a'hïrzg balançou a cabeça para afastar o pensamento e engoliu a bile ardente outra vez. — Não acha, Allesandra?

— Acho sim. Vejo aqui duas jovens abelhas e uma velha vespa cercada por flores, e é melhor que as flores tenham cuidado. — Mais risadas educadas, embora ela tenha visto o archigos franzir a testa como se estivesse tentando decidir se fora ofendido. O olhar de Allesandra voltou-se para a vajica ca'Karina. — Jan, você ainda não apresentou a sua rosa amarela.

Jan endireitou-se e chegou quase imperceptivelmente perto da jovem. *Quase de maneira protetora... Sim, ele está interessado nela. E veja a forma como ela continua olhando para ele...* — Matarh, esta é a vajica ca'Karina. Ela veio aqui de Jablunkov.

Elissa abaixou a cabeça para Allesandra e falou — A'hïrzg, estou encantada em conhecer a senhora. Seu filho nos contou tantas coisas maravilhosas a seu respeito. — A voz tinha o sotaque de Sesemora e engolia sutilmente as consoantes. Era rouca e baixa para uma mulher. Algo a respeito da jovem, porém...

— Já nos conhecemos, vajica ca'Karina? — perguntou Allesandra. — Talvez em uma das festas do solstício do meu vatarh? O formato de seu rosto, as suas feições...

— Ah, não, a'hïrzg — respondeu a mulher. O sorriso era afável; o riso, encantador. — Eu *certamente* me lembraria de ter conhecido a senhora, e especialmente seu filho.

Allesandra tinha certeza da última afirmação, ao menos. — Então talvez seja uma semelhança familiar? Será que conheço seu vatarh e matarh?

— Não sei, a'hïrzg. Eu sei que ambos receberam o hïrzg Jan uma vez, há muitos anos, mas isso foi quando a senhora ainda era... — Ela parou por aí, ficou vermelha ao reconhecer o que estava prestes a dizer, e falou apressadamente — Eu fui batizada em homenagem à minha matarh, e meu vatarh é Josef; ele era um ca'Evelii antes de se casar com ela. Nosso castelo fica a leste de Jablunkov, nas colinas. Um lugar muito lindo, a'hïrzg, embora os invernos sejam um tanto longos lá.

Allesandra acenou com a cabeça ao ouvir isso e guardou os nomes na memória para a mensagem que mandaria. Jan tocou o braço de Elissa quando os músicos do salão de bailes começaram a tocar. — Matarh, eu prometi uma dança a Elissa...

A a'hïrzg deu o sorriso mais gracioso que pôde. — É claro. Jan, nós realmente precisamos conversar depois... — mas ele já levava Elissa embora. Fynn também foi para a pista de dança vazia.

— Ele é um belo rapaz, seu filho, e muito bravo. — O robe esmeralda de Semini balançou quando ele se virou para ela. O archigos parecia não saber se se aproximava ou fugia. O elogio era tão vazio que Allesandra não sentiu vontade de responder.

— Sua Francesca está bem? Notei que ela não está aqui hoje.

— Francesca está indisposta, a'hïrzg. Essas comemorações sem fim em nome do novo hïrzg são cansativas, especialmente para alguém com tantas doenças. Mas ela mandou seus pesares ao hïrzg; há uma reunião do Conselho dos Ca' amanhã e minha esposa encara suas responsabilidades como conselheira com muita seriedade. Não há ninguém que pense mais sobre Brezno do que Francesca. É praticamente *tudo* que ela pensa a respeito.

O tom era abertamente desdenhoso. Allesandra percebeu então que tinha sido Francesca que colocou o archigos neste caminho. Era a ambição *dela* que o impelia, não a dele. Semini, suspeitava Allesandra, ainda seria um téni-guerreiro se não fosse pela esposa. A a'hïrzg perguntou-se se Francesca também via imagens de Fynn morto, mas com ela mesma tomando o trono.

— E a senhora, a'hïrzg? — perguntou o archigos. — Perdoe-me, mas parece um pouco pálida na noite de hoje.

— Eu creio que estou um pouco indisposta, archigos.

Ele concordou com a cabeça. Sob as sobrancelhas grisalhas, o olhar sombrio vasculhou o salão; Allesandra acompanhou o olhar e encontrou Pauli rindo e gesticulando ao falar com um grupo de mulheres mais velhas. — Um problema de família? — perguntou Semini.

— Possivelmente.

Ele concordou com a cabeça, como se refletisse a respeito. — Da última vez que nos falamos, a'hïrzg, a senhora disse que estávamos do mesmo lado.

— Não estamos, archigos? Nós dois não queremos o que é melhor para Firenzcia?

Semini respirou fundo. — Acredito que sim. Pelo menos, eu espero que sim. E da última vez, a senhora me tirou para dançar. Disse que queria saber se levávamos jeito para dançar juntos, mas foi embora sem me responder. — Outra pausa para respirar fundo. Seu olhar se voltou para ela, intenso e sem pestanejar. — Nós levamos jeito para dançar?

Allesandra tocou no braço de Semini. Ela sentiu o espasmo dos músculos debaixo do robe, mas ele não se afastou. — Eu tenho a impressão de que sim, mas talvez seja bom recordar. Seria bom para nós dois.

Ela conduziu o archigos à pista de dança.

Allesandra achou que ele levava muito jeito para dançar, realmente.

A MAMATARH FRANZIU A TESTA quando ele teve dificuldades para respirar na cama. — Fique *de pé*, garoto. O kraljiki não fica aí deitado, fraco e indefeso. O kraljiki tem que ser forte; o kraljiki tem que demonstrar que pode liderar seu povo.

— Mas, mamatarh, é tão difícil. Meu peito dói tanto...

— Kraljiki? — Seaton e Marlon entraram no quarto pela porta que dava para o corredor da criadagem. Os dois faziam esforço para carregar um pesado cavalete com rodas, coberto por um tecido azul com brocados de ouro.

— Ah, ótimo. — Audric apontou para o quadro sobre a lareira. — Viu só, mamatarh? Agora a senhora pode vir comigo para qualquer lugar que eu vá. — Ele supervisionou os criados enquanto Seaton e Marlon tiraram o quadro e colocaram com cuidado no cavalete, atentos para que ficasse preso à moldura da engenhoca de modo a não cair. Audric observou e achou que Marguerite parecia contente. — Deve ter sido entediante ter que olhar para o mesmo quarto todo dia e noite. Isso teria me deixado maluco... — O kraljiki olhou para Seaton. — Eles vieram como ordenei?

— Sim, kraljiki — respondeu Seaton. — Eles aguardam o senhor no salão do Trono do Sol.

— Então não devemos deixá-los esperando. Tragam a kraljica conosco.

— E o senhor, kraljiki? Devemos pedir uma cadeira?

Audric balançou a cabeça. — Eu não preciso mais daquilo — falou ele para os criados e para Marguerite. — Eu andarei.

Seaton e Marlon se entreolharam rapidamente e fizeram uma mesura. Audric respirou o mais fundo possível e saiu do quarto à frente deles.

O kraljiki pensou que talvez tivesse cometido um erro quando eles quase caminharam por quase toda a extensão da ala principal do palácio. Audric ofegava rapidamente e percebeu que a nuca estava úmida de suor e a testa porejava. Sentiu a umidade na renda da manga ao chegar perto dos gardai do salão. Quando iam anunciá-lo, o kraljiki os deteve e falou — Um momento. — Ele fechou os olhos e tentou recuperar o fôlego.

— *Você é capaz de fazer isso.* — Audric ouviu Marguerite dizer e acenou com a cabeça para os gardai, que abriram as portas para eles.

— O kraljiki Audric — entoou um dos gardai para o salão.

Audric ouviu o farfalhar de setes pessoas ficando de pé dentro do aposento, todas de cabeça baixa quando ele entrou: Sigourney ca'Ludovici, Aleron ca'Gerodi, Odil ca'Mazzak... todos os integrantes nomeados do Conselho. Audric também notou que eles tentavam desesperadamente erguer os olhos para ver o que fazia tanto barulho quando Seaton e Marlon empurraram o retrato de Marguerite atrás dele. — Kraljiki — falou Sigourney ao se levantar da mesura quando Audric parou em frente a ela. — É bom ver o senhor tão bem.

O olhar de Sigourney passou por ele e seguiu para o quadro, e Audric viu o esforço que ela fez para evitar que o rosto demonstrasse perplexidade.

— Os relatórios de minha doença foram exagerados por aqueles que querem me prejudicar. Eu *estou* bem, obrigado, conselheira. — Ele acenou com a cabeça para os demais presentes no salão. Por um momento, sentiu medo como uma criança em uma floresta de adultos, mas então ouviu a voz de Marguerite, que sussurrava em seu ouvido. — *Você é superior aos conselheiros, garoto. Você é o kraljiki deles; comporte-se como se esperasse obediência e vai consegui-la. Aja como se ainda fosse uma criança e os conselheiros o tratarão assim.*

Com um aceno de cabeça para seus assistentes, Audric deu passos largos até o Trono do Sol e conteve a tosse que ameaçava dobrar seu corpo. Ele sentou-se e o Trono acendeu em volta dele, as facetas de cristal reluziram. Os e'ténis a postos em volta do salão relaxaram quando o brilho envolveu o kraljiki. Audric fechou os olhos brevemente conforme o cavalete era movido para ficar à sua direita. A mamatarh podia vê-los agora, ver todos os conselheiros.

Eles olhavam fixamente para o kraljiki e para Marguerite. — *Veja a ganância nos rostos dos conselheiros. Todos querem se sentar onde você está, Audric. Especialmente Sigourney; ela quer mais do que todos os outros. Você pode usar a ganância deles para fazer com que concordem...*

— Eu não vou ocupá-los por muito tempo aqui — disse Audric para o Conselho. — Todos nós somos pessoas ocupadas, e eu trabalho intensamente em maneiras de devolver o destaque de Nessântico contra nossos inimigos, tanto no leste quanto no oeste. Isto é, tenho certeza, o que cada um de nós quer. Eu juro para os senhores: eu reunificarei os Domínios.

O discurso quase exauriu Audric, que não conseguiu evitar, com um lenço de renda, a tosse que veio em seguida. — O Conselho dos Ca' não está completo, kraljiki — falou Sigourney. — O regente ca'Rudka não está presente.

— Eu estou ciente disso. Ele não está presente por um bom motivo: o regente não foi convidado.

— Ah? — perguntou Sigourney, baixinho, enquanto os demais murmuravam.

— *Notou a ansiedade, especialmente da prima Sigourney? Todos estão pensando como ficariam se o regente caísse e calculam suas chances...*

— Sim — disse Audric antes que algum deles pudesse exprimir uma objeção. — Eu convoquei esta reunião para discutir o regente. Não perderei o tempo dos senhores com distrações e conversa fiada. Pelo bem de Nessântico, peço por duas decisões do Conselho dos Ca'. Um, que o regente ca'Rudka seja imediatamente preso na Bastida a'Drago por traição — o alvoroço praticamente abafou o resto — e que eu seja promovido ao governo como kraljiki de verdade, bem como por título. — O clamor do Conselho dobrou diante desta proposta. Audric recostou-se e ouviu, deixou que discutissem entre eles.

— *Sim, use a oportunidade para descansar e ouvir...*

Audric fez isso. Ele observou os conselheiros, especialmente Sigourney. Sim, ela continuava dando uma olhadela para o kraljiki enquanto falava com os demais colegas. Ele viu que estava sendo avaliado e julgado por Sigourney. — Isso é o que eu desejo — falou Audric finalmente, quando o burburinho diminuiu um pouco — e isso é o que a minha mamatarh deseja também. — Ele gesticulou para o quadro e ficou contente por vê-la sorrir em resposta. Os conselheiros olharam fixamente, todos eles, os olhares foram do kraljiki para o quadro e voltaram para Audric. — O regente é um traidor do Trono do Sol. Ca'Rudka deseja sentar nele como eu estou sentado neste momento e conspira para tanto, mesmo às custas de nosso sucesso nos Hellins e contra a Coalizão.

Aleron pigarreou algo, olhou de relance para Sigourney e disse — A conselheira ca'Ludovici mencionou para todos nós aqui suas preocupações, kraljiki, e quero lhe garantir que são levadas muito a sério, mas provas dessas acusações...

— Suas provas surgirão quando ca'Rudka for interrogado, vajiki ca'Gerodi — falou Audric, e o esforço de falar alto o suficiente para interromper o homem provocou um espasmo de tosse. Os conselheiros observaram em silêncio enquanto ele recuperava o controle.

— *Não se preocupe. A tosse trabalha a seu favor, Audric. Todos pensam que, sem o regente e com você doente, talvez o Trono do Sol fique vago rapidamente e um deles possa tomá-lo. Sigourney, Odil, e Aleron já tinham ouvido por alto o que você pediu, então sabem o que você dirá. Olhe para Sigourney, vê como ela o encara com ansiedade? Veja como o avalia em busca de fraqueza. Ela tem ambição... aproveite-se disso*!

Audric olhou com gratidão para a mamatarh e inclinou a cabeça na direção dela enquanto limpava a boca. — Estou convencido de que o regente ca'Rudka é o responsável pelo assassinato da archigos Ana, de que ele pretende abandonar os Hellins apesar do tremendo sacrifício de nossos gardai, e de que ele conspira com pessoas da Coalizão Firenzciana contra mim, talvez com a intenção de colocar o hïrzg Fynn aqui no Trono do Sol, se não conseguir que ele próprio se sente.

— Estas são acusações graves, kraljiki — falou Odil ca'Mazzak. — Por que o regente ca'Rudka não está aqui para responder a elas?

— Para *negá-las*, o senhor quer dizer? — riu Audric, e o riso de Marguerite cresceu como eco do seu. — É o que ele faria. O senhor está certo, primo: essas são acusações graves, e eu não acuso levianamente. É também por isso que eu acredito que o regente tem que ser tirado de seu posto. Deixem aqueles na Bastida arrancarem a verdade dele. — O kraljiki fez uma pausa. Eles observaram quando Audric sorriu para a mamatarh. — Deixem-me governar como o novo *Spada Terribile* como foi minha mamatarh e elevar Nessântico a novas alturas.

— *Viu só? Eles olham para você com novos olhos, meu neto. Não ouvem mais uma criança, e sim um homem...*

Os conselheiros realmente encaravam Audric com cautela e o avaliavam. Ele endireitou-se no trono e sustentou o olhar dos conselheiros da maneira majestosa como imaginava que a mamatarh fizera. Viu a própria sombra que o brilho do Trono do Sol projetava nas paredes e teto. — Eu sei — disse Audric para Marguerite.

— O senhor sabe o que, kraljiki? — perguntou Sigourney, e ele tremeu e segurou firme nos braços frios do Trono do Sol.

— Eu sei que os senhores têm dúvidas — respondeu Audric, e houve sussurros de aprovação, como as vozes do vento nas chaminés do palácio —, mas também sei que os senhores são o que há de melhor em Nessântico e que chegarão, como é necessário que cheguem, à mesma conclusão que eu. Minha mamatarh foi chamada cedo ao trono, assim como eu. Esta é a minha hora e peço ao Conselho que reconheça isso.

— Kraljiki... — Sigourney fez uma mesura para ele. — Uma decisão importante assim não pode ser tomada fácil ou levianamente. Nós... o Conselho... temos que conversar entre nós primeiro.

— *Mostre a eles. Mostre a eles a sua liderança. Agora.*

— Façam isso — disse Audric —, mas peço que mandem ca'Rudka para a Bastida enquanto deliberam. O homem é um perigo: para mim, para o Conselho dos Ca' e para Nessântico. Isso é o mínimo que os senhores podem fazer pelo bem de Nessântico.

Audric ficou de pé, e os conselheiros fizeram uma mesura para ele. Atrás do kraljiki, Seaton e Marlon escoltaram a kraljica Marguerite do salão no rastro de Audric.

Ele ouviu a aprovação da mamatarh. Ele podia ouvi-la tão claramente quanto se ela andasse ao seu lado.

~ Sergei ca'Rudka ~

OS PORTÕES DA BASTIDA já estavam abertos e os gardai prestaram continência a Sergei da cobertura de suas guaritas de ambos os lados. O dragão chorava na chuva.

O céu estava zangado e taciturno, olhava a cidade furiosamente e jogava ondas de chuva intensa dos baluartes cinzentos. Sergei ergueu os olhos — como sempre fazia — para a cabeça do dragão, montada em cima dos portões da Bastida. Com o tempo ruim, a pedra branca ficou pálida conforme a água fluía pelo canal em meio ao focinho e caía como uma pequena cascata sobre as lajotas abaixo — havia um buraco raso ali na pedra causado por décadas de chuva. Sergei piscou ao olhar a tempestade e ergueu os ombros para fechar mais a capa. Gotas de chuva acertaram seu nariz e respingaram. O mau tempo penetrou nos ossos; as juntas doíam desde que ele acordou naquela manhã. Aris co'Falla, comandante da Garde Kralji, mandou um mensageiro antes da Primeira Chamada para convocá-lo; Sergei pensou em ficar um pouco depois da reunião, apenas para "inspecionar" a antiga prisão. Havia um mês ou mais desde a última vez — Aris faria uma cara feia, depois desviaria o olhar e daria de ombros. No entanto, até mesmo a expectativa de passar a manhã nas celas inferiores da Bastida, do medo doce e do terror encantador, fez pouco para aliviar a dor causada simplesmente por andar.

Uma vergonha que sua própria dor não tivesse o mesmo apelo que a dos outros. — Dia horrível, hein? — perguntou ele para o crânio do dragão e deu um sorriso para o alto. — Considere como um bom banho.

Do outro lado do pequeno pátio cheio de poças, a porta para o gabinete principal da Bastida foi aberta e lançou a luz quente de uma lareira na penumbra. Sergei prestou continência para o garda que abriu a porta, entrou e sacudiu a água da capa. — Um dia mais adequado para patos e peixes, não acha, Aris? — falou ele.

Aris só resmungou, sem sorrir, com as mãos entrelaçadas às costas. Sergei franziu a testa. — Então, o que é tão importante que você precisou me ver, meu amigo? — perguntou ele, depois notou a mulher sentada em uma cadeira diante da lareira, voltada para o outro lado. O regente reconheceu-a antes que ela se virasse. A umidade na bashta ficou gelada como um dia de inverno, e a respiração ficou contida na garganta. *Você realmente está ficando velho e trapalhão, Sergei. Você interpretou muito mal as coisas.* — Conselheira ca'Ludovici — disse ca'Rudka quando a mulher se virou para ele. — Eu não esperava ver a senhora aqui, mas suspeito que deveria. Parece que não andei prestando a devida atenção aos rumores e fofocas.

Ele ouviu a porta ser fechada e trancada atrás dele. Tinha o som do fim.

— Sergei — falou co'Falla com gentileza —, eu exijo sua espada, meu amigo.

Sergei não respondeu. Não se mexeu. Manteve o olhar em Sigourney.

— A situação chegou a este ponto, não é? Vajica, a mente do menino está insana com a doença. Ambos sabemos disso. Por Cénzi, ele conversa com um *quadro*. Não sei o que ele disse para o Conselho, mas com certeza nenhum dos senhores realmente acredita naquilo. Especialmente a senhora. Mas imagino que acreditar não seja a questão, não é? A questão é quem pode lucrar com a mentira. — Ele deu de ombros. — A senhora não precisa dessa farsa, conselheira. Se o Conselho dos Ca' deseja a minha renúncia como regente, pode ter. Livremente. Sem essa farsa.

— O Conselho realmente quer a sua renúncia — respondeu Sigourney —, mas também percebemos que um regente deposto é sempre um perigo ao trono. Como o comandante co'Falla já lhe informou, nós exigimos sua espada.

— E minha liberdade?

Não houve resposta da parte de Sigourney. — Sua espada, Sergei — repetiu Aris. A mão estava no cabo da própria arma. — Por favor, Sergei — acrescentou o comandante, com um tom de súplica na voz. — Eu não gosto dessa situação tanto quanto você, mas ambos temos um dever a cumprir.

Sergei sorriu para Aris e começou a soltar a bainha da cintura. A espada fora dada a ele pelo kraljiki Justi durante o Cerco de Passe a'Fiume: era de aço firenzciano, negro e duro, uma linda arma de guerreiro. Ele poderia usá-la se quisesse — poderia aparar o golpe de Aris e trespassar a barriga do homem, depois se voltar para o garda atrás dele. Outro golpe arrancaria a cabeça da vajica ca'Ludovici do pescoço. Sergei poderia chegar ao pátio e sair para as ruas de Nessântico antes que começassem a persegui-lo, e talvez, talvez conseguisse se manter vivo por tempo suficiente para salvar alguma coisa dessa confusão...

A visão era tentadora, mas ele também sabia que era algo que conseguiria ter feito há 20 anos. Agora, não tinha tanta certeza de que o corpo obedeceria.

— Eu não teria tomado o Trono do Sol se ele tivesse sido oferecido para mim — disse Sergei para Sigourney. — Eu nunca quis o trono; Justi sabia disso e foi por esse motivo que ele me nomeou regente. Achei que a senhora soubesse também. — Ele suspirou. — O que mais o Conselho exige de mim? Uma confissão? Tortura? Execução?

Sergei sentiu as mãos tremerem e pegou com força a bainha, com uma delas próxima ao cabo. Não deixaria Sigourney ver o medo dentro dele. Ele conhecia tortura. Conhecia intimamente. Aris observou o regente com cuidado; ouviu o garda aproximar-se por trás e sacar a espada da bainha.

Eu ainda consigo. Agora...

— Seus serviços prestados a Nessântico são muitos e notáveis, vajiki — falou Sigourney. — Por enquanto, o senhor será simplesmente confinado aqui, até que os fatos das acusações contra o senhor sejam resolvidos.

— Do que sou acusado?

— De cumplicidade com o assassinato da archigos Ana. De traição contra o Trono do Sol. De conspirar com os inimigos de Nessântico.

Sergei balançou a cabeça. — Eu sou inocente de qualquer uma dessas acusações, conselheira, e o Conselho dos Ca' sabe disso. A *senhora* sabe disso.

Sigourney piscou os olhos cinza ao ouvir isso e franziu os lábios no rosto maquiado. — A esta altura, regente, eu sei apenas que as acusações foram ouvidas pelo Conselho e que nós decidimos, pela segurança dos Domínios, que o senhor deve ser preso até que tenhamos uma decisão final sobre elas. — A conselheira acenou com a cabeça para Aris. — Comandante?

Co'Falla deu um passo à frente. Ele esticou a mão para Sergei... *eu poderia...* e o regente colocou a espada, ainda na bainha, na palma de Aris. Com cuidado, lentamente, Aris pousou a arma sobre a mesa do comandante; a mesa atrás da qual o próprio Sergei se sentara. Depois, Aris revistou Sergei e tirou a adaga de seu cinto. Havia outra adaga, amarrada no interior da coxa. O regente sentiu as mãos de co'Falla passarem sobre a tira e viu Aris erguer os olhos. Ele deu um discretíssimo aceno para Sergei e endireitou-se. — O senhor pode acompanhar o prisioneiro para sua cela — falou Aris para o garda. — Se o regente ca'Rudka for maltratado de qualquer forma, *qualquer forma*, eu mandarei esse garda para as celas inferiores em uma virada da ampulheta, compreendido?

O garda prestou continência e pegou o braço de Sergei.

— Eu conheço o caminho — falou ele para o homem. — Melhor do que qualquer um.

~ Varina ci'Pallo ~

— VARINA?

Ela estava com Karl, e ele parecia tão triste que Varina queria tocá-lo, mas sempre que esticava o braço, o embaixador parecia recuar e ficar fora do alcance. Ela pensou ter ouvido alguém chamar seu nome, mas agora Varina estava em um lugar escuro, tão escuro que não conseguia sequer ver Karl, e ficou confusa.

— Varina!

Com o quase berro, ela acordou assustada e percebeu que estava em sua mesa na Casa dos Numetodos. Havia dois globos de vidro na mesa diante dela enquanto Varina pestanejava ao olhar para a lamparina. Viu a trilha de saliva acumulada sobre a superfície da mesa e limpou a boca ao se virar, com vergonha de ser vista dessa maneira. Especialmente de ser vista dessa maneira por Karl. — O quê?

Karl estava ao lado da mesa de Varina na salinha, a porta aberta atrás dele. O embaixador olhava para ela. — Eu te chamei; você não ouviu. Eu até sacudi você. — Karl franziu os olhos; Varina não tinha certeza se era por preocupação ou raiva e disse para si mesma que realmente não se importava com qualquer um dos motivos.

— Eu fiquei trabalhando na técnica ocidental até tarde da noite ontem. Isso me deixou tão exausta que devo ter adormecido. — Ela penteou o cabelo com os dedos, furiosa consigo mesma por ter sucumbido ao cansaço, e furiosa com Karl por tê-la flagrado nesse estado.

Furiosa consigo mesma e com Karl porque nenhum dos dois pediu desculpas pelas palavras do último encontro, e agora era tarde demais. As palavras continuavam entre eles, como uma parede invisível.

— Você está bem? — Ela ouviu a preocupação em seu tom de voz, e em vez de ficar satisfeita, Varina ainda mais furiosa. — Todo esse trabalho e todos esses feitiços que você está tentando. Talvez você devesse...

— Eu estou bem — disparou Varina para interrompê-lo. — Você não tem que se preocupar comigo. — Mas ela sentia-se fisicamente mal. A boca tinha gosto de algo mofado e horrível. A bexiga estava cheia demais. As pálpebras pesavam tanto que bem podia ter pesos de ferro presos a elas, e o olho esquerdo não parecia querer entrar em foco de maneira alguma; Varina piscou de novo, o que não pareceu ajudar. Ela perguntou-se se sua aparência era tão horrível quanto se sentia. — O que você queria? — perguntou. As palavras saíram meio pastosas, como se a boca e a língua não quisessem cooperar. O lado esquerdo do rosto parecia caído.

— Eu o encontrei — falou Karl.

— Quem? — Varina esfregou o olho esquerdo; a imagem ainda estava borrada. — Ah — falou ela ao se dar conta de quem Karl estava falando. — Seu ocidental. Ele ainda está vivo?

As palavras saíram em um tom mais ríspido do que ela queria, e Varina viu Karl levantar um ombro, embora ainda não conseguisse distinguir a expressão dele. — Sim, mas o homem me atacou magicamente. Varina, ele tinha feitiços estocados na bengala.

— Isso não me surpreende. Um objeto que alguém pode levar consigo todo dia, sobre o qual ninguém pensaria duas vezes a respeito... — Ela esfregou os olhos novamente; o rosto de Karl ficou um pouco mais nítido. — Você está bem? — Varina percebeu que a pergunta estava atrasada; pela expressão de Karl, ele também.

— Apenas porque eu consegui defletir a pior parte do ataque. As casas perto de mim não tiveram a mesma sorte. Ele fugiu, mas sei mais ou menos onde ele vive: no Velho Distrito. O nome do homem é Talis. Ele vive com uma mulher chamada Serafina, e há um menino com eles, de nome Nico. Não deve levar muito tempo para descobrir exatamente onde eles vivem. Pedirei para Sergei me ajudar a encontrá-los. — Karl pareceu suspirar. — Eu pensei... pensei que você estaria disposta a me ajudar.

— Ajudar você a fazer o quê? Você *sabe* se esse tal de Talis foi responsável pela morte de Ana?

— Não — admitiu Karl. — Mas eu suspeito dele, com certeza. O homem me atacou assim que fiz a acusação. Chamou Ana de inimigo e disse que se considerava em guerra. — Karl franziu os lábios e fechou a cara. — Varina, eu não acho que Talis se deixaria ser capturado sem luta. Eu precisarei de ajuda, o tipo de ajuda que os numetodos podem dar. Todos nós vimos o que ele pode fazer no templo, e alguns homens da Garde Kralji com espadas e lanças não serão de muita ajuda. Você... você é o melhor trunfo que nós temos.

Sim, eu ajudarei você, Varina queria dizer, ao menos para ver um sorriso iluminar o rosto de Karl ou quebrar a parede entre os dois, mas ela não podia. — Eu não irei atrás de alguém que você apenas *suspeita*, Karl. Eu não farei isso, especialmente quando há a possibilidade de envolver uma mulher e uma criança inocentes. Sinto muito.

Varina pensou que Karl ficaria furioso, mas ele apenas concordou com a cabeça, quase triste, como se esta fosse a resposta que esperava que ela desse. Se esse fosse o caso, ainda não era suficiente para Karl se desculpar. A parede pareceu ficar mais alta na mente de Varina. — Eu compreendo — falou Karl. — Varina, eu queria...

Isso foi o máximo a que Karl chegou. Ambos ouviram passos ligeiros no corredor lá fora, e um ofegante Mika chegou à porta aberta, dizendo — Ótimo. Vocês dois estão aqui. Tenho notícias. Más notícias, infelizmente. É o regente. Sergei. O Conselho dos Ca' ordenou que fosse preso. Ele está na Bastida.

~ Enéas co'Kinnear ~

TÃO LONGE ABAIXO DELE que parecia com um brinquedo de criança em um lago, o *Nuvem Tempestuosa* estava ancorado sob a luz do sol, placidamente parado na água azul deslumbrante do porto recôndito de Karnmor. Enéas andava pelas ruas tortuosas e íngremes da cidade, contente por sentir terra firme sob os pés novamente, e aproveitava as vistas extensas que ela oferecia. Ele queria ser um pintor para poder registrar os prédios rosa-claro que reluziam sob o céu com nuvens, o azul-celeste intenso do ancoradouro e o verde com cumes brancos do Strettosei depois do porto, os tons fortes dos estandartes e bandeiras, as jardineiras penduradas em cada janela, as roupas exóticas das pessoas nas ruas; embora um quadro jamais pudesse registrar o resto: os milhares de odores que flertavam com o nariz, o gosto de sal no ar, a sensação da brisa quente do oeste ou o som das sandálias na brita fininha que pavimentava as ruas de Karnor.

A cidade de Karnor — Enéas jamais entendeu por que a capital de Karnmor ganhou um nome tão parecido — foi construída nas encostas de um vulcão há muito tempo adormecido que se agigantava sobre o porto, e muitos dos prédios foram entalhados na própria rocha. Depois dos braços do porto, o Strettosei estendia-se sem interrupção pelo horizonte, e das alturas do monte Karnmor, era possível olhar para leste, depois da extensão verdejante da imensa ilha, e ver, ligeiramente, a faixa azul perto do horizonte que era o Nostrosei. Não muito depois daquele mar estreito ficava a boca larga do rio A'Sele, e talvez uns 150 quilômetros rio acima: Nessântico.

Munereo e os Hellins pareciam distantes, um longínquo sonho perdido. Karnmor e suas ilhas menores faziam parte de Nessântico do Norte. Ele estava quase em casa.

Enéas tinha que admitir que Karnmor ainda era uma terra estrangeira em muitos aspectos. Os habitantes nativos eram, em grande parte, pessoas ligadas ao mar: pescadores e comerciantes, com peles escurecidas pelo sol e línguas agradáveis com sotaques estranhos, embora agora eles falassem o idioma de Nessântico, e suas línguas originais estivessem praticamente esquecidas, a não ser em alguns pequenos vilarejos no flanco sul. A maior parte do interior da ilha ainda era selvagem, com florestas impenetráveis em cujas trilhas ainda andavam animais lendários. Nas ruas de Karnor era possível encontrar vendedores de especiarias de Namarro ou mercadores de Sforzia ou Paeti, e os produtos dos Hellins chegavam aqui primeiro. *Se alguém não consegue achar o que deseja em Karnor, tal coisa não existe.* Este era o ditado, e até certo ponto, era verdade: embora ele tivesse ouvido a mesma coisa sobre Nessântico. Ainda assim, Karnor era o verdadeiro centro do comércio marítimo ao longo do Strettosei.

Como era de se esperar, os mercados de Karnor eram lendários. Eles estendiam-se pelo que era chamado de Terceiro Nível da cidade — o segundo nível de plataformas esculpidas na montanha. Podia-se andar o dia inteiro entre as barracas e jamais chegar ao fim. Foi para lá que Enéas se viu atraído, embora não soubesse exatamente por quê. Após a longa viagem, ele pensou que não iria querer outra coisa além de descansar, mas embora tenha comparecido ao quartel de Karnor e recebido um quarto no alojamento dos offiziers, Enéas viu-se agitado e incapaz de relaxar. Saiu para andar, subiu os níveis tortuosos até o Terceiro Nível e foi de barraquinha a barraquinha, curioso. Aqui havia estranhas frutas roxas que cheiravam à carne podre, mas que tinham um gosto doce e maravilhoso, conforme Enéas descobriu ao mordiscar com uma cara feia a prova que o feirante ofereceu, e ervas que aumentavam a virilidade do homem e o apetite sexual da mulher, garantia o comerciante. Havia vendedores de facas, fazendeiros com suas verduras, peças de tecidos tanto locais quanto estrangeiros, bijuterias e joias, brinquedos entalhados, madeira de lei, instrumentos musicais de corda, sopro ou percussão. Enéas ouviu um pássaro cinza-claro em uma gaiola de madeira cujo canto melancólico tinha uma semelhança perturbadora com a voz de um menino, e as palavras da canção eram perfeitamente compreensíveis; ele tocou em peles mais macias que o tecido adamascado mais fino quando acariciadas em uma direção, e que, no entanto, podiam cortar os dedos se fossem esfregadas na direção contrária; Enéas examinou borboletas secas e emolduradas, cujas asas reluzentes eram mais largas que seus próprios braços estendidos, salpicadas com ouro em pó e com um crânio vermelho-sangue desenhado no centro de cada uma.

Com o tempo, Enéas viu-se diante da barraquinha de um químico, com pós e líquidos coloridos dispostos em jarros de vidro em prateleiras que balançavam perigosamente. Ele chegou perto de um jarro com cristais brancos e passou o indicador pela etiqueta colada no vidro. *Nitro*, dizia a letra cúprica. A palavra parecia serpentear pelo papel, e um formigamento, como pequenos raios, subiu da ponta do dedo passando pelo braço até chegar ao peito. Enéas mal conseguiu respirar com a sensação. — É o melhor nitro que o senhor vai encontrar — disse uma voz, e Enéas endireitou-se, cheio de culpa, e recolheu a mão ao ver o proprietário, um homem magro com pele desbotada no rosto e braços, que o observava do outro lado da tábua que servia como mesa. — Recolhido do teto e das paredes das cavernas profundas perto de Kasama, e com o máximo de pureza possível. O senhor sofre de dores de dente, offizier? Com algumas aplicações disto aqui, o senhor pode beber todo o chá quente que quiser que não terá do que reclamar.

Enéas fez que sim e pestanejou. Ele queria tocar no jarro novamente, mas se obrigou a manter a mão ao lado do corpo. *Você precisa disto...* As palavras surgiram na voz grossa de Cénzi. Ele concordou com a cabeça; a mensagem parecia sensata. Enéas precisava disso, embora não soubesse o motivo. — Eu quero duas pedras.

— Duas pedras... — O proprietário inclinou-se para trás e riu. — Amigo, a sua guarnição inteira tem dentes sensíveis ou o senhor pretende preservar carne para um batalhão? Tudo que precisa é um pacotinho...

— Duas pedras — insistiu Enéas. — Pode separar? Por quanto? Um se'siqil? — Ele bateu com os dedos na bolsinha presa ao cinto.

O químico continuou balançando a cabeça. — Eu não consigo retirar tanto assim de Kasama, mas tenho uma boa fonte na Ilha do Sul que é tão boa quanto. Duas pedras... — Ele levantou uma sobrancelha no rosto magro e manchado. — Um siqil. Não posso fazer por menos.

Em outra ocasião qualquer, Enéas teria pechinchado. Com insistência, certamente ele poderia ter comprado o nitro pela oferta original ou algumas solas a mais, porém havia uma impaciência por dentro. Ela ardia no peito, um fogo que apenas Cénzi poderia ter acendido. Enéas rezou em silêncio, internamente. *O que o Senhor quiser de mim, eu farei. A areia negra, eu criarei para o Senhor...* Ele abriu a bolsa, tirou dois se'siqils e entregou as moedas para o homem sem discutir. O químico balançou a cabeça e franziu a testa ao esfregar as moedas entre os dedos. — Algumas pessoas têm mais dinheiro do que bom senso — murmurou o homem ao dar meia-volta.

Não muito tempo depois, Éneas corria pelo Terceiro Nível em direção ao quartel com um pacote pesado.

~ Jan ca'Vörl ~

ELE JÁ TINHA ESTADO COM OUTRAS MULHERES antes, mas nunca quis tanto nenhuma delas quanto queria Elissa.

Era o que Jan ca'Vörl dizia para si mesmo, em todo caso.

Ela o intrigava. Sim, Elissa era atraente, mas certamente não mais — e provavelmente tinha uma beleza menos clássica — do que metade das jovens moças da corte que se aglomeravam em volta de Fynn e Jan em qualquer oportunidade. Os olhos eram o melhor atributo: olhos de um tom azul-claro gelado que contrastavam com o cabelo escuro, olhos penetrantes que revelavam uma risada antes que a boca a soltasse ou que disparavam olhares venenosos para as rivais. Ela tinha uma leveza inconsciente que a maioria das outras mulheres não possuía, uma musculatura seca que insinuava força e agilidade ocultas.

— Ela vem de uma boa estirpe — foi a avaliação de Fynn. — Podia ser pior. Ela lhe dará uma dezena de bebês saudáveis se você quiser.

Jan não estava pensando em bebês. Não ainda. Jan queria *Elissa.* Apenas ela. Ele pensou que talvez finalmente pudesse acontecer na noite de hoje.

Toda noite desde a ascensão de Fynn ao trono do hïrzg, havia uma festa no salão superior do Palácio de Brezno. Fynn mandava convites através de Roderigo, seu assistente: sempre para o mesmo pequeno grupo de jovens moças e rapazes, quase todos de status ca'. Havia jogos de cartas (os quais Fynn geralmente perdia, e não ficava satisfeito), dança e celebração geral movidas à bebida até de manhãzinha. Jan era sempre convidado, bem como Elissa. Ele via-se cada vez mais próximo da moça, como se (como sua matarh insinuara) Jan fosse realmente uma abelha atraída para a flor de Elissa, especificamente.

Ela estava ao lado de Jan agora, com duas outras jovens esperançosas que pairavam ao redor dele. Jan estava na mesa de pochspiel com Fynn, que estava furioso com suas cartas e a pilha de siqils de prata e solas de ouro que diminuía diante dele, e bebia demais. Elissa deu a volta na mesa para ficar atrás de Jan, seu corpo encostou no dele quando ela se inclinou para baixo. — O hïrzg tem três sóis e um palácio. Eu apostaria tudo e perderia com elegância.

Jan deu uma olhadela para suas cartas. Ele tinha um único pajem; todas as demais eram baixas, do naipe de comitivas. A mão de Elissa tocou em seu ombro quando ela endireitou o corpo, os dedos apertaram Jan de leve antes de soltá-lo. As apostas já tinham sido pesadas nesta mão, e havia uma pilha substancial de siqils e algumas solas no centro da mesa. Jan tinha intenção de largar o jogo agora que a última carta fora distribuída — ele esperava fazer uma sequência do naipe, mas o pajem estragou o plano. Jan ergueu os olhos para Elissa; ela sorriu e acenou com a cabeça. Ele empurrou toda a pilha de moedas para o centro da mesa.

— Tudo — anunciou Jan.

O jogador à direita de Jan, um parente distante cujo nome ele esqueceu, balançou a cabeça e jogou fora as cartas. — Por Cénzi, você deve ter tirado os planetas todos alinhados! — Todos os outros jogadores descartaram suas mãos, a não ser Fynn. O hïrzg olhava fixamente para o sobrinho, com a cabeça inclinada para o lado. Ele deu uma olhadela para as cartas novamente e ergueu levemente o canto da boca, o tique que quase todo mundo que jogava pochspiel com Fynn conhecia, que era uma das razões porque ele perdia tanto. Fynn empurrou suas fichas para o centro com as de Jan; a pilha do hïrzg era visivelmente menor. — Tudo — repetiu ele e virou as cartas com a face para cima na mesa. — Se você aceitar um vale pelo resto.

Jan suspirou, como se estivesse desapontado, e falou — O senhor não precisará de vale, meu hïrzg. Infelizmente, me pegou blefando. — Ele mostrou a mão enquanto os outros jogadores vibraram e as pessoas em volta da mesa aplaudiram. Fynn recolheu as moedas, sorrindo, depois jogou uma sola de volta para Jan.

— Eu não posso deixar meu campeão sair da mesa de mãos vazias, mesmo quando ele tenta blefar com seu senhor e soberano com nada na mão — disse o hïrzg.

Jan pegou a sola e sorriu para Fynn, depois afastou a cadeira e fez uma mesura. — Eu deveria saber que o senhor enxergaria minha farsa — falou ele para Fynn, depois abriu um sorriso ainda maior. — Agora tenho que afogar a mágoa em um pouco de vinho.

Fynn olhou de Jan para Elissa, que pairava sobre o ombro do rapaz, e disse — Eu suspeito que você se afogará em algo mais substancial. Esta não é uma aposta que acredito que eu vá perder também.

Mais risos, embora a maior parte tenha vindo dos homens do grupo; muitas mulheres simplesmente olharam feio para Elissa, em silêncio. Em meio à gargalhada, ela chegou pertinho de Jan. — Encontre-me no salão em uma marca da ampulheta — falou Elissa, e depois se afastou dele. O espaço foi imediatamente preenchido por outra mulher disponível, e alguém entregou para Jan um garrafão de vinho enquanto as cartas da próxima mão eram distribuídas. A atenção de Fynn já estava voltada para as cartas, Jan afastou-se da mesa e conversou com as moças da corte que pairavam ao redor.

Quando ele achou que já havia se passado tempo suficiente, Jan pediu licença e saiu do salão. O criado do corredor fez uma mesura e deu uma piscadela de cumplicidade ao abrir a porta. Não havia ninguém no corredor, e Jan sentiu uma pontada de decepção.

— Chevaritt Jan — chamou uma voz, e ele viu Elissa sair das sombras a alguns passos de distância. Jan foi até ela e pegou suas mãos. O rosto estava bem próximo ao de Jan, e o olhar claro de Elissa jamais deixou seus olhos.

— Você me custou praticamente o soldo de uma semana, vajica — disse ele.

— E eu dei ao hïrzg mais uma razão para ele adorar seu campeão — respondeu Elissa com um sorriso. — Todo mundo à mesa teria pagado o dobro do que você perdeu para estar naquela posição. Eu diria que você me deve.

— Tudo que tenho é a sola de ouro que Fynn me deu, infelizmente. Ela é sua, se você quiser.

— Seu ouro não me interessa. Eu pediria algo mais simples de você.

— E o que seria?

Ela não respondeu: não com palavras. Elissa soltou as mãos de Jan, deu um abraço e ergueu o rosto para o dele. O beijo foi suave, os lábios cederam aos dele, macios como veludo. Os braços de Elissa apertaram Jan quando ele a apertou. Jan sentiu a fartura dos seios, o aumento da respiração, um leve gemido. O beijo ficou menos delicado e mais urgente agora, Elissa abriu os lábios para que ele sentisse a língua agitada. As mãos dela desceram pelas costas de Jan quando os dois se afastaram. Os olhos de Elissa eram grandes e quase pareciam assustados, como se estivesse com medo de ter ido longe demais. — Chev... — começou ela, mas foi impedida por outro beijo de Jan. A mão dele tocou o lado do seio debaixo da renda da tashta, e Elissa não o impediu, apenas fechou os olhos ao respirar fundo.

— Onde ficam seus aposentos? — perguntou Jan, e Elissa apoiou-se nele.

— Os seus são aqui no palácio, não é? — disse ela, e Jan fez que sim. Ele esticou a mão e ela pegou.

A caminhada até os aposentos de Jan pareceu levar uma eternidade. Os dois andaram rápido pelos corredores do palácio, depois a porta foi fechada quando eles entraram, Jan envolveu Elissa em um abraço e esqueceu-se de qualquer outra coisa por um longo e delicioso tempo.

~ Nico Morel ~

VILLE PAISLI ERA CHATA.

A cidade inteira caberia em um único quarteirão do Velho Distrito, eram mais ou menos 15 prédios amontoados perto da Avi a'Nostrosei, com algumas fazendas próximas e um bosque escuro e ameaçador que esticava braços cheios de folhas para os edifícios e sugeria a existência de terrores desconhecidos. Nico imaginava dragões à espreita nas profundezas montanhosas do bosque ou bandos de cruéis foras da lei. Explorá-lo poderia ser interessante, mas a matarh ficava de olho vivo nele, como fazia desde que os dois saíram de Nessântico.

Nico estava acostumado ao barulho e tumulto infinitos de Nessântico. Estava acostumado a uma paisagem de prédios e parques bem cuidados. Estava acostumado a estar cercado por milhares e milhares de desconhecidos, com cenas estranhas (ao saírem da cidade, ele vislumbrou uma mulher fazendo malabarismo com gatinhos vivos), com o toque das trompas do templo e com a iluminação da Avi à noite.

Aqui, só havia trabalho monótono e as mesmas caras idiotas dia após dia.

A tantzia Alisa e o onczio Bayard eram pessoas legais, proprietários da única estalagem de Ville Paisli, que era responsabilidade de sua tantzia. Ela parecia bem mais velha do que a matarh de Nico, embora Alisa na verdade fosse um ano mais jovem do que a irmã; o onczio Bayard tinha poucos dentes, e aqueles que sobraram tinham um cheiro podre quando ele chegava perto de Nico, o que fazia o menino imaginar por que a tantzia Alisa se casou com o homem.

Então havia as crianças: seis delas, três meninos e três meninas. O mais velho era Tujan, que tinha dois anos a mais que Nico, depois os gêmeos Sinjon e Dori, que eram da mesma idade que ele. O mais novo era um bebê que mal começava a andar, que ainda mamava no peito da tantzia Alisa. O onczio Bayard também era o ferreiro da cidade, e Tujan e Sinjon trabalhavam com ele no calor da forja, mexiam nos foles e cuidavam do fogo enquanto a tantzia

Alisa, com a ajuda de Dori, fazia as camas e cozinhava para os hóspedes da estalagem — geralmente apenas um ou dois viajantes.

— Em Nessântico, há ténis-bombeiros que trabalham nas grandes forjas — disse Nico no primeiro dia ao ver Tujan e Sinjon trabalhar nos foles. O comentário lhe valeu um soco forte no braço, dado por Tujan, quando o onczio Bayard não estava olhando, e uma cara feia de Sinjon. O onczio Bayard colocou Nico para operar os foles com os primos a tarde inteira, e ele ficou cheirando a carvão e fuligem pelo resto do dia. O menino desconfiava que continuaria a cheirar assim, pois esperavam que ele trabalhasse na forja todo dia com os outros meninos, mas Nico já não sentia mais o cheiro, embora a bashta branca agora parecesse com um cinza rajado. A forja era sufocante, barulhenta com os golpes do aço no aço e reluzente com as fagulhas do ferro derretido. Os aldeões vinham até Bayard para ele criar ou consertar todo tipo de objeto metálico: arados, foices, dobradiças e pregos. A maior parte do comércio ocorria por troca: uma galinha depenada por uma nova lâmina, uma dúzia de ovos por um barril de pregos pretos.

Na forja, o dia começava antes da alvorada, quando o carvão tinha que ser reaquecido até formar um calor azul, e terminava quando o sol se punha. Não havia ténis-luminosos aqui para expulsar a noite ou ténis-bombeiros para manter o carvão em brasa. Depois do pôr do sol, o onczio Bayard trabalhava com a tantzia Alisa na taverna da estalagem, que gerava mais renda do que a própria estalagem. Nico, juntamente com os primos, era obrigado a trabalhar servindo canecas de cerveja e pratos de comida simples para os aldeões às mesas, até que o onczio Bayard berrasse "última chamada!" prontamente na terceira virada da ampulheta após o pôr do sol.

As noites após o fechamento da taverna eram o pior momento.

Nico dormia com Tujan e Sinjon no mesmo quarto minúsculo na casa atrás da estalagem, e os dois falavam no escuro, os sussurros pareciam tão altos quanto gritos. — Você é inútil, Nico — murmurou Tujan no silêncio. — Você consegue trabalhar nos foles tão mal quanto Dori, e o vatarh teve que mostrar para você três vezes como manter o carvão empilhado.

— Não teve não — retrucou Nico.

Tujan chutou Nico por debaixo das cobertas. — Teve sim. Eu ouvi o vatarh chamar você de bastardo, também.

— O que é um bastardo? — perguntou Sinjon.

— Bastardo significa que Nico não tem um vatarh — respondeu Tujan.

— Tenho sim. Talis é meu vatarh.

— Onde *está* Talis? — debochou Tujan. — Por que ele não está aqui, então?

— Ele *não pode* estar aqui. Teve que ficar em Nessântico. Ele nos mandou aqui para ficarmos a salvo. Eu sei, eu vi...

— Viu o quê?

Nico piscou ao olhar para noite. Ele não deveria contar; Talis disse como seria perigoso para a matarh e ele. — Nada — falou Nico.

Tujan riu na escuridão. — Foi o que eu pensei. Sua matarh trouxe você aqui, não um Talis qualquer. Musetta Galgachus diz que a tantzia Serafina é uma puta imunda que ganha suas folias deitada, e você é apenas o filho de uma vagabunda.

O insulto atiçou Nico como uma pederneira em aço. Fagulhas tomaram conta de sua mente e fizeram Nico pular em cima do garoto maior e bater os punhos contra o rosto e o peito que ele não conseguia enxergar. — Ela *não* é! — gritou Nico ao bater em Tujan, e Sinjon pulou em cima dele para defender o irmão. Todos rolaram da cama para o chão, atacaram-se uns aos outros às cegas, descontrolados, aos gritos, enrolados nos lençóis. O fogo frio começou a arder no estômago de Nico, que gritou palavras que não entedia, as mãos gesticularam, e de repente os dois meninos voaram para longe dele e caíram no chão com força a uma curta distância. Nico ficou ali, caído nas tábuas rústicas do chão, momentaneamente atordoado e sentindo-se estranhamente vazio e exausto. Ele ouviu os cachorros, que dormiam lá embaixo na estalagem, latindo alto e perguntou-se o que acabara de acontecer.

A hesitação de Nico foi suficiente; na escuridão, os dois meninos ficaram de pé rapidamente e pularam em cima dele outra vez. — Bastardo! — Nico sentiu o punho de alguém bater em seu nariz.

A porta do quarto foi escancarada, uma vela tão intensa quanto a alvorada brilhou, e adultos berraram para eles pararem enquanto separavam os meninos. — O que em nome de Cénzi está acontecendo aqui? — rugiu o onczio Bayard ao arrancar Nico do chão pela camisola e jogá-lo cambaleando para os braços familiares da matarh. Ele percebeu que estava chorando, mais de raiva do que de dor, e fungou enquanto lutava para sair das mãos da matarh e bater em um dos meninos novamente. Sentiu sangue escorrer pela narina.

— Nico... — Serafina parecia oscilar entre o horror e a preocupação. Ela abaixou-se em frente ao garoto enquanto o onczio Bayard colocava os dois filhos de pé. — O que aconteceu? Por que vocês estão brigando, meninos?

Triste e parado ao lado da matarh, Nico olhou feio para os primos. A tantzia Alisa estava na porta, com o mais filho mais novo nos braços enquanto em volta dela as meninas espiavam, riam e sussurravam. Nico limpou o sangue que escorria do nariz com as costas da mão e ficou contente de ver que Sinjon também tinha um filete escuro que saía de uma narina e manchas marrons na camisola. Ele torceu para que a marca embaixo do olho de Tujan inchasse e ficasse roxa de manhã. — Nico? Quem começou isto?

— Ninguém — respondeu Nico, ainda olhando feio. — Não foi nada, matarh. A gente estava só brincando e... — Ele deu de ombros.

— Tujan? Sinjon? — perguntou o vatarh dos garotos enquanto sacudia seus ombros. — Vocês têm algo a acrescentar? — Nico olhou fixamente para os dois, especialmente para Tujan, desafiando o primo a contar para o vatarh o que dissera para ele.

Ambos os meninos balançaram a cabeça. Irritado, o onczio Bayard bufou e disse — Desculpe, Serafina, mas você sabe como meninos são... — Ele sacudiu os filhos novamente. — Peçam desculpas a Nico. Ele é um hóspede em nossa casa, e vocês não podem tratá-lo assim. Vamos.

Sinjon murmurou um pedido de desculpas praticamente inaudível. Tujan seguiu o irmão um momento depois. — Nico? — falou a matarh, e Nico fechou a cara.

— Desculpe — disse ele para os primos.

— Muito bem então — resmungou o onczio Bayard. — Não vamos mais aceitar isso. Tirar todo mundo da cama quando acabamos de ir dormir. Sinjon, pegue um pano e limpe o rosto. E não quero ouvir mais nada de vocês três hoje à noite. — Ainda resmungando, ele saiu do quarto.

Nico achou que conseguiria dormir imediatamente; agora que o fogo frio foi embora, ele estava muito cansado. A matarh ajoelhou-se para abraçá-lo. — Você pode dormir comigo se quiser — sussurrou ela. Nico abraçou Serafina com força e não queria nada além de exatamente isso, mas sabia que não podia, sabia que se fizesse, Tujan e Sinjon iriam implicar com ele sem piedade no dia seguinte.

— Eu ficarei bem — disse Nico. Serafina beijou a testa do filho. A tantzia Alisa entregou um pano para ela, que passou de leve no nariz de Nico. Ele recuou. — Matarh, já parou.

— Tudo bem. — Ela ficou de pé. — Todos vocês: vão dormir. Sem mais conversas, sem mais brigas. Ouviram?

Todos concordaram resmungando enquanto as meninas sussurravam e riam. A matarh e a tantzia Alisa trocaram suspiros tolerantes. A porta foi fechada. Nico esperou. — Você vai pagar por isso, Nico bastardo — murmurou Tujan, com a voz baixa e sinistra na nova escuridão. — Você vai pagar...

Nico dormiu naquela noite no canto mais próximo à porta, embrulhado em um lençol, e pensou em Nessântico e em Talis, e sabia que não podia continuar aqui, não importava se em Nessântico fosse perigoso.

~ Allesandra ca'Vörl ~

— A'HÏRZG! UM momento!

Semini chamou Allesandra quando ela saiu do Templo de Brezno após a missa de cénzidi. O pé da a'hïrzg já estava no estribo da carruagem, mas ela se virou para o archigos. Jan já tinha ido embora — acompanhado por Elissa ca'Karina e Fynn —, e Pauli disse que iria à missa celebrada pelos o'ténis do palácio na Capela do Hïrzg. Allesandra suspeitava que, em vez disso, ele passaria o tempo entre as coxas suadas de uma das damas da corte.

— Archigos — falou ela ao fazer o sinal de Cénzi para Semini. — Uma Admoestação especialmente forte hoje, eu achei. — Em volta dos dois, os fiéis que saíam do templo olhavam na direção deles, mas mantinham uma distância cautelosa: o que quer que a a'hïrzg e o archigos conversavam não era para ouvidos comuns. O criado da carruagem afastou-se para verificar os arreios dos cavalos e conversar com o condutor; os ténis de menor status que sempre seguiam o archigos permaneceram conversando, amontoados nas portas do templo. Semini deu a Allesandra o sorriso sombrio de um urso.

— Obrigado. — Ele olhou em volta para ver se havia alguém ao alcance da voz. — A senhora soube da notícia?

— Notícia? — Allesandra inclinou a cabeça, intrigada, e Semini franziu a boca sob a barba grisalha.

— Ela acabou de chegar a mim através de um contato da Fé. Achei que talvez a notícia ainda não houvesse chegado ao palácio. O regente ca'Rudka foi deposto pelo Conselho dos Ca' e está aprisionado na Bastida, no momento.

— Ó, por Cénzi... — sussurrou Allesandra, genuinamente chocada pelo que ele acabou de ouvir. *O que isto significa? O que aconteceu lá?* Se o archigos ficou ofendido pela blasfêmia, ele não demonstrou nada. Semini acenou com a cabeça diante do silêncio perplexo da a'hïrzg.

— Sim, eu mesmo fiquei muito espantado. — Semini abaixou a voz e chegou perto de Allesandra, virou a cabeça de forma que os lábios ficaram bem próximos do ouvido dela. O som do rosnado baixo provocou um arrepio na a'hïrzg. — Eu temo que essa situação mude... tudo para nós, Allesandra.

Então o archigos afastou-se novamente, e o pescoço de Allesandra ficou frio, mesmo no calor do início do verão. — Archigos... — ela começou a falar. *O que eu fiz? Como posso deter a Pedra Branca agora? Sem o regente, foi tudo por nada. Nada. O que eu fiz?* A a'hïrzg ergueu os olhos para os pombos que davam voltas pelos domos dourados do templo. Havia dezenas deles, que mergulhavam, subiam e se cruzavam no ar como as possibilidades que giravam em sua mente. — Você confia na fonte dessa notícia?

— Sim — respondeu com a voz trovejante. — Gairdi nunca se enganou antes. Sem dúvida o hïrzg ouvirá a mesma coisa de suas próprias fontes em breve. Uma notícia como esta... — A cabeça foi de um lado para o outro sobre o robe verde, a barba moveu-se sobre o pano. — Ela se espalhará como fogo em mato seco. O Conselho enlouqueceu? Por tudo que ouvi, Audric não tem capacidade para ser kraljiki. E com ca'Rudka na Bastida...

— "Aqueles engolidos pela Bastida a'Drago raramente saem inteiros." — Allesandra terminou o raciocínio por Semini com o velho ditado de Nessântico, geralmente murmurado com uma cara fechada e um gesto para afastar pragas voltado diretamente para as pedras escuras e torres impassíveis da Bastida. — Sinto pena de ca'Rudka. Eu gostava do homem, apesar do que ele fez com meu vatarh. — Ela respirou fundo e novamente olhou para os pombos, que agora pousavam no pátio, visto que a maioria dos fiéis tinha ido para casa. Agora que Allesandra teve tempo para absorver a notícia, o choque passou, mas a pergunta continuava girando na mente. *O que eu fiz?*

— Isso não muda nada — falou ela para Semini com firmeza e desejou ter tanta certeza quanto fez parecer pelo tom de voz. — O regente simplesmente foi substituído pelo Conselho, e alguns conselheiros com certeza têm a intenção de ser o próximo kralji. Audric ainda é Audric, e quando ele cair... bem, então estaremos prontos para fazer o que precisamos. Não se preocupe, archigos.

Semini concordou com a cabeça e fez uma mesura. Com cuidado, após olhar em volta mais uma vez, ele pegou as mãos de Allesandra e as apertou por um momento. — Rezo para que esteja certa, a'hïrzg — falou o archigos baixinho. — Talvez... talvez possamos falar mais a respeito disso, em particular, mais tarde nesta manhã. — Ele arqueou as sobrancelhas sobre os olhos penetrantes, que não piscavam.

— Tudo bem — respondeu Allesandra e perguntou-se se isso era o que ela realmente queria. Teria que pensar melhor para ter certeza. — Em duas viradas da ampulheta, talvez. Nos meus aposentos no palácio?

— Vou liberar minha agenda. — Semini sorriu. Ele deu um passo para trás e fez o sinal de Cénzi, em meio a uma mesura. — Aguardo ansiosamente. Imensamente.

— A'hïrzg... — Assim que o criado do corredor fechou a porta quando o archigos entrou, assim que ele percebeu que os dois estavam sozinhos, Semini foi até ela e pegou a mão de Allesandra. Ela deixou que o archigos a segurasse por alguns instantes, depois se afastou e gesticulou para uma mesa no meio da sala.

— Mandei meus criados prepararem um lanche para nós.

Semini olhou para a comida, e Allesandra viu a decepção no rosto dele.

Allesandra andou considerando o que queria fazer desde que se despediu do archigos. Ela precisava de Semini, sim, mas com certeza poderia ter essa ajuda sem ser amante do archigos. No entanto... Allesandra tinha que admitir que ele era atraente, que se via atraída por ele. Ela lembrava-se das poucas vezes que se permitiu ter amantes, lembrava-se da paixão e dos beijos demorados, do contato ofegante dos corpos abraçados, dos momentos quando os pensamentos racionais eram perdidos em um turbilhão de êxtase cego.

Allesandra gostaria de ter um marido que também fosse amante e parceiro, com quem pudesse ter verdadeira intimidade. Ela sentia um vazio na alma: não tinha amigos de verdade, nenhuma família que ela amasse e que devolvesse esse amor. A archigos Ana podia ter sido sua captora, mas também havia sido mais matarh para Allesandra do que sua própria, e o vatarh tirou isso dela quando finalmente pagou o resgate. E quando Allesandra finalmente retornou ao vatarh que um dia tanto amou, simplesmente descobriu que o amor de Jan ca'Vörl não mais brilhava como o próprio sol sobre a filha, mas agora estava totalmente concentrado em Fynn. Pelo contrário, vatarh deu Allesandra em casamento — uma recompensa política para selar o acordo que trouxe a Magyaria Ocidental para a Coalizão. Ela amava o filho originado de suas obrigações como esposa, e Jan também amou Allesandra quando era criança, mas sua idade e Fynn afastavam o menino dela.

No início, ela pensou em voltar para Nessântico — talvez como a hïrzgin, talvez como uma pretendente ao próprio Trono do Sol. Imaginou a amizade com Ana restaurada, o trabalho conjunto das duas para criar um império que seria a maravilha das eras. Mas Ana agora se foi para sempre, foi roubada de Allesandra.

Ela só tinha a si mesma. Não tinha mais ninguém.

Você gosta muito de Semini, e é óbvio que ele já está apaixonado por você. Mas ele também era praticamente duas décadas mais velho, e ambos eram casados. Não havia futuro com ele — a não ser, talvez, que Semini pudesse se tornar o archigos de uma fé concénziana unificada.

Você está pensando como seu vatarh. Está pensando como a velha Marguerite.

Semini olhou fixamente para a refeição à mesa: os frios fatiados, o pão, o queijo, o vinho. — Se a a'hïrzg está com fome, então..

Você pode acabar sozinha como Ana, como Marguerite. Por que você não se permite se aproximar de alguém, gostar de uma pessoa? Você precisa de alguém que seja seu aliado, seu amante...

Allesandra tocou as costas de Semini e deixou a mão descer por sua espinha. — A refeição era para as aparências. E para mais tarde.

— Allesandra... — Ele virou-se na direção dela, e a expressão esperançosa no rosto do archigos quase fez Allesandra rir.

Ela ficou na ponta dos pés, com a mão no ombro dele, e o beijou. A barba, descobriu Allesandra, era surpreendentemente macia, e os lábios embaixo cederam a ela. Allesandra saiu da ponta dos pés e pegou as mãos dele, encarou o archigos com a cabeça inclinada para o lado e disse — Temos que ter cuidado, Semini. Muito cuidado.

Os dedos do archigos apertaram os dela. Ele inclinou o corpo na direção de Allesandra, que sentiu os lábios de Semini em seu cabelo. A boca mexia-se enquanto ele falava — Cénzi tem minha alma, mas você, Allesandra, tem meu coração. Você sempre teve meu coração. — As palavras foram tão inesperadas, tão atrapalhadas e melosas que ela quase riu novamente, embora soubesse que essa reação iria destruí-lo. Allesandra começou a falar, a responder alguma coisa, mas Semini inclinou o corpo novamente e beijou sua testa, de leve. Ela virou-se para encará-lo e abraçou-o. O beijo foi mais demorado e urgente, o hálito do archigos era doce, e a intensidade de sua própria resposta faminta assustou Allesandra.

Semini passou os lábios pelo cabelo dela, que teve um arrepio ao sentir o hálito na orelha. — Isso é o que eu quero, Allesandra, mais do que qualquer outra coisa.

Ela não respondeu com palavras, mas com a boca e as mãos.

~ Karl ca'Vliomani ~

— NÃO ACREDITO QUE estou vendo isso. O Conselho dos Ca' enlouqueceu completamente?

Sergei, sentado com as pernas abraçadas em um canto da cela, inclinou a cabeça significativamente para o garda encostado na parede, do lado de fora das barras. — Não — falou ele com uma voz tão baixa que Karl teve que inclinar o corpo para ouvir. — Os conselheiros não enlouqueceram, só estão ansiosos para limpar os ossos de Audric quando ele cair. E eu? — Sergei deu uma risada amarga. — Sou o chacal mais fácil de expulsar da matilha. Serei o bode expiatório para tudo, inclusive para a morte de Ana.

Karl sentiu o gosto da bile atrás da língua. O ar da Bastida era carregado, parecia um imenso xale encharcado que pesava nos ombros. Karl sentou-se na única cadeira e foi tomado por lembranças: um dia, ele habitou essa mesmíssima cela, quando Sergei comandava a Garde Kralji. Na ocasião, Mahri, o Maluco, tirou Karl do aprisionamento com sua estranha magia ocidental...

... e as memórias daquela época, tão amarradas a Ana e ao relacionamento com ela, trouxeram plenamente de volta a tristeza e a revolta diante de sua morte. Karl ergueu a cabeça, cerrou o maxilar e os punhos, e os olhos ameaçavam transbordar. — Foi magia ocidental que matou Ana. Eu quase peguei o sujeito.

— Talvez. Eu lhe garanto que não fui eu.

— E eu sei disso — falou Karl. — Eu direi a mesma coisa ao Conselho. Irei à conselheira ca'Ludovici depois que sair daqui...

— Não. Você não fará isso. Não se envolva neste caso, meu amigo. Já é ruim que você tenha vindo me ver; os conselheiros saberão em uma virada da ampulheta ou menos. Você realmente não quer rumores do envolvimento dos numetodos em qualquer uma das conspirações de Audric; não se não quiser que os Domínios fiquem parecidos com a Coalizão. — Sergei fez uma pausa. — Você sabe o que quero dizer com isso, Karl. E tome cuidado com o que fará com esses ocidentais. Já tem gente de olho em você, e essas pessoas não têm muita simpatia com qualquer um que percebam que esteja contra elas.

— Eu não me importo — disse Karl enquanto a lava remexia-se no estômago novamente. A decisão que se assentou ali endureceu. *Eu encontrarei esse tal de Talis novamente, e desta vez arrancarei a verdade dele.* — E quanto a você?

— Até agora, fui bem tratado.

— Até agora. — Karl sentiu um arrepio. Ele pensou que Sergei estava aparentando ter mais do que a idade que tinha, que talvez houvesse mais fios grisalhos no cabelo do que há alguns dias. — Se quiserem uma declaração sua, se quiserem puni-lo aqui na Bastida...

— Você não precisa me dizer — respondeu Sergei, e Karl pensou ter visto um arrepio visível em sua postura normalmente imperturbável. — Eu sei melhor do que qualquer pessoa. Essa culpa está em minhas mãos, também. — A voz ficou mais baixa novamente. — O comandante co'Falla também é um amigo e me deixou uma opção, caso a situação chegue a este ponto. Eu não serei torturado, Karl. Não permitirei.

Karl arregalou um pouco os olhos. — Você quer dizer...?

Um discreto aceno de cabeça. Sergei aumentou a voz novamente quando o garda no corredor se remexeu. — Venha comigo, tem uma coisa que quero lhe mostrar. — Ele lentamente se levantou da cama e foi até a sacada enquanto o garda observava os dois com atenção; Sergei mais arrastou os pés do que andou. O vento mexeu o cabelo branco de Karl quando eles se aproximaram do parapeito de uma pequena saliência que se projetava da torre. Lá embaixo, o A'Sele reluzia ao sol ao fluir debaixo da Pontica a'Brezi Veste. Havia jaulas penduradas nas colunas da ponte, com esqueletos amontoados dentro. Karl sentiu um arrepio ao ver aquilo. — Olhe aqui — falou Sergei. Ele havia se virado, de maneira a não ficar voltado para a cidade, mas sim para a parede da torre, e pressionou uma das pedras com o dedo. No bloco maciço de granito, havia uma fenda em um canto; acima do dedo de Sergei, uma única florzinha branca florescia na pedra cinzenta. — É uma estrela do campo — disse ele. — Bem longe de seu habitat natural.

— Você sempre entendeu de plantas.

Sergei sorriu e enrugou a pele em volta do nariz de metal. Karl notou a cola se soltando e rachando. — Você se lembra disso, hein?

— Você cuidou para que fosse bem improvável que eu me esquecesse.

Sergei concordou com a cabeça e tocou a flor com delicadeza. — Olhe esta beleza, Karl. Uma rachadura mínima na pedra, que foi encontrada pela vida. Um pouco de terra foi trazida pelo vento, a chuva erodiu a pedra e criou uma mínima camada de solo, um pássaro por acaso deixou uma semente, ou talvez o vento tenha trazido de um campo a quilômetros de distância para cair bem no lugar certo...

— Você deveria ter sido um numetodo, Sergei. Ou talvez um artista. Você leva jeito para isso.

Outro sorriso. — Se essa beleza pode acontecer aqui, no lugar mais triste de todos, então há sempre esperança. Sempre.

— Fico contente que acredite nisso.

O dedo de Sergei afastou-se da pedra. As trompas começaram a anunciar a Segunda Chamada, e ele olhou de relance para a Ilha A'Kralji, onde o Grande Palácio reluzia em tom branco. Karl perguntou-se se Audric olhava de uma de suas janelas na direção da Bastida e se talvez estivesse vendo os dois lá.

— Eu me preocupo com você, Karl. Desculpe-me, mas você parece cansado e velho desde que ela morreu. Você precisa se cuidar.

Karl sorriu ao pensar que a opinião de Sergei sobre sua aparência era bem parecida com sua impressão de Sergei. — Eu estou me cuidando, meu amigo. — *Do meu jeito...* Seus dias e noites eram gastos investigando e tentando encontrar o ocidental Talis novamente. Ele *estava* cansado, mas não podia parar. Não pararia.

— Eu sei que você não acredita em Cénzi ou na vida após a morte — dizia Sergei —, mas eu sim. Eu sei que Ana está observando dos braços de Cénzi e também acredito que ela diria para você conter sua tristeza. Ela foi-se para sempre daqui, a alma foi pesada, e agora Ana mora onde quis ir um dia. Ana queria que você acreditasse pelo menos nisso e começasse a curar a ferida no coração que a morte dela deixou.

— Sergei... — Não havia palavras nele, nem jeito de explicar como era profunda a ferida e como sangrava constantemente. Havia apenas dor, e Karl só pensava em uma maneira de conter a agonia dentro dele. Mas isso podia esperar até que ele encontrasse o ocidental novamente. — Se eu realmente acreditasse nisso aí, então estaria tentado a pular desta saliência, agora mesmo, para que eu ficasse com ela outra vez. — Karl olhou para baixo novamente, para as lajotas distantes.

— Varina ficaria transtornada com isso.

Karl olhou para Sergei, intrigado. — O que você quer dizer?

Sergei pareceu estudar o florescer da estrela do campo. — Varina tem qualidades que qualquer pessoa admiraria, e, no entanto, por todos esses anos ela escolheu deixar todos os relacionamentos de lado e passar o tempo estudando o seu Scáth Cumhacht.

— Pelo que fico muito agradecido. Ela levou nosso entendimento do Scáth Cumhacht bem além.

— Tenho certeza de que ela dá valor à sua gratidão, Karl.

— O que está dizendo? Que Varina...? — Karl riu. — Evidentemente você não a conhece bem, de maneira alguma. Varina não tem problemas em dizer o que pensa. Ela recentemente deixou claro como se sente a meu respeito.

Sergei tocou a flor. Ela tremeu com o toque, e o frágil apoio na pedra ameaçou ceder. Ele afastou a mão e virou-se para Karl. — Tenho certeza de que você está certo. — Sergei deu um sorriso com um toque de melancolia. Aqui, à luz do sol, Karl viu as rugas profundas entalhadas no rosto do homem. Sergei olhou para a cidade e disse — Esse era o amor da *minha* vida. Essa cidade e tudo que ela significa. Eu dei tudo a ela...

Karl chegou perto de Sergei enquanto olhava o garda, que deixava evidente que não observava os dois. — Eu talvez consiga tirá-lo daqui. Do meu jeito.

Sergei ainda olhava para fora, com as mãos no parapeito, e respondeu para o céu. — Para nos tornar fugitivos? — Ele balançou a cabeça. — Seja paciente, Karl. Uma flor não floresce em um dia.

— A paciência pode não ser possível. Ou prudente.

Por um instante, o rosto de Sergei relaxou quando se virou para Karl. — Você é capaz de fazer isso? De verdade?

— Acho que sou, sim.

— Você colocaria em risco os numetodos com esse ato, entende? O archigos Kenne pode simpatizar com você, mas ele é a próxima pessoa que Audric ou o Conselho dos Ca' irão atrás simplesmente porque ele não é forte o suficiente. Todos os demais a'ténis simpatizam menos com os numetodos; eu vejo o Colégio eleger um archigos forte que será mais nos moldes de Semini ca'Cellibrecca em Brezno ou, pior ainda, vejo o Colégio se reconciliar completamente com Brezno.

— Os numetodos sempre estiveram em perigo. Ana foi a única que nos deu abrigo, e ainda assim apenas aqui na própria Nessântico. — Karl viu Sergei dar uma olhadela para o garda e as barras da cela, depois notou uma decisão no rosto do homem. — Quando? — perguntou Karl para Sergei.

— Se o Conselho realmente der a Audric o que ele quer... — Sergei afagou a flor na parede com um toque gentil do indicador. Ela tremeu. — Aí então.

Karl concordou com a cabeça. — Entendi, mas primeiro preciso de sua ajuda e de seu conhecimento deste lugar.

NICO DEIXOU A CASINHA atrás da estalagem de Ville Paisli algumas viradas da ampulheta antes da alvorada. Ele amarrou as roupas em um rolo que carregava nas costas e pegou uma bisnaga de pão na cozinha. Fez carinho nos cachorros, que se perguntaram por que alguém estava de pé tão cedo, e acalmou os bichos para que não latissem quando ele abrisse o trinco da porta dos fundos e saísse. Nico correu pela estrada de Ville Paisli na luz tênue da falsa alvorada, pulando nas sombras ao longo do caminho ao ouvir qualquer barulho. Quando o sol passou do horizonte para tocar com fogo as nuvens a leste, o menino estava bem longe do vilarejo.

Nico esperava que a matarh entendesse e não chorasse muito, mas se pudesse encontrar Talis e contar para ele como eram as coisas em Ville Paisli, então Talis voltaria a ficar ao seu lado e tudo ficaria bem. Tudo que Nico tinha que fazer era encontrar Talis, que amava sua matarh — o vatarh ficaria tão furioso quanto Nico com o que os primos disseram e, com sua magia, bem, Talis faria com que eles parassem.

Talis disse que Ville Paisli ficava a apenas oito quilômetros de Nessântico. Nico caminhou pela estrada de terra cheia de sulcos da Avi a'Nostrosei; se conseguisse chegar ao vilarejo de Certendi, então poderia despistar qualquer um que o perseguisse. Eles esperariam que Nico seguisse pela Avi a'Nostrosei até Nessântico, mas ele tomaria a Avi a'Certendi em vez disso, que desviava para sudeste para entrar em Nessântico, mais perto das margens do A'Sele. Era uma estrada mais comprida, mas talvez não procurassem por ele lá.

Nico olhou para trás com cuidado para fugir de qualquer um que viesse cavalgando rápido pela retaguarda. Viu os telhados de palha de Certendi adiante e notou uma mancha de poeira que surgiu atrás de um grupo de ciprestes, depois de uma curva lenta na Avi. Ele saiu correndo da estrada e entrou em um campo de feijão-fradinho, ficou bem agachado nas folhas espessas. Foi bom ele ter feito isso, pois em pouco tempo o cavalo e o cavaleiro surgiram: era o onczio Bayard, que parecia sem jeito e pouco à vontade em cima de um cavalo de tração, com os olhos focados na estrada à frente. Nico deixou o onczio passar pela avenida até desaparecer na próxima curva.

Deixe o onczio Bayard procurar o quanto quiser em Certendi, então. Nico cortaria caminho para o sul através das fazendas e encontraria a Avi a'Certendi no ponto onde ela surgia, no vilarejo.

Ele continuou andando entre os campos. Talvez uma virada da ampulheta depois, talvez mais, Nico encontrou o que presumiu ser a Avi a'Certendi — uma estrada de terra cheia de sulcos, em sua maior parte sem grama ou ervas daninhas. Ele prosseguiu enquanto mastigava o pão e parava às vezes para beber água em um dos vários córregos que fluíam na direção do A'Sele.

No fim da tarde, os pés latejavam e doíam, e bolhas estouravam sempre que a pele tocava nas botas. As plantas dos pés estavam machucadas por causa das pedras em que ele pisou. Nico mais arrastava os pés do que andava, estava mais cansado do que jamais esteve na vida e queria ter outra bisnaga de pão. Porém, ele finalmente andava entre as casas amontoadas em volta do Mercado do rio em Nessântico. Nico estava em casa agora, e podia encontrar Talis. Agarrado firmemente ao rolo de roupas, ele vasculhou o mercado atrás de Uly, o vendedor que conhecia Talis. Mas o espaço onde a barraca de Uly fora montada há semanas estava vazio, o toldo de pano havia sumido e sobraram apenas algumas bancadas meio quebradas. Nico fez uma careta e mancou até a velha que vendia pimentas e milho ao lado do espaço; ele não queria nada além de se sentar e descansar. — A senhora sabe onde Uly está? — perguntou Nico cansado, e a mulher deu de ombros. Ela espantou uma mosca que pousou no nariz.

— Não sei dizer. O homem foi embora há um punhado de dias. Já foi tarde também. Ele ria quando soavam as Chamadas e as pessoas rezavam. E aquelas cicatrizes horríveis.

— Aonde ele foi?

— Eu pareço a matarh dele? — A velha olhou feio para Nico. — Vá embora. Você está espantando meus fregueses.

Nico olhou o mercado de cima a baixo; só havia algumas poucas pessoas, e nenhuma perto da barraca. — Eu realmente preciso saber — disse ele.

A mulher torceu o nariz e ignorou o menino enquanto arrumava as pimentas nas caixas e espantava moscas.

— Por favor — falou Nico. — Eu preciso falar com ele.

Silêncio. Ela mudou uma pimenta do topo da caixa para o fundo.

Nico percebeu que estava ficando frustrado e com raiva. Sentiu um frio por dentro, como a brisa da noite. — Ei! — berrou o menino para a velha.

Ela olhou Nico com uma cara feia. — Vá embora ou eu chamo o utilino, seu pestinha, e digo que você estava tentando roubar meus produtos. Saia! Vá embora! — A velha espantou o menino como se ele fosse uma mosca.

A irritação cresceu dentro de Nico, e na garganta parecia que ele tinha comido um dos pratos apimentados que Talis às vezes fazia. Havia palavras que queriam sair, e as mãos fizeram gestos por conta própria. A velha encarou Nico como se ele estivesse tendo algum tipo de convulsão, ela parecia fascinada com os olhos arregalados. As palavras irromperam, e Nico fez um gesto como se agarrasse com as mãos. A mulher de repente levou as mãos à garganta com um grito asfixiado. Ela parecia tentar respirar, o rosto ficou mais vermelho conforme Nico cerrava os punhos. — Pare! — Ele mal conseguiu distinguir a palavra, mas relaxou as mãos. A mulher quase caiu e respirou fundo.

— Conte! — falou Nico, e a mulher encarou o menino com medo nos olhos e as mãos erguidas, como se se protegesse de um soco.

— Eu ouvi dizer que ele talvez esteja no mercado do Velho Distrito agora — disse a mulher às pressas. — Foi o que ouvi, de qualquer forma, e...

Mas Nico já estava indo embora, sem escutar mais.

Ele tremia e sentia-se bem mais cansado do que há um momento. Também estava assustado. *Talis ficaria furioso, assim como a matarh. Você podia ter machucado a mulher.* Ele não faria isso de novo, Nico disse para si mesmo. Não deixaria que isso acontecesse. Não arriscaria. A fúria gelada o assustava demais.

Nico sentiu vontade de dormir, mas não podia. Ele tardou até a Terceira Chamada para encontrar a Avi a'Parete, ficou meio perdido na concentração de pequenas vielas tortuosas em volta do mercado e andava lentamente por causa dos pés doloridos. Nico parou ali e encostou-se em um prédio para abaixar a cabeça e fazer a prece noturna para Cénzi com a multidão perto da Pontica Kralji. Ele sentou-se..

... e ergueu a cabeça assustado ao se dar conta de que adormecera. Do outro lado da ponte, Nico viu os ténis-luminosos que acabavam de começar a acender as famosas lâmpadas da cidade em frente ao Grande Palácio — uma cena que estaria acontecendo simultaneamente por toda a grande extensão da Avi. Com um suspiro, ele levantou-se e mergulhou novamente na multidão, tomou a direção norte pelas profundezas do Velho Distrito, à procura de uma transversal familiar que pudesse levá-lo para casa.

Nico não sabia como encontrar Talis na imensa cidade, mas neste momento, tudo que ele queria era descansar os pés doloridos e exaustos em algum lugar conhecido, adormecer em algum lugar seguro. Ele podia ir ao mercado do Velho Distrito amanhã e ver se Uly estava lá. Nico mancou na direção de casa — a velha casa. Foi o único lugar que conseguiu pensar em ir.

A viagem pareceu levar uma eternidade. Ele precisou sentar e descansar três vezes, quase chorou de dor nos pés, forçou-se a manter os olhos abertos para não cair no sono novamente, e foi cada vez mais difícil se levantar novamente. Nico queria arrancar as botas dos pés, mas tinha medo do que veria se fizesse isso. Contudo, finalmente ele desceu a viela onde Talis fora atacado pelo numetodo e virou a esquina que levava para casa. Começou a ver prédios e rostos conhecidos. Estava quase lá.

— Nico!

Ele ouviu a voz chamar seu nome e deu meia-volta. A mulher acenou para Nico e correu até ele, mas ela não era ninguém que o menino reconhecesse. O rosto era enrugado e parecia cansado, como se a mulher estivesse tão cansada quanto Nico, e ela aparentava ser mais velha do que os cabelos que caíam sobre os ombros.

— Quem é a senhora?

— Meu nome é Varina. Eu venho procurando você.

— Talis...? — Nico começou a falar, depois parou e mordeu o lábio inferior. Talis não iria querer que ele falasse com uma pessoa desconhecida.

— Talis? — A mulher ergueu o queixo. — Ah, sim. Talis. — Ela ajoelhou-se diante de Nico. Ele achou que a mulher tinha olhos gentis, olhos que pareciam mais jovens do que o rosto enrugado. Os dedos dela tocavam de leve seu queixo, da maneira que a matarh fazia às vezes. O gesto deu vontade de chorar. — Você estava mancando agora mesmo. Parece terrivelmente cansado, Nico, e olhe só, está coberto de poeira. — A preocupação franziu as rugas da testa quando ela inclinou a cabeça de lado. — Está com fome?

Ele concordou com a cabeça e simplesmente respondeu — Sim.

A mulher abraçou Nico com força, e ele relaxou em seus braços. — Venha comigo, Nico — falou ela ao se levantar novamente. — Chamarei uma carruagem para nós, lhe darei comida e deixarei você descansar. Depois veremos se conseguimos encontrar Talis para você, hein? — A mulher estendeu a mão para ele.

Nico pegou a mão, e ela fechou os dedos. Juntos, os dois andaram de volta na direção da Avi a'Parete.

~ Allesandra ca'Vörl ~

ELISSA CA'KARINA...

Allesandra não parava de ouvir o nome toda vez que falava com o filho, nos últimos dias. "Elissa fez uma coisa muito intrigante ontem"... ou "eu estava cavalgando com Elissa..."

Hoje foi: "eu quero que a senhora entre em contato com os pais de Elissa, matarh".

Allesandra olhou para Pauli, que lia relatórios do palácio de Malacki perto da fogueira em seus aposentos; os criados ainda não haviam trazido o café da manhã. Ele não parecia surpreso com o que a esposa disse; ela perguntou-se se Jan tinha falado com o vatarh primeiro. — Você conhece a mulher há pouco mais de uma semana — falou Allesandra — e Elissa é muito mais velha do que você. Eu me pergunto por que a família não arrumou um casamento para ela há anos. Não sabemos o suficiente sobre Elissa, Jan. Certamente não o suficiente para abrir negociações com a família dela.

Jan começou a fazer menear negativamente a cabeça na primeira objeção de Allesandra; Pauli pareceu conter um riso. — O que qualquer destas coisas tem a ver, matarh? Eu gosto da companhia de Elissa e não estou pedindo para casar com ela amanhã. Eu queria que a senhora fizesse as sondagens necessárias, só isso. Desta maneira, se tudo acontecer como deve e eu ainda me sentir do mesmo jeito em, ah, um mês ou dois... — Jan deu de ombros. — Eu falei com Fynn; ele disse que o sobrenome ca'Karina é bem considerado e que não faria objeção. Ele gosta de Elissa também.

Allesandra duvidava disso — pelo menos da maneira como Jan gostava de Elissa. Fynn considerava as mulheres da corte nada mais do que adereços necessários, como um arranjo de flores, e igualmente dispensáveis. Ele mesmo não tinha interesse em mulheres, e se um dia se casasse (e não se casaria, se a Pedra Branca fizesse por merecer o dinheiro — e este pensamento provocou novamente uma pontada de dúvida e culpa), seria puramente pela vantagem política que Fynn ganharia com isso.

Fynn não se casaria com uma mulher por amor, e certamente não por desejo.

Mas Jan... Allesandra já sabia, pelas fofocas palacianas, que Elissa passou várias noites nos aposentos do filho, com ele. Allesandra também sabia que não tinha apoio algum aqui: não de Jan, não de Pauli, e certamente não de Fynn, que provavelmente achava divertido o caso, especialmente porque, obviamente, irritava a irmã. Nem Allesandra podia dizer muita coisa sem ser hipócrita, dado o que ela começou com Semini. *Ele não quer nada mais do que você quer, afinal de contas.* Allesandra deu um sorriso tolerante, em parte porque sabia que iria irritar Pauli.

— Tudo bem — falou ela para o filho. — Eu sondarei. Veremos o que a família dela tem a dizer e prosseguiremos a partir daí. Isso está bom para você?

Jan sorriu e deu um abraço em Allesandra, como se fosse um menino novamente. — Obrigado, matarh. Sim, está bom para mim. Escreva para eles hoje. Agora de manhã.

— Jan, só... tenha cuidado e vá devagar com isso, está bem?

Ele riu. — Sempre me lembrando que devo pensar com a cabeça em vez do coração. Está bem, matarh. É claro.

Dito isso, Jan foi embora. Pauli riu e falou — Perdido em uma gloriosa paixão. Eu me lembro de ter sido assim...

— Mas não comigo — disse Allesandra.

O sorriso de Pauli jamais hesitou; isso magoava mais do que as palavras. — Não, não com você, minha querida. Com você, eu me perdi em uma gloriosa transação.

Ele voltou a ler os relatórios.

Allesandra andava com Semini naquela tarde, após a Segunda Chamada, quando viu a silhueta de Elissa passar pelos corredores do palácio, estranhamente desacompanhada. — Vajica ca'Karina — chamou a a'hïrzg. — Um momento...

A jovem pareceu surpresa. Ela hesitou por um instante, como um coelho que procurava uma rota de fuga de um cão de caça, depois ser aproximou dos dois. Elissa fez uma mesura para Allesandra e o sinal de Cénzi para Semini. — A'hïrzg, archigos, é tão bom ver os senhores. — O rosto não refletia as palavras.

— Tenho certeza — falou Allesandra. — Devo lhe dizer que meu filho veio até mim na manhã de hoje falar a respeito de você.

Ela ergueu as sobrancelhas sobre os estranhos olhos claros. — É?

— Ele me pediu para entrar em contato com sua família.

As sobrancelhas subiram ainda mais, e a mão tocou a gola da tashta quando um tom leve de rosa surgiu no pescoço. — A'hïrzg, eu juro que não pedi que ele falasse com a senhora.

— Se eu pensasse que você pediu, nós não estaríamos tendo esta conversa, mas uma vez que ele fez o pedido, eu o atendi e escrevi uma carta para sua família; entreguei ao meu mensageiro há menos de uma virada da ampulheta. Pensei que você deveria saber, para que também pudesse entrar em contato com eles e dizer que aguardo a resposta.

A reação de Elissa pareceu estranha a Allesandra. Ela esperava uma resposta elogiosa ou talvez um sorriso envergonhado de alegria, mas a jovem piscou e virou o rosto para respirar fundo, como se os pensamentos estivessem em outro lugar. — Ora... obrigada, a'hïrzg, estou lisonjeada e sem palavras, é claro. E seu filho é um homem maravilhoso. Estou realmente honrada pelo interesse e atenção de Jan.

Allesandra deu uma olhadela para Semini. O olhar dele era intrigado. — Mas? — perguntou o archigos em um tom grave e baixo.

Elissa abaixou a cabeça rapidamente e encarava os pés de Allesandra, em vez dos dois. — Eu tenho um sentimento muito grande pelo seu filho, a'hïrzg, tenho mesmo. Porém, entrar em contato com minha família... — Ela passou a língua pelos lábios, como se tivessem secado de repente. — A situação está indo rápido demais.

Semini pigarreou. — Existe alguma coisa em seu passado, vajica, que a a'hïrzg deva saber?

— Não! — A palavra irrompeu com um fôlego, e a jovem ergueu a cabeça novamente. — Não há... nada.

— Você dorme com ele — falou Allesandra, e o comentário franco fez Elissa arregalar os olhos e Semini aspirar alto pelas narinas. — Se não tem intenção de se casar, vajica, então o que a faz diferente de uma das *grandes horizontales*?

As outras jovens da corte teriam se horrorizado. Teriam gaguejado. Esta apenas encarou Allesandra categoricamente, empinou o queixo levemente e endureceu o olhar pálido. — Eu poderia perguntar à a'hïrzg, com o perdão do archigos, como alguém em um casamento sem amor é tão diferente de uma *grande horizontale*? Uma é paga pelo sobrenome, a outra é paga pela sua... — um sorriso sutil — ...atenção. A *grande horizontale*, pelo menos, não tem ilusões quanto ao acordo. Em ambos os casos, o quarto é apenas um local de negócios.

Allesandra riu alto e repentinamente. Ela aplaudiu Elissa com três rápidas batidas das mãos em concha. O diálogo fez com que a a'hïrzg se lembrasse de sua época em Nessântico com a archigos Ana, que também tinha uma mente ágil e desafiava Allesandra nas discussões de maneiras inesperadas e com declarações ousadas. Semini estava boquiaberto, mas a a'hïrzg acenou com a cabeça para a jovem. — Não existem muitas pessoas que me responderiam assim diretamente, vajica. Você tem sorte de eu ser alguém que valoriza isso, mas... — Ela parou, e o riso debaixo do tom de voz sumiu tão rápido quanto gelo de uma geleira no calor do verão. — Eu amo meu filho intensamente, vajica, e *irei* protegê-lo de cometer um erro se vir necessidade para tanto. Neste momento, você é meramente uma distração para ele, e resta saber se o interesse vai durar após a estação. Seja lá o que possa vir a acontecer entre vocês dois, essa *não* será uma decisão sua. Está suficientemente claro?

— Claro como a chuva da primavera, a'hïrzg — respondeu Elissa. Ela fez uma rápida mesura com a cabeça. — Se a a'hïrzg me der licença...?

Allesandra abanou a mão, Elissa fez uma nova mesura e entrelaçou as mãos na testa para Semini. A jovem foi embora correndo, com a tashta esvoaçando em volta das pernas.

— Ela é insolente — murmurou Semini enquanto os dois ouviam os passos de Elissa nos ladrilhos do piso do palácio. — Começo a me perguntar sobre a escolha do jovem Jan.

Allesandra deu o braço a Semini quando eles voltaram a caminhar. Alguns funcionários do palácio os viram juntos; mas Allesandra não se importava, pois gostava do calor corpulento de Semini ao seu lado. — Aquilo foi esquisito — continuou o archigos. — Foi quase como se a mulher estivesse aborrecida por Jan ter pedido para você falar com sua família. Ela não percebe o que está sendo oferecido?

— Eu acho que ela sabe exatamente o que está sendo oferecido. — Allesandra apertou o braço de Semini e olhou para trás, na direção para onde Elissa tinha ido. — É isso que me incomoda. Eu começo a me perguntar se foi de fato uma escolha de Jan se envolver com Elissa.

A MEGERA NÃO DEU A ELA TEMPO... não deu tempo...

A raiva quase superou a cautela. A Pedra Branca queria esperar outra semana, porque, para falar a verdade, ela não estava certa se queria fazer aquilo — não por causa da morte que resultaria, mas porque significava que "Elissa" necessariamente teria que desaparecer. Ela não tinha mais certeza se queria que isso acontecesse; pensou que talvez, se tivesse tempo, pudesse dar um jeito de contornar essa situação. Mas agora...

A Pedra Branca tinha poucos dias, não mais: o tempo que a carta da a'hïrzg teria para ir de Brezno a Jablunkov e voltar. Antes que a resposta chegasse, ela teria que estar longe daqui — por dois motivos.

A Pedra Branca ficou abalada com o confronto com a a'hïrzg e o archigos. Ela foi imediatamente até Jan, que contou todo orgulhoso que Allesandra mandou a carta por mensageiro rápido. Teve que fingir ter ficado contente com a notícia; foi bem mais difícil do que ela imaginava. Dois dias, então, para a carta chegar ao palácio de Jablunkov, onde um atendente sem dúvida iria abri-la imediatamente, leria e perceberia que havia algo terrivelmente errado. Haveria uma rápida discussão, uma resposta rabiscada às pressas, e um novo mensageiro voltaria correndo para Brezno com ordens de ir a toda velocidade. Pelo que ela sabia, a carta já chegara a Jablunkov.

A Pedra Branca tinha que agir agora.

Quando chegasse a resposta, que informaria à a'hïrzg que Elissa ca'Karina estava morta há muito tempo, ela teria que ir embora ou teria que ter algo que pudesse usar como arma contra aquela informação. A nova fofoca palaciana era que a a'hïrzg e o archigos pareciam passar muito tempo juntos ultimamente. Os olhares que a Pedra Branca notou entre os dois certamente indicavam que eles eram mais que amigos, mas mesmo que ela conseguisse provar isso, não havia nada ali que ela pudesse usar — ambos eram poderosos demais, e ela não tinha a intenção de ser trancada na Bastida de Brezno.

Não, ela teria que ser a Pedra Branca, como deveria ser. Teria que honrar o contrato e sumir, como a Pedra Branca sempre fazia.

Ela ouviu uma risada debochada soar por dentro com a decisão.

O moitidi do destino estava ao seu lado, pelo menos. Fynn não era exatamente um homem com muitos hábitos, mas havia certas rotinas que ele seguia. A Pedra Branca chegara à corte preparada para fazer o possível para se tornar amante de Fynn, mas descobriu que isso seria uma tarefa impossível. Jan foi a melhor escolha a seguir, como a atual companhia favorita do hïrzg fora da cama.

Ela também se viu genuinamente gostando do jovem, apesar de todas as tentativas de se concentrar na tarefa para a qual fora tão bem paga. A Pedra Branca teria protelado o contrato pelo máximo de tempo possível porque se descobriu à vontade com Jan, porque gostava da conversa dele, do carinho e da atenção que ele dispensava durante suas noites juntos. Porque ela gostava de fingir que talvez fosse possível ter uma vida com Jan, que pudesse permanecer como Elissa para sempre. A Pedra Branca perguntou-se — sem acreditar, quase com medo — se talvez estivesse apaixonada pelo jovem.

As vozes rugiram e acharam graça daquilo.

— *Tola!* — As vozes internas a atacavam agora. — *Como consegue ser tão estúpida? Você se importou com algum de nós quando nos matou? Você se arrepende do que fez? Não! Então por que se importa agora? Isso é culpa sua. Você* não *tem emoções; não pode se dar ao luxo de ter; foi o que sempre disse!*

Elas estavam certas. A Pedra Branca sabia. Ela foi idiota e se deixou ficar vulnerável, algo que nunca deveria ter feito, e agora tinha que pagar pela própria loucura. — Calem-se! — berrou de volta para as vozes. — *Eu sei! Deixem-me em paz!*

As vozes gargalharam e destilaram de volta o ódio por ela.

Concentração. Pense apenas no alvo. Concentre-se ou você morrerá. Seja a Pedra Branca, não Elissa. Seja o que você é.

Fynn... hábitos... vulnerabilidades.

Concentração.

A Pedra Branca observou Fynn seguir sua rotina pelas últimas duas semanas; pelo menos duas vezes durante a passagem dos dias, Fynn cavalgava com Jan e outros integrantes da corte. Ela esteve nesses passeios e viu a atenção que Fynn dava a Jan, que também cavalgava ao lado do hïrzg; ambos conversavam e riam. Na volta, Fynn recolhia-se aos seus aposentos. Não muito tempo depois, seu camareiro, Roderigo, saía e ia aos estábulos, de onde trazia Hamlin, um dos cavalariços que — não deu para evitar notar — era praticamente da mesma idade, tamanho e compleição física de Jan. Roderigo conduzia Hamlin até as portas dos aposentos de Fynn e saía assim que o rapaz entrava, depois voltava precisamente meia virada da ampulheta mais tarde, momento em que Hamlin ia embora novamente.

Ela viu o procedimento acontecer quatro vezes até agora e estava relativamente confiante na segurança. E hoje... hoje o hïrzg e Jan saíram para cavalgar. A Pedra Branca alegou uma dor de cabeça e ficou para trás, embora a nítida decepção de Jan tenha feito sua decisão vacilar. Enquanto os dois estavam ausentes, ela andou pelos corredores próximos aos aposentos do hïrzg e sorriu com educação para os cortesãos e criados que passaram, depois entrou de mansinho em um corredor vazio. Os corredores principais eram patrulhados por gardai, mas não os pequenos usados pela criadagem, e, a esta altura do dia, os criados estavam ocupados nas enormes cozinhas lá embaixo ou trabalhavam nos próprios aposentos. Uma gazua retirada rapidamente dos cachos abriu uma porta fechada, e a Pedra Branca entrou de mansinho nos aposentos do hïrzg: um pequeno gabinete particular bem ao lado de fora do quarto de dormir. Ela ouviu Roderigo dar ordens para os criados no cômodo ao lado e dizer o que eles precisavam limpar e como tinha que ser feito. Ela escondeu-se atrás de uma espessa tapeçaria que cobria a parede (no tecido, chevarittai do exército firenzciano a cavalo atropelavam e espetavam com lanças os soldados de Tennsha) e esperou, fechou os olhos e respirou devagar.

A Pedra Branca prestou atenção às vozes. Ao deboche, às bajulações, aos avisos...

Na escuridão, elas eram especialmente altas.

Depois de uma virada da ampulheta ou mais, a Pedra Branca ouviu a voz abafada de Fynn e a resposta de Roderigo. Uma porta foi fechada, então houve silêncio, nem mesmo as vozes internas falaram. Ela esperou alguns instantes, depois afastou a tapeçaria e foi pé ante pé com os sapatos de sola de camurça até a porta do quarto de Fynn.

— Meu hïrzg — falou ela baixinho.

Fynn estava sentado na cama, com a bashta semiaberta, e deu um pulo e meia-volta com o som da voz. Ela viu o hïrzg esticar a mão para a espada, que estava embainhada sobre a cama, com o cinto enrolado ao lado, então ele parou com a mão no cabo ao reconhecê-la. — Vajica ca'Karina — disse ele, com a voz praticamente ronronante. — O que você está fazendo aqui? Como entrou? — A mão não deixou o cabo da espada. O homem era cuidadoso; ela tinha que admitir.

— Roderigo... deixou que eu entrasse — falou a Pedra Branca e tentou soar envergonhada e hesitante. — Eu... eu acabei de encontrá-lo no corredor. Foi Jan que... que falou com Roderigo primeiro. Estou aqui a pedido dele.

Ela olhou a mão de Fynn. O punho relaxou no cabo. Ele franziu a testa e disse — Então eu preciso falar com Roderigo. O que há com nosso Jan?

A Pedra Branca abaixou o olhar, tão recatada e levemente assustada como uma moça estaria, e olhou para ele através dos cílios. — Nós... Eu sei que nós dois amamos Jan, meu hïrzg, e o quanto ele respeita e admira o senhor. Até mesmo mais do que o próprio vatarh.

A mão de Fynn deixou o cabo da espada; ela deu um passo na direção do hïrzg e perguntou — O senhor sabe que ele pediu que a a'hïrzg falasse com minha família? — Fynn concordou com a cabeça e empertigou-se, deu as costas para a arma na cama. Isso provocou um sorriso genuíno da parte dela ao dar um passo na direção do hïrzg. — Jan tem uma enorme gratidão por sua amizade — disse a Pedra Branca. Mais um passo. — Ele queria que eu lhe desse um... presente de agradecimento.

Mais um. Ela estava em frente a Fynn agora.

— Um presente? — O olhar do hïrzg desceu do rosto dela para o corpo. Ele riu quando a mulher deu um último passo e a tashta esfregou em seu corpo. — Talvez Jan não me conheça tão bem quanto ele pensa. Que presente é esse?

— Deixe-me lhe mostrar. — Dito isso, a Pedra Branca passou o braço esquerdo por Fynn e puxou o hïrzg com força. Com o mesmo movimento, ela meteu a mão no cinto da tashta e tirou a longa adaga da bainha no lombo. A Pedra Branca enfiou a lâmina entre as costelas e girou. A boca de Fynn abriu em dor e choque, e ela abafou o grito com sua boca aberta. Os braços empurraram a mulher, mas ela estava perto demais e os músculos do hïrzg já fraquejavam.

Tudo estava acabado, embora tenha levado alguns instantes para o corpo de Fynn se dar conta.

Quando ele parou de lutar e desmoronou nos braços da Pedra Branca, ela deitou o hïrzg na cama. Os olhos estavam abertos e encaravam o teto. Ela tirou duas pedras pequenas de uma bolsinha enfiada entre os seios e colocou sobre os olhos de Fynn: o seixo claro que Allesandra lhe dera sobre o olho esquerdo, e sua própria pedra — aquela que ela carregava há tanto tempo — sobre o olho direito. Deixou que os seixos ficassem ali enquanto tirava a tashta ensanguentada e jogava na lareira, conforme lavava o sangue das mãos e braços na própria bacia do hïrzg e vestia rapidamente a tashta que deixara no outro cômodo. Finalmente, ela tirou a pedra do olho direito, recolocou-a na bolsinha e enfiou o peso familiar debaixo da gola baixa da tashta. Pensou já ser capaz de ouvir Fynn berrar ao ser recebido pelos outros...

Então, em silêncio a não ser pelas vozes em sua cabeça, a Pedra Branca fugiu pelo caminho de onde veio.

Ela ouviu o grito aterrorizado do pobre Hamlin assim que chegou aos corredores principais, e os berros de ordens apressadas dadas pelos offiziers dos gardai enquanto corriam para os aposentos do hïrzg.

A Pedra Branca deu as costas e saiu correndo do palácio.

◇◇◇ MOVIMENTOS ◇◇◇

Allesandra ca'Vörl

Enéas co'Kinnear

Nico Morel

Jan ca'Vörl

Sergei ca'Rudka

Allesandra ca'Vörl

Enéas co'Kinnear

Audric ca'Dakwi

Karl ca'Vliomani

Varina ci'Pallo

A Pedra Branca

~ Allesandra ca'Vörl ~

— A PEDRA BRANCA...

— Deve ter sido o kraljiki que contratou o assassino...

— Os numetodos o contrataram...

— Os tennshas o contrataram...

— Eu ouvi dizer que a própria a'hïrzg foi marcada para morrer, e o filho dela...

Allesandra ouviu os rumores. Era impossível escapar, eles sufocavam Firenzcia como a bruma que surgia todas as noites das florestas em volta do palácio da Encosta do Cervo, para onde a família fora levada depois do assassinato, sob ordens do starkkapitän Armen ca'Damont e do comandante Helmad co'Göttering da Garde Hïrzg. — O comandante e eu podemos protegê-los melhor lá, a'hïrzg — disse ca'Damont. Ela concordou com a cabeça, com a face impassível.

Fingimento... Allesandra tinha que manter a expressão adequada. Tinha que fazer com que os ca' e co' acreditassem que ela sofria. Tinha que fazê-los acreditar no que a a'hïrzg pediria para eles.

Em breve. Mesmo que houvesse pouca esperança agora.

A segurança era visível por toda parte do palácio, com gardai aparentemente em todos os cantos. Allesandra estava na sacada mais alta neste momento e olhava para os topos dos abetos lá embaixo, nas encostas íngremes das montanhas, e para os filamentos cinza esbranquiçados da névoa que passavam entre as árvores e que aumentavam conforme o sol se punha. Ela esfregou um seixo claro e chato entre os dedos.

Allesandra ouviu a porta da sacada ser aberta, seguida por um murmúrio de vozes masculinas. Ela virou-se e viu Semini se aproximar como um urso, vestido de verde e com uma expressão soturna. O archigos não disse nada, foi pé ante pé até a a'hïrzg e parou a uma curta distância — havia gardai em ambos os lados dos dois, a vários passos cautelosos de distância. Ele colocou os braços no parapeito da sacada e olhou para a bruma que se enroscava como braços musculosos em volta das árvores, como fantasmas que cuidavam de um jardim e estendiam as mãos para arrancar as ervas daninhas entre as plantas. De vez em quando, um fiapo de névoa chegava ao nível da sacada e, levado pelo ar frio e úmido, passava pelos tornozelos de Allesandra como se tentasse puxá-la para a escuridão cada vez maior.

— Então... — A palavra soou como um vento baixo entre as agulhas dos pinheiros. — Será que a Pedra Branca virá atrás de mim agora? — Ela viu o olhar do archigos se voltar para o seixo em seus dedos.

— Eu não contratei o assassino, Semini — disse Allesandra. *O assassino...* ela pensou a respeito disso neste momento. Elissa parecia ter desaparecido no mesmo dia em que o hïrzg morreu, o que deixou Jan arrasado com outro golpe emocional forte como um martelo, somado à morte de seu onczio Fynn. Dois dias depois, chegou uma mensagem nervosa de Jablunkov que dizia que Elissa, filha de Elissa e Josef (nome de solteiro ca'Evelii) ca'Karina, morrera há seis anos e que perguntava se a a'hïrzg possivelmente não cometera algum engano.

Allesandra ficou pensativa. Era possível que "Elissa" tivesse fugido apenas porque sabia que a a'hïrzg mandou uma carta para a família ca'Karina. Era possível que não houvesse conexão entre o desaparecimento dela e a morte de Fynn. Ainda assim, ser próxima de Jan significava que Elissa também tinha acesso a Fynn, e segundo a experiência de Allesandra, era perigoso acreditar em coincidência. Ao contrário, era mais seguro ver a faca afiada da conspiração sob o véu da coincidência.

A voz da Pedra Branca... será que podia ser a voz de uma mulher falando grosso?

Semini acenou com a cabeça ao ver o seixo na mão dela. — Isto é...?

Allesandra ergueu o seixo para que ele pudesse vê-lo e falou — Sim, foi isso que a Pedra Branca deixou para trás. O seixo... me faz lembrar de Fynn e me faz lembrar que encontrarei quem contratou a Pedra Branca e que punirei a pessoa.

Outro aceno. Semini olhou novamente para as árvores lá embaixo. — O Conselho dos Ca' será unânime em nomeá-la como hïrzgin. Parabéns. — O tom de voz não tinha emoção. — Mas você podia ter conseguido isso há semanas, se não tivesse mandado Jan salvar Fynn.

— Fico contente que alguém se lembre disso. Mas... eu não tenho intenção de ser hïrzgin, Semini.

A afirmação fez o archigos encará-la novamente. Uma mão cofiou a barba grisalha enquanto os olhos negros vasculhavam os dela. — Você está falando sério.

— Estou.

— Eu pensei...

— Você pensa demais, Semini. — Ela abrandou a crítica com um sorriso. O garda atrás dela olhava para o outro lado, e o corpo da a'hïrzg bloqueava o homem em sua retaguarda. Allesandra esticou a mão para afagar o braço do archigos. — Eu pretendo renunciar ao título de a'hïrzg. Afinal, muitas pessoas pensarão exatamente como você neste momento. Sempre haveria rumores de que eu mandei matar Fynn para ficar com o trono em Brezno. Se eu renunciar, a fofoca morrerá com minha abdicação. Deixarei que o Conselho dos Ca' nomeie um novo hïrzg para Firenzcia.

Semini arqueou uma sobrancelha grossa. — Você falou com Pauli?

A menção do nome criou uma barreira gelada entre os dois, ou talvez fosse a bruma. Ela recolheu a mão e falou com rispidez — Essa não é uma decisão que meu marido deva tomar. — Depois sorriu novamente. — Mas *será* interessante ver a cara dele quando eu estiver diante do Conselho e disser que abdico. E espero que seja uma completa surpresa para ele, Semini. E também espero que Pauli volte correndo com raiva para Magyaria Ocidental no dia seguinte, para reclamar com o gyula Karvella que foi arruinado pela esposa que Karvella e o hïrzg Jan escolheram a dedo para ele.

— Você realmente deixaria a decisão para o Conselho?

— Ah, eu já falei com alguns dos integrantes. Um número suficiente para os meus propósitos, de qualquer maneira. Eu sugeri que, após a devida deliberação, o Conselho possa vir a crer que as recentes ações de meu irmão mostraram quem *ele* atualmente favorecia como sucessor: alguém que demonstrou amplamente sua lealdade e habilidade. Ora, Jan seria um belo hïrzg quando crescer, você não acha? Um hïrzg que governaria bem e com força por muitos e muitos anos.

Semini riu, baixinho a priori, depois com mais entusiasmo. — Então *esta* é a sua intenção.

A pedra parecia gelo na mão de Allesandra. — Não inteiramente. Eu penso no futuro, Semini. Talvez quando os Domínios e a Coalizão estiverem unidos novamente e um líder competente esteja sentado no Trono do Sol, e haja um archigos de direito no Templo de Cénzi que também tenha unificado as metades separadas da fé concénziana, então Jan seria o braço direito perfeito do kralji.

Havia um enorme sorriso no rosto de Semini agora. — Allesandra, você me surpreende.

— Eu não deveria surpreendê-lo. Você e eu, Semini, estamos no mesmo lado nessa história. — Allesandra esfregou a pedra entre os dedos e enfiou em um bolso da tashta. Ela mandaria dourá-la e colocaria em uma corrente elegante. Usaria a pedra debaixo da tashta quando falasse com o Conselho, usaria ao lado do globo partido de Cénzi que a archigos Ana lhe dera. Seria um lembrete da culpa, uma lembrança de que agiu precipitadamente e fez pior com o irmão do que o vatarh e ele jamais fizeram com ela. *Sinto muito, Fynn. Sinto que nunca nos conhecemos de verdade. Sinto muito...*

Ela colocou a mão no parapeito, perto da mão do archigos, e olhou novamente para as brumas. Alguns instantes depois, Allesandra sentiu o calor da mão de Semini cobrir a sua.

Os dois ficaram assim até a escuridão chegar e as primeiras estrelas furarem o azul-escuro do céu.

~ Enéas co'Kinnear ~

A BOCA DO A'Sele era mais larga neste ponto. A cidade de Fossano ficava na margem sul, os morros ao norte eram minúsculos e tinham uma cerração azul do outro lado, elementos que sumiram quando eles fizeram a curva e entraram no golfo escancarado da baía A'Sele. Dezenas de navios mercantes cortavam as águas marrons cheias de sedimentos para seguir rio acima até Nessântico, ou rio abaixo na direção de Karnmor ou de outros países ao norte e ao sul, ou até mesmo para cruzar o próprio Strettosei. A água da baía A'Sele era colorida pelo solo que o rio A'Sele trazia dos afluentes e serpenteava em seu frescor de água doce, que com o tempo desaparecia nas profundezas azuis das águas salgadas do Nostrosei.

Enéas finalmente estava de volta à Nessântico propriamente dita. De volta aos Domínios. De volta ao continente. O cheiro de água salgada era mais fraco aqui, e ele estava bem longe dela. Daqui, Enéas viajaria pela estrada principal na direção leste para Vouziers, depois seguiria para Nessântico ao norte, finalmente.

Em casa. Ele estava quase em casa. Podia sentir o gostinho.

Em Fossano, tudo era familiar e deixava Enéas à vontade. A arquitetura lembrava os sólidos prédios enfeitados da capital, assim como os templos eram réplicas menores das grandes catedrais da margem sul de Nessântico ou da Ilha A'Kralji, a uns 150 quilômetros de subida pelas águas caudalosas do A'Sele. Não havia nada dos prédios quadrados e lisos dos ocidentais, nem das torres esquisitas e das casas caiadas nas encostas de Karnor.

Os Hellins e as batalhas que Enéas vivenciou pareciam distantes enquanto ele observava do interior de uma taverna nas Colinas do Sul, como se tivessem acontecido com outra pessoa, em outra vida. Ele flutuava separado das memórias; podia vê-las, mas não tocá-las, e não podia ser tocado por elas.

Mas... sempre na cabeça havia esta voz fraca, a voz que ele agora sabia que era de Cénzi. *Sim... eu ouço, Senhor de Tudo. Eu ouço...*

Enéas ouviu a voz Dele agora, ao tocar na bolsa com o nitro que comprou em Karnor pesando ao fundo. Ele estava parado em frente à janela aberta do quarto na *Hospedaria do Velho Chevaritt* e sentiu um leve cheiro de queimado por perto, e a Voz mandou que Enéas saísse. *Saia. Encontre a fonte. Descubra o que é necessário agora.*

Ele obedeceu, como devia. Colocou o uniforme, afivelou a espada na cintura e saiu da estalagem.

As ruas de Fossano subiam e desciam por ladeiras íngremes e espalhavam-se como se tivessem sido projetadas por um bêbado. Esta parte da cidade, do lado de fora das velhas muralhas e longe do centro populoso, tinha sido área de cultivo até recentemente. As casas e os prédios ainda eram bem separados por pequenos campos onde ovelhas, cabras e vacas pastavam ou onde fazendeiros plantavam colheitas. O cheiro intenso de queimado ficava mais forte à medida que Enéas seguia a estrada e afastava-se da cidade, até que as casas sumiram completamente e a estrada virou nada mais que uma trilha cheia de sulcos tomada pelo mato.

Enéas deu a volta por uma saliência de granito cheia de árvores. Era visível o rastro azulado de fumaça que saía de perto de uma cabana caindo aos pedaços, em um campo sem cultivo. O pátio estava cheio de braçadas de lenha, e três homens amontoavam os feixes em uma pilha circular — que já tinha o dobro da altura de um homem e vários passos de diâmetro. Ali perto, outro monte de madeira fora coberto por terra e grama, e saía fumaça dos buracos de ventilação em volta do perímetro do morrinho e da chaminé coberta no topo. Os homens ergueram o olhar quando Enéas se aproximou, e ele jogou a capa de viagem para trás a fim de revelar o brasão da Garde Civile e o cabo da espada: os carvoeiros eram conhecidos por serem um grupo bruto e indigno de confiança que morava em áreas de floresta fora da cidade. Um monte de lenha podia levar duas ou três semanas em combustão lenta até se transformar em puro carvão negro e exigia um cuidado constante, ou os carvoeiros encontrariam apenas cinzas quando tirassem a cobertura de terra. Eles viviam isolados, saíam apenas para vender os sacos de carvão que produziam e iam embora para novas áreas de floresta quando acabavam as árvores adequadas por perto. A reputação ruim dos carvoeiros era piorada pelo fato de que eles geralmente misturavam pedaços de terra e rochas ao carvão, de maneira que a qualidade do produto podia ser menor do que a desejada. Em Nessântico, havia e'ténis cuja tarefa era produzir carvão de qualidade, parecido com gemas, que era usado nas fornalhas da grande cidade e no aquecimento das casas dos ca' e co'. Aqui, o serviço não era feito através do poder do Ilmodo, mas sim pelo trabalho árduo e sujo de pessoas comuns.

Enéas acenou para os carvoeiros enquanto eles encaravam o offizier com braços cruzados ou mãos na cintura. — Que *cê* quer, vajiki? — perguntou um deles. O homem tinha um cisto debaixo do olho esquerdo que parecia uma meia uva vermelha grudada na pele, cercado por um tufo de cabelo crespo que combinava com a barba rala; havia um cisto igual meio fora do centro da testa. Ele era muitos anos mais velho do que os outros dois sujeitos; Enéas perguntou-se se o homem não seria o vatarh ou onczio dos mais jovens. — Perdeu sua tropa, hein? — O trio riu da piada ruim do carvoeiro com uma risada tão sombria quanto a fuligem que sujava as mãos e os rostos.

— Eu preciso de carvão — falou Enéas. — Da melhor qualidade que vocês tiverem. Um saco sem impurezas. É isso que Cénzi deseja.

Eles riram novamente. O homem com os cistos esfregou o rosto. — Cénzi, hein? *Cê* tá dizendo que *é* Cénzi ou é um téni também, vajiki? Ou talvez seja meio ruim das ideias? — Novamente Enéas foi atacado pelas risadas, enquanto o vento fez a fumaça do fogo envolver os carvoeiros. — Nós estaremos na cidade no próximo mizzkdi, vajiki, com todo carvão que *cê* quiser. Espere até lá. *Tamos* ocupados.

— Eu preciso agora — insistiu Enéas. — Amanhã eu vou embora da cidade para Nessântico.

O homem deu uma olhada para os companheiros. — Viajando, hein? *Cê* não é de Fossano, então? — Enéas fez que não com a cabeça. O velho carvoeiro sorriu. — Ele é elegante, não é, rapazes? Ora, aposto que é da própria Nessântico. E aposto que tem uma bolsa cheia o suficiente para comprar todo o carvão que ele quer e mais um pouco.

O sujeito deu um passo na direção de Enéas, que puxou meia espada da bainha e falou — Eu não quero confusão, vajiki, apenas o seu carvão. Pagarei um bom preço por ele; o dobro do preço, com a benção de Cénzi e sem barganha.

— O dobro do preço e ainda por cima com uma benção. — Outro passo. — A gente *tá* com sorte, hein, rapazes? — Os dois carvoeiros mais jovens foram lentamente para cada lado de Enéas a fim de cercá-lo. Ele viu uma faca na mão de um homem; o outro segurava um pedaço de lenha como um porrete.

Enéas já tinha visto brigas suficientes na vida; elas eram endêmicas entre as tropas e bem comuns nas tavernas das cidades, à noite. Ele sabia que a bravura do grupo duraria apenas enquanto o líder permanecesse intocado. O homem com os cistos sorria agora ao se abaixar para também pegar um pedaço de lenha. Ele bateu com o pau na palma da mão cheia de calos. — *Tô* achando que *cê* vai dar essa bolsa *pra* gente agora, vajiki, se quiser evitar uma surra — falou o sujeito. — Afinal de contas, três contra um...

Isto foi o máximo até onde o homem chegou. Em um único movimento, Enéas sacou a espada da bainha e atacou, o aço retiniu e reluziu à luz do sol. O porrete improvisado do carvoeiro voou longe, com a mão ainda na madeira. O homem ficou boquiaberto e olhou para o toco que jorrava sangue no braço. Ele gritou enquanto Enéas dava meia-volta, e a espada agora ameaçava a garganta do homem com a faca. O carvoeiro soltou a arma e recuou às pressas; o outro encarou com olhos arregalados o homem com os cistos, que caiu de joelhos e continuou a gritar enquanto a mão remanescente apertava o toco no antebraço. — Amarrem o braço para estancar o sangramento se vocês quiserem que seu amigo viva — falou Enéas. Ele pegou a faca que o homem deixou cair. — Onde está o carvão?

Um deles gesticulou na direção da cabana tosca. Enéas viu uma carroça ali com blocos escuros empilhados em um canto. Havia uma pilha de sacos de aniagem perto de uma das rodas. Ele limpou a lâmina na grama do campo, embainhou a espada, foi a passos largos até a carroça e encheu um dos sacos. O homem, cuja mão Enéas decepou, passou a gemer e lamuriar e caiu de lado enquanto os dois companheiros ficaram ajoelhados ao lado dele. Enéas pendurou o saco no ombro, voltou até os carvoeiros e jogou uma única sola de ouro na grama entre eles — mais dinheiro do que os homens ganhariam por uma carroça cheia de carvão. Eles olharam fixamente para a moeda. O mais jovem tinha amarrado um torniquete em volta do toco do líder, mas o rosto do sujeito estava pálido e os cistos destacavam-se como seixos vermelhos no rosto. Uma ferida como aquela, Enéas sabia, podia ser fatal: pela perda de sangue ou pela gangrena que geralmente acometia braços e pernas feridos.

— Que Cénzi tenha piedade de você — falou Enéas para o carvoeiro. — E que Ele lhe perdoe por impedir Sua vontade.

Dito isso, ele ajeitou o peso do saco no ombro e começou a voltar para a cidade.

~ Nico Morel ~

— ELE É APENAS UM MENINO, KARL. Uma criança inocente. Não ouse machucá-lo.

Nico ouviu a voz de Varina através da porta trancada ao se aninhar na pilha de lençóis contra a parede de madeira. Ele escutou uma voz de homem responder — imaginou que fosse Karl —, mas o tom era baixo demais, e Nico não conseguiu distinguir todas as palavras com a parede de madeira entre eles, apenas a frase "... o que eu tiver que fazer". Então a porta foi aberta, e Nico jogou o braço sobre os olhos para se proteger da luz que veio do outro cômodo. Uma sombra surgiu na passagem e se dirigiu até ele, os passos ecoaram alto nas tábuas do piso que rangia. O menino pestanejou ao erguer o olhar para o homem, vislumbrou o cabelo grisalho, a barba bem feita, e os olhos gentis que contrastavam com a boca franzida debaixo do bigode. Sua bashta era elegante e limpa, o tecido reluzia e era macio ao roçar na pele de Nico quando o homem se ajoelhou em frente a ele. Um dos ca' e co', decidiu o menino.

— Eu não sei de nada — repetiu Nico, cansado, antes que o homem pudesse falar. Ele já tinha repetido as palavras muitas vezes, em todas as variações que era capaz de tirar da mente cansada. A mulher, Varina, não parou de perguntar sobre Talis: se ele sabia onde Talis morava agora; qual era a conexão entre ele, sua matarh e Talis; se sabia de onde Talis era ou o que fazia; e onde Talis aprendeu a usar o Ilmodo (só que Varina às vezes usava outra palavra para "Ilmodo", que parecia com "scati" ou alguma coisa assim). Nico não disse nada porque sabia que Talis não queria isso. Eles queriam machucá-lo; o menino tinha certeza disso.

O homem fez uma concha com a mão diante de Nico e falou uma palavra estranha, como aquelas que Talis às vezes entoava quando fazia magia. O menino sentiu o frio do Ilmodo perto dele, os pelos nos antebraços ficaram eriçados quando surgiu uma bola de luz amarela e fraca, como uma bola de chamas na palma virada para cima do homem. Na luz, Nico viu o rosto claramente e conteve um gritinho.

Ele *conhecia* aquele rosto. Este era o homem que atacou Talis na rua: o embaixador ca'Vliomani, o numetodo. Nico gemeu e encostou-se na parede, como se pudesse atravessar a madeira e sair para a liberdade. Ele queria ser tomado pela fúria gelada novamente, mas estava tão cansado e assustado que não conseguiu invocar o sentimento.

— Ah, então você *realmente* me reconhece — disse o homem. — Pensei que isso fosse acontecer. Eu certamente reconheço você, Nico. — O menino ouviu o sotaque, mas não era o mesmo que Talis tinha. A fala era cantada, rodopiava e vinha mais do fundo da garganta, em vez do nariz. O "r" era dobrado, ele dizia "rreconheço." O embaixador desceu a mão para o chão, e a bola de luz rolou preguiçosamente até o assoalho. A sombra comprida do homem se deslocou pelas paredes.

— O senhor vai me machucar? — A voz de Nico soou miúda e quase perdida aos próprios ouvidos: uma casquinha, o sussurro de uma brisa.

O homem não respondeu. Não diretamente. — Da última vez que vi você, Nico, eu quase fui morto pelo homem que estava ao seu lado. Qual era o nome dele? Talis? — Nico balançou a cabeça, mas o embaixador sorriu diante da negativa e continuou — Eu realmente preciso falar com Talis, Nico, e aposto que você também gostaria de falar com ele.

— O senhor está furioso com Talis. Tentará machucá-lo.

— Eu não estou furioso com ele — respondeu o embaixador. — Eu sei que é difícil para você acreditar, mas é verdade. Existem coisas que preciso perguntar para Talis, coisas urgentes e importantes, e ele não me deu uma chance. Só isso. Nós tivemos um... desentendimento.

— O senhor promete?

Karl não respondeu, mas meteu a mão dentro de uma bolsa presa à lateral do corpo, desdobrou alguma coisa em papel de seda, e segurou na direção do menino. Nico recuou um instante, depois inclinou-se para frente novamente quando o embaixador continuou a oferecer a mão: na palma havia uma tâmara roliça, salpicada de mel e de amêndoas picadas. A boca de Nico ficou cheia de água; Varina tinha servido pão, queijo e água, mas ele ainda continuava com um pouco de fome após a longa caminhada de Ville Paisli, e a visão da tâmara deu uma incontrolável água na boca. — Vamos, Nico, pegue — falou o homem. — Eu trouxe só para você.

Hesitante, Nico esticou a mão para o fruto doce. Quando os dedos tocaram o papel barulhento e amassado, ele arrancou a tâmara da mão do embaixador tão rápido quanto foi capaz. Enfiou o doce inteiro na boca, e a leve doçura do mel desceu pela língua e misturou-se ao gosto azedo da tâmara. O homem continuou sorrindo ao encará-lo. O menino achou que o rosto dele não parecia tão furioso neste momento, e havia uma ternura nas rugas em volta dos olhos.

— Sabe, eu tenho netos que têm mais ou menos a sua idade — disse Karl. Um pouco mais novos, mas não muito. Você gostaria deles, creio eu, se os conhecesse. Meus netos vivem na Ilha de Paeti. Você sabe onde ela fica?

Nico concordou com a cabeça. A matarh mostrara para ele um mapa dos Domínios, apontara os países e fizera com que aprendesse.

— Paeti é bem longe daqui — disse o embaixador. — Mas eu gostaria de voltar lá um dia. E você, Nico? Nasceu aqui em Nessântico?

Outro aceno com a cabeça. Nico lambeu os beiços e sentiu o gosto do resto do mel grudento.

— E quanto à sua matarh? De onde ela é?

— Daqui. — A palavra saiu meio abafada. O gosto persistente da tâmara ficou amargo. Nico pigarreou.

— Ah... — O homem pareceu considerar a informação por um momento e afastou momentaneamente o olhar. Ele notou um movimento na porta e viu Varina apoiada ali. O embaixador e ela entreolharam-se, e algo no jeito daquele olhar fez o menino pensar que eles eram um casal, como Talis e sua matarh. — E seu vatarh? Talis é daqui?

O menino começou a balançar a cabeça, depois parou. Talis não iria querer que Nico falasse sobre ele. *O que aconteceu tem que ser um segredo...* Foi isso que Talis disse. Ele confiava em Nico.

— Ele é das Terras Ocidentais, depois dos Hellins, não é? — insistiu Karl. — Ele é um daqueles que se chamam de tehuantinos. Nico, você sabe que os Domínios estão em guerra com os ocidentais, não sabe? Você compreende isso?

Um aceno de cabeça. Nico não ousava abrir a boca. Ele jamais tinha ouvido aquela palavra: tehuantino. Entretanto, parecia como uma palavra que Talis diria, só pelo som. Ele foi capaz de ouvi-la no sotaque de Talis.

— Onde está sua matarh, Nico? Nós temos que levar você até ela, mas precisa nos dizer onde está sua matarh.

— Ela está com a minha tantzia — disse Nico. — Ela está bem longe daqui. Eu... abandonei minha matarh. — O menino não queria contar ao embaixador sobre os primos e a maneira como foi tratado por eles, mas pensar naquilo trouxe a lembrança da matarh, e de repente Nico queria estar com ela, acima de tudo. Sentiu lágrimas brotarem de seus olhos e os limpou quase com raiva, sem querer que o embaixador visse. Varina saiu da porta e agachou-se ao lado de Nico. Ela abraçou o menino, o que foi quase tão bom quanto um abraço da matarh.

— Talis está com sua matarh? — indagou Karl.

Esta parecia ser uma pergunta inofensiva o suficiente para responder. Nico não queria que o embaixador fosse até a matarh, e se soubesse que Talis não estava lá, bem, ele a deixaria em paz. — Não — falou Nico. Ele fungou o nariz.

— Karl, já chega — disse Varina.

O embaixador ignorou a mulher. — Onde está Talis agora, Nico?

— Eu não sei. — Quando ca'Vliomani ficou ali ajoelhado, sem dizer nada, Nico deu de ombros. — Eu não sei. Não sei mesmo.

Ca'Vliomani inclinou a cabeça de lado ao olhar para Nico. Ele pegou o queixo do menino e levantou sua cabeça até o menino ser forçado a encarar os olhos do embaixador, que não piscava. Nico viu Varina ficar nervosa. — Isso é a verdade?

O menino concordou com a cabeça enfaticamente. O homem olhou fixamente por mais alguns instantes, depois afastou a mão. Ele e Varina entreolharam-se novamente. Para o menino, parecia que os dois falavam sem dizer nada. Os dedos de ca'Vliomani cofiaram a barba, e ele fez uma careta de desdém, como se estivesse insatisfeito. A voz pareceu mais leve e menos sinistra agora. — O que você fazia no Velho Distrito, Nico? Por que não está com sua matarh?

Isso era complicado demais para responder. Nico balançou a cabeça para conter a confusão de respostas possíveis. Ele mesmo não tinha certeza por que estava aqui, neste momento. — Eu pensei que, talvez... — As lágrimas ameaçaram escorrer novamente, e o menino parou para tomar fôlego. — Eu pensei que Talis ainda pudesse estar onde a gente morava.

— Ele não está. — Foi Varina quem respondeu. A mão dela fez carinho nas costas de Nico. — Nós andamos vigiando.

— Bem, então ele viu vocês — falou Nico com confiança. — Talis é esperto. Ele teria visto vocês vigiando e não iria para casa.

— Ele não teria me visto — respondeu Varina, mas o menino não acreditou. Ele limpou os olhos novamente.

— Você tem família aqui? — perguntou ca'Vliomani. — Alguém para cuidar de você?

— Só Talis. Só ele.

Ca'Vliomani suspirou e ficou de pé soltando um gemido, os joelhos estalaram com o esforço. — Então teremos que fazer Talis saber que você está conosco, e talvez nós dois consigamos o que queremos, hein?

~ Jan ca'Vörl ~

— SINTO MUITO, ONCZIO FYNN — sussurrou Jan. — Isso não deveria ter acontecido, e eu espero... espero que não tenha sido culpa minha. — A voz ecoou na tumba e agitou tênues fantasmas de si mesmo. A luz hesitante da tocha fez as sombras pularem e se sacudirem pelos selos de pedra das catacumbas. Era a segunda vez que ele tinha visto um hïrzg ser sepultado nestas câmaras úmidas e sinistras, rápido demais. Vatarh e filho. Pelo menos o funeral de Fynn não foi acompanhado por presságios e mais mortes. Foi um ritual lento e sombrio, que deixou Jan com uma dor no coração.

Ele procurou por toda parte por Elissa. Mandou batedores partirem de Brezno para vasculhar estradas, estalagens e vilarejos à procura dela, em todas as direções. Roderigo dissera que não havia visto Elissa perto dos aposentos de Fynn. — Mas eu estava longe do hïrzg quando aquilo aconteceu. Ela pode ter conseguido entrar de mansinho, ou talvez tenha sido outra pessoa. Eu não sei, simplesmente não sei.

As palavras tinham gosto de bile e veneno. Jan tentou se convencer de que era tudo coincidência. A matarh mostrou a carta que recebera da família ca'Karina: Elissa era uma impostora que fingia ser uma ca'. Mas talvez fosse só isso: ela fugira porque sabia que a farsa seria revelada. Talvez fosse isso e nada mais. Ou... talvez Elissa tivesse ido até Fynn para defender sua causa, pois sabia que seria exposta como uma fraude, e interrompeu a Pedra Branca durante o serviço. Talvez ela tenha fugido aterrorizada antes de ser vista pelo famoso assassino, tão assustada que sequer ficou na cidade depois do que viu. Ou talvez — pior ainda — a Pedra Branca *viu* Elissa e levou-a para ser assassinada em outro lugar.

Nada disso convenceu Jan. Ele sabia o que eles pensavam, todos eles, e quando sua intuição passou a aceitar a suspeita, Jan também soube que eles estavam certos. Uma impostora na corte, uma impostora que era a amante de companhia predileta do hïrzg — a conclusão era óbvia. Elissa era a cúmplice da Pedra Branca, ou ela mesma era a Pedra Branca.

Qualquer uma das hipóteses fazia a cabeça de Jan girar. Ele lembrava o tempo que passou com Elissa, as conversas, os flertes, os beijos; a respiração acelerada quando exploravam um ao outro; o calor escorregadio e melado do sexo, as risadas depois... o corpo de Elissa, esbelto e atraente no banho de luz cálida das velas; a curva dos seios com gotas de suor da paixão; o triângulo escuro, macio e atraente na junção das penas...

Ele balançou a cabeça para afastar os pensamentos.

Não podia ser ela. Não podia. No entanto...

Jan colocou a mão no selo de pedra da tumba de Fynn e deixou os dedos percorrerem o baixo-relevo gravado ali. — Sinto muito — disse ele novamente para o cadáver.

Se, de alguma forma, *foi* Elissa, então a questão ainda sem resposta era quem contratou a Pedra Branca. Ela não mataria sem um contrato. Alguém pagou a Pedra Branca para fazer isso. Se Elissa tinha sido a faca ou simplesmente a ajudante, não importava. Não foi ela que tomou a decisão. Outra pessoa encomendou a morte.

Jan abaixou a cabeça até a testa tocar a pedra fria. — Eu descobrirei quem fez isso — falou ele: para Cénzi, para Fynn, para o ar assombrado. — Eu descobrirei e lhe darei justiça, onczio.

Jan respirou fundo no ar frio e úmido. Ficou de pé com os joelhos rangendo e pegou a tocha no suporte. Depois começou a longa subida em direção ao dia.

Sergei ca'Rudka

— HÁ VERDADE NA DOR — disse Sergei. Ele falou o aforismo várias vezes ao longo dos anos, dizia para que a vítima soubesse que deveria confessar o que Sergei queria que ela confessasse. Ele também sabia que era mentira. Não havia "verdade" na dor, não realmente. Pelo contrário, com a agonia que Sergei infligia, vinha a habilidade de fazer a vítima dizer qualquer coisa que ele desejasse que ela dissesse. Vinha a habilidade de tornar "verdade" qualquer coisa que quem estivesse no comando desejasse que fosse verdade. A vítima diria qualquer coisa, concordaria com tudo, confessaria qualquer coisa desde que houvesse a promessa de acabar com o tormento.

Sergei sorriu para o homem acorrentado diante dele. Ele estava em frente aos instrumentos sinistros de tortura em um rolo de couro, mas aí sua percepção mudou: era Sergei quem estava deitado e preso na mesa e olhava para o próprio rosto. As mãos estavam acorrentadas, e ele sentiu um nó nas estranhas por causa do medo gelado. Sergei sabia o que estava prestes a sentir; ele tinha infligido em muitas pessoas. Sabia o que estava prestes a sentir e gritou pela expectativa da agonia...

— *Regente?*

Sergei deu um pulo ao acordar na cela, as algemas nos pulsos chacoalharam a curta corrente entre elas. Ele rapidamente desceu a mão até a faca que ainda estava na bota e fez questão de pegar o cabo para que, se viessem levá-lo para o interrogatório, conseguisse tirar a própria vida primeiro.

Ele não passaria pelo que forçou outros a passar.

Mas era Aris co'Falla, o comandante da Bastida, que entrou na cela, e Sergei relaxou e tirou os dedos do cabo. Aris prestou continência ao garda que abriu a porta e falou — Pode sair. Tem almoço para o senhor no andar debaixo. Volte aqui em meia virada da ampulheta.

— *Obrigado, comandante — disse o garda. Ele prestou continência e foi embora. Aris deixou a porta aberta. Da cama onde estava, Sergei deu uma olhadela para a porta escancarada. O comandante notou o olhar.*

— *Você não passaria por mim, Sergei. Você sabe disso. Eu sou duas décadas mais novo, afinal de contas, e é meu dever, sem falar minha vida, impedi-lo.*

— *Você deixou a porta aberta apenas para zombar de mim, então?*

Um sorriso surgiu e desapareceu como geada na primavera. — Você prefere que eu feche e tranque?

Sergei soltou um riso amargo, e a risada virou uma tosse cheia de catarro. Aris tocou o ombro dele com preocupação quando Sergei dobrou o corpo. — Quer que eu chame um curandeiro, meu amigo?

— Para quê? Para que eu esteja o mais saudável possível quando o Conselho mandar me matar? — Sergei balançou a cabeça. — É apenas a umidade; meus pulmões não gostam dela. Então me diga, Aris, que notícias você traz?

O comandante puxou a única cadeira na cela até ele, e as pernas fizeram um barulho alto ao serem arrastadas sobre os ladrilhos. — Eu destaquei um garda em quem confio totalmente para o Conselho; para minha própria segurança nestes tempos confusos, para ser franco. Portanto, muito do que sei vem da parte dele.

— Eu não preciso do preâmbulo, Aris; ele não vai mudar sua resposta, e presumo que eu já saiba qual é. Apenas conte.

Aris suspirou. Ele virou a cadeira ao contrário e sentou-se, colocou os braços dobrados sobre o encosto e apoiou o queixo nos braços. — Sigourney ca'Ludovici está forçando o Conselho a dar o poder que o kraljiki pede. Haverá uma reunião final em poucos dias, quando então ocorrerá uma votação.

— Eles realmente darão a Audric o que ele quer?

Um aceno de cabeça franziu o queixo barbado nas mãos de Aris. — Sim, creio que sim.

Sergei fechou os olhos e recostou a cabeça na parede de pedra. Sentiu o frio da rocha através do cabelo que ficava ralo. — Eles destruirão Nessântico em nome do poder. Todos eles, e Sigourney especialmente, pensam que Audric não durará um ano, o que deixará o Trono do Sol vago para um dos conselheiros, considerando que eu esteja morto.

— Sergei. — Ele ouviu Aris falar na escuridão de seus pensamentos. — Eu lhe avisarei. Prometo. Eu darei tempo para que você... — O comandante parou.

— Obrigado, Aris.

— Eu faria mais, se pudesse, mas tenho que pensar na minha família. Se o Conselho dos Ca' ou o novo kralji descobrir que ajudei você a fugir, bem...

— Eu sei. Eu não pediria isso a você.

— Sinto muito.

— Não sinta. — Sergei abriu os olhos novamente e inclinou-se para frente. Ele tocou o rosto de Aris com a mão, e as algemas chacoalharam com o movimento.

— Eu tive uma boa vida, Aris, e servi a três kralji da melhor maneira que pude. Cénzi vai me perdoar pelo que tenho que fazer.

— Ainda há esperança, e não é preciso fazer nada por enquanto. O Conselho pode cair em si e notar que o kraljiki está doente da cabeça assim como do corpo. Os conselheiros ainda podem soltar você; eles soltarão *se o esforço do archigos Kenne e dos demais leais a você surtir algum efeito. O archigos Kenne já defendeu sua causa diante do Conselho, e suas palavras ainda têm alguma influência, afinal de contas. Não perca as esperanças, Sergei. Ambos sabemos muito bem a história da Bastida. Ora, a Bastida prendeu Harcourt ca'Denai por três anos antes de ele se tornar kraljiki.*

Sergei riu e conteve a tosse que queria vir junto. — Nós somos homens práticos, Aris. Realistas. Não nos enganamos com falsas esperanças.

— É bem verdade. — Aris levantou-se. — Eu mandarei o garda trazer sua comida. E um curandeiro para examinar você, quer você queira ou não. — Ele deu um tapinha no ombro de Sergei e seguiu para a porta, mas parou com a mão na maçaneta. — Se a situação chegar a este ponto, Sergei, mandarei lhe avisar antes que qualquer pessoa venha levar você para os calabouços lá embaixo. — O comandante fez uma pausa e olhou intensamente para Sergei. — Para que possa se preparar. Tem a minha palavra quanto a isso.

Sergei concordou com a cabeça. Aris prestou continência e fechou a porta com um baque metálico. Sergei ouviu o rangido da chave na tranca. Ele recostou a cabeça novamente e escutou o som das botas de co'Falla na escada de caracol da torre.

Sergei lembrou-se do som nítido dos gritos que ecoavam na pedra e das súplicas estridentes daqueles mandados para o interrogatório. Lembrou-se dos rostos contraídos de dor. Havia uma honestidade na agonia, uma pureza de expressão que não podia ser fingida. Às vezes, Sergei pensava que via Cénzi nos interrogados: o Cénzi que Ele tinha sido quando Seus próprios filhos, os moitidis, voltaram-se contra Ele e dilaceraram Seu corpo mortal. Agora, como Cénzi, Sergei poderia encarar a fúria da própria criação.

Mas ele não enfrentaria. Ele prometeu a si mesmo. De uma maneira ou de outra, ele não enfrentaria.

~ Allesandra ca'Vörl ~

— OS CONSELHEIROS ESTÃO AQUI e já se sentaram, a'hïrzg — disse o assistente. — Eles me pediram para levar a senhora à câmara.

Allesandra estava no corredor do lado de fora da câmara do conselho, com Pauli e Jan de cada lado. A mão tocou a tashta de gola baixa onde — sob o pano — havia uma pedra branca comum cercada por uma filigrana de ouro, ao lado do globo da archigos Ana. Mesmo Pauli — que falava alegremente que a Magyaria Ocidental e Firenzcia juntas solidificariam a Coalizão quando ele fosse o gyula e Allesandra, a hïrzgin — calou a boca quando o assistente acenou com a cabeça para que os criados do corredor abrissem as portas duplas. Os três espiaram a penumbra lá dentro, onde o Conselho dos Ca' estava sentado a uma grande mesa.

Jan, da parte dele, estava sério e quieto, este era seu estado desde a morte de Fynn e a partida de Elissa. Allesandra passou o braço pelos ombros do filho antes de eles entrarem. Ela inclinou-se na direção de Jan e sussurrou — Quando eu sair daqui, você deve ir para seus aposentos e esperar, entendeu?

Jan olhou estranhamente para a matarh, mas finalmente concordou com um ligeiro aceno de cabeça, confuso.

A câmara do Conselho dos Ca' em Brezno era escura, com painéis de carvalho tingido nas paredes e um tapete da cor de sangue seco: era uma sala interior do Palácio de Brezno, sem janelas, iluminada apenas pelas velas dos candelabros sobre uma mesa comprida e envernizada (nem mesmo luzes mágicas), e fria por ter apenas uma pequena lareira em uma ponta. A sala era sombria e melancólica. Não era um lugar convidativo para uma longa estadia e conversas sem pressa — e isto era intencional. O hïrzg Karin, vavatarh de Allesandra, separou esta sala de propósito para o Conselho. Ele considerava as sessões do Conselho dos Ca' tediosas e chatas; a falta de conforto na sala pelo menos garantia que as reuniões fossem curtas.

— Por favor, entre, a'hïrzg — falou Sinclair ca'Egan da cabeceira da mesa. Ca'Egan era velho e careca, um chevaritt de voz trêmula que cavalgou com o vatarh de Allesandra antes mesmo de ele ter sido nomeado a'hïrzg pelo hïrzg Karin. Ca'Egan estava no Conselho dos Ca' desde que Allesandra o conhecia; como ancião, ele também era o líder titular do conselho. Quatro mulheres (uma delas Francesca), cinco homens: eles ficaram de pé simultaneamente, fizeram uma mesura para a a'hïrzg, uma gentileza que nem mesmo o Conselho dos Ca' podia ignorar, e sentaram-se novamente. Seis dos nove, em especial, acenaram com a cabeça e sorriram para ela. Allesandra, Pauli e Jan ficaram de pé, como mandava a etiqueta, na outra ponta desocupada da mesa. Ca'Egan remexeu os pergaminhos diante dele e pigarreou. — Obrigado por virem. Nós seremos breves, com certeza. É uma mera formalidade, na verdade. O hïrzg Fynn já havia nomeado Allesandra ca'Vörl como a'hïrzg, portanto precisamos apenas de sua assinatura, a'hïrzg, e a dos conselheiros presentes...

— Vajiki ca'Egan — falou Allesandra, e o velho ergueu a cabeça, curioso com a interrupção. Ao lado direito da esposa, Pauli grunhiu diante da óbvia quebra de protocolo. — Eu tenho uma declaração para fazer antes que o Conselho coloque seu selo neste documento e mande-o para o archigos reconhecer. Venho pensando nesta questão desde que meu querido irmão foi morto e rezei para Cénzi por Sua orientação, e tudo ficou claro para mim. — Ela fez uma pausa. *Esta é sua última chance de mudar de ideia...* Semini argumentou com ela por uma ou duas longas viradas da ampulheta, quando estavam juntos na cama, mas Allesandra estava convencida de que essa era a estratégia correta. Ela respirou fundo. Sentiu o olhar curioso e impaciente de Pauli. — Eu não quero ser a hïrzgin, e por isso renuncio à minha pretensão ao título.

As sobrancelhas de ca'Egan se levantaram no crânio nu e enrugado, a boca abriu sem emitir sons. Francesca, em choque, recuou no assento, atordoada pelo anúncio, mas a maioria não se abalou. Eles apenas concordaram com a cabeça, com os olhares mais em Jan do que em Allesandra.

— Pelos colhões de Cénzi — berrou Pauli ao lado dela. O palavrão quase pareceu evocar um relâmpago no ar escuro da câmara. — Mulher, você ficou maluca? Sabe o que está fazendo? Você acabou de...

— Cale a boca — falou Allesandra para Pauli, que a olhou com raiva, mas fechou a boca imediatamente. Ela ergueu as mãos para os conselheiros. — Eu disse tudo o que precisava dizer. Deixo com o Conselho dos Ca' a decisão de quem é o mais indicado para ocupar o trono de Brezno. No entanto, não serei eu. Confio no julgamento dos senhores, conselheiros. Sei que farão o que é melhor para Brezno.

Dito isso, ela fez o sinal de Cénzi para o Conselho e deu meia-volta, abriu as portas tão abruptamente que os criados do corredor, postados do lado de fora, quase foram derrubados. Pauli e Jan, surpresos com a saída repentina, seguiram com atraso. Allesandra ouviu o marido avançar atrás dela. A mão de Pauli pegou seu braço e girou a esposa. O belo rosto estava vermelho e contorcido, ficou feio de raiva. Atrás dele, Allesandra viu Jan parado em frente à porta aberta da câmara enquanto observava o confronto, a própria expressão era de perplexidade e incerteza.

— O que é isso, em nome dos sete infernos? — Pauli estava furioso. — Nós tínhamos tudo que sempre quisemos nas mãos, e você simplesmente *jogou fora*? Ficou louca, Allesandra? — A mão apertou o bíceps da esposa e amassou a tashta embaixo dos dedos. Allesandra ficaria marcada ali amanhã, ela sabia. — Você vai voltar lá agora e dizer para os conselheiros que foi um erro. Uma brincadeira. Diga o que raios você quiser, mas você *não* vai fazer isso comigo.

— Com *você*? — respondeu Allesandra em um tom calmo e debochado. — Como essa questão tem algo a ver com você, Pauli? *Eu* era a a'hïrzg, não você. *Você* é apenas um arremedo inútil e deplorável de marido, um erro que pretendo retificar assim que puder, e vai tirar a mão de mim. Agora.

Pauli não tirou. Ele colocou a outra mão para trás, como se fosse bater em Allesandra, e cerrou o punho. — Não! — O grito veio de Jan, que correu na direção deles. — Não, vatarh.

Allesandra deu um sorriso cruel para Pauli, para a mão ainda erguida, e falou — Vá em frente. Bata, se quiser. Eu lhe digo agora que será a última vez na vida que você me tocará.

Pauli deixou o punho cair. Os dedos ficaram frouxos na manga da esposa, que se sacudiu para se soltar dele.

— Cansei de você, Pauli. Você me deu tudo o que eu precisava há muito tempo.

~ Enéas co'Kinnear ~

VOUZIERS: UMA CIDADE SEM SAÍDA PARA O MAR, a maior em Nessântico do Sul, a encruzilhada das estradas para Namarro e para as longínquas terras ensolaradas de Daritria. Vouziers ficava ao extremo norte das planícies de Nessântico do Sul, uma terra agrícola com extensos campos de grãos ao vento. O povo de Vouziers era como a terra: firme, despretensioso, sério e simples.

De Fossano, a carruagem levou vários dias para chegar a Vouziers. Em um vilarejo ao longo do caminho, Enéas comprou todo o enxofre que o alquimista local tinha na loja; na noite seguinte, ele fez o mesmo na próxima. Em cada uma das paradas noturnas, Enéas hospedava-se em um quarto privativo no vilarejo. Ele arrancava alguns pedaços do carvão e começava, lentamente, a moê-los até virar um pó preto — Enéas ouvia a satisfação de Cénzi quando o carvão alcançava a fineza necessária. Então, com o alerta da Voz de Cénzi para que fosse delicado e cuidadoso, ele misturava o carvão em pó, o enxofre e o nitro para formar a areia negra dos ocidentais, que Enéas embrulhou com cautela em pacotes de papel. Cénzi sussurrou as instruções enquanto ele trabalhava e manteve Enéas a salvo.

Na noite da véspera da chegada a Vouziers, Enéas levou alguns dos pacotes para o campo depois que todos dormiram. Lá, ele depositou o conteúdo em um pequeno buraco raso que cavou no solo — o resultado trouxe a lembrança incômoda das areias negras nos campos de batalha nos Hellins e da própria derrota. Conforme foi instruído pela Voz de Cénzi, Enéas pegou um pedaço de barbante molhado com cera e partículas da areia negra, enterrou uma ponta na areia negra e desenrolou o resto pelo chão ao se afastar do buraco. *Mais tarde*, ele ouviu Cénzi dizer em sua cabeça, *Vou lhe mostrar como criar fogo do jeito que os ténis fazem. Você deveria ter sido um téni, Enéas. Este era Meu desejo para você, mas seu vatarh e matarh não Me ouviram, mas agora posso fazer de você tudo que deveria ter sido. Você tem Minha bênção...*

Enéas pegou a lanterna coberta que trouxe e acendeu a ponta do barbante. O pavio assobiou e soltou fumaça e fagulhas que brilharam na escuridão. Enéas afastou-se rapidamente, chegou à estalagem e entrou no salão comunal quando surgiu a erupção: um estrondo mais alto do que um trovão estremeceu as paredes da estalagem e sacudiu o papel de seda, grosso e transparente das janelas, seguido por um clarão momentâneo de luz do dia. Todo mundo no salão ficou assustado e esticou o pescoço. — Pelos colhões de Cénzi! — rugiu o estalajadeiro. — A noite ficou clara como água!

O estalajadeiro irrompeu do lado de fora e foi seguido pelos outros. Eles primeiro olharam para o céu sem nuvens e não viram nada. Lá no campo, porém, ardia um pequeno fogo. Quando se aproximaram, Enéas viu que o pequeno buraco que cavou agora tinha profundidade suficiente para um homem ficar de pé até os joelhos e o diâmetro de quase um braço. Pedras e terra voaram para todos os lados. Era como se o próprio Cénzi tivesse socado a terra com raiva.

O estalajadeiro ergueu os olhos para o céu onde as estrelas brilhavam e aglomeravam-se na escuridão vazia. — Raio que cai sem tempestade — disse o homem enquanto balançava a cabeça. — É um presságio, eu digo para vocês. Os moitidis estão dizendo que perdemos o rumo.

Um presságio. Enéas viu-se rindo das palavras do estalajadeiro, que não tinha noção de como eram proféticas. Isto era realmente um presságio, um presságio do desejo de Cénzi para ele.

No dia seguinte, ele chegou a Vouziers. Durante a longa cavalgada, Enéas rezou com mais fervor do que jamais rezara, e Cénzi respondeu. Ele sabia o que devia fazer ali, o pensamento o incomodava, mas Enéas era um soldado, e soldados sempre cumpriam seus deveres, por mais onerosos que fossem.

Após chegar a Vouziers e arrumar hospedagem para a noite, Enéas vestiu o uniforme e pendurou uma bolsa pesada de couro no ombro. Ele havia enchido um saco comprido de couro com seixos, que foi colocado no bolso interno da bashta. Quando as trompas soaram a Terceira Chamada, Enéas entrou no templo para a missa da noite, que era ministrada pela própria a'téni de Vouziers. Depois da Admoestação e da Bênção, Enéas acompanhou a procissão de ténis do templo para a praça, iluminada por lâmpadas mágicas contra o céu que escurecia. A a'téni conversava com os ca' e co' da cidade, e, em vez de falar com ela, Enéas foi até um de seus assistentes, um o'téni pálido cuja boca parecia lutar com o sorriso que deu para ele.

— Boa noite, o'offizier — falou o téni ao fazer o sinal de Cénzi para Enéas. — Perdão, eu deveria conhecer o senhor?

Ele balançou a cabeça ao devolver o gesto. — Não, o'téni, só estou passando pela cidade a caminho de Nessântico. Acabei de retornar dos Hellins e da guerra de lá.

O o'téni arregalou um pouco os olhos e franziu os lábios. — Ah, então devo abençoar o senhor pelo serviço prestado aos Domínios. Como vai a guerra contra os ocidentais pagãos?

— Não vai bem, infelizmente — respondeu Enéas, que olhou com cuidado em volta da praça do templo. — Eu queria que fosse possível dizer o contrário. E aqui... — Ele balançou a cabeça com tristeza e observou o o'téni com atenção. — Eu passei quase 15 anos fora e encontrei muitas mudanças ao voltar. Os numetodos andam pelas ruas abertamente, debocham de Cénzi com seus feitiços e palavras... — Sim, Enéas julgou o homem corretamente: o o'téni apertou os olhos e franziu ainda mais os lábios. Ele inclinou-se para frente de maneira conspiratória e falou quase como um sussurro.

— É realmente uma vergonha que o senhor, que serviu tão fielmente ao seu kraljiki, retorne e veja essa situação. Minha a'téni discorda, mas eu culpo a archigos Ana por esse estado das coisas. E olhe no que isso resultou para ela: os malditos numetodos mataram a archigos assim mesmo. O archigos Kenne... — O o'téni fez um gesto de nojo. — *Pfff*... Ele é ainda pior, na verdade. Ora, em

Nessântico as pessoas desrespeitam a Divolonté abertamente hoje em dia: os numetodos dizem que qualquer um pode usar o Ilmodo, que isso não exige o Dom de Cénzi, e mostram como realizar pequenos feitiços: acender uma lareira ou esfriar o vinho. As pessoas não usam os feitiços às claras, mas nos lares, quando acham que Cénzi não está vendo... — O o'téni balançou a cabeça novamente.

— Os numetodos são uma praga — disse Enéas. — O velho Orlandi ca'Cellibrecca sabia o que fazer com eles.

O o'téni olhou em volta com uma expressão de culpa ao ouvir a menção a Orlandi e falou — Este não é um nome que se deva falar abertamente, o'offizier. Não quando o genro diz ser o archigos de Brezno.

Enéas fez o sinal de Cénzi novamente. — Peço desculpas, o'téni. Este é outro assunto delicado para um soldado como eu, infelizmente. Os Domínios deveriam ser reunificados, assim como a fé concénziana. Sofro por vê-los partidos, assim como sofro ao ver os numetodos tão descarados.

— Eu entendo — disse o o'téni. — Ora, aqui em Vouziers, os numetodos têm o próprio prédio. — O homem apontou para uma das ruas que afluía da praça. — Bem por ali, à vista do próprio templo, com o sinal deles como enfeite na porta. É uma desgraça que Cénzi não permitirá por muito tempo.

— Quanto a isso, o senhor está certo, o'téni — respondeu Enéas. — É exatamente o que Cénzi me diz. — Ao ouvir isso, o o'téni olhou estranhamente para Enéas, mas o offizier não deu chance de ele falar mais nada, apenas fez uma mesura e cruzou a praça rapidamente na direção da rua que o homem indicou. Enéas assobiou uma música enquanto caminhava, uma canção de Darkmavis que sua matarh cantara para ele há muito tempo, quando o mundo ainda fazia sentido e a kraljica Marguerite ainda estava no Trono do Sol.

Ele achou o prédio dos numetodos facilmente — o entalhe no dintel da porta principal era uma concha, o sinal dos numetodos. Havia uma estalagem do outro lado da rua do prédio. Enéas entrou e pediu vinho e uma refeição, sentado a uma das mesas do lado de fora. Ele tomou goles do vinho e comeu devagar, observando o covil dos numetodos enquanto o céu ficava totalmente escuro entre os prédios.

Três vezes Enéas viu gente entrar; duas vezes viu alguém saindo, mas, como em nenhuma das ocasiões Cénzi falou com ele, o offizier continuou comendo e esperando. De vez em quando, Enéas tocava na bolsa de couro no chão ao seu lado para restaurar a confiança. Quase duas viradas da ampulheta depois, quando as ruas estavam quase vazias, antes de ficarem cheias novamente de pessoas que preferiam o anonimato da noite, ele viu um homem sair do prédio dos numetodos, e Cénzi agitou-se dentro de Enéas.

— *Aquele ali...* — Enéas sentiu o chamado com força, pendurou a bolsa no ombro, deixou um siqil de prata na mesa para pagar a refeição e o vinho, e correu atrás do sujeito. Seu alvo era um homem mais velho: careca no topo da cabeça, com cabelos grisalhos em volta. Ele usava túnica e calças, não uma bashta, e estava sem chapéu; seria difícil perdê-lo de vista mesmo em uma multidão.

Subitamente ficou claro por que Cénzi escolheu este numetodo; ele descia a rua na direção da praça do templo. As luzes mágicas começavam a enfraquecer, e havia poucas pessoas na praça, embora os domos do templo em si ainda estivessem bem acesos, com uma luminosidade dourada contrastando com o céu pontilhado de estrelas. Enéas deu uma olhada rápida à procura de um utilino e não viu nenhum. Ele seguiu em frente apressadamente, e o numetodo virou-se ao ouvir os passos. Enéas viu a palavra do feitiço nos lábios do homem, que ergueu as mãos como se fosse fazer um gesto, e abriu um largo sorriso ao acenar para o homem como se cumprimentasse um amigo que não via há tempos.

O numetodo franziu os olhos, como se não reconhecesse o rosto diante dele. O homem abaixou as mãos e deu um sorriso hesitante como resposta.

— Eu conheço...?

Foi o máximo que ele chegou a dizer. Enéas puxou o saco de couro com seixos do bolso e, com um movimento ágil, golpeou com força ao lado da cabeça do homem. O numetodo desabou inconsciente, e Enéas segurou-o com o braço ao desmoronar. Ele apoiou um braço mole sobre o ombro e levantou o sujeito pelo cinto. Riu como se estivesse bêbado, cantou desafinado ao arrastar o numetodo na direção da porta lateral do templo. Quem visse ao longe pensaria que eram dois amigos embriagados que cambaleavam pela praça. Enéas olhou pela última vez para trás ao chegar às portas; ninguém parecia estar observando. Ele puxou a porta pesada com revestimento de bronze e decorada com imagens dos moitidis e sua luta com Cénzi: isso não mudara — as portas dos templos raramente eram trancadas, ficavam abertas para aqueles que desejassem entrar para rezar ou para os indigentes que precisassem de um lugar para dormir à noite, ao custo de ouvir uma Admoestação do téni que os encontrasse de manhã. Enéas entrou de mansinho na escuridão fria do templo, que estava vazio. O som da respiração e dos passos soaram alto enquanto ele arrastava o peso morto do numetodo pela nave principal, e finalmente Enéas largou o homem apoiado no atril em frente ao coro. Ele tirou a bolsa do ombro e colocou no colo do numetodo, depois desenrolou o longo barbante. Enéas foi soltando o pavio com cuidado enquanto recuava pela nave.

Eu vou lhe mostrar seu próprio pequeno Dom, Cénzi dissera para Enéas naquela mesma tarde. *Vou lhe mostrar como fazer seu próprio fogo.* O cântico e os gestos vieram à mente naquele instante, e embora Enéas soubesse que era contra a Divolonté usar o Ilmodo sem ser um téni, ele sabia que esta era a vontade de Cénzi e que não seria punido por isso. Enéas entoava o cântico agora, perto da entrada do templo, e sentiu o frio do Ilmodo fluir pelas veias e o Segundo Mundo se abrir em sua mente: entre as mãos em movimento, havia um calor e luz impossíveis. Ele deixou que o fogo caísse na ponta do barbante, e o pavio começou a espocar e fumegar.

— Ei! Quem está aí? O que é isso?

Enéas viu um téni surgir de uma arcada que dava para fora do coro; era o o'téni com quem ele falara mais cedo. Enéas abaixou-se rapidamente, embora estivesse estranhamente cansado por causa do feitiço, como se tivesse trabalhado duro o dia inteiro. Ele ouviu o chamado do téni e o eco de outros passos. — Quem é? O que está acontecendo? — disse alguém enquanto o fogo no pavio afastava-se rapidamente de Enéas na direção do atril. Quando a chama estava quase lá, ele ficou de pé e correu para a porta. Viu de relance o o'téni e alguns e'ténis, que se dirigiam rapidamente para o numetodo caído e imóvel, e alguém apontou para Enéas...

... mas já era tarde demais.

Um dragão rugiu e cuspiu fogo, e a concussão alcançou Enéas, jogando-o contra as portas de bronze. Meio inconsciente, ele caiu nas lajotas de pedra e foi fustigado por fragmentos de rocha e mármore. Quando passou a chuva rápida e dura, Enéas ergueu a cabeça. Havia algo vermelho no chão à sua frente: a perna do numetodo, ainda vestida com as calças largas, notou ele com um susto. Perto da entrada do templo, alguém gritava, um longo lamento entrecortado por xingamentos. Gemendo, Enéas tentou se sentar. Ele sangrava por vários cortes e arranhões, o corpo estava dolorido pela colisão com as portas de bronze, mas, tirando isso, havia sido poupado por Cénzi. As portas do templo estavam escancaradas diante dele, e um utilino entrou correndo e passou por Enéas enquanto apitava alto. Ténis entraram correndo das alcovas. O Alto Púlpito havia desmoronado, estava quebrado, caído na nave, e havia sangue e partes de corpos por todos os lados. O numetodo... ele viu a cabeça do homem e a parte de cima do torso, que foram arrancadas e jogadas na nave. O resto dele, onde esteve a bolsa de areia negra... Enéas não conseguiu ver o resto.

Por um momento, ele sentiu náusea: isso era muito parecido com a guerra, e as memórias do que viu nos Hellins ameaçaram sobrepujá-lo. Sentiu um gosto ácido na garganta e um embrulho no estômago, mas a Voz de Cénzi estava em sua cabeça também.

Isso é o que eles merecem, aqueles que Me desafiam. Você, Enéas, será meu moitidi da morte, a arma escolhida por Mim.

Mas eu não desejo isso, Enéas queria dizer, mas assim que pensou nas palavras, sentiu a fúria de Cénzi crescer, um calor no cérebro que fez a cabeça latejar, e ele caiu de joelhos com o crânio entre as mãos.

Tudo era uma confusão. Pessoas empurraram Enéas para passar. Ele ainda ouviu o téni ferido gritar. — ... numetodo... eu o reconheço... — Enéas ouviu a palavra em meio ao caos e sorriu. Quando mais pessoas entraram aos gritos vindas da praça, ele aproveitou a oportunidade para sair de mansinho pelo lado e entrar nas sombras.

Ele saiu para a noite e sentiu-se aquecido pela presença de Cénzi.

Você está apto para a tarefa que lhe dei. Agora, vá para Nessântico, e falarei com você lá...

~ Audric ca'Dakwi ~

O CONSELHO DOS CA' DE NESSÂNTICO reunia-se no primeiro andar do Grande Palácio na Ilha A'Kralji, onde os conselheiros tinham vários aposentos e um pequeno contingente de criados do palácio dedicados inteiramente às suas necessidades. O Conselho dos Ca', durante a maior parte do reinado da kraljica Marguerite, bem como de seu filho, o kraljiki Justi, foi basicamente uma organização social, que vinha ao palácio para assinar documentos entregues a eles pelo kralji e pelo corpo de funcionários do palácio — uma tarefa que eles executavam com pouca reflexão ou discussão, de resto, passavam o tempo relaxando em seus suntuosos gabinetes privativos ou socializando nas salas de jantar e estar bem equipadas da seção do Conselho no Palácio do Kralji. Por muitas décadas, ser um "conselheiro" era, em grande parte, um posto honorário, com deveres cerimoniais e longe de serem muito exigentes, e a retribuição por servir no Conselho era generosa.

Mas com o falecimento do kraljiki Justi, e com Audric sendo menor de idade ao ascender ao Trono do Sol, o Conselho teve que assumir um papel mais ativo no governo. Foi o Conselho dos Ca' que nomeou Sergei ca'Rudka como regente; era o Conselho que agora criava e aprovava novas legislações (até bem recentemente, com a contribuição do regente também); era o Conselho que controlava o bolso de Nessântico; era o Conselho que o regente tinha a obrigação de consultar em qualquer questão política dentro dos Domínios ou qualquer decisão diplomática que envolvesse a Coalizão, os Hellins ou quaisquer outros países dentro dos Domínios.

O Conselho foi obrigado a acordar do longo e tranquilo sono, e em grande parte acordou. A última eleição para o Conselho, há quatro anos, foi agressiva e implacável; quatro dos sete integrantes foram depostos e substituídos por ca' bem mais ambiciosos.

Audric conhecia a história do Conselho; Sergei reclamava sem parar a respeito dos conselheiros, e o mestre ci'Blaylock falava a mesma coisa nas aulas. Agora sua mamatarh deu os mesmos avisos.

— *Você precisa tomar cuidado, Audric. Lembre-se de que cada um dos conselheiros quer estar no seu lugar. Eles querem o anel e o cajado; querem se sentar no Trono do Sol. Os conselheiros têm inveja de você, e é preciso convencê-los de que, ao darem o que você quer, eles estarão mais próximos de seus próprios objetivos.*

A mamatarh Marguerite olhava fixamente para ele enquanto Audric percorria o corredor até o salão do Trono do Sol, onde era aguardado pelo Conselho. As rodas do cavalete onde o quadro ficava apoiado estavam silenciosas hoje; ele insistiu que fossem lubrificadas por Marlon com gordura de pato antes da reunião. Os criados empurraram o cavalete pelo corredor interno do palácio na frente de Audric, com cuidado, para acompanhar seu ritmo lento e vacilante, enquanto Marlon e Seaton apoiavam o kraljiki de ambos os lados. Ele teve um péssimo dia; era um dia nublado e frio, e Audric permitiu-se tossir mesmo enquanto ouvia a voz da mamatarh confortá-lo.

— *Você pode se permitir tossir, desta vez* — disse ela. — *Dessa vez, sua fraqueza será sua força. Mas, depois de hoje, você tem que ser mais forte. Você* será *mais forte.*

— Eu serei, mamatarh. Serei forte depois de hoje, e a doença irá embora. — Pelo rabo do olho, Audric notou que Marlon olhava estranhamente para ele, embora o homem não dissesse nada.

Seaton gesticulou para os criados do corredor, que abriram a porta do salão e fizeram uma mesura quando Audric e sua mamatarh entraram. Lá dentro, os integrantes do Conselho levantaram-se das cadeiras diante do Trono do Sol e também fizeram uma mesura, embora a saudação tenha sido apenas uma leve inclinação de cabeças. Audric notou os olhos de Sigourney ca'Ludovici quando ela abaixou a cabeça, embora a conselheira parecesse olhar mais para o quadro de Marguerite do que para o kraljiki. Ele dirigiu-se ao Trono do Sol, foi ajudado por Marlon a subir os três degraus da plataforma, e deixou-se cair no assento estofado. Audric tossiu então — não conseguiu impedir o ataque —, no momento em que a luz brilhou nas profundezas do cristal e banhou o kraljiki de amarelo: como o Trono do Sol fazia há longas gerações sempre que um kralji se sentava ali. Audric limpou a boca na manga da bashta de seda enquanto o Conselho permanecia de pé diante dele, e Seaton empurrou o cavalete para o lado direito do trono, de maneira que Marguerite encarasse com ódio os sete ca'.

— *Olhe para eles* — falou a kraljica para Audric. — *Veja como olham com fome o Trono do Sol. Todos imaginam como conseguirão se sentar onde você está. Comece por ser firme com eles, Audric. Mostre que você está no comando desta reunião, não os conselheiros. Então... então faça o que tem que fazer.*

— Eu farei — disse Audric para Marguerite. Os ca' já começavam a se sentar, e ele ergueu a voz para se dirigir aos conselheiros. — Não há necessidade de se sentar. Nosso assunto aqui deve tomar apenas alguns grãos de areia da ampulheta.

Interrompidos no meio do movimento, os ca' endireitaram-se em meio a um farfalhar de bashtas e tashtas e lançaram olhares na direção de Audric que oscilavam do questionamento à quase raiva. — Perdoe-me, kraljiki — falou Sigourney ca'Ludovici —, mas as coisas podem não ser tão simples quanto o senhor imagina.

— Mas elas são simples, vajica ca'Ludovici — disse Audric. — O traidor ca'Rudka está na Bastida; o Conselho teve o tempo que a senhora pediu para que os conselheiros consultassem entre si e deliberassem. Os senhores nomearão outro regente ou permitirão que eu reine como kraljiki como deveria? Essas são as duas únicas opções diante dos senhores, que já deveriam ter tomado uma decisão. — A longa fala exigiu esforço, como ele sabia que exigiria. Ele tossiu e dobrou o corpo enquanto a mamatarh ria baixinho em sua cabeça, cobriu a boca com um lenço que rapidamente ficou sujo com manchas vermelhas. Audric amassou o pano de linho na mão, mas não tanto a ponto de eles não conseguirem ver o sangue.

Audric abriu os olhos e viu ca'Ludovici olhando fixamente para sua mão. A conselheira ergueu o olhar abruptamente e sorriu como um gato espiando um rato encurralado, depois olhou uma vez para os demais integrantes do conselho, atrás dela. — Talvez o senhor esteja certo, kraljiki. Afinal de contas, o dia está úmido e nós não deveríamos mantê-lo longe do conforto de seus aposentos.

A vajica ca'Ludovici tomou fôlego, e Audric ouviu Marguerite sussurrar para ele naquele espaço de tempo. — *Agora. Diga para a conselheira o que ela quer escutar.*

— Eu estou mais forte agora do que estive há anos — falou Audric, mas ele forçou uma tosse e uma pausa, como se tomasse fôlego entre as palavras. Não foi preciso muito encenação. — Mas também estou ciente da minha juventude e inexperiência, e contaria com a orientação do Conselho dos Ca', e talvez especialmente da senhora, conselheira ca'Ludovici, como minha mentora.

Ela fez uma mesura ao ouvir isso, e era impossível não notar a satisfação no rosto de ca'Ludovici. — O senhor realmente é sábio para a idade que tem, kraljiki, o que significa que é um prazer lhe informar que todos nós deliberamos e chegamos a um acordo. Kraljiki Audric, apesar de sua idade, o Conselho dos Ca' não nomeará um novo regente.

Ele ouviu a mamatarh rir ao ouvir a notícia, exultante, e o próprio Audric quase riu também, só não o fez porque o riso traria a tosse novamente. O kraljiki contentou-se com um gesto silencioso de agradecimento para os conselheiros. *Tão fáceis de manipular. Tão previsíveis.* Ele não sabia de quem era o pensamento: seu ou de Marguerite.

— Eu gostaria de agradecer ao Conselho por seus esforços. E vemos uma nova era para Nessântico, uma era em que recuperaremos tudo que perdemos e superaremos até mesmo os sonhos da kraljica Marguerite. — Audric teve que fazer uma pausa para respirar e limpar os pulmões de novo. Marlon esticou a mão para o trono a fim de entregar um novo lenço e levar embora o molhado e manchado. — Quanto ao antigo regente ca'Rudka, acho que está na hora de ele confessar seus pecados, fazer as pazes com Cénzi e pagar pelos erros de sua vida.

A vajica ca'Ludovici fez uma mesura mais uma vez, mas não antes de Audric ver mais uma vez a satisfação na expressão do rosto. *Sim, ela encara ca'Rudka como um rival perigoso enquanto permanecer vivo...* — Será feito como o kraljiki deseja — disse Sigourney. — Eu cuidarei disso pessoalmente.

~ Karl ca'Vliomani ~

A NOTÍCIA ESPALHOU-SE RAPIDAMENTE pela cidade, e como embaixador de Paeti, Karl esteve entre os primeiros a ouvi-la: o Conselho dos Ca' declarou que o kraljiki atingiu a maioridade e que a regência de ca'Rudka chegou ao fim. Karl ouviu a notícia com um desespero desanimador, pois sabia o que ela prenunciava, e imediatamente chamou uma carruagem e mandou que o condutor cruzasse correndo a Pontica Kralji para o Velho Distrito.

Ele torceu para que já não fosse tarde demais. Se Karl fosse um homem religioso, teria rezado. De certo modo, ele tocou a concha no cordão em volta do pescoço como se fosse um talismã, como se a concha pudesse afastar as nuvens tempestuosas que Karl via em seu futuro.

Considerando que Audric conseguisse sobreviver, o menino seria agora um joguete de Sigourney ca'Ludovici e do Conselho dos Ca'. Ana e Sergei foram os escudos dos numetodos contra os elementos conservadores dentro da fé concénziana e da sociedade. Foram apenas os dois que permitiram o crescimento dos numetodos. Agora, rápido demais, os dois se foram.

Haverá corpos de numetodos pendurados para exibição nas Ponticas novamente. Karl viu os cadáveres em sua mente e o próprio rosto em um deles. Torceu para que a visão fosse causada apenas pelo medo, e não por algum presságio.

Não existem deuses. Não existem presságios. O pensamento racional não acalmou sua mente. Ele não se sentia racional; sentia medo.

Mika e Varina concordaram em se encontrar com ele na taverna de sempre no Velho Distrito. Mesmo lá, onde os frequentadores o conheciam e o cumprimentavam pelo nome, Karl imaginou que receberia olhares tortos de quem estivesse nos compartimentos e às mesas. Ele não sabia mais com quem poderia contar, a não ser com os dois. Varina sentou-se ao lado de Karl no compartimento do canto, seu corpo era uma fonte de calor providencial, e Mika ficou do outro lado da mesa.

Amigos. Karl esperava que eles continuassem sendo amigos, depois disso.

— Você é o a'morce dos numetodos aqui — disse o embaixador para Mika em uma voz urgente e baixa, para que não fosse ouvido pelos frequentadores do bar. O músico no canto, que tocava um alaúde de cinco cordas e cantava baladas que já eram velhas quando sua mamatarh as ensinou para ele, ajudou a abafar a conversa. — Não peço que se envolvam, mas fiz uma promessa a ca'Rudka que pretendo cumprir. Preciso avisá-los para que... façam preparativos.

Mika deu de ombros, embora sua expressão cansada tenha deixado claro para Karl que ele estava mais preocupado do que admitiria. Mika pegou a cerveja em frente a ele e deu um grande gole, depois limpou a espuma das pontas do bigode. — Se Audric ou o Conselho estão dispostos a matar ca'Rudka, então se voltarão para os numetodos a seguir como bodes expiatórios adicionais, caso você faça ou não alguma coisa, Karl. A culpa de tudo sempre cairá sobre nós, como sempre cai.

— Você tem família aqui. Eu sei. Sinto muito.

— Sali já passou por isso antes — falou Mika. — Ela entenderá. Vou mandá-la com as crianças para sua família em Il Trebbio.

— E quanto ao menino, Nico? — perguntou Varina. — O que fazemos com ele?

— Vocês não ouviram nada de Talis ou da matarh dele? — indagou Karl, e Varina negou com a cabeça. — Então permaneça com o menino por enquanto, se quiser. Se a situação ficar muito perigosa, deixe Nico ir embora. Não tenho interesse que ele se machuque só por estar associado a nós. — Karl soltou um longo suspiro. A própria cerveja permanecia intocada sobre a mesa, e ele olhou fixamente para as bolhas que espumavam na caneca de madeira. *Milhares de bolhas, todas surgem ao mesmo tempo, depois estouram e somem. Como eu. Como todos nós. Somem rápido demais e não sobra nada depois. Nada...*

— Eu irei com você hoje à noite, Karl, depois que despachar Sali e as crianças — disse Mika. — Você precisará de ajuda com isso.

Karl balançou a cabeça. — Não será necessário.

— Se ca'Rudka for retirado da Bastida por magia, então todos nós sabemos quem será o culpado e quem será caçado — falou Mika. — Pelo menos uma vez, eles terão razão em culpar os numetodos, não é? Mas a reação que que se desencadeará não mudará caso você vá sozinho ou com uma dezena de nós, ou caso seja bem-sucedido ou fracasse: só a tentativa já será suficiente.

— Eu não arriscarei a vida de uma dezena de nós; levarei dois — respondeu Karl. — Eu e mais outro.

Mika deu um sorriso irônico. — Então é melhor eu garantir que você consiga. Enquanto ca'Rudka permanecer vivo, há uma chance de que ele consiga voltar ao poder, o que seria melhor para nós.

— Eu sou mais forte do que qualquer um de vocês com o Scáth Cumhacht — interrompeu Varina. — Eu vou com vocês também.

Com esta declaração, o nó no estômago de Karl ficou mais apertado. Ele imaginou Varina morta, ou pior, capturada. Karl fez uma careta e balançou a cabeça diante da dor dessa ideia. — Não há necessidade. Você tem que tomar conta de Nico.

Ela franziu os lábios e tamborilou na mesa do compartimento. — Mika — falou Varina —, acho que precisamos de mais uma rodada aqui. Importa-se de ir pegar?

Mika pestanejou, confuso. — É só chamar Mara e... — Ele fez uma pausa e arregalou um pouco os olhos. — Ah. — Mika franziu os lábios. — Certamente. Vou pegar.

Ele mal havia deixado o compartimento quando Varina virou-se no banco para encarar Karl. A voz era baixa e ameaçadora. — Karl, eu passei anos, *anos*, realizando pesquisas e experiências para expandir o catálogo de fórmulas mágicas que agora nós usamos regularmente. Eu me dediquei a entender a magia ocidental, como ela funciona e como podemos dominar seus costumes. Eu abri mão... — Varina parou e mordeu o lábio inferior momentaneamente. — Eu abri mão da vida que poderia ter levado em nome dos numetodos e de uma causa que achei que compartilhávamos. E agora você vai me relegar ao papel de babá? Se fizer isso, Karl, você estará dizendo que desperdicei todo aquele tempo, todo aquele esforço e todos aqueles anos. É o que está me dizendo? É isso?

A acusação de Varina cortou Karl como uma adaga afiada. Ele levantou as mãos da mesa como se estivesse magoado. — Você não entende... — Karl começou a dizer.

— O que eu não entendo? — disparou ela de volta. — Que você acha que eu não tenho utilidade alguma para você? Que eu... não me importo com você o suficiente para querer ajudar?

— Não. — Karl balançou a cabeça incontrolavelmente. — Varina, nossas chances não são boas aqui.

— E são melhores sem mim?

Karl suspirou. — Não, não foi isso o que eu disse. Eu não quero que você se machuque.

— Mas está disposto a deixar Mika se arriscar? Por que, Karl? Por que ele é tão diferente de mim? Por quê? — As perguntas foram marteladas, e Karl pensou que houvesse uma estranha urgência nas questões, como se existisse uma resposta que Varina quisesse que ele desse.

Mas Karl não tinha respostas. Ele abaixou a cabeça, encarou a caneca, as bolhas sumiam na borda, a água no fundo manchava a madeira. — Se quiser ir comigo, Varina, então eu ficarei contente com a sua ajuda. — Karl ergueu a cabeça. Ela encarava o embaixador com uma resistência frágil. — Obrigada.

Varina abriu um pouco a boca, como se fosse dizer mais alguma coisa, mas simplesmente concordou com a cabeça.

Mika voltou com mais cerveja e pousou as canecas no centro da mesa. — Tudo acertado?

— Sim — respondeu Karl. — Tudo acertado. Se isso for realmente o que vocês querem, então vamos terminar as cervejas para podermos ir aos nossos aposentos e preparar os feitiços que precisaremos hoje à noite. Mika, se você puder cuidar de espalhar a mensagem para que todos os numetodos saiam da cidade ou façam planos para ficar escondidos em um futuro próximo... — Ele finalmente pegou sua caneca, e Mika e Varina levantaram as próprias. Os três brindaram. — À sorte — falou Karl. — Vamos precisar dela.

Eles beberam as canecas simultaneamente.

~ Varina ci'Pallo ~

— VOCÊ PARECE TERRIVELMENTE CANSADA, Varina — disse Nico.

Ela estava mesmo. Estava exausta, tão cansada que os ossos doíam. A tarde tinha sido gasta na preparação dos feitiços, com a moldagem do Scáth Cumhacht até que o feitiço estivesse completo, depois vieram a colocação da palavra de ativação e o gestual para soltá-lo na mente. A exaustão da feitiçaria consumiu Varina — era pior agora do que quando ela era jovem, pior desde que começou a experimentar o método tehuantino. Ela tinha ido ao quartinho onde Nico era mantido a fim de buscá-lo para o jantar e ver como o menino estava.

— Eu ficarei bem em algumas viradas da ampulheta — falou Varina para Nico. — Eu só tenho que dormir um pouco para me recuperar.

— Talis também sempre ficava cansado quando fazia as coisas mágicas, especialmente com aquela tigela. Eu achava que aquilo fazia Talis parecer velho também. Como a senhora.

A honestidade brutal de uma criança. Varina tocou no cabelo cada vez mais grisalho, nas rugas profundas que surgiram no rosto nos últimos anos, e disse — Nós pagamos pela magia desta maneira. Não se consegue nada nesse mundo sem um preço. Você aprenderá isso. — Ela deu um sorriso irônico. — Desculpe. Isso parece algo que uma matarh diria.

Nico sorriu: hesitante, quase tímido. — A matarh fala assim comigo às vezes, como se estivesse falando mais com ela mesma do que comigo. Vou tentar me lembrar disso, porém.

Varina riu. Ela sentou-se na cadeira ao lado da cama do menino e inclinou-se para frente a fim de mexer no cabelo de Nico. Ele franziu a testa e recuou um pouco na cama. — Nico — disse Varina ao recolher a mão —, eu tenho que falar com você. Coisas estão acontecendo lá fora. Coisas ruins. Depois que eu descansar um pouco, terei que sair para fazer algo e, quando voltar, teremos que sair da cidade muito depressa.

— Como eu tive que sair com a matarh? — Ele recolheu ao peito as pernas dobradas quando se sentou na cama e as abraçou. Nico olhou sobre os joelhos para Varina.

— Sim, da mesma forma.

— A senhora está em apuros?

Varina teve que sorrir ao ouvir isso. — Estou prestes a estar.

Ele torceu o nariz. — É por causa daquele homem?

— Karl, você quer dizer? Pode-se dizer que sim.

Nico soltou as pernas e olhou para a comida na bandeja, mas não tocou nela. — A senhora e Karl estão...?

Varina entendeu a pergunta sem palavras. — Não. Por que você achou isso?

— A senhora age como se fossem. Quando vocês dois conversam, parecem minha matarh e Talis.

— Bem, nós não estamos... juntos. Não desta forma.

— Ele gosta da senhora, dá para dizer.

Isso fez Varina sorrir, mas o gosto foi amargo. — Ah, dá para dizer, é? Quando você passou a saber tanto sobre os costumes dos adultos?

Nico deu de ombros e repetiu — Dá para dizer.

— Não vamos falar sobre isso — disse Varina, embora quisesse. Ela perguntou-se o que Karl diria para Nico se o menino tivesse dito a mesma coisa. — Eu preciso que você coma e durma um pouco porque é bem provável que nós tenhamos que sair da cidade hoje à noite. Você precisa estar pronto para isso.

— A senhora vai me levar para a minha matarh?

— Quisera eu, Nico. De verdade. Mas eu ainda não sei para onde iremos. Vou levá-lo a um lugar seguro. Isto eu prometo. Não deixarei nada de mal acontecer com você, e tentaremos devolvê-lo para sua matarh. Entendeu?

Ele concordou com a cabeça.

— Ótimo. Então coma o jantar e tente dormir. Eu mesma vou descansar no quarto ao lado. Se precisar de mim, pode me chamar. Vá agora, prove a sopa antes que ela esfrie.

Varina observou o menino comer por alguns grãos da ampulheta até sentir as pálpebras pesadas. Quando acordou, descobriu que tinha caído no sono na cadeira ao lado da cama, e Nico também dormia, encolhido perto dela com um braço esticado para tocar sua perna. Lá fora, ouviu o ritmo da chuva no telhado e nas persianas da casa.

Varina cobrou Nico e encostou os lábios em sua bochecha. Depois deixou o menino, fechou e trancou a porta ao sair.

Ela torceu para que o visse novamente.

~ A Pedra Branca ~

NESSÂNTICO...

Ela nunca tinha visto a cidade antes, embora obviamente tivesse ouvido falar muito a seu respeito. Mesmo com os Domínios divididos, mesmo com o antigo kraljiki tendo sido uma pálida imagem de sua famosa matarh, e mesmo com o atual kraljiki sendo um menino frágil que, diziam os rumores, não viveria para chegar à maioridade, Nessântico mantinha o encanto.

A Pedra Branca sempre soube que viria aqui com o tempo, como qualquer pessoa com ambição deveria. A atração da cidade era irresistível, e para alguém de seu ramo de negócios, Nessântico era um campo rico e fértil a ser explorado. Mas ela não esperava vir aqui tão rapidamente ou por estes motivos.

Após o assassinato às pressas e quase malfeito do hïrzg, a Pedra Branca considerou que era perigoso demais ficar na Coalizão. Ela voltou a assumir o papel da mendiga Elzbet, escondeu-se entre os pobres que tão frequentemente eram invisíveis aos ca' e co', e foi de Brezno a Montbataille nas montanhas orientais que formavam a fronteira de Nessântico com Firenzcia, depois desceu o rio A'Sele até a grande cidade em si.

Enquanto interpretava o papel, a Pedra Branca instalou-se no Velho Distrito. Esta era a melhor maneira de evitar chamar atenção. Ela era apenas mais um dos pobres anônimos que perambulavam pelas ruas da maior cidade do mundo conhecido, e ninguém iria notar ou se importar muito se ela conversasse com as vozes em sua cabeça enquanto andava. Ela era apenas outra alma louca, uma mulher maluca que balbuciava e murmurava para si mesma, que percorria algum mundo interior em conflito com a realidade à volta dela.

— *Você pagará por isso. Não pode* me *matar e não pagar. Eles encontrarão você. Eles virão ao seu encalço e matarão você.*

— Quem? — perguntou ela para a voz estridente de Fynn enquanto os demais dentro da Pedra Branca riam e debochavam dele. Ela levou a mão à tashta, apalpou sob o pano a pequena bolsinha amarrada ao pescoço e, por dentro, a pedra clara que sempre mantinha consigo. — Quem virá me encontrar? Eu contei quem me contratou. Será que *ela* irá procurar por mim?

— *Você está preocupada que outra pessoa descubra. Está preocupada que se espalhe a notícia de que a Pedra Branca também era a mulher que era amante de Jan ca'Vörl. Eles viram seu rosto; eles reconheceriam você, e o rosto da Pedra Branca não pode ser conhecido.*

— Cale a boca! — ela quase gritou com Fynn, e o guincho fez cabeças se voltarem para ela. Um utilino de passagem parou no meio da ronda e virou a lanterna de luz mágica em sua direção. Ela protegeu os olhos da luz, curvou o corpo e arreganhou os dentes para o homem, no que torceu que parecesse ser um olhar de louca. O utilino fez um som de nojo e afastou a luz dela; as outras pessoas já tinham virado o rosto e dado as costas para cuidar de suas próprias vidas.

As vozes das vítimas gargalhavam e riam quando ela virou a esquina para entrar no centro do Velho Distrito. As famosas lâmpadas mágicas de Nessântico reluziam e brilhavam nos postes de ferro dispostos em volta da praça aberta. Ela olhou as placas das lojas ao longo da rua. Aqui, na grande praça, as lojas ainda estavam abertas, embora a maioria dos estabelecimentos nas transversais estivesse trancada desde que escureceu totalmente: os ténis podiam acender as lâmpadas do centro do Velho Distrito, mas não iam às ruas antigas e estreitas que afluíam do centro. Eles iluminavam o anel da Avi a'Parete pela cidade inteira, de maneira que Nessântico parecia usar um colar de esplendor amarelo, e as ruas largas da margem sul onde a maioria dos ca' e co' morava, mas o Velho Distrito era abandonado à noite.

A lua escondeu-se atrás de uma nuvem, e uma garoa ameaçava virar uma chuva intensa. Ela correu na direção do centro, pois sabia que o tempo mandaria todo mundo para casa e faria os comerciantes fecharem as lojas.

Ali: ela viu o almofariz e o pilão de um boticário mais à frente e arrastou os pés na direção da loja, através da multidão que rapidamente ficava menor. Manteve a cabeça baixa e as costas perto dos tijolos e das pedras dos prédios. Em um momento, um homem que passava tocou seu braço: um velho de barba grisalha, que deu um sorriso malicioso com uma boca banguela e um bafo que cheirava a cerveja e queijo. — Eu tenho dinheiro — disse ele sem preâmbulos, com o rosto molhado de chuva. — Venha comigo.

— *Puta!* — gritaram as vozes alegremente em deboche. — *Por que não? Você aceita pagamento por outros serviços.*

A Pedra Branca olhou com raiva para o homem e mostrou o cabo da faca na cintura. — Eu não sou uma puta — disse ela para o sujeito, e para as vozes. A mão agarrou a faca, e gotas de chuva caíram do manto com o movimento. — Afaste-se.

O homem sem dentes riu e espalmou as mãos. — Como quiser, vajica. Sem problemas, hein? — Então ele desviou o olhar e se afastou, os pés chapinharam nas poças. Ela observou o homem ir embora.

A Pedra Branca poderia se livrar dele, mas não dos demais. Os outros estavam sempre com ela.

Ela chegou ao boticário e olhou o interior através das persianas abertas. Não havia ninguém lá dentro, a não ser o proprietário parcialmente careca. Ela entrou, e quando o sino da porta retiniu de forma estridente, o homem ergueu os olhos dos jarros e frascos atrás do balcão.

— Boa noite. Que tempo horrível, eu já estava prestes a fechar. Como posso ajudar, vajica? — As palavras eram agradáveis, mas o tom e o olhar eram menos convidativos. O boticário parecia dividido entre sair detrás do balcão ou retornar aos preparativos interrompidos para fechar. — Uma poção para dores de cabeça? Algo para aliviar uma tosse?

A Pedra Branca teria sido firme, teria sido decidida, mas ela não era a Pedra Branca agora, era apenas uma jovem de aparência comum, sem status, que pingava no chão, uma pessoa que podia ser confundida com uma prostituta comum que andava pelas ruas ou tentava escapar do tempo por um momento.

É isso o que você realmente quer? Não tinha certeza sobre quem fez a pergunta ou se tinha sido ela mesma quem indagou. As vozes ficaram quietas enquanto ela esteve com Jan. De alguma forma, ficar com ele acalmou a confusão dentro de sua mente, e isso ao menos tinha sido parte da atração que ela sentiu por ele, tinha sido o motivo pelo o qual ela se deixou envolver mais do que deveria. Com Jan, naquele pouco tempo, ela se sentiu cicatrizando. Pensou que talvez fosse capaz de se tornar alguém além da Pedra Branca, que pudesse se tornar normal. *Jan...* Ela se perguntou o que ele estaria pensando agora, se achava que foi feito de bobo ou se sentia arrependimento ao pensar nela. Perguntou-se se Jan sabia quem ela era, que matara seu onczio, ou se pensava que ela fugira apenas porque fingira ser alguém que não era e fora descoberta.

— Vajica?

Ela se perguntou se Jan algum dia saberia como ela se arrependia de tudo.

A Pedra Branca tocou o estômago com delicadeza novamente, como fazia cada vez mais recentemente. Deveria ter ocorrido o sangramento mensal antes mesmo de ter matado Fynn ca'Vörl. Ela pensou que talvez o estresse o tivesse atrasado alguns dias. Mas o sangramento não veio depois da fuga; ainda não tinha ocorrido durante os dias que passou em Nessântico, e agora havia uma estranha náusea quando acordava e sensações estranhas dentro dela.

Isso é tudo o que você terá dele. Quer realmente fazer isso?

Podia ter sido sua própria voz. Podia ter sido a voz de todos eles.

— Vajica? Eu não tenho a noite toda. A chuva...

Ela balançou a cabeça e pestanejou. — Desculpe, eu... — A mão tocou o abdômen outra vez.

O boticário olhou fixamente para a mulher e para o movimento da mão na barriga. Ele empinou e abaixou o queixo, passou a mão na careca como se ajeitasse um cabelo invisível. — Eu acho que tenho o que você quer, vajica — disse o homem, com um tom mais gentil agora. — As moças da sua idade, às vezes, vêm até mim, e, como você, não sabem exatamente o que dizer. Eu tenho uma poção que trará o sangramento. É o que você precisa, não é? Mas devo dizer que não é uma poção fácil de fazer, e, portanto, não é barata.

Ela encarou o homem. Prestou atenção. Colocou a mão na gola da tashta molhada e apalpou a pedra na bolsinha de couro.

As vozes estavam caladas.

Caladas.

— Não. — A Pedra Branca recuou e ouviu o sino da porta quando o calcanhar bateu nela. — Não, não quero sua poção. Não quero.

Ela então deu meia-volta e fugiu para a praça e para o ataque violento da chuva, as luzes mágicas brilhavam à sua volta e refletiam nas ruas molhadas.

Foi quando a Pedra Branca ouviu as trompas darem um alarme por toda a cidade.

◇◇◇ EVASÕES ◇◇◇

Karl ca'Vliomani

Niente

Nico Morel

Varina ci'Pallo

Audric ca'Dakwi

Allesandra ca'Vörl

Enéas co'Kinnear

Niente

Sergei ca'Rudka

Karl ca'Vliomani

Jan ca'Vörl

Audric ca'Dakwi

A Pedra Branca

~ Karl ca'Vliomani ~

O PLANO ERA BEM SIMPLES — tinha que ser. Karl não tinha um exército para atacar a Bastida. Não tinha compatriotas entre os gardai para abrir os portões ou deixá-los desguarnecidos ou para dar cópias das chaves das masmorras. Não tinha a poderosa magia selvagem de Mahri quando este o tirou da Bastida, para simplesmente levar Sergei embora.

Karl tinha a si mesmo. Tinha Varina e Mika. Tinha o que o próprio Sergei lhe contou.

Ele tinha o mau tempo.

A Bastida foi originalmente projetada como um fortaleza, para proteger o A'Sele de invasores que viessem do alto do rio; mais tarde ela foi convertida em prisão. Uma parte de seu legado ainda existia, e ninguém conhecia todos os caminhos secretos, embora poucos a conhecessem melhor do que Sergei ca'Rudka, que passou muito tempo no comando do conjunto irregular e úmido de pedras negras.

O trio pegou emprestado um pequeno bote ancorado a leste da Pontica a'Brezi Nippoli. Eles entraram na embarcação a poucas viradas da ampulheta depois de ter anoitecido completamente, quando a lua e as estrelas ficaram perdidas atrás dos baluartes dos arranha-céus e uma leve chuva começou a cair. — Eu diria graças aos deuses, se acreditasse neles. — Mika deu um sorriso irônico para Karl ao ajudar Varina, e depois o embaixador, a entrar. Com água até o joelho no rio, ele empurrou e afastou o bote da margem. — Vejo vocês dois mais tarde — disse Mika.

Karl torceu para que ele estivesse certo. Ouviu Mika sair do rio chapinhando e correr na direção das casas ao longo da margem sul.

Karl e Varina não usaram os remos por medo de que as pancadas na água alertassem um dos utilinos que faziam ronda ou um transeunte curioso acima deles. Em vez disso, os dois deixaram que a lenta correnteza do A'Sele levasse o bote rio abaixo. Eles estavam vestidos com roupas escuras, os rostos foram encobertos por fuligem e cinzas, embora a chuva tenha limpado rapidamente.

Assim que passaram pela Pontica a'Brezi Veste e pelas torres sinistras e melancólicas das torres da Bastida, os dois vislumbraram a luz agitada de vela no alto da torre onde ca'Rudka estava preso — o sinal de que ele ainda estava lá.

Karl conduziu o bote em silêncio até a margem. Ele e Varina saíram e pisaram na lama úmida, ignoraram o cheiro de peixe morto e de água podre e entraram rapidamente nas sombras da Bastida.

Karl encontrou a porta onde Sergei disse que ela estaria: no ponto em que a barragem de terra coberta por grama da margem do rio encontrava os flancos da torre ocidental da Bastida. A barragem foi construída por ordens da kraljica Maria IV, há um século e meio, para evitar que as enchentes do A'Sele, que ocorriam anualmente na primavera, inundassem a margem sul. A porta estava coberta por terra e grama, onde a barragem subia sobre a base de pedra da Bastida, mas a cobertura era fina e as mãos de Karl rapidamente encontraram o anel de ferro debaixo da terra. Ele puxou com cuidado. A porta cedeu de má vontade, a terra empapada de chuva caiu, mas o som das dobradiças rabugentas foi em grande parte abafado pelo barulho da chuva no rio. Karl segurou a porta aberta para Varina entrar, depois ele mesmo entrou e deixou que a porta se fechasse.

O embaixador ouviu Varina falar uma palavra mágica e luz surgiu na lanterna encoberta que os dois trouxeram: a luminosidade amarela e fria do Scáth Cumhacht. O brilho parecia reluzir com uma intensidade impossível na escuridão. Karl viu as pedras lisas de limo e as lajotas quebradas do piso, as paredes infestadas com estranhas colônias de fungos e decoradas com cortinas esfarrapadas de teias de aranha. As silhuetas marrons e sinistras de ratos fugiam da luz e guinchavam em protesto.

— Que lindo — murmurou Varina, e o sussurro pareceu ecoar com um volume impossivelmente alto. Ela chutou um rato que se aproximara demais do pé, e o animal guinchou com raiva antes de fugir.

— Melhor ratos do que gardai — falou Karl. — Venha. Sergei disse que este caminho deve levar à base da torre principal. Mantenha a lanterna bem encoberta, só para garantir.

A caminhada pelo corredor abandonado pareceu levar cerca de meia virada da ampulheta, embora Karl soubesse que não poderia ter levado mais do que algumas centenas de passos. O ar estava gelado, e ele tremia sob a roupa molhada. Os dois chegaram à outra porta, obviamente fechada há muito tempo, e Karl levou um dedo aos lábios: depois daquele ponto, dissera Sergei, eles estariam nos níveis mais baixos da Bastida, onde poderia haver gardai ou prisioneiros trancados em celas meio esquecidas. Varina tirou uma jarra de banha de cozinha da tashta, abriu e besuntou a substância nojenta nas dobradiças da porta e nas bordas. Depois afastou-se e testou puxar a maçaneta, mas a porta não se mexeu. Ela puxou com mais força. Nada. Apoiou o pé na parede. A porta estremeceu uma vez no batente, mas, tirando isso, não houve resposta. *Trancada* — Varina falou sem emitir som.

Ela espiou pelo buraco da fechadura com o olho direito. Balançou a cabeça, depois se acocorou ao lado do batente. Falou uma única palavra mágica e gesticulou ao mesmo tempo: a madeira estremeceu e virou serragem em volta do buraco da fechadura, o trabalho de milhares de cupins feito em um instante, o mecanismo de metal caiu no novo buraco irregular com um baque surdo. Varina pegou o ferrolho e o soltou devagar e com cuidado, depois puxou a porta mais uma vez. Dessa vez, ela cedeu, relutante, porém silenciosa, e os dois entraram de mansinho em um pavimento gasto e úmido, mal iluminado por tochas presas em anéis dispostos em intervalos compridos ao longo das paredes — pelo menos um terço já havia se apagado e deixado um rastro de fuligem negra que manchava o teto baixo acima delas. O corredor fedia a óleo, fumaça e urina.

Karl fechou a porta outra vez após os dois entrarem e examinou-a rapidamente. Alguém que passasse por acaso talvez não notasse o buraco aberto por magia na penumbra; isso teria que ser suficiente. Em silêncio, ele apontou para a direita, e os dois começaram a seguir na ponta dos pés rapidamente pelo corredor.

Todas as passagens levarão à saída à esquerda. Conte duas e entre na terceira. Foi o que Sergei disse para Karl; agora ele observava cuidadosamente enquanto eles apressavam. Primeira abertura, da qual ouviram o som de alguém gritando: um choramingo longo, estridente e melancólico que não parecia humano —

Karl sentiu Varina estremecer ao seu lado. Segunda abertura: uma passagem bem iluminada e o som ao longe de vozes rudes rindo de alguma piada e berrando.

Terceira abertura. Mais à frente, em um pequeno corredor, havia uma escada gasta em caracol, e eles ouviram vozes baixas e sons de um espaço habitado. A torre...

A mão de Varina pegou o braço de Karl; ela chegou perto, o calor do corpo foi providencial ao lado do embaixador. — Devemos esperar por Mika...

— Até onde sabemos, Mika já fez a parte dele ou já foi capturado. De um jeito ou de outro...

Ela soltou o braço de Karl e concordou com a cabeça. Ele e Varina entraram no corredor e começaram a subir, no maior silêncio possível. A escada, segundo Sergei contou, dava uma volta pelo perímetro de cada andar, com um pequeno patamar em cada um deles e uma porta que levava às celas. Haveria gardai a postos em cada andar, que mudavam na Terceira Chamada. Karl já conseguia enxergar o patamar do térreo. Ouviu duas pessoas falando — se eram dois gardai, ou talvez um garda e um dos prisioneiros, ele não sabia. Karl começava a subir a escada, encostado na parede de pedra...

... e foi então que eles sentiram a torre estremecer uma vez, junto com um rugido grave e um breve clarão de luz branca que banhou a superfície das pedras. Karl e Varina encostaram-se na parede quando vozes gritaram, assustadas. Eles ouviram a porta da torre ser aberta, sentiram o toque do ar da noite e o cheiro da chuva. — O que está acontecendo aqui, pelos seis abismos? — berrou uma voz para a noite lá fora. — Aquilo foi um raio?

A resposta foi ininteligível e longa. Karl e Varina ouviram a porta ser fechada, seguida pelo rangido de uma chave em uma fechadura. — Que agitação é essa, Dorcas? — chamou alguém.

— Alguém acabou de tentar entrar pelo portão principal. O desgraçado usou o Ilmodo e derrubou ambas as portas. Eles acham que pode ter sido um numetodo. O comandante mandou interditar a prisão; devo avisar aos demais. Ninguém entra e ninguém sai enquanto co'Falla investiga e chama alguns ténis do templo para cá. Entendeu?

Veio um resmungo como resposta, e Karl ouviu passos na escada, que sumiram rapidamente.

Ele acenou com a cabeça para Varina. Os dois prosseguiram.

Um triângulo de luz amarela brilhou nas pedras do patamar; ele viu uma sombra se mover na luz. Karl fechou os olhos momentaneamente, sentiu na cabeça a agitação dos feitiços que preparara previamente. Ele saiu do patamar com as mãos já em movimento, a palavra de ativação pronta nos lábios quando Varina passou pelo embaixador e subiu correndo os degraus, na direção do próximo patamar. — Ei, o que... — disse o garda, mas Karl já havia dito a palavra, e um raio refulgiu de sua mão e jogou o homem na parede atrás dele. O garda desmoronou, inconsciente, e Karl correu à frente. Ele começou a seguir Varina, mas foi chamado por vozes de um trio de celas ali. — Vajiki! E nós? As chaves, homem, as chaves... — Mãos foram esticadas pelas janelas com barras nas sólidas portas de carvalho.

Karl hesitou, e os chamados continuaram, mais insistentes. — Solte-nos, vajiki! Não pode nos deixar aqui!

Ele balançou a cabeça. Soltar os prisioneiros só complicaria as coisas, tornaria a situação mais caótica do que já estava e possivelmente mais perigosa: nem todos os prisioneiros na Bastida eram políticos, e nem todos eram inocentes.

Karl seguiu Varina escada acima ao som de xingamentos e gritos.

Varina já havia repetido o processo no segundo andar. — Estou quase exausta — disse ela, visivelmente arrasada contra a parede. — Só tenho mais um feitiço; conjurei os encantamentos às pressas como um téni.

Karl concordou com a cabeça; o embaixador sentia a mesma exaustão, e havia pouco poder sobrando dentro dele. — Eu pego o próximo. Precisamos ter o suficiente sobrando quando chegarmos ao regente.

Juntos, os dois foram para o terceiro nível tão rápido quanto puderam. A cela de Sergei, eles sabiam, ficava no quarto nível; mas quando se aproximaram do terceiro, Karl e Varina ouviram vozes. — O comandante pediu que levássemos o senhor até ele — o tal Dorcas dizia.

— Ele disse que viria em pessoa. — Karl ouviu Sergei protestar; a voz do homem parecia assustada.

— O comandante está um tanto quanto ocupado no momento.

— Soltem minhas mãos, pelo menos. Esta escada...

— Não. O comandante disse que o senhor deveria ficar algemado...

Karl viu uma bota aparecer na curva da escada quase à altura de sua cabeça. Sentiu o agito das últimas sobras do Scáth Cumhacht e falou a palavra de ativação ao se afastar da parede; logo abaixo, ele ouviu Varina fazer a mesma coisa. Dois raios foram disparados, e os gardai que seguravam ca'Rudka desmoronaram. Sergei tropeçou, caiu na escada e quase derrubou Karl. O segundo garda — Dorcas, presumiu Karl — permaneceu em pé, no entanto; sua espada saiu sibilando da bainha, e ele protegeu Varina, que agarrou o braço e recuou. Sergei chutou o joelho do homem, que gemeu e começou a cair; o regente chutou de novo, e Dorcas caiu de cabeça pela escada. Ele não se moveu novamente; a cabeça estava dobrada em um ângulo horrível.

— Eu não achei que você viesse — disse Sergei.

— Eu cumpro minhas promessas — falou Karl. — Agora, vamos sair daqui... Varina?

Ela balançou a cabeça. Karl notou o sangue jorrando entre os dedos enquanto Varina segurava o braço. O embaixador rasgou o própria roupa para fazer uma bandagem. — Eu vou atrasar vocês — disse ela. — Vão indo. Eu seguirei o mais rápido possível.

— Eu não vou deixar você aqui. — Karl amarrou com força o ferimento com faixas de pano. O rosto de Varina estava pálido, e havia mais sangue manchando a tashta do que Karl gostaria. — Não tenho mais nada sobrando do Scáth Cumhacht. E você?

Ela fez que não. Quando Karl amarrou com mais força as bandagens, Varina fez uma careta.

Sergei estava agachado ao lado do garda. Karl ouviu o ranger de aço contra aço e o retinir de chaves, ca'Rudka tirou as algemas da mão e jogou na escada. Ele retirou um florete de um dos gardai.

— Pegue a espada do outro garda — disse Varina para Karl. — Podemos precisar.

Karl assentiu e disse — Vamos. — Eles desceram correndo a escada, com Karl ajudando Varina. Ele sentiu o corpo ficando mole e pesado em seus braços, mais lento a cada lance de degraus. Os prisioneiros gritavam e berravam enquanto os três passavam, sacudiam as barras das celas, mas Karl os ignorou. Eles chegaram ao térreo e, mais devagar, começaram a longa curva para o subsolo. Karl começou a achar que conseguiriam. Eles estavam quase lá. Com Varina arrastando os pés atrás e Sergei à frente, os três desceram correndo a pequena passagem até o corredor principal. Dois cruzamentos, outra curva e mais um pequeno corredor, e eles estariam à porta que levaria ao antigo túnel desativado e ao bote à espera.

— Não desmaie, Varina — falou Karl ao olhar para ela. — Estamos quase lá.

Os três deram mais alguns passos até que um grupo de meia dúzia de gardai armados entrou no corredor vindo do cruzamento à frente. — Lá! É o regente! — berrou um garda, e o líder, com as faixas do posto no uniforme, virou-se. Karl conhecia o homem, embora o offizier olhasse mais para Sergei do que para ele.

— Sinto muito, Sergei — disse o comandante co'Falla, então seu olhar se voltou para Karl e Varina. — Embaixador, infelizmente o senhor e sua companheira cometeram um erro muito grave aqui. Cuidarei para que ela receba o tratamento adequado para a ferida. Sergei, abaixe sua arma. Acabou.

— Eu posso dizer o mesmo para você, Aris — falou Karl. — Afinal, todos vocês sabem o que um numetodo é capaz de fazer.

— Se o senhor tivesse algum feitiço sobrando, já teria usado — respondeu co'Falla. — Ou estou errado?

Houve movimento no corredor atrás dos gardai; uma figura na penumbra das tochas. Karl sorriu. Ele espalmou bem as mãos. Notou que alguns gardai atrás do comandante se encolheram, como se esperassem a explosão de um feitiço. — Não — disse ele. — Você não está errado. Não quanto a mim.

Co'Falla acenou com a cabeça e falou — Então eu sugiro que tornemos esta situação mais fácil para todos nós.

— Eu concordo — disse Karl. Ele olhou atrás de co'Falla e dos gardai, e o comandante começou a virar o rosto. O feitiço atingiu o grupo naquele momento: o ar em volta dos gardai reluziu e se contorceu com raios. Com gritos de dor e surpresa, eles desmoronaram no pavimento de pedra, com os raios ainda ondulando, estalando e se contorcendo sobre os corpos. Atrás deles, Mika estava com as mãos estendidas. O corpo esmoreceu quando as mãos caíram.

— Regente — falou ele. — É um prazer conhecer o senhor. Agora, queiram vocês se apressar...

Varina seguiu meio cambaleante à frente. Ela pegou a espada de co'Falla com a mão boa e colocou a ponta na garganta do comandante. Olhou para Karl e disse — Ele conhece você. — Havia uma mancha de sangue na bochecha, onde ela roçou a mão no rosto cansado e pálido. — Ele falou seu nome.

— Não. — A resposta veio de Sergei. Ele se moveu como se fosse pegar o pulso de Varina, mas ela balançou a cabeça e empurrou a espada, que furou a pele e fez aparecer um ponto vermelho. Sergei olhou para Karl. — Ele é meu amigo. Se fizerem isso, eu não irei com vocês. Ficarei aqui. Vocês terão acabado com tudo.

Varina olhou fixamente para Karl, à espera. O embaixador balançou a cabeça. Ela deu de ombros e deixou a espada cair com um baque alto no pavimento. Varina cambaleou, depois se equilibrou e disse — Estamos perdendo tempo, então.

Eles passaram pelos corpos caídos dos gardai e correram.

~ Niente ~

NECALLI ERA O TECUHTLI desde antes de Niente nascer. Ele sabia os nomes dos antigos tecuhtlis, mas apenas porque seu vatarh e matarh falaram a respeito deles. O nome de Necalli era sempre louvado nas cerimônias do solstício nos Templos do Sol; foi Necalli quem mandou o famoso Mahri para o leste após suas visões profetizarem a ascensão dos orientais dos Domínios. Foi Necalli quem respondeu ao pedido de ajuda dos primos após o comandante dos orientais ter começado represálias contra aqueles que viviam depois das montanhas costeiras. Foi Necalli quem criou Niente para se tornar o novo nahual acima de todos os demais feiticeiros, muitos dos quais eram mais velhos que Niente e sentiam inveja de sua rápida ascensão. Foi Necalli quem concordou em permitir que Niente usasse os encantamentos profundos do X'in Ka para capturar a mente do offizier dos Domínios e mandá-lo de volta para a grande cidade dos orientais como uma arma.

O feitiço custara mais a Niente do que ele havia esperado, debilitou seus músculos de tal forma que ele não conseguia ficar de pé por muito tempo sem precisar se sentar novamente. O esforço o consumiu tanto que o rosto no reflexo da água na tigela premonitória estava enrugado e cansado como o de uma pessoa muitos anos mais velha do que ele. Niente pagou o preço, como Mahri pagou muitas vezes em sua época, mas Niente odiaria ver aquele sacrifício desperdiçado.

Agora ele se perguntava para que serviu o sacrifício. — *Ataque a cabeça da fera, e ela não poderá mais feri-lo* — dissera Necalli. Era o que tinha mandado Mahri fazer, mas parecia que, ao contrário, a fera havia consumido Mahri. Niente tinha receio de que este pudesse ser seu destino também.

Mais importante, Necalli era o centro do mundo tehuantino na vida da maioria dos presentes ali. Niente não conseguia imaginar seu mundo sem o tecuhtli Necalli. Todos os guerreiros deviam morrer, e com o tecuhtli não era diferente. No entanto, Necalli sobreviveu aos desafios esporádicos ao seu reinado. Niente desejava que fosse capaz de imaginar Necalli sobrevivendo a este desafio também.

Mas ele tinha pouca esperança.

Niente estava no meio da multidão presente nos flancos da cavidade verdejante do vale Amalian, um dos locais sagrados de Sakal e Axat, localizado mais a leste. Suas costas estavam apoiadas em um dos alaques de pedra entalhada do campo de jogo e mantinha as mãos sobre a ponta do cajado mágico. Niente desceu o olhar para o pátio nas sombras. Lá embaixo, o tecuhtli Necalli estava de armadura, empunhando uma reluzente espada curvada na mão velha, mas firme, enquanto encarava Zolin, supremo guerreiro das forças tehuantinas e filho do irmão morto de Necalli. O rosto do tecuhtli Necalli era escuro com as tatuagens de sua patente, que contornavam as feições como uma máscara eterna e cruel, mas ele era um velho agora, as costas estavam curvadas para frente, o cabelo era branco e ralo. Zolin, em comparação, era a imagem esculpida e perfeita de um guerreiro.

O desafio surpreendeu a todos. Citlali, ele mesmo um guerreiro supremo, estava perto de Niente, e bufou diante da cena abaixo dos dois, Necalli e Zolin começaram a se cercar lentamente, enquanto os guerreiros em volta do campo começaram um cântico ritmado, batendo nas pedras com a ponta do cabo das lanças. O som parecia com as marteladas de Sakal quando Ele entalhou o mundo no casco da Grande Tartaruga. — Necalli voltará para os deuses hoje — disse Citlali. — Que Eles estejam prontos para receber o velho abutre.

— Por quê? — perguntou Niente. — Por que Zolin desafiou o tio? O tecuhtli Necalli não perdeu uma batalha para os orientais; na verdade, ele fez com que recuassem para o Mar Interior. A Garde Civile dos Domínios não penetrou ainda nas nossas fronteiras. O tecuhtli pode ser velho, mas ainda é um mestre da estratégia.

— Zolin diz que o tecuhtli ficou tímido com a senilidade — respondeu Citlali. A própria face era cheia de linhas negras pontilhadas por círculos de um azul intenso. — Ele dança com os orientais, mas hesita em destruí-los. Tornou-se cauteloso e cuidadoso demais. Zolin não tem medo. Zolin varrerá completamente os orientais da terra de nossos primos. Ele atacará, em vez de simplesmente se defender.

— Se vencer o desafio — disse Niente.

— Ninguém é mais forte do que Zolin. Necalli certamente não; olhe, os músculos são flácidos como os de uma velha.

— Será que a força deve vencer sempre a experiência? — perguntou Niente, e Citlali riu.

— Você é o nahual — falou Citlali. — Um dia, um de seus nahualli virá até você e exigirá um desafio, e talvez você descubra a resposta por si mesmo. Diga-me, Niente, por ter sido o nahual de Necalli, você está com medo de mudar de status quando Zolin se tornar o tecuhtli?

Niente aprendeu há muito tempo que alguém nunca demonstrava medo para um guerreiro supremo. Os Tatuados já consideravam os nahualli pouco mais do que armas em forma humana e não tinham nada além de desprezo por aqueles que eles consideravam fracos. Niente deu um sorriso forçado. — Não se Zolin tiver um cérebro, além de força.

Citlali riu outra vez e disse — Ah, isso ele tem. Zolin aprendeu com o próprio Necalli. Agora é o momento de o aluno superar o mestre, de o filho substituir o irmão de seu vatarh. — Niente percebeu que o guerreiro supremo o examinava de cima a baixo com o olhar. — Você anda cansado ultimamente, e estas rugas são novas no seu rosto. Você mesmo devia tomar mais cuidado, Niente. Necalli usou você demais, assim como Mahri. É uma pena.

Niente concordou cautelosamente com a cabeça. Era o que ele mesmo pensara, mais de uma vez.

O cântico e as batidas pararam abruptamente. Eles ouviram os pássaros da floresta se acomodarem novamente. O silêncio quase incomodou os ouvidos de Niente. Necalli e Zolin estavam a dois passos um do outro, no centro do campo.

Zolin rugiu. Avançou. A espada reluziu, mas a arma de Necalli se ergueu ao mesmo tempo, e as lâminas fizeram barulho ao colidirem enquanto os guerreiros gritavam em aprovação. Por um momento, os dois homens ficaram travados nessa posição, depois Zolin empurrou Necalli, e o tecuhtli recuou.

— Viu só — falou Citlali. — Eles agem em batalha como agem aqui. Zolin ataca, enquanto Necalli aguarda.

— E se Necalli encontrar uma falha no ataque de Zolin, ou se Zolin for impaciente, então é Necalli que continuará sendo o tecuhtli. Há vantagens em esperar.

— Veremos então quem os deuses favorecem, não é? — Citlali sorriu com ironia. — Quer apostar, nahual? Três cabras que Zolin vencerá.

Niente negou com a cabeça; Citlali riu. Lá embaixo, o guerreiro supremo executou uma finta em nova investida, e Necalli quase cambaleou ao erguer a espada novamente contra o ataque esperado. Zolin foi para a direita, depois rapidamente mudou para a esquerda, e a espada desenhou uma linha reluzente no ar. Desta vez, a resposta de Necalli veio atrasada. A lâmina do guerreiro supremo acertou o corpo de Necalli no ponto onde o peitoral era amarrado às ombreiras, cortou as tiras de couro e penetrou fundo no ombro do braço que segurava a espada do tecuhtli. Necalli, para seu crédito, só fez uma careta quando Zolin arrancou sua espada, e o sangue jorrou nos dois. O guerreiro supremo cercou Necalli quando o tecuhtli cambaleou para trás, sua armadura se agitou quando ele trocou a espada para a mão esquerda. O sangue escorria pelo braço direito de Necalli e pingava dos dedos. Zolin berrou novamente e levantou poeira com as sandálias ao atacar novamente. O tecuhtli ergueu a espada, mas sua defesa era fraca, e a espada do guerreiro supremo continuou descendo, entrou ao lado do crânio desprotegido de Necalli, se enterrando no pescoço abaixo da orelha esquerda. Zolin soltou a espada quando Necalli caiu de joelhos, a arma do tecuhtli tiniu ao cair no chão. Por um longo momento, Necalli cambaleou ali. A mão esquerda apalpou o cabo da espada de Zolin, sem efeito. Os olhos estavam arregalados, como se enxergasse uma visão no céu; a boca abriu-se como se estivesse prestes a falar, mas só o sangue saiu.

Necalli oscilou para a direita e caiu. O rugido de Zolin foi combinado aos milhares de berros dos que assistiam. Ao lado de Niente, Citlali ergueu um punho cerrado no ar e berrou — Tecuhtli Zolin! Tecuhtli Zolin!

Lá embaixo, Zolin arrancou a espada do corpo de Necalli. Ele ergueu a arma no ar, e os gritos foram redobrados quando ele se virou para encarar os que assistiam. Seu olhar triunfante pareceu encontrar cada tehuantino.

Dessa vez, Niente também se juntou aos gritos. — Tecuhtli Zolin! — Ele levantou o cajado mágico para o céu, mas olhou mais para o corpo de Necalli.

~ Nico Morel ~

NICO ESTAVA CONFUSO e assustado com a agitação. Várias coisas estavam acontecendo rápido demais. Houve batidas furiosas na porta, e o homem que estava tomando conta de Nico fez um gesto estranho com as mãos antes de os dois ouvirem a voz do embaixador do outro lado. A porta foi escancarada, e várias pessoas entraram correndo. Elas meio que carregavam Varina, cuja tashta estava encharcada de sangue. Nico tentou correr até ela, mas alguém o empurrou de volta para a cama com um rosnado. Houve muitos gritos e gente demais na sala pequena. Sob a luz das velas, tudo era uma confusão de sombras. Ele só conseguiu ouvir trechos do que as pessoas diziam.

— ... precisamos de Karina; ela tem o talento de cura... —

— ... não podemos ficar... fomos reconhecidos... —

— ... diga aos demais para ficarem escondidos... —

— ... a Garde Kralji já deve estar à procura... —

— ...torturar e matar qualquer um de nós que encontrarem... —

— ... a criança tem que ir embora...

Nico sentou-se na cama e queria chorar, mas ficou com medo de atrair atenção para si quando não queria nada além de ser invisível. Um rosto saiu do caos e agigantou-se sobre ele: Karl. — Nós temos que sair de Nessântico. Varina lhe disse isso, não foi? Você virá comigo, Nico. Não podemos deixá-lo para trás, não sem ninguém para tomar conta de você.

— Eu posso ficar na minha velha casa — disse Nico com uma confiança que não sentia. — Minha matarh irá me procurar lá, ou Talis. E eu conheço as pessoas que moram nas outras casas. Eu ficarei lá.

— Nós deixamos uma mensagem para Talis na sua casa avisando onde você estava — disse Karl. — Ele não veio.

— Ele virá — insistiu Nico. — Ele virá.

O homem parecia ter tantas dúvidas quanto Nico tinha por dentro. — Sinto muito, Nico, mas temos que ir embora rápido, e você precisa vir conosco.

Nico olhou por cima do ombro de Karl, na direção do tumulto na sala. Havia muitas pessoas ali, e ele não conseguiu ver Varina. — Varina vai morrer? — perguntou Nico.

— Não. — O embaixador balançou a cabeça enfaticamente. — Ela foi ferida, mas não vai morrer. — O menino acenou com a cabeça. — Nico, você terá que ser muito corajoso e ficar muito quieto. Se formos descobertos, Varina *vai* morrer, e eu, e talvez você, também. Entendeu?

Nico concordou novamente, embora não entendesse. Ele franziu os lábios e engoliu em seco. — Muito bem, bom rapaz — disse Karl ao mexer no cabelo de Nico, como Talis às vezes fazia, e Varina também. Nico perguntou-se por que os adultos sempre faziam isso apesar de ele não gostar. O menino sabia que Karl tinha filhos e netos em Paeti; uma vez sua matarh comentou com Talis que o embaixador e a archigos Ana eram "próximos demais", então talvez eles fossem filhos da archigos. Nico imaginou como seria uma criança que cresceu no interior escuro e cavernoso do templo, com pinturas dos moitidis em combate nos domos no alto e fogo mágico que ardia em enormes braseiros em volta do coro.

— Nico! Venha cá. — Karl gesticulou, e Nico foi até ele.

— ... os portões da cidade serão fechados a qualquer momento — dissera um homem grisalho, e Nico levou um susto ao perceber que era o regente de Nessântico: tinha que ser ele, com o nariz feito de prata que reluzia à luz das velas. O menino olhou fixamente para o nariz: ele tinha visto o regente algumas vezes em dias de cerimônias, sentado ao lado do kraljiki Audric, quando a carruagem real dava a volta pela Avi a'Parete. Nico não compreendia por que o regente estava ali ou como poderia haver perigo com sua presença. A matarh sentia arrepios quando falava a respeito dele e contou para Nico histórias sobre o regente ter sido antigamente o comandante e ter torturado pessoas na Bastida. O rosto do regente parecia mais cansado do que perigoso neste instante. — O comandante co'Falla conhece a cidade tão bem quanto eu, pois o ensinei, e isso é um problema. Ele sabe que precisamos sair, e mandará pessoas à nossa procura. — O regente bateu com o dedo no nariz. — Alguns de nós somos muitíssimo reconhecíveis.

— Então nós evitaremos os portões — falou Karl. — Se conseguirmos cruzar a Avi perto do Parque do Templo, bem, as velhas muralhas ficam por ali, e se pudermos atravessar a vizinhança ao norte e entrar nos campos agrícolas durante a noite, há uma faixa de terra com muita floresta por lá, mais ou menos cinco quilômetros adiante, onde podemos ficar durante o dia. Talvez possamos prosseguir para Azay e... — O embaixador parou e deu de ombros. — Então faremos o que for necessário. Nesse momento, estamos perdendo tempo.

— Realmente — respondeu o regente. — Varina consegue andar?

— Eu consigo — Nico ouviu Varina responder, embora a voz soasse fraca e trêmula. Ele a viu, então, sentada na cama enquanto balançava os pés na beirada. O sangue na roupa era escuro, e parecia úmido. — Estou pronta. Só me deixem trocar de roupa. — Varina abanou a mão para eles. — Andem, saiam. Esperem por mim aí fora. Só levarei uma marca da ampulheta.

— Venha, Nico. — Karl acenou para a porta com a cabeça, mas Nico fez que não e abraçou o próprio corpo.

— Deixe o menino ficar — disse Varina. — Eu o levarei comigo. Andem.

— Está certo — respondeu o embaixador, mas ele parecia incerto. — Esperaremos na antecâmara. Seja rápida.

Os homens saíram e Varina desmoronou na cama por um momento, a respiração estava acelerada e incômoda. Ela gemeu ao se sentar novamente e ao tentar desfazer os laços da tashta. — Nico, preciso da sua ajuda...

O menino foi até Varina e desfez os laços, atrapalhou-se com os nós enquanto tentava não notar o sangue que sujava os dedos. Ela abaixou a tashta até a cintura, e Nico afastou o rosto rapidamente, um pouco corado, enquanto Varina tomou impulso com uma mão para ficar de pé. Os seios sob a faixa eram menores que os da matarh, e vê-los cobertos apenas por um pano fino provocou uma sensação estranha em Nico. — Há outra tashta no baú ao pé da cama — falou Varina. — Uma azul; pode pegá-la para mim? Bom menino.

Ele vasculhou o baú, o cheiro de ervas doces dentro de sachês de linho penetrou nas narinas do menino, que entregou a tashta azul para Varina. —

Vire-se um instante — falou ela, e quando Nico obedeceu, ele escutou a tashta suja deslizar completamente até o chão. Ouviu Varina vestir a nova tashta meio sem jeito com o braço machucado, e quando ela gritou de dor, o menino foi rapidamente ajudá-la, puxou com força a faixa embaixo dos seios, depois amarrou as alças e os laços das costas. — Há bandagens na última gaveta do baú — disse Varina. — Se puder trazer algumas...

Nico correu para pegá-las para ela. Quando se levantou com as faixas brancas de tecido macio nas mãos, viu Varina tirar as bandagens do braço. Ele conteve um gritinho ao ver o corte fundo e irregular, que ainda estava escancarado e vertia sangue. As bordas da ferida abriram enquanto Nico observava, era tão funda que ele pensou ter visto o osso branco no fundo. Ele engoliu em seco e sentiu enjoo. — Eu sei — falou Varina. — O corte parece sério, e preciso encontrar um curandeiro para costurá-lo. Mas, nesse momento, preciso amarrar uma nova bandagem para mantê-lo fechado. Não consigo com uma mão só. Você pode me ajudar?

Nico concordou com a cabeça e engoliu em seco. Enquanto recebia instruções, ele colocou um chumaço de bandagens dobradas em cima da ferida; depois, conforme Varina apertava as bordas do corte da melhor maneira possível, o menino enfaixou a região. — O mais apertado que você conseguir — disse ela. — Não se preocupe, você não irá me machucar. — Varina mostrou a ele como rasgar a ponta da bandagem em duas e depois amarrá-las para ficar no lugar.

Ela chorava no momento em que Nico terminou e olhava para a mão ao tentar mexer os dedos. — Vai melhorar, Varina — falou o menino. — Só precisa de tempo para sarar.

Varina riu entre as lágrimas e puxou Nico em um abraço com a mão boa. — Obrigada — sussurrou ela no cabelo do menino. — Agora, pegue um pouco de água. Eu quero tirar o sangue das minhas mãos e das suas.

Uma marca da ampulheta depois, os dois saíram do quarto, com Varina pálida, mas andando com firmeza.

Estava chovendo, estava frio, estava escuro, e Nico estava péssimo.

O menino manteve-se próximo a Varina enquanto eles atravessaram correndo a Avi a'Parete sob o aparente olhar furioso das famosas lâmpadas mágicas da cidade. O regente estava com Nico, Varina e Karl; o outro numetodo — aquele chamado Mika — deixou o grupo e foi para outra direção pela cidade. Nico viu um esquadrão da Garde Kralji correr pela Avi na direção do Portão Norte, pisando nas poças dos paralelepípedos da avenida; o regente fez o grupo parar à sombra de um prédio — a chuva caía com força das calhas entupidas sobre eles — até os gardai sumirem na curva da Avi, depois Sergei guiou-os por uma corrida no interior do aglomerado de casas ao norte da Avi. Lá, eles rapidamente trocaram as ruas principais por transversais e becos, mantiveram-se longe das poucas pessoas que estavam na rua no tempo ruim e ocasionalmente se escondiam em vielas quando ouviam outros se aproximarem. Em um momento, um trio de utilinos passou pelo grupo, e eles espremeram-se contra as pedras frias e úmidas do prédio mais próximo, prendendo a respiração enquanto os utilinos, que obviamente observavam os rostos dos transeuntes, iam embora. O grupo continuou rumo ao norte; as casas ficaram mais espaçadas, estavam separadas agora por campos e pastoreios; as luzes da cidade tornaram-se apenas um brilho nas nuvens acima deles; as ruas de paralelepípedos deram lugar a estradas enlameadas e cheias de sulcos, que finalmente viraram um caminho estreito e sujo. Quando eles pararam, Nico teve a sensação de que passou a noite correndo. Os pés e as pernas doíam, e ele ofegava pelo esforço de acompanhar os adultos. Varina desmoronou no chão assim que o grupo parou.

— Vamos descansar aqui por alguns minutos — falou o regente. — Se vier alguém, nós devemos vê-los antes que nos notem. — Os quatro estavam bem afastados de qualquer fazenda, e a chuva virou uma garoa inconstante. Nico ficou ao lado de Varina, que estava apoiada em um muro de pedra à beira do caminho. Ela fechou os olhos e segurou o braço ferido com firmeza.

— A floresta fica a mais ou menos um quilômetro e meio estrada acima; devemos alcançá-la em meia virada da ampulheta — continuou o regente. — Talvez nós devêssemos sair da estrada; se eu fosse o comandante, mandaria batedores para todos os vilarejos à nossa procura.

— Para onde? — perguntou Karl.

O regente sacudiu a água do cabelo parcialmente grisalho; gotas pingaram do nariz de prata. — Firenzcia — resmungou ele.

Karl deu uma risada que mais pareceu uma tosse. — Você está brincando, Sergei. Isso é sair do fogo para cair na brasa. Firenzcia? O archigos ca'Cellibrecca não é nada mais que uma versão mais nova de seu vatarh por casamento; eles adorariam ter o embaixador dos numetodos para torturar e pendurar em uma jaula para que todo mundo visse. Firenzcia? Lá pode ser bom para você, mas Varina e eu teremos uma chance melhor de sobreviver se tentarmos nadar pelo Strettosei até Paeti. Era melhor nós simplesmente nos rendermos à Garde Kralji agora.

Varina abriu os olhos, e Nico viu que ela assistia à discussão. O regente fungou. — Firenzcia é inimiga dos kralji. Agora, nós também. Eu conheço Allesandra desde a época que ela passou aqui; você também. Com Fynn assassinado, ela será a hïrzgin; Allesandra nos acolherá.

— A não ser que os numetodos estejam sendo convenientemente culpados pelo assassinato do hïrzg Fynn — falou o embaixador, e Varina concordou enfaticamente com a cabeça.

— Para onde mais vocês iriam? — perguntou o regente.

— Para um dos países ao norte, onde eles são mais receptivos aos numetodos. Talvez Il Trebbio.

— Il Trebbio ainda está nos Domínios, e eles já terão recebido a mensagem de Audric para nos capturar se formos vistos.

— E Firenzcia não faria o mesmo? — interveio Varina.

— Nós poderíamos pegar um barco de Chivasso para Paeti ou sair pelo norte dos Domínios para Boail — disse o embaixador.

— E quais são as chances de nós realizarmos essa longa jornada sem sermos notados? — Sergei fungou novamente.

Nico ouvia a discussão enquanto se encolhia no manto. Ele não queria ir para Firenzcia, Il Trebbio, Paeti ou qualquer um desses lugares. O menino gostava de Varina e sentia muito por ela estar machucada, mas queria estar com sua matarh ou Talis. Os adultos não prestavam atenção nele; estavam muito dedicados à discussão.

Aos poucos, Nico ergueu o corpo até ficar sentado no muro. Ele virou-se, as pernas balançaram do outro lado. Ninguém notou o menino; ninguém disse nada para ele. Nico deixou-se cair na grama alta do campo. Ele ainda podia ouvir a discussão quando começou a se afastar rapidamente do outro lado do muro de pedra — de volta para Nessântico. De volta para o único lar que conhecia.

Quando Nico mal pôde escutar as vozes, ele começou a correr: noite adentro, chuva adentro, na direção do brilho da cidade ao longe.

~ Varina ci'Pallo ~

— PARA ONDE MAIS VOCÊS IRIAM? — falou o regente, e ela ouviu Karl escarnecer.

— Para um dos países ao norte, onde eles são mais receptivos aos numetodos. Talvez Il Trebbio.

Sergei parecia um professor ensinando um aluno lento. — Il Trebbio ainda está nos Domínios, e eles já terão recebido a mensagem de Audric para nos capturar se formos vistos.

Varina, que meio que ouvia a discussão, remexeu-se e interrompeu os dois com os olhos semicerrados. — E Firenzcia não faria o mesmo? — disparou para o regente.

— Nós poderíamos pegar um barco de Chivasso para Paeti ou sair pelo norte dos Domínios para Boail — acrescentou Karl; Varina ficou contente por ter o apoio dele.

— E quais são as chances de nós realizarmos essa longa jornada sem sermos notados? — A voz de Sergei era quase de deboche.

A discussão apenas minava a pouca força que restava a ela. *Deixe Karl lidar com ele; Karl não irá para Firenzcia. Não irá...* Conforme a discussão continuava, a atenção de Varina voltou-se para o cansaço do corpo e a dor latejante e insistente no braço, que dava uma pontada toda vez que ela se mexia. Varina apoiou a cabeça no muro de pedra à beira da estrada, sem se importar que o chão embaixo dela estivesse frio e encharcado, e fechou os olhos enquanto os dois continuavam a discutir. Sentia no rosto o espirro gelado ocasional das nuvens insistentes e ouvia o estrondo da voz dos dois homens como um trovão distante em sua mente. Ela estava péssima e com frio.

Varina perguntava-se se a morte não seria na verdade um benefício.

Ela não sabia o que pensar quando olhou para a direita, na direção onde o brilho da cidade pintava as nuvens baixas levadas pelo vento. Ao mesmo tempo, percebeu que o calor tênue que estivera ao seu lado foi embora.

— Nico? — Varina sentou-se e conteve o grito que queria irromper pela garganta com o movimento. Então, falou mais alto — Nico?

Karl e Sergei deixaram a discussão de lado e viraram-se. — Varina? — Karl começou a dizer, depois praguejou. — Merda! O menino sumiu. — Ele olhou sobre o muro, Varina fez o mesmo, enquanto se levantava lentamente. A grama da campina revelava o rastro escuro e pisoteado dos pés de Nico, que voltava na direção da cidade até Varina perdê-lo na escuridão.

— Eu vou atrás dele. O garoto não pode estar longe. — Ela começou a passar por cima do muro para persegui-lo e fez uma careta quando o movimento forçou o braço machucado. Mas Varina sentiu a mão de Karl no braço bom, para contê-la.

— Não — falou Karl. — Você não pode. Ele está voltando para a cidade e chegará lá antes que você o alcance. Você não pode ir lá. Eles não estão procurando por um menino, *estão* procurando por você.

Varina estava agitada. Ela tentou se soltar de Karl, mas estava muito fraca. Sergei assistiu, impassível, da estrada. — Nico estará sozinho lá. Não posso abandoná-lo assim. Eu prometi.

— Ele estava sozinho quando você o encontrou. O garoto é no mínimo engenhoso. — Karl apontou com o queixo para o brilho da cidade nas nuvens. — Nico acha que sua matarh ou Talis irão encontrá-lo se ficar lá. Ele pode estar certo. Deixe o menino ir, Varina. Deixe-o ir. Nós temos outras questões para nos preocupar.

Varina esmoreceu. Ela sentou-se no muro e olhou para a trilha da fuga de Nico. Karl soltou seu braço, que ela usou para abraçar o ferido. A chuva tinha recomeçado a cair; a garoa escondeu as lágrimas. — É minha culpa — disse Varina. — Minha culpa. Eu devia ter tomado conta dele. Prometi que o levaria a um lugar seguro. Prometi a ele...

— Varina. — Ela virou-se para Karl, que balançou a cabeça. — A culpa é *minha*. Você está ferida, precisava descansar. *Eu* devia ter vigiado o menino. Não você. A culpa é minha.

Varina queria poder acreditar em Karl. Fungou. Virou o rosto novamente para o rastro, que sumia. A grama da campina já se levantava e escondia a fuga de Nico.

— Fique a salvo — sussurrou Varina: para a escuridão, para a chuva, para a névoa distante tocada pela luz. — Por favor, fique a salvo.

~ Audric ca'Dakwi ~

VOCÊ TEM TODO O DIREITO de estar furioso. Na verdade, você tem *que estar furioso, para que eles temam você.*

Audric ouviu a voz da mamatarh, o espocar das palavras em sua cabeça, a raiva aparente de Marguerite. Ele viu a cara fechada no quadro à direita quando se sentou no Trono do Sol.

Eu fui a Spada Terribile, a Espada Terrível, antes de ser a Généra a'Pace, falou a kraljica em fúria. *Você tem que seguir meus passos, Audric. Tem que mostrar para eles o aço, antes de dar a luva de pelica, para que saibam que o aço está sempre dentro. Escondido.*

— Eu mostrarei — falou Audric em tom grave, depois se voltou para o comandante co'Falla, que estava diante dele com a cabeça baixa e uma pequena bandagem no pescoço. O Conselho dos Ca' sussurrava em seus assentos, atrás do comandante. — Comandante? — vociferou o kraljiki, embora a rispidez da palavra tenha provocado um acesso de tosse. Ele ergueu os olhos, com o lenço de renda amassado na mão, e viu que co'Falla o encarava. — Você está me informando que o ex-regente ca'Rudka conseguiu escapar da Bastida e de minha ordem de execução? — Ele teve que parar para tomar fôlego. Ouviu o eco da voz nas pedras do salão. *Abaixe a voz. Você soa estridente, como uma criança. Mostre a eles que você está à altura deles.* — Eu sei — falou Audric para a mamatarh, depois se deu conta de que todos o observavam, e fingiu que começava outra sentença — ... que o regente não pôde ser encontrado em Nessântico e que provavelmente fugiu da cidade?

— Sim, kraljiki — falou o comandante irritado. Ele retesou o maxilar, os músculos encolheram-se debaixo da barba, e ele franziu os lábios depois da resposta. Co'Falla parecia conter as palavras que queria dizer.

Audric fez um gesto magnânimo na direção ao homem e falou — Prossiga. Esclareça para nós.

— Kraljiki — disse ele, e olhou para trás, para os demais. — Conselheiros. Este foi um ataque à Bastida orquestrado pelos numetodos; por quantos, ainda não temos certeza. Os portões principais foram arrancados com um feitiço, e perdi dois homens quando os suportes do lado norte caíram como resultado. Eu imediatamente mandei interditar a torre onde o regente estava preso, com medo de que um ataque direto pelos portões destruídos viesse a seguir, e despachei um mensageiro ao templo para chamar os ténis, a fim de neutralizar os feitiços numetodos. Mas, ao que parece, o ataque aos portões foi simplesmente um engodo para chamar nossa atenção. Quando não aconteceu ataque algum, eu pessoalmente levei gardai aos corredores do subsolo da Bastida, mas o embaixador ca'Vliomani e seus comparsas já haviam entrado; provavelmente muito antes do ataque ao portão.

— Você tem certeza de que o homem que viu era o embaixador ca'Vliomani? — perguntou Audric.

Co'Falla concordou com a cabeça. — Certeza absoluta, kraljiki. Quando ficou óbvio que não haveria ataque algum aos portões, eu levei um esquadrão aos corredores do subsolo, como disse. Nós confrontamos o embaixador ca'Vliomani e a numetodo Varina ci'Pallo com o prisioneiro; havia pelo menos outro numetodo nos corredores. Eles usaram feitiços contra nós. — Ele engoliu em seco. — Meus homens e eu fomos incapacitados.

Audric ergueu as sobrancelhas. — Incapacitados — falou o kraljiki demoradamente, como se saboreasse a palavra. — Mas não morto, embora, eu noto, tenha sido... ferido. Um arranhão no pescoço, que não foi pior que um cortezinho de navalha? Que sorte para todos nós!

Soaram risadas da parte dos conselheiros, com destaque para o riso debochado de Sigourney ca'Ludovici. O rosto de co'Falla ficou visivelmente vermelho.

— Kraljiki, conselheiros, eu conheço Sergei ca'Rudka desde que entrei para a Garde — disse ele. — Ele foi meu offizier superior e meu mentor. Ele me promoveu e me fez subir de patente; Sergei ca'Rudka, através de seu vatarh, kraljiki, me escalou para meu posto atual como comandante da Garde Kralji. Eu o considerava meu amigo, bem como meu superior. Eu presumo que a amizade dele é o motivo de meus homens e eu ainda estarmos vivos, kraljiki.

Audric não precisou do falatório da mamatarh para se levantar do trono ao ouvir isso. Ele apontou um dedo acusador para o comandante. — *Na realidade*, seu relacionamento e amizade com ele foram a causa de ca'Rudka ter escapado — rugiu o kraljiki em tom estridente ao conter a tosse. — Que *conveniente* que você tenha caído inconsciente exatamente na hora certa. Que *conveniente* que os numetodos conhecessem essa passagem secreta pelo rio. Que *conveniente*... — Audric não conseguiu prosseguir. Foi sobrepujado pela tosse naquele instante, e encolheu-se no Trono do Sol com o lenço de renda no rosto enquanto o corpo era acometido pelo ataque. Ele mal ouviu a ladainha de desculpas do comandante.

— Meu dever é com o kraljiki e Nessântico — insistiu co'Falla. — Isso suplanta qualquer amizade que eu possa ter com o regente. Eu lhe garanto, kraljiki, que agi exatamente como o senhor ordenou. Eu lhe garanto que teria cumprido a sua ordem de executar o regente, caso o senhor tivesse decidido que esse seria o destino dele. Vários dos meus homens foram feridos ou mortos no ataque; eu jamais, *jamais* teria permitido que isso acontecesse. Eu não abandonaria meu dever e juramento ao serviço militar pelo bem de uma amizade. Jamais.

Audric ainda recuperava o fôlego enquanto limpava os lábios com o lenço. Marlon, ajoelhado e inclinado para frente nos degraus do tablado do trono, ofereceu outro lenço, que Audric pegou entregando o manchado para o criado. Foi Sigourney ca'Ludovici quem respondeu a co'Falla, e Audric escutou enquanto tossia baixinho no novo lenço. — Estas são belas e nobres palavras, comandante, mas... — Ela olhou solenemente em volta do salão. — Ora, eu não vejo o regente nem o embaixador ca'Vliomani algemados diante de nós, e pelo que o senhor nos disse, todos os numetodos notórios da cidade fugiram também. Como o kraljiki disse, que *conveniente* que eles tenham tido tempo e oportunidade para fazer tal coisa.

— Conselheira ca'Ludovici — falou co'Falla —, eu fico ofendido diante destas acusações. Assim que recuperei a consciência, eu despachei a Garde Kralji para guardar os portões e varrer a cidade; entrei em contato com o archigos Kenne para que ele mandasse alertar os utilinos em suas rondas; mandei uma mensagem ao Guardião dos Portões e pedi que vasculhassem todos os albergues e estalagens. A senhora pode verificar essas ordens com meus offiziers.

— Mas seu *amigo* ca'Rudka e seus comparsas conseguiram escapar dessa bela e maravilhosa rede que o senhor colocou em torno da cidade — respondeu ca'Ludovici. — Como ele é esperto. — Novamente veio a risada dos outros conselheiros.

Audric recuperou a compostura e dobrou o lenço manchado de sangue na mão. O rosto de co'Falla estava ainda mais vermelho do que antes, e o kraljiki ergueu a mão para interromper o protesto do comandante. — Eu decreto que Sergei ca'Rudka não tem mais status algum nos Domínios. Que a Gardes a'Liste registre o nome dele simplesmente como Sergei Rudka, de agora em diante. O mesmo para o embaixador ca'Vliomani; ele perdeu o status diplomático e agora é conhecido apenas como Karl Vliomani, sem nenhum posto aqui. Quando forem encontrados, a pena para eles será a morte imediata.

Audric ouviu o murmúrio de prazer da mamatarh e os sussurros dos conselheiros, que concordaram. — Quanto a você, comandante co'Falla — falou ele, e co'Falla ajeitou os ombros e pareceu olhar além do kraljiki —, também é necessário haver julgamento.

— Kraljiki — disse co'Falla, de queixo empinado e com olhos ocultos —, eu tenho família aqui e presto serviço leal ao Trono do Sol desde minha décima-sexta temporada. Eu peço aos senhores que considerem isso.

— Nós consideramos — falou Audric. — Nós também consideramos que você falhou com seu juramento e falhou com seu kraljiki. — *Mostre a eles. Mostre a eles que você também pode ser a Spada Terribile. Mostre sua força e sua determinação.* Audric levantou-se do Trono do Sol e enfiou o lenço de renda na manga da bashta azul e dourada. Ele deu alguns passos para ficar na frente de co'Falla e sentiu o olhar de aprovação de Marguerite as suas costas. Sua cabeça bateu na altura do peito do comandante; ele teve que erguê-la para ver o rosto do homem e ficou furioso por causa disso. — Nós exigimos a espada de seu cargo, comandante. — O kraljiki estendeu a mão.

A expressão de co'Falla ficou séria e vazia. Ele soltou o cinto da bainha, e os fechos de metal tilintaram como uma música. Co'Falla colocou a arma na mão estendida de Audric. O kraljiki pensou ter visto um leve traço de satisfação no rosto do homem quando o peso inesperado do aço quase fez Audric deixar a espada cair, a mão caiu e o cinto de couro da bainha enroscou-se sobre o piso de mármore do salão. O kraljiki virou-se de lado para co'Falla e sacou a lâmina da bainha. O aço retiniu: era a arma de um guerreiro, não um objeto de enfeite lustroso, entalhado e cravejado de joias que a maioria do Conselho dos Ca' portava. Audric ergueu a lâmina com admiração e viu os pequeninos arranhões onde o gume fora recentemente afiado, o brilho da cobertura de óleo na superfície. A espada de um guerreiro. A espada que dava sinal de ter tido muito uso e muita morte.

Audric sorriu.

Sem aviso prévio, ele empunhou a arma na horizontal e girou o corpo rapidamente, enfiando fundo a ponta afiada e triangular da espada no estômago de co'Falla, e gemeu diante da resistência inesperada do tecido e dos músculos. O comandante ofegou, ficou boquiaberto e arregalou os olhos. As mãos de co'Falla pegaram a lâmina enquanto Audric continuava a empurrar com toda força e a enterrar a espada fundo na barriga do homem. O sangue espalhou-se rapidamente e fluiu pela calha central na direção do punho que o kraljiki segurava. Co'Falla tomou fôlego pela segunda vez e verteu sangue pela boca aberta, seus joelhos cederam, o homem caiu e arrancou a espada da mão de Audric. O kraljiki ouviu os conselheiros ficarem de pé ao mesmo tempo, horrorizados.

A mamatarh riu dentro de sua cabeça.

Muito benfeito, disse ela para o neto. *Benfeito mesmo!*

Audric foi até o corpo que estrebuchava, olhou nos olhos do moribundo e falou — Agora nós realmente não temos que nos preocupar com sua incompetência. — Ele tossiu violentamente pelo esforço, mas não se importou com as gotículas vermelhas que caíram sobre o rosto e o peito do homem. Co'Falla olhou Audric fixamente e pestanejou. O kraljiki arrancou a espada do estômago do sujeito e colocou a ponta sobre o peito, sentiu quando ela entrou entre as costelas. — E lhe concedemos um último favor: uma morte rápida. — Audric colocou todo o peso no cabo e empurrou. Mais sangue jorrou da boca de co'Falla, e o homem ficou imóvel.

Excelente! Você é realmente meu verdadeiro herdeiro, muito mais forte que seu vatarh...

Audric voltou-se para o Conselho dos Ca' e espalmou as mãos ensanguentadas. O rosto de Sigourney ca'Ludovici ficou pálido, e ela olhava mais para o cadáver de co'Falla do que para o kraljiki.

— Parece que precisamos de um novo comandante — disse Audric para os conselheiros.

— ISSO NÃO ERA O QUE EU QUERIA, matarh. Fynn deveria ser o hïrzg, e caso não fosse ele, então a senhora. Não *eu*.

Allesandra tirou fios imaginários dos ombros da bashta com apliques dourados que Jan usava, com a faixa do cargo de hïrzg sobre o tecido preto e prateado. Ela tocou a bochecha do filho e sorriu. Ele já tinha ficado mais alto do que a matarh nos últimos dois anos; Jan ficaria ainda mais alto. — É melhor assim — disse Allesandra. — Firenzcia terá um hïrzg forte por muitas décadas, que é o que precisamos.

— Eu não entendo. — Jan olhou para ela, com a cabeça ligeiramente inclinada. — Por que a senhora fez isso? Por que abdicou de ser a hïrzgin? Todas aquelas histórias sobre o vavatarh ter tirado este direito da senhora, de tê-la ignorado em favor do onczio Fynn...

— Eu não queria. — Allesandra viu o espanto no rosto do filho. Jan sempre foi uma criança que revelava os pensamentos pelas expressões. *Vou ter que trabalhar essa questão com ele. É algo que Jan precisa aprender.* Ela sorriu e tocou a bochecha do rapaz. — É verdade, querido. Realmente. Agora, vamos: os ca' e co' vieram encontrar seu novo hïrzg, e não podemos fazê-los esperar.

Allesandra acenou com a cabeça para o comandante Helmad co'Göttering da Garde Hïrzg, que esperava pacientemente a uma passada e meia de distância dos dois trajando uniforme de gala. O homem prestou continência e ergueu a mão. Em resposta, Roderigo, que se tornou o assistente de Jan, gesticulou para os criados, que correram para seus postos. O som das cornetas ecoou pelo ar agradável da noite quando os atendentes abriram as portas duplas que levavam ao salão principal. Jan fez uma pausa e não se mexeu; Allesandra gesticulou para ele e disse — Você primeiro. É você que eles querem ver.

Quando Jan entrou, os aplausos surgiram e se avolumaram, entremeados por berros de comemoração e gritos de "hurra, hïrzg Jan!". Ele parou na porta como se estivesse preso ao lugar pela aclamação e ergueu os braços lentamente, quase arrependido, para aceitá-la. — Ande — sussurrou Allesandra ao ver que o filho continuava parado ali. — Vá até eles.

Jan olhou para trás. — Com a senhora, matarh — falou e ofereceu o braço. Ela deu um passo à frente para aceitá-lo e sorriu quando pousou a mão no braço ao filho. Os aplausos aumentaram e envolveram os dois.

Allesandra olhou para a multidão radiante. As cores preto e prata predominavam, como em todas as comemorações firenzcianas, refletindo as cores dos estandartes pendurados no alto das paredes. Luzes mágicas reluziam intensamente nos candelabros e iluminavam os ca' e co' de Brezno, todos reunidos e voltados para os dois. Os rostos mostravam sorrisos, alguns genuínos, mas muitos escondendo preocupação, incerteza e desconfiança. Ninguém conseguiria deixar de ver o número de homens da Garde Hïrzg postados nas laterais do salão que andavam cuidadosamente entre a multidão, com olhares sérios e atentos, nem o comandante co'Göttering, que entrou no salão imediatamente atrás de Jan e Allesandra, nem a presença chamativa do starkkapitän ca'Damont, bem como seus vários offiziers chevarittai. Firenzcia tinha perdido dois hïrzg em menos de um ano agora, e os ca' e co' sabiam que a a'hïrzg passara o cajado e a espada para o filho, que eles conheciam pouco, apesar do recente destaque. Era óbvio que Firenzcia planejava não sofrer mais perdas.

Firenzcia estava acostumada a mudanças: na vida de muitos que aplaudiam a entrada de Allesandra e Jan, eles vivenciaram uma grande batalha perdida para Nessântico; viram a própria Allesandra ser feita de refém; testemunharam seu querido vatarh abandoná-la em nome do irmão mais novo; tremeram quando o velho hïrzg Jan separou-se dos Domínios e criou a Coalizão; testemunharam a separação da própria fé concénziana, com a rebelião do archigos ca'Cellibrecca contra o velho trono em Nessântico e a ascensão da archigos Ana; vibraram com o fortalecimento da Coalizão a cada ano que passava, pois parecia que um dia poderia até mesmo ofuscar os Domínios.

Na vida dos ca' e co', Firenzcia passou de criado dos Domínios a seu maior rival. A luz de Brezno agora rivalizava com a da própria Nessântico.

Eles sentiam-se otimistas a respeito de Firenzcia e do ramo breznoniano da fé concénziana, mas este ano acabou com muito daquele otimismo. Allesandra sabia que os ca' e co' vibravam agora mais pela esperança que o novo hïrzg Jan representava do que pelo próprio Jan.

Se eles soubessem o que ela planejou... Allesandra perguntou-se que caras os ca' e co' fariam e se conseguiriam sorrir de alguma maneira.

Semini estava na frente do público, com a equipe de ténis vestidos de verde atrás. Allesandra segurou na mão de Jan quando os dois desceram os degraus. Conforme a multidão começava a se juntar em volta de Jan, muitos com filhas jovens e solteiras a tiracolo, Allesandra apertou o braço do hïrzg e sussurrou — Seja educado com seus súditos. Você nunca sabe de qual deles poderá precisar como aliado... ou como esposa.

— Aonde você vai, matarh? — sussurrou Jan de volta, e ela ouviu apreensão em sua voz.

— Não se preocupe; eu estarei aqui e resgatarei você se notar algo estranho. Preciso falar com o archigos ca'Cellibrecca. — Allesandra acenou com a cabeça para os ca' e co' enquanto estes se reuniram em volta de Jan, escapou no meio da multidão e cumprimentou aqueles por quem passava. A música havia recomeçado, mas a maioria no salão ignorava o chamado para dançar a fim de ter um momento com o novo hïrzg. — Archigos — disse ela ao chegar a Semini, que estava do lado do público. Seus o'ténis assistentes, que sorriram e fizeram o sinal de Cénzi para Allesandra, afastaram-se quando ela chegou e retornaram cuidadosamente às próprias conversas.

Semini acenou com a cabeça para Allesandra e fez o sinal de Cénzi, depois ofereceu as mãos para ela. Allesandra as segurou e apertou os dedos por um instante antes de soltá-las. Eles não tiveram uma oportunidade de ficar juntos desde o encontro na Encosta do Cervo, há mais de um mês, mas houve cartas e recados cuidadosamente elaborados. Ela sabia como queria que esta noite acabasse. Os preparativos já tinham sido feitos: Semini iria aos aposentos de Allesandra após a recepção. Ela sorriu. — É tão bom vê-lo novamente, archigos. Como vai sua esposa na noite de hoje? Eu esperava ver Francesca com você. — Sempre educada em público, sempre dizendo as coisas certas.

— Ela não está... se sentindo bem e pede desculpas à senhora e ao hïrzg. Na verdade, Francesca não vem se sentindo bem há algum tempo, eu cuidei para que ela fosse para as estâncias de Kishkoros. Francesca ficará lá mais uma semana; eu soube que as estâncias são bem revigorantes e renovadoras.

Allesandra concordou, contente com a notícia: *isso remove um empecilho para nosso caso.* — São sim. Tenho certeza de que o descanso fará maravilhas para a saúde de Francesca, embora eu espere que isso não lhe deixe muito solitário. — Ela apertou a mão de Semini novamente.

Ele deu um sorriso ao ouvir isto, talvez largo demais. Allesandra viu um dos o'ténis erguer as sobrancelhas na direção dos dois e soltou as mãos do archigos. — Tenho certeza de que o trabalho me impedirá de sentir muita falta de Francesca. Há muita coisa que a Fé pode fazer para ajudar o novo hïrzg, não acha?

— Eu sei que Jan ficará muito grato a você, archigos. Assim como eu. — Ela deu uma olhadela para a aglomeração de gente em volta de Jan. Ele sorria abertamente, cumprimentava mãos e tocava em ombros, e havia jovens reunidas ao seu redor. Apesar da apreensão mais cedo, Jan parecia estar se divertindo. O nó no estômago de Allesandra afrouxou um pouco. O comandante co'Göttering permanecia ao lado do hïrzg e observava atentamente, com a mão nunca longe da espada ao lado. Allesandra suspeitava que, apesar da elegância dourada do cabo, a lâmina do comandante era bem útil. Aliás, ela sabia que o próprio Semini era um excelente téni-guerreiro e não tinha dúvidas de que os outros ténis com ele eram o mesmo.

Jan estava a salvo aqui. Allesandra poderia aproveitar a noite e ver as manobras sociais dos ca' e co' que foram convidados. — Uma vez que a conselheira ca'Cellibrecca não pôde estar aqui — disse ela para Semini —, talvez você possa dançar comigo mais tarde?

Os dentes brancos reluziram sob a barba grisalha; ele abaixou levemente a cabeça. — Eu adoraria muitíssimo. Gostaria de caminhar comigo, a'hïrzg?

Meus ténis montaram um belo arranjo no jardim, e eu gostaria de mostrá-lo para a senhora. — Semini ofereceu o braço para Allesandra, que hesitou um momento; os ca' e co' podiam não estar prestando tanta atenção a ela quanto ao filho, mas notariam. Eles sempre notavam. Mas Allesandra deu a mão ao braço oferecido e deixou que Semini a conduzisse a uma das sacadas no mezanino do salão. Os o'ténis do archigos, notou ela, se posicionaram cuidadosamente nas portas da sacada quando os dois passaram e ficaram voltados para o salão, de maneira que, quando Allesandra olhou para trás, não viu nada além de costas vestidas de verde, embora as portas permanecessem educadamente abertas.

— Eles são bem treinados — disse ela, e Semini sorriu.

— E são bem discretos. Veja. — O archigos se dirigiu para o lado esquerdo da sacada, onde mesmo que alguém tentasse olhar do salão sobre a parede de o'ténis não conseguiria ver facilmente os dois. Lá embaixo, os jardins do Palácio de Brezno estavam acesos com bolas de luz brilhante que flutuavam suavemente nas alamedas: tons intensos de púrpura e azul, vermelhos reluzentes, verdes da cor da grama na primavera, amarelos mais fortes do que girassóis. A noite estava fresca e agradável, e as estrelas imitavam o jardim em um céu decorado com nuvens prateadas. Os casais na recepção perambulavam pelo labirinto dos jardins, de mãos dadas.

O calor de Semini cobria as costas de Allesandra, ele estava com os braços em volta dela e apertava o corpo contra o seu. — Eu senti sua falta, Allesandra.

— Semini... — Ela recostou-se no abraço e sentiu o desejo aumentar dentro de si. Ele tinha cheiro de sabonete, de óleo no cabelo e almíscar. Allesandra imaginou-se montada em Semini, movendo-se com ele.

Ela virou-se nos braços do archigos e empinou o rosto. Eles beijaram-se, e Allesandra sentiu os pelos macios da barba em sua bochecha e o ímpeto da língua na boca, as mãos do archigos desceram para pegar suas nádegas e apertá-la contra ele. A a'hïrzg entregou-se ao beijo, fechou os olhos e se permitiu sentir, notar o calor que passava por ela como uma maré lenta e implacável. Allesandra afastou-se, relutante, o fôlego era quase um lamento, e virou-se novamente para relaxar contra o corpo do archigos. Ela olhou para a luz, para os amantes furtivos em momentos secretos no jardim lá embaixo. — Semini... — Allesandra começou a falar...

... Mas o aumento do barulho no interior do salão afastou Allesandra do archigos, cheia de culpa. Eles ouviram gritos, e no momento em que a a'hïrzg virou-se, preocupada, ela ouviu um dos o'ténis falar alto demais: — ... deixe-me buscar o archigos para o senhor...

O comandante co'Göttering empurrou a porta da sacada e irrompeu noite afora, seguido por um trio de inúteis o'ténis. — A'hïrzg, archigos — falou o homem. Quaisquer que fossem os pensamentos que ele possa ter tido ao ver os dois próximos e sozinhos na sacada foram cuidadosamente dissimulados. — A sua presença é exigida no salão.

— Qual é o problema, comandante? — perguntou Allesandra. — Eu ouvi gritos. Jan está...?

— O hïrzg está bem. Há notícias e... um convidado. Por favor... — Co'Göttering gesticulou para a porta; Allesandra e Semini seguiram o comandante em direção à claridade do palácio e da escada do mezanino. A a'hïrzg viu um quarteto de homens da Garde Hïrzg em volta de Jan, enquanto os ca' e co' ficavam boquiabertos, e com eles um homem sujo de viagem. No meio da escada, o sujeito se virou e, na luz, Allesandra viu o brilho de metal no rosto: um nariz feito de prata reluzente. E o rosto...

Allesandra ficou sem fôlego. Ela conhecia o homem. Conhecia muito bem, e parecia impossível que ele estivesse aqui em Brezno.

~ Enéas co'Kinnear ~

NESSÂNTICO...

Enéas quase chorou quando viu as torres e domos dourados novamente, quando vislumbrou a faixa perolada da Avi a'Parete brilhando à noite, quando ouviu as trompas do Templo do Archigos que anunciavam, em tom de lamúria, as Chamadas para a prece. A grande cidade, a maior de *todas* as cidades: ela era uma visão que, por muitas vezes quando serviu nos Hellins, ele duvidou que tivesse permissão para ver de novo.

E Enéas não teria tido o prazer se não tivesse sido abençoado com a graça de Cénzi. Disso, ele tinha certeza — não, ele teria morrido nos Hellins. *Deveria* ter morrido lá. Enéas parou a carruagem no Morro Corcunda, do lado de fora da cidade ao longo da Avi a'Sutegate, desceu e gesticulou para o condutor prosseguir. Enquanto a carruagem descia o morro se sacolejando, na direção do Portão Sul e de pontos de referência conhecidos, Enéas ficou em um joelho só, com as mãos entrelaçadas na testa, e rezou para agradecer a Cénzi.

Ainda há uma tarefa que resta você fazer, Enéas ouviu a resposta de Cénzi enquanto olhava o cenário maravilhosamente familiar diante dele: o rio A'Sele, que reluzia ao abraçar a Ilha A'Kralji, com as quatro pontes arqueadas sobre as águas. *Então sua dívida Comigo estará realmente paga, e eu lhe aceitarei plenamente nos Meus braços...*

Enéas sorriu, levantou-se e desceu devagar em direção à cidade que amava.

Naquela noite, ele deu os papéis do comandante ca'Sibelli e seu próprio relatório verbal ao gabinete da Garde Civile, embora o e'offizier presente parecesse distraído e nervoso. — Há notícias dos Hellins? — perguntou Enéas. — Mais recentes do que as que eu contei?

O e'offizier fez que não com a cabeça. — O seu é o último relatório que recebemos, o'offizier. — Ele abaixou a voz num sussurro conspiratório. — Cá entre nós, eu sei que o comandante co'Ulcai está muito preocupado; ele esperava receber mensagens expressas dos Hellins nas últimas semanas, mas elas não vieram. Quanto aos eventos aqui na cidade, bem... — O homem falou da fuga do regente, da participação dos numetodos e da execução do comandante co'Falla da Garde Kralji como punição. Ele inclinou-se para frente a fim de sussurrar para Enéas. — Vá à Pontica a'Brezi Veste e o senhor verá o corpo do comandante pendurado para servir de comida para os corvos. Cá entre nós, isso deixou o comandante co'Ulcai preocupado, uma vez que ele e co'Falla eram protegidos do regente e indicados pelo próprio. O kraljiki Audric, que

Cénzi o abençoe, pode vir a desconfiar daqueles que tenham um tiquinho de lealdade pelo velho regente. Só podemos torcer para que o kraljiki Audric acabe sendo tão forte e sábio quanto sua mamatarh, mas... — O e'offizier deu de ombros e recostou-se na cadeira. — Só Cénzi sabe.

— Realmente — respondeu Enéas. — Só Cénzi sabe. Essa é a única verdade.

O offizier carimbou a papelada e informou que a agenda de co'Ulcai estava cheia no dia de hoje, mas que o comandante poderia chamar Enéas para dar o relatório em pessoa, e que ele estava liberado de outras tarefas na próxima semana. Enéas recebeu uma chave e um quarto, onde colocou a mochila com cuidado, longe do fogo na lareira e da janela, onde o calor do sol poderia alcançá-la.

Depois, ele seguiu pela Avi a'Parete para a praça onde ficava o Templo do Archigos, cheia de pombos sobre as lajotas ou voando com precisão militar em esquadrões no céu, que depois pousavam onde alguém talvez tivesse deixado comida cair. Enéas andou devagar e apreciou as vistas e os odores da cidade, sentiu o gosto do ar carregado na boca. A presença da cidade abraçou Enéas como uma matarh, ele foi completamente envolvido pelo miasma perfumado e quase soluçou pelo puro alívio da sensação. Vindas da Avi, as pessoas entravam aos borbotões na praça, e Enéas percebeu que era quase a Segunda Chamada, bem no momento em que as trompas começaram a soar nos grandes domos dourados. Ele juntou-se às pessoas que entravam no templo. Algumas reconheceram seu uniforme, com a faixa vermelha dos Hellins proeminente na transversal, e sorriram para Enéas, gesticulando para que ele entrasse na fila. — Obrigado por servir ao país, offizier — disseram para ele. — Nós reconhecemos tudo o que o senhor está fazendo por lá. — Enéas devolveu o sorriso ao passar pelas grandes portas de bronze, com os corpos emaranhados dos moitidis que jorravam do peito dilacerado de Cénzi, e entrou na penumbra fria e com cheiro de incenso do templo.

Ele sentou-se perto do coro, logo abaixo do Alto Púlpito, e jogou a cabeça para trás para ver o telhado distante, cheio de vigas. Através do vitral bem acima de Enéas, a luz radiante trespassava a penumbra. Ele ouviu o cântico dos acólitos nas alcovas quando as trompas se calaram e a procissão de ténis entrou no coro pela porta dos fundos. Enéas ficou com o resto da congregação e sorriu com prazer ao se dar conta de que seria o próprio archigos a dar a Admoestação e a Bênção hoje. Cénzi realmente o recompensou. Quando ele foi embora de Nessântico, há tanto tempo, tinha sido a archigos Ana que dera a Bênção ao batalhão prestes a partir, aqui neste mesmo espaço.

Agora seria o sucessor da archigos que o abençoaria novamente, quando Enéas tinha uma nova e mais importante missão a cumprir.

Ele escutou pacientemente à Admoestação do archigos. Ela foi permeada por um pedido de tolerância, o que soou estranho para Enéas, e o archigos Kenne citou versículos do Toustour que falavam do respeito por visões diferentes. Ele aconselhou os presentes no templo a não fazer julgamentos precipitados: — Às vezes, a verdade está escondida até mesmo daqueles que estão mais próximos. Deixem Cénzi julgar os outros, não nós. — Este, pelo menos, era um conselho que Enéas podia seguir, sendo guiado pela voz de Cénzi.

Após a cerimônia, ele foi até o parapeito com os demais suplicantes. O archigos Kenne percorreu a fila lentamente e parou para falar com cada um deles. Aos olhos de Enéas, o velho téni parecia cansado e abatido. Sua voz era fraca e estridente, o que indicou para Enéas que ela foi aprimorada com o Ilmodo pelo archigos (ou por um dos outros ténis) para que soasse forte e confiante ao dar a Admoestação. Enéas abaixou a cabeça e fez o sinal de Cénzi quando o archigos, com um cheiro de incenso entranhado no robe, parou diante dele. — Ah, um offizier da Garde Civile — falou o archigos. — E com uma faixa das Terras Ocidentais, ainda por cima. Nós lhe devemos gratidão pelo seu serviço ao país, o'offizier. Por quanto tempo o senhor serviu lá?

— Por mais tempo do que eu gostaria de lembrar, archigos. Retornei hoje à Nessântico.

A mão enrugada e seca do archigos roçou na cabeça baixa de Enéas, e os dedos encostaram no cabelo oleoso. — Então deixe que a Bênção de Cénzi lhe dê boas-vindas à cidade. Há alguma bênção específica que eu possa lhe oferecer, o'offizier?

Enéas levantou a cabeça. Os olhos do archigos eram de um tom cinza esbranquiçado e começavam a dar sinais de catarata; a cabeça tremia de leve, sem parar, mas o sorriso parecia genuíno, e Enéas viu-se devolvendo o sorriso, dizendo — Eu sou um simples guerreiro. Um offizier serve às ordens que recebe. Eu tirei muitas vidas, archigos, mais do que sou capaz de contar, e com certeza tomarei mais até parar de servir.

— E o senhor quer o perdão de Cénzi por isso? — perguntou o archigos, cujo sorriso aumentou. — O senhor estava apenas cumprindo seu dever e...

— Não. — Enéas interrompeu e balançou a cabeça. — Eu não me arrependo do que fiz, archigos.

O sorriso sumiu, incerto. — Então o que...?

— Eu gostaria de me encontrar com o kraljiki. Ele tem que saber o que está acontecendo nos Hellins. O que está acontecendo *de verdade*.

— Eu tenho certeza de que o kraljiki se informa através do comandante... — O archigos começou a dizer, mas Cénzi falava com Enéas, e ele repetiu as palavras que ouviu na cabeça.

— A essa altura, o comandante ca'Sibelli está morto — falou Enéas em voz alta. — Pergunte ao kraljiki que notícias chegaram dos Hellins. Ele não terá ouvido nada, archigos. Não há notícias dos Hellins porque simplesmente não sobrou ninguém para enviá-las. Acabou. Pergunte ao kraljiki, e quando ele responder que os navios expressos não vieram, diga que eu posso dar o relatório que o kraljiki precisa ouvir. Eu sou a *única* pessoa capaz disso. Aqui... — Ele colocou um cartão de visitas com seu nome e atual endereço no parapeito. — Por favor, pergunte a ele quando o senhor o vir novamente. Esta é a dádiva e a bênção que peço ao senhor, archigos. Apenas isso. E Cénzi também faz esse pedido ao senhor. Escutou? Não ouviu Sua voz? Ouça, archigos. Ele chama o senhor através de mim.

— Meu filho... — O archigos começou a falar, mas foi interrompido por Enéas.

— Eu não sou um soldado com a mente perturbada pelo que viu, archigos. Fui salvo por Cénzi para trazer esta mensagem ao kraljiki. Eu ofereço minha mão ao senhor quanto a isso. — Enéas estendeu a braço para o archigos e ouviu a voz grave de Cénzi em sua cabeça ao tocar o pulso do velho. — *Dê ouvidos a ele. Eu ordeno.* — E o archigos arregalou os olhos como se tivesse escutado a voz também. Ele puxou a mão, e a voz morreu.

— Pergunte ao kraljiki por mim — falou Enéas. — É tudo o que eu peço. Pergunte a ele. — Enéas sorriu para o archigos e ficou de pé. Os outros suplicantes e os ténis presentes olharam fixamente para o offizier. O archigos Kenne ficou boquiaberto enquanto olhava para a própria mão, como se ela fosse um corpo estranho.

Enéas fez o sinal de Cénzi para todos e saiu do templo, as botas ecoaram alto no silêncio.

~ Niente ~

As forças do tecuhtli Zolin e o exército tehuantino estavam dispostas à cautelosa distância de um tiro de flecha das grossas muralhas de defesa de Munereo.

Três dias de batalha fizeram a Garde Civile recuar para dentro das muralhas. O tecuhtli Zolin foi ao mesmo tempo agressivo e impiedoso no ataque. O comandante ca'Sibelli mandou um grupo de negociação para o acampamento tehuantino depois do primeiro dia de batalha, quando Zolin fez a Garde Civile fugir dos campos altos e amplos ao sul da cidade. Niente estava lá no momento em que o grupo de negociação chegou com a bandeira branca; ele viu Zolin ordenar que seus guardas pessoais matassem os negociadores e mandassem as cabeças decepadas para o comandante ca'Sibelli como resposta.

Eles atacaram a força principal da Garde Civile na alvorada da manhã seguinte; naquela noite, os tehuantinos avistavam as muralhas de Munereo e o porto, onde estava ancorada a frota dos Domínios.

Agora era alvorada de novo, e o tecuhtli Zolin havia convocado Niente. Zolin reclinou-se em um amontoado de travesseiros coloridos; os guerreiros supremos Citlali e Mazatl também estavam com ele. Atrás do tecuhtli, havia um artista debruçado sobre a cabeça recém-raspada de Zolin; perto do homem havia uma mesinha coberta por agulhas em formato de unha de dragão e potes de tinta. O escalpo de Zolin fora pintado com a águia de asas abertas que era a insígnia do tecuhtli; agora o tatuador se preparava para marcar a pele permanentemente. Ele pegou uma agulha, mergulhou no pigmento vermelho e pressionou no escalpo de Zolin: o guerreiro fez uma careta sutil. — Os preparativos dos nahualli estão prontos? — perguntou o tecuhtli para Niente, enquanto o tatuador rapidamente mergulhava a agulha novamente e pressionava na cabeça de Zolin, sem parar. O sujeito limpava com um pano o sangue que gotejava e escorria.

— Sim, tecuhtli — respondeu Niente. — Nossos cajados mágicos foram renovados, por outros saudáveis o suficiente para realizar a tarefa. — Ele ergueu o próprio cajado e mostrou as águias entalhadas que davam voltas abaixo da cabeça lustrosa e grossa. — Nós perdemos dois punhados de nahualli na batalha; outro punhado e um estão feridos demais para serem úteis hoje. Todo o resto está pronto. — Niente acenou com a cabeça para os dois guerreiros supremos. — Eu dispus os nahualli conforme Citlali e Mazatl pediram.

— E a areia negra?

— Foi preparada — falou Niente. — Eu mesmo supervisionei.

— A tigela premonitória? O que ela lhe disse?

Niente passou a maior parte da noite olhando as águas, que lhe renderam apenas visões turvas e enevoadas, bem como exaustão e uma face e mãos que pareciam ter adquirido mais uma teia de finas rugas da noite para o dia. Ele ficou confuso pelos rápidos vislumbres de futuros possíveis, mas sabia o que Zolin queria escutar e sacou da mente uma daquelas visões efêmeras. — Eu vi o senhor dentro da cidade, tecuhtli, e o comandante dos Domínios a seus pés.

Zolin abriu um largo sorriso e disse — Então é chegado o momento. — Ele levantou-se e quase derrubou o tatuador, que deu um passo rápido para trás quando o tecuhtli pegou sua espada. Zolin deu tapinhas na cabeça que sangrava e sorriu. — Isso pode ser terminado depois. A batalha não pode esperar.

Quando eles saíram da tenda, os guardas entraram em posição de sentido. Do pequeno morro onde a tenda do tecuhtli ficava, eles podiam ver o exército espalhado lá embaixo e a névoa das fogueiras sendo levada pela brisa na manhã serena. As muralhas de Munereo surgiam altas mais ao longe na descida da encosta, e o sol cintilava na água da baía do outro lado, à direita. Zolin gesticulou, e um trio de trompas de guerra soou um chamado que foi repetido por outras trompas ao longo do acampamento, e Niente viu todo o exército se agitar como um formigueiro cutucado com um graveto. As fileiras de batalha começaram a se formar; os supremos guerreiros em seus cavalos encorajavam as tropas. Nas muralhas de Munereo, o sol nascente era refletido nos elmos de metal e nas pontas das flechas enquanto as tropas dos Domínios esperavam pelo ataque.

Seus próprios cavalos foram trazidos, e eles montaram. Citlali e Mazatl prestaram continência a Zolin, cutucaram os animais e dispararam a galope. — Você fica comigo, nahual — falou Zolin. — Agora! — Ele também cutucou o cavalo com o pé, e Niente seguiu o galope do tecuhtli morro abaixo, na direção onde as tropas esperavam na encosta, quase niveladas com o topo das muralhas de Munereo. Os soldados abriram espaço rapidamente para deixá-los passar e soltaram gritos de apoio e admiração.

Antes do encantamento profundo realizado no oriental, Niente teria sido capaz de cavalgar o dia inteiro com qualquer pessoa. Agora, a batida dos cascos do cavalo no chão atingiu o corpo como marteladas. O máximo que conseguiu fazer foi se firmar às costas do animal com joelhos trêmulos. Zolin cavalgou até o centro da linha de frente das forças tehuantinas, onde a bandeira da águia fora plantada no meio da estrada tortuosa que descia até o portão ocidental de Munereo. Lá, um punhado de dragões de cerco aguardava. Zolin, de cima do cavalo, deu um tapinha na enorme cabeça pintada e entalhada de um dos dragões. — Os deuses nos prometeram vitória hoje! — berrou ele para quem estava em volta. Zolin apontou para a cidade à espera, morro abaixo. Os rostos marcados dos guerreiros estavam erguidos para ele, e os homens vibraram. Niente tinha que admitir que Zolin tinha o carisma que faltava ao tecuhtli Necalli: a expressão no rosto dos soldados indicava que eles o seguiriam até mesmo nas profundezas de uma das montanhas fumegantes. — Hoje, faremos um banquete onde os orientais jantaram, levaremos suas riquezas e os sobreviventes de volta para nossas cidades, e esta terra será devolvida aos nossos primos, que já foram seus donos!

Eles vibraram novamente, mais alto que antes. Zolin soltou uma gargalhada alta e deu tapinhas no dragão de cerco outra vez. — Está na hora! — berrou. — Hoje, vocês encontrarão a vitória ou a paz com os deuses!

Zolin gesticulou, e as trompas de guerra soaram a ordem para avançar. As fileiras estremeceram e começaram a avançar, e o tecuhtli Zolin, ao contrário de Necalli, Niente teve que admitir novamente, cavalgou bem à frente, sem penas na cabeça, para que todos pudessem ver a águia no crânio. O avanço começou lento, os soldados prosseguiram em ritmo de caminhada. Conforme desciam a encosta, as muralhas de Munereo pareciam se elevar, ficavam cada vez mais altas enquanto os tehuantinos se aproximavam até estarem sob sua longa sombra. Os dragões de cerco, montados em carroças, rangeram e gemeram quando começaram a descer a estrada, reclamaram ao serem empurrados encosta abaixo na direção das muralhas e dos enormes portões com barras. Zolin parou, Niente fez o mesmo: havia uma movimentação nas muralhas, de repente, uma chuva de flechas diminuiu a luz do sol e fez um arco no ar que foi seguido momentaneamente pelo estalo de mil cordas de arcos. — Escudos! — berrou Zolin, e os guerreiros ao redor ergueram os escudos de madeira para formar um teto temporário, vários levantaram o bastante para proteger tanto Zolin quanto Niente em seus cavalos. A chuva de flechas caiu furiosa e cravou as tábuas de madeira pintadas e presas com tiras de couro, algumas flechas passaram entre os escudos e pegaram alguns guerreiros azarados, mas a maioria bateu na madeira inofensivamente. — Abaixar! — gritou Zolin, e a parede de escudos foi abaixada, os soldados golpearam as hastes com as espadas. O chão ficou repleto de flechas quebradas.

Agora o avanço acelerou. Niente ergueu o cajado mágico no alto, pois sabia o que viria a seguir e berrou — Nahualli! Preparam-se! — Ele ouviu o cântico ao longe e sentiu a agitação da energia do X'in Ka quando os ténis-guerreiros dos Domínios lançaram os próprios encantamentos. Bolas de fogo irromperam sobre as muralhas de Munereo e se lançaram estridentes na direção dos tehuantinos em um rastro de fumaça. Niente sacudiu o cajado mágico apontado para a bola de fogo mais próxima e falou a palavra de ativação: ela explodiu enquanto ainda estava no ar e diante dos tehuantinos, o fogo assobiou ao morrer em fagulhas reluzentes que caíram sobre eles. Outra bola de fogo caiu ilesa nas forças tehuantinas à direita de Niente, e, mesmo ao longe, o calor e o impacto da explosão eram assustadores. Onde as bolas de fogo caíam, guerreiros gritavam ao morrer. Elas abriam sulcos nas fileiras em avanço, mas os espaços eram rapidamente preenchidos por guerreiros das fileiras seguintes. Zolin fez a fileira correr devagar, os dragões de cerco pareciam gritar conforme as rodas de madeira davam solavancos no solo irregular.

— Empurrem! — rugiu Niente para os guerreiros em volta dos dragões de cerco. — Andem! — Agora ele finalmente foi tomado pela empolgação da batalha e não se sentia mais um velho prematuro. Seu sangue ferveu e o vento cantou em seus ouvidos. O punhado de dragões de cerco ganhou velocidade e começou a descer morro abaixo por conta própria. Os guerreiros ao redor não precisaram mais empurrá-los; os dragões tinham o próprio ímpeto agora, já passavam da linha de frente do inimigo. Flechas caíam sem parar e o teto de escudos era formado a cada ataque, como resposta, mas Niente mal notava. Ele observava os dragões de cerco, que agora voavam pela terra batida da estrada, com as mandíbulas pintadas e escancaradas ao correr na direção dos portões. Bolas de fogo avançavam em arcos, e novamente Niente e os outros nahualli dispararam feitiços para detê-las. Ele ouviu Zolin gritar ordens para os homens.

Os dragões de cerco voaram, os controladores ficaram bem para trás e gritavam conforme as carroças avançavam, rolando por conta própria. Três dragões acertaram a base das muralhas em ambos os lados dos portões, e dois bateram nos próprios portões.

As cabeças dos dragões estavam repletas de areia negra — mais do que Niente e os outros nahualli já haviam preparado antes. Bastões mágicos foram enfiados nos focinhos para responder com fogo ao impacto. Niente viu os bastões entrarem em chamas, e então...

Houve um estrondo, como se uma das montanhas de fogo da terra natal de Niente tivesse entrado em erupção, e a seguir veio um clarão de pura luz que fez o nahual erguer a mão aos olhos com atraso. Pedras do tamanho de cavalos saíram voando, algumas caíram sobre os tehuantinos mais próximos, mas houve gritos mais altos vindos do interior de Munereo. Havia um turbilhão de fumaça na cena que tornava impossível ver, mas quando ela se dissipou, lentamente, as forças tehuantinas soltaram um grito mudo.

Os portões foram rompidos. Onde eles estiveram, havia apenas um buraco enorme, e as grossas muralhas de apoio em volta desmoronaram. Enquanto os tehuantinos observavam, um trecho dos parapeitos entrou em colapso à direita, derrubando os defensores a 15 metros do chão. — Avante! — berrava Zolin. — Avante! — O exército tehuantino avançou em uníssono na direção da cidade, sem se importar com as flechas ou o fogo dos ténis-guerreiros. O próprio Niente viu-se avançando com eles, com o cajado de prontidão e a garganta rouca pelos gritos de exaltação.

Os tehuantinos entraram aos borbotões pelas muralhas quebradas de Munereo.

Nas ruas da cidade, a batalha foi acirrada, violenta e caótica. Assim que o exército tehuantino entrou, a população nativa rebelou-se em conjunto e usou como arma qualquer coisa que estivesse à mão para matar e saquear alegremente os responsáveis por sua escravidão. Os defensores orientais de Munereo viram-se atacados tanto pela frente quanto pela retaguarda.

Ao perceber a derrota, os remanescentes da força dos Domínios tentaram recuar para os navios na baía, mas Zolin despachara naus de guerra dos tehuantinos para a boca da baía, cada uma com um nahualli a bordo, e eles dispararam fogo mágico para queimar as velas e os mastros das embarcações dos Domínios; nenhuma escapou do porto da baía de Munereo.

Foi dito mais tarde que era possível ir andando dos destroços dos navios dos Domínios até a praia sobre os corpos dos mortos, e que a baía inteira ficou vermelha por uma semana por causa do sangue despejado das ruínas de Munereo.

Os tehuantinos encontraram o comandante ca'Sibelli encolhido de medo a bordo da nau capitânia da frota e levaram o oriental de volta às ruínas fumegantes da cidade. O tecuhtli Zolin mandou que o homem fosse arrastado para o interior do principal templo de Munereo e amarrado ao altar ali, o próprio Niente preparou uma garra de águia para o homem, e encheu o tubo curvo de osso com areia negra. Ele pronunciou o encantamento enquanto trabalhava: tudo que seria preciso era dar uma virada no chifre de marfim e apertar o gatilho no punho de madeira para riscar a pederneira e acender o pó negro. Niente levava a garra da águia enquanto acompanhava o tecuhtli Zolin ao templo, que estava lotado de guerreiros supremos e nahualli; ele viu Citlali e Mazatl ali, sentados na frente. Todos estavam cobertos de sangue, mas a maior parte não era deles. Zolin estava diante de ca'Sibelli, despido até a cintura e amarrado ao altar. O homem grisalho parecia aterrorizado ao ver o tecuhtli e gemeu. — Eu entreguei a cidade para o senhor... — disse o comandante na língua oriental. — O regente e o Conselho dos Ca' pagarão meu resgate, o que o senhor pedir...

— Silêncio — falou Niente na mesma língua. — Agora é hora de rezar para o seu deus, se quiser.

— O que ele disse? — perguntou Zolin para Niente, que respondeu. O tecuhtli soltou uma gargalhada alta e falou — É assim que os orientais brincam de guerra? Eles compram e vendem seus prisioneiros? Será que os deuses dos orientais são tão fracos assim? Não me admira que eles fujam diante de nós. — Zolin fez um gesto de desdém para o homem. — Eles mal valem o sacrifício. Sakal e Axat ficarão mal alimentados com eles.

— O que ele está dizendo? — perguntou ca'Sibelli, que ergueu a cabeça e fez força contra as cordas que o prendiam. — Diga a ele que eu sei onde fica o tesouro. Há muito ouro.

Niente tirou a garra de águia da bolsa. Ca'Sibelli ficou calado ao olhar para ela. O comandante lambeu os lábios rachados e ensanguentados. — O que... o que é isto?

— É a sua morte — disse Niente. — Sakal e Axat exigem sua presença como líder.

— Não! — berrou o homem. A boca espumava saliva. — Vocês não podem fazer isto. Eu sou seu prisioneiro, seu refém. Peça por resgate...

Niente chegou perto do homem, que se contorcia. Ele sentiu o terror do oriental e falou com a maior delicadeza possível. — Isso vai acabar com a matança aqui na sua cidade. Sua morte paga pela morte de todos os seus soldados que capturamos, e eles serão poupados. Se você for bravo, comandante, se mostrar a Axat e Sakal que merece, será levado a Eles e viverá eternamente Neles. Eternamente. É uma dádiva o que oferecemos para você aqui. Uma dádiva.

O homem ficou boquiaberto, sem conseguir acreditar, mas o cântico de sacrifício tinha começado, baixo e sonoro, e ecoava na câmara. Os guerreiros e nahualli se agitaram com a prece. Ca'Sibelli virou a cabeça e olhou fixamente para eles, nervoso. O tecuhtli Zolin acenou com a cabeça para Niente, que tirou a garra de águia do cinto. Ca'Sibelli arregalou os olhos quando Niente girou o chifre de marfim até fazer um clique ao ficar no lugar.

Niente ficou ao lado do comandante e disse — Você deveria estar rezando. — A cabeça de ca'Sibelli balançava violentamente de um lado para o outro, como se pudesse negar o momento. O nahual pressionou a ponta do tubo curvo no estômago do homem enquanto ca'Sibelli se debatia freneticamente nas amarras. Niente suspirou; esta não seria uma boa morte. — Axat, Sakal, nós entregamos este inimigo aos Senhores — falou ele na própria língua. — Aceitem esta oferta como um sinal da Sua vitória.

Niente apertou o gatilho. Houve um clique, uma fagulha e depois uma explosão de carne e sangue.

~ Sergei ca'Rudka ~

SERGEI NÃO FICOU SURPRESO que tivessem retirado sua espada. Na verdade, ele perguntava-se se de alguma maneira sobreviveria a essa reunião.

A sala era pequena e excessivamente quente, decorada em típico estilo firenzciano, com tapeçarias escuras e pinturas simples com temas marciais, todas em homenagem a hïrzgai há muito tempo falecidos. O novo hïrzg Jan estava sentado em uma cadeira estofada ao lado da lareira, mas era óbvio que Allesandra, sentada à direita do filho, era o personagem principal aqui, em vez de o jovem hïrzg, que olhava fixamente para o nariz de Sergei, com a atenção presa ali. O archigos ca'Cellibrecca agigantava-se como um semideus ursino atrás do espaldar alto da cadeira do hïrzg, com a cara fechada. Os gardai que trouxeram Sergei foram dispensados (após outra revista minuciosa à roupa do regente, para garantir que estivesse desarmado; eles pegaram duas facas e só não notaram uma pequena lâmina fina, enfiada no salto e sola soltos da bota). Ao longe, Sergei ouvia os músicos tocarem uma gavota no salão lá fora, embora ele duvidasse que muitas pessoas na festa ainda dançassem. A maioria estaria conversando e fofocando, imaginado o que o regente de Nessântico fazia aqui em Brezno.

Ele tinha certeza de que os presentes na sala se perguntavam a mesma coisa.

— Hïrzg Jan — falou Sergei ao se curvar diante do jovem que tanto parecia com sua matarh. — Eu lhe agradeço por acolher um pobre refugiado e ofereço meus serviços como gratidão.

— Seus *serviços*, regente ca'Rudka? — Foi Allesandra quem falou. — O que aconteceu em Nessântico, regente, que agora você oferece serviços para aqueles com quem lutou como inimigo?

Sergei não via Allesandra há quase 16 anos; ela deixou o confinamento em Nessântico quando era pouco mais velha que o filho agora. Allesandra virou uma mulher adulta nesse meio tempo. Sergei ainda conseguia enxergar a jovem entusiasmada no rosto, mas havia uma nova austeridade ali, e rugas adquiridas por experiências que ele não tinha como saber. *Não presuma que ela ainda é a mesma pessoa que você conheceu...*

— Traições e maus bocados — respondeu Sergei, que resumiu os eventos dos últimos meses, incluindo a própria fuga da Bastida há dias. — Eu duvido que o kraljiki sobreviva por muito tempo — finalizou. — Suspeito que Sigourney ca'Ludovici será a kraljica dentro de um ano, talvez dois. — Ele olhou intensamente para Allesandra, que havia desviado o olhar contemplativo em meio à história. — Ela não tem mais direito ao Trono do Sol que algumas pessoas aqui — falou Sergei. Allesandra acenou levemente com a cabeça; Sergei achou que Jan olhou estranhamente para a matarh diante do gesto.

— Onde estão esses numetodos que o senhor diz que lhe ajudaram a escapar? — rosnou ca'Cellibrecca. — Também trouxe os hereges aqui?

Sergei deu uma olhadela lânguida para o archigos. — Eles recusaram-se a me seguir, dada a recepção que esperavam receber, archigos. A atitude de Brezno para com os numetodos foi... bem demonstrada. — Ele deu um sorriso gentil, e ca'Cellibrecca contorceu a boca em uma expressão de desdém.

— Assim como Nessântico, e nós vimos o que a cidade ganhou com isso — respondeu o archigos. — Ter sido resgatado da Bastida pelos numetodos, regente, indicaria que suas próprias opiniões são hereges também. O senhor se tornou um numetodo?

— Minha crença em Cénzi e nos ensinamentos do Toustour permanece tão firme como sempre, archigos. — Ele fez o sinal de Cénzi para o homem. — Eu descobri que pode-se discordar até mesmo dos amigos e ainda assim permanecer amigo. Eu tive muitas discussões interessantes com o embaixador ca'Vliomani ao longo dos anos, muitas delas acaloradas, mas nenhum de nós dois conseguiu mudar significativamente as opiniões um do outro. Nem acho que isso seja necessariamente uma coisa ruim. O embaixador ca'Vliomani era meu amigo e agiu para me ajudar, embora nossas opiniões sobre religião sejam completamente discordantes. Minha alma não tem nada a temer. — Ele fez uma pausa e voltou a olhar para Allesandra. — Amigos e aliados podem ser encontrados onde menos se espera. Eu estaria errado, a'hïrzg ca'Vörl, em dizer que a senhora passou a considerar a archigos Ana uma amiga, embora ela tenha lhe tirado de seu vatarh?

Ca'Cellibrecca chiou alto ao ouvir isso, e o hïrzg Jan ergueu as sobrancelhas, mas Allesandra deu um leve sorriso. — Ah, regente, você sempre duelou tão bem com palavras quanto com sua espada.

Sergei fez uma nova mesura para ela.

— Sim — continuou Allesandra —, eu passei a considerar a archigos Ana, se não uma amiga, então como alguém em quem podia confiar diante do destino incerto que meu vatarh me relegou. Eu fiquei genuinamente horrorizada ao saber que ela foi assassinada, nem acreditei quando ouvi quem foi o responsável, por conhecer a archigos Ana e ca'Vliomani. Sofri e rezei por ela desde então. E, sim, entendo o que você está querendo dizer por trás da pergunta. Tenho certeza de que o hïrzg Jan ficará satisfeito em aceitar seus serviços e falar mais com você a respeito do que pode fazer pela Coalizão Firenzciana.

O garoto ajeitou-se subitamente na cadeira ao ouvir a menção do próprio nome e deu uma olhadela para a matarh. — Sim — falou Jan para Sergei. — Eu... nós ficaremos satisfeitos. — A voz era tão duvidosa quanto o olhar que ele lançou para Allesandra. Então as feições de Jan relaxaram, e ele soou mais adulto. — Firenzcia pode lhe oferecer asilo, regente ca'Rudka, e tenho certeza de que poderemos encontrar uma utilidade para seu conhecimento e suas habilidades.

— Obrigado, hïrzg Jan — respondeu Sergei, que ficou em um joelho só. — Falou bem. Eu ofereço livremente ao senhor e à Firenzcia a lealdade que Nessântico desprezou e darei qualquer conselho e ajuda que puder.

O jovem pareceu excessivamente contente com a declaração, como se, de certo modo, a tivesse arrancado a contragosto do próprio Sergei. Ele era jovem e inexperiente, Sergei percebeu, mas parecia suficientemente inteligente, e tinha uma excelente professora na matarh. O hïrzg aprenderia rápido. O archigos estava carrancudo, obviamente descontente com a decisão. Haveria pouca solidariedade com Sergei aqui — ele teria que ficar de olho em ca'Cellibrecca e encontrar qualquer vantagem que pudesse usar contra o homem.

Quanto a Allesandra... A mulher o encarava com cautela. Pensativa. Havia ambição ali e uma inteligência que faltou ao vatarh de Allesandra. Sergei podia facilmente imaginá-la no Trono do Sol. Podia vê-la tomar decisões que protegeriam os Domínios e cicatrizariam as feridas que Justi e agora seu filho abriram na cidade e no império aos quais Sergei servia.

Será que ela seria a kraljica que rivalizaria com Marguerite?

Ele descobriria. E agiria.

~ Karl ca'Vliomani ~

ELE RASPOU a barba. Escureceu o cabelo com essência de granito e deixou as feições ficarem obscuras com a sujeira da estrada. Doou as bashtas elegantes na mochila em troca das roupas rasgadas e cheias de pulgas de um mendigo. Karl cheirava mal, e só o fedor já era suficiente para as pessoas evitarem olhar para ele.

Karl perguntava-se onde Sergei estaria, se conseguira chegar a Firenzcia e como teria sido recebido lá.

A intenção original de Karl era voltar à Ilha de Paeti. Ele descansou o suficiente para usar o Scáth Cumhacht a fim de curar a pior parte do ferimento de Varina. Depois, Karl e ela acompanharam Sergei até as florestas ao norte da cidade, mas lá eles se separaram; Sergei tomou a direção leste para Azay a'Reaudi, enquanto o embaixador e Varina seguiram o limite da floresta para o oeste. Os dois cruzaram a Avi a'Nortegate depois de Tousia, dali rumaram para o sudeste na direção da Avi a'Nostrosei, na esperança de seguir a estrada até Sforzia e de lá conseguir passagem em um navio para Paeti ou para um dos países ao norte. Eles chegaram à Avi em Ville Paisli quatro dias depois, a apenas um dia de jornada a pé das muralhas de Nessântico.

Karl pretendia que eles passassem um dia, não mais do que isso. Ele e Varina pegaram um quarto na única estalagem do vilarejo e deram nomes falsos, como se fossem um casal a caminho de Varolli na esperança de encontrar emprego. A mulher mais velha que mostrou o quarto acenou ao pegar o dinheiro e enfiou as moedas em um bolso embaixo do avental que ela usava sobre uma tashta manchada, que parecia duas décadas fora de moda. O rosto e o corpo davam sinais de anos dando à luz e trabalhando duro. — Eu sou Alisa Morel — falou ela. Karl ouviu Varina respirar fundo ao ouvir o nome. — Meu marido e eu somos donos da estalagem e da taverna, e ele é o ferreiro do vilarejo. Se quiserem um banho... — o que foi dito com um olhar significativo e um nariz torcido que sugeriam que a ideia era boa — ... há um pequeno cômodo para isso lá embaixo, e eu posso mandar meus filhos encherem duas banheiras com água quente. O jantar sai uma virada da ampulheta depois do pôr do sol.

A mulher foi embora, Varina ergueu as sobrancelhas para Karl e disse — Morel... Nico disse que tinha fugido da tantzia e do onczio. Será que ela...?

— Morel é um nome bem comum em Nessântico. — Ele deu de ombros. — Mas obviamente há algumas perguntas que podemos fazer. Se ainda estivéssemos com o menino...

Karl já estava certo de que havia conexão ali, embora não soubesse dizer por quê. Ele percebeu pela expressão de Varina que ela pensava a mesma coisa. Se ele realmente acreditasse em algum deus, teria achado que os dois foram conduzidos a esse lugar pela providência divina.

Naquela noite, após aceitarem a oferta de banho feita pela mulher, para tirar o grosso da fedentina da estrada, ele e Varina jantaram no salão comunal da taverna, tanto para evitar suspeitas como para conseguir ouvir qualquer fofoca que tivesse chegado ao vilarejo a respeito da fuga do regente da Bastida. O salão estava — como ele suspeitava pela aparência estressada de Alisa, pelas crianças que trabalhavam como serventes, e pelo marido, Bayard, atrás do pequeno bar perto da porta da cozinha — mais cheio do que o usual, e a conversa era predominantemente sobre os eventos em Nessântico, cujas notícias pareciam ter chegado ao vilarejo há apenas alguns dias.

— Eu mesmo falei com o offizier do destacamento de busca — dizia Bayard Morel em voz alta para uma plateia de meia dúzia de aldeões. — O cavalo tinha perdido a ferradura, então ele me pediu para ferrar o bicho. O offizier disse que o kraljiki Audric, que Cénzi o abençoe, despachou cavaleiros para cada estrada da cidade a fim de pegar o traidor e os hereges numetodos que estão com ele. O destacamento vasculharia a estrada até Varolli, se necessário. O offizier me disse que os numetodos mataram três dezenas de homens da Garde Kralji na Bastida com sua magia terrível e blasfema, mataram sem pensar, embora alguns dos gardai ainda estivessem em suas camas. Os numetodos deixaram em ruínas a torre onde ca'Rudka estava, nada além de pedras enormes espalhadas por todo o chão. Eles cuspiram fogo ao fugir a cavalo, um fogo azul horrível, disse o offizier, que matou gente pela Avi quando os numetodos passaram, e depois, com um grande estouro... — nesse momento Bayard subitamente abriu bem as mãos e derrubou a caneca mais próxima de cerveja, o que fez a plateia recuar aterrorizada, de olhos arregalados — ... eles desapareceram em uma nuvem negra e fedorenta. Assim, do nada. Ao todo, tem mais de cem mortos na cidade. Eu estou dizendo, a morte é um destino bom demais para o regente. Eles deviam arrastá-lo vivo pelas ruas e deixar as pedras da Avi arrancarem a carne dos ossos e aquele nariz de prata dele enquanto berra.

As pessoas no salão murmuraram ao concordar com a opinião. Varina inclinou-se na direção de Karl e fez uma careta quando o movimento repuxou a ferida no braço, que cicatrizava. — Na semana que vem, ele dirá que foram mil mortos. Pelo menos, parece que os gardai já passaram por aqui e foram embora. Estamos atrás dele. Isso é bom, certo? — Ela vasculhou o rosto de Karl com olhos ansiosos, e ele concordou com um grunhido, embora não tivesse tanta certeza assim.

Enquanto observava o salão, Karl notou outra mulher que ajudava a servir os clientes: ela tinha uma aparência azeda e cansada e nunca sorria. A mulher parecia muitos anos mais jovem que Alisa, mas havia uma semelhança familiar entre as duas: nos olhos, no nariz fino, no conjunto dos lábios. Ela parecia ser velha demais para ser filha de Alisa, pois os filhos da estalajadeira ainda eram pequenos. Quando um deles, um menino mal-humorado à beira da puberdade, colocou um prato de pão fatiado na mesa, Karl apontou para ela. — Aquela mulher ali... quem é?

O garoto fungou e fez uma cara feia. — Aquela é a minha tantzia Serafina. Ela mora com a gente agora.

— Ela parece infeliz.

— Ela está assim há um tempo, desde que Nico fugiu.

Karl olhou para Varina. — Quem é Nico?

— O filho dela — falou o menino, que fechou mais a cara. — Um bastardo. Eu não gostava dele, de qualquer forma. Sempre falava besteira sobre os ocidentais e feitiços e tentava fingir que podia fazer magia como se fosse um téni. Todo mundo teve que perder três dias procurando por Nico depois que ele fugiu, e meu vatarh cavalgou até Certendi, mas ninguém jamais o encontrou. Acho que provavelmente está morto. — Ele parecia excessivamente satisfeito com essa conclusão, uma satisfação que torceu o canto da boca.

— Ah. — Karl concordou com a cabeça. — Você provavelmente está certo. O mundo lá fora não é fácil. Eu só estava me perguntando por que ela parecia tão triste. — Varina desviou o olhar nesse momento, encarava Serafina e mordia os nós dos dedos. O garoto arrastou os pés no assoalho de madeira rústica, fungou o nariz e passou o braço para limpá-lo, depois voltou para a cozinha.

— Pelos deuses, *é* ela. — Varina balançou a cabeça quase imperceptivelmente. — O que faremos, Karl? Aquela é a matarh de Nico.

Karl pegou um pedaço de pão do prato que o menino trouxe. Ele arrancou um naco do pão preto, enfiou na boca e mastigou, pensativo. — Se pudéssemos entregar Nico para ela — falou Karl depois de engolir —, será que ela nos entregaria Talis de volta?

~ Jan ca'Vörl ~

JAN GESTICULOU PARA OS GARDAI do lado de fora da porta e falou — Deixem-me entrar. — Os dois homens entreolharam-se uma vez, rapidamente, antes que um deles abrisse a porta. Assim que Jan entrou, um garda começou a segui-lo. O hïrzg meneou a cabeça para o homem e disse — Sozinho. — O garda hesitou antes de concordar e prestar continência. A porta foi fechada atrás de Jan.

— O senhor é corajoso por entrar em um aposento sozinho com seu inimigo. E aquele garda reportará ao comandante co'Göttering que o senhor veio me visitar. Co'Göttering sem dúvida informará sua matarh.

A luz de velas refletiu no nariz de prata quando Sergei se virou para encarar Jan. O homem foi instalado em um dos aposentos interiores do Palácio de Brezno, a comida foi posta diante dele em uma mesa coberta de damasco, a lareira estalava para afastar o frio da noite, e havia uma cama macia e confortável com travesseiros de plumas e cobertores. Ele usava uma nova bashta limpa e tinha evidentemente tomado banho, e seu cabelo grisalho estava empastado com óleo.

Sergei estava em uma prisão feita de seda.

— Eu não me importo que co'Göttering saiba, nem minha matarh. Você é tão perigoso assim, regente ca'Rudka? — perguntou Jan do outro lado da mesa.

Em resposta, Sergei meteu a mão no salto da bota: devagar, para que Jan pudesse vê-lo. Ele retirou uma lâmina chata, fina e com um cabo curto entre a sola e o couro, colocou a arma sobre a mesa e empurrou na direção de Jan.
— Sempre, hïrzg Jan — respondeu o homem com um leve sorriso. — Seu vavatarh teria lhe dito isso. Sua matarh também. Se eu quisesse o senhor morto, o senhor já estaria.

Jan olhou fixamente para a lâmina. Ele viu os gardai revistarem Sergei à procura de armas, ouviu a declaração de que o regente estava desarmado. — Acho que precisarei falar com o comandante co'Göttering sobre o treinamento de seus homens. — O hïrzg esticou a mão para tocar o cabo com o dedo, mas não pegou a faca. — O que mais eles deixaram passar?

Sergei apenas sorriu. Jan colocou a mão na faca e empurrou-a novamente sobre a mesa para Sergei, que embainhou a lâmina na bota novamente. — Então, hïrzg Jan, a que devo o prazer?

O próprio Jan não tinha certeza. Ele ficou incomodado com a reunião inicial com Sergei, por ter ouvido a matarh e o archigos ca'Cellibrecca, por saber que eles dominaram a ocasião. Na verdade, Jan sentia-se sobrepujado pelo caráter repentino dos acontecimentos: o assassinato de Fynn, a fuga de

Elissa, as notícias dos Domínios, a chegada do regente. Seu vatarh deixara Brezno correndo, furioso; sua matarh e o archigos eram íntimos, de maneira suspeita. Era como se ele estivesse sendo levado sem controle por uma enchente que não tinha visto, nem previsto. Jan sentia-se perdido e cheio de dúvidas, ficava remoendo essa situação por longas viradas da ampulheta, incapaz de se soltar na alegria agora forçada das festas, nas distrações das jovens que flertavam com ele ou nas especulações urgentes que irrompiam a sua volta.

Jan queria falar com alguém. E não queria que essa pessoa fosse sua matarh.

Jan não se sentia como um hïrzg. Sentia-se como um impostor. — Eu quero saber o que eu ganho ao lhe dar asilo, regente.

— Está mudando de ideia? — Sergei empurrou a cadeira da mesa. — Ou pensa que outra pessoa tomou esta decisão pelo senhor?

Jan devia ter ficado furioso com isso, mas, ao contrário, apenas ergueu um ombro e deixou que caísse novamente. — Ah, eu entendo — falou Sergei. — Assim como o pobre Audric, creio eu. Deixe-me lhe dizer uma coisa, hïrzg Jan: eu conheci vários kralji na minha vida, e apesar do que o senhor possa pensar sobre eles, a verdade é que nenhum jamais tomou uma decisão fácil. Tudo o que se faz como kralji, ou hïrzg, afeta milhares de pessoas, algumas vezes de uma maneira boa, em outras, de maneira adversa. Fique feliz por estar cercado por bons conselheiros e dê ouvidos a eles. Isso pode lhe poupar de tomar decisões realmente horrorosas. — Ele então deu um sorriso cruel. — E se uma delas der bons resultados, apesar de suas boas intenções, bem, o senhor sempre pode culpar o péssimo conselho.

— Você ainda não respondeu a minha pergunta.

O sorriso de Sergei se ampliou. — Não respondi, não é mesmo? — Ele colocou as mãos sobre a mesa, com as palmas voltadas para cima. — Tudo o que tenho a lhe oferecer sou *eu*, hïrzg. Meu conhecimento, minha experiência, meu ponto de vista. Por acaso, eu acho que esse é um recurso potencialmente valioso para o senhor, mas tenho que admitir que sou meio suspeito para falar. — Ele franziu a pele em volta do nariz falso, mas o nariz em si não se mexeu, o que pareceu perturbador aos olhos de Jan. O gesto deixou o hïrzg incomodado, mas ele achou difícil desviar o olhar do rosto de Sergei.

— Eu tenho o conhecimento, a experiência e o ponto de vista da minha matarh; também tenho os do archigos. E tenho os dos comandantes e dos outros chevarittai da Coalizão.

— Tem sim — respondeu Sergei. — Sua matarh foi refém nos Domínios por grande parte da juventude. O archigos é um oponente jurado do ramo da fé concénziana de Nessântico. Os comandantes e chevarittai também são oponentes dos Domínios. Nenhum deles *conhece* os Domínios, e todos têm razões para odiá-los. O ódio pode cegar às vezes. Quanto a mim, bem, a segurança dos Domínios tem sido a minha vida.

— O que é outra razão para desconfiar de você.

— Então deixe que esse seja meu primeiro conselho para o senhor, hïrzg Jan. O senhor *deve* desconfiar de mim. Um hïrzg tem que duvidar de *todos* os conselhos que recebe, porque os conselhos de todo mundo são pintados com as cores de seus próprios interesses, os meus não menos do que os conselhos de qualquer pessoa. Mas... eu sou um velho espadachim, hïrzg, e eu diria que é mais fácil derrotar um inimigo cujos movimentos são conhecidos e previsíveis do que um inimigo completamente desconhecido. — Sergei recostou-se na cadeira. — Eu conheço os movimentos dos Domínios. Conheço todos. O senhor precisa de mim.

— Você parece muito confiante.

— Eu conheço meu inimigo, hïrzg. Se não conhecesse, por acaso eu teria lhe dado a minha faca? — Ele abaixou a mão e deu um tapinha na bota. — Todo mundo corre riscos, hïrzg. O truque é ter confiança no resultado.

— E se seu tivesse ficado com a faca? — perguntou Jan.

Sergei deu um risinho. — Então eu teria que fingir que *isso* era o que eu esperava. O senhor ainda gosta da *sua* decisão, hïrzg?

Jan sorriu com os lábios fechados e disse — Era o que eu esperava, regente. E isso vai ter que ser suficiente, não é?

Audric ca'Dakwi

A O'TÉNI AJOELHADA ao lado da cama de Audric abriu os olhos, com o rosto abatido e cansado, e deu uma olhadela para o archigos Kenne. — Eu terminei minhas... — Ela hesitou, e Audric viu o olhar da o'téni desviar-se do archigos para a conselheira Sigourney ca'Ludovici, que estava perto da lareira e olhava para o retrato da kraljica Marguerite, apoiado ao lado do fogo no cavalete portátil. Acima da lareira, Audric viu o retângulo desbotado onde o quadro esteve pendurado por tanto tempo. Nos recônditos escuros do quarto, Marlon e Seaton estavam à espreita, à espera para correr à frente caso fosse necessário.

— ... preces — concluiu a o'téni.

O archigos dissera para Audric que esta téni viera do templo de Chiari e que era alguém "cujas preces tinham uma afinidade especial com os doentes". Isso talvez pudesse ser verdade; ele certamente se sentia um pouco melhor, os pulmões doíam menos ao se mexer. A tosse insistente cedeu, embora Audric ainda sentisse um pouco de aperto no peito; talvez ele realmente tivesse sido abençoado por Cénzi na noite de hoje. A melhora não era tão marcante quanto nas ocasiões em que a archigos Ana fizera "preces" pelo kraljiki, mas bastaria. Ele torcia para que durasse tanto quanto a ajuda da archigos Ana durava.

— Obrigado, o'téni — falou o archigos enquanto fazia o sinal de Cénzi para a mulher. — Agradecemos seus esforços. Você pode retornar ao templo agora. Diga ao u'téni co'Magnaoi que estarei lá em breve, por gentileza.

Ela concordou com a cabeça e ficou em pé cambaleando, como se tivesse ficado ajoelhada por muito tempo e as pernas tivessem adormecido. Enquanto Audric observava, a o'téni levou as mãos à testa, depois às pernas e saiu arrastando os pés com cuidado até a porta do quarto. Marlon correu para abri-la para a mulher. — Estranho — comentou Sigourney sem desviar o olhar do quadro —, *eu* nunca fiquei tão cansada depois de uma simples prece.

Audric viu Kenne contrair o rosto encarquilhado à luz das velas diante da acusação nada sutil. O archigos ignorou o comentário e perguntou — Está se sentindo melhor, kraljiki?

A mamatarh de Audric encarou o neto com preocupação sobre o ombro de ca'Ludovici. — Não há nada de errado comigo — falou o kraljiki para o archigos. Ele viu sua mamatarh concordar com um aceno no limite de seu campo de visão. *Não deixe que eles saibam como você realmente se sente, não quando podem considerar uma fraqueza.* — Eu sei — disse Audric para Marguerite, depois se voltou novamente para o archigos. — Estou me sentindo muito bem. — Kenne pareceu aliviado de uma maneira quase cômica. — Agora, você disse que tinha um favor para pedir, archigos.

— Eu tenho, kraljiki. Eu tive um encontro estranho na manhã de hoje, no templo. Havia um homem, um o'offizier da Garde Civile: Enéas co'Kinnear. Ele veio à Bênção de Cénzi e tinha uma faixa dos Hellins sobre o uniforme. Um jovem bonito, com uma expressão séria. Ele me disse que havia acabado de voltar da guerra.

— Sim, sim — falou Audric com impaciência e fez um gesto para calar o homem. O archigos seria capaz de divagar assim por uma virada da ampulheta e contar cada detalhe interminável do encontro. Ele ouviu ca'Ludovici rir ao fundo. — *Onde* você quer chegar, archigos?

Kenne não conseguiu esconder completamente sua irritação, mas forçou um sorriso e abaixou a cabeça para Audric. — O o'offizier co'Kinnear disse que tinha uma informação vital para o senhor, a respeito dos Hellins, kraljiki. Falou que o senhor não teria ouvido essas notícias porque os navios expressos não teriam chegado. Eu verifiquei, e é verdade. Também mandei minha equipe investigar este co'Kinnear, e eles descobriram que o comandante ca'Sibelli — ao dizer isso, o archigos acenou com a cabeça na direção de Sigourney — recomendou que ele fosse nomeado chevaritt, e os relatórios sobre o homem foram unânimes na alta estima que ele goza como uma pessoa de fé e um offizier. Na verdade, eu descobri que antigamente co'Kinnear era considerado como candidato a acólito e mostrava sinais do Dom de...

— Certo. — Audric interrompeu novamente e suspirou. — Tenho certeza de que esse co'Kinnear é um bom homem. — Ele fechou os olhos. Era tão cansativo ter que ouvir as besteiras de gente inferior e fingir que prestava atenção ou se importava. *É a maldição de todos os kralji*, Audric ouviu a mamatarh e deu um sorriso compreensivo para ela. — É verdade — falou o kraljiki para Marguerite. — É bem verdade. — Agora ele queria jantar e talvez jogar uma rodada de cartas com algumas jovens dos ca' e co', e, quem sabe, flertar, pois se sentia melhor.

Você tem que tomar cuidado com isso, Audric, ele ouviu a mamatarh reclamar. *Casamento é uma arma que só pode ser usada uma ou duas vezes; você deve escolher o momento certo e a arma certa.*

— Não me canse — disse Audric para a mamatarh.

Sigourney manifestou-se. — Se me dá licença, kraljiki? — Audric gesticulou para ela. A mulher era uma chata; não tinha humor algum, tudo o que a interessava eram assuntos de estado. Sigourney era seca como torrada velha. — Archigos, se esse co'Kinnear tem uma informação tão vital, por que não contou aos offiziers superiores e passou pela cadeia de comando?

— Isto eu não sei, conselheira — respondeu o archigos. — Mas havia alguma coisa... Eu pensei... Quando co'Kinnear me pediu para falar com o senhor, kraljiki Audric, eu pensei ter ouvido a Voz de Cénzi me dizer que eu deveria escutar. Eu podia ter jurado... — O velho balançou a cabeça, e Audric suspirou com impaciência novamente. — Que mal faria ouvir o sujeito por alguns instantes? Daqui a duas semanas será o segundo cénzidi do mês; se ele puder ser colocado na lista de suplicantes para a sua audiência de sempre, kraljiki...

Presa na pintura, Marguerite pareceu dar de ombros à luz de velas. Audric jogou as pernas para fora da cama. Seaton correu para ajudá-lo a ficar de pé, mas ele dispensou o criado com um gesto e falou — Certo. Combine com Marlon, archigos. Verei este modelo de perfeição da Garde Civile no segundo cénzidi, mas só se nenhum navio expresso chegar nesse meio tempo com notícias mais atuais dos Hellins. Essa é uma solução satisfatória?

O archigos fez uma mesura e o sinal de Cénzi para Audric, depois para a conselheira. Ca'Ludovici pareceu abafar um riso. — Agora — disse o kraljiki —, eu estou com fome, e há compromissos aos quais pretendo comparecer na noite de hoje, então, se não houver mais assuntos...

O AR ESTAVA TOMADO por sussurros e imprecações, e eles não vinham apenas das vozes na mente da Pedra Branca. Nessântico estava abalada pelos acontecimentos da última semana, com a fuga do regente e a traição dos numetodos. Ela viu os esquadrões passarem com raiva e desconfiança pelas alamedas e becos do Velho Distrito; ela tinha sido questionada duas vezes, arrastada e interrogada como se pensassem que ela pudesse ser um dos numetodos. A Pedra Branca teve o bom senso de demonstrar a dose certa de medo; o suficiente para acalmá-los, mas não o bastante para alimentar as suspeitas. Outras pessoas não tiveram a mesma sorte; a Pedra Branca viu dezenas sendo levadas para um interrogatório detalhado na escuridão cruel da Bastida, e não sentiu inveja delas.

Teria sido tão mais fácil para eles se tivessem contratado a Pedra Branca. A vida do regente; a vida do embaixador; ela teria apagado os dois como uma vela extinta à luz do dia — vidas que não eram mais necessárias ou desejadas. Ela poderia ter colocado suas almas na pedra que levava entre os seios.

Mais loucura para você sofrer... As vozes riram diante da ideia. *Você vai se perder completamente entre nós...*

Em breve...

Em breve...

O refrão era uma batida forte de tambor em sua cabeça. A voz furiosa de Fynn era a mais alta de todas.

Em breve...

Em breve...

— Talvez não — disse ela para as vozes. — Eu sou mais forte do que vocês pensam. Afinal, eu matei todos vocês. — ela disse as palavras em voz alta, e as pessoas próximas nas ruas olharam para ela com pena, irritação ou medo. A Pedra Branca não se importava com esse tipo de reação.

O sol da manhã se levantou sobre a estátua do kraljiki Selida II no chafariz do centro do Velho Distrito; o globo ardia como se a ponta da espada erguida do kraljiki pegasse fogo. À direita da praça estava a enorme estátua de Henri VI, que também lançava uma sombra comprida. A náusea matinal que a atormentava todo dia sempre que acordava tinha ido embora, e o cheiro de croissants amanteigados da padaria a algumas portas de distância provocou sua fome novamente. Ela esfregou a barriga; podia sentir o inchaço no estômago debaixo da tashta; em breve, não conseguiria esconder a gravidez de maneira alguma.

Em breve...

— Calem-se! — berrou a Pedra Branca, e a voz fez os pombos saírem voando do chão da praça, para depois pousarem novamente a alguns passos de distância. Alguém riu ali perto, presente em um grupo de rapazes que apontavam para ela, e a Pedra Branca respondeu com um gesto obsceno que só fez aumentar a gargalhada.

Em breve...

Vou destruí-la como você me destruiu. Este era Fynn. *Em breve...*

Com a cara fechada, ela foi empurrando as pessoas até chegar à padaria e jogou uma se'folia de bronze no balcão. — Croissants — disse.

Ela já tinha comido dois croissants antes de chegar à casa que ocupava, a alguns quarteirões do centro. O pão doce e molhado aplacou a dor na barriga e baniu as vozes. Ela estava pegando a chave do quarto quando ouviu barulho: algo sendo arrastado, uma respiração. Ela parou, pousou o saco com os croissants que tinham sobrado e levou a mão ao cabo da faca enfiada na faixa da tashta. O som vinha de um pequeno espaço entre sua casa e o prédio ao lado. Ela espiou as sombras púrpuras e viu uma silhueta que tremia, encolhida contra a lateral da casa.

— Eu estou vendo você aí — falou ela. — Saia.

Ela esperava que a pessoa corresse, que fugisse para o outro lado, na direção da viela atrás da casa. Mas a silhueta apenas se mexeu e ficou em pé devagar, e sob a luz fraca do céu que clareava, ela notou que era uma criança. Ele saiu lentamente, arrastou os pés e manteve as costas voltadas para a parede da estrutura, os olhos arregalados espiaram a Pedra Branca e desviaram o olhar novamente. O rosto estava sujo de lama, o cabelo totalmente desgrenhado.

— O que foi? Está com medo de mim?

— Você é a mulher maluca — respondeu o menino, e as vozes vibraram de alegria, a de Fynn a mais alta de todas. *Viu só? Eles já sabem. Em breve...*

— O que você está fazendo aqui? — perguntou ela.

O menino deu de ombros. — Esperando.

— Esperando o quê?

Ele repetiu o gesto. — Nada.

— Só um idiota espera por nada, menino. O que você está escondendo? — A Pedra Branca ergueu o dedo e deteve o menino quando ele ia dar de ombros novamente. — Não minta para mim, menino. Eu sou a mulher maluca, lembra-se? Eu posso ouvir o que você está pensando. — Ela bateu com o dedo na testa. As vozes vibraram novamente. *Mentirosa! Charlatã!* — Então é melhor que me conte a verdade: de quem você está se escondendo?

O menino olhou para ela com desconfiança e inclinou a cabeça de lado, como se tivesse escutado as vozes. — Os soldados. Aqueles de azul e dourado.

— A Garde Kralji? — Ela cuspiu no chão entre os dois. — Eu os conheço. Ah, eu os conheço bem. Mas por que você está se escondendo deles? Os soldados não estão procurando por *você*, menino, a não ser que seja um numetodo. — Ele torceu a cara de um jeito esquisito ao ouvir isso, e ela olhou de soslaio para o menino enquanto esfregava o estômago. Havia uma agitação estranha ali, e se perguntou se ficaria enjoada novamente ou se sentia a criança pela primeira vez. — Você *é* um numetodo? É por isso?

— Não — disse ele, rapidamente, mas a Pedra Branca já tinha visto muitas mentiras e falsidades na vida e sabia que o menino dizia menos do que podia. Ela observou com mais atenção, viu a roupa suja e o cabelo emaranhado. Notou os ossos das bochechas.

— Quando foi a última vez que você comeu?

O menino deu de ombros novamente.

— Você mora aqui perto?

Ele fez uma careta. — Eu... eu morava. Logo ali. — Apontou para a viela. — Mas... eu não sei... — Ele parou, e a Pedra Branca viu o lábio do menino tremer. Ele fungou e passou a manga rapidamente pelos olhos, fechou bem a boca. A resistência, a recusa em deixar que ela visse como ele estava assustado e amedrontado tomaram a decisão pela Pedra Branca. Ela sorriu para o menino ao se agachar em sua frente. Deveria ter sido um movimento fácil, mas a cintura mais larga fez com que ela sentisse como se seu corpo fosse de outra pessoa.

— Você tem um nome? — perguntou ela.

— Nico. Meu nome é Nico.

— Então por que você não vem comigo, Nico? Eu tenho alguns croissants e um pouco de manteiga. Talvez eu consiga achar uma fatia ou duas de carne. Não parece bom? — A Pedra Branca ofereceu a mão para o menino, que aceitou com hesitação, e ficou de pé. As vozes riram dela, debocharam. *A Pedra Branca ficou mole como lama...*

Ela as ignorou e andou com Nico até sua casa.

◇◇◇ CONEXÕES ◇◇◇

Niente

Karl ca'Vliomani

Allesandra ca'Vörl

Niente

Allesandra ca'Vörl

Jan ca'Vörl

Nico Morel

Audric ca'Dakwi

Varina ci'Pallo

Enéas co'Kinnear

A Pedra Branca

~ Niente ~

ELE NUNCA ESTEVE NO MAR antes e não tinha certeza se estava gostando totalmente da experiência.

Niente encontrava-se no castelo de popa do galeão capturado dos Domínios, antigamente chamado de *Marguerite* e agora rebatizado como *Yaoyotl* — que significava "guerra" em sua própria língua. O *Yaoyotl* navegava no meio da frota tehuantina; de sua posição, Niente podia observar as longas ondas azuis decoradas com as velas brancas de mais de uma centena de navios. Atrás deles, perdida no horizonte há dias, estava a costa oriental de sua terra e a fumaça desagradável de Munereo, queimada e saqueada, que agora era a cova da Garde Civile dos Domínios, a não ser para os poucos que recuaram para o último pequeno ponto de resistência dos orientais no continente, a cidade de Tobarro. O exército tehuantino tinha tomado Munereo, recuperado toda a terra ao sul e a oeste de suas muralhas e capturado os navios da frota dos Domínios no porto, ao menos aqueles que escaparam do fogo mágico da frota tehuantina ou que não foram postos a pique pelas próprias tripulações e mandados para o fundo do mar quando a derrota era óbvia. A maior parte dos navios que acompanhavam o *Yaoyotl* era de embarcações chamadas de *acalli*: navios de dois mastros e velas latinas com que os tehuantinos cruzavam o Mar Ocidental entre as grandes cidades que os invasores orientais nunca viram. Os acalli não conseguiam levar o número de tripulantes ou soldados que os galeões de velas quadradas de Nessântico eram capazes, nem eram tão rápidos, mas eram mais manobráveis, especialmente nas águas rasas da costa ou quando o vento estava contra eles.

Os ventos do Strettosei, no entanto, sopravam constantemente de oeste para leste nesta latitude, e o vento da passagem da frota assobiava pelos cabos tesos que seguravam as velas enquanto as proas dos navios rasgavam longas linhas brancas pelas ondas, que desciam, subiam e desciam novamente, implacáveis e eternas.

Era um movimento que, após vários dias, ainda embrulhava e fazia arder o estômago de Niente. Os braços e as pernas, contorcidos e arruinados pelos esforços do feitiço que colocara no oriental Enéas, doíam quando ele tentava se manter equilibrado no balanço do navio. Dois dos nahualli subalternos estavam no castelo com ele e o observavam enquanto Niente usava a tigela para realizar um feitiço premonitório; ele não ousaria demonstrar a fraqueza no estômago ou no corpo, ou então a notícia chegaria aos outros nahualli, e com o tempo alcançaria o ouvido do tecuhtli Zolin, que também estava no *Yaoyotl*. O destino de todo nahual esperava por Niente, o destino que talvez tivesse chegado até mesmo a Mahri, ou talvez a Talis também: como um nahualli, cada uso do X'in Ka tinha seu preço, e quanto maior o feitiço, mais caro o preço que os deuses cobravam.

Com o tempo, o preço seria a morte.

O balanço do navio sacudia a água na tigela premonitória e turvava as visões do futuro: aquilo incomodava Niente mais do que a náusea. Ele espiou dentro da água, que espirrava até a borda da tigela de latão. Os olhos não queriam entrar em foco; o esquerdo, turvo desde o encantamento de Enéas, tinha piorado desde o ataque a Munereo. Niente piscou, mas as cenas na tigela recusaram-se a ficar nítidas. Ele resmungou, fechou a cara e jogou fora a água sobre a amurada da popa, enojado. Os outros nahualli ergueram as sobrancelhas, mas não disseram nada. — Eu preciso falar com o tecuhtli — disse Niente. — Levem a tigela para o meu alojamento e limpem-na.

Eles abaixaram a cabeça obedientemente enquanto Niente passava pelos dois, arrastando os pés.

O nahual discutira com o tecuhtli Zolin que a estratégia era idiota, embora não tivesse ousado usar esta palavra. Ele queria desesperadamente voltar para casa, para trás das Montanhas Afiadas, para as grandes cidades em volta do lago. Para Xaria, sua esposa; para os filhos. Para a familiaridade de casa.

Niente não estava sozinho. O guerreiro supremo Citlali tomara a mesma posição, assim como vários dos guerreiros subalternos. — Por que devemos navegar até a terra dos orientais? Tomemos a última cidade que eles mantêm aqui e joguemos seus corpos na grande água. Voltemos para nossas casas e famílias, e se os orientais retornarem para incomodar nossos primos novamente, nós os afugentaremos mais uma vez.

Mas Zolin foi inflexível e declarou — Sakal exige mais de nós. É hora de mostrarmos a estes orientais que podemos machucá-los assim como eles nos machucam. Se alguém é atacado por um lobo, espantá-lo apenas poupa o lobo para um novo ataque, talvez quando ele estiver mais forte ou a pessoa estiver mais fraca. Matar o lobo é a única maneira de estar realmente a salvo.

— Isso não é um lobo — insistiu Niente. — É um monstro de várias cabeças, com um pequeno rosto que nós vimos, e estamos indo para sua toca. Pode ser que ele nos devore completamente.

Zolin resmungou ao ouvir isso. — Fugir do lobo porque se está com medo é a pior estratégia de todas. Isso só oferece ao lobo as costas desprotegidas.

No fim das contas, Zolin convenceu os guerreiros supremos, e Niente não teve escolha a não ser informar os nahualli que a tarefa deles ainda não havia acabado. Ele quase ficou surpreso ao ver que nenhum dos nahualli resolveu desafiá-lo pelo posto de nahual, como consequência.

Os alojamentos do antigo capitão ficavam embaixo do castelo de popa, e era ali que o tecuhtli Zolin tinha se instalado. A mobília oriental fora jogada ao mar e substituída pelas linhas geométricas mais familiares e os desenhos do estilo tehuantino. O aposento estava animado por tons vermelhos e marrons, as cores do sangue e da terra. O cheiro de incenso fez Niente franzir o nariz ao entrar, os criados do tecuhtli prostraram-se nos tapetes jogados sobre as tábuas de madeira.

O tecuhtli Zolin estava reclinado em uma cadeira entalhada em um único bloco de pedra verde, amaciada por travesseiros e cobertores. O rosto e o torso, como os de todos os soldados, eram tatuados com redemoinhos de traços e linhas curvas: um registro do talento em combate e da patente. A cabeça estava raspada, como sempre, e agora era decorada pela tatuagem vermelha da águia de asas abertas. Os guerreiros supremos Citlali e Mazatl estavam falando com ele em voz baixa, mas interromperam a conversa quando Niente entrou. Os rostos tatuados e carrancudos se voltaram para o nahual.

— Ah, nahual Niente — falou o tecuhtli Zolin, gesticulando. Niente cruzou o aposento até o trono e ficou de joelhos. — Levante-se, levante-se. Diga-me, o que os deuses falaram?

Niente balançou a cabeça ao ficar de pé. Ele sentiu o olhar avaliador dos guerreiros supremos. — Sinto muito, tecuhtli, mas o balanço do navio... perturba as águas. Eu vi uma batalha e uma cidade em chamas à beira de um mar, seu estandarte tremulava sobre ela, mas de resto... eu não vi nada do oriental que mandei para seu kraljiki. Não vi nada da grande cidade deles.

— Ah, mas o estandarte e a cidade em chamas... isto só pode indicar vitória. Quanto ao seu oriental... — Zolin fungou e cuspiu no chão — ... essa era a estratégia do velho Necalli, e nem mesmo o grande Mahri teria sido capaz de fazer com que funcionasse.

Niente ficou vermelho com a indireta e irritado com o menosprezo que Zolin demonstrou por Mahri, cuja habilidade com o X'in Ka era lendária. Mahri evidentemente havia falhado, sim, mas isso só podia ter acontecido porque alguma força dos orientais tinha sido ainda mais forte. Niente abaixou a cabeça, mais para esconder o rosto do que por submissão. — Deve ser como o senhor diz, tecuhtli.

Zolin riu ao ouvir isso. — Ora, vamos, Niente, não seja tão modesto. Ora, você é um vidente e um nahualli de um nível que não vemos desde Mahri. Melhor até, pois Mahri não conseguiu impedir que os orientais invadissem nossas terras e as de nossos primos. Necalli era um tolo que desperdiçava recursos valiosos. Ele desperdiçou você também; todo aquele esforço que você concentrou naquele oriental. Mas agora... — Zolin abriu um largo sorriso. — Eu fiz os orientais recuarem para uma cidade sem importância na terra de nossos primos, com a ajuda de seus conselhos e habilidades, e agora temos a oportunidade de pilhar os orientais como eles um dia pilharam nossos primos do Mar Oriental. — O tecuhtli abanou a mão. — Eu mesmo arrancarei a cabeça dessa serpente oriental e tomarei providências para que nunca cresça outra. — Ele abaixou a mão e deu um sorriso cruel, mas a expressão dos dois guerreiros supremos era séria e impassível.

Niente perguntou-se qual dos dois poderia um dia desafiar Zolin, caso esta expedição falhasse, como ele temia que aconteceria.

O nahual compartilhava da atitude azeda de Citlali e Mazatl. Zolin não era diferente de muitas pessoas fora do círculo dos nahualli. Todas elas pensavam que seu dom era uma coisa simples: bastava olhar na água e deixar a deusa-lua Axat girar o futuro diante dos seus olhos. As pessoas não entendiam que as visões de Axat eram confusas e às vezes opacas, que o que nadava na água sagrada eram apenas possibilidades, e que essas possibilidades podiam ser alteradas, mudadas e até mesmo evitadas pelas habilidades de outras pessoas. Mahri — cujas habilidades, diziam, superaram a de qualquer nahualli — descobrira como Axat podia ser volúvel: a morte de Mahri foi um das primeiras visões que Niente viu em uma tigela premonitória; foi aquela visão que demonstrou para os mentores de Niente como ele tinha sido abençoado por Axat e Sakal. Talis, que fora mandado pelo tecuhtli Necalli para Nessântico, confirmou a visão de Niente: Mahri tinha falhado e tinha sido morto.

Aqueles sem o dom pensavam que devia ser maravilhoso ter o poder de Axat e Sakal, da lua e do sol. Não viam como usar o dom roubava força e vitalidade; como desfigurava e distorcia quem usava o poder. Agora mesmo, Niente podia olhar no espelho de bronze do alojamento e ver as rugas fundas no rosto, rugas que ninguém de sua idade já deveria ter. Notou a boca murcha, que o olho esquerdo chorava constantemente e agora estava esbranquiçado por uma nuvem mágica, que o cabelo ficava mais ralo e com mechas grisalhas. Ele sentia uma dor constante nas juntas que um dia viraria facas cruéis de agonia. Niente jamais conheceu Mahri, mas tinha vislumbrado o rosto do homem na tigela premonitória, e temia que um dia ele também visse as pessoas desviarem o olhar em vez de encará-lo e que ouviria os gritos de crianças assustadas quando passasse.

E Niente sabia que o tecuhtli Zolin podia estar satisfeito com ele agora, mas que o prazer do tecuhtli era frágil e podia desaparecer tão rápido quanto a bruma na luz do sol. Uma batalha perdida... Era tudo o que bastava, e tecuhtli Zolin procuraria por um novo nahual para estar ao lado dele.

— Eu rezo para Axat para que o senhor mate a serpente oriental — disse Niente para Zolin. — Mas eu...

Ele parou ao ouvir um chamado vindo do convés. — *Terra...* — gritou alguém. — *A costa oriental...*

Zolin sorriu ainda mais e falou — Ótimo. É chegado o momento de ver uma cidade queimar e nossos estandartes tremularem sobre a terra deles. — Ele ficou de pé e espantou os criados que correram para ajudar. — Venham, vamos ver esta terra juntos, com nossos próprios olhos, antes de tomá-la.

~ Karl ca'Vliomani ~

— BEM? — PERGUNTOU KARL PARA VARINA quando ela voltou para o quarto. Varina tirou a capa dos ombros e desmoronou em uma cadeira.

— Ela é a matarh de Nico, com certeza — respondeu Varina. — Eu contei que soube que o filho dela tinha fugido, e que quando nós estivemos em Nessântico, eu vi um menino na rua Crescente. A mulher arregalou os olhos quando ouviu isso e me disse que aquela era a rua onde ela morou até o mês passado. Quando descrevi o menino e a casa, a mulher começou a soluçar. Fiz o possível para evitar que ela voltasse correndo para Nessântico hoje à noite.

— E Talis?

— Talis é o vatarh do menino, e ela é apaixonada por ele, Karl. Isso também era óbvio; na verdade, eu suspeito que a mulher esteja grávida de Talis novamente, pelo jeito que segura o corpo quando fala sobre ele. Seu encontro com Talis o assustou tanto que ele despachou a esposa e Nico para fora da cidade; acho que Talis pensou que você mandaria a Garde Kralji atrás dele. Ela está esperando que Talis venha e que Nico retorne também. — Varina recostou a cabeça, fechou os olhos e suspirou. — Ela não trairá Talis para recuperar Nico, Karl. Honestamente, eu nem abordei essa possibilidade com a mulher. Na verdade, eu tenho certeza de que ela está no quarto agora fazendo as malas e se aprontando para ir embora amanhã para Nessântico, na esperança de encontrar Nico lá. A mulher está agitada e sofrendo desde que o menino foi embora. — Ela abriu os olhos novamente e encarou Karl. — É o que eu faria, no lugar dela. Sinto muito... Eu sei que você queria que eu fizesse, mas... não consegui levar adiante. Não consegui manter o filho da mulher como refém em troca de ela entregar Talis para nós, não quando não sabemos onde Nico está, na verdade. Sinto muito. Eu sei que você suspeita que Talis seja o assassino de Ana, e você tem bons motivos para ter essas suspeitas, mas isso...

Outro suspiro. Varina espalmou as mãos. — Eu não consegui fazer.

Não havia arrependimento na voz ou no olhar de Varina. E Karl descobriu que não conseguia ficar com raiva dela — o embaixador sabia como teria sido a situação com os próprios filhos. Karl podia ter sido um vatarh ruim e ausente para eles, mas se tivesse chegado a esse ponto, ele teria feito o que fosse necessário pelos filhos.

Ao menos era o que ele dizia para si mesmo. Ele se perguntou se era verdade. E se Kaitlin tivesse mandado chamá-lo enquanto Karl estava em Nessântico, enquanto Ana estava viva? E se ela tivesse chamado Karl de volta, pelo bem dos filhos? Será que ele teria ido? Ou teria dado alguma desculpa, teria descoberto alguma razão irresistível para permanecer aqui com Ana.

— Karl? — perguntou Varina. — Você está irritado comigo?

Ele balançou a cabeça e disse — Não se preocupe. Eu compreendo. — Os dedos roçaram os pelos da barba. Ele se sentia velho na noite de hoje. Os ossos estavam frios, e o fogo da lareira não ajudava a aquecê-los. — Eu voltarei com a mulher — falou Karl finalmente, quando o silêncio ameaçou durar tempo demais. — Talvez Talis venha atrás dela. Talvez a mulher saiba onde Talis está escondido.

— Se voltar, a Garde Kralji irá encontrar você, e o kraljiki mandará que seja torturado e executado. Seu corpo balançará em uma das jaulas da Pontica Kralji, com corvos arrancando a carne dos seus ossos.

Karl sentiu um arrepio e envolveu o próprio corpo com braços, que pareciam cansados e fracos. — Você pode ter razão. Mas do que eu estou correndo *atrás*, Varina? O que eu realmente ganhei por sair de Nessântico? Como encontrarei quem matou Ana em outro lugar? — Ele balançou a cabeça. — Não, eu *preciso* voltar. Esse não é o método numetodo? Para aprender, é preciso examinar; para compreender, é preciso experimentar. É necessário ter fatos. Ter encontrado a matarh de Nico... — Ele sentiu um arrepio novamente. — É quase como se o fantasma de Ana tivesse me conduzido aqui.

— Você não acredita em fantasmas nem deuses, Karl. Só acredita no que consegue ver, tocar e examinar. Não é *este* o método numetodo?

Ele deu um leve sorriso ao ouvir isso e falou — Não, eu não acredito em fantasmas, mas é estranho como um pensamento assim é confortante, não é? Quase faz entender o apelo que a religião tem para as pessoas. — Karl respirou fundo. — Ainda assim, eu voltarei.

— Então eu voltarei com você — disse Varina. — Assim como você, não há nada que eu esteja correndo atrás. E você precisará de ajuda.

— Você não precisa fazer isso. O kraljiki fará com você o mesmo que faria comigo... ou pior. Não há motivo para *você* voltar, afinal... — A voz de Karl foi sumindo.

Varina não respondeu, mas Karl notou o jeito dos lábios, a postura do corpo, viu a maneira com que ela olhava com raiva para ele, e subitamente Karl *soube*, e a revelação foi dolorosa. — Ah — falou o embaixador. Ele se perguntou como podia ter sido tão cego. Ficou de pé e andou até onde Varina estava sentada. Ele começou a colocar a mão no ombro dela, mas Varina franziu os olhos e ele recolheu a mão. — Varina...

Ela sustentou o olhar de Karl, os olhos castanhos de Varina vasculharam os dele. — Você amava Ana, embora ela nunca tenha correspondido exatamente com o mesmo amor. Ana estava muito envolvida com o que enxergava como a única tarefa da vida dela — falou Varina, baixinho. Ela acenou com a cabeça. Os lábios tremeram, como se quisesse sorrir, depois voltou a fechar a cara. — Bem, eu entendo essa situação, Karl. Entendo muito bem.

— Eu não sei o que dizer.

Varina sorriu então, a expressão tinha o toque de uma emoção escondida que Karl não conseguiu decifrar. — Então você não deve dizer nada. Eu não disse nada que exija uma resposta, a não ser que voltarei com você, não importa o que diga.

Varina sustentou o olhar de Karl sem piscar, até ele concordar com a cabeça. — Tudo bem — falou Karl. Ela concordou com a cabeça, mas não falou nada. O silêncio durou muito tempo e ficou cada vez mais incômodo, os dois olhavam fixamente para o pequeno fogo na lareira. Os pensamentos rolavam na cabeça de Karl: todas as vezes que ele e Varina estavam juntos, os comentários que ela fazia, os olhares, os toques ocasionais, a maneira como ela sempre se desviava de perguntas sobre interesses românticos que pudesse ter, a forma como Varina se atirou no trabalho dos numetodos.

Ele deveria ter sabido. Deveria ter percebido. Mas o silêncio já havia tornado mais difíceis as perguntas que Karl deveria ter feito. Ele pigarreou. — Se... se você voltar comigo para Nessântico, então talvez precise começar a me mostrar mais sobre esse modo ocidental de fazer magia.

Abrigar-se no trabalho para evitar intimidade: era o que Ana sempre fazia, afinal de contas.

~ Allesandra ca'Vörl ~

ELA ACHOU A HISTÓRIA DE SERGEI fascinante, embora conhecesse bem o homem a ponto de saber que havia detalhes que ele escondia. Allesandra não se importou com isso; ela teria feito o mesmo no lugar dele. Ela *fez* o mesmo, durante os longos anos que ficou presa em Nessântico. Allesandra gostava da archigos Ana, que a tratou de maneira correta e respeitosa, e era fascinada por Sergei, primeiro pela reputação e pelo nariz de prata, depois — quando passou a conhecê-lo — pela inteligência e personalidade sombria e intrigante.

— *Ca'Rudka é um homem interessante e habilidoso, e eu não estaria onde estou agora se não fosse por ele* — disse a archigos Ana certa vez para ela, quando se passaram alguns anos de exílio e Allesandra virava uma jovem moça. — *Mas você não pode confiar inteiramente nele. Ah, ca'Rudka honra a palavra, mas ele dá esta palavra com cuidado e a contragosto. E manterá a palavra ao pé da letra, mas talvez não fiel ao espírito. Sua verdadeira lealdade é a Nessântico, não a qualquer pessoa dentro dela. Eu não acho que ele ame alguém, não acho que jamais tenha amado. Seus verdadeiros amores são a cidade e os próprios Domínios. E alguns de seus gostos, o que ele tem prazer em fazer...* — Ana fez uma careta ao dizer isso. — *Eu espero que sejam apenas histórias terríveis, que não sejam verdadeiras.*

Allesandra lembrou-se dessa conversa enquanto observava Sergei, agora vestido na moda e cores atuais de Firenzcia. Ele veio a convite de Allesandra para almoçar nos aposentos da a'hïrzg no Palácio de Brezno, e se ficou ofendido com a cuidadosa revista corporal antes que fosse permitido entrar, ou se notou os dois gardai armados que o observavam atentamente de seus postos no cômodo, Sergei não disse nada. Ele sorriu para Allesandra como teria feito para qualquer ca' em Nessântico e elogiou a apresentação e o gosto da refeição enquanto os criados entravam e saíam, recostou-se na cadeira segurando uma xícara de chá como se estivesse relaxado e à vontade. Sergei contou como foi aprisionado na Bastida e como escapou. Allesandra observou o rosto do homem, as mãos — nenhum deles revelava emoção alguma; ele poderia estar contando uma história que aconteceu com algum parente distante, alguma certa vez.

— Então o embaixador numetodo ajudou você? — Allesandra também se lembrava de Karl ca'Vliomani, que era tão obviamente apaixonado pela archigos Ana, embora ela parecesse tratá-lo apenas como um bom amigo. Allesandra não se importava muito com ele ou com os numetodos, que desdenhavam e debochavam de sua própria crença, que não acreditavam em nenhum deus. Os numetodos acreditavam que o mundo sempre existiu, que era velho de uma maneira impossível, que os processos naturais podiam explicar tudo dentro do mundo; o absurdo e a arrogância da filosofia deles incomodavam Allesandra. — Isso não vai deixar o archigos Semini satisfeito... nem o archigos Kenne, imagino.

— Foi um ato de amizade e nada mais.

— Uma vez, a archigos Ana me disse que todo ato reflete a fé da pessoa que o comete — falou Allesandra. — Você é um numetodo agora, Sergei?

Ele balançou a cabeça. — Não. Eu acredito tão piamente em Cénzi quanto sempre acreditei.

A a'hïrzg perguntou-se se a declaração era uma mera falsidade engenhosa, mas deixou para lá. — Será que o kraljiki Audric pode realmente governar os Domínios? Será que o archigos Kenne pode unir os a'ténis como Ana fazia?

— Só o tempo pode lhe dar essa resposta, a'hïrzg.

— Então me conceda uma especulação.

Sergei deu de ombros. — O archigos Kenne é... fraco. Não apenas fisicamente, mas também quando se trata de confrontar. Ele é um homem bom, moral e fiel, mas é um seguidor, não um líder. É louvável que ele conheça e reconheça este defeito. O Colégio A'téni o elegeu como archigos por causa disso: eles não queriam outro líder forte como Ana. Quanto ao kraljiki Audric... bem, ele é só um menino e tem péssima saúde. Tenho certeza de que a senhora tem seus próprios agentes, que passam relatórios, mas suspeito que eles não contaram toda a história.

Sergei inclinou-se para a frente e pousou a xícara de chá e o pires silenciosamente sobre a mesa. Allesandra viu o próprio reflexo distorcido no nariz dele. — Audric enlouqueceu — falou Sergei, baixinho, e bateu com o indicador na testa. — O quanto ele enlouqueceu, eu não sei. Eu mesmo notei antes de Audric me mandar para a Bastida, e depois meus amigos na corte e na Fé me mandaram notícias. O kraljiki conversa com o quadro de sua mamatarh Marguerite; ele coloca a pintura ao seu lado direito na corte como se ela fosse sua conselheira.

— Sério? — Allesandra gesticulou, e um dos criados correu para encher as xícaras novamente. Ela viu o líquido dourado soltar fumaça em sua xícara. — E ninguém diz nada?

— Os kralji às vezes agem de modo esquisito e às vezes punem aqueles que apontam sua esquisitice. Isso aconteceu muitas vezes na longa história de Nessântico; nós dois podemos citar nomes, tenho certeza. E se o problema não parece afetar os Domínios diretamente... — ele deu de ombros — ... então é melhor não comentar nada... e tomar cuidado. Tenho certeza de que é o que Sigourney ca'Ludovici está fazendo: ela quer o trono e espera a oportunidade para tomá-lo. A maior parte do Conselho dos Ca' apoiaria Sigourney; o Trono do Sol será dela se Audric morrer ou tiver que ser... removido. Qualquer uma dessas duas é uma possibilidade bem provável nos próximos meses, eu suspeito.

Allesandra concordou com a cabeça. Ela ergueu a xícara, soprou a superfície aromática e tomou um gole com cuidado. Nenhum dos dois falou alguma coisa por vários instantes. — Por que você veio para cá, regente? — perguntou a a'hïrzg, finalmente. — Eu sei o que você disse para meu filho e para o archigos, mas eu acho que tem mais alguma coisa.

Sergei olhou para trás, para os gardai, e não disse nada. — Eles são homens de minha confiança — falou Allesandra. — Meus gardai escolhidos a dedo, estão comigo desde que voltei para Firenzcia. Eu confio totalmente neles. Tenho certeza de que você teve homens sob seu comando em cuja integridade você confiava dessa maneira.

— Pela minha experiência, quase todo mundo tem um defeito que pode ser explorado. Eu aprendi que, quanto menos ouvidos escutam alguma coisa, mais chances há de que as declarações não sejam repetidas.

Allesandra esperou enquanto tomava o chá; Sergei esfregou o nariz e turvou o reflexo da a'hïrzg.

— Como queira — disse ele, finalmente. — Nessântico e os Domínios têm sido a minha vida, a'hïrzg. Esta é uma lealdade a qual não posso e nem irei abrir mão. Meu desejo mais sincero é ver os Domínios restaurados ao que eram na época em que a kraljica Marguerite estava no trono. Eu gostaria de ver a senhora em Nessântico, como a kraljica Allesandra. A senhora pode ser a kraljica que Nessântico precisa agora.

Embora estivesse esperando estas palavras, Allesandra ainda se viu um pouco nervosa. *Viu só, vatarh? Viu só? Esse é o legado que o senhor queria, e essa é a promessa que o senhor abriu mão quando me abandonou por Fynn.* A emoção de sua resposta interior surpreendeu Allesandra; ela sentiu o calor subir do peito para o rosto. Fez um esforço para não demonstrar nada disso para ca'Rudka. — Sonhar não custa nada — disse a a'hïrzg. — Nós podemos sonhar à vontade. Poder realizar o sonho é uma coisa completamente diferente.

— No entanto, se duas pessoas tiverem o mesmo sonho, e ele coincidir com o de outras pessoas, e se estas pessoas forem poderosas o suficiente... — Sergei sorriu e fechou os dedos sobre a toalha de mesa de renda, como se estivesse rezando. — Este seria o seu sonho também, a'hïrzg? A senhora consegue ver um ca'Vörl no Trono do Sol? Eu sei que seu vatarh tinha essa visão.

Ele sabe. — Vamos deixar este assunto de lado por um momento, regente. Há outras questões envolvidas caso perseguíssemos esse objetivo... e não estou dizendo que estamos. E quanto à fé concénziana? Quem seria o archigos nestes Domínios restaurados que você imagina: Semini ou Kenne?

— Apesar do que eu disse sobre os defeitos dele, eu gosto do archigos Kenne. Ele é meu amigo, sua fé é verdadeira, e, como eu disse, ele é um bom homem.

— Ele pode ser tudo isso, mas Kenne não é um amigo de Firenzcia e, como Ana, ele passaria a mão na cabeça dos hereges. E Semini é meu amigo.

Sergei fez um som contemplativo no fundo da garganta. — Há rumores, a'hïrzg, de que ele talvez seja mais do que isso.

Allesandra ficou vermelha ao ouvir isso. O garda atrás do regente levou a mão ao cabo da espada, mas ela fez que não com a cabeça para o homem. — Você fala abertamente demais sobre rumores e mentiras, regente. Você não pode mais me tratar como uma menina ou uma refém da realeza. Você está em *minha* terra, e é a sua vida que está em jogo, não a minha. Se essa é a maneira como falava com Audric, então não é de admirar que ele não quisesse mais que você fosse regente.

Sergei abaixou a cabeça, mas não havia desculpas no olhar implacável. — Minhas desculpas, a'hïrzg. Minha estada na Bastida acabou, infelizmente, com minha diplomacia e paciência. Mas esses rumores e mentiras me preocupam de verdade, se formos trabalhar juntos.

— O archigos já tem uma esposa. É tudo o que precisa ser dito, e toda a resposta que você receberá. Quanto ao archigos Kenne... — Allesandra também se lembrava de Kenne ca'Fionta: um homem gentil, quieto, que sempre foi um eficiente subcomandante, mas que nunca questionava o que lhe era pedido ou dizia o que pensava. A a'hïrzg não conseguia imaginá-lo como archigos. Ana também podia ser gentil e carinhosa, mas havia ossos duros e aço sob o veludo, e ninguém gostaria de ser inimigo dela. Allesandra não tinha certeza do que havia sob o exterior de ca'Fionta, mas suspeitava que a avaliação de Sergei era correta.

Mas Semini... Semini podia ser tão inflexível e forte quanto Ana. — Se você quiser a ajuda de Firenzcia — continuou ela —, se quiser a ajuda de nossos ténis-guerreiros, então será o archigos Semini, e não o archigos Kenne, quem reunirá a fé concénziana. Kenne não precisa ser morto; se puder ser convencido a renunciar ao título pelo bem da Fé, talvez até mesmo para se tornar o a'téni de uma das cidades. Eu desconfio que um amigo poderia convencer outro amigo da sensatez desse rumo. Eu espero, pelo bem de Kenne.

Allesandra recostou-se na cadeira. Sergei, pela primeira vez, tinha uma expressão de incerteza no rosto, e ela ficou surpresa com a intensidade da alegria que esta reação lhe proporcionou. A a'hïrzg perguntou-se se era assim que uma kraljica ou hïrzgin geralmente se sentiam, se era uma das dádivas do poder. Uma dádiva ou talvez uma armadilha para aqueles que cediam ao domínio daquela sensação. — Eu sei o que eu trago para você, regente. Eu trago meu nome e minha genealogia. Trago o inigualável exército de Firenzcia, através do meu filho. Trago os temíveis ténis-guerreiros da verdadeira fé concénziana através do archigos Semini. Trago Miscoli, Sesemora e as Magyarias, que obedecem a Firenzcia. Eu trago tudo isso à mesa. O que você traz para nós, regente?

Sergei não respondeu imediatamente. O indicador direito roçou a borda da xícara diante dele, e o regente pareceu observar o desenho das folhas no fundo. — Eu trago conhecimento. Eu conheço a Garde Kralji e a Garde Civile e as forças e fraquezas de seus comandantes. Conheço Nessântico; conheço todos os seus caminhos e segredos. Há aqueles na Garde Civile e na Garde Kralji que responderão se eu chamá-los. Há aqueles entre os ca' e co' que farão a mesma coisa. Há chevarittai que virão a mim se eu convocá-los. Pode ser, a'hïrzg, que eu consiga lhe entregar o Trono do Sol com o mínimo de vidas perdidas possível.

— Ora, se é capaz de fazer tudo isso, por que você não é o próprio kraljiki em vez de um refugiado? — perguntou Allesandra, mas ela não deu tempo para Sergei responder. — Se é capaz de fazer tudo isso, o que você quer em troca?

— Nada — respondeu Sergei, e Allesandra ergueu as sobrancelhas, surpresa. — Dê-me a recompensa que a senhora achar condizente. Eu faço isso apenas por Nessântico, por que sempre empenhei a vida. Uma vez, eu protegi Nessântico da agressão de Firenzcia; agora, eu entregarei Nessântico a Firenzcia livremente. A kraljica Marguerite acreditava no casamento como uma forma de conciliar forças opostas, e eu acredito na mesma coisa, porque o casamento de Nessântico com Firenzcia é tudo que ela precisa agora para sobreviver.

Belas palavras, Allesandra queria dizer, com desdém. A a'hïrzg não tinha certeza se acreditava realmente no homem, mas Cénzi tinha trazido o regente até ela, de maneira totalmente inesperada, um presente irrecusável. — *Você é uma jovem inteligente, talentosa e atraente* — disse a archigos Ana para ela quando chegou a Nessântico a notícia de que seu vatarh nomeara o menino Fynn como a'hïrzg e se recusara a pagar o resgate exigido pelo kraljiki Justi para sua libertação. Aconteceu em menos de um ano dentro do período de sua prisão cheia de confortos e luxos, e Allesandra chorou de perplexidade e medo. Ana, a inimiga, abraçou e confortou Allesandra, fez carinho em seu cabelo e acalmou a menina novamente. — *Eu sei que Cénzi tem um plano para você. Eu sinto isso, Allesandra. Há um grande papel para você cumprir ainda na vida...*

Allesandra cumpriria esse papel. Ela teria aquilo que um dia seu vatarh lhe prometeu: o colar reluzente de Nessântico. Aquele era o motivo pelo qual Sergei ca'Rudka tinha aparecido neste momento.

— *Veremos, regente ca'Rudka* — foi tudo que Allesandra disse para ele agora. — *No fim, será como Cénzi quiser...*

~ Niente ~

NIENTE ESTAVA NA ENCOSTA de Karnor com o tecuhtli Zolin e seus guerreiros supremos, com a cidade estendida embaixo, e ele viu a cena que tinha vislumbrado na tigela.

As janelas do templo logo abaixo de Niente estavam quebradas, pareciam olhos arrancados no crânio de um prédio em ruínas. A fuligem escurecia as pedras em volta, uma fumaça imunda ainda subia entre elas. O meio domo de ouro estava quebrado, a alvenaria dourada, desmoronada. Chamas disparavam para o alto em uma dezena de pontos da cidade, mais intensas do que o sol do poente.

O ataque ocorreu facilmente e com rapidez. Assim que eles viram as encostas da grande ilha de Karnmor dos orientais, Niente reuniu os nahualli que podiam controlar o vento e o céu, e eles conjuraram uma muralha de bruma espessa para esconder a frota tehuantina enquanto ela se aproximava. A neblina envolveu os tehuantinos em um ar branco acinzentado e abafou os barulhos dos preparativos. Quando a bruma mágica acabou e foi soprada pelo vento, o *Yaoyotl* — com a bandeira da águia dos tehuantinos — já estava na boca do porto de Karnor, com os navios coirmãos espalhados em duas grandes alas de ambos os lado. O porto de Karnor era extenso e fundo, aninhado em penhascos de braços rochosos com a cidade empoleirada bem ao longe, a quilômetros de distância.

Um punhado de navios da marinha dos Domínios estava ancorado ali, e eles foram manobrados para encarar o ataque enquanto as embarcações pesqueiras e de lazer fugiam para um lugar seguro. Niente teve que admirar a bravura dos capitães dos Domínios: diante de uma força imensamente superior, eles não fugiram, mas se voltaram para confrontá-la diretamente, com suas bandeiras azuis e douradas tremulando no topo dos mastros. Ainda assim, foi um massacre. O vento do mar veio atrás da frota tehuantina, e os navios dos Domínios tiveram que avançar lentamente contra o vento. Os ténis-guerreiros a bordo dos galeões dos Domínios tiveram pouco tempo para preparar os feitiços — talvez mais poderosos que aqueles dos nahualli, mas lentos de serem criados, e Niente tinha passado o dia exigindo de seus nahualli. Os cajados mágicos estavam cheios, as areias negras já preparadas. Os feitiços dos nahualli foram capazes de desviar a maior parte do fogo disparado pelos ténis-guerreiros para longe dos navios tehuantinos, embora a embarcação ao lado do *Yaoyotl* tivesse levado um tiro em cheio que se espalhou como uma monstruosa onda de fogo e destruição pelos conveses e fez dezenas de homens pularem aos gritos nas vagas frias. O disparo fez o navio pegar fogo e encalhar, de maneira que as embarcações atrás tiveram que se virar de repente para evitá-lo.

O tecuhtli Zolin estava no convés e berrava ordens do castelo de popa; os navios tehuantinos responderam com enormes dardos com cápsulas de areia negra na ponta lançados dos conveses: as catapultas dispararam os projéteis faiscantes na direção dos defensores de Karnmor; as cápsulas, encantadas com feitiços de fogo, explodiram com o impacto, o que estilhaçou tábuas e arrancou braços e pernas ensanguentados de marinheiros azarados. Os navios de Nessântico fracassaram, as velas estavam em chamas ou penderam quando perderam o vento sob o ataque. O tecuhtli Zolin gritou ordens e um segundo bombardeiro de projéteis de fogo varreu os inimigos.

Eles deixaram os defensores na retaguarda como nada mais do que carcaças consumidas pelo fogo até a linha-d'água, e a frota tehuantina avançou para o porto interno da cidade. Os soldados de Karnor estavam reunidos ali sob o comando de uns poucos chevarittai a cavalo, mas o tecuhtli Zolin berrou ordens mais uma vez, e as catapultas dispararam seus terríveis mensageiros em meio aos inimigos, as explosões fizeram tremer os morros íngremes onde Karnor foi construída e atearam fogo entre os prédios. Os soldados e os nahualli deram gritos de vitória quando se aproximaram do porto, o som dos homens batendo os cajados mágicos e as espadas nos escudos era aterrorizante. Niente gritou ao lado deles, a própria garganta estava rouca por causa dos berros e da fumaça da batalha. Ele viu moradores fugirem pelas ruas em turbas desorganizadas que subiam e se afastavam do repentino conflito da batalha no porto, enquanto pranchas eram descidas e expeliam soldados tehuantinos. Eles avançaram aos gritos, os rostos tatuados estavam furiosos e alegres ao mesmo tempo. O tecuhtli Zolin liderava os homens, a escada curva reluzia à luz do sol e a voz desafiava o inimigo à espera. Niente e seus nahualli correram atrás dos soldados, seus cajados mágicos emitiam um brilho branco ao disparar raios nas fileiras dos soldados. O próprio cajado de Niente se esgotou rapidamente, ele pegou o conjunto de garras de águia que estava amarrado nas costas, girou o tubo de marfim para ativar o feitiço de fogo por contato e jogou os artefatos sobre as primeiras fileiras de soldados para que explodissem no meio dos inimigos. Em um momento, um soldado ferido de Nessântico levantou-se do chão quando Niente passou por cima dele. Por sorte, o homem estava fraco por conta dos ferimentos, e o nahual conseguiu se desviar da estocada vacilante da espada. Ele sacou a faca do cinto e passou o gume afiado na garganta exposta do sujeito antes que o soldado pudesse se recuperar. O sangue quente jorrou sobre a mão de Niente, e o homem soltou um grito gorgolejante ao desmoronar pela última vez. Uma facada forte na lateral do pescoço do soldado acabou com ele, e Niente levantou-se para descobrir que a batalha estava praticamente encerrada, os defensores recuando para o interior da cidade e sendo perseguidos pelos tehuantinos.

No momento em que o sol se pôs — vermelho e melancólico em meio à fumaça da cidade em chamas —, Karnor era dos tehuantinos, ou o que tinha sobrado da cidade. Embaixo dele, Niente ouviu gritos e gemidos fracos enquanto os tehuantinos saqueavam a cidade e matavam quem encontrassem por lá. Mais embaixo ainda, no porto, os porões dos navios tehuantinos estavam sendo preenchidos com a riqueza da cidade.

Niente estava com o tecuhtli Zolin e os guerreiros supremos tehuantinos Citlali e Mazatl. Ali perto, vigiados por guerreiros tatuados, o comandante e três offiziers superiores dos defensores estavam ajoelhados, amarrados e amordaçados. Os prisioneiros encaravam a fogueira armada pelos nahualli sob orientação de Niente e olhavam para o altar plano de pedra do Templo de Karnmor, que Niente tinha ordenado que fosse arrastado até o cume do monte Karnmor.

Quatro garras de águia, com os chifres cheios de areia negra, foram colocadas no centro do altar de pedra. Os prisioneiros olhavam fixamente, sobretudo para elas.

— Esses orientais — comentou o tecuhtli Zolin — são péssimos guerreiros. Eles correram como crianças assustadas. — Ele olhou novamente para os prisioneiros com uma expressão de desdém. O tecuhtli usava sua armadura de couro e bambu, com um talho aqui e ali de uma lâmina inimiga, e os tubos roliços chacoalhavam baixinho enquanto ele se mexia. A armadura estava respingada e manchada de sangue, embora pouco parecesse ser de Zolin. O sol tinha se posto completamente agora, e a lua surgiu a leste...

Zolin olhou na direção da lua. — Axat sequer aceita a oferta desses incompetentes.

Niente lembrou-se das batalhas em volta do lago Malik e balançou a cabeça. — Tecuhtli, eles foram pegos de surpresa e não estavam preparados para nós. Isso não acontecerá novamente. Os rumores do que aconteceu aqui chegarão ao kraljiki e aos comandantes do exército oriental. Talvez... — Ele hesitou, não queria dizer as próximas palavras. — Talvez seja melhor pegarmos o que conseguimos aqui e voltarmos para casa.

O tecuhtli Zolin deu uma gargalhada debochada. — Voltar? Agora? Quando estamos aqui, na fumaça da vitória, exatamente como você previu? Nahual Niente, você me desaponta. Eu vim aqui desafiar esse kraljiki que manda seu povo roubar a terra de nossos primos, mas sequer lidera o próprio exército. Citlali, Mazatl, o que vocês me dizem?

Mazatl já estava de cara amarrada, a luz da fogueira banhava o rosto marcado. Assim como Zolin, ele ainda usava a armadura surrada e ensanguentada. — Eu digo que estou contente por estar em terra firme, mesmo aqui. Voltar para o mar? — O supremo guerreiro cuspiu nas pedras aos pés. — Eu vim para lutar, não velejar. Eu digo para darmos a Axat o que Ela ganhou aqui e depois seguirmos em frente. — Citlali concordou com um murmúrio, mas parecia estar menos convicto.

Os nahualli e guerreiros reunidos perto do fogo já haviam começado o cântico baixo e assustador da prece à Axat. O luar brilhou forte sobre o altar de pedra e reluziu nas pontas grossas de vidro das garras de águia. Niente acenou com a cabeça para Zolin.

Dois nahualli agarraram um dos prisioneiros e arrastaram o homem para frente. O offizier choramingava de medo e invocava Cénzi. Os nahualli colocaram o homem sobre o altar de pedra, de joelhos. Ele ergueu os olhos para Niente, aterrorizado. — Vá bravamente para sua morte — disse o nahual para o oriental em sua própria língua ao pegar uma garra de águia. Ele girou a ponta do chifre, e o fatídico clique soou alto quando o feitiço foi ativado. — Reze para o seu deus. A morte será rápida. Eu lhe prometo ao menos isso. — Niente acenou novamente com a cabeça, e os nahualli seguraram firmemente os braços do homem, que fechou os olhos e moveu os lábios em uma prece silenciosa.

O nahual abriu a própria mente para Axat e para o brilho da lua, depois pressionou a boca ossuda da arma no estômago do homem. O som do disparo da garra de águia ecoou pela cidade.

~ Allesandra ca'Vörl ~

JAN QUASE PARECIA ASSUSTADO, os olhos tão arregalados que era possível ver o branco em volta da íris. — Matarh... levar o exército contra os Domínios... eu não sei.

— Eu compreendo o perigo — falou Allesandra. — Sim, é um grande passo para ser dado assim tão cedo no seu período como hïrzg, e entendo como deve estar se sentindo. Você precisaria confiar na capacidade do starkkapitän ca'Damont; mesmo assim, isso seria um teste maior do que tudo o que você já fez na vida. Mas, Jan, eu sei que é algo que você é capaz de fazer. Levar o exército à guerra é algo que você *terá* que fazer eventualmente, como quase todo hïrzg de Firenzcia já fez. Até mesmo seu vatarh lhe diria isso. Fynn tinha 18 anos, era apenas dois anos mais velho do que você, quando levou o exército à guerra pela primeira vez. — Ela acenou a cabeça para Semini, que estava sentado em silêncio na própria cadeira. Os três estavam nos aposentos de Allesandra. Os criados foram dispensados após servirem o jantar, cujas sobras ainda decoravam a mesa entre eles. — Semini sabe — disse Allesandra. — Ele comandava os ténis-guerreiros quando seu vavatarh Jan quase tomou Nessântico.

— E ele teria conseguido se aquela archigos herege desprezível não tivesse usado sua magia dos numetodos contra nós — resmungou Semini. O archigos pareceu um urso mais do que nunca, curvado na cadeira. Ele bateu de leve no prato, mas teve o cuidado de desviar o olhar de Allesandra.

A a'hïrzg ainda se lembrava do choque daquela noite: *ela estava na tenda, sentada no colo do seu vatarh. — Você é meu passarinho — dizia Jan — e eu amo... — Então a voz foi interrompida e, impossivelmente, ela estava do lado de fora, longe do acampamento, esparramada no chão molhado de chuva, à noite, enquanto a archigos Ana e um homem estranho qualquer lutavam um contra o outro com uma magia do Ilmodo que Allesandra pensava ser impossível.* Sim, ela lembrava-se muito bem daquilo e sabia que sua captura foi a razão do fracasso de seu vatarh, e que Jan culpava Allesandra por isso.

— Ah, os Domínios ainda têm que responder por muita coisa — continuou o archigos, que olhava apenas para Jan. Ele bateu de leve na toalha de mesa com o punho. — Eu aguardo ansiosamente para cobrar o pagamento. Hïrzg Jan, estou pronto para ser seu braço direito, com todos os ténis-guerreiros da fé concénziana comigo.

Jan ainda parecia inseguro, e Allesandra esticou o braço para afagar a mão do filho. — Jan, no fim esta deve ser uma decisão sua, não minha. Eu não sou o hïrzg, você é.

— A senhora não quis *isto* quando podia tê-la — disse Jan ao tocar na coroa dourada de hïrzg na cabeça. — E, no entanto, agora a senhora quer... — Ele parou abruptamente. Pestanejou. — Ah. — Franziu os olhos.

Allesandra ficou preocupada com a expressão no rosto do filho. — Pense no que podemos conseguir juntos, Jan — falou ela, às pressas —, com a mesma família no Trono do Sol e no trono de Firenzcia. Nós podemos unificar os Domínios e criar um império maior e mais pacífico do que o de Marguerite.

Jan não disse nada. Ele olhou de Semini para Allesandra, depois ficou de pé e andou rapidamente até a porta. — Jan? — chamou Allesandra, e o hïrzg parou ali. Ele falou sem se virar para a matarh.

— Eu começo a entender um pouco o que o vatarh falou sobre a senhora antes de ir embora, matarh. Ele me disse que a senhora usava as pessoas para seus próprios objetivos; disse que este era exatamente o mesmo jeito do seu próprio vatarh, e que isso não era assim tão surpreendente. Ele disse que esse comportamento foi que tornou o vavatarh um hïrzg competente, mas um amigo perigoso. Eu me pergunto se um dia poderei ser um hïrzg assim tão bom. Eu me pergunto se um dia terei vontade de ser. — Jan bateu na porta, que foi aberta pelos criados do corredor.

Allesandra ficou de pé e afastou-se da mesa; começou a ir atrás dele enquanto os pratos batiam e as taças tremiam. — Jan, fique. Por favor. Fale comigo.

Jan balançou a cabeça e saiu sem dizer outra palavra, a porta foi fechada.

Allesandra ficou parada no centro da sala de jantar e não conseguiu conter o soluço. *Eu nunca tive a intenção de magoá-lo. Eu não* quero *magoá-lo.* Ao mesmo tempo, a a'hïrzg considerou a declaração do filho: *será* que ela cometeu um erro ao colocá-lo no trono do hïrzg? Será que enxergava Jan com os olhos de uma matarh e não com os olhos da verdade? Allesandra sentiu as mãos de Semini em seus ombros e percebeu que ele havia se levantado para ficar atrás dela. — Não se preocupe, Allesandra. — As palavras do archigos eram um rugido baixo no ouvido. — Deixe o menino sozinho por um tempo e lembre-se que, em muitos aspectos, ele ainda *é* um menino. Jan sabe que você está certa, mas neste momento ele acha que você lhe deu a coroa de hïrzg como um prêmio de consolação.

— Não foi assim, de verdade. — As lágrimas ameaçaram cair, e Allesandra fungou e piscou para contê-las. — Eu amo Jan, Semini. Amo mesmo. Ele não faz noção do quanto. Eu fico magoada de vê-lo com raiva de mim. Não era o que eu pretendia.

— Eu sei — sussurrou o archigos. — Eu falarei com ele. Posso convencê-lo de que você está certa.

Ela meneou a cabeça enquanto olhava fixamente para a porta. — Eu preciso ir atrás dele.

— Se fizer isso, vocês dois apenas acabarão tendo uma discussão ainda pior. Vocês dois são muito parecidos. Dê um tempo para Jan se acalmar e pensar sobre a situação, e ele perceberá que exagerou na reação. Pode até ser que se desculpe. Dê um tempo. Deixe que ele fique com raiva agora.

As mãos de Semini massagearam os ombros de Allesandra. Ela sentiu os lábios do archigos roçarem o cabelo na nuca e deixou a cabeça pender para frente em resposta. — Ele é meu filho. Eu fico magoada quando ele está magoado.

— Se você conseguir o que quer, então essa é uma situação que poderá vir a ter que aceitar. Os kralji de Nessântico e os hïrzgai de Firenzcia sempre tiveram suas diferenças e seus interesses separados. Se não quiser um conflito entre você dois, é melhor abandonar essa ideia.

Allesandra ficou tensa sob as mãos que a massageavam, e Semini riu. — Pronto, viu só. Jan não é o único que se irrita quando alguém lhe diz o que fazer. — Ele continuou a trabalhar os músculos dos ombros da a'hïrzg. — Eu estou com você, meu amor, mas também tenho ambição. Eu quero ser o archigos da fé concénziana unificada e quero me sentar no Trono de Cénzi no Templo do Archigos e ser a sua Mão da Verdade. E quero ser mais do que isso, Allesandra. Quero ser o archigos ca'Vörl.

Ela virou-se para Semini e encontrou o rosto dele perto do seu. Allesandra beijou os lábios do archigos sem paixão. — Semini...

— Você disse para Jan pensar no que vocês dois poderiam conseguir juntos como a mesma família nos dois tronos. Eu lhe peço que considere o que poderia ser feito se a mesma família não só controlasse os tronos políticos, mas também o da fé concénziana.

— O que você sugere não é possível — falou Allesandra. — Tem o Pauli. E Francesca. Sim, eu adoro os momentos secretos que passamos juntos e gostaria que fosse de outra forma, mas não é. Semini, o que pareceria se o archigos dissolvesse o próprio casamento e o matrimônio da a'hïrzg em nome do próprio interesse? O que diriam os ca' e co', mesmo que em segredo? Que mal isso faria à Fé e ao Trono do Sol?

— Eu sei. — Semini rosnou e deu um passo para trás. — Eu sei. Mas meu casamento com Francesca foi político desde o início; nunca houve amor entre nós, nem muita intimidade realmente, depois dos primeiros anos e os abortos. Orlandi insistiu que eu tinha que casar com sua filha, e ele era o archigos, e seu vatarh pensou que seria bom também, e você era... — Semini fez uma pausa. — Sei que sou muito mais velho do que Pauli, Allesandra, mas eu pensei...

— A nossa diferença de idade não significa nada. — Allesandra esticou a mão para tocar no rosto do archigos, a barba grisalha sob os dedos era surpreendente. — Semini... Eu gosto mesmo de você. Eu adoro o que nós temos, mas isso tem que bastar. O que você sugere... seria um erro terrível.

— Seria? Eu não acredito nisso, Allesandra. Se você soubesse o quanto eu lutei com essa ideia, se soubesse como rezei para Cénzi... — Semini balançou a cabeça sob os dedos dela e disse — *Não* seria um erro. Como poderia ser, se existem sentimentos verdadeiros entre nós? Você pode me dizer que esses sentimentos são unilaterais e que nosso caso é simplesmente uma questão de conveniência para você? É assim, Allesandra? Diga-me. Diga-me a verdade.

Allesandra encarou Semini, que ainda tinha o rosto nas mãos dela, e sussurrou — Unilaterais? Não.

Ele soltou um longo suspiro de alívio, praticamente uma palavra ou soluço, e depois beijou Allesandra, que devolveu o beijo. Ela abandonou a si mesma e as preocupações sobre Jan e o que poderia acontecer na paixão que a envolveu.

~ Jan ca'Vörl ~

JAN DEIXOU O SUOR PINGAR enquanto estocava e defendia com a espada contra um oponente invisível. Às vezes era Semini, às vezes era sua matarh, às vezes era o fantasma de Fynn ou do vavatarh. Jan colocou toda a raiva para fora no treino. Golpeou, girou o corpo e estocou até todos os fantasmas estarem mortos e os músculos arderem.

Finalmente, Jan embainhou a espada e parou com as mãos nos joelhos, ofegante. Ele ouviu um aplauso baixo e irônico atrás de si e se virou. Gotas de suor voaram do cabelo molhado. O hïrzg viu Sergei ca'Rudka parado à porta da sala de treino, com dois gardai atrás dele. — Como...? — Jan começou a perguntar quando ca'Rudka sorriu.

— Eu perguntei ao assistente Roderigo onde o senhor estaria. Não deixaram que eu viesse sem meus amigos, de qualquer forma — acrescentou Sergei ao gesticular para os gardai solenes e carrancudos que o acompanhavam. Ele entrou na sala comprida e apertada, com paredes de bronze lustroso, uma estreita fileira de bancos ao longo do outro lado e espadas de madeira para treino expostas em suportes em um canto. — O senhor teve um bom professor de armas, embora isso valha menos do que imagina.

Jan pegou uma toalha de um cabide perto das espadas e secou o suor da testa. — O que você quer dizer, regente?

— O senhor pode ter todas as habilidades técnicas, e o senhor possui, de fato, mas elas valem pouco ao se enfrentar um oponente de verdade, que queira lhe matar.

O jeito com que ca'Rudka fez o comentário, em um tom superior e professoral, reacendeu a raiva de Jan. *Todos* agiam de maneira superior a ele. Todos lhe diziam o que fazer, como se ele fosse estúpido para entender qualquer coisa sozinho. Jan torceu o nariz e jogou a toalha no canto. — Mostre-me — falou ele para Sergei. — Prove.

— Hïrzg... — alertou um dos gardai, mas Jan olhou com ódio para o homem.

— Cale-se — disse Jan. — Eu sei o que estou fazendo. — Ele indicou o suporte de espadas de madeira com a cabeça. — Mostre-me, regente. É fácil dizer banalidades.

Sergei fez uma mesura, como se cumprimentasse um parceiro de dança. Ele deu uma olhadela para os gardai e foi até o suporte. Jan observou o regente: o homem tinha a postura de um velho e fez uma careta ao se abaixar para puxar uma das espadas de treino e examiná-la. — Certa vez, o grande espadachim co'Musa disse que a experiência é geralmente melhor do que a habilidade crua — falou Sergei. — Há uma história que, em um duelo, co'Musa matou seu oponente apenas com uma espada de madeira. Assim como o senhor, o adversário estava armado com aço.

Ambos os gardai avançaram, meteram as mãos nas próprias armas e colocaram-se entre o hïrzg e ca'Rudka, mas Jan fez um gesto para que se afastassem e disse — Você não é co'Musa.

— Não sou — respondeu ca'Rudka. Ele deu um leve golpe no ar com a lâmina de madeira. Foi uma estocada desajeitada, e Jan notou como ca'Rudka pegava no cabo com a mão um pouco virada embaixo; seu antigo professor, lá em Malacki, teria corrigido o homem imediatamente, se tivesse visto aquilo. *"Com a mão desse jeito, o senhor não tem alcance"*, teria dito ele. Mas Sergei já havia assumido uma postura, com a espada abaixada e as pernas juntas demais. — Quando o senhor estiver pronto, hïrzg Jan — falou ca'Rudka.

— Comece — disse Jan.

Dito isso, Sergei começou a erguer a espada: devagar, quase desajeitado; o movimento de um amador. Jan torceu o nariz e afastou desdenhosamente a arma do homem com sua própria. Mas a esperada resistência de lâmina contra lâmina não ocorreu: ca'Rudka abrira a mão. Jan ouviu a espada de madeira bater nos ladrilhos do piso, viu quando ela escorregou até acertar a parede revestida de bronze. O golpe de Jan arrancou a arma do regente, sim, mas sem a resistência, o ataque se lançou mais para a esquerda do que deveria, e o hïrzg viu um movimento de roupa escura e sentiu as mãos de ca'Rudka baterem de leve nos dois lados do pescoço antes que pudesse reagir. O homem estava diretamente à sua frente, com o nariz de metal tão próximo que o rosto do hïrzg preencheu a superfície refletora. Ca'Rudka agarrou a gola da tashta de Jan com as duas mãos, deu um passo e imprensou o hïrzg contra a parede. A espada de Jan era inútil em sua mão: o regente estava próximo demais.

— Viu só, hïrzg Jan — ca'Rudka quase sussurrou —, alguém que queira matar o senhor não se preocupará com regras e educação, apenas resultados. — O hálito era quente e cheirava à menta. — Eu poderia ter esmagado sua traqueia com aquele primeiro golpe ou poderia ter uma faca na outra mão. De um jeito ou de outro, o senhor já estaria nos últimos suspiros.

Sergei afastou-se e soltou Jan quando foi agarrado por trás pelos gardai, com violência. Um deles socou ca'Rudka com a manopla, e o velho regente desmoronou sobre um joelho, ofegante. — Mas o senhor é um espadachim melhor do que eu, hïrzg. — Ele terminou de dizer, no chão. — Eu admito livremente. — O garda preparou o punho para dar outro soco, mas Jan ergueu a mão.

— Não! — disparou o hïrzg. — Vão embora! Vocês dois!

Os gardai olharam para ele, assustados. Os dois começaram a protestar, mas Jan gesticulou novamente para a porta. Depois que se curvaram e saíram, Jan foi até ca'Rudka e ajudou o homem a se levantar. — Você é realmente um espadachim tão ruim assim, regente?

Ca'Rudka conseguiu sorrir ao colocar a mão na lateral do corpo, inclinado para frente enquanto tentava recuperar o fôlego, e respondeu — Não, mas fiz o *senhor* pensar que eu era. — Ele respirou fundo pela boca e gemeu. — Por Cénzi, essa doeu. Acredito que minha lição tenha ficado bem clara?

— Que as pessoas podem mentir e me enganar para conseguir o que querem? — Jan deu uma risada amarga. — Você não é o único que está tentando me ensinar essa lição.

— Ah. — Ca'Rudka pareceu considerar a informação. Ele não disse nada e esperou.

— Minha matarh e o archigos parecem achar que agora é o momento de atacar Nessântico.

Ca'Rudka deu de ombros, depois fez outra careta. — O senhor quer admitir isso para um espião em potencial que está entre vocês, hïrzg? Ora, eu poderia mandar uma mensagem para o kraljiki.

— Você não mandará.

Sergei ficou com o rosto impassível ao ouvir isso. Ele piscou sobre o nariz de prata. — O senhor já considerou que sua matarh e o archigos podem estar certos?

— Você concorda com eles?

— Honestamente, eu preferia que não houvesse guerra de maneira alguma, que nós resolvêssemos as diferenças de outra forma. Mas se eu fosse a sua matarh... — Ele deu de ombros. — Talvez pensasse a mesma coisa.

— Então você acha que eu devo dar ouvidos a eles?

— Eu acho que o senhor é o hïrzg, e, portanto, deve tomar a própria decisão. Mas também acho que um bom hïrzg ouve a mensagem mesmo quando tem problemas com o mensageiro.

Jan desviou o olhar do homem. Ele podia se ver nos espelhos de bronze da sala, a imagem era ligeiramente distorcida nas ondas do metal fino. Jan ainda segurava a espada. Ele foi até a parede onde a arma de ca'Rudka tinha ido parar. Abaixou-se e pegou a espada de treino, depois jogou para o homem.

— Mostre-me outra coisa — disse o hïrzg. — Mostre-me como a experiência é capaz de vencer a habilidade crua.

Ca'Rudka sorriu. Ele pegou a espada, e dessa vez seus movimentos foram ágeis e graciosos. — Tudo bem. Fique em posição...

~ Nico Morel ~

APÓS PASSAR VÁRIOS DIAS com a mulher, Nico decidiu que ela era muito esquisita, mas também fascinante. A mulher era boa com ele. Ela alimentava bem o menino, conversava com ele — longas conversas em que Nico se viu contando tudo sobre sua matarh e Talis, que ele e a matarh fugiram de Nessântico, que ele odiava seu onczio e os primos, como fugiu do vilarejo e foi ajudado pelo regente e Varina...

A mulher passeava com Nico durante o dia pela velha vizinhança, e ele torcia para que visse Talis ou sua matarh.

Mas não viu. — O nome de seu vatarh é Talis Posti? — perguntou a mulher na primeira noite, e o menino contou sua história. — Tem certeza disso? E ele está aqui na cidade? — Nico concordou com a cabeça, e ela não falou mais nada.

A mulher disse que seu nome era Elle, mas às vezes parecia não notar quando Nico a chamava pelo nome. Às vezes, no meio de uma conversa, ela respondia a um comentário inaudível ou se dirigia ao vento como se falasse com ele. Em público, Elle dava a impressão de se encolher e parecer velha e frágil, mas na privacidade dos aposentos, a mulher era completamente outra pessoa: mais jovem, forte, atlética e cheia de vida. Ela mantinha armas no quarto: uma espada encostada em um canto perto da porta e outra ao lado da cama, e havia várias facas com gumes cruelmente afiados — a mulher quase sempre tinha duas ou mais com ela. Nico observava Elle afiar as armas à noite com uma pedra de amolar. Observava o rosto e a concentração apaixonada enquanto afiava os gumes, que provocavam arrepios em Nico.

Elle tinha uma bolsinha de couro no pescoço que não tirava nunca. Estava sempre debaixo da roupa, e à noite ela a pegava firme com a mão, como se tivesse medo de que alguém a roubasse. Nico imaginava se a mulher também não tirava a bolsinha quando tomava seu banho diário na banheira de cobre da sala de estar. O banho em si era estranho, pois o menino jamais tinha visto alguém tomar banho mais do que uma vez por semana, nem mais que uma vez por mês. Sua matarh sempre dizia que tomar banho demais deixava a pessoa doente. Talvez, pensou Nico, fosse isso que havia de errado com Elle.

De vez em quando, a mulher mandava que ele ficasse no apartamento alugado e saía sozinha — geralmente à noite. Ela ficava ausente por várias viradas da ampulheta, e geralmente Nico dormia enquanto esperava que ela voltasse. O que quer que Elle fazia naquelas noites, ela nunca contava para ele.

A noite de hoje tinha sido uma dessas. — Nico... — O menino sentiu a mão dela sacudindo seu corpo e pestanejou ao olhar para o rosto da mulher, iluminado pelas velas contra a escuridão do quarto. — Levante-se.

— Por que, Elle? — resmungou Nico com sono. Estava gostoso e quentinho debaixo das cobertas. Ela não respondeu; já tinha ido na direção da porta do quarto.

— Eu quero que você venha comigo — falou ela. De má vontade, Nico empurrou as cobertas para o lado e saiu do colchão de palha. — Sapatos — disse Elle quando ele começou a ir em sua direção descalço. Nico calçou as botas gastas, e a mulher abriu a porta. — Fique comigo. — Ela deu a ordem ao pegar sua mão, e os dois saíram noite afora.

Nico sabia que Nessântico nunca dormia, não completamente. Não importava a hora do dia ou da noite, havia pessoas pelas ruas do Velho Distrito. Mas à noite os cidadãos eram mais perigosos do que de dia, como sua matarh lhe dissera. — Você vai entender melhor quando crescer — falara ela, mais de uma vez. — A noite é uma máscara que a cidade coloca quando quer fazer coisas que não deveria. O que as pessoas fazem à noite... bem, às vezes elas precisam da escuridão para esconder. — Nico vislumbrou um pouco disso recentemente, sozinho no Velho Distrito, antes de ser encontrado por Elle. Testemunhou a fala pastosa e o passo vacilante dos frequentadores de tavernas; viu os encontros acompanhados por gemidos nos becos escuros; vislumbrou ataques rápidos e violentos; testemunhou as trocas furtivas de moedas tilintantes por embrulhos. Nico ficou próximo de Elle enquanto andavam pelas ruas, que estavam animadas por aqueles que usavam a máscara da noite.

Ela andava rapidamente, tão rápido que o menino teve que correr um pouco para acompanhá-la. Os dois cruzaram uma esquina do centro do Velho Distrito e entraram no emaranhado de vielas que iam para sudoeste, na direção do rio, e os prédios de cada lado ficaram cada vez mais velhos, próximos e menores, como se quisessem permanecer juntinhos à noite para se esquentar. Nico ficou rapidamente perdido. Não havia luzes mágicas aqui, apenas algumas lâmpadas ocasionais colocadas nas janelas de tavernas e bordéis. Duas vezes os dois passaram por um utilino, e Elle encolheu o corpo, fez com que parecesse menor e mais velha, e o cumprimentou com uma voz rouca que não parecia de forma alguma com a própria.

Finalmente, Elle puxou o menino para a escuridão de um beco e ajoelhou-se ao lado dele. — Escute, Nico. Preciso que você fique muito, muito quietinho agora. Tem que tomar cuidado ao andar para que ninguém escute seus passos, e não pode falar. Não importa o que você veja ou aconteça. Entendeu? — Na luz fraca do luar, ele enxergou o branco dos olhos, e o olhar de Elle sério e solene.

Nico concordou com a cabeça. Ela pegou a mão do menino e apertou uma vez, com delicadeza. — Muito bem, vamos.

Os dois prosseguiram mais adiante pelo beco até uma portinha meio empenada nas dobradiças enferrujadas. Elle meteu a mão debaixo do manto; quando a mão surgiu novamente, os dedos tinham um bocado de uma substância escura que ela passou nas dobradiças. A mulher empurrou a porta, que abriu relutantemente, porém em silêncio. Elle entrou e fez um gesto para Nico segui-la.

O cheiro no interior provocou ânsia de vômito no menino: havia algo morto e apodrecendo por perto, e pelo menos uma vez ele ficou contente por estar escuro demais para ser capaz de enxergar direito, embora sentisse medo de tropeçar no que estivesse morto ali. Elle pegou Nico pela mão novamente, e ele seguiu de perto a mulher até uma escada que mal conseguiu ver. Os dois subiram e chegaram a uma porta; o menino viu Elle inclinar-se ao seu lado e mexer por alguns momentos com uns pedaços de arame dentro da fechadura. Houve um clique baixinho, e Elle empurrou a porta devagar. Nico viu-se andando rápido atrás dela por um corredor estreito e escuro até parar diante de uma porta. — Quando eu abrir estar porta — sussurrou a mulher com voz rouca —, eu preciso que você fique aqui no corredor. Não se mova, não importa o que aconteça. Não diga nada. Apenas escute. Escute. Entendeu?

Nico concordou com a cabeça, calado. Elle novamente se agachou ao lado da porta com os arames; outra vez houve um clique. Ela abriu e entrou de mansinho, deixou a porta aberta. O menino não conseguiu ver nada lá dentro, embora tivesse apertado os olhos com força. Alguém no cômodo respirava alto, como se estivesse dormindo. A própria respiração de Nico parecia terrivelmente alta, e se Elle estivesse fazendo algum barulho ao andar pelo aposento, ele não foi capaz de escutar. O menino segurou o batente assustado e com vontade de desobedecer Elle e chamá-la, mas o medo sufocou a garganta.

Houve um barulhinho, um grunhido de susto, e depois a voz de Elle. — Isso mesmo. — Nico ouviu alguém falar baixinho, parecia um pouco com Elle, mas o tom de voz era grave e baixo. — Isso é uma faca no seu pescoço, e se gritar, ou sequer mexer as mãos, você morre. Faça o que eu disser e talvez você viva. Se entendeu, balance a cabeça. — Houve outra pausa, e então: — Ótimo. Eu sei quem e o que você é. Andei de olho em você. Agora, eu quero saber outra coisa. Conhece um menino chamado Nico Morel? Responda: sim ou não. E baixinho.

Nico arfou ao ouvir o próprio nome. Ele escutou a pessoa meio que sussurrar uma resposta: — Sim.

Com aquela única palavra, o menino reconheceu a voz: Talis. Ele quase pulou dentro do quarto, mas se lembrou do aviso de Elle e permaneceu agachado ao lado da porta.

— Ótimo. Você ainda continuará vivo — sussurrou a mulher para Talis. — Ah! Não se mexa; lembre-se do que eu disse. Eu odiaria que você se cortasse acidentalmente. Você dividiu a cama com a matarh do menino?

— Sim.

— Você a ama? Responda de verdade agora.

Houve uma hesitação, e Nico ficou nervoso. Depois: — Amo.

— E o garoto? Você se importa com ele?

A resposta foi mais rápida e enfática. — Sim. O garoto é... — A voz foi sumindo até um longo silêncio.

— O garoto é o quê?

— Meu filho. E sim, eu me importo com ele. Foi por isso que mandei Nico e Serafina embora, para que ficassem a salvo.

— Mas ele voltou aqui, para esta cidade. Você descobriu que Nico retornou após o numetodo pegá-lo. Sabia que o embaixador ca'Vliomani queria falar com você, mas não respondeu. Você abandonou o menino para salvar a própria pele. — Nico percebeu que Elle falava mais por causa dele mesmo, para que ouvisse a resposta de Talis.

O menino ouviu o farfalhar de pano e palha quando, apesar do aviso de Elle, Talis se mexeu. — Opa! Não. Isso não é verdade. Opa! Calma! Você está certa, eu sei que Nico estava aqui e não respondi ao embaixador, mas não pelas razões que disse, e sim porque...

— Por quê?

— Eu percebi as consequências de tentar fazer isso. Percebi que, se fosse até o numetodo, coisas piores teriam acontecido: para Nico, para mim, para todos nós. Se eu pudesse ter recuperado Nico com segurança, eu teria feito isso. Eu sabia que o embaixador trataria bem o menino. Sabia que Nico não seria maltratado se eu permanecesse escondido; mas se eu fosse atrás dele, se tentasse resgatá-lo, eu não sabia o que aconteceria. Nico poderia se machucar ou coisa pior. Poderia ter havido consequências terríveis.

— Você sabe disso por causa de magia. Magia ocidental. — Nico quase foi capaz de ver Talis fazer que sim com a cabeça. Era difícil ficar parado em silêncio e escutar. O menino queria ir até Talis, até Elle, mas também queria escutar o que ele diria. — E você viu este momento em seus feitiços? Você me viu? — perguntou Elle na voz estranha e rouca.

— Não. Eu continuei a ver Nico na tigela premonitória, como se ele estivesse próximo, mas havia algo ao redor, algo que o protegia.

— Então você me viu *sim*. Eu protejo Nico. E continuarei a proteger.

— Onde está ele? — perguntou Talis. — Leve-me até Nico!

— Por quê? Por que eu deveria fazer isso?

— Porque... — Nico ouviu Talis engolir em seco. — ... Porque Nico deve ficar com pessoas que conhece. Eu posso levá-lo de volta à matarh dele.

— Você faria isso?

— Sim.

— Então eu torço, pelo seu bem, que você cumpra promessas.

Após a resposta de Elle, ninguém disse nada, embora Nico tenha pensado que ouviu movimentos rápidos e furtivos. Ele espiou na escuridão até que manchas de cores nadaram diante de seus olhos, enquanto tentava ver. Ouviu Talis se remexer, ouviu o homem falar uma palavra em outra língua, e Nico sentiu um arrepio, como se fosse tocado por uma brisa fria e invisível. De repente, houve uma luz intensa, que parecia emanar do próprio Talis. Ele estava sentado na cama, com os cobertores reunidos em volta da cintura e dois pequenos filetes de sangue que escorriam do pescoço para o peito, e a luz vinha de um pequeno foco que brilhava na palma da mão, virada para cima. Elle não estava mais no quarto, embora as cortinas tremulassem em frente a uma janela aberta, perto da cama. Talis viu Nico no corredor e ficou boquiaberto. — Nico!

Nico correu para ele, chorando.

~ Audric ca'Dakwi ~

O PAPEL FARFALHOU na mão de Audric enquanto ele o segurava de forma que sua mamatarh Marguerite também lesse. Ouviu a kraljica respirar fundo, irritada. — Confirmamos que o selo nesta mensagem é genuinamente de Francesca ca'Cellibrecca — dizia Sigourney enquanto ele lia a missiva. — E também recebemos uma confirmação independente de que o antigo regente ca'Rudka... perdão, Rudka... realmente está em Brezno e teve uma reunião com o hïrzg, a a'hïrzg e o archigos. Quanto ao caso amoroso que ela alega haver entre o archigos e a a'hïrzg Allesandra... bem, quanto a isso só podemos especular.

O papel tremeu na mão de Audric. A mamatarh encarava o neto com um olhar furioso. — A senhora acredita nisso? — Ele perguntou para Marguerite, mas foi Sigourney quem respondeu.

— Não temos motivo para não acreditar.

— Bem, *eu* tenho uma razão: o mestre ci'Blaylock martelou muito bem essa história na minha cabeça. O vatarh de Francesca ca'Cellibrecca traiu o meu vatarh e todos os Domínios em Passe a'Fiume. — Seu dedo bateu no pergaminho. — Agora ela quer se *aliar* a nós? Quer uma *recompensa*?

— Se ela estiver certa, kraljiki, acho que devemos agradecê-la pelo aviso. Francesca *pode* nos ajudar, sendo tão íntima dos círculos de poder de Brezno.

— A senhora realmente acha que haverá guerra? — perguntou Audric, que odiou o jeito que soou: como uma criança preocupada.

— *Você não é uma criança. Não é mais. Agora você deve ser o kraljiki* — disse Marguerite para o neto, e ele concordou com a cabeça.

Audric falou com a voz mais grave e séria possível. — O novo hïrzg é um tolo se pensa que pode fazer isso. Nós iremos esmagá-lo. Mandaremos o hïrzg de volta para Firenzcia, sangrando e derrotado.

— Estas são bravas palavras, kraljiki Audric — disse Sigourney ao concordar com a cabeça, embora Audric tenha achado que ela não parecesse convencida, pela expressão no rosto. — Tenho certeza de que o senhor está certo, mas também devemos torcer para que a situação não chegue a esse ponto. — A conselheira inclinou a cabeça na direção do quadro, no cavalete ao lado dele. — Com a ajuda da vajica ca'Cellibrecca, talvez possamos impor diplomacia a Firenzcia. Sua mamatarh sabia disso; ela não usava força a não ser que fosse necessário.

— Não diga para *mim* o que ela faria — disparou Audric. Ele tossiu com a ferocidade das palavras e teve que apertar o lenço contra os lábios até o espasmo passar. Quando terminou, o kraljiki continuou, com menos volume na voz e a garganta dolorida pelo acesso. — *Eu* conheço melhor a minha mamatarh. Sou *eu* quem a compreende. É *comigo* que ela fala. Não com a senhora.

Sigourney ergueu as mãos e arregalou os olhos pela explosão de Audric. — Eu não quis sugerir outra coisa, kraljiki. É apenas que... — A conselheira falou mais baixo e inclinou-se na direção de Audric, como se temesse que alguém pudesse escutar, embora só houvesse os três na sala. — Precisamos tomar cuidado aqui. É possível que isso não seja nada ou que sejam as suspeitas de uma esposa que acha que perdeu a confiança do marido, especialmente se os rumores que envolvem o archigos ca'Cellibrecca e Allesandra forem verdade. Temos que levar em consideração os motivos da vajica ca'Cellibrecca.

— Sergei Rudka está em Brezno — disparou Audric. — Eu quero Rudka *aqui*. Quero Rudka na Bastida novamente, e dessa vez vou garantir que ele vivencie todos os prazeres das celas subterrâneas.

— Sim, sim — dizia Sigourney, mas Audric mal ouviu a conselheira, que tagarelava como se tentasse acalmar uma criança à beira de um ataque. Ela continuava falando, mas o kraljiki não ouvia nada. Sigourney começou a lembrá-lo de Sergei, a agir como se ela estivesse no Trono do Sol, e não ele. Talvez Audric tivesse que jogá-la na Bastida também. Agora que ele foi reconhecido como kraljiki, talvez jogasse todo o Conselho dos Ca' lá dentro. Deixe que eles se reúnam e tramem nas pedras da torre principal e vejam se gostam disso. Sergei provou que era um traidor e *pagaria* por isso; Audric jurou que veria o sofrimento do homem em pessoa, talvez até ajudasse o torturador. Assistiria a Sergei se contorcer de sofrimento na mesa, e depois adoraria ver os corvos arrancando a carne de seus ossos enquanto o corpo balançaria na jaula na Pontica Kralji.

— *Sim, você terá tudo isso* — falou Marguerite. A boca contorceu-se em um sorriso momentâneo. — *Você é o kraljiki agora, e eles não podem lhe negar nada. Você fincará a bandeira dos Domínios na própria cova do hïrzg. Da sua espada escorregará o sangue daqueles que tentarem impedi-lo.*

— Sim — disse Audric para a mamatarh. — Eu prometo.

— O quê? — perguntou Sigourney. Ela parecia assustada ao ser interrompida. — O que o senhor promete, kraljiki?

Audric queria tossir, podia sentir a vontade na garganta e nos pulmões, mas se conteve. — Eu prometo que aqueles que tentarem me impedirem serão destruídos. É isso o que prometo. — Ele encarou os olhos da conselheira fixamente. Audric esperava ver medo ali, *queria* ver, mas não foi o que percebeu no rosto de Sigourney. Havia apenas uma avaliação silenciosa, e talvez pena. Isso deixou o kraljiki irritado, e a emoção provocou espasmos de tosse novamente. Ele sentiu dificuldade para respirar, sentiu a borda da visão escurecer, e pensou que fosse desmaiar completamente.

Enquanto tossia seco no lenço, praticamente com o corpo dobrado, Audric de repente sentiu a mão de Sigourney afagar seu cabelo.

— Eu sei como essa doença deve incomodar, kraljiki. Audric. Eu sei. — Sigourney puxou Audric, que resistiu por um momento.

— *Você tem que ser forte. Não pode deixar que vejam sua fraqueza, ou eles a explorarão.*

Mas Audric descobriu que queria esse toque de matarh e se permitiu ser aninhado por Sigourney, como se ela abraçasse um dos próprios filhos. O calor da conselheira era um alívio, e Audric ouviu um soluço que percebeu com um susto que era dele. Sigourney ouviu também, evidentemente. — Shh... tudo bem. Estamos só nós dois aqui. Só nós dois. Se precisa chorar, eu compreendo. Compreendo sim... Eu chamarei o archigos e mandarei que ele traga aquela téni de volta aqui.

Os dedos da conselheira afastaram o cabelo da testa do kraljiki. — *Seja forte...* — Mas era difícil ser forte o tempo todo, e ele nunca teve o carinho de matarh, e seu vatarh sempre esteve cercado por chevarittai, pelos ca' e co' e pelos criados. Enquanto Sigourney o abraçava, Audric abriu os olhos e viu o retrato de Marguerite. Ela olhava o neto com seriedade, frieza e reprovação. A kraljica balançou a cabeça lentamente. — *Meu verdadeiro herdeiro não faria isso. Isso é fraqueza. Meu verdadeiro herdeiro saberia como deve agir.* — A reprovação ardeu dentro de Audric.

Ele afastou-se de Sigourney, com tanta força que a mulher cambaleou para trás e quase caiu.

— Não! — berrou Audric. — Não. Faremos como *eu* quero quanto a esta questão. Mandaremos uma exigência ao hïrzg: ele tem que devolver Sergei para nós, ou eu irei pegá-lo. A senhora me escutou? Eu mesmo irei lá, à frente da Garde Civile, e arrancarei Rudka das mãos deles. — A força de Marguerite preencheu o neto neste momento, e ele ficou de pé, sem tossir. — Mande o comandante vir até mim, para que ele comece a reunir as tropas. Quero que a senhora escreva as exigências; mandaremos por mensagem rápida hoje. Daremos um mês para eles devolverem Sergei. Não mais do que isso.

— Kraljiki, o senhor está agindo rápido demais. Precisamos estudar mais essa situação, esperar...

— *Esperar?* — A palavra foi dita por ele e pela mamatarh ao mesmo tempo. — Não podemos esperar, vajica. E aqueles que se opuserem a mim ou se recusarem a ir comigo, eu considerarei nada mais do que traidores. Espero ver um rascunho da exigência à Terceira Chamada. Fui claro?

A conselheira encarou o kraljiki.

— *Ah, finalmente você vê medo nos traços do rosto dela. Você agiu bem, Audric.*

— Claríssimo, kraljiki — respondeu Sigourney. — Claríssimo.

~ Varina ci'Pallo ~

— ISSO MESMO... Com o cântico, pense nas fibras da madeira sendo abertas como se você afastasse uma cortina.

Varina falou baixinho para encorajar Karl, enquanto ele entoava as palavras mágicas e olhava fixamente para a bengala na mão direita, enquanto a esquerda executava o gestual necessário. Ela viu a fibra da madeira tremer e se separar, com uma flexibilidade estranha e desconcertante. Viu o esforço que Karl usou para criar o feitiço; ele ofegava e suava intensamente, como se tivesse corrido o circuito inteiro da Avi a'Parete.

— Agora, essa parte é mais complicada: mantenha a madeira separada enquanto coloca dentro o feitiço que você já preparou — disse Varina. Ele não olhou de volta para ela; Varina sabia que Karl não ousaria desviar o olhar do cajado: ou a madeira se juntaria outra vez e a bengala se estilhaçaria completamente. Ainda havia farpas nos dedos de Karl das últimas tentativas. — Vá em frente — continuou ela. — Você deve ser capaz de sentir o feitiço de luz que preparou. Eu sempre sinto como se fosse uma pequenina bola de energia na cabeça, pronta para estourar. Imagine a bola saindo de sua mente e entrando no espaço que você acabou de criar na bengala. Imagine a bola se aninhando ali. Com cuidado. Ótimo. Ótimo. E... solte tudo!

Karl encerrou o cântico e deixou a mão cair ao lado do corpo. A fenda na madeira fechou-se novamente, fazendo um som como duas tábuas batendo juntas, e a bengala estava inteira e intacta em sua mão, como se absolutamente nada tivesse acontecido. Karl desmoronou na cadeira onde estava sentado. Ele secou a testa com a manga da bashta enquanto Varina ria, batendo as palmas uma vez. Karl ficou sentado ali pelo que pareceu ser várias marcas da ampulheta, enquanto tentava recuperar o fôlego.

— Você conseguiu dessa vez — falou Varina.

— Tomara que sim.

— Quer testar para ter certeza? Basta segurar a bengala e falar a palavra de ativação.

— Depois de todo aquele transtorno? — disse Karl. — Acho que simplesmente vou acreditar em você, por enquanto. — Ele suspirou, deixou a cabeça pender e fechou os olhos. — Por Cénzi, isso foi difícil. Não admira que Mahri tivesse aquela aparência.

Varina riu novamente ao ouvir isso, mas ouviu uma certa amargura involuntária no som. Ela tocou o próprio rosto e acompanhou o traçado das rugas que não eram visíveis há um ano. Enterrou a preocupação nas palavras:
— É uma questão de encontrar a palavra e os gestos corretos para mover a energia, só que você deve conter o feitiço e segurar o objeto a ser enfeitiçado ao mesmo tempo; isso é o que torna difícil. Pelo que sabemos dos ocidentais, eles atribuem o poder a um de seus deuses, assim como os ténis fazem aqui, mas é apenas uma questão do cântico certo, dos movimentos corretos. Questão de ciência, não de fé. A vantagem é que, assim que a tarefa é cumprida, é o *objeto* que contém o feitiço, não o feiticeiro, e desde que, antes de mais nada, o objeto seja de qualidade e não se quebre depois, é concebível que ele consiga conter o feitiço indefinidamente, desconfio eu. Ainda assim... — Os dedos passaram novamente sobre as rugas do rosto e pentearam o cabelo grisalho e seco para trás. — É um jeito *caro* demais de fazer as coisas, se quer saber.

— Eu entendo — falou Karl. — Eu me sinto completamente exaurido.

Karl não entendia. Não poderia entender. Não ainda. Varina sorriu novamente. Esticou o braço como se fosse dar um tapinha em sua mão, mas recuou no último instante. Isto fazia parte da dança incômoda que os dois faziam há dias agora.

Eles tinham voltado a Nessântico há dez dias. Os dois retornaram à cidade com Serafina, que voltou a morar na antiga casa. A mulher convidou Varina e Karl para ficar com ela, uma oferta que eles aceitaram — os antigos locais frequentados pelos numetodos sem dúvida estavam sendo vigiados pela Garde Kralji, e os dois não viram absolutamente nenhum numetodo no Velho Distrito. Eles vasculharam a vizinhança com Serafina, perguntaram sobre Nico, mas ninguém se lembrava de ter visto o menino, certamente não depois do dia em que Varina e Karl ajudaram o regente a escapar da Bastida. Se Nico realmente retornou a Nessântico, como Varina sabia, ele parecia ter desaparecido de alguma forma; se Talis ainda estava na cidade, ele também permanecia escondido.

E quanto a Varina... após a incômoda conversa em Ville Paisli, ela não parecia saber exatamente como agir perto de Karl. Ter admitido que queria mais do que sua amizade. . . Por que ela disse aquilo para ele? Karl olhava Varina de um jeito esquisito agora, como se lembrasse de todas as conversas que tiveram ao longo dos anos e reinterpretasse os diálogos, como se encarasse as conversas à luz dessa revelação e ficasse pensando.

Por que você contou para ele? Por que admitiu?

Ela afastou a mão da mão de Karl. Ele começou a esticar o braço na direção dela. — Varina...

— Voltei! — O chamado soou assim que a porta da sala foi aberta e Serafina entrou. Ela carregava uma sacola de pano com uma bisnaga de pão protuberante. Varina viu que a mulher olhou esquisito para os dois antes de andar até a mesa e pousar a sacola ali. Serafina tirou a bisnaga de pão, depois meia rodela de queijo e um saco de papel com amoras-do-brejo. Sem falar nada, Karl e Varina observaram Serafina, que suspirou e balançou a cabeça.

— O que está acontecendo? — perguntou ela.

— Eu não sei do que você está falando — falou Varina. Ela perguntou-se se Serafina tinha visto os dois trabalhando no feitiço, mas a mulher balançava a cabeça com um sorriso irônico.

— Vocês dois — disse Serafina enquanto olhava de Varina para Karl. — É óbvio que não são casados, não importa o que tenham dito para minha irmã, lá em Ville Paisli. Mas também é óbvio que existe *algo* entre vocês, e que nenhum dos dois sabe o que fazer a respeito disso. Eu entendo: foi assim comigo e Talis, a princípio. Eu fui muito magoada por um antigo amor que não se importava comigo, apenas com ele mesmo, e pensei que seria assim com todo mundo. Mas Talis... é um bom homem. Ele se importava comigo, e quando Nico nasceu, ele foi um bom vatarh também. Mas aquele maldito numetodo... — Ela mordeu o lábio inferior, enquanto Varina olhava para Karl, erguendo uma sobrancelha.

— O numetodo? — perguntou Karl.

— Talis disse que o embaixador tentou matá-lo; é por isso que ele mandou a mim e a Nico embora, porque pensava que os numetodos viriam atrás dele, e, uma vez que o embaixador era amigo do regente ca'Rudka, que a Garde Kralji viria atrás dele também. Eu acho que isso é algo que ele não tem mais com que se preocupar... — acrescentou Serafina com um sorriso irônico. — O kraljiki parece gostar do regente e do embaixador ainda menos do que Talis.

— Talis não entrou em contato com você? — insistiu Karl.

Serafina negou com a cabeça. — Ele entrará em contato quando achar que é seguro. Talis saberá que estou aqui em breve, se já não souber. Talvez tenha encontrado Nico também. — Ela suspirou, e Varina viu a mulher pestanejar para conter as lágrimas. — De qualquer forma, eu estava dizendo que vejo vocês dois darem voltas um ao redor do outro como se estivessem passeando pela Avi a'Parete e... bem, eu fiquei contente por finalmente admitir que estava apaixonada por Talis. Foi a melhor coisa que fiz em muito tempo. É isso.

Serafina sorriu e deu tapinhas na mão de Varina, que ainda estava em seu ombro. — Eu irei ao açougueiro para ver o que ele tem. Depois vou procurar por Nico em volta do Parque do Templo; ele sempre gostou de ir lá.

— Eu irei com você — falou Varina, mas Serafina balançou a cabeça.

— Não. Eu gostaria de ficar um pouco sozinha. Voltarei para casa antes da Terceira Chamada, e podemos preparar o jantar então.

Serafina sorriu para os dois novamente, pegou a sacola de pano e saiu dos aposentos outra vez. Eles ouviram o barulho da fechadura quando a mulher saiu; Varina sentiu o olhar de Karl e perguntou — O que faremos se encontrarmos Talis, Karl? Ou se ela encontrar Nico? Serafina ama Talis, e Nico nos reconheceria. O que faremos então?

— Eu não sei. Eu não sei de mais nada.

Varina balançou ao ouvir isso, e o silêncio entre eles, aos poucos, cresceu. Ela sentiu seu peso, o silêncio envolveu os dois como as correntes sujas de uma cela da Bastida. Varina ocupou-se ao colocar o pão e o queixo em uma cesta de vime.

— Varina — disse Karl finalmente, e ela parou. — Serafina está certa. É que... — Os dedos bateram na bengala. — Ainda dói sempre que penso em Ana. Ela...

— Eu sei. Eu vi... — Varina começou a falar, depois abaixou o olhar para a mesa. — Algumas vezes, na rua, eu vi as *grandes horizontales* que você contratava para... — Ela ergueu o olhar novamente. — Para mim, todas pareciam com *ela*: o mesmo tom de pele; a mesma compleição física.

Karl abaixou o olhar, culpado. — Varina...

— Não. — Ela interrompeu. — Eu entendia. Entendia mesmo. Mas ainda assim doía, porque você não *me* enxergava, quando era... — Varina fechou a boca e apertou os lábios. Ela não diria o resto. Não diria.

Karl ergueu as mãos e deixou que caíssem de volta na mesa. — Serafina está certa. Por causa da minha obsessão, eu deixei de ver o que estava bem na frente do meu nariz. Fui estúpido. Pior, fui cruel, e isso é algo que nunca quis ser. Não com você, Varina. Jamais com você. Você sempre foi alguém que eu admirava e em quem confiava. E agora... eu não sei se...

— Eu também não sei — disse ela. *Vamos*, Varina ouviu uma voz interna. *Vamos. Diga.* — Karl, nós dois podemos continuar a imaginar ou...

Ela deixou a palavra no ar, tão intensa na mente de Karl como fogo mágico.

Ele estendeu a mão para Varina.

Ela pegou.

~ Enéas co'Kinnear ~

O SEGUNDO CÉNZIDI. O dia em que ele deveria se encontrar com o kraljiki.

Este é o seu momento. Hoje, eu o tomarei em Meus braços, e você ficará eternamente feliz e em paz. Hoje...

— Obrigado, Cénzi — sussurrou Enéas agradecido. — Obrigado. Eu sou Seu criado, Seu instrumento.

Ele pegou o nitro em pó, o carvão e o enxofre; misturou todos cuidadosamente com urina velha, como Cénzi instruiu, até criar a areia negra dos ocidentais. Enfiou bolos da areia negra em uma bolsa de couro a tiracolo, que depois colocou sobre o uniforme. Ensaiou na mente o feitiço de fogo dado por Cénzi até saber os gestos e o cântico e ser capaz de executar o encantamento simples em poucos instantes. Sim, isso demonstraria ao kralji o que os ocidentais podiam fazer. Faria Nessântico se dar conta de como essa guerra ficou importante e perigosa.

Então, finalmente, Enéas arrumou o quarto, para que o local parecesse organizado quando viessem investigá-lo depois.

Ao caminhar para sua audiência no palácio do kraljiki, ele permitiu-se apreciar os locais interessantes de Nessântico, absorveu tudo que a cidade que tanto amava tinha para oferecer. Enéas passeou pela margem norte da Ilha A'Kralji ao sair do apartamento, olhou com carinho para as torres com portões da Pontica Mordei e viu uma barcaça cheia de caixotes passar sob a travessia de pedra trabalhada. O A'Sele reluzia à luz do sol, com ondinhas que brilhavam e dançavam. Casais estavam sentados de braços dados na grama da margem, perdidos na presença uns dos outros. Um quarteto de e'ténis passou correndo por Enéas a caminho de alguma tarefa, os robes verdes tremulavam em volta dos tornozelos, um leve rastro de incenso ficou para trás. Ele ouviu a voz eterna e caótica da cidade, o som de milhares de vozes que falavam ao mesmo tempo.

Enéas passou pelo Velho Templo e ergueu o olhar para o domo inacreditável que o artesão co'Brunelli construía, o maior do mundo — se não entrasse em colapso sob o terrível peso da alvenaria. Ele fechou a cara uma vez, ao ver um artista de rua que equilibrava bolas acesas pelo próprio malabarista através de um feitiço — aquilo era serviço de numetodo, não foi feito pelas preces de um téni, e incomodava Enéas ver tal coisa feita publicamente, sem que qualquer espectador ficasse incomodado com a cena.

A archigos Ana permitiu que as pessoas perdessem a noção da verdade e da fé. Ela passava a mão na cabeça dos numetodos e permitia que sua heresia se espalhasse — e é por isso que os Domínios e a Fé estão partidos em dois e quebrados. Eu mandei os ocidentais como um sinal e um aviso. Hoje, você levará a eles o Meu alerta final.

A voz falou em tom baixo e sinistro na cabeça de Enéas. Ele fez o sinal de Cénzi com uma cara feia para o malabarista e para o público em volta antes de ir embora.

O Palácio do Kraljiki era branco e dourado contra um céu que parecia pintado. Enéas esteve uma vez anteriormente no palácio, como um e'offizier ajudante de ordens que acompanhava seu a'offizier em uma reunião do Conselho dos Ca', mas essa seria a primeira vez que ele estaria realmente diante do Trono do Sol. Enéas deu sua Lettre a'Approche ao garda nos portões laterais, que a verificou, passou um dedo pelo selo em alto relevo e prestou continência a ele. — O senhor é aguardado, o'offizier co'Kinnear — disse o homem, gesticulando. Um criado jovem veio correndo, com o uniforme dourado e azul da equipe do kraljiki. Enéas seguiu o garoto pelos jardins podados e esculpidos com topiarias e arranjos de flores, com vários cortesãos ca' e co' passeando pelos caminhos de seixos brancos. Ele foi conduzido pelo guia por uma porta lateral para o interior do palácio em si, depois por um corredor de mármore rosa-claro, com um piso lustradíssimo e lâmpadas mágicas, dispostas poucos passos umas das outras, que não estavam acesas, pois havia luz suficiente que entrava pelas janelas nas duas pontas do corredor. — Espere aqui, o'offizier — disse o menino ao parar diante de uma porta com dois gardai em posição de sentido. — A recepção pública está praticamente encerrada. Verei se o kraljiki está pronto para receber o senhor. — Os gardai abriram a porta e o criado entrou. Enéas vislumbrou um grupo de suplicantes e ouviu o burburinho baixo de conversas sussurradas; ao longe, alguém falava mais alto: a voz de um menino, rouca e interrompida por tosses. Ele pensou ter visto o Trono do Sol, reluzente em contraste com a meia penumbra das janelas fechadas do resto do salão. A porta foi fechada novamente antes que Enéas pudesse ver mais.

— Como está a guerra, o'offizier? — perguntou um garda da porta. — Todo mundo está esperando um navio expresso dos Hellins, mas ele não chega.

— Ele *não* chegará — disse Enéas.

Os dois gardai entreolharam-se. — O'offizier?

— Ele não chegará — repetiu Enéas. — Cénzi já me disse isso.

Os gardai entreolharam-se novamente. Enéas viu uma rápida revirada de olhos. — Ah, *Cénzi* disse para o senhor. Entendi.

— O senhor não fala com Cénzi, e'offizier? — perguntou Éneas para o homem. — Então tenho pena do senhor.

A porta foi aberta novamente e interrompeu qualquer réplica que o garda viesse a dar. Não surgiu o garoto, mas sim um homem mais velho, com a insígnia do kraljiki no uniforme. — Sou Marlon — disse ele. — O kraljiki está pronto para o senhor. Siga-me.

Os gardai mantiveram a porta aberta para Enéas passar. O salão ainda estava lotado, com grupos de ca' e co' e por quem teve a sorte de ter o nome incluído na lista de suplicantes do segundo cénzidi. Eles viram Enéas entrar atrás de Marlon, com um misto de curiosidade e rancor quando ficou claro que o o'offizier estava sendo levado diretamente para o Trono do Sol.

As janelas do salão estavam parcialmente fechadas, de maneira que o aposento estava escuro e abafado. No fundo do salão, o Trono do Sol reluzia com seu brilho amarelo solar e destacava a silhueta de um rapaz. Enéas sabia que o kraljiki Audric era jovem, mas mesmo assim se assustou com sua aparência. Ele parecia pequeno para a idade, com peitoral largo, porém magro, e tinha um rosto encovado e olheiras. A testa suava, mas o menino parecia mais febril do que encalorado.

Havia um integrante do Conselho dos Ca' à esquerda do kraljiki: uma mulher mais velha, com cabelo obviamente tingido de preto, que olhava fixamente para Enéas, com o olhar predatório de um falcão, embora ele não a reconhecesse. Um retrato da kraljica Marguerite estava à direita de Audric. O impacto da pintura era impressionante: Enéas nunca tinha visto algo tão realista e sólido — tinha mais presença do que a mulher do outro lado do trono. Enéas pensou que estava sendo observado pela kraljica ao se aproximar, e a sensação não foi agradável. Isso fez com que ele quisesse abraçar a bolsa que carregava; fez com que quisesse dar meia volta e fugir.

Você não pode. Eu não permitirei. Cénzi rugiu em sua mente, e Enéas balançou a cabeça como um cachorro tentando se livrar de pulgas.

O kraljiki pigarreou quando o o'offizier se aproximou, um som líquido. Ele tossiu uma vez, e Enéas ouviu o barulho de catarro nos pulmões do menino. Audric estava com a boca semiaberta e segurava um lenço de renda com manchas de sangue na mão direita. — O'offizier co'Kinnear — falou o kraljiki quando Enéas se aproximou do tablado e se curvou. — O archigos Kenne me disse que o senhor veio da guerra dos Hellins com notícias para nós. — O kraljiki falava pausadamente e devagar, parava muitas vezes para tomar fôlego e, ocasionalmente, para conter uma tosse com o lenço. — Ouvimos falar de seu belo desempenho na Garde Civile e saudamos o senhor por servir ao trono. Fico contente em lhe informar que assinei sua Lettre a'Chevaritt para que entre em vigor imediatamente.

Enéas curvou-se novamente. — Kraljiki, sinto-me honrado, e louvado seja Cénzi, que torna tudo possível.

— Sim — respondeu Audric. — Também ouvimos falar de sua grande devoção à fé concénziana, e que um dia o senhor considerou seguir carreira como téni. Os Domínios estão felizes que tenha escolhido uma carreira marcial em vez disso.

— Eu continuo servindo a Cénzi, de uma forma ou de outra — falou Enéas e inclinou a cabeça.

O kraljiki, com uma aparência entediada, dava a impressão de estar ouvindo outra pessoa. O menino deu uma olhadela para o quadro de Marguerite, concordou com a cabeça e disse — Sim, acho que sim. — Enéas não tinha certeza se Audric se dirigiu a ele ou não. Ele hesitou, e o kraljiki voltou sua atenção para Enéas. — Suas notícias, o'offizier? E quanto aos Hellins? Nós não sabemos de nada há mais de um mês.

— Eu trouxe algo para o senhor — disse Enéas. Ele deu um tapinha na bolsa de couro, com cuidado, quase um afago. Tirou a alça pela cabeça e esticou a bolsa na direção de Audric. — Se eu puder me aproximar?

O kraljiki fez que sim com a cabeça, e Enéas subiu na plataforma do Trono do Sol. Agora, mais de perto, ele sentiu o cheiro de doença em volta de Audric: o odor de putrefação, o mau hálito. O o'offizier fingiu não notar e entregou a bolsa para Audric, que a colocou no colo. O kraljiki espiou o interior e enfiou a mão para sentir o que havia ali dentro. — Tijolos de areia? — perguntou ele com a testa franzida, intrigado. Audric contraiu o nariz ao sentir o cheiro. — Terra negra?

— Não — falou Enéas baixinho. — Deixe-me mostrar para o senhor...

Com o chamado da Voz de Cénzi dentro de sua cabeça, ele começou o cântico rapidamente, com gestos bruscos. Pelo rabo do olho, Enéas viu a mulher à esquerda do kraljiki levar um susto, depois se afastar do trono. Ouviu alguém atrás dele na plateia gritar. Audric abriu a boca como se estivesse prestes a falar.

Um fogo intenso surgiu entre as mãos de Enéas. Ele inclinou-se para frente, segurou o fogo sobre a boca aberta da bolsa e deixou cair.

Cénzi rugiu Sua satisfação. O mundo explodiu em som e luz eternos.

~ A Pedra Branca ~

ELA VIGIOU Talis nos dias que se seguiram.

A Pedra Branca descobriu que não podia simplesmente devolver Nico ao homem e deixar o menino de lado. As vozes da pedra debocharam de sua preocupação. Fynn foi especialmente sarcástico e cruel. — *Você quer uma família? Então agora a assassina vai se preocupar com as outras pessoas? A assassina descobriu o amor, agora que tem um bastardo no útero?* — Ele gargalhou de felicidade. — *Você virou uma tola, mulher. Olhe o que minha família fez comigo! A criança que você carrega irá traí-la alegremente da mesma forma, um dia. Família!* — Fynn riu novamente, os demais se juntaram a ele em um coro debochado.

— Calem-se! — disse ela para todas as vozes, o que atraiu os olhares das pessoas à sua volta na rua. A Pedra Branca devolveu a atenção com uma cara feia. Ela abraçou o estômago em um gesto protetor e ficou assustada, como sempre, com a curva inchada onde antes havia um abdômen atlético e reto. Já sentia um leve movimento ali: a filha de Jan. Sua filha. — Vocês não sabem. Não têm como saber.

Quando pensava na criança, nascida e viva, era sempre uma menina, mas com algumas feições de Nico também, como se fossem irmãos estranhos. — Eu abriguei o menino quando ele precisava de alguém — falou ela para as vozes. — Sou responsável por ele agora. Eu fiz essa escolha.

As vozes debocharam dela. Gargalharam.

A Pedra Branca vinha observando o apartamento de Talis desde que deixou Nico lá. Ela abandonou o próprio apartamento e alugou um quarto em cima do de Talis, embora tomasse cuidado para que o menino não a visse entrar ou sair do prédio. Fez um buraco no chão para que pudesse vigiá-los e ouvi-los lá embaixo. E era o que fazia, pronta para agir caso ouvisse Talis maltratar Nico de qualquer maneira, pronta para surgir como a Pedra Branca para tirar a vida do homem, furiosa e vingativa. Mas ela não ouviu nada que a fizesse temer pelo menino.

Não diretamente, de qualquer forma.

Através de Nico, ela já sabia que os numetodos andaram caçando Talis. Sabia que ele era um ocidental e usuário da magia daquele povo, e que os Domínios estavam em guerra com os ocidentais nos Hellins. Por si só, isso já seria um perigo para Nico. Portanto, a Pedra Branca observava.

No segundo cénzidi do mês, ela seguiu os dois quando Nico levou Talis ao antigo apartamento da Pedra Branca, ela os observou das sombras do beco à frente quando eles surgiram novamente. O menino balançou a cabeça, confuso, e gesticulou com os braços enquanto falava com o vatarh. Naquela tarde, pelo buraquinho, ela ouviu a conversa dos dois lá embaixo. — Eu não entendo — disse Nico. — Era lá que Elle morava, Talis. De verdade. Eu estive lá.

— Eu acredito em você, Nico, mas ela não está mais lá — respondeu Talis. A Pedra Branca notou a preocupação na voz do homem e foi capaz de imaginá-lo esfregando os cortes em cicatrização no pescoço enquanto falava. Ela ouviu o comentário implícito nas palavras: *ela é perigosa. Ela poderia ter me matado.*

— Eu gosto de Elle — disse Nico. — Ela foi boazinha comigo.

— Fico feliz que Elle tenha sido boazinha. Fico feliz que ela tenha trazido você até mim, mas...

Qualquer que fosse a objeção, Talis não disse. A Pedra Branca sorriu diante dessa atitude. — *Mas ela é louca* — falaram as vozes. — *E a loucura está crescendo.*

Ela pegou a pedra na bolsinha com força, como se pudesse estrangular as vozes com os dedos, que ficaram brancos com a pressão.

A Pedra Branca não queria ouvir mais. Continuaria a vigiar, sim, mas por enquanto parecia que Nico estava a salvo com Talis. Ela saiu de mansinho do quarto, desceu correndo as escadas e saiu pela porta dos fundos do prédio. Cruzou rapidamente as ruas do Velho Distrito, distanciou-se das áreas principais e entrou nas profundezas tortuosas onde ruas estreitas faziam curvas e se enroscavam e os prédios eram escuros, antigos e pequenos. Ela ouviu os próprios pensamentos, as vozes dentro da cabeça, a conversa ao redor. — Matarh! — ela ouviu o grito de uma criança, e por um momento pensou que fosse Nico. Ela virou-se com um sorriso e os braços abertos para abraçá-lo.

Não era Nico. Era alguma outra criança, quase da mesma idade. — Matarh! — berrou o menino novamente, e uma jovem veio correndo da porta de um prédio próximo e pegou a criança nos braços. Os pés do menino balançaram quando ele foi abraçado por ela.

A Pedra Branca viu a cena e abraçou a si mesma, involuntariamente, em solidariedade. Ela queria sentir prazer com essa cena, que deveria ser bastante comum, mas o que sentiu foi uma onda forte de inveja. — *Sim, isso aí é o que você nunca terá* — vociferou Fynn dentro dela, os outros se juntaram a ele. — *Jamais poderá ter esse amor. Ninguém jamais amará você desta maneira. Nem mesmo a criança que carrega. Jamais.*

— Não é verdade — disse ela para as vozes e sentiu lágrimas escorrerem pelas bochechas. — Não, não é verdade.

— *É sim. É sim.* — Um coro de negativa. — *É sim.*

A Pedra Branca deu meia-volta e fugiu da cena, perseguida pelas vozes. Andou às pressas, sem saber sequer aonde ia, correu pelas feiras lotadas e por avenidas meio desertas, passou por lojas e comércios. Ela finalmente foi parar na margem norte do A'Sele, perto da Pontica Kralji. Lá, sem se importar com a lama e o cheiro fétido, ela se sentou e abraçou os joelhos, tentou ignorar as vozes que gritavam na cabeça enquanto balançava para frente e para trás. Se alguém a visse, pensaria que era louca e a deixaria em paz. Ficou sentada ali por um bom tempo, os pensamentos eram frenéticos e caóticos, até ser acalmada pela exaustão e as vozes sumirem. Ficou sentada, ofegante, enquanto esfregava a barriga inchada e imaginava a vida ali dentro.

— Eu vou proteger você. Vou mantê-la a salvo — falou ela para a filha.

Em algum lugar do outro lado do A'Sele, na Ilha A'Kralji, quase que como uma resposta, veio o som repentino de um trovão, e a Pedra Branca viu uma fumaça negra subir de algum ponto entre o amontoado de prédios da ilha. Não muito tempo depois, as trompas da cidade começaram a ecoar, embora já passasse da Segunda Chamada.

Ela se perguntou o que teria acontecido.

◇◇◇ COMBATE ◇◇◇

Audric ca'Dakwi

Niente

Kenne ca'Fionta

Karl ca'Vliomani

Jan ca'Vörl

Allesandra ca'Vörl

Nico Morel

Niente

Karl ca'Vliomani

Allesandra ca'Vörl

A Pedra Branca

~ Audric ca'Dakwi ~

ALGUÉM ESTAVA GRITANDO. Sem parar.

Quando Audric abriu os olhos, tudo estava tingido de vermelho, como se o mundo tivesse sido pintado com sangue. Coágulos nadavam sobre a sua visão. Sua respiração era fraca e estridente, ele mal conseguia aspirar. Audric parecia estar nos próprios aposentos, na própria cama, mas não conseguia mexer o corpo de forma alguma. O rosto coçava, e ele queria erguer a mão para coçar, mas não conseguia erguer nenhuma das mãos ou mexer os pés. Tinha medo de levantar a cabeça e olhar para baixo, medo do que poderia ver.

E a dor... Havia tanta dor, e Audric queria gritar, mas só conseguia gemer, um lamento fraco e eterno. Sentiu lágrimas quentes escorrerem pelo rosto.

— *Você não pode morrer. Não pode...* — A voz dela estava tão rouca e hesitante quanto a dele, um mero sussurro.

— Mamatarh? — perguntou Audric. — Onde a senhora está? Marlon? Seaton? Onde está a kraljica Marguerite?

A voz veio de uma distância irreal. Os ouvidos estavam tomados por um rugido contínuo, como se a cidade estivesse caindo em volta dele. — Marlon? Seaton? — chamou Audric de novo. A dor agigantou-se, como uma enorme onda na arrebentação. O kraljiki tentou gritar, mas não saiu nada da boca aberta.

Um rosto surgiu sobre Audric, que piscou. Ele pensou ter reconhecido o archigos Kenne. Cânticos de ténis misturaram-se ao rugido nos ouvidos. — Archigos?

— Sim, kraljiki. Eu vim assim que soube. — Audric mal conseguia ouvir o archigos, as palavras ficaram perdidas no rugido nos ouvidos.

— O que aconteceu? — Cada uma das três palavras pesava tanto quanto os grandes blocos de mármore da fachada do palácio. Audric mal conseguiu colocá-las para fora. Ele fechou os olhos.

— Ainda não temos certeza, kraljiki. O o'offizier co'Kinnear... ele talvez fosse um numetodo ou... — A voz do archigos sumiu. Audric abriu os olhos novamente; a boca de Kenne se movia como se ele ainda estivesse falando, mas o kraljiki só conseguia ouvir o rugido vermelho, que aumentou, e com o ruído veio a dor novamente, ele tentou gritar junto com o rugido, mas saiu apenas um arquejar. — ... jamais saberemos como... a conselheira ca'Ludovici está gravemente ferida... Marlon e Seaton, mortos... — dizia o archigos, mas Audric já não ouvia.

Ele vislumbrou o quadro da mamatarh. Estava apoiado contra a parede perto da cama. A moldura grossa tinha sido quebrada do lado esquerdo, e havia grandes rasgos desfiados na tela, as feridas cruzavam o rosto de Marguerite. Audric gemeu de novo. — Não! — Ele tentou gritar, como se a negação pudesse afastar e mudar tudo.

O kraljiki lembrou. Não tinha certeza. O o'offizier que se aproximou do Trono do Sol, um clarão... depois nada, até agora.

— *Você não pode morrer...!*

A dor entrou correndo novamente, desta vez ele sentiu o corpo inteiro tremer e sacudir, o corpo arqueou-se, e o archigos pressionou Audric para baixo, berrando com urgência com outra pessoa no quarto. — ... o que você puder fazer... o Ilmodo... Cénzi perdoará...

A dor ameaçou parti-lo ao meio, quebrá-lo como um galho no inverno, mas de repente foi embora. Sumiu. Os olhos estavam abertos, ele viu o archigos Kenne gritar com o curandeiro do palácio e a téni de robe verde, havia outras pessoas no quarto, todas gritavam, mas Audric não conseguia escutar nada, nada além do rugido cada vez mais alto. — *Você não pode morrer.* — E a dor finalmente foi embora. Audric quis erguer a mão até a mamatarh, mas o corpo ainda não se movia, ele sequer conseguia respirar, embora os pulmões doessem, o kraljiki tentou... tentou... e...

~ Niente ~

ELE TORCEU PARA que a tomada da ilha de Karnmor fosse o suficiente, que o tecuhtli Zolin ficasse satisfeito com a demonstração do poder dos tehuantinos, e que eles pegassem os navios e voltassem para casa. Mas Zolin olhou para o leste, em vez disso. — Nós ferimos o corpo — disse ele —, mas a cabeça permanece, e o corpo se cicatrizará, a não ser que ataquemos. Eu sei o que você dirá, nahual, mas agora é o momento de atacar. Eu sinto isso. Pergunte a Axat. Ela lhe dirá.

Niente olhou na tigela premonitória e polvilhou as ervas sobre a água. Talvez porque a água daqui fosse menos pura, ou talvez porque a terra de seus deuses estivesse distante, ou talvez porque sua habilidade tivesse diminuído, mas novamente as imagens que ele viu refletidas ali eram confusas ou passageiras demais, e Niente ficou incomodado com elas.

... Um menino em um trono brilhante, mas o rosto era um crânio descarnado, e ali: seria o ocidental que ele enfeitiçou? Uma mulher à espreita no fundo da cena, difícil de ver... Mas a água fez um redemoinho e, quando parou novamente, Niente viu outro garoto em outro trono, e também uma mulher atrás dele, com um téni de robe verde e cabelo escuro ao lado dela... Exércitos passavam por uma terra devastada com estandartes que tremulavam, marchavam sobre um solo cheio de corpos... Fogo e um templo, e fileiras de pessoas em robes verdes rezando... Uma grande cidade com um rio que corria no meio, e fumaça que saía dos grandes prédios... Um guerreiro tehuantino no chão, trespassado por uma lança, e o corpo de um nahualli ao lado de um cajado mágico quebrado, mas a água ficou turva agora, e Niente não conseguiu ver os rostos dos que estavam caídos ali para saber quem eram, embora o estômago tenha ficado embrulhado, e de repente ele não quis *ver...*

— Então? — perguntou Zolin, e Niente tirou os olhos da tigela. O tecuhtli havia entrado na tenda e observava o nahual. A águia de sua patente espalhava asas com penas vermelhas até as bochechas, enquanto o bico se abria na testa como se para dar um grito feroz.

Eles estavam acampados à beira de um grande rio largo que um dos orientais capturados disse se chamar A'Sele. Segundo informaram, bem longe, rio acima, estava Nessântico, a capital dos Domínios. A frota tehuantina estava ancorada nas proximidades, perto do ponto onde o A'Sele desembocava no Mar Médio, com os cascos baixos na linha d'água com a pilhagem de Karnmor.

Eles deixaram a cidade de Karnor em ruínas há um punhado de dias. A cidade foi violada e saqueada, mas não tomada; o resto da grande ilha foi deixado completamente incólume. Ao contrário, Zolin levou o exército de volta para os navios, saiu do porto de Karnor e contornou Karnmor até a boca do A'Sele, onde o exército seguiu para terra firme mais uma vez. Eles encontraram pouca resistência. O povo dos Domínios desapareceu diante dos tehuantinos como neve na primavera, as pessoas recuaram e sumiram nas florestas e estradas remotas do terreno, abandonaram os vilarejos com seus prédios e casas de formato estranho. Essa era uma terra que tinha sido domada há gerações: com campos e fazendas abundantes, com estradas largas, pavimentadas por paralelepípedos dentro dos vilarejos e cercadas por muretas de pedra do lado de fora. Era uma terra domesticada, diferente das encostas das Montanhas Escudo, mais parecida com as fazendas das grandes cidades em volta do Mar Interior ou dos canais de Tlaxcala, a capital construída no próprio mar.

— Nahual Niente?

Ele levou um susto e percebeu que ainda olhava para a tigela, embora visse apenas seu reflexo confuso e arruinado pela magia, com o olho esquerdo opaco que estava branco de uma maneira assustadora. Uma gota de suor caiu da testa e pingou na água, o que fez tremer a imagem de Niente. Ele ergueu a cabeça e falou — Eu vi uma batalha. E um rei-menino no trono. O rosto era um crânio.

— Ah, então talvez seu oriental tenha cumprido a tarefa?

Niente deu de ombros.

— A batalha, quem ganhou?

— Eu não sei. Eu vi... vi um guerreiro morto e um nahualli morto.

Zolin olhou com desdém e disse — Guerreiros sempre morrem. Nahualli também. É como são as coisas. — ele parou e franziu os olhos, o que movimentou as asas da águia. — Fui *eu* quem você viu?

Niente balançou a cabeça. — Não sei — respondeu, mas não explicou mais.

— Você nos viu voltando para casa de navio? — perguntou o tecuhtli.

— Não. — Outra resposta curta, Zolin concordou com a cabeça.

— Você não quer estar aqui, não é? Pensa que estou cometendo um erro.

Niente jogou fora a água da tigela premonitória. Ele a secou com a borda da camisa e perguntou-se se deveria dar uma resposta direta para Zolin. O nahual jamais tinha sido senão honesto com Necalli, mas Necalli não tinha o temperamento perigoso de Zolin. — Estamos muito longe de casa, em uma terra estranha.

— Uma terra que não ofereceu quase resistência alguma — falou Zolin. Ele gesticulou com os braços para leste. — Essa grande cidade dos orientais já deve saber que estamos aqui, mas não vejo exército algum diante de nós.

— O senhor verá. E não temos reforços atrás de nós, nenhum guerreiro ou nahualli novos para substituir os caídos. Eu *vi* os castelos e as fortificações dos orientais na tigela premonitória, tecuhtli. Nós tivemos a vantagem do elemento surpresa em Karnor; isso não existe mais. Eles estarão preparados para nós.

— E sua areia negra irá demolir as muralhas e reduzir as torres a ruínas.

— Eu vi o fogo das forjas e a reza de seus ténis-guerreiros. Vi os exércitos, e eles eram enormes, espalhados sobre a terra como uma floresta de aço. Somos apenas alguns milhares aqui, tecuhtli, e os orientais têm muito mais. Agora nós nos encontramos como eles em nossa terra, longe de nossos recursos. Duvido que nós nos saiamos melhor do que eles lá.

— É isso o que Axat mostra para você? — Zolin apontou para a tigela nas mãos de Niente, inscrita com os símbolos da lua da deusa. — Você vê, inegavelmente, a minha derrota na água?

Niente balançou a cabeça negativamente.

— Ótimo. — Zolin mexeu os músculos do maxilar e flexionou as asas da águia. — Eu sei que você preferiria que voltássemos para casa, nahual. Eu compreendo, e você não é o único a ter essa opinião. Eu escuto vocês, todos vocês. Todos nós sentimos saudade de casa e das nossas famílias, eu mesmo não menos do que qualquer outra pessoa. Mas meu dever é nos proteger da melhor maneira possível, e essa... essa me parece a melhor maneira. Eu gostaria que você não mentisse e me dissesse se os deuses insistem que a retirada é a atitude mais prudente.

— Eu digo o que eu vejo, tecuhtli. Sempre. Nada mais. Nada menos. Eu jurei a Axat que seguiria e serviria ao tecuhtli, não importa quem seja ele ou o que ele nos mande fazer.

Zolin deu um riso meio debochado. Ele esfregou o topo da cabeça, como se fizesse carinho na águia pintada na pele. — Você jurou a Necalli, não a mim. Niente, se você quiser ser liberado do juramento agora... — ele deu de ombros. — Um dos outros nahualli pode me servir.

A ameaça pairou no ar úmido. Niente sabia o que Zolin estava oferecendo: nenhum nahual abria mão do título e sobrevivia; Niente perguntou-se qual dos nahualli sussurrava no ouvido de Zolin. Certamente havia alguns que achavam que podiam ser o nahual. — Se o tecuhtli acha que outro nahualli é mais adequado para servi-lo, então este nahualli deve trazer seu cajado mágico aqui, e veremos qual de nós dois Axat prefere.

Zolin riu, mas havia um constrangimento na reação, o que indicou para Niente que o homem estava tentado. — Por enquanto, eu deixarei que você me sirva, nahual Niente. E você verá que estou certo. Eu irei até essa grande cidade dos orientais, vou destruí-la e deixá-la queimando, como fiz com Munereo e Karnor. Sou uma grande lança lenta, que irá varar a armadura, a carne, os órgãos dos orientais até trespassar o coração deles. O povo dos Domínios entenderá que seu deus é fraco e errado. Eles abandonarão a nossa terra e a de nossos primos para sempre. Pagarão tributos para nós, com medo de que um tecuhtli traga outro exército aqui novamente. É o que farei, e é isso que você verá na sua tigela premonitória, nahual. Você verá.

Niente abaixou a cabeça. — Como eu disse, tecuhtli, eu olharei e direi tudo que Axat me permitir ver, para que o senhor conheça os futuros possíveis para as escolhas que fizer. Isso é tudo o que qualquer nahualli pode fazer.

Zolin torceu o nariz. Ele lançou um olhar confiante para Niente, com os olhos cercados pelas penas das asas da águia. — Você *verá* — repetiu o tecuhtli. — Isso é o que *eu* lhe digo.

~ Kenne ca'Fionta ~

A CULPA REMOÍA O ESTÔMAGO e fez com que ele afastasse o prato.

— Kenne, você precisa comer. — Seu velho companheiro e amante, Petros co'Magnaoi, u'téni da fé concénziana, esticou o braço sobre a toalha de mesa branca para pegar a mão de Kenne. — Você foi apenas um peão no plano de Cénzi. Não tinha como saber.

O archigos balançou a cabeça. *A culpa não é sua... Você não tinha como saber...* Era o que todo mundo dizia para ele nos últimos dias. Às vezes, as palavras eram ditas com genuína sinceridade; em outras — como na ocasião em que ele foi visitar Sigourney ca'Ludovici em seu leito, enquanto a conselheira se recuperava dos ferimentos —, Kenne pensava ter ouvido um mero verniz de educação sobre um profundo rancor.

— Eu mandei o homem para o kraljiki, Petros. Mandei. Ninguém mais, e...

— Kenne — interrompeu Petros. Ele balançou a cabeça magra e aquilina, o movimento mexeu o cabelo comprido até o queixo que Kenne gostava tanto, que há muito tempo ficou branco, mas que era tão farto na cabeça do homem quanto escasso na do próprio archigos. Olhos azul-claros, ainda afiados e inteligentes, sustentaram o olhar de Kenne e recusaram-se a deixar que o archigos virasse o rosto. — Pare com isso. Você pode continuar repetindo sem parar as mesmas palavras, mas nenhuma irá mudar o que aconteceu. Você fez o que qualquer um de nós teria feito. A reputação desse Enéas co'Kinnear era sólida, e ele disse que tinha notícias dos Hellins, algo que o kraljiki precisava saber desesperadamente. Se eu estivesse no seu lugar, teria feito a mesma coisa.

— Mas você não fez. Ele veio a *mim*.

— Ele foi, e você não tinha como saber o que Enéas era ou o que faria, assim como seus offiziers superiores não sabiam. O que precisamos fazer agora é garantir que a fúria da população não vire um banho de sangue. Já há vozes no Velho Templo que pedem por um novo expurgo dos numetodos, e a mesma coisa também pode ser ouvida no Conselho dos Ca'. Sua voz é necessária como o líder da Fé, Kenne. A voz da sanidade.

Kenne sentiu o aperto dos dedos de Petros na mão quando não respondeu. — Kenne, meu amor, Cénzi lhe deu um teste agora. Você sabe que a archigos não foi morta pelos numetodos, não com Karl amando-a tanto. Esse Enéas, e o que ele fez com o kraljiki... Parece a mesma coisa que fizeram com Ana. Essa poeira negra que achamos no templo depois; ouvi dizer que também encontraram sobre os pedaços do Trono do Sol...

— Eu matei Audric — murmurou Kenne. — Matei seus camareiros, os suplicantes que estavam próximos. E quanto à pobre Sigourney... — O rosto de Sigourney surgiu diante dele, estraçalhado pelas lascas do Trono do Sol, com o olho direito enfaixado (e perdido, de acordo com o que o curandeiro sussurrou para Kenne depois), a mão direita em bandagens, com dois dedos visivelmente faltando, o jeito horrível como o lençol ficava plano na altura do joelho direito.

A culpa era dele, não importa o que Sigourney possa ter sussurrado com sua voz arruinada. Isso era mais terrível do que o assassinato de Ana, embora este tenha sido bem horrível.

Culpa dele.

Kenne começou a falar com Petros, mas não conseguiu, a voz embargou. Petros apertou a mão de Kenne, levantou-a e deu um beijo.

Alguém bateu na porta. — Archigos? — O chamado veio baixo entre as tábuas entalhadas e envernizadas. Petros afastou a mão rapidamente e recostou-se na cadeira.

— Entre — falou Kenne.

Era uma das integrantes da equipe de o'ténis do archigos: Sara ce'Fallin, sua assistente. Ela deu uma olhadela para Petros, cumprimentou-o com um aceno e fez o sinal de Cénzi para Kenne. — Sinto incomodar seu jantar, archigos, u'téni, mas... — Ela mordeu o lábio inferior e balançou a cabeça.

— O que foi? — perguntou Kenne com delicadeza.

— Há novidades — respondeu Sara. — Um mensageiro chegou do Conselho dos Ca'; o senhor deve ir ao palácio imediatamente.

— O que foi? — perguntou ele. — Firenzcia?

Ela balançou a cabeça e disse — Não. O mensageiro não disse mais nada além de que era sobre Karnmor.

Ele esperava ser informado de que o vulcão há muito tempo adormecido que abrigava a cidade de Karnor havia despertado novamente. Mas as notícias eram bem piores.

Kenne mal conseguiu acreditar nas palavras do mensageiro, que estava diante dos conselheiros na câmara do Conselho dentro do palácio, mas o cansaço, o rosto sujo de terra e a fuligem, o horror nos olhos e na voz... Estes elementos ele não podia negar.

A cidade de Karnor era uma ruína fumegante, de acordo com o homem, com milhares de mortos, especialmente por causa do ataque dos ténis-guerreiros ocidentais. Pior ainda, o exército ocidental estava agora no continente e avançava lentamente A'Sele acima. A cidade de Villembouchure era a próxima no caminho deles.

— Muitos dos navios em que eles vieram — disse o mensageiro — eram nossos. Eu reconheci os traços do *Marguerite* quando ele saiu do porto de Karnor para ir aos Hellins há um ano, mas agora ele carrega a bandeira de águia dos ocidentais e foi pintado com cores berrantes. É por isso que não têm vindo navios expressos dos Hellins; os ocidentais devem ter destruído nossas forças lá.

— Não há provas disso — disparou Aleron ca'Gerodi, que olhou feio para o homem, como se o desafiasse a contradizer a afirmação. — Nenhuma.

O mensageiro deu de ombros e falou — Eu vi o que vi, conselheiro. Fui um dos que fugiu de Karnor quando a cidade foi tomada e queimada.

Eu encontrei um barco na margem leste da ilha; vi as velas da frota ocidental entrarem na boca do A'Sele e fogueiras na margem norte.

— Ele não mente — disse uma voz assim que as portas da câmara foram abertas. Kenne virou-se e viu Sigourney entrar, sendo carregada em uma liteira. Ela estava sentada com a coluna reta apoiada em travesseiros; o rosto era um horror de linhas vermelhas; o cabelo, sem a tintura negra, tinha agora espessas mechas grisalhas. Seu único olho encarava fixamente os presentes; o esquerdo estava coberto por um tapa-olho acolchoado. — Há outros mensageiros chegando à cidade neste mesmo instante. Eu falei com um deles: um homem dos promontórios da costa. Ele disse a mesma coisa: o exército ocidental está aqui nos Domínios e marcha pela margem norte do A'Sele.

— Conselheira ca'Ludovici — falou Kenne preocupado. — A senhora não deveria estar aqui. Seus ferimentos...

— Meus ferimentos não são importantes — respondeu ela ao abanar uma mão enfaixada e com poucos dedos. — O ervanário me deu extrato de *cuore della volpe*, que aliviou grande parte da dor. Nós perdemos nosso kraljiki, o regente traidor conspira com Firenzcia, e os ocidentais ousaram vir aqui. Meus ferimentos? — Ela cuspiu. Kenne e os demais viram o arco da cusparada, que foi cair nas lajotas de pedra. — Eles não são *nada* — vociferou a conselheira com a voz rouca e hesitante. — Não podemos esperar e vacilar aqui. Temos que agir. — Ela fez uma pausa para tomar fôlego. — E a primeira coisa que temos que fazer é nomear um kralji, uma vez que Audric não indicou seu sucessor.

Kenne soube então o que fez Sigourney ignorar os ferimentos e sair do leito.

Ao olhar em volta da câmara para os demais integrantes do Conselho, ficou óbvio que o mesmo pensamento ocorreu a eles. Também ficou óbvio para Kenne quem os conselheiros escolheriam. Aleron concordou com a cabeça, assim como Odil ca'Mazzak; os outros olhavam intensamente para a mesa, como se algo importante tivesse sido rabiscado ali. Foi Odil quem finalmente falou.

— A senhora é a Téte do Conselho dos Ca', conselheira ca'Ludovici, e a pessoa em quem o kraljiki Audric mais confiava. Eu concordo, um novo kralji deve ser nomeado imediatamente... e eu acredito que deva ser uma kraljica. — Ele olhou em volta da câmara. — Eu proponho que a vajica Sigourney ca'Ludovici seja nomeada kraljica Sigourney. Ela tem o sobrenome, é a parente mais próxima aqui e tem demonstrado amplamente as qualidades de liderança de que precisamos.

— Eu concordo — falou Aleron imediatamente ao se levantar, e então todos ficaram de pé, e Sigourney sorriu, apesar da dor e dos ferimentos em cicatrização, e ergueu as mãos para eles em sinal de falsa humildade, e estava feito; antes que Kenne pudesse dizer qualquer coisa. Não que os conselheiros fossem dar ouvidos a ele, pensou o archigos, com tristeza.

Sua voz não era uma em que o Conselho prestasse atenção.

O olhar caolho de Sigourney percorreu a sala, e quando encontrou o archigos, ela franziu a testa momentaneamente. Kenne notou a acusação e a culpa no rosto da mulher e soube de mais uma coisa.

Ele não seria archigos por muito tempo. A nova kraljica encontraria uma forma de derrubá-lo.

~ Karl ca'Vliomani ~

SERAFINA SORRIU PARA ELES no momento em que os dois entraram na cozinha do pequeno apartamento, embora Karl pudesse ver uma tristeza, quase inveja, quando ela ergueu os lábios. Serafina penteou o cabelo para trás com as costas da mão, ainda segurando a faca com que cortava as verduras. Karl sentiu o cheiro do guisado que borbulhava na panela preta sobre o fogo. — Bom dia — disse Serafina. — É bom ver vocês dois juntos.

Varina deu o braço a Karl e aconchegou-se nele. — É, sim. Bem mais do que eu esperava.

Karl também sorriu e perguntou-se se alguma das duas mulheres era capaz de ver as emoções misturadas em sua própria felicidade: a pequena sensação incômoda de que, de alguma forma, estava traindo Ana, embora ele e a archigos jamais tenham tido intimidade física. *Ana também teria sorrido para você. Também teria dito para ir em frente. Teria ficado feliz por você.* Era o que ele dizia para si mesmo, mas não aliviava a semente de culpa.

— Eu fui traída muitas vezes e magoada muitas vezes — disse Ana uma vez para ele, não muito depois de Karl retornar da Ilha de Paeti, após descobrir que Kaitlin não o amava mais, que não queria mais que ele fizesse parte da vida dela ou de seus filhos. — Eu não posso lhe dar essa parte de mim, Karl. Ela simplesmente não está mais lá: existem muitas cicatrizes e muita dor. Eu posso ser sua amiga, se isso for o bastante para você. Mas nada mais. Nada mais.

— Você não me ama... — Ele começou a dizer, e Ana balançou a cabeça.

— Eu amo você, sim, mas não dessa maneira. Se você precisa disso, então encontre outra pessoa. Eu entenderia, Karl. De verdade. Sinto muito... — E ele encontrou alívio em outro lugar, nas grandes horizontales *que Varina tinha visto. Mas, de alguma forma, Karl não percebeu a pessoa diante de si que também estava interessada nele mais do que um amigo, e de quem ele também gostava...*

Agora Varina abraçou Karl novamente. Ele se inclinou e ela virou o rosto para o embaixador. O beijo foi delicado e doce, e a culpa sumiu um pouco novamente. "*Se você precisa disso, então encontre outra pessoa...*" Talvez um dia, em breve, até mesmo este sussurro fosse embora.

Karl não sabia que precisava tanto disso e desejou ter percebido antes.

— Deixe-me ajudar você, Sera — falou Varina, e seu calor deixou o corpo do embaixador. — Karl, por que não pega uma chaleira para o chá? — Ele observou as duas mulheres por um instante, depois pegou a chaleira, colocou água dentro da jarra e pendurou no suporte sobre o fogo, ao lado do guisado. Encontrou a hortelã e as ervas, colocou no saquinho de linho e amarrou.

— Vou ao mercado comprar um pouco de mel e talvez croissants — disse Karl. — Com o cortejo fúnebre de Audric hoje, aposto que os mercados...

Ele parou.

Uma sombra passou pelas persianas da janela. Karl ouviu passos do lado de fora da porta. Alguém bateu. — Serafina? Serafina, você está aí?

Ele conhecia a voz. Lembrou-se dela.

Serafina deixou cair a faca que segurava. O objeto bateu na mesa e depois no chão, mas Serafina não notou, pois corria para a porta. — Talis!

Ela escancarou a porta; Karl viu o homem parado ali sobre o ombro de Serafina, então a mulher ficou de joelhos, soltando um grito. — Nico! Ó, Nico! — O menino também estava ali e deu um abraço forte na matarh. Ambos choraram.

— Matarh! Eu sabia que a senhora viria procurar por mim. Eu sabia... — Nico viu os dois ao mesmo tempo. — Varina — falou o menino. — Ah. — De repente, ele soltou a matarh. — Talis...

— Eu vi os dois — disse Talis, que encarava Karl. — Serafina, pegue Nico e saia. Agora.

Serafina olhava de Talis para Karl. O homem ergueu a bengala, e Karl percebeu o que aquilo significava, percebeu agora melhor do que nunca. Ele levantou a mão, pronto para lançar o próprio ataque. — O que... — dizia Serafina.

— Apenas saia! — falou Talis. — Agora!

— Não — disse Serafina enquanto segurava Nico com força, e embora parecesse que ela não quisesse outra coisa senão seguir o conselho de Talis, a mulher permaneceu entre os dois. — Eu não vou sair até entender o que está acontecendo.

Talis gesticulou para Karl com a mão livre e falou — Esse desgraçado é o embaixador numetodo, Serafina. Esse é o homem que tentou me matar e a razão pela qual você teve que ir embora da cidade. Ele sequestrou Nico quando voltou aqui e usou o menino como isca para me pegar.

Serafina olhava fixamente para Karl, com a expressão chocada de quem tinha sido traída.

— Isso é verdade? — perguntou ela. — Diga-me.

Karl deu uma olhadela para Varina, que confirmou com a cabeça. — É verdade, em grande parte — respondeu Karl. — Eu sou o embaixador ca'Vliomani. Sou um numetodo, assim como Varina. Nós encontramos Nico aqui enquanto procurávamos por Talis, e, sim, ficamos com ele; embora eu deva chamar a atenção para o fato de que Nico estava sozinho nas ruas quando Varina o encontrou, e nós cuidamos dele, mantivemos o menino alimentado, aquecido e a salvo. Dissemos para as pessoas na vizinhança que o encontramos... e, sim, fizemos isso na esperança de que Talis viesse atrás de Nico, mas ele nunca veio. Quanto a Talis, eu acredito que ele seja o homem que matou a archigos Ana. — Serafina abraçou forte Nico. A confusão lutava com o medo em seu rosto, enquanto ela escutava Karl, o olhar ia de um para o outro. — Agora, pergunte a *ele* uma coisa para mim — disse Karl. — A verdade. Pergunte a ele quem matou a archigos.

Serafina olhou para Talis, que balançava a cabeça ao dizer — Não, não fui eu. — Mas o rosto da mulher ficou vermelho.

— Você sabia onde Nico estava e *não foi até ele*? — Serafina berrou baixo para Talis. — Não tentou ajudá-lo? Não *me* mandou notícias enquanto eu morria de preocupação por ele?

— Eles teriam me *matado* se eu tivesse ido até ele, Serafina. E talvez Nico também.

— Não. — Varina aproximou-se de Karl. — Você está errado, Talis. Nós só queríamos saber a verdade. Os numetodos estavam sendo culpados pela morte da archigos Ana; nós mesmos corríamos perigo. Eu... nós... jamais teríamos feito qualquer coisa para prejudicar Nico. Jamais. Você sabe disso, não sabe, Nico?

Nico balançou a cabeça enfaticamente sobre o ombro da matarh e disse — Eu sei. Varina foi boa comigo, matarh. Ela disse que tentaria encontrar a senhora... e olhe só, ela conseguiu.

— Talis é um feiticeiro ocidental, Serafina — falou Karl. — O último ocidental parecido com ele que eu conheci foi Mahri, o Maluco, e ele também tentou matar Ana.

À menção do nome de Mahri, a bengala tremeu nas mãos de Talis e os músculos em seu maxilar ficaram retesados. — Você *conheceu* Mahri?

— Conheci. E conheci Mahri muito bem. E sei que ele não estava aqui pelo bem de Nessântico. E nem você. Sera, sinto muito. Eu sei que você ama este homem, mas você precisa entender o que ele é. Talis é um inimigo dos Domínios, bem mais do que qualquer numetodo.

— Ela *sabe* o que eu sou — resmungou Talis. — Sera, eu não mudei. Eu amo você de verdade; amo Nico também. Eu o encontrei e vim trazê-lo para você. Se você não estivesse aqui, eu iria para Ville Paisli a seguir para encontrar você. Não sou o monstro que eles estão pintando. — Ele fez uma cara feia para Karl e Varina. — Se eu fosse, não teria esperado; eu teria atacado o embaixador sem me preocupar se você e Nico estavam no caminho. Sera, por favor. Afaste-se.

Em vez disso, ainda com Nico nos braços, ela voltou-se para Karl e Varina e ficou entre os dois e Talis. — Eu conheço Talis. Eu acredito quando ele diz que não matou a archigos. Se vocês querem *conversar* com ele, bem, aqui está ele. — Serafina fez uma pausa e um carinho na cabeça de Nico. — Eu confiei em vocês dois. Agora peço que confiem em mim.

Karl deu uma nova olhadela para Varina. Ela tinha abaixado as mãos e deu um discreto aceno de cabeça, e Karl também deixou as mãos caírem.

— Tudo bem — falou ele. — Diga para Talis colocar aquela bengala de lado, e nós podemos conversar.

Jan ca'Vörl

O TEMPLO EM BREZNO era menor do que o Templo do Archigos em Nessântico, e não tão venerável e sagrado quanto o Velho Templo na Ilha A'Kralji (ou com um domo tão impressionante). Mas o domo de Brezno e vários de seus famosos afrescos foram pintados pelo grande artista firenzciano co'Goslar, e eram impressionantes. As figuras compridas e estranhas de co'Goslar agigantavam-se e contorciam-se sobre os suplicantes no templo, vestidas com roupas transparentes ou peladas: Cénzi, sim, estava em destaque, mas também estavam representadas pessoas em Firenzcia que foram importantes para a fé concénziana. Havia Gareth ca'Lang, o primeiro a'téni de Brezno, com a espada amarrada ao braço sem mão enquanto lutava uma batalha perdida contra os hereges da seita de Karinthia; havia Pewitt, o Desgraçado, sendo atacado pelos moitidis, que devoravam e arrancavam a carne do seu corpo vivo, que debochavam do homem ao consumir seu corpo enquanto ele observava em sofrimento; havia Ursanne ca'Sankt, a grande mártir que muitos imaginavam que seria archigos enquanto viveu, que tentava desesperadamente afastar os estupradores de Tennshah, de cuja união indesejada nasceria o grande starkkapitän firenzciano Adalwulf, que mais tarde expulsaria os tennshas de seus povoados em volta do lago Firenz.

Jan estava cercado por história e tomado por uma fúria movida pela fé. Parecia apropriado. Aos olhos dele, sua reconciliação com a noção de que a matarh tinha a intenção de disputar o Trono do Sol fora uma luta tão titânica quanto qualquer uma das representadas aqui. Jan confrontou Allesandra após a longa conversa com Sergei ca'Rudka, mas, no fim, ele disse que compreendia, mesmo que não aprovasse. Jan não tinha certeza se isso era verdade ou se, depois de várias viradas da ampulheta de discussão, a declaração pelo menos deixou que ele dormisse um pouco, mas a matarh aceitou o que Jan falou.

O hïrzg acompanhou Allesandra ao templo a pedido do archigos e olhava para o domo enquanto os dois aguardavam Semini. — Eu me lembro da primeira vez que vi essas pinturas — falou Jan para tentar quebrar o silêncio incômodo. — Elas me assustavam; pensei que fossem fantasmas. Imaginei que as figuras se mexiam e saíam da pintura para me perseguir... — Jan riu; ele parecia rir muito pouco desde os eventos que culminaram em sua sagração como hïrzg. — Agora apenas acho que são dramáticas demais e nem tão bem pintadas assim.

— Não diga isso para Semini — falou a matarh. — Ele adora co'Goslar... Ah, lá está ele.

Semini veio a passos largos na direção dos dois, saindo detrás do Alto Púlpito no coro. Entre a Segunda e a Terceira Chamadas, o templo ficava geralmente deserto, e os gardai que entraram antes de Jan e Allesandra agora estavam a vários passos de distância, em silêncio, após terem retirado visitantes desgarrados da câmara principal. Os três estavam tão sozinhos quanto parecia possível para Jan ultimamente.

— Meu hïrzg — trovejou Semini, a voz reverberou no domo enquanto ele fazia o sinal de Cénzi para Jan. — E a'hïrzg. — Jan viu o archigos sorrir para ela; Semini parecia prestes a pegar a mão de Allesandra, embora o gesto tivesse sido uma terrível quebra de protocolo. Mas o homem parou a alguns passos cautelosos, mais perto talvez do que deveria estar, mas não tão próximo a ponto de ser extraordinariamente óbvio. Jan sentiu um pouco da irritação voltar; ele nem podia culpar a matarh por arrumar um caso quando o vatarh traiu a esposa tantas vezes. No entanto, ficava incomodado ao saber. A visão dos dois juntos, dos corpos enroscados como o dele esteve com Elissa... Não, Jan sentiu um arrepio e balançou a cabeça para afastar a cena.

— Obrigado por virem — continuou Semini, que ainda olhava mais para Allesandra do que para Jan. — Como eu disse, recebi uma mensagem com, segundo me disseram, uma mensagem idêntica para o hïrzg. Ela está aqui comigo.

Semini entregou um pergaminho enrolado e selado para Jan e observou o hïrzg examinar o selo na cera azul — um punho em uma manopla, o selo de Nessântico desde a época do kraljiki Justi. Jan desenrolou o papel e vasculhou as letras escritas à tinta com uma fúria crescente. Quase ouviu a voz do onczio Fynn crescer dentro dele — Jan sabia como Fynn teria reagido a esta mensagem. Em silêncio, com a boca franzida, ele entregou o pergaminho para Allesandra e ouviu a matarh tomar fôlego quase que imediatamente. Sem dizer uma palavra, ela devolveu a mensagem de volta para o filho.

— Como ele *ousa* falar conosco dessa maneira? — disparou Jan. Ele abriu as mãos e deixou o papel cair no piso de mármore. A palavra "ousa" ecoou na câmara por muito tempo depois de tê-la dito. O som pareceu agitar os gardai, que se remexeram de um jeito nervoso. — Ele fala conosco como se Nessântico ainda governasse Firenzcia. "Devolvam o antigo regente para nós em um mês ou tomaremos medidas efetivas para recuperá-lo". Como ele *ousa* fazer ameaças assim? — Outro eco. — Deixe que ele tente; nós iremos esmagá-lo.

Jan ergueu os olhos para o domo. *Fantasmas... Nenhum deles toleraria essa situação; eu também não posso. Isso é um tapa na cara.*

— Jan, eu compreendo o que você sente; acredite em mim, eu tive a mesma reação — disse Allesandra.

— "Mas...?" — disparou Jan com raiva ao se voltar para ela. — É isso o que a senhora ia dizer, matarh? "Mas..." que "mas" seria esse?

Em uma reação estranha, ela sorriu. — Meu querido, você soou igualzinho a Fynn, ou talvez ao meu vatarh. Eu já vi os dois rugirem desse mesmo jeito quando se consideravam insultados.

Allesandra ter achado graça só serviu para aumentar a irritação de Jan. Ele olhou atrás de Semini, para o mural depois do Alto Púlpito, para as tiras ensanguentadas da carne de Pewitt presas às garras dos moitidis, e tentou conter a irritação.

— O "mas", meu filho, é o que vínhamos considerando — continuou ela. — Talvez essa seja simplesmente a oportunidade de que precisávamos. A desculpa para agir.

— A *desculpa*? — Jan começou a falar, e, por um momento, sentiu-se bem mais novo, uma criança novamente. — Ah. — Essa palavra não produziu eco algum. Flutuou no ar entre eles, perdida na imensidão do templo. Jan abaixou o olhar para o papel meio enrolado sobre o piso de mármore, e a suspeita cresceu dentro dele. — Estranho que uma mensagem como essa levasse exatamente à situação que a senhora queria, matarh. Uma provocação deslavada de Nessântico contra nós. Que maravilhoso senso de oportunidade. — Jan ergueu as sobrancelhas para ela.

Allesandra balançou a cabeça. — Eu não sabia nada sobre essa situação até agora. Não tive nada a ver com isso. Pergunte ao archigos.

Semini concordou com a cabeça rapidamente. — As cartas chegaram seladas através de vias diplomáticas. Se o hïrzg duvida, posso mandar o mensageiro ser trazido aqui.

Jan abanou a mão e desviou os olhos dos dois para os murais no domo. — Não, não há necessidade. É que... — O olhar retornou para a matarh. — Parece que Cénzi quer o que a senhora quer, matarh. — Talvez fosse coincidência. Allesandra parecia genuinamente chocada. Talvez *fosse* um sinal. Ele não estava contente com essa perspectiva.

— Ah, certamente — respondeu Semini. — Sem saber, o kraljiki agiu como queríamos, ou Cénzi fez com que ele agisse assim. O kraljiki ameaçou a Coalizão e nossa Fé diretamente, e não temos *escolha* a não ser responder para proteger nossos interesses e fronteiras. Este é o momento, hïrzg. Esta é a ocasião. A maior parte da Garde Civile de Nessântico foi mandada para oeste, para os Hellins; eles levarão tempo para reunir os chevarittai e o restante da Garde Civile, para preparar os ténis-guerreiros que estiverem disponíveis, e para alistar os soldados de infantaria necessários para honrar essa ameaça. — O archigos sorriu e acenou com a cabeça para Allesandra. — Sua matarh sabe disso. É o momento de o senhor demonstrar sua liderança e levar a Garde Civile e os chevarittai de Firenzcia à guerra. O senhor reunificará os Domínios como eles eram antes, hïrzg Jan, e seu nome será lembrado eternamente por isso.

— Eu não sei...

— Eu sei — disse Allesandra com uma voz firme e orgulhosa. — Você está pronto para isso, Jan.

Ele hesitou. Jan ainda estava incomodado por ser usado pela matarh para os objetivos dela; também estava atormentado pela própria incerteza se poderia ser o hïrzg que ele queria ser. *"Também acho que um bom hïrzg ouve a mensagem mesmo quando tem problemas com o mensageiro."* Palavras de Sergei. Elas acalmaram Jan. Elas fizeram Jan decidir.

Um instante depois, o hïrzg concordou com a cabeça. — A senhora estava certa naquela noite. Preciso consultar o starkkapitän ca'Damont e os chevarittai. É o que a senhora queria, não é, matarh?

Se Allesandra ouviu um leve deboche na voz do filho, ela não reagiu. — Eu irei com você, Jan. Eu conheço o starkkapitän e conheço a Garde Civile. Posso ser sua mentora nesta situação. Vá e mande Roderigo convocá-los. Eu irei atrás em um instante.

Jan ergueu as sobrancelhas, incomodado por ter sido obviamente dispensado, mas fez o sinal de Cénzi para Semini e uma leve mesura para a matarh. — Obrigado por passar essa informação, archigos. Nós precisaremos de sua força e orientação. Matarh, eu falo com a senhora mais tarde.

Ele foi embora então, com quase todos os gardai à sua volta ao sair do templo. — Seu filho será um belo hïrzg. — Jan ouviu Semini rosnar com sua voz baixa ao chegar às portas. Ele presumiu que o elogio foi calculado para que fosse ouvido e considerado genuíno.

Jan sorriu para si mesmo. Ele *seria* um belo hïrzg. Ele surpreenderia os dois com o tamanho da competência de sua liderança.

Jan suspeitava que eles poderiam não gostar do resultado.

Allesandra ca'Vörl

A PASSAGEM NOS FUNDOS do templo era escura, iluminada apenas eventualmente por lâmpadas com tampas verdes, penduradas em ganchos cimentados na parede. As colunas estriadas ao longo da passagem não deixavam que o caminho fosse visto dos jardins do pátio, localizado entre a asa norte do complexo do templo e o templo em si. As grandes janelas de vitral agigantavam-se escuras sobre Allesandra. Ela quase corria pela passagem, pois não queria ser vista, apesar de ter recebido a garantia de que não haveria ténis na área; suas sandálias de sola de couro macio pisaram silenciosas no granito encerado. Foi fácil sair de mansinho dos próprios aposentos no palácio pelo corredor de serviço, esperar até que não houvesse ninguém de olho para abrir a porta, atravessar a praça correndo e entrar nas ruas de Brezno. Allesandra usava um capuz sobre o cabelo que encobria o rosto, e a tashta era simplória. Ela podia se passar por uma mulher simples correndo para chegar em casa à noite. Semini disse que a porta estaria aberta e informou quais os lugares que os ténis geralmente evitavam. As cerimônias da Terceira Chamada haviam acabado há uma virada da ampulheta.

A a'hïrzg estava quase lá. A uma curva à esquerda na próxima passagem, depois uma subida pela escada até o quarto que Semini mantinha no complexo do templo quando não queria retornar aos próprios aposentos na ala norte.

— Allesandra.

Ela levou um susto diante da voz sibilante. A mão alcançou a faca escondida na faixa da tashta.

— Francesca — disse a a'hïrzg.

Uma silhueta surgiu ao lado de uma das colunas. Na luz difusa, ela viu a mulher, cujas rugas aprofundavam as sombras no rosto. O brilho verdejante das lâmpadas fez Francesca parecer doente. Ela espalmou as mãos, como se mostrasse para Allesandra que não estava armada. — Eu sei — disse Francesca. — Eu sempre soube.

— O que é que você sabe, Francesca?

Ela gargalhou. O som assustou os estorninhos negros que pousavam nas árvores frutíferas do pátio para passar a noite. Eles levantaram voo e esvoaçaram agitados. Allesandra sentiu um cheiro de álcool no hálito forte da mulher. — Não deveríamos brincar de joguinhos, você e eu — falou a mulher. — Não há nada entre mim e Semini há anos, e se você está disposta a abrir as pernas para que aquele velho aríete soque aí dentro, por que devo me importar?

Allesandra sentiu um calor nas bochechas diante da baixaria e respirou fundo pela boca. — Se você não se importa, por que está falando comigo?

A expressão de quem achava graça sumiu do rosto da mulher. Ela torceu o nariz enquanto encarava Allesandra. — Você é bonita. Semini sempre gostou de você; eu ouvi o carinho na voz dele quando você finalmente voltou de Nessântico. As amantes que ele teve depois... sempre achei parecidas com você. Semini achava também, imagino. Eu sei o rosto de quem ele via quando metia nelas. Ah, isso lhe incomoda, não é? Aposto que ele nunca lhe contou isso. — Francesca aproximou-se de Allesandra, que deu um passo para trás, com a mão ainda no cabo de couro da faca. — Aposto que tem muita coisa que ele não te contou.

— Francesca, você está bêbada e eu não quero ter essa conversa. Agora, deixe-me...

A mulher levantou a mão e torceu a boca com desdém. — Ainda não. Olhe para mim. Olhe... — Francesca abanou as mãos na direção do rosto. — Eu fui linda um dia. Ora, eu era a amante do kraljiki Justi; eu poderia ter sido a esposa dele se o meu vatarh tivesse escolhido o lado certo na guerra. Mas ele não escolheu. E agora... — Por um momento, Allesandra pensou que a mulher não fosse falar novamente. Ela ficou parada ali, o corpo cambaleava levemente. — Você acha que conhece meu marido? Não o conhece. Eu vi você quando chegou a notícia da morte da archigos Ana. Vi o horror e a tristeza no seu rostinho bonito. Você sofreu porque *gostava* daquela megera frígida. Quanto a mim, eu a odiava. Fiquei *feliz* por saber que ela morreu. Ri alto. Mas você... a archigos Ana lhe tratou bem, não foi? Ela foi uma matarh para você quando sua própria família lhe abandonou. A archigos Ana... Bá! — Francesca franziu os lábios, virou a cabeça e cuspiu no piso. — *Ele* sabe quem a matou. Assim como eu.

— Quem? — perguntou Ana. A mão foi parar na garganta. Ela achava que sabia a resposta.

Francesca deu um passo cambaleante para frente, quase caiu e segurou na tashta de Allesandra. — Pergunte a ele — rosnou a mulher, o mau hálito tomou as narinas de Allesandra. — Faça Semini lhe contar, e *aí* veja o que você sente por ele.

A gargalhada de Francesca provocou outra revoada de pássaros assustados, e ela afastou-se de Allesandra com um empurrão. Foi cambaleante na direção da arcada que levava para a ala norte, sem olhar para trás. — Pergunte a ele. — Allesandra ouviu a mulher repetir, as palavras ecoaram pelo pátio.

Ela viu Francesca abrir com violência as portas e ouviu quando foram fechadas ao sair. Allesandra ficou parada ali por vários instantes, enquanto os estorninhos pousavam nas árvores frutíferas novamente e a lua surgia sobre os domos do templo.

Finalmente, Allesandra deu meia-volta e foi embora do templo, de volta para seus aposentos e para os próprios pensamentos.

~ Nico Morel ~

AO LONGE, Nico podia ouvir cornetas e zinkes enquanto o cortejo fúnebre do kraljiki Audric prosseguia pela Avi a'Parete a alguns quarteirões de distância. Ele imaginou como seria a procissão — todos os ca' e co' em desfile atrás da carruagem funerária, as rodas movidas pela magia dos ténis, a nova kraljica Sigourney seguindo na própria carruagem especial. Seria esplêndido aquele cortejo. Uma maravilha. Audric não era muito mais velho do que ele, e Nico imaginou como seria ser tão jovem e ser também kraljiki. Ele perguntou-se como alguém poderia ter odiado tanto Audric a ponto de matá-lo. Nico não conseguia se imaginar odiando uma pessoa tanto assim.

Ninguém mais na sala parecia notar os sons do funeral — ou talvez tenham escolhido ignorá-los.

— Eu não matei a archigos Ana.

Nico estava sentado no colo da matarh. Ela mal o soltou desde que o viu. Não que ele se importasse; estava bem contente de sentar abraçado a ela, protegido. A sensação fez com que Nico percebesse como sentiu falta da matarh, como esteve com medo por tanto tempo. Ele e a matarh estavam sentados à lareira, e o fogo aquecia a lateral do corpo. Talis estava sentado à mesa no centro da sala; Karl e Varina sentaram-se do outro lado. Nico quase podia ver a tensão entre eles, um arco de fogo quase tão quente quanto aquele às suas costas. Sua matarh sentia também; ele notou o arrepio nos músculos dela e a força com que o abraçava, e Nico sabia que ela tinha medo de que alguma coisa fosse acontecer.

— Eu não a matei — repetiu Talis. — É a verdade.

— Certo — respondeu Karl. — E nós simplesmente devemos acreditar porque você disse que é verdade.

Talis deu de ombros e recostou-se na cadeira. — Se vocês não quiserem acreditar, tudo bem. Continua sendo verdade. Mas... — Talis lambeu os lábios. — Eu sei *como* ela foi morta e sei quem deve ter sido, pelo menos parcialmente, o responsável.

— Continue — disse Karl.

— Foi com um... — Talis meteu a mão na bolsa presa ao cinto. Nico viu Varina e Karl ficarem tensos com o gesto, e sua matarh ficou em expectativa. Karl ergueu as mãos subitamente, como se estivesse pronto para lançar um feitiço. Talis levou um susto e falou — Sem magia. Eu não usaria, não com Sera e Nico aqui. Eu não usaria.

Após um instante, Karl pousou as mãos na mesa novamente, e Talis abriu a bolsa. Ele retirou uma pequena bolsinha de pano, desamarrou o nó que a fechava e derramou um montinho de pó negro na mesa. Karl olhou fixamente para o pó e disse — Havia uma poeira negra por toda parte do Alto Púlpito e nas roupas de Ana. Aquilo... aquilo era a mesma coisa?

Talis concordou com a cabeça. — Sim. — Ele recolheu tudo, menos uma pitada do pó, e recolocou na bolsa. — Nós chamamos de *bosh lumm* em nossa língua. Areia negra, na língua de vocês. Aqui... — Da bolsa, Talis retirou uma tigela de latão rasa e larga, marcada com figuras estranhas na borda. Ele espanou o restante do pó para dentro da tigela e colocou no centro da mesa. — Deixo esta parte com vocês. Lancem um pequeno feitiço de fogo na tigela, apenas uma centelha mínima. — Talis deu um breve sorriso. — E não coloque o rosto muito perto, se quiser manter essa barba.

Karl olhou de relance para Varina, obviamente hesitante. Ela voltou-se para a matarh de Nico e perguntou — Sera? Podemos confiar nele?

Nico mais sentiu do que viu a matarh concordar com a cabeça, mas as mãos dela apertaram o filho com mais força ainda no mesmo momento. Varina fez um rápido gesto com a mão e disse uma palavra em outra língua. A palavra soou como "tihn-eh" aos ouvidos de Nico, e assim que Varina falou, uma centelha apareceu entre os dedos. Ela girou a mão na direção da tigela, e a centelha saiu voando.

Assim que a centelha caiu na tigela, houve um clarão e estrondo simultâneos, como se uma trovoada tivesse ocorrido dentro do objeto. A tigela deu um pulo e retiniu, e uma fumaça branca irrompeu. Alguém gritou; Nico não conseguiu dizer quem foi. A matarh virou-se com o barulho para proteger o filho com o corpo. Ela se virou devagar, e o menino conseguiu ver novamente. Karl esticou a mão sobre a mesa, na direção da tigela, de onde ainda saía fumaça. Havia um odor estranho no ar, como Nico imaginava que o mundo subterrâneo dos moitidis cheirasse.

— Isso foi apenas uma pitada da areia negra — dizia Talis. — Eu diria que vocês podem imaginar o que uma grande quantidade pode fazer, mas eu realmente acho que não conseguiriam.

— *Eu* posso imaginar — falou Karl, que examinava a tigela. Pela maneira como estava virada, Nico viu que o fundo ficou escurecido, como se tivesse sido queimado. O rosto de Karl estava sério quando ele pousou o objeto. — Eu estava lá quando Ana morreu.

Talis franziu os lábios.

Varina afastou a tigela. Ela ergueu a cabeça e pareceu ouvir o som distante do cortejo fúnebre de Audric pela primeira vez. — O kraljiki. — Seus olhos ficaram arregalados. — Os rumores...

— ... é bem possível que sejam verdadeiros, pelo que eu ouvi — completou Talis. — Mas aquilo também não fui eu que fiz. — Ele gesticulou para Nico. — O menino pode dizer. Eu estava com ele quando aconteceu. Nós ouvimos o toque das trompas, não foi, Nico?

O menino concordou com a cabeça.

— Magia ocidental... — sussurrou Karl. Ele pegou a tigela novamente e olhou fixamente para o interior sujo de fuligem, como se procurasse respostas escritas ali. — Nós estamos apenas começando a entendê-la, e eu posso lhe afirmar, Talis, que ela não vem dos deuses, da mesma forma que a magia dos ténis não vem de Cénzi.

— Então vocês ainda não entendem — disse Talis. — Isso *não* é magia. Pelo menos não a areia negra em si. É tão magia quanto fazer pão, se a pessoa conhece a receita.

— Você disse que sabe quem é o responsável — falou Karl. — Diga o nome.

Talis respirou fundo. — O nome dele é Uly. Ele tem uma barraca no Mercado do Rio. É um ocidental, mandado para cá na mesma época que eu. É um guerreiro. Seu trabalho é informar o tecuhtli; o tecuhtli é o que o seu kraljiki seria se também fosse o comandante da Garde Civile. Eu vim aqui a mando do nahual, o líder da minha ordem, para ajudar Uly e também para descobrir o que aconteceu com Mahri. E... — Talis respirou fundo novamente. — Eu cometi um erro. Fomos nós, os nahualli, os feiticeiros, que descobrimos como criar a areia negra; é um segredo que nós mantivemos. E sim, se outras pessoas pensavam que a areia era mágica, nós não corrigimos o erro. Mas Uly... nós estávamos aqui há muito tempo, e ele era a única pessoa que eu conhecia que falava minha língua, e até eu encontrar Sera... — ele olhou para a matarh de Nico e sorriu — ... ele era a única pessoa que parecia se importar comigo. Eu fiz o que não deveria ter feito. Ajudei Uly a fazer a areia negra. Tentei evitar que ele conhecesse os detalhes, mas... — Talis pegou a tigela da mesa e guardou novamente na bolsa. — Uly não era idiota. Ele pode facilmente ter visto o suficiente para reproduzir o procedimento. Seu trabalho era apenas me fornecer os ingredientes, afinal de contas.

— Você está dizendo que esse tal de Uly assassinou Ana? — perguntou Karl. — É isso que quer que nós acreditemos agora?

Talis deu de ombros. — Estou dizendo que é possível. Provável. Eu *sei* que não fui eu. E com certeza foi *bosh lumm* que matou a archigos. Não magia ocidental, nem magia de numetodo também.

Karl cerrou as mãos sobre a mesa. — Onde está esse tal de Uly?

— Eu não o vejo desde que você me atacou — respondeu Talis. — Eu contei para Uly a respeito do ataque e disse que eu desapareceria por um tempo; desde então, não ouvi mais falar dele. Imagino que o melhor lugar para começar a procurá-lo seria o Mercado do Rio, mas... — Ele começou a falar, mas Nico se agitou nos braços da matarh.

— Uly não está lá — falou o menino. Todos olhavam para ele agora, e a matarh soltou mais os braços ao abaixar o olhar para o filho no colo.

— Nico?

— É verdade, matarh. Uly não está lá. Depois que eu saí da casa da tantzia Alisa e andei até aqui, achei que Uly podia me dizer onde Talis estava, mas quando fui ao Mercado do Rio, a barraca de Uly estava vazia e a vendedora de pimentas falou que ele tinha ido embora.

Talis concordou com a cabeça e disse — Eu imaginei que isso aconteceria. Não sei onde ele está. Ainda na cidade, provavelmente, mas onde...

— A senhora das pimentas disse que ele pode estar no mercado do Velho Distrito — informou Nico.

Karl já estava de pé. Agora Talis levantou-se também e falou — Eu não sei se Uly matou Ana, embaixador. Você também não sabe.

— Eu pretendo descobrir.

— Então eu irei com você.

— Por quê? — perguntou Karl. — Para detê-lo caso Uly me diga que foi você, de fato, ou caso ele não tenha a menor ideia de como fazer essa sua areia negra?

— Uly não falará com você, não importa o que fizer com ele — disse Talis. — Uly é um guerreiro, foi treinado para morrer antes. Ele confia em mim. Você? No primeiro momento em que perguntar algo que gere suspeitas, Uly irá matá-lo e fugir. Ou morrerá feliz tentando.

— Eu estarei com Karl — falou Varina, que estava de pé também, de braço dado com ele. — E nós somos mais fortes do que você pensa.

— Vocês precisarão de mim — insistiu Talis.

— Tudo bem — disse Karl finalmente. — Mas não com isso. — Ele apontou para a bengala de Talis.

O homem fechou a cara. — Eu não posso deixar isto aqui. Não deixarei.

— Então ficará com isso.

Talis pareceu considerar a questão por um momento e falou — Tudo bem. Eu deixarei. Só dessa vez. Eu vou.

— Eu vou também — disse Nico.

Todos os três voltaram-se para o menino, e Nico sentiu a matarh abaixar o olhar para ele também. — Não! — disseram os quatro ao mesmo tempo.

~ Niente ~

A VISÃO NA TIGELA PREMONITÓRIA perturbou Niente. Ele sentiu que o tecuhtli Zolin examinava seu rosto em busca de qualquer sinal do que as visões indicavam e abaixou a cabeça ainda mais no torvelinho de bruma azul que saía da água.

Uma mulher sentada em um trono brilhante, com o rosto horrivelmente desfigurado e contorcido por dor, sem um olho. Um exército avançava pela bruma atrás dela... Ali, um menino e uma mulher mais velha, e atrás dele também um exército, só que com estandartes pretos e prateados, e não o tom azul e dourado dos Domínios... Um homem que usava o colar de uma concha, e com ele — seria possível? — um nahualli que parecia Talis, embora ele estivesse abraçado a uma mulher e uma criança que não eram tehuantinos, e sim orientais...

As imagens vinham rápido demais, e Niente tentou pará-las com a mente, tentou espaçá-las no tempo para mostrar traços do futuro que poderiam acontecer. Ele rezou para Axat e pediu por clareza, pensou no próprio exército e nos navios que vinham pelo rio ali perto...

Os navios iam de um lado para o outro no meio de uma tempestade de fogo no céu. Exércitos deslocavam-se sobre a terra, havia explosões brilhantes de areia negra, uma densa fumaça pairava sobre os campos pisoteados... Mas a bruma parecia se dividir em duas — como às vezes acontecia quando Axat queria mostrar dois resultados possíveis. Ele viu um campo apinhado de corpos de guerreiros tehuantinos e um único navio de sua frota com velas esfarrapadas, que fugia depressa para oeste, na direção do sol poente, enquanto outras embarcações ardiam em chamas laranjas na água... "Oeste... casa..." Ele quase era capaz de ouvir as palavras no vento.

Mas esta visão foi fechada, e outra surgiu...

Na segunda visão, havia uma batalha intensa e sangrenta nos campos diante da cidade, e o exército de azul e dourado recuou para dentro de suas sólidas muralhas... A mesma cidade, agora com muralhas rachadas, e era difícil enxergar através da fumaça e da bruma da visão, mas ele pensou ter vislumbrado o exército tehuantino entrar aos borbotões pelas brechas...

Havia outra cidade ao longe, ainda maior, e parecia atraí-lo...

E lá estava de novo... a imagem de um guerreiro tehuantino morto, com um nahualli caído ao lado dele...

— O que a Senhora está tentando me mostrar, Axat? — perguntou Niente com a voz hesitante.

— Nahual?

Niente ergueu o olhar; a bruma transbordou da tigela e dissipou-se.

O acampamento tehuantino em volta dos dois homens estava barulhento e agitado enquanto o sol fraco tentava penetrar pelas nuvens ralas e altas. Niente viu-se com saudades do sol intenso e mais quente da própria terra; este lugar era mais frio do que ele gostava, como se sugasse o calor do sangue. O tecuhtli Zolin olhava fixamente para o nahual, o branco dos olhos reluzia em contraste com as linhas negras inscritas em volta das órbitas, a águia vermelha no crânio parecia querer alçar voo. Havia ansiedade no rosto dele. De ambos os lados do tecuhtli, estavam Citlali e Mazatl, e seus olhares não eram menos ansiosos. — O que a visão lhe mostrou? — perguntou Zolin. — O que ela disse?

— Muito pouco — respondeu Niente, e o tecuhtli demonstrou irritação ao mostrar os dentes.

— Muito pouco. — Zolin imitou o tom de Niente. — O tecuhtli Necalli costumava me dizer que suas visões na tigela premonitória forneciam estratégias para ele, guiavam a maneira como Necalli dispunha os guerreiros e avançava pelo terreno. Ele disse que você era o nahual de Axat, que nos mostrava o caminho para a vitória. Mas tudo o que você me dá é "muito pouco".

— Eu não dou nada ao senhor — disse Niente, e Zolin respondeu com uma cara de desdém. — Assim como também não dei nada ao tecuhtli Necalli. Sou apenas o canal de Axat. Eu posso informar o que Axat me mostra, mas a visão não é *minha*. É Dela. Tudo o que tenho a dar é o que Axat oferece. Se o senhor quiser reclamar sobre ser pouca coisa, fale com Ela.

— Então me diga essa pouca coisa, nahual — falou Zolin. O tecuhtli apontou para leste, onde os olheiros mais avançados disseram que um exército dos Domínios esperava por eles, fora da cidade, a meio dia de marcha de distância. Niente fora a cavalo com Zolin para ver a cidade, que era bem maior do que a maioria dos vilarejos abandonados por onde eles marcharam nos últimos dias, embora não tão elaborada ou grande quanto aquela que Niente tinha visto na tigela premonitória, essa Nessântico onde o kraljiki vivia. Ainda assim, a cidade aninhada atrás das muralhas, e que se esparramava a partir delas, era pelo menos da metade do tamanho de Tlaxcala ou das outras grandes cidades insulares do império tehuantino, e maior que Munereo ou Karnor.

Parecia que o kraljiki não deixaria que eles avançassem mais sem resistência. Se Zolin quisesse essa cidade, deveria lutar por ela. Niente sabia que isso não incomodava de maneira alguma o tecuhtli.

— Eu vislumbrei uma batalha — disse Niente. Ele fechou os olhos e tentou se lembrar das cenas que lampejaram na tigela premonitória. — Na visão de Axat, o exército dos Domínios lutou, mas depois recuou para trás das muralhas da cidade quando investimos contra eles. Eu vi as muralhas rachadas e os tehuantinos entrando...

— *Xatli Ket!* — Niente parou quando Zolin soltou o grito de guerra de sua classe; Citlali e Mazatl fizeram o mesmo, e o berro foi repetido, cada vez mais fraco, pelos outros guerreiros presentes. — Então Axat mostrou a nossa vitória para você — falou o tecuhtli. Ele deu um tapa na armadura de bambu que cobria o peito.

— Talvez. — Niente apressou-se a dizer. — Mas Ela também me mostrou nosso exército e frota destruídos, e um navio indo depressa para oeste. Tecuhtli, esse também é um futuro possível; um sinal. Se voltarmos agora, se colocarmos nosso exército nos navios e voltarmos para casa, então esse é um futuro que jamais viveremos. Os orientais temerão para sempre ir à nossa terra novamente. Nós já mostramos a eles as consequências; não há mais nada a provar.

Zolin soltou uma risada sarcástica. Citlali franziu a testa, e Mazatl desviou o olhar, como se estivesse enojado. — Recuar, nahual?

— Recuar, não — insistiu Niente. — Entender que demos uma lição nesses orientais com a ruína de Munereo e Karnor e voltar para casa com a vitória.

— Vitória? — Zolin cuspiu no chão entre eles. — Os orientais pensariam que *eles* obtiveram a vitória, que corremos assim que vimos seu exército.

— Tecuhtli, se formos derrotados aqui, que bem faria para o nosso povo perder o tecuhtli e tantos guerreiros e nahualli?

— Se formos derrotamos, e não seremos, nahual, se você viu corretamente sua visão, então nosso povo encontrará um novo tecuhtli para liderá-los, e eles treinarão novos nahualli nas tradições do X'in Ka, e nós seremos lembrados quando Sakal nos receber em Seu olho flamejante. *Isso* é o que será feito, não importa a pouca ajuda que você dê. Está com *medo*, nahual Niente? Será que a visão do exército oriental faz o mijo escorrer quente por suas pernas?

Citlali e Mazatl riram.

— Eu não estou com medo — disse Niente, e era verdade. Não era medo que revirava seu estômago, mas uma sensação de inevitabilidade. Axat tentava alertá-lo, mas Ela não deixava a mensagem clara o suficiente, ou talvez ele estivesse tão distante Dela que a mensagem estava truncada e difícil de discernir. — Tecuhtli, o que o senhor me pedir, eu farei. Quando me pede para interpretar o que vejo na tigela premonitória, eu também o faço.

Zolin torceu o nariz. — Então isso é o que eu lhe digo para fazer, nahual. Encha seu cajado mágico. Prepare a areia negra. Faça as pazes com Axat e Sakal, e você entrará comigo na cidade dos orientais, e depois iremos até o trono do monarca deles.

Niente ouviu as palavras e abaixou a cabeça para aceitá-las. *O único navio que fugia depressa para o sol poente...* — Eu farei isso, tecuhtli — falou ele, com pesar. — Eu prepararei os nahualli. Dê-me tempo suficiente, e farei o que acredito que Axat deseja que façamos.

~ Karl ca'Vliomani ~

ULY NÃO ESTAVA NO MERCADO DO VELHO DISTRITO, embora tivesse estado. As pessoas lembravam-se do estrangeiro tatuado e com cicatrizes, mas disseram para Karl que o homem empacotou as mercadorias e limpou a barraca há apenas dois dias, no mesmo dia em que o kraljiki Audric tinha sido assassinado. Não, nenhum dos proprietários das barracas próximas sabia onde Uly tinha ido, mas (disseram) havia algumas pessoas, que andaram comprando sua poção especial de fertilidade, que poderiam saber.

Karl esperava confrontar esse Uly e arrancar a verdade sobre o que aconteceu com Ana imediatamente. Um novo fogo ardia em seu estômago, mas o alívio e o desfecho não foram imediatos.

Eles levaram dias.

Dias que prejudicaram a recente intimidade que Karl tinha com Varina. O fantasma de Ana pairava entre os dois, ressuscitado pela presença de Talis e sua história, e Varina recuou diante do espectro que Karl não conseguia atravessar. Ela ainda pegava na mão de Karl ou passava os dedos no rosto dele, mas agora havia tristeza no toque, como se Varina fizesse carinho em uma memória. Karl beijava Varina, mas, embora os lábios dela fossem macios e quentes e ele quisesse ceder, o beijo era muito efêmero e distante, como se Karl beijasse Varina através de um véu invisível.

Dias em que ele considerava se devia chamar os numetodos de volta para a cidade e em que decidiu que ainda era perigoso demais. Mika, torcia Karl, estava com a família em Sforzia; deixe que fique lá, deixe que o resto dos numetodos dispersados permaneçam escondidos. Deixe que a Casa dos Numetodos continue vazia e às escuras.

Dias em que as notícias pareciam ficar cada vez piores: os ferimentos terríveis da kraljica Sigourney, a invasão e o saque à Karnor, um exército oriental no solo de Nessântico e seus navios nas águas do A'Sele, a convocação da Garde Civile, os "esquadrões de recrutamento" que alistavam homens, muitas vezes (de acordo com os rumores) querendo ou não servir. Karl era velho o bastante para não atrair muito interesse, mas Talis, não. Ele ficava cada vez mais confinado em casa e tinha que tomar cuidado quando se arriscava a sair para evitar os esquadrões. Karl tinha as próprias dificuldades — seu rosto certamente era conhecido por muitos gardai da Garde Civile, da Garde Kralji e entre os ténis, e ele tinha que tomar cuidado e se disfarçar antes de sair, mudar o sotaque característico de Paeti e não deixar ninguém olhar com muita atenção para o seu rosto.

Esses foram dias em que Karl descobriu, a contragosto, que Talis era mais a pessoa que Serafina dizia que era do que a pessoa que Karl queria que ele fosse. O embaixador ainda não confiava completamente no homem, e dormiu muito pouco desde aquela primeira noite, pois Talis, Serafina e Nico dormiam, juntos, no mesmo quarto que ele e Varina. Karl ficou de olho em Talis, especialmente na manhã seguinte, quando ele limpou a tigela de latão na qual eles acenderam a areia negra e — como Karl lembrou-se que Mahri fazia — encheu com água limpa e polvilhou com outro pó, mais claro. Talis então abriu o Segundo Mundo com um feitiço, e uma névoa esmeralda encheu a tigela. Uma luz agitada pulsou no rosto do homem enquanto ele entoava e olhava fixamente para as profundezas da tigela.

Na luz verde, Karl viu as rugas finas no rosto do homem, que quase ficavam mais profundas enquanto ele observava. Talis já parecia mais velho do que Serafina disse que ele era; Karl achava que sabia o motivo agora: o método de magia dos ocidentais custava caro para o usuário.

— Mahri costumava dizer que via o futuro aí — falou Karl depois, quando Talis, exausto e andando como um velho, jogou a água na jardineira da janela da sala. — Ele não parecia ser muito bom nisso, se não viu a própria morte.

Talis secou a tigela cuidadosamente com a borda da bashta, sem olhar para Karl. — O que vemos na tigela premonitória não é o futuro, mas sombras de possibilidade. Vemos probabilidades e chances. Axat sugere o que pode acontecer se seguirmos um determinado caminho, mas nunca há uma garantia. — O homem guardou a tigela novamente na bolsa que sempre carregava e deu um sorriso ligeiro para Karl. — Todos nós podemos mudar nosso futuro, se formos fortes e persistentes o suficiente.

Karl torceu o nariz para a afirmação. Talis foi então até Nico, e os dois se engalfinharam, rindo, enquanto Serafina observava com um sorriso, e o amor entre os três ficou palpável. Ele ouviu Varina entrar na sala descalça, com olheiras de sono. Ela também observava, e Karl não foi capaz de decifrar o que viu no rosto de Varina. Ela deve ter sentido o olhar porque se virou para o embaixador, deu um sorriso triste e depois virou o rosto novamente. Varina cruzou os braços sobre o peito e abraçou a si mesma, e não Karl.

Todo dia, Karl ia ao mercado do Velho Distrito, geralmente com Varina, na esperança de encontrar aqueles elusivos clientes de Uly e fazer perguntas. Após vários dias infrutíferos, tornou-se rotina; os dois às vezes levavam Nico junto, após prometerem à Serafina que, caso encontrassem Uly, eles não o confrontariam.

Foram quase duas semanas, quando aconteceu.

— Ah, sim, a mulher que eu falei para você acabou de passar aqui — disse o fazendeiro ao colocar uma caixa de cogumelos no lugar. — Ela usava uma tashta amarela com um dragão bordado na frente. Provavelmente ainda está por aí; ela disse que estava atrás de peixe. — O homem apontou para a esquerda. — Você pode checar na barraca do Ari, logo ali. Ele acabou de trazer umas trutas do Vaghian.

Karl ouviu Varina respirar fundo, viu quando segurou Nico com mais força. Ele acenou com a cabeça, jogou uma folia para o homem e avançou pelas multidões que passeavam lentamente pelas vielas sujas do mercado; quase todos eram mulheres e homens mais velhos. Eles sentiram o cheiro da barraca do pescador antes de vê-la, e Karl vislumbrou uma tashta amarela ali. — Karl? — disse Varina.

— Eu apenas perguntarei a ela. Se a mulher souber onde Uly está, então levaremos Nico para casa primeiro. — Ele deu um tapinha na cabeça do menino. — Não podemos deixar sua matarh chateada conosco, afinal — falou Karl para Nico.

Ele deixou os dois lá e aproximou-se da barraca. A mulher virou-se quando Ari mostrou um peixe com escamas da cor do arco-íris, e Karl viu a cabeça do dragão, de cuja boca saía uma fumaça roxa. O embaixador avançou até estar ao lado dela e disse — Com licença, vajica, mas se puder responder a uma pergunta, eu compro o peixe para a senhora. — Antes que a mulher pudesse responder, Karl contou a história que os dois haviam ensaiado e apontou de vez em quando para Varina e Nico: que ele tinha acabado de casar, que a esposa tinha um filho do antigo marido e agora os dois queriam um filho próprio, mas por serem mais velhos agora, os dois não conseguiam conceber; que ele ouviu falar que havia um estrangeiro chamado Uly, que antigamente tinha uma barraca aqui no mercado onde vendia poções exatamente para aquele problema, e que um dos vendedores mencionou que ela podia saber onde esse tal de Uly estaria. A mulher olhou de Karl para Varina e Nico.

Ela realmente sabia. — Na verdade, acabei de falar com ele. No *Cisne Vermelho*, no Beco do Sino, pertinho daqui. Ele tinha acabado de pedir uma cerveja, então imagino que ainda esteja lá.

Karl agradeceu à mulher, pagou o pescador pela truta sem pechinchar, e voltou para Varina e Nico. Ele agachou-se em frente ao menino e disse — Varina levará você para casa agora, Nico. — Karl não ousou erguer os olhos para ela, pois podia imaginar os pensamentos refletidos pelo rosto de Varina. — Eu ficarei aqui um pouquinho mais.

Nico concordou com a cabeça, e Karl abraçou o menino. — Vão agora, vocês dois — falou ao se levantar.

— Karl, você prometeu... — disse Varina.

— Eu não farei nada — falou Karl, e perguntou-se se isso era verdade. Ele contou o que a mulher disse. — Eu sei onde ele está neste momento. Só vou segui-lo. Descobrirei onde ele vive. Aí podemos descobrir como abordá-lo.

Karl notou a desconfiança no jeito que Varina mordeu o lábio inferior, no olhar vazio, no lento balançar da cabeça. Ela agarrou Nico com força. — Você promete?

— Prometo.

Com a cabeça inclinada para o lado, Varina encarou Karl e disse, finalmente — Ande, Nico. Vamos.

Karl abaixou-se e abraçou Nico novamente e depois Varina, ao se levantar. Foi como abraçar uma das colunas do Templo do Archigos. Ele ficou observando os dois até desaparecerem na multidão do mercado.

O Beco do Sino era uma viela suja a alguns quarteirões da Avi a'Parete, com apenas alguns passos de largura e apinhada de lojas de propósitos indeterminados, acima delas havia apartamentos esquálidos às escuras. O *Cisne Vermelho* ficava na esquina onde a viela cruzava uma rua maior, que levava à Avi, e tinha um placa com tinta descascando. Karl entrou e parou para os olhos se ajustarem à penumbra do interior. A única luz lá dentro vinha das nesgas das persianas e das velas que pingavam em um único lustre e em cima de cada mesa. Assim que Karl conseguiu enxergar na luz mortiça, foi fácil encontrar Uly: um homem de pele acobreada, com cicatrizes e tatuagens no rosto e nos braços.

Karl foi ao bar e pediu uma caneca de cerveja ao garçom com cara de poucos amigos, de costas para Uly. O interior ficou subitamente claro quando outra pessoa — uma mulher — entrou no bar, e Karl protegeu os olhos contra a luz.

Ele tinha a intenção de fazer como dissera para Varina: encontrar Uly e seguir o homem até descobrir onde morava. Mas Karl observou o sujeito beber a cerveja, e imagens do corpo de Ana, esparramado e destruído, surgiram em sua mente, de maneira que ele mal conseguia pensar, e uma raiva cresceu lentamente no estômago, subiu ao peito até dar um abraço de veias saltadas nos pulmões e coração.

Karl tomou meia cerveja em um só gole. Ele pegou a caneca e foi até a mesa do ocidental.

— Você é Uly? — perguntou Karl. Ele sentou-se em frente ao sujeito, que o observava com atenção, como se estivesse pronto para lutar. Os músculos pulsaram nos braços fortes de Uly, e uma mão se moveu para debaixo da mesa.

— E se eu for? — perguntou o homem. A voz tinha o mesmo sotaque de Talis, o mesmo de Mahri, embora fosse mais grave e acentuado, e Karl teve que escutar com atenção para entender as palavras.

— Eu soube que você faz poções. Para fertilidade.

O homem empinou um pouco o queixo e pareceu relaxar. A mão direita voltou à mesa arranhada e com marcas de canecas de cerveja. — Ah, isso. Eu faço sim. Você precisa de algo assim?

Karl deu de ombros. — Não de algo assim, mas talvez... de outra coisa. Eu tenho um amigo; o nome dele é Talis. Ele me disse que você pode fornecer uma coisa não para criar vida, mas para acabar com ela. Rapidamente.

Karl observou o rosto do homem ao falar. À menção de Talis, uma sobrancelha ergueu-se levemente. Uly levantou um canto da boca, como se achasse graça. Ele esfregou o crânio com marcas e tatuagens negras. As mãos eram grandes, a pele áspera, e havia uma cicatriz comprida no dorso: as mãos de um comerciante. Ou de um soldado. — Uma coisa assim deveria ser ilegal, vajiki. Mesmo que pudesse ser feita.

— Estou disposto a pagar bem por isso. Muito bem.

Ele concordou devagar com a cabeça. Uly levantou a caneca e bebeu tudo em um só gole, depois secou a boca com as costas da mão e disse — Está um belo dia. Vamos dar uma volta e conversar.

O homem levantou-se e Karl ficou de pé junto com ele. O resto do corpo atarracado de Uly era tão musculoso quanto os braços. Quando os dois chegaram à porta da taverna, uma mulher que corria para lá esbarrou em Karl e quase o derrubou sobre Uly. — Perdão, vajiki! — disse ela. O rosto estava sujo de terra, havia ranho seco em volta do nariz, e o hálito era desagradável. A mulher pegou a mão de Karl e colocou algo em sua palma. — Para dar sorte. O senhor tem que guardar isso, vai trazer boa sorte, vajiki. Guarde direitinho. — Ela fechou os dedos de Karl em volta do objeto, soltou o embaixador e saiu correndo pela porta. Karl olhou para o que a mulher colocara em sua mão: um seixo pequeno e claro. Uly riu.

— A mulher deve ter teia de aranha na cabeça — falou ele. — Vamos, vajiki.

Karl colocou o seixo no bolso da bashta e seguiu Uly pelo Beco do Sino, depois cruzaram a rua maior e entraram em outro beco em curva. Eles seguiam para o norte, na direção do Parque do Templo. — E qual é o *seu* nome, vajiki, uma vez que sabe o meu? — perguntou Uly enquanto os dois andavam.

— Andus. É tudo o que você precisa saber.

— Ah, somos cautelosos, não, vajiki Andus? Isso é bom. Isso é bom. E quem você quer que morra?

— Isso é da minha conta, não da sua.

— Discordo complemente — falou Uly —, pois a Garde Kralji viria atrás de mim e de você também, e eu não tenho interesse em me hospedar na Bastida. Eu exijo que me diga um nome, ou não faremos negócio.

— É o archigos. Eu sei que você já tem alguma experiência com isso.

Karl observou o homem, com um feitiço pronto para ser lançado a uma palavra e um gesto. Uly hesitou apenas de leve, mal perdeu o passo, mas, tirando isso, não houve resposta alguma. Ele continuou caminhando, e Karl teve que se apressar para alcançá-lo. A expressão do sujeito não se alterou, nem a atitude. Karl esperou que ele dissesse alguma coisa, a mão ao lado do corpo. Os dois passaram por um beco transversal...

... e Uly avançou contra Karl, uma mão grande prendeu a de Karl quando ele tentou erguê-la, e a outra mão tapou a boca do embaixador e bateu com a cabeça dele contra o alicerce de pedra de um prédio. O impacto fez Karl perder o fôlego e provocou fisgadas na cabeça. O joelho de Uly golpeou o estômago do embaixador. Karl sentiu ânsia de vômito e percebeu que estava caindo. Algo — um joelho, um punho, ele não sabia dizer o que — bateu na sua cabeça. Ele não conseguia enxergar, mal era capaz de respirar. Sentiu os paralelepípedos frios debaixo do corpo e a água imunda empoçada ali.

— Você é um tolo, embaixador ca'Vliomani — sibilou Uly. — Achou que eu não lhe reconheceria?

Você morrerá. Agora. Foi uma conclusão sombria.

Ele ouviu botas nos paralelepípedos; Karl percebeu que era um único par de passos e esperou que o golpe final viesse. O embaixador ouviu um grunhido e um grito de dor, e algo pesado caiu no chão, ao lado dele. Ele sentiu uma mão levantar sua cabeça e amarrar um capuz sobre ela para que não pudesse enxergar. O pano cheirava a suor velho. — Fique quieto e não será ferido — disse uma voz, que não era a de Uly. Alguém com um pouco de sotaque não identificável, nem grave ou agudo, o que tornava difícil sequer determinar o gênero da pessoa. — Tire o capuz e você morre. — Algo pontiagudo foi pressionado contra o pescoço, e Karl gemeu com a expectativa do golpe cortante. — Acene com a cabeça se entendeu.

Karl concordou, e a lâmina da faca desapareceu. Ele ouviu mais um barulho, parecido com um tapa e um gemido que só podia ser de Uly. — Responda se você quiser viver — disse a voz, embora não se dirigisse a Karl. — Você matou a archigos Ana, não foi? Você preparou a areia negra.

— Não. — Uly começou a dizer, mas a voz foi interrompida por um gemido de dor. — Tudo bem, tudo bem. Sim, eu ajudei a matá-la. Com a areia negra. Mas a ideia não foi minha. Eu só dei a substância para o homem e contei como usá-la. Não sabia o que ele pretendia fazer com ela. Ai! Droga, isso é verdade! — Lá se foi a preferência de Uly por morrer em vez de falar, pensou Karl. Talvez Talis não conhecesse seus guerreiros tão bem, afinal.

— Quem?

— Eu não sei... Ai! Por Axat! Pare! Ele me disse que o nome era Gairdi ci'Tomisi, mas não sei se o nome é verdadeiro ou não. Ele pagou bem, e isso era tudo que eu sabia ou que me importava!

Houve mais sons baixos e um longo lamento que só podia ter vindo de Uly. O homem ofegava agora, choramingava de dor, o fôlego era rápido e desesperado. — Por favor. Por favor, pare.

— Então fale mais a respeito deste homem — disse a outra voz. — Rápido.

— Parecia um ca' ou co', pelo jeito de falar. Firenzciano, talvez, pelo sotaque. Disse que as "ordens" vieram de Brezno, em todo caso. É tudo que sei. Eu preparei a substância, dei para o homem, e ele foi embora. Fiquei tão surpreso quanto qualquer um quando a archigos foi morta.

Karl queria desesperadamente arrancar o capuz do rosto para ver o que acontecia, mas não ousou. Houve mais sons: uma briga animada, um baque suave e depois um farfalhar. Alguém puxou sua bashta e remexeu o bolso. Ele pensou ter ouvido passos leves, mas, com a cabeça latejando e apitando, os sons eram tênues demais para Karl ter certeza.

Depois, por vários instantes, não houve absolutamente nada, apenas os sons distantes da cidade. — Alô? — sussurrou Karl. Não houve resposta. Ele levou as mãos ao pano amarrado em volta da cabeça e arrancou do rosto. O que viu fez com que o embaixador recuasse, horrorizado.

Karl olhou fixamente para o corpo de Uly nos paralelepípedos, com a garganta cortada e sangue espalhado pelas roupas. O olho direito estava aberto para o céu, mas sobre o esquerdo havia a pedra que a mulher deu para ele na taverna.

~ Allesandra ca'Vörl ~

SEMINI TENTOU ENTRAR EM CONTATO COM ELA por vários dias. Allesandra deixou as mensagens do archigos em cima da mesa. Quando ele mandou seu o'téni falar diretamente com ela, o homem foi informado pelos assistentes muito bem instruídos da a'hïrzg que Allesandra estava em reuniões e não podia ser incomodada. Quando o próprio Semini saiu do templo para vê-la, ela fez questão de sair da cidade com Jan para ver a reunião das tropas.

Quando Semini — sob a desculpa de trabalhar com os ténis-guerreiros que também estavam sendo reunidos — veio aos campos ao sul de Brezno, não houve, finalmente, jeito de evitá-lo.

Semini era um mancha escura e verde que contrastava com a brancura banhada pelo sol da lona da tenda. Do lado de fora, o acampamento militar agitava-se de manhã: com o clamor do metal conforme os ferreiros trabalhavam nas armas, armaduras e uniformes; o chamado de soldados; as ordens aos berros dos offiziers; o burburinho geral de movimentação; o som de pés que marchavam em uníssono enquanto os esquadrões treinavam. Cheiros entraram com a brisa quando Semini deixou a aba da tenda bater ao entrar: o cozinheiro e as fogueiras, o odor de lama revirada por milhares de pés, e o leve fedor das valas que serviam como latrinas.

Allesandra conversava com Sergei ca'Rudka, sentada atrás da mesa de campanha que um dia foi de seu vatarh, com painéis frontais pintados com imagens da famosas batalhas do hïrzg Jan ca'Silanta na Magyaria Oriental.

— ... disse ao hïrzg e ao starkkapitän que esperem resistência assim que cruzarmos a fronteira — dizia Sergei, que parou e virou-se quando o olhar de Allesandra passou por cima de seus ombros na direção de Semini. — Ah, archigos. Talvez eu deva ir embora.

— Volte depois da Segunda Chamada e nós continuaremos a nossa conversa, regente — falou Allesandra. Sergei fez uma mesura, esfregou a lateral reluzente do nariz, e saiu da tenda dando um aceno de cabeça e o sinal de Cénzi para o archigos.

Semini parecia pouco à vontade, como se esperasse que ela se levantasse e o abraçasse assim que a aba da tenda se fechasse quando ca'Rudka saiu. Após um momento, ele finalmente fez o sinal de Cénzi para Allesandra e trocou o pé de apoio ao ficar parado diante da mesa como um offizier convocado por ela. — Allesandra. — Semini começou a dizer, e ela fez uma cara feia.

— Qualquer pessoa pode estar ouvindo pela lona da tenda. Nós estamos em público, archigos Semini, e eu espero que o senhor se dirija a mim de maneira apropriada.

Allesandra viu que ele apertou os olhos, irritado com a repreensão. Ele franziu os lábios sob a cobertura do bigode. — A'hïrzg ca'Vörl — falou Semini com lentidão proposital —, peço desculpas. — Depois, ele abaixou o tom em um quase sussurro, baixo e grave. — Espero que nós ainda possamos falar abertamente. Francesca, ela...

Allesandra balançou a cabeça de leve; ao movimento, Semini parou. — Eu falei com sua *esposa* — disse ela, com ênfase especial. — Naquela noite. Tivemos uma conversa ótima. Francesca parece acreditar que você teve algo a ver com a morte da archigos Ana.

Ela realmente não esperava que Semini reagisse, coisa que ele não fez. O archigos olhou para a a'hïrzg com uma expressão neutra e falou — Eu sei que a senhora tem algum carinho pela falsa archigos. Dado o que aconteceu com a senhora, eu compreendo. Mas Ana ca'Seranta era *minha* inimiga. Eu não sofri com seu falecimento, nem um pouquinho, e se minha alegria com a morte dela lhe ofende, a'hïrzg, então tenho que aceitar isso. Eu rezei, muitas vezes, que Cénzi levasse a alma dela, porque a mulher acreditava em coisas *erradas*, e foi em grande parte responsável pelo rompimento da Fé e pela cisão dos Domínios.

— Ela também é a razão de eu ser quem sou. Sem ela... — Allesandra deu de ombros. — Eu poderia não estar aqui. Jan poderia nunca ter nascido.

— E, no mínimo, por causa disso, eu rezei por ela quando morreu. — Semini deu um passo em direção à mesa de campanha, e parou. — Allesandra, o que aconteceu entre nós? É óbvio que você está me evitando. Por quê?

— Quando pretendia me contar que foi você que mandou matar Ana? Ou não pretendia me contar?

— Allesandra...

— Se não foi você, então negue, Semini. Diga-me agora que não foi você.

Allesandra não tinha certeza se queria que ele respondesse. Nos dias que se seguiram, ela tinha — através da equipe palaciana, através do comandante da Garde Brezno — realizado sua própria investigação. O nome de Gairdi ci'Tomisi havia surgido, e ela mandou o comandante co'Göttering levar o mercador, que por acaso estava em Brezno, para a Bastida a fim de ser interrogado. Ci'Tomisi, sob a persuasão menos do que gentil da Bastida, entregou toda a história: que servia Firenzcia e o archigos ca'Cellibrecca como agente duplo; que conhecia um ocidental em Nessântico que vendia poções, que o homem contara a ele a respeito de um poderoso preparado ocidental, que o sujeito havia demonstrado como essa "areia negra" funcionava e que ci'Tomisi falou para seus contatos no Templo de Brezno sobre seu poder, e que recebeu uma mensagem de volta (do "archigos em pessoa") que — se ele fosse capaz — uma demonstração contra a Fé de Nessântico seria "interessante e muito bem recompensada"; que ele usou os contatos no Templo do Archigos em Nessântico para entrar à noite; que colocou a areia negra no Alto Púlpito e uma vela de tempo queimando no interior, com a chama programada para tocar a areia negra no mesmo momento em que a archigos Ana desse a Admoestação.

Ci'Tomisi confessou para salvar a própria vida, choramingou e chorou. Ele conseguiu, mas Allesandra perguntou-se se, na cela suja e imunda nas profundezas da Bastida, ci'Tomisi desejaria que não tivesse conseguido.

A a'hïrzg também sabia que Semini já devia ter percebido que ci'Tomisi havia sido preso e que provavelmente tinha confessado. Portanto, Allesandra observava Semini e imaginava o que ele diria, se lhe diria a mentira e negaria qualquer conhecimento a respeito do caso, e como ela deveria reagir se o archigos fizesse isso.

Mas Semini não negou. — Eu sou o archigos. Preciso fazer o que parecer ser melhor para a fé concénziana, e, na minha opinião, a Fé permaneceria tão quebrada quanto o mundo de Cénzi até que aquela mulher morresse.

Ao ouvir isso, a mão de Allesandra foi ao pingente com o globo rachado que ela usava, aquele que fora dado por Ana. A a'hïrzg viu que Semini observou o gesto e falou — Cénzi teria levado Ana em Seu próprio tempo. E, caso não levasse, por que *você* deveria agir por Ele?

Semini teve a dignidade e a humildade de abaixar os olhos para a grama bem aparada que servia de piso na tenda. — Cénzi geralmente exige que as pessoas ajam por Ele — respondeu o archigos, finalmente. — Houve... uma oportunidade repentina, uma que se apresentou de maneira completamente inesperada, e não apontaria para Firenzcia, e sim tanto para os numetodos quanto para os ocidentais. Isso, por acaso, é mais errado do que alguém nos Domínios mandar a Pedra Branca matar Fynn? — Ele encarou Allesandra.

Ela sentiu uma pontada de culpa e franziu a boca. Semini pareceu interpretar o gesto como irritação.

— Eu tive que agir imediatamente ou simplesmente não agiria — continuou ele. — Eu rezei para Cénzi pedindo por orientação e senti que fui respondido. E, naquela ocasião, a'hïrzg, a senhora e eu não éramos... — Semini deixou a próxima palavra pairar no silêncio. O archigos continuou a falar, mas agora a voz era um sussurro praticamente inaudível. — Se nós fôssemos, Allesandra, eu teria pedido seu conselho e acatado. Em vez disso, eu pedi ao seu vatarh, que já estava muito doente, e ao seu irmão.

— Você está me dizendo que o vatarh sabia? E Fynn? Eles *também* aprovaram isso?

— Sim. Sinto muito, Allesandra. — O arrependimento na voz parecia genuíno. As mãos estavam erguidas, como se pedisse perdão, e havia uma umidade nos olhos de Semini que refletiu o sol que entrava pela lona. — Sinto muito — repetiu. — Se eu soubesse como o ato magoaria você, se soubesse o que faria conosco, eu teria impedido. Teria mesmo. Você tem que acreditar nisso.

— Não. — Allesandra balançou a cabeça. *Semini. Fynn. E vatarh. Todos eles aprovaram a morte da mulher que me manteve viva e sã.* — Eu não tenho que acreditar nisso, de maneira alguma. Você diria tal coisa fosse ou não verdade.

— Como posso provar para você?

— Você não tem como provar, mas isso é algo que você deveria ter me contado há muito tempo: pelo meu papel como a'hïrzg, ou como matarh do hïrzg, pelo menos. E não sei como ficamos diante dessa situação. Não sei mesmo.

O cavalo estava encharcado de suor ao galopar velozmente encosta acima, onde eles esperavam, e as patas musculosas tremeram quando o cavaleiro desmontou, com uma bolsa de mensageiro na mão. O homem imediatamente se ajoelhou diante de Jan, Allesandra, Sergei e Semini e disse — Notícias urgentes de Nessântico, meu hïrzg. — Havia sujeira da estrada na roupa de couro do mensageiro, que tinha terra no cabelo e no rosto. A voz estava abalada pelo cansaço, e o homem parecia, assim como a montaria, estar à beira de um colapso. Ele ofereceu a bolsa com uma mão trêmula. Jan pegou a bolsa enquanto Allesandra gesticulava para os assistentes, que estavam apropriadamente a poucos passos do quarteto. — Deixem esse homem comer e descansar e cuidem do cavalo.

Os assistentes correram para obedecer. Jan desdobrou o pergaminho grosso de dentro da bolsa, que deixou cair no chão. Allesandra observou os olhos do filho vasculharem as palavras ali. Jan arregalou os olhos e entregou o papel para ela em silêncio. A a'hïrzg entendeu seu choque rapidamente; as frases ali pareciam impossíveis.

... O kraljiki Audric foi assassinado da mesma forma que a archigos Ana... Sigourney ca'Ludovici foi nomeada kraljica, mas foi ferida no ataque... Karnor foi arrasada e pilhada por ocidentais... O exército ocidental aproxima-se de Villembouchure... a Garde Civile e os chevarittai foram reunidos para detê-los...

Ela passou a mensagem para Sergei, que a leu com Semini olhando atentamente sobre seus ombro, e ouviu o archigos dizer — A'hïrzg, isso é uma surpresa para mim. Juro por Cénzi que não sabia de nada a respeito dessa situação. Audric morto... — Ele espalmou as mãos em súplica. — Não fui eu que fiz isso, nem era minha intenção.

Allesandra não prestou atenção às declarações de Semini. Ela passou o braço por Jan, que olhava fixamente para o acampamento do exército, resplandecente com os estandartes e armaduras, cheio de tendas acinzentadas e agitado pela atividade de milhares de soldados. — O que isso significa, matarh? — perguntou Jan para ela, embora Allesandra tenha notado que ele olhava para Sergei também. — Diga-me o que está pensando.

— Significa que Cénzi realmente nos abençoou — respondeu a a'hïrzg. — Estamos avançando na hora certa, quando nosso inimigo está mais fraco. — Ela quase gargalhou. Audric morto, ca'Ludovici ferida, e a atenção dos Domínios voltada para os ocidentais em vez de estar de olho em Firenzcia. — Este é o seu momento, meu filho. Seu momento. Tudo que você tem a fazer é aproveitá-lo.

Era o momento dela também, talvez mais do que do filho, mas Allesandra não disse isso.

Jan continuava a olhar fixamente para o acampamento. Então ele se sacudiu e, naquele momento, Allesandra notou um vislumbre do vavatarh no filho: o maxilar trincado, a certeza no olhar. Era a maneira como o velho hïrzg Jan sempre parecia quando tinha se resolvido; ela lembrava-se bem.

— Tragam o starkkapitän ca'Damont à minha presença — falou Jan. — Eu tenho novas ordens para ele.

~ A Pedra Branca ~

ELA ESTAVA DO OUTRO LADO DA VIELA, em frente aos dois, quando Talis chegou ao prédio e bateu na porta, com Nico à mão. A Pedra Branca ouviu o grito de Serafina — Nico! Ó, Nico! — e viu a mulher pegar o menino nos braços... e também notou Talis ficar tenso, como se estivesse assustado, e erguer a bengala que sempre carregava como se fosse bater em alguém, enquanto gesticulava com a mão livre como se quisesse que Serafina e Nico fossem embora.

Ela cruzou a viela correndo, com a mão em uma das facas de arremesso escondida na tashta. Ouviu trechos de uma conversa alta ao se aproximar.

— ... apenas saia! Agora! ... o embaixador numetodo... tentou me matar...

— ... sabia onde Nico estava e *não foi até ele*?...

Houve mais diálogos, mas as vozes martelavam a cabeça da Pedra Branca, que não conseguiu distinguir as reais daquelas dentro da mente. A porta fechou-se quando Talis entrou, e ela aproveitou a oportunidade para entrar de mansinho no espaço apertado entre os prédios. Ali, a Pedra Branca encostou-se contra a parede ao lado de uma janela fechada. Ouviu a conversa abafada, tão bem que percebeu que não precisava interferir. Não ainda. Houve uma conversa sobre o assassinato da archigos Ana (— *Aquela bruxa cruel mereceu morrer pelo que fez com minha família* — berrou Fynn); sobre algo chamado areia negra que podia matar (e todas as vozes das vítimas berraram na cabeça dela ao ouvir aquilo — *Morte! Morte! Sim, traga mais gente aqui para nós!* — Era tão alto que ela teve que soltar um berro silencioso para que as vozes parassem); sobre um homem chamado Uly (— *Esse nome...* — disse Fynn. — *Eu conheço esse nome...*).

Quando ficou claro que Talis e Nico permaneceriam ali, a Pedra Branca saiu de mansinho novamente, voltou ao apartamento e recolheu as coisas que tinha lá. Naquela noite, após três ou quatro paradas, ela alugou um novo apartamento, numa rua ao sul de onde morava a matarh de Nico: lá, pela janela, era possível ver a porta da casa de Nico pelo espaço entre os prédios.

Por quatro dias, ela observou. À noite, entrava de mansinho no espaço entre as casas para ouvi-los. Seguia o grupo sempre que eles saíam, especialmente se Nico estivesse junto. Por dias, a Pedra Branca observou as idas ao Velho Distrito, as tentativas de achar Uly. Ela mesma já havia encontrado o homem, que vivia em um apartamento miserável no Beco do Sino, perto do mercado do Velho Distrito. Considerou o estrangeiro estranho e desprezível — não era um homem que se importava com a limpeza de onde morava ou com a sujeira das roupas. Ele era grosso e mal-educado com os fregueses para quem vendia poções, geralmente na taverna embaixo do apartamento: o *Cisne Vermelho*. Frequentemente estava bêbado, e era um mau bêbado. Também podia ser violento; com certeza era brutal com as prostitutas que contratava, a ponto de ser evitado pela maioria das mulheres que fazia ponto nas ruas em volta do mercado.

Por dias, ela observou.

A Pedra Branca ficou surpresa, um dia, ao ver Nico acompanhando Varina e Karl ao mercado — geralmente isso era uma coisa que Serafina não permitia. Mas ela também sabia que as idas ao mercado agora eram rotineiras, que a cada dia que passava o grupo tinha menos esperanças de encontrar Uly, que Varina e Serafina tornaram-se amigas íntimas, que Nico parecia considerar a mulher numetodo quase como uma tantzia querida. A Pedra Branca seguiu o trio de perto, contornou a multidão em volta das barracas, chegou próximo o suficiente, a ponto de quase ouvi-los, mas nunca tão perto a ponto de um deles notá-la. Viu o grupo falar com um fazendeiro em sua barraca, viu o homem apontar e os três irem embora correndo, com Varina parecendo subitamente preocupada. Karl foi até uma mulher com uma tashta amarela — uma mulher que a Pedra Branca reconheceu como uma das freguesas de Uly.

O estômago deu um nó forte de preocupação; ou talvez fosse a criança que crescia ali. As vozes murmuraram — *A mulher vai contar para ele... Você tem que interferir...* — Ela colocou a mão na pedra branca na bolsinha pendurada no pescoço e a apertou com força, como se pudesse calar as vozes com o toque.

Se Karl tivesse ido atrás de Uly com Nico, a Pedra Branca teria detido os três. Ela não deixaria que colocassem o menino em perigo. Não deixaria.

Mas Karl mandou Varina e Nico embora. Ela seguiu os dois por tempo suficiente para saber que a mulher e o menino realmente voltavam para casa, depois retornou rapidamente, correu pelas ruas na direção do *Cisne Vermelho*.

Ela viu Karl entrar na taverna e entrou atrás dele. Uly estava lá, sentado à mesa de sempre e — também como sempre — meio bêbado. Karl também tinha visto o homem, mas estava no bar, onde pediu uma cerveja. Enquanto ela observava, o embaixador afastou-se do bar e foi à mesa de Uly. A Pedra Branca não conseguiu ouvir a conversa, mas, não muito tempo depois, Uly terminou a cerveja e ficou de pé, e Karl seguiu o homem até a porta.

— *Você sabe o que acontecerá* — cacarejou Fynn na cabeça dela. — *O que você fará a respeito?*

A Pedra Branca agiu, meteu-se entre Karl e a porta, e esbarrou no embaixador de propósito. — Perdão, vajiki! — falou. Ela segurou a mão do embaixador e colocou a pedra na palma dele. — Para dar sorte. O senhor tem que guardar isso, vai trazer boa sorte, vajiki. Guarde direitinho.

Ela torceu para que Karl fizesse isso, porque não poderia ajudá-lo se ele não guardasse. Se o embaixador tivesse devolvido a pedra, deixado cair ou jogado fora, ela estaria de mãos atadas. — *A Pedra Branca não consegue matar sem o ritual agora* — disseram as vozes em um coro debochado. — *Fraca. Estúpida.*

Mas Karl guardou a pedra. Ela se escondeu ao sair da taverna, e, alguns instantes depois, Karl e Uly surgiram. O estrangeiro levou Karl para longe da taverna, e ela os seguiu com cuidado. De qualquer maneira, Uly parecia estar bêbado demais ou desinteressado demais para ver se alguém observava. A Pedra Branca viu Karl ser empurrado por Uly para dentro de um beco e correu atrás, em silêncio.

Quando ela chegou ao cruzamento, Karl já estava caído, e era óbvio que Uly pretendia espancá-lo até a morte. — Você é um tolo, embaixador ca'Vliomani. — A Pedra Branca ouviu o estrangeiro rosnar. — Achou que eu não lhe reconheceria?

Então ela agiu, novamente, como a Pedra Branca, séria e implacável. Uly ergueu os olhos ao ouvir a aproximação, mas o chute já estava no ar, acertou o joelho e fez o homem desmoronar, soltando um gemido, depois ela acertou dois socos na lateral da cabeça que o derrubaram no chão, inconsciente.

A Pedra Branca rapidamente rasgou a bashta de Uly, depois se dirigiu para Karl, que gemia, meio inconsciente. Ela enrolou o pano rasgado na cabeça do embaixador, sacou sua faca favorita da bainha e pressionou contra o pescoço dele. — Fique quieto e não será ferido. — ela engrossara o tom de voz. — Tire o capuz e você morre. Acene com a cabeça se entendeu.

Ele balançou a cabeça uma vez, e a Pedra Branca deixou Karl e foi até Uly. Deu um tapa na cara do homem, para despertá-lo, viu Uly arregalar os olhos ao notá-la, e mostrou a faca antes de enfiá-la com força na pele tatuada do pescoço. Colocou a bota sobre o joelho quebrado do sujeito. — *Ele viu você. Não pode deixá-lo vivo agora* — clamaram as vozes, e ela pediu que fizessem silêncio.

— Responda se você quiser viver — disse a Pedra Branca. Ela percebeu que o homem começou a erguer as mãos e fez que não para ele enquanto enfiava a ponta da faca no pescoço, perto de uma veia saltada e pulsante. — Você matou a archigos Ana, não foi? Você preparou a areia negra.

— Não. — O homem começou a dizer, mas a Pedra Branca enfiou a faca mais fundo diante da mentira. — Tudo bem, tudo bem. — Uly afastou-se dela o máximo possível. — Sim, eu ajudei a matá-la. Com a areia negra. Mas a ideia não foi minha. Eu só dei a substância para o homem e contei como usá-la. Não sabia o que ele pretendia fazer com ela. — Novamente, a Pedra Branca pressionou a faca com mais força. — Ai! Droga, isso é verdade!

— Quem? — perguntou ela, pois sabia que Karl ouviria; a Pedra Branca daria ao embaixador a informação que ele queria, desde que isso significasse que Nico ainda estaria a salvo.

— *Você tem que matar esse aí. Você precisa matá-lo.*

— Eu não sei... — disse Uly. Ela ignorou a voz, puxou ligeiramente a faca em sua direção e abriu um corte. O sangue quente pingou do pescoço. — Ai! Por Axat! Pare! Ele me disse que o nome era Gairdi ci'Tomisi, mas não sei se o nome é verdadeiro ou não. Ele pagou bem, e isso era tudo que eu sabia ou que me importava!

O homem tentou empurrá-la, e a Pedra Branca colocou mais peso sobre o joelho quebrado. Ele ofegou de dor. — Por favor. Por favor, pare.

— Então fale mais a respeito deste homem — falou ela. — Rápido.

— Parecia um ca' ou co', pelo jeito de falar. Firenzciano, talvez, pelo sotaque. Disse que as "ordens" vieram de Brezno, em todo caso. É tudo que sei. Eu preparei a substância, dei para o homem, e ele foi embora. Fiquei tão surpreso quanto qualquer um quando a archigos foi morta.

— *Você não pode ficar aqui. Tem que ir embora ou alguém chegará e verá você.*

As vozes estavam certas. Ela franziu os lábios. Com um movimento violento, ela cravou fundo a faca na garganta do homem e a cortou da direita para a esquerda. O sangue quente jorrou, e o homem morreu com uma golfada de fôlego líquido. Neste instante, a assassina puxou rapidamente a bolsinha de dentro da tashta agora ensanguentada e a abriu, depois colocou a preciosa pedra branca no olho direito aberto do homem. A seguir, foi até Karl, vasculhou seu bolso rapidamente e achou a pedra que dera para ele. Esta foi colocada sobre o olho esquerdo de Uly. Ela embainhou a faca, esperou um instante, depois pegou sua pedra no olho direito.

A Pedra Branca já podia ouvir a voz de Uly, que lamentava em uma língua que ela não compreendia.

Ela guardou a pedra na bolsinha novamente. Olhou uma vez para Karl, que fazia um esforço desesperado debaixo do pano para escutar.

A Pedra Branca correu. Correu — ateve-se às sombras e aos becos solitários por causa da tashta manchada de sangue — para encontrar Nico, para saber se ele ainda estava a salvo.

◇◇◇ MATANÇA ◇◇◇

Kenne ca'Fionta

Aubri co'Ulcai

Allesandra ca'Vörl

Niente

Varina ci'Pallo

Kenne ca'Fionta

Sergei ca'Rudka

Nico Morel

Karl ca'Vliomani

A Batalha Começa

~ Kenne ca'Fionta ~

KENNE ESTAVA NA SACADA do lado de fora de seu gabinete particular e olhava para a Praça do Templo. Lá embaixo, ténis em robes verdes misturavam-se à multidão de pessoas comuns que corriam para escapar da garoa, que caía de nuvens baixas e cinzentas. O tempo parecia tornar pesadas as asas dos pombos, que arrulhavam em grupos; as pessoas passavam correndo, os pássaros afastavam-se e balançavam as cabeças, mas não alçavam voo.

O dia ruim e desagradável combinava com o humor de Kenne.

Ele estaria morto se tomasse a decisão errada e não tinha certeza de como evitar esse destino.

Mesmo que evitasse a morte física, Kenne estaria morto dentro da fé concénziana. Ele já sentia os abutres começando a se reunir: nos rumores que vinham de todo mundo, do mais baixo e'téni às mensagens nas entrelinhas que recebia dos a'ténis em suas cidades. *Quando teremos outro conclave?*, perguntavam. *Há assuntos urgentes que todos precisamos discutir. Como devemos reagir às notícias de Nessântico? O que o archigos acha sobre essas questões?*

As entrelinhas se escondiam nas perguntas inocentes. Elas começaram quando ele foi promovido a archigos, após o assassinato da pobre Ana. O coro ficou mais alto e constante desde a morte do kraljiki Audric e as notícias da invasão ocidental. As mensagens chegavam todos os dias por mensageiros de Fossano, de Prajnoli, de Chivasso, Belcanto e An Uaimth, de Kasama, Quibela e Wolhusen. *Nós não confiamos na sua liderança. Outra pessoa precisa ser o archigos.* Era o que diziam sob as palavras educadas e indiretas escritas por eles. *Você deveria ser retirado do Trono de Cénzi.*

O pior de tudo é que Kenne descobriu que concordava com eles. *Eu nunca quis isso*, o archigos queria escrever em resposta. *Eu jamais pedi para sentar no lugar de Ana. Eu preferia muito mais que outra pessoa assumisse essa tarefa por mim.* Ele mesmo disse isso para Ana há muitos anos, após retornar a Nessântico para ser o a'téni da cidade sob o comando dela, após o exército firenzciano ter sido dispersado. — Você estava aqui antes de mim — disse Ana para Kenne, quase parecendo envergonhada de estar sentada atrás da mesa em que ambos se lembravam de ter visto o archigos Dhosti. — Por direito, você deveria estar aqui e não eu, meu amigo.

Ele riu ao ouvir aquilo e balançou a cabeça. — O archigos Dhosti disse para mim, há muito tempo, que eu era um excelente seguidor. Ele estava certo. Eu sigo muito bem, mas não lidero. Não possuo seja lá o que for que você tem, Ana. Dhosti enxergou essas qualidades em você... você *sabe* liderar. É forte, talentosa, e tem uma força de vontade que é assombrosa. É por isso que ele fez de você sua o'téni. Se ele tivesse vivido, teria lhe preparado para o cargo da mesma forma. Eu... — Outra negativa com a cabeça. — Eu fui destinado a ser o que sou. Nada mais. E estou bem contente que seja assim.

Ana discordou, educadamente, mas ambos sabiam que — por dentro — a archigos concordava com ele. Com Dhosti.

No entanto, Cénzi impôs essa tarefa a ele no fim da vida, e Kenne só podia imaginar que isso era alguma espécie de piada cósmica.

Os a'ténis da Fé eram um perigo para Kenne, e a nova kraljica era outro. Ela sentia dores — ela sentiria dores pelo resto da vida, era quase certo. Sigourney ca'Ludovici fora jogada em uma crise terrível com a perda dos Hellins, o assassinato de Audric e agora a invasão dos próprios Domínios pelos ocidentais. Havia Firenzcia do outro lado, que não era mais um aliado, e sim um inimigo, pelas costas. Ela tentaria consolidar seu cargo. Tentaria desesperadamente sobreviver como kraljica, e, para tanto, procuraria por pessoas fortes que poderiam apoiá-la e dispensaria aqueles que considerasse fracos demais para ajudar — porque a fraqueza nos aliados da kraljica seria um perigo tão grande quanto os ocidentais e os firenzcianos.

Kenne sabia que a opinião de Sigourney a seu respeito era talvez ainda mais baixa do que a dos a'ténis. Ela faria uma rápida manobra para substituí-lo. Por conhecer a história de Nessântico, Kenne não excluía a possibilidade de a solução da kraljica ser o seu assassinato e a sua substituição por alguém mais adequado para ela. Já aconteceu com outros archigi antes de Kenne, quando eles entraram em conflito com os líderes políticos dos Domínios: um archigos assim podia morrer sob circunstâncias misteriosas. Bastava olhar para o próprio archigos Dhosti, afinal.

Kenne olhou para a praça lá embaixo, onde certa vez o corpo quebrado de Dhosti esteve estatelado, com o sangue fluindo entre os paralelepípedos. Ele imaginou se um dia, em breve, seu corpo seria jogado pelo parapeito até cair, debatendo-se desesperadamente no chão lá embaixo.

— Archigos?

Kenne sentiu um arrepio ao ouvir o chamado. Ele virou-se devagar e esperou ver Petros. Mas não era ele. Era, em vez disso, um fantasma.

— Eu sei — falou o fantasma, e o sotaque da voz confirmou suas suspeitas. — Você não esperava me ver novamente. Francamente, nem eu. Desculpe assustá-lo, archigos. Petros foi gentil em me deixar entrar.

— Karl... — Kenne entrou novamente no gabinete e deu a volta na mesa para abraçar o numetodo. — Olhe para você... sem barba, com cabelo pintado e cortado como uma pessoa qualquer, sem status, e essas roupas horríveis. Eu não teria reconhecido você... mas imagino que essa seja a ideia, não é? Eu pensei, após ter ajudado Sergei a escapar, que você tivesse fugido da cidade. — Ele balançou a cabeça. — Esses são tempos sombrios — disse Kenne com cansaço, sendo tomado pela depressão novamente. — Tempos terríveis. Mas eu esqueço meus modos. Você parece cansado e faminto. Quer que Petros traga alguma coisa?

Karl já balançava a cabeça. — Não, archigos. Não há tempo, e eu não devo ficar aqui mais tempo do que o necessário. Eu... eu preciso de um favor.

— Se estiver dentro da minha capacidade — falou Kenne, que teve que esmagar o pensamento que veio em seguida: *dentro da pouca capacidade que tenho, infelizmente...*

— Está sim, eu espero. Por favor, archigos, sente-se. Isso pode levar tempo. Eu sei, pelo menos acho que sei, quem matou Ana.

Kenne ouviu a história de Karl com apreensão, desconfiança e horror cada vez maiores. No fim, ele estava recostado na cadeira atrás da mesa e balançava a cabeça.

— Um homem chamado Gairdi ci'Tomisi, você diz? — falou Kenne finalmente. O archigos ficou chocado à menção do nome e perguntou-se que mais ele não sabia. — Um firenzciano? Ele fez isso com ajuda de magia ocidental?

— Firenzciano, sim — declarou Karl. — Mas você tem que entender que não houve magia envolvida. Não; essa areia negra não é uma criação de seu Cénzi, nem tampouco dos deuses ocidentais. Ela não é mágica, não vem do Segundo Mundo; é apenas o produto da imaginação e da lógica de uma pessoa. — Karl bateu na cabeça com o dedo. — E isso torna a areia negra ainda mais perigosa. Veja...

Karl tirou uma pequena bolsinha do bolso da tashta suja e esfarrapada e derramou um pó escuro e granulado no mata-borrão da mesa de Kenne. O archigos cutucou a substância com um dedo curioso. — Uly tinha um estoque disso em seu apartamento; eu subornei o estalajadeiro para me deixar entrar. Uly tinha os ingredientes lá dentro, então sabíamos o que eram. Varina acha que é capaz de reproduzir essa mistura mesmo que Talis não nos ajude. Parada assim como está, a areia negra é bem inocente, mas coloque uma chama em contato com ela, e... — A voz de Karl foi sumindo, e ele afastou o olhar. Kenne sabia do que o homem estava se lembrando; ele também se lembrava, muitíssimo bem.

— O que eu posso fazer? — perguntou o archigos. Ele abaixou o olhar para a mesa suja.

— Veja se consegue descobrir mais sobre esse Gairdi ci'Tomisi que Uly mencionou.

Kenne olhou para o numetodo com uma cara triste. — Eu o conheço. Pelo menos acho que sim. Ele é um mercador com licenças de passagem tanto de Brezno quanto de Nessântico e vai e volta pela fronteira. Nós, tanto Ana e eu, usávamos Gairdi. Nós achávamos... achávamos que ele era *nosso* homem, nosso espião. Ele levava mensagens aos ténis dentro do Templo de Brezno, para quem pensávamos que podíamos confiar e trazia respostas sobre o archigos Semini. Agora... — Kenne ergueu os olhos para o numetodo. — Se ele realmente era um agente duplo, a serviço de Semini ca'Cellibrecca...

— ... Então foi ca'Cellibrecca quem mandou matar Ana. — Karl encerrou a frase por ele. Seu maxilar fez um ruído alto ao se fechar.

Kenne sentiu o que restou do almoço subir pela goela. Ele engoliu em seco para conter a bile. Sim, o archigos acreditava que ca'Cellibrecca era capaz de cometer assassinato —, o homem fora um téni-guerreiro pela maior parte da vida. Porém, ele não teria matado Ana sem um motivo. Kenne tinha medo de que sabia exatamente qual seria a razão: ca'Cellibrecca esperava que a pessoa colocada no lugar de Ana fosse fraca e que pudesse explorar essa fraqueza para reunir a fé concénziana novamente — com ca'Cellibrecca como archigos em Nessântico, assim como em Brezno.

Porque ele sabia que seria eu. Provavelmente já está falando com a kraljica e fazendo sondagens.

— Archigos? — Kenne respirou fundo antes de erguer os olhos para Karl. — Nenhum numetodo matou Audric — declarou o embaixador. — Nenhum numetodo matou Ana. *Isto* matou os dois. — Ele gesticulou para a areia negra na mesa de Kenne. — Isso me faz pensar que a mesma pessoa é responsável pelos dois assassinatos.

Parecia uma hipótese razoável para Kenne, mas ele já esteve errado sobre tanta coisa que não confiava mais no próprio discernimento. — O que... o que você quer que eu faça? — O archigos ergueu as mãos da mesa, a ponta de um dedo estava escura com o pó que ele tocou. — Como posso ajudar?

— Veja o que mais você consegue descobrir. Veja se Semini realmente fez isso; se foi ele, eu quero fazer o homem pagar. Mas Varin... — Karl parou. — Quero dizer, *Ana* não iria querer que eu fizesse qualquer coisa até eu *saber*, saber com certeza. Pode me ajudar com isso? — Ele apontou novamente para o monte de areia negra no mata-borrão de Kenne. — Você sabe o que é isso, não sabe? — perguntou o numetodo. O archigos limitou-se a balançar a cabeça.

— Isso são as cinzas da magia — falou Karl. — Isso é como a magia se parece quando morre.

Kenne abaixou o olhar novamente. Parecia que estava olhando para os próprios restos mortais.

~ Aubri co'Ulcai ~

O COMANDANTE AUBRI CO'ULCAI OLHOU para trás e balançou a cabeça ao se perguntar como a batalha tinha chegado a este ponto. Isso nunca deveria ter acontecido. Não era possível.

Ele imaginou como a nova kraljica receberia as notícias e esperava que soubesse a resposta. E a única desculpa que Aubri tinha era que os ocidentais recusavam-se a lutar honrosamente, como deveriam.

Tudo começou há dois curtos dias...

Vários chevarittai — como era comum — saíram em seus cavalos de guerra para fazer desafios individuais enquanto as forças ocidentais aproximavam-se de Villembouchure. Nenhum guerreiro ocidental veio responder ao desafio; as fileiras da vanguarda do exército marcharam em frente, intactas e inabaladas mesmo quando os chevarittai debocharam de sua honra e coragem. Eles foram ignorados ou, pior ainda, atacados com flechas covardes e fogo dos feiticeiros ocidentais. Três chevarittai morreram antes que Aubri mandasse que as trompas soassem a ordem de retorno. Eles deram meia-volta com os cavalos de guerra e retornaram a galope para trás das fileiras de infantaria e de ténis-guerreiros, que aguardavam.

Aubri reuniu-se com seus offiziers; eles esperavam que o ataque começasse assim que o exército ocidental chegasse ao cume do último morro antes de Villembouchure. Afinal, era pouco antes da Segunda Chamada, e ainda havia viradas da ampulheta de luz do dia. Os ocidentais chegaram à distância de dois tiros de flecha da vanguarda da força dos Domínios e pararam... e permaneceram parados. Os chevarittai e seus offiziers imploraram que Aubri os deixasse avançar e atacar. O comandante recusou-se, lamentavelmente — fazer isso significava abandonar as fortificações e casamatas que eles erigiram nos últimos dias. O exército dos Domínios estava disposto em uma posição defensiva perfeita, e Aubri era avesso a sair dali.

Este foi o primeiro dia. Ele foi dormir nessa noite convencido da futura vitória — o avanço ocidental seria detido por suas fileiras de veteranos. A força ocidental, conforme verificaram seus batedores e todos os relatórios do campo de batalha, era substancialmente menor que a sua: nenhum exército daquele tamanho, nem mesmo os firenzcianos em seu apogeu, teria sido capaz de derrotar as defesas que Aubri montou. Os navios da frota tehuantina entupiram o A'Sele, mas estavam longe demais do campo de batalha para afetar a situação; de qualquer forma, Aubri sabia que uma força naval de Nessântico estava a caminho para cuidar dos navios inimigos. Na pior das hipóteses, as muralhas de Villembouchure iriam detê-los se, por alguma razão imprevista, Aubri não conseguisse contê-los nos campos do lado de fora da cidade. As forças ocidentais eram pequenas demais para um cerco efetivo, e Villembouchure era bem abastecida e podia suportar o sítio de um exército bem maior por pelo menos um mês.

Sim, Aubri estava confiante. Apesar do fato de seu exército ter sido rapidamente reunido e a maior parte da infantaria não ter muito treinamento, os offiziers e os chevarittai com eles tinham experiência em batalha adquirida nas muitas escaramuças ocorridas nas últimas décadas com Firenzcia e as nações da Coalizão.

Eles venceriam aqui.

A batalha começou no segundo dia, mas não com a chegada da alvorada, contrariando toda a experiência de Aubri e dos offiziers que o treinaram. Não... o ataque veio bem antes de o sol subir no céu. E veio de maneira estranha. Os vigias postados nas casamatas mais avançadas mandaram mensageiros correndo para a tenda do comandante atrás das linhas, e o agito acordou Aubri de um sono leve e atormentado por sonhos.

— Uma tempestade aproxima-se de nós em pernas feitas de relâmpagos — clamaram os mensageiros. — Uma muralha de nuvem...

Trompas de alarme soaram pelo acampamento, e os soldados colocaram as armaduras e pegaram suas armas às pressas enquanto os offiziers berravam ordens. Ao longe, uma luz azul piscava e dançava, trovões retumbavam, e, no entanto, o céu acima deles estava limpo, marcado pelas várias constelações conhecidas. Aubri montou no cavalo que os assistentes trouxeram apressadamente para ele. O comandante galopou com rapidez até a vanguarda e foi acompanhado ao longo do caminho pelo a'téni Valis ca'Ostheim de Villembouchure, que estava no comando dos ténis-guerreiros. — O que em nome de Cénzi está acontecendo? — rugiu ca'Ostheim. A espessa cabeleira branca parecia cintilar à luz da tempestade adiante; a barriga caía sobre o cepilho da sela de seu cavalo. Os cílios ainda tinham remelas do sono. Um colar grosso de ouro com um globo partido pendurado quicava no peito enquanto os dois cavalgavam. — Eu pensei que o senhor tinha dito que o ataque ocorreria na alvorada, comandante.

— Eu disse, sim — respondeu Aubri calmamente. — Ao que parece, os ocidentais não estavam escutando.

Na primeira linha de casamatas, os dois homens pararam e observaram o espaço entre os dois exércitos. O acampamento ocidental, que cintilava na encosta distante como estrelas amarelas caindo na terra quando Aubri foi dormir, não estava mais visível. Ao contrário, eles foram confrontados por uma aparição da natureza: uma muralha de nuvem escura e agitada, com talvez doze homens de altura e que flutuava à distância de dois homens acima do chão. Como uma espécie de monstro sobrenatural sinistro, a criatura de nuvem avançou na direção deles sobre centenas de pés de relâmpagos que piscavam. Os clarões estocavam o chão embaixo e pareciam fazer a nuvem avançar alguns metros a cada golpe. Aubri viu o chão ser rasgado onde os raios caíam, e a nuvem deixava um rastro de pegadas de tempestade arrancadas do chão. Um barulho constante de trovoada e um rosnado alto e estridente acompanhavam a visão. Ao redor dos dois, o exército dos Domínios olhava fixamente para a aparição com rostos iluminados pelos clarões azuis esbranquiçados e inconstantes. Aubri sentiu o pânico se espalhar pelas fileiras, os homens deram alguns passos para trás involuntariamente, para longe das barreiras baixas e fortificações que eles erigiram. — Mantenham a posição! — berrou Aubri para eles. As trompas soaram a ordem pela frente de batalha. — *Mantenham a posição!* — Os homens sacudiram-se como se acordassem de um pesadelo.

Eles seguraram firme em lanças inúteis e encararam o monstro que os confrontava. Ele praticamente já havia cruzado o campo aberto agora, e Aubri não conseguiu ver nada além de seu limite feroz.

— A'téni ca'Ostheim, isso é magia; é a sua área. — Aubri quase teve que gritar mais alto do que o barulho crescente da aparição tempestuosa para ca'Ostheim, o líder dos ténis-guerreiros, ouvir. — O senhor consegue deter essa coisa?

— Tentarei — respondeu ele ao desmontar. Ca'Ostheim começou um cântico e um estranho gestual em frente ao corpo. Aubri sentiu um arrepio nos pelos dos braços conforme o a'téni continuava a entoar e os raios começaram a tocar as bordas das defesas; ele não sabia qual das duas coisas causou esta reação. O cavalo de Aubri, embora acostumado ao clamor, ao barulho e às imagens de guerra, estava preocupado e batia os cascos no chão enquanto se afastava um pouco da aparição. Aubri teve que se abaixar e dar tapinhas no pescoço do animal para acalmá-lo. — A'téni! Rápido, por favor.

Ca'Ostheim ergueu as mãos; o cântico parou. Ele gesticulou para a tempestade. Um vento estridente soprou do téni-guerreiro, e onde tocou na aparição tempestuosa, as nuvens foram rasgadas. Os soldados comemoraram, mas a tempestade ainda avançava de ambos os lados, com força total, e agora os raios atacaram as próprias defesas, os garfos gigantes alcançaram os soldados dos Domínios. Os gritos surgiram de ambos os flancos, conforme os relâmpagos queimavam e quebravam as fileiras, em um avanço inexorável. E agora as metades partidas nas nuvens voltavam a se unir; línguas sedentas de relâmpagos começaram a brilhar na frente de Aubri. Ca'Ostheim havia caído de joelhos. Ele ergueu a cabeça acenou negativamente para Aubri. — Comandante, eu não consigo... Não sozinho. Eu preciso reunir os outros ténis-guerreiros...

— Ao cavalo, então — falou Aubri. Ele olhou para os porta-bandeiras e as trompas quando os gritos dos feridos e moribundos rivalizaram com a trovoada. — Retirada! — berrou o comandante. — Voltem para a próxima linha de frente!

As bandeiras sinalizaram a retirada; as trompas soaram a ordem. As fileiras dos soldados foram desmanchadas instantaneamente, aqueles que ainda podiam deram meia-volta para fugir da tempestade. Ao longe, em um lugar além da criatura, Aubri ouviu novas vozes: os gritos de guerra dos ocidentais.

O comandante puxou com força as rédeas da montaria e seguiu seus homens.

Esta foi a manhã do segundo dia. O resto do dia não correu melhor. Os ténis-guerreiros foram capazes de dissipar a tempestade mágica, mas a tarefa deixou-os exaustos, e eles tinham pouca energia sobrando para outros feitiços. Atrás da tempestade, surgiram as fileiras dos ocidentais — guerreiros com rostos pintados e com cicatrizes. O combate mano a mano foi intenso, mas os chevarittai e a infantaria eram páreos na espada. No entanto, quanto aos feiticeiros ocidentais, que empunhavam cajados por onde lançavam feitiços, Aubri não tinha como responder — os ténis-guerreiros estavam em grande parte exaustos pelos esforços anteriores, e, no fim da tarde, o comandante mandou o exército retornar a Villembouchure, para trás das muralhas e portões sólidos. Ele estava convencido de que poderia ter mantido as defesas externas, mas o preço em vidas teria sido enorme. Aubri fez o que qualquer outro comandante em seu lugar teria feito: mandou as trompas soarem a ordem de cessar combate.

Ao anoitecer, todos estavam dentro e com as portas corrediças abaixadas e fechadas.

Isso encerrou o segundo dia.

Em qualquer batalha normal, isso significaria o início de um cerco que poderia ter durado semanas ou meses antes de ser rompido, e Aubri sabia que os ocidentais não tinham semanas ou meses — não em uma terra estranha, onde estavam cercados por inimigos. Foi por esse motivo que Aubri achou fácil dar a ordem de cessar combate tão cedo, assim que ficou óbvio que a vitória nos campos diante da cidade só causaria um enorme custo. Ficar no interior das muralhas de Villembouchure deveria levar à vitória em algum momento. Inevitavelmente. E ele poderia esperar.

Mas o cerco duraria apenas um dia.

Aubri estava sobre a muralha da cidade e olhava para as fogueiras quase apagadas do principal acampamento dos ocidentais na alvorada. Foi quando as bolas de fumaça de repente fizeram um arco no céu, na direção deles: uma dezena ou mais, todas pareciam mirar o grande portão oeste da cidade. Os ténis-guerreiros posicionados ao longo das muralhas reagiram instantaneamente, como deveriam, e a resposta dos feitiços de dispersão foi rápida; afinal, eles foram treinados na arte de manter os feitiços na mente por um tempo (que nenhum deles admitiria ser uma característica dos numetodos, que tinha sido imposta aos ténis-guerreiros pela archigos Ana). Mas as bolas de fogo continuaram seu voo. O téni-guerreiro mais próximo de Aubri o encarou com olhos arregalados e chocados. — Comandante, isso não é *feitiço*...

Ele não prosseguiu. As muralhas grossas da cidade foram sacudidas de um jeito impensável quando as bolas de fogo bateram no portão e nas pedras em volta. Onde elas tocavam, explosões inimagináveis destruíram pedras, aço e madeira. Aubri, que se segurou na ameia para manter o equilíbrio, testemunhou os enormes pedaços de granito saírem voando como se fossem seixos atirados por uma criança. O fogo irrompeu abaixo do comandante, tão incandescente quanto a fornalha de um ferreiro; ele sentiu a onda de calor passar pela pele. Ouviu gritos e lamentos lá embaixo.

— O portão está quebrado! As muralhas foram rompidas!

Os ocidentais já corriam pela brecha, enquanto arqueiros respondiam com uma atrasada chuva de flechas em cima deles. Alguns dos guerreiros foram abatidos, mas muitos — em um número excessivo — continuavam avançando, e agora Aubri via mais arcos de bola de fogo saírem do norte e do sul, na direção daqueles portões.

Ele desceu correndo das ameias e entrou em um caos selvagem e sangrento.

Este foi o terceiro dia. O dia em que a cidade foi perdida. De um jeito inacreditável.

Agora Aubri olhava para Villembouchure do alto de um morro ao longo da Avi A'Sele. O comandante viu a fumaça suja que manchava o céu acima das muralhas quebradas, cercado pelo que restou do exército reunido à sua volta e com o a'téni ca'Ostheim ao seu lado. Dentro da cidade... Dentro da cidade, estavam os ocidentais.

— Isso é impossível — murmurou ele.

Mas era possível. E agora a defesa da própria Nessântico devia ser preparada. Aubri balançou a cabeça novamente diante da cena.

O comandante deu meia-volta com o cavalo e gesticulou, e ele e o exército começaram a mancar na direção da capital, em retirada.

~ Allesandra ca'Vörl ~

ELA LEMBRAVA-SE DE PASSE a'Fiume muitíssimo bem. Foi aqui, há 25 anos, quando seu vatarh sitiou a cidade, que ela aprendeu pela primeira vez a mais dura lição de guerra: que, às vezes, pessoas amadas não sobrevivem. Na ocasião, Allesandra tinha uma queda por um jovem offizier que tinha sido morto na batalha e pensou que jamais seria capaz de amar novamente, pois seu coração estava partido demais pela experiência, mas o tempo aliviou sua dor. Agora, ela não conseguia se lembrar do rosto do rapaz.

Os reparos da batalha de décadas atrás ainda eram visíveis nas muralhas e trouxeram de volta as memórias e o sofrimento.

Dessa vez, não havia cerco. O exército firenzciano passou pela cidade fronteiriça de Ville Colhelm sem resistência alguma: a força dos Domínios a postos ali simplesmente abandonou o lugar e fugiu do muito maior contingente de tropas firenzcianas. A pedido de Allesandra, Jan despachou cavaleiros — incluindo Sergei ca'Rudka — bem à frente da força principal, para negociar com o comté de Passe a'Fiume. Com a maior parte da guarnição da Garde Civile esvaziada devido à invasão ocidental, o comté favoreceu a prudência à coragem (e uma propina substancial em ouro em vez do juramento ao cargo): em troca da promessa de que a cidade não seria saqueada, ele permitiria que o exército cruzasse o rio Clario através dos portões da cidade até a Avi a'Firenzcia.

Allesandra cavalgava ao lado de Jan quando eles cruzaram a grande ponte de pedra sobre as águas do Clario, um rio mais rápido e perigoso do que o A'Sele — que era mais profundo e largo, e com quem o Clario se juntava antes de o rio A'Sele chegar a Nessântico. A ponte parecia tremer sob a batida das botas dos soldados e dos cascos dos cavalos. A vanguarda do exército já passara pelos portões e o resto descia estrada afora até onde era possível enxergar no terreno cheio de morros. Jan olhou em volta extasiado, quando eles passaram pelas arcadas altas com os escudos dos kralji e entraram na cidade. Multidões estavam enfileiradas nas laterais da avenida principal ao longo da cidade, a maioria em silêncio, e os chevarittai da Garde Hïrzg ficaram tensos em suas selas ao escanearem o público à procura de perigo.

— A senhora esteve aqui com o vavatarh? — perguntou Jan novamente ao se inclinar na direção de Allesandra, e ela fez que sim com a cabeça.

— Eu era apenas uma criança, e seu vavatarh estava no auge. Ele tomou Passe a'Fiume em apenas três dias de sítio após as negociações de paz falharem, mas o kraljiki Justi, que ainda tinha duas pernas na ocasião, já tinha escapado covardemente para Nessântico. Seu vavatarh ficou furioso. Sergei ca'Rudka era o comandante das forças de Nessântico; ele foi... brilhante, mesmo em enorme desvantagem numérica. Seu vavatarh admitiu o fato, mesmo que de má vontade.

Jan olhou para trás, onde ca'Rudka cavalgava ao lado do archigos. O nariz de metal do regente reluzia ao sol. Como a Garde Hïrzg, ca'Rudka parecia ansioso e nervoso, com a boca franzida e o olhar varrendo a massa de ambos os lados. — Eu gosto do sujeito, mas não sei se posso confiar totalmente nele, matarh — disse Jan ao voltar a atenção para ela.

Allesandra sorriu ao ouvir isso. — Você não deveria. A lealdade dele é a Nessântico, antes de mais nada. E Sergei ca'Rudka é um homem estranho, com gostos estranhos, caso se acredite nos rumores. Isso não mudou. Ele trabalhará conosco enquanto achar que nossos interesses convergem. Assim que não achar... — Ela deu de ombros. — Então ele ficará igualmente satisfeito em ser nosso inimigo. Seus instintos estão corretos, Jan.

— Ele parece admirar a senhora.

— Eu conheci Sergei quando era refém da archigos Ana. Ele foi gentil comigo na época. Mas agora o comandante está mais interessado no fato de que sou prima em segundo grau da kraljica Marguerite, e no fato de que este parentesco me dá tanto direito ao Trono do Sol quanto Sigourney ca'Ludovici. E, por enquanto, precisamos de Sergei e das alianças que ele venha nos trazer.

Jan concordou com a cabeça. Ele franziu os lábios como se levasse tudo isso em consideração enquanto entravam na praça central da cidade. Allesandra imaginou o que o filho pensava.

Aqui, o Templo a'Passe dominava a paisagem arquitetônica. Como muitas estruturas da cidade, ele foi muito danificado no cerco há duas décadas e meia. Depois, o conselho municipal decidiu reprojetar a praça principal e o complexo do templo. Grande parte da estrutura original foi demolida. As linhas finas e esqueléticas dos andaimes enjaulavam a torre principal ainda não concluída e o domo do templo reformado.

A multidão de moradores estava mais densa aqui, enquanto a fila lenta do exército marchava pela cidade. Agora, Allesandra sabia, a vanguarda já teria passado pelo portão oeste e além das muralhas. Agora, ela também sabia, mensageiros iriam a galope adiante do exército para levar a notícia à kraljica, ao archigos e à Nessântico de que os firenzcianos estavam em marcha — até onde a a'hïrzg sabia, aquela informação já podia ter chegado à Nessântico assim que o exército cruzou as fronteiras. A partir de agora, o avanço encontraria resistência em breve; a kraljica Sigourney não podia se dar ao luxo de continuar virada para o oeste por muito tempo.

Um exército — especialmente o exército firenzciano; afinado, eficiente e famoso — era uma grande carta na manga em qualquer mesa de negociação, e Sigourney e o Conselho dos Ca' sabiam muito bem disso. Allesandra sorriu diante da ideia.

A multidão espremia-se perto deles, e os soldados da infantaria de ambos os lados de Allesandra e Jan empurravam as pessoas para trás com os cabos das lanças e dos piques. Ela viu os rostos sérios e infelizes atrás da cerca de armas, e das profundezas da multidão vieram berros com xingamentos e ameaças, mas quando os dois olharam naquela direção, não havia ninguém que eles pudessem identificar na massa. A população também se lembrava do cerco firenzciano; muitas pessoas perderam familiares no sítio, e a visão das bandeiras negras e prateadas era um insulto tremulando na cara delas.

Eles entraram na sombra do templo agora, a fila do exército usava o baluarte da torre principal para se proteger da multidão. As trompas no templo começaram a anunciar a Segunda Chamada assim que Jan e Allesandra chegaram em frente à torre. A a'hïrzg ergueu a cabeça na direção do barulho e apertou os olhos contra o brilho do sol. Alguma coisa — uma figura, uma silhueta — parecia andar lá em cima, em meio ao emaranhado de andaimes. Ela não conseguiu enxergar com clareza.

Allesandra foi golpeada por trás de repente, no mesmo instante em que seus ouvidos a alertaram do som de cascos nos paralelepípedos. Um peso enorme jogou a a'hïrzg no chão, mas os braços que a envolveram giraram Allesandra para que o corpo debaixo dela absorvesse a maior parte do impacto. Um baque alto foi ouvido quase que ao mesmo tempo ao impacto. Um cavalo berrou — um som horrível, desagradável — e as pessoas gritaram.

— O hïrzg!

— Andem! Andem!

— Lá em cima! Lá está ele!

Allesandra ouviu offiziers berrarem ordens e mais gritos. Parecia haver uma multidão amontoada em volta dela. A a'hïrzg lutou contra os braços à sua volta, contra as dobras do manto do agressor e da própria tashta e a capa de equitação. Havia mãos que a puxavam para ajudá-la a se levantar.

Houve outro grito, um berro humano dessa vez, e outro impacto em algum lugar próximo.

Allesandra pestanejou e tentou entender a situação.

Sergei ca'Rudka estava de pé ao lado dela, com a capa rasgada e uma careta no rosto enquanto massageava o braço. A superfície de prata do nariz estava arranhada e o próprio nariz tinha sido parcialmente arrancado do rosto, o que deu a Allesandra um vislumbre do buraco desagradável que ficava embaixo. Jan estava sendo ajudado a se levantar, a um passo atrás de Sergei. O cavalo de Allesandra estava caído de lado diante dela, com uma enorme estátua de um demônio moitidi em volta. O animal de olhos arregalados batia as patas, e os sons que fazia... Sergei foi rapidamente até ele, ajoelhou-se nos destroços do entalhe de pedra e acariciou o pescoço do animal enquanto fazia sons tranquilizadores. Allesandra viu o comandante sacar a faca da bainha. — Não! — Ela começou a dizer, mas Sergei já tinha feito o corte rápido e profundo. O animal deu um pinote, mais um e ficou imóvel.

Allesandra balançou a cabeça para tentar clarear a mente. Metade da multidão na praça parecia ter fugido aterrorizada; os soldados firenzcianos formaram um sólida defesa em volta deles. Sergei afastou-se do cavalo e andou a passos largos até um corpo esparramado em uma poça de sangue não muito longe da base da torre. Os soldados se moveram para interceptá-lo; ele se desvencilhou deles com raiva. Allesandra começou a se mexer e percebeu que o corpo estava dolorido e machucado, e que sangrava, com um corte na cabeça. A a'hïrzg sentiu Jan chegar por trás.

— Matarh? — Ele olhava fixamente para o cavalo que Sergei matou. Allesandra abraçou o filho desesperadamente, depois afastou Jan para examiná-lo; as roupas estavam rasgadas também e havia um arranhão na bochecha que sangrava, tirando isso, ele parecia ileso.

— O que aconteceu? — perguntou ela. — Você viu?

— O regente nos salvou — disse Jan. — Ele nos tirou dos cavalos bem a tempo. — O hïrzg ergueu os olhos para o andaime, depois abaixou o olhar para o corpo no chão. Sergei estava cercado por uma massa de soldados, ajoelhado ao lado do cadáver. — O homem... ele estava lá em cima. Teria matado a senhora. Talvez nós dois. Mas Sergei...

O archigos Semini veio correndo então, com o robe verde esvoaçante. — Allesan... — Ele começou a dizer, depois balançou a cabeça e fez o sinal de Cénzi às pressas. — A'hïrzg! Hïrzg! Graças a Cénzi os senhores estão a salvo! Eu pensei...

Mas Allesandra já não o ouvia. Ela avançou pela multidão até o lugar onde Sergei examinava o corpo. — Regente? — falou a a'hïrzg, e Sergei ergueu o olhar para Allesandra, com uma cara feia.

— A'hïrzg. Eu peço desculpas, mas não tive tempo de dar um aviso. A senhora está muito machucada?

Ela balançou negativamente a cabeça. Sergei assentiu e gemeu ao ficar de pé, como se o movimento o tivesse ferido. — Estou velho demais para isso — murmurou. Ele chutou o cadáver, e a bota fez um som macio e desagradável quando o torso quebrado tremeu em resposta. Allesandra viu um rosto bonito sob o sangue, um rosto jovem, talvez da idade de Jan; ela notou que as roupas eras elegantemente suspeitosas. O corpo estava decorado por hastes quebradas de várias flechas. — Não sei quem ele é — disse Sergei —, mas descobriremos. É um ca' ou co', pelo jeito que está vestido e pela aparência física. Eu o vi no alto do andaime bem antes de ele jogar a estátua. Foi quando entrei em ação; parece que seus arqueiros cuidaram do resto. — Ca'Rudka pareceu notar o nariz pendurado então, empurrou-o com cuidado de volta ao lugar e o segurou com dois dedos. — Perdão, a'hïrzg... a cola...

— Não importa — falou Allesandra, abanando a mão. — Regente, eu lhe devo a minha vida.

Ela pensou que Sergei responderia como a maioria, com a cabeça baixa e depreciação, uma declaração sobre dever, lealdade e obrigação. Ele não fez isso. Ao contrário, ca'Rudka sorriu, ainda segurando o nariz de prata no lugar.

— Realmente, a senhora me deve, a'hïrzg.

~ Niente ~

A CIDADE QUEIMAVA e as chamas eram refletidas na tigela premonitória. Elas sumiram quando Zolin deu um tapa no objeto, que derramou água sobre Niente. A tigela fez barulho ao cair, o bronze retiniu nos ladrilhos como um sino frenético até bater na parede do outro lado, onde reluzia um mosaico de azulejos de alguma batalha antiga. Desenhados no vidro, cavalos empinavam enquanto lanças marchavam em um campo com uma montanha de pico nevado que se agigantava ao fundo.

— Não! — rugiu o tecuhtli. — Não deixarei que me diga isso!

— É o que eu vi — respondeu Niente com uma calma que não sentia. *O guerreiro morto, o nahualli esparramado ao lado dele, só que dessa vez ele viu um dos rostos. O rosto de Zolin... E ele estava com medo demais para pedir a Axat que lhe deixasse ver as feições do nahualli...* — Tecuhtli, nós realizamos tanta coisa aqui. Mostramos a estes orientais a dor que eles infligiram a nós e a nossos primos. Tomamos terras e cidades deles assim como eles tomaram de nós. Demos a lição que o senhor queria dar. Continuar... — O nahual ergueu as mãos. *A grande cidade em chamas e os tehuantinos em fuga, os navios com mastros quebrados adernados no rio...* — As visões só me mostram morte.

— Não! — disparou Zolin. — Eu mandei uma mensagem para casa dizendo que ficaríamos aqui, que eles deveriam mandar mais guerreiros. Manteremos o que conquistamos. Atacaremos o coração dos orientais: essa grande cidade que está tão próxima. — Ele se virou, os braços pesados e musculosos passaram perto do rosto de Niente. Os dedos grossos do tecuhtli apontaram para os olhos do feiticeiro. — Você está *cego*, nahual? Não viu como foi fácil tomar essa cidade dos orientais? Não viu como eles correram como um bando de cães açoitados?

— Temos pouco material sobrando para fazer mais areia negra — falou Niente. — Eu perdi um terço dos meus nahualli no combate; o senhor perdeu a mesma quantidade em guerreiros. Chegamos muito longe, sem recursos para manter a terra atrás de nós. Estamos em um país estrangeiro cercado por inimigos, com apenas os suprimentos que conseguimos coletar e pilhar. Se voltarmos para os nossos navios agora e formos embora, deixaremos para trás uma lenda que provocará medo nos orientais por décadas. O nome do tecuhtli Zolin será um sussurro na noite que assustará gerações de crianças orientais.

— Bá! — disparou Zolin novamente. O cuspe quase acertou os pés de Niente e sujou o chão lustroso da mansão que ele tomou em Villembouchure.

Ao abaixar o olhar, o nahual viu que todos os azulejos tinham a imagem da mesma montanha, como no mosaico da parede. O cuspe de Zolin formou um lago no flanco da montanha. — Você é mesmo uma criança assustada, nahual. Eu não tenho medo do que você vê na sua tigela. Não tenho medo desses futuros que você diz que Axat lhe envia. Eles não são *o* futuro, são apenas possibilidades. — O dedo cutucou o peito de Niente. — Vou lhe dizer uma coisa agora, nahual: você tem que fazer sua escolha. — Cada uma das três últimas palavras ditas foram acompanhadas por uma cutucada. Os olhos escuros do tecuhtli, envolvidos no movimento das asas da grande águia, encararam Niente como um daqueles grandes felinos que espreitavam as florestas de sua terra natal. — Chega de suas palavras. Chega de profecias, chega de avisos. Eu quero apenas a sua obediência e a sua magia. Se não puder me dar isso, então chega de você. Eu prosseguirei, quer você seja o nahual ou não. Decida agora, Niente. Aqui mesmo.

A mão de Niente tremeu ao lado do punho do cajado mágico que estava pendurado no cinto. O nahual seria capaz de pegá-lo e tocar Zolin com o objeto antes que o guerreiro conseguisse sacar a espada completamente. O feitiço disparado queimaria o tecuhtli e lançaria o corpo pela sala até ele desmoronar contra a parede em uma pilha fumegante debaixo do mosaico. Niente conseguia ver aquele resultado tão claramente quanto uma visão na tigela premonitória.

O ataque também acabaria com essa situação. Ele ansiava por isso.

Mas Niente não podia atacá-lo. Essa não era uma visão dada por Axat. Esse caminho levaria a um dos futuros cegos, um que ele não poderia adivinhar — um futuro que poderia ser bem pior para os tehuantinos do que o visto na tigela. O nahual percebeu que conhecer os futuros possíveis era tanto uma armadilha quanto um benefício; ele perguntou-se se isso era algo que Mahri também descobrira. Em um futuro cego, Citlali ou Mazatl poderiam continuar a seguir os passos de Zolin e se sair ainda pior. Todos eles poderiam morrer aqui, e ninguém em casa saberia seus destinos. Em um futuro cego, certamente Niente jamais veria sua família novamente.

Ele sentiu a madeira lisa e lustrosa do cajado mágico, mas as pontas dos dedos apenas roçaram o objeto. Eles não se fecharam em volta do punho.

— Eu obedecerei ao senhor, tecuhtli — falou Niente, com palavras baixas e lentas. — E o seguirei ao futuro que o senhor nos trouxer.

~ Varina ci'Pallo ~

KARL ESTAVA SENTADO no degrau da porta dos fundos da casa de Serafina no Velho Distrito e olhava fixamente através de um pequeno jardim plantado ali, na direção da parte detrás das casas da próxima rua. O olhar parecia penetrar a margem sul, bem ao longe. Acima dele, a lua estava presa em uma rede de finas nuvens prateadas através das quais as estrelas espiavam. Uma xícara de chá parecia esquecida à sua esquerda.

Karl esfregava uma pedra clara, pequena e achatada, entre o indicador e o polegar.

Varina apareceu e sentou-se à sua direita — não perto o suficiente para tocá-lo, nem longe demais a ponto de não sentir o calor do corpo no frio da noite. Nenhum deles disse coisa alguma. Karl esfregou a pedra. Ela ouviu a música abafada e distante que vinha da taverna mais à frente.

Quando o silêncio entre os dois prolongou-se por tempo demais para ela, Varina começou a ficar de pé. Sentiu raiva de si mesma por ter vindo aqui fora e raiva de Karl por tê-la ignorado. Porém, ele esticou o braço e tocou em seu joelho. — Fique — disse Karl. — Por favor?

Varina sentou-se novamente e perguntou — Por quê?

— Nós não... nos últimos dias... Bem, você sabe.

— Não, eu não sei — falou ela. — Diga-me.

— Por que você tenta dificultar as coisas para mim? — Ele girou a pedra nos dedos.

— Não, estou tentando facilitá-las para mim. Karl, estar com ou sem você são duas situações com as quais eu consigo lidar, de um jeito ou de outro.

O que eu não consigo encarar é não saber qual delas é nossa situação. — Varina esperou. Karl não disse nada. — Então, qual é? — perguntou ela.

— Não é tão simples assim.

— Na verdade, é. — Varina abraçou o próprio corpo ao se sentar e inclinou-se um pouco longe dele. — Quando finalmente levei você para minha cama, eu achei que teria tudo que queria há anos. Mas descobri que eu ainda tinha apenas uma parte de você. Quero você por inteiro, Karl, ou não quero nada. Talvez eu esteja exigindo demais de você, ou talvez eu seja muito possessiva, ou talvez você ache que eu esteja forçando uma coisa que você não quer. — Lágrimas ameaçaram cair, e ela fungou o nariz para contê-las, com raiva. — Talvez seja culpa minha que essa situação não dê certo, e, se for o caso, então tudo bem. Mas eu simplesmente preciso *saber*.

— A questão não é você.

Varina queria acreditar naquilo. Ela mordeu o lábio inferior, conteve as lágrimas, teve dificuldade para respirar. — Então o que é? Você vai atrás desse tal Uly por conta própria, quase morre, encontra com Kenne sem me contar, está até mesmo fazendo planos com Talis. Mas não fala comigo.

— Eu não quero que você se preocupe.

Varina quis escarnecer ao ouvir isto. — Eu me preocupo *mais* quando não sei a situação. Não sei o que você planeja, não sei o que tenta fazer, não sei quais seriam os verdadeiros perigos. — Ela parou. Respirou fundo. — Eu não quero ser sua amante, estar à disposição sempre que você quiser esse tipo de consolo, e ser convenientemente esquecida fora isso. Se isso é tudo o que você quer de mim, então eu cometi um erro. Também não sou Ana, não quero você apenas como amigo. Novamente, se isso é tudo que você quer de mim, bem, também não pode me ter como amiga. Não mais. Então, se esse for o caso, me diga, e assim que essa situação acabar, de uma forma ou de outra, eu tomo o meu próprio rumo. Eu quis que você abrisse a porta entre nós por muito tempo, Karl. Agora você abriu, mas não pode ficar parado ali com um pé dentro e outro fora. Eu preciso fechá-la e trancá-la para sempre ou você precisa entrar de vez.

— Como eu faço isso? — A voz soou melancólica na escuridão. Ele apertou a pedra entre os dedos. *Como você pode não saber?* Ela queria ralhar com ele. *Não é capaz de enxergar tão nitidamente quanto eu?*

— *Fale* comigo — disse Varina. — Compartilhe o que está pensando. Deixe-me aceitar os perigos que você está disposto a aceitar. Deixe-me estar *com* você.

Ela pensou que Karl não fosse responder — o que teria sido uma resposta suficiente. Ele ficou sentado ali, ainda brincando com a pedra e olhando para longe. Varina começou a se levantar novamente, mas dessa vez Karl pegou sua mão. Ela sentiu a pedra ser pressionada contra a palma.

— Espere — falou ele. — Deixe-me contar o que estou pensando...

E Karl começou a falar.

~ Kenne ca'Fionta ~

AUBRI CO'ULCAI PARECIA um cão açoitado ao se ajoelhar, de cabeça baixa, perante a kraljica. A armadura estava arranhada e surrada, o rosto tinha marcas de sujeira e fumaça, o cabelo estava escuro e emaranhado, e ele fedia. No salão do Trono do Sol, o comandante parecia uma mosca patinando em uma xícara dourada de água limpa e fria.

Não que o salão em si não tivesse cicatrizes. Ninguém deixaria de notar as marcas dos reparos feitos às pressas onde o Trono do Sol foi danificado pela magia do assassino — não, não era magia, se Karl ca'Vliomani estivesse correto, lembrou-se Kenne, mas algo mais sinistro; uma coisa que qualquer boticário seria capaz de fazer com os ingredientes certos. De que o embaixador ca'Vliomani chamou aquilo? O fim da magia? O archigos perguntou-se se o homem estava certo.

As tapeçarias penduradas ainda fediam à fumaça, e Kenne imaginou se não havia um leve tom horripilante de rosa nos ladrilhos em volta do tablado do trono. E não havia como não notar a aparência da própria kraljica Sigourney: o tapa-olho e as cicatrizes no rosto, as bandagens ainda nos braços e na única perna, a maneira como ela se remexia com dor no assento, a taça cheia do extrato das sementes da flor venenosa *cuore della volpe* — um preparado que o ervanário da corte criou para aliviar a sua dor.

Ainda assim, o Trono do Sol reluzia sob e em volta dela como fizera com inúmeros kralji; Kenne cuidou disso pessoalmente. Se fosse uma farsa, ninguém que observasse saberia. Kenne suspirou na própria cadeira à direita do trono, cansado pelo esforço de conjurar o feitiço de luz. O Conselho dos Ca' estava disposto à esquerda. O salão fora esvaziado de cortesãos e até mesmo de criados — nenhum deles queria mais rumores espalhados pela cidade além dos que já haviam.

— Comandante co'Ulcai — falou Sigourney em uma voz tão arrasada quanto o rosto —, a informação que você nos traz... — Ela parou e fechou o único olho. Quando abriu novamente, a voz saiu mais inteligível. — Você nos desapontou.

— Eu sinto muito, kraljica — disse o comandante. — A senhora já deve estar com minha carta de resignação.

— Eu estou com ela, mas não irei aceitá-la. — Quando co'Ulcai ergueu o rosto com uma leve esperança, Sigourney olhou o homem com desprezo. — E não há outra razão além do fato de que temos poucos offiziers com a sua experiência. Você nos desapontou com os ocidentais, e a mancha em seu currículo não será facilmente apagada. Eu tenho a intenção de mandar que Aleron ca'Gerodi comande as defesas de Nessântico caso esses bárbaros sejam tolos o bastante para continuar a avançar. Se meu irmão estivesse aqui... — Ao dizer isso, os lábios tremeram e um brilho úmido surgiu no olho. Ela tomou um gole de *cuore della volpe*. — Quanto a você, veremos como se sai contra um inimigo que deve conhecer melhor. Vou mandá-lo para leste, comandante co'Ulcai, para comandar nossas forças contra o exército de Firenzcia. Odil ca'Mazzak, do Conselho, irá acompanhá-lo, e vocês dois partem amanhã. — A kraljica gesticulou com o braço para dispensá-lo. — Imagino que tenha preparativos a fazer, comandante.

Co'Ulcai ficou de pé, fez uma mesura para a kraljica e foi embora do salão com passos altos no silêncio que o acompanhou. Quando ele saiu, a kraljica Sigourney suspirou.

— Eu não confio no sujeito — murmurou Odil ca'Mazzak. — Ele é outro offizier com laços com o regente traidor.

— Infelizmente, co'Ulcai é o melhor que temos — respondeu a kraljica Sigourney. — Odil, precisamos rever os pontos da negociação que você discutirá com os firenzcianos. Archigos, preciso que você se manifeste contra os numetodos, por duas razões: para aplacar Firenzcia e para sabermos que não temos traidores na cidade enquanto enfrentamos inimigos dos dois lados. Eu espero ouvir Admoestações agressivas de sua parte e de todos os seus ténis, a começar com as missas da Terceira Chamada.

Kenne sabia que ela não esperava ouvir objeção alguma de sua parte; Sigourney já havia afastado o rosto antes de terminar de falar. A kraljica imaginava que ele apenas concordaria com a cabeça e não diria nada. Antigamente, ela estaria certa.

Antigamente. Mas havia a visita de Karl, havia o espectro do falso archigos Semini ca'Cellibrecca surgindo no horizonte e tudo o que aquilo significaria. E havia a memória de Ana e a liberdade e tolerância pelas quais ela lutou por anos.

— Não — disse Kenne. — Eu não farei isso.

O silêncio que se seguiu foi longo. A kraljica Sigourney piscou o único olho. — Não — repetiu ela, e a palavra soou como o toque de um sino fúnebre. — Eu ouvi direito, archigos?

Kenne concordou com a cabeça. — A senhora está... — A garganta estava seca. Ele engoliu em seco e tentou juntar alguma saliva. — A senhora está errada a respeito dos numetodos, kraljica. Está errada em acreditar que foi a magia deles que matou o kraljiki Audric e feriu a senhora. Não foram eles.

Ela piscou o único olho mais uma vez. Os outros conselheiros observavam os dois, em silêncio. — Não foram? E como você sabe disso?

— Porque eu falei com o embaixador ca'Vliomani, na verdade. Ouvi suas explicações e fiz minha própria investigação sobre o que ele descobriu.

— Karl Vliomani — a nítida falta de um prefixo ao sobrenome pairou pesadamente no ar — é um fugitivo atualmente condenado à morte. Está me dizendo que ele foi até você, e *você o deixou escapar*?

Kenne sentiu um arrepio com o tom de voz. — Ele veio até mim, sim, e me mostrou isso. — Ele tirou um pequeno frasco de vidro debaixo do robe verde. No interior, a areia negra reluzia. — Observem. — O archigos levantou-se da cadeira, arrastou os pés pelo tablado e desceu para o piso do salão. Tomou vários passos de distância do trono, depois tirou a rolha do frasco e deixou a areia jorrar sobre os ladrilhos. Kenne voltou para o tablado; os joelhos estalaram como gravetos secos quando subiu os degraus. — Todo mundo concorda que Enéas co'Kinnear usou um feitiço para criar fogo; mas aquele era um feitiço de *téni*, não de numetodo. Co'Kinnear foi um acólito da fé concénziana e teve alguma educação sobre o uso do Ilmodo. É muito provável que ele tenha aprendido aquele feitiço; é um dos primeiros a serem ensinados aos novos estudantes. Olhem...

Kenne ergueu as mãos e deixou que dançassem no rápido gestual enquanto a voz entoou as curtas frases necessárias. Um momento depois, uma chama amarela tremeluziu no ar entre suas mãos. — Todos os senhores viram isso mil vezes; todas as noites, quando as lâmpadas são acesas ao longo da Avi a'Parete. Isso aqui não é diferente...

O archigos abriu as mãos, começou um novo cântico, e a chama afastou--se de sua mão, saiu flutuando do tablado até pairar sobre a areia negra. Ali, ele abaixou as mãos devagar, e a chama respondeu da mesma forma, desceu até quase tocar a pilha escura...

O estrondo da explosão foi mais alto até mesmo do que Kenne esperava, e o clarão feriu os olhos. Uma fumaça branca subiu e se espalhou pelo salão, seguida de um cheiro cáustico e intenso. Ele ouviu o baque metálico quando a taça do *cuore della volpe* caiu do braço do Trono do Sol para o chão. A kraljica Sigourney estava com a respiração acelerada no trono e a mão erguida diante do rosto como se tentasse se proteger; ela parecia tentar ficar em uma perna só enquanto pegava a bengala perto da mão direita. Vários conselheiros estavam de pé e berravam. As portas do salão foram escancaradas por gardai, que entraram com espadas na mão. — Kraljica?

Sigourney abaixou as mãos. Kenne ouviu a respiração da kraljica desacelerar. Ela dispensou os gardai com um gesto. — Este cheiro... — murmurou Sigourney. — Eu me lembro dele mais do que de tudo. — Ela virou-se lentamente para o archigos e perguntou — Isso *não* é magia? Como é possível que isso não seja o Ilmodo, archigos?

— Porque é apenas alquimia — respondeu Kenne —, uma combinação de ingredientes que reage violentamente quando entra em contato com fogo. Havia traços desta areia negra na madeira do Alto Púlpito após a archigos Ana ser morta; os mesmos traços estavam no Trono do Sol e no corpo do kraljiki Audric.

— Os numetodos alegam que a fé em Cénzi não é necessária para usar magia, que *qualquer pessoa* é capaz disso, que não é mais complicado do que ser um padeiro. Eles olham para pedras com formato de conchas e crânios e inventam teorias estranhas, eles realizam experiências... em alquimia, assim como em outras "ciências", bem como em magia. Para mim, isso parece *indiciar* os numetodos. — Quem falou foi Odil ca'Mazzak. Ele olhou com raiva para o archigos, e a kraljica concordou com a cabeça diante das palavras.

— Eu afirmo que isso não veio dos numetodos — insistiu Kenne.

— Mesmo que tenha sido Vliomani quem, por acaso, lhe mostrou isso — retrucou Odil com desdém. — Parece uma lógica estranha.

— A areia negra é um preparado *ocidental* — disse Kenne. — Aqui está a lógica, conselheiro. Enéas co'Kinnear tinha acabado de retornar do serviço militar nos Hellins. O senhor também deve se lembrar que o comandante co'Ulcai acabou de nos contar como os ocidentais foram capazes de destruir as muralhas de Villembouchure com explosões similares àquelas que mataram a archigos Ana e o kraljiki Audric.

— E ele disse que as explosões foram criadas pela *magia* dos ténis-guerreiros ocidentais, esses tais "nahualli". — Odil balançou a cabeça grisalha. A pele flácida da garganta sacudiu com o movimento. — Eu acho que o archigos está enga...

— *Não*! — Dessa vez Kenne quase gritou e bateu o pé no chão ao mesmo tempo. — Eu *não* estou enganado. Sei que todos os senhores me acham um velho tolo e decrépito que é uma mera sombra do que um archigos deveria ser. Os senhores podem estar certos quanto a isso, mas estão *errados* nessa questão. Pior do que errados; eu tenho *provas* que me fazem acreditar que o falso archigos Semini está envolvido no assassinato da archigos Ana. E, se esse for o caso... — Ele parou, sem fôlego. Todos encaravam o archigos como se ele fosse uma criança tendo um ataque. — Nós *precisamos* dos numetodos, kraljica, conselheiros — continuou Kenne, com a voz mais baixa. — Precisamos das habilidades, da magia e do conhecimento deles. Nessântico está prestes a ser sitiada pelo oeste e pelo leste, e não podemos nos dar ao luxo de perder aqueles que podem nos ajudar.

Houve um longo e doloroso silêncio. Odil lambeu os lábios e sentou-se. Os outros integrantes do Conselho abaixaram a cabeça e entreolharam-se. A kraljica Sigourney olhou fixamente para a mancha negra nos ladrilhos. — Nós consideraremos o que você disse, archigos — falou ela, finalmente, e Kenne sabia o que isto significava.

Ele gemeou e levantou-se da cadeira novamente. Pegou o cajado de archigos com a mão direita — o globo partido envolto pelos corpos nus e contorcidos dos moitidis — e fez o sinal de Cénzi para a kraljica com a esquerda. Novamente, Kenne afastou-se do tablado arrastando os pés. Ao passar pelo ponto onde a areia negra havia explodido, parou. Os ladrilhos ali estavam quebrados. Ele pegou um dos pedaços maiores, com uma borda afiada de cerâmica azul-clara e a superfície lisa manchada com o que parecia ser fuligem. O cheiro da areia negra era forte. Kenne levantou o pedaço do ladrilho e deixou cair, o som se parecia com o de um prato se quebrando. Ele viu os pedacinhos quicarem e se espalharem.

— Nessântico inteira pode ficar assim — disse o archigos. — Inteira.

Não houve resposta. Ele bateu com a ponta do cajado de archigos no ladrilho e continuou arrastando os pés.

~ Sergei ca'Rudka ~

A TENDA DE NEGOCIAÇÃO FOI ARMADA em um campo entre as duas forças: ao lado da Avi a'Firenzcia e aproximadamente a meio caminho entre Passe a'Fiume e Nessântico. Ao se aproximarem, Sergei já podia ver as silhuetas escuras de Odil ca'Mazzak e Aubri co'Ulcai através do pano branco, juntamente com o u'téni Petros co'Magnaoi, presente como o representante do archigos. A delegação firenzciana era composta por Sergei, a a'hïrzg Allesandra e o starkkapitän ca'Damont, acompanhados pelo obrigatório conjunto de chevarittai e assistentes. Uma vez que nem a kraljica nem o archigos Kenne estavam presentes, o hïrzg e o archigos Semini, diante da sugestão de Sergei, ficaram para trás. Nenhum dos dois ficou contente com o arranjo.

— *Matarh, eu deveria estar lá* — *insistiu Jan.* — *Eu sou o hïrzg, e o que acontecer deve ser,* tem *que ser minha decisão.* — *Ele olhou feio para Sergei e Allesandra.*

— *E será, hïrzg* — *disse Sergei para o jovem.* — *Eu lhe prometo, mas para o senhor estar lá...* — *Ele balançou a cabeça.* — *O senhor é o hïrzg, como disse. Não há um igual ao senhor naquela tenda; também não há um igual ao archigos. Não é esperado do senhor, hïrzg Jan, que negocie em termos iguais com Odil ca'Mazzak, que é apenas um integrante do Conselho dos Ca'; o senhor estaria se rebaixando se fizesse isso. Eu lhe digo que isso é exatamente o que eles querem que faça. Seria uma admissão de que o hïrzg da Coalizão é alguém inferior à kraljica dos Domínios.*

Sergei então olhou para Allesandra e para o archigos, que estava com a cara fechada. — *Os senhores me pediram para dar meu conhecimento, para ajudá-los. É o que estou fazendo aqui. Aparências importam. Importam muito. Especialmente para aqueles no Palácio da Kraljica.*

No fim, com o apoio de Allesandra, o regente venceu o argumento. Jan, pelo menos, foi, de certa forma, educado. Irritado, o archigos saiu em um rompante, e eles ouviram Semini reclamar pelo acampamento pelas próximas viradas da ampulheta.

Conforme o contingente firenzciano desmontava e criados recolhiam as armas e os cavalos e ofereciam comidas e bebidas, os representantes de Nessântico aproximaram-se. Sergei apertou afetuosamente o braço de co'Ulcai e sorriu para seu offizier de longa data. — Aubri, eu gostaria que pudéssemos ter nos encontrado sob circunstâncias melhores. Eu soube o que aconteceu com o pobre Aris... — Ele apertou o ombro do homem e fez o sinal de Cénzi para o u'téni Petros co'Magnaoi. — Petros, é bom vê-lo também. Como está o archigos Kenne?

— Está bem, senhor, e lhe manda bênçãos — respondeu o homem mais velho.

Sergei inclinou-se para perto do u'téni ao abraçá-lo. — Kenne recebeu minha mensagem? — sussurrou o regente no ouvido do velho. — Ele concorda? — Sergei sentiu o leve aceno de Petros. Também viu os olhares de avaliação de ambas as delegações sobre ele ao cumprimentar os dois homens: tanto de Allesandra quanto de Odil ca'Mazzak. Ambos tinham suspeitas; ambos tinham o direito de ter. Sergei acenou com a cabeça para ca'Mazzak e sentou-se à esquerda de Allesandra.

O conselheiro gesticulou, e pajens aproximaram-se para entregar rolos pesados de pergaminhos a Allesandra, Sergei e ao starkkapitän. — Esta é a oferta da kraljica Sigourney — falou ca'Mazzak enquanto o trio lia as palavras presentes ali. — Seu exército terá permissão para retornar a Firenzcia. O fora da lei Sergei Rudka será entregue a nós. Reparações serão pagas por Brezno para os Domínios pela destruição de colheitas e gado feita por seu exército e pela violação do Tratado de Passe a'Fiume. Se os senhores acharem os termos aceitáveis, só é necessário que a a'hïrzg assine como representante da Coalizão.

Não era mais do que Sergei esperava. Ele já testemunhara a arrogância e o excesso de confiança dos Domínios muitas vezes antes.

O starkkapitän ca'Damont bufou desdenhosamente pelo nariz e jogou o pergaminho na mesa. — E como a kraljica pretende *executar* essa oferta, conselheiro? Com os poucos batalhões que o senhor deu ao comandante co'Ulcai? Não tenho nada além de respeito pelo comandante, que é um belo offizier, mas não se afasta um urso raivoso com um graveto. — Ele pareceu se dar conta de que falou o que não devia. O rosto ficou um pouco vermelho. — Perdão, a'hïrzg. Eu sou um simples offizier, mas essas *exigências*... — Ele empurrou o pergaminho da mesa para o chão; um pajem correu para pegá-lo, mas não o devolveu ao starkkapitän.

— A Garde Civile e os chevarittai dos Domínios não são um *graveto*, starkkapitän — gabou-se ca'Mazzak. Ele inchou como um sapo, sentado ereto na cadeira, a papada no pescoço grosso tremeu. — O senhor subestima nossa capacidade de botar um exército em campo rapidamente quando nossas terras são ameaçadas. É uma lição que o último hïrzg Jan aprendeu; estou surpreso que alguém em Firenzcia sinta necessidade de aprendê-la uma segunda vez.

Allesandra parecia ainda estar lendo a proposta, embora Sergei tenha notado que ela escutava com atenção o diálogo. A a'hïrzg pousou o papel diante de si e dobrou as mãos sobre ele. — Muito bem. Deixemos a pose de lado, conselheiro ca'Mazzak. Todos sabemos que Nessântico enfrenta uma ameaça a oeste. Sabemos o que aconteceu com Karnor; ouvimos rumores que Villembouchure pode ter sofrido o mesmo destino. Talvez o comandante co'Ulcai possa nos esclarecer sobre isso, uma vez que eu espero que ele tenha estado lá quando as forças dos Domínios foram escorraçadas? Todo mundo nesta mesa sabe que o senhor não tem forças suficientes para nos desafiar aqui. Então o que é que a kraljica *realmente* oferece?

Sergei havia sugerido esse curso direto de ação para Allesandra, mas a provocação a Aubri co'Ulcai tinha sido contribuição da própria a'hïrzg. A expressão no rosto de Aubri foi o suficiente para confirmar que o palpite dela estava correto, e Sergei sentiu uma pontada de compaixão pelo amigo.

Ca'Mazzak parecia ter engolido uma fruta podre. Ele deu uma olhadela para Petros, que parecia examinar os campos além do limite da tenda, e depois para Aubri. — A kraljica está preparada para oferecer um meio-termo — falou o conselheiro finalmente. — Que o hïrzg e a a'hïrzg voltem para Brezno com a Garde Brezno; no entanto, o starkkapitän ca'Damont e o restante do exército ficam para trás, a fim de auxiliar na defesa de Nessântico contra os ocidentais, ajuda pela qual o tesouro de Nessântico está disposto a pagar. Quanto ao antigo regente... — ca'Mazzak olhou com ódio para Sergei. — A kraljica Sigourney mantém a exigência do retorno de Sergei Rudka para que enfrente as acusações contra ele, não importa o acordo a que cheguemos aqui.

Allesandra ficou de pé ao ouvir isso; um momento depois, Sergei, ca'Damont e o resto do contingente firenzciano acompanhou o gesto. — Então estamos encerrados aqui — disse a a'hïrzg. — O regente ca'Rudka é um conselheiro da coroa de Firenzcia, e nós o consideramos o legítimo governante atual de Nessântico até que um kralji de direito seja nomeado. Se o regente ca'Rudka desejar retornar à Nessântico por conta própria para lutar por seu direito, ele pode fazê-lo. Caso contrário, ele está sob a proteção do hïrzg, não importa o que a pessoa que os senhores nomearam kraljica deseje. — Ela fez uma mesura para ca'Mazzak e gesticulou. Sergei deu um largo sorriso para o homem. Eles deram meia-volta para ir embora.

— Esperem! — Foi Petros que os chamou. Allesandra parou.

— U'téni? — perguntou a a'hïrzg, mas ca'Mazzak já vociferava.

— *Eu* estou no comando dessa delegação — falou o conselheiro. — Você fala quando eu lhe der permissão, u'téni co'Magnaoi.

— Cénzi está no comando da minha consciência — disse Petros. — Não o senhor, nem a kraljica Sigourney. E eu *falarei*. A'hïrzg, Nessântico está em uma situação desesperadora. O comandante co'Ulcai poderia lhe dizer, se tivesse permissão para falar, com que facilidade os ocidentais tomaram os vilarejos e as cidades que eles devastaram. Nessântico precisa desesperadamente de todos os aliados que conseguir reunir agora. O archigos Kenne está preparado para negociar separadamente da kraljica, se for necessário, para alcançar esse objetivo.

— *O quê?* — esbravejou ca'Mazzak. Ele também estava de pé agora e socou a mesa. — Não, não, não. Estamos encerrados aqui. U'téni co'Magnaoi, você será levado de volta à cidade para responder por isso. Comandante, mande seus gardai...

Sergei deu um tapa na mesa bem na frente de ca'Mazzak, o homem fechou a boca com um estalo alto. — O senhor não é nada além do cachorrinho bravo da kraljica, conselheiro — disse o regente ao se inclinar na direção do homem. — Sente-se.

Ca'Mazzak o olhou com ódio e virou-se para Aubri. — Comandante, o senhor tem as suas ordens. O senhor prenderá o u'téni imediatamente.

Aubri não se mexeu, não respondeu. Sergei sentiu a tensão aumentar na tenda. Viu mãos deslizarem cautelosamente na direção das armas escondidas — ele mesmo tinha as próprias facas, uma na bota, outra debaixo da blusa da bashta, e o zumbido do próprio medo ecoava em seus ouvidos. O regente não conseguira contatar Aubri antecipadamente, e se o comandante tivesse decidido que sua lealdade ao Trono do Sol era maior do que a velha lealdade a Sergei, então... Bem, então Sergei não sabia o que poderia acontecer aqui.

— Comandante co'Ulcai, isso é traição — rosnou ca'Mazzak. — Vou exigir sua cabeça por isso, se não fizer como mandei.

Aubri não disse nada; o olhar contemplativo continuava em Sergei. Os chevarittai de ambos os lados ficaram tensos, prontos para agir. Sergei colocou-se entre Allesandra e a mesa e falou — Eu sugiro que o senhor se sente, conselheiro. Deixe o u'téni co'Magnaoi terminar de explicar sua proposta.

Por vários instantes, ca'Mazzak não se mexeu. Ele olhou em volta da tenda lentamente, Sergei sabia que o conselheiro estava avaliando quem ali o seguiria ou não. Evidentemente, o homem não ficou satisfeito com o resultado. Devagar, ca'Mazzak sentou-se novamente. Ele olhou fixamente para as próprias mãos.

— Ótimo — disse Sergei. Por um momento, o zumbido nos ouvidos diminuiu. — Petros, o que o archigos Kenne tem a oferecer para Firenzcia?

— Informação — respondeu Petros. — Nós temos provas de que o archigos Semini esteve envolvido no assassinato da archigos Ana. Podemos dar nomes que verificam essa informação. — Atrás dele, Sergei ouviu Allesandra tomar fôlego diante da acusação. O regente ficou intrigado com a reação; ela parecia mais preocupada do que surpresa. — Como o kraljiki Audric foi morto da mesma maneira — continuou Petros —, nós suspeitamos que o falso archigos esteve envolvido da mesma maneira. Se o hïrzg Jan estiver disposto a julgar o archigos Semini pela morte da archigos Ana em sua própria corte, nós daremos as provas que temos. Em troca, a Fé de Nessântico trabalhará com a Fé de Brezno para restaurar o nosso racha; o archigos Kenne irá convocar um Conclave com todos os a'ténis para eleger um único archigos para reger a fé concénziana, e também abdicará voluntariamente se não for eleito; porém, qualquer archigos eleito deverá assumir o Templo do Archigos em Nessântico, não em Brezno. Da mesma forma, a Fé está disposta a reconhecer o direito ao Trono do Sol de Allesandra ca'Vörl. O archigos Kenne irá apoiá-la diante do Conselho dos Ca' contra a kraljica Sigourney.

— Não! — Ca'Mazzak ficou de pé em um pulo novamente, e uma baba voou de sua boca com a explosão da palavra. — O archigos Kenne será jogado na Bastida por isso, e os ténis que o apoiarem serão expulsos...

— Se isso acontecer — respondeu Petros calmamente —, então o archigos Kenne mandará que os ténis-guerreiros permaneçam nos templos em vez de responderem ao chamado da kraljica. Como a Garde Civile e os chevarittai se sairão contra os ocidentais sem os ténis-guerreiros, conselheiro? Como enfrentarão o exército do hïrzg?

Novamente, ca'Mazzak desmoronou na cadeira. Ele sentiu um arrepio, como se estivesse com febre e alisou a papada. A testa porejava, e debaixo dos braços, o tecido da bashta escureceu.

Allesandra tocou o ombro de Sergei, que se afastou. A a'hïrzg deu um sorriso amargo e fez o sinal de Cénzi para Petros. — Vocês oferecem tudo isso pelo julgamento do archigos Semini?

Petros concordou com a cabeça. — Nós confiamos que a corte do hïrzg será justa e imparcial. E há mais uma coisa: toda perseguição contra os numetodos deve parar. Imediatamente. Os numetodos são inocentes em toda esta questão. O embaixador Karl ca'Vliomani deve retomar o antigo cargo.

Sergei sentiu que as negociações dependeriam da resposta de Allesandra a essa última exigência. Ela tocava o globo partido de Cénzi pendurado no pescoço. Sua própria vida dependia disso também, assim como a de Petros e Aubri. Se ele avaliou errado...

— Eu falarei com meu filho — respondeu a a'hïrzg. — Repetirei tudo o que foi dito aqui. — Sergei achou, por um momento, que essa seria toda a resposta, que ele havia perdido. Mas Allesandra respirou fundo e disse — Vou sugerir que o hïrzg aceite a oferta do archigos. Conselheiro ca'Mazzak, comandante, u'téni, nós voltaremos à tenda de negociação em três viradas da ampulheta para dar nossa resposta.

— Se o archigos Kenne tem provas, eu irei avaliá-las — falou Allesandra para Sergei ao voltarem. — E se o archigos Semini for o responsável pela morte de Ana ca'Seranta, então... — Ela franziu os lábios com força. — Então estou inclinada a convencer meu filho a aceitar a oferta do archigos.

De alguma forma, a a'hïrzg pareceu ter feito exatamente isso, embora Sergei não tenha estado presente à discussão, e embora todo mundo no acampamento tenha ouvido as ocasionais vozes exaltadas na tenda do hïrzg. O regente notou, principalmente, que o starkkapitän ca'Damont colocou gardai postados em volta da tenda do archigos.

Ele se perguntou o que estaria acontecendo no outro acampamento. Tudo dependia das lealdades da Garde Civile e dos ténis — e Sergei não tinha certeza de como aquilo terminaria. O regente rezou para Cénzi, na esperança de que Ele escutasse.

Três viradas da ampulheta depois, Sergei, Allesandra e os demais cavalgaram na direção da tenda de negociação.

Há décadas, quando ele era o comandante da Garde Kralji, Sergei às vezes sentia um arrepio ao se aproximar da Bastida a'Drago: um tremor na espinha, quase parecido com medo, que lhe dizia quando havia algo errado no complexo atrás do crânio sorridente do dragão.

O regente sentiu aquele arrepio agora, conforme o pequeno destacamento se aproximava da tenda de negociação. Antes de mais nada, foi curioso que não houvesse nenhum criado andando de um lado para o outro, que as cadeiras do lado de Nessântico na mesa estivessem vazias. Mas o que deteve Sergei, o que deu um nó no estômago, foi perceber que havia *alguma coisa* sobre a mesa — duas coisas, dois objetos arredondados escondidos sob a sombra da lona que tremulava na brisa. Infelizmente, Sergei sabia o que estava ali.

— Espere um momento, a'hïrzg — falou ele. — Por favor, espere aqui.

Sergei fez o cavalo ir à frente sozinho e gesticulou para o starkkapitän ca'Damont segui-lo. Ele apertou os velhos olhos para forçá-los a distinguir o que havia sobre a mesa. Ao se aproximar, ouviu um leve zumbido que ficou mais alto aos poucos: o barulho de insetos.

O regente entendeu, naquele momento, e a bile subiu à garganta. Ele parou o cavalo, desceu da sela e entrou na sombra da tenda.

Sobre a mesa havia duas cabeças, com uma poça de sangue coagulado e grudento debaixo delas e um tapete de moscas que andavam sobre os olhos abertos e dentro das bocas escancaradas.

Sergei ficou de joelhos e fez o sinal de Cénzi na direção da cena horripilante. — Aubri. Petros. Sinto muito. Sinto muitíssimo.

Trêmulo, o regente ficou de pé novamente e retornou ao cavalo. Ele cavalgou em silêncio até os demais. O olhar de Allesandra questionou Sergei; ela também sabia. O regente viu na maneira com que a a'hïrzg levou a mão à boca antes dele sequer falar.

— O conselheiro ca'Mazzak deixou sua própria resposta para nós — disse Sergei. — Parece que ele não se importa com qual seria nossa resposta.

~ Nico Morel ~

NICO NÃO CONSEGUIA ficar sentado quieto. O menino jamais havia imaginado um lugar tão grande, glorioso e interessante quanto esse. Eles foram conduzidos a um gabinete em um dos prédios que rodeavam a Praça a'Archigos; a recepção em si era maior do que o apartamento de dois cômodos que eles tinham no Velho Distrito e havia pelo menos três portas que levavam a outros aposentos que Nico só conseguia imaginar. Ele vislumbrou um quarto quando um criado entrou com roupas de cama na mão, e o aposento parecia enorme, além dos limites. O gabinete para onde eles foram levados teria abrigado a casa de Nico, assim como aquelas dos vizinhos mais próximos. O teto parecia tão alto e tão branco quanto as nuvens de verão; o piso era um mosaico intrincado de várias madeiras coloridas, e as paredes eram cobertas por tapeçarias lindas, que mostravam a história da vida de Cénzi, a moldura no topo das paredes era entalhada e dourada. Atrás da enorme mesa de mogno, uma sacada dava vista para uma grande praça, com a silhueta do Templo do Archigos emoldurada pelas cortinas abertas. O resto da mobília na sala chamava tanto a atenção quanto a mesa — uma mesa comprida e lustrosa para reuniões, com cadeiras estofadas ao redor; um sofá colocado diante de uma lareira em que a família inteira de Nico poderia ficar em pé dentro, cercada por um belo consolo; um globo entalhado e partido que era mais alto que dois homens, um em cima do outro, com figuras esculpidas dos moitidis em volta dele e uma base cravejada de joias e folheada de ouro reluzente. Ao redor das paredes, havia mesas repletas de lindas maravilhas do exterior: estátuas de animais desconhecidos; uma pedra grande quebrada ao meio, com o miolo cheio de belos cristais violeta; conchas cor-de-rosa e espinhentas do Strettosei...

Nico piscava e olhava fixamente para tudo. — Tudo isso aqui é só para o *senhor*? — perguntou o menino para o archigos, maravilhado.

— Nico, silêncio — disse a matarh, mas o velho no robe verde apenas riu.

— É para o archigos, seja ele quem for — falou o homem. — Eu vivo aqui apenas temporariamente, até que Cénzi me chame de volta para Ele. Era aqui que a archigos Ana vivia também. — Ele deu um tapinha na cabeça de Nico, e os criados trouxeram bandejas de comida e bebidas e colocaram sobre a mesa. O archigos gesticulou para eles assim que terminaram e disse — Isso é tudo. Por favor, cuidem para que não sejamos incomodados. Mandem minha carruagem para a porta dos fundos uma virada da ampulheta antes da Terceira Chamada. — Eles fizeram uma mesura e foram embora. — Sirvam-se — disse o homem quando o último dos criados fechou as portas duplas ao sair do gabinete. — Karl? Parece que uma boa refeição cairia bem a todos vocês.

— Nico olhava fixamente para a comida, e o archigos riu de novo. — Vamos, Nico. Você não precisa esperar.

O menino olhou de relance para a matarh e Talis, que deu de ombros. — Tudo bem — falou a matarh. — Vá em frente...

Nico foi em frente. Um bolinho de grãos com pingos de mel foi a primeira coisa que colocou na boca. Os adultos não pareciam estar com tanta fome quanto ele, o que era estranho. Nem Talis, Karl ou Varina foram à mesa, e sua matarh beliscava a esmo um peito de pato. Em vez disso, eles se amontoaram perto do sofá, em frente à lareira.

— Archigos — Nico ouviu Karl dizer —, Ana ficaria muitíssimo orgulhosa de você. Todos nós lhe devemos agradecimentos.

— Os agradecimentos são para você, Karl. Se você não tivesse vindo até mim, se não me dissesse o que sabia... Bem, não tenho certeza do que teria acontecido. De qualquer forma, eu talvez tenha colocado você em mais perigo, não em menos. A kraljica está furiosa, pelo que eu soube, e assim que o conselheiro ca'Mazzak retornar da negociação com os firenzcianos, eu desconfio que ela ficará ainda menos contente comigo. Nenhum de nós tem como saber o que acontecerá diante dessa situação; por isso precisamos conversar hoje à noite. Não há muito tempo; é possível que um mensageiro já esteja voltando para a cidade. — Nico ouviu o archigos perder a voz. Ele virou-se com um pedaço de pão e queijo na mão. — Este é o ocidental? — perguntou Kenne ao apontar com a cabeça na direção de Talis, que mantinha as duas mãos na bengala que sempre carregava. Nico viu o ar tremular em volta da madeira como se a bengala estivesse em chamas, mas era um fogo mais frio que a neve do inverno passado.

— Sim, archigos — respondeu Karl. — Este é Talis Posti. O vatarh de Nico.

— Ah — falou Kenne. — Vajiki Posti, eu também lhe devo agradecimentos; embora deva me desculpar por querer saber o motivo pelo qual você decidiu me ajudar.

— Porque eu vislumbrei os futuros, e nenhum deles leva a um bom lugar para o meu povo — respondeu Talis, e Nico viu seu interesse aumentar ao ouvir aquilo. Talis podia ver o futuro? Isso seria interessante. Ora, se ele pudesse fazer isso, Nico poderia se ver como adulto, talvez ver o que aconteceria com ele... O menino percebeu que suas mãos se moviam por conta própria em uma estranha dança, os dedos grudentos mexiam-se pelo ar, e palavras desconhecidas vieram a ele. Nico murmurou tão baixinho que nenhum dos demais ouviu. O frio da bengala de Talis parecia fluir na direção de suas mãos; ele sentia o arrepio nos braços.

— Você tem *aquele* dom dos deuses? — perguntou Kenne para Talis, que ergueu as sobrancelhas e olhou para Karl.

— Mahri alegava que podia fazer o mesmo — falou o embaixador. Isso também fez Nico prestar atenção; ele lembrou-se que Talis mencionara o nome anteriormente. — Não que tivesse lhe servido de alguma coisa no fim das contas.

— Não são visões *do* futuro que Axat nos permite vislumbrar, mas todas as possibilidades que existem. Os vislumbres de futuros em potencial não são fáceis de ler, embora fosse dito que Mahri era capaz de usar o talento melhor do que qualquer um antes ou depois dele. E sim, parece que o talento o desapontou, no fim das contas. — Um breve sorriso passou pelo rosto de Talis. — Talvez tenha sido a proximidade com o seu Cénzi.

Kenne riu; Nico gostou do som, fez com que gostasse do homem. O frio envolveu seus braços agora, embora as mãos tivessem parado de dançar.

— Você está disposto a nos ajudar... — o archigos Kenne abriu os braços para incluir Karl e Varina, e o resto da cidade do lado de fora da sacada — ... quando isso significa que você poderia ajudar a derrotar as forças do seu próprio povo?

— Sim — respondeu Talis —, porque Axat me disse que, ao fazer isso, eu *ajudarei* meu povo.

O frio congelava os braços de Nico e estava ficando pesado. Ele não sabia o que fazer com aquilo, mas tremia com o esforço de segurá-lo, e a dor quase fez com que gritasse. — Às vezes seu inimigo torna-se seu aliado — dizia Varina para o archigos. — Eu sei...

— Nico! — A voz da matarh foi quase um berro. — O que você está fazendo? — O menino tomou um susto quando Serafina agarrou seu ombro, e o frio saiu voando do corpo. Ao fugir, a energia reluziu e flamejou, como uma língua de fogo azul. A rajada foi disparada por ele, varou o espaço entre Talis e o archigos e se dirigiu para a escultura do globo partido, no canto do gabinete. Nico soluçou, assustado tanto pela sensação de alívio quanto de puro terror diante do que tinha acabado de lançar. Varina, que estava a alguns passos do archigos, gesticulou e falou uma única palavra ríspida; com o movimento, Nico viu a linha de fogo azul fazer uma curva e dar meia-volta. A rajada fez um arco ao se afastar da escultura, cuspiu fagulhas cor de safira sobre a mesa envernizada e saiu assobiando pelas portas abertas da sacada. Bem acima da praça, o fogo concentrou-se e explodiu: um globo azul-claro que brilhou como um relâmpago congelado. Com a explosão, veio o estrondo ensurdecedor de um trovão que ecoou nas paredes dos prédios que circundavam a praça. Nico sentiu as janelas tremerem e chacoalharem nas ombreiras e ouviu vidro se quebrando ao longe.

— Nico! — O menino foi abraçado pela matarh. — Nico... — repetiu ela, com mais gentileza dessa vez. Serafina abraçou o filho com mais força, que não tinha certeza se era para ser um abraço ou um estrangulamento. Todos olhavam fixamente para ele.

— Desculpem — falou Nico. — Eu não tinha a intenção de.

Ele começou a chorar.

~ Karl Vliomani ~

— DESCULPEM — falou Nico. O lábio inferior tremia, e as próximas palavras mal haviam saído antes que os ombros começassem a tremer por causa dos soluços. — Eu não tinha a intenção de...

Serafina olhava fixamente sobre os ombros do menino ao abraçá-lo, seus olhos estavam arregalados e aterrorizados. Lá fora, na praça, eles escutaram gritos ao longe quando os transeuntes começaram a procurar pela fonte da claridade trovejante. Karl ouviu Varina suspirar de alívio atrás de si. — Se ele estivesse um pouquinho para um lado, ou para o outro... — disse Karl.

— Ele não estava — respondeu Varina, que se ajoelhou na frente do menino e acenou com a cabeça para Serafina. — Está tudo bem, Nico. Ninguém se machucou. Está tudo bem. — Ela olhou para Karl, atrás dela. — Está tudo bem — repetiu. O menino fungou e esfregou a manga no nariz e nos olhos.

Karl suspirou e sorriu: para Varina, para Nico e para Serafina. — Sim, está tudo bem, graças a Varina. Talis, você sabia...?

— Eu suspeitava, mas... — Ele segurava o cajado mágico e o olhava confuso, como se fosse um copo subitamente vazio. — *Agora* eu sei. Archigos, o senhor está...?

Kenne abanou a mão, como se não fosse nada, mas Karl notou que o peito do homem ainda ofegava. — Eu estou bem — disse o archigos. — E impressionado. Seu filho é um dos poucos talentos naturais que conheci. O archigos Dhosti foi um, e Ana, também. Com treinamento, bem...

— *Eu* o treinarei. — A resposta do homem veio acompanhada por uma cara fechada. Ele pegou o cajado mágico com força. — Esse é o dom de Axat, não de Cénzi.

— É claro — falou Kenne para Talis, mas o olhar permaneceu em Nico. — Não se preocupe — disse o archigos para o menino. — Ninguém aqui está com raiva de você, entendeu? — Nico concordou com a cabeça, ainda fungando o nariz.

— Se eu soubesse disso, teria sido bem mais cauteloso quando me aproximei de você pela primeira vez — falou Karl para Talis. — Mas, como não aconteceu nenhum mal... Nós ainda temos planos e contingências em que pensar. Archigos, Petros está pronto para fazer a proposta que conversamos para Firenzcia?

Kenne concordou com a cabeça, com mais hesitação do que Karl gostaria, mas ao menos *foi* uma confirmação. Na verdade, ele teve medo de que o archigos não levasse o plano adiante, especialmente dado o perigo inegável em que Petros foi colocado. — Ele está pronto. — A voz de Kenne tremeu um pouco; medo combinado com idade, decidiu Karl. — Na verdade, Petros já deve ter feito a proposta a essa altura.

— Ótimo — disse Karl. Ele deu um tapinha no ombro de Kenne e falou — Ele ficará bem e voltará para você em breve. Agora, da parte de Talis, ele trará os materiais dos aposentos de Uly para o templo amanhã, e nós podemos começar a preparar a areia negra para a demonstração. Isso deve mostrar a esse tal tecuhtli dos ocidentais que atacar a cidade seria idiotice. Nós podemos prevenir centenas, se não milhares, de mortes.

A carruagem do archigos era um truque — quatro criados de Kenne entraram no veículo quando ele parou na entrada dos fundos do prédio, enquanto Karl e os demais desceram correndo uma escada dos fundos na direção de uma entrada de serviço pouco usada. Nenhum deles sabia se o subterfúgio era necessário; Karl torcia para que não fosse, porém, caso fosse, então nenhuma alternativa que eles prepararam se tornaria realidade.

O grupo começou a sair correndo da praça em direção à Avi. Kenne dera a eles dinheiro suficiente para alugarem uma das carruagens e levá-los de volta ao Velho Distrito. Conforme passaram pela rua, Karl e os demais viram três esquadrões distintos de Garde Kralji cruzarem a Praça do Archigos correndo.

— Esperem um momento — falou o embaixador. Talis, Serafina e Nico já estavam na Avi à procura de uma carruagem para alugar; Varina, um pouco à frente dele, parou. Quando Karl hesitou, no limite da praça, ele e Varina viram dois dos esquadrões entrarem no prédio de onde eles acabaram de sair; o outro esquadrão entrou no Templo do Archigos.

As armas estavam desembainhadas, o aço reluzia sob a luz das lâmpadas.

— Karl? O que está acontecendo?

— Não sei, Varina. Acho que eu deveria voltar. Leve os demais. Eu vou...

— Não — disse Varina com firmeza. Ela voltou até onde o embaixador estava e segurou o braço dele. — Não, Karl. Não dessa vez. Mesmo disfarçado, seu rosto é muito reconhecível pela Garde Kralji, e há vários deles, de todo modo. Você não sabe por que os gardai estão lá; pode não ser nada.

Provavelmente não é nada. E caso não seja... — Varina mordeu o lábio inferior. Os olhos imploraram. — Você precisa deixar o archigos cuidar de si mesmo. Venha comigo. Por favor.

— Mas se as coisas deram errado...

— Se as coisas deram errado, você não pode mudá-las agora. *Nós* não podemos mudá-las. Tudo que aconteceria é que você estaria perdido também. — O braço apertou o dele. — Por favor, Karl. Vamos embora. Se *houver* um problema, nós conseguiremos ajudar mais o archigos se estivermos vivos do que se formos jogados na Bastida com ele. Nós soltamos Sergei; podemos fazer o mesmo novamente se precisarmos. Karl... — Varina encostou a cabeça no ombro dele. — Se você voltar, então eu irei com você. Mas essa é a decisão errada. Tenho certeza.

Karl olhou fixamente para os prédios e desejou que pudesse ver a sacada de Kenne dali. Tudo estava em paz; as pessoas ainda andavam pela praça como se nada estivesse acontecendo. Mas ele sabia. Ele sabia.

E também sabia que Varina estava certa. Ele não podia mudar nada. Karl olhou para trás. Talis chamou uma carruagem com um gesto e olhava para os dois com curiosidade. Uma mulher, que estava vestida com roupas pobres demais para esta parte da cidade, o que era estranho, passou correndo por eles vindo da direção da praça. Ao passar, ela pareceu tropeçar e esbarrar de leve em Karl. — Desculpe, vajiki — murmurou a mulher. — A voz... parecia vagamente familiar, mas ela manteve o capuz da tashta erguido e a cabeça baixa. Ele vislumbrou o cabelo castanho e sujo. — Vai ser uma noite ruim. Uma noite ruim. O senhor realmente deveria correr para casa...

Ela foi embora depressa.

Karl olhou fixamente a mulher, que desapareceu do outro lado da carruagem à espera. Talis acenava para eles. Foi aí que Karl lembrou-se de onde ouvira aquela voz.

— Tudo bem — disse ele para Varina. — Vamos embora.

— INFELIZMENTE seu pobre Petros está morto. É uma pena.

Kenne ouviu as palavras, e os velhos olhos embaçaram com as lágrimas, embora ele já soubesse que Petros estava morto. Ele sentira em seu coração quando a Garde Kralji veio e o levou para a Bastida. Só lhe restava torcer para que Karl e o resto tivessem escapado da varredura; eles foram embora com apenas algumas marcas da ampulheta de antecedência. O gosto da mordaça de metal e couro era horrível; os grilhões que prendiam as mãos eram tão pesados que ele mal conseguia levantá-los do colo.

O rosto deformado da kraljica Sigourney encarava o archigos de cima. Kenne sustentou o olhar caolho dela por apenas alguns instantes, enquanto respirava através do horrível aparato sobre a cabeça, depois abaixou o próprio olhar, arrasado e derrotado. Entre as pernas, as mãos algemadas mexiam inquietas na palha da cama tosca onde ele estava sentado na cela, no alto da torre principal da Bastida. A voz da kraljica era solidária, quase triste. — Você é um bom homem, Kenne. Sempre foi. Mas era fraco demais para ser archigos. Deveria ter recusado o título e dito ao Colégio A'téni para eleger outra pessoa.

Kenne só podia concordar com a cabeça. Havia muitas noites ultimamente que em ele desejava exatamente a mesma coisa.

— Você devia saber que isto aconteceria, Kenne. Você escolheu se associar aos inimigos dos Domínios. Devia saber. E agora...

Ela mancou até a única janela da cela e apoiou-se na muleta acolchoada e dourada, enquanto a perna direita ficava pendurada sobre o vazio abaixo do joelho. A janela dava vista para oeste, Kenne sabia; na parede oposta à janela, ele tinha visto a luz do sol ficar amarela, depois vermelha e então púrpura ao subir sobre pedras úmidas até sumir. — Venha cá. — falou Sigourney. — Venha cá e veja.

Ele levantou-se da cama com dificuldade; era um velho arrasado agora, na verdade. Arrastou os pés até a janela enquanto a kraljica esperava ao lado. Lá fora, debaixo de um belo céu azul, Kenne viu o A'Sele reluzir sob o sol enquanto cortava a cidade em direção ao mar. Perto de onde o rio virava para o sul, ele viu dezenas de velas reunidas. Do outro lado do A'Sele, onde antigamente havia fazendas e propriedades dos ca' e co', a terra estava agitada por uma invasão sombria que não estava lá ontem. — Está vendo? Está vendo o exército ocidental se aproximar? Aquelas são as pessoas pelas quais você traiu os Domínios, archigos. São as pessoas que o deixaram tão assustado que você tentou fazer um pacto com os cães firenzcianos contra mim. — A voz assumiu um tom mais agressivo agora, o único olho atacava Kenne. — Aquelas são as criaturas desprezíveis que mataram meu irmão. São os vilões que destruíram nossas cidades e nossos vilarejos. Quer você acredite ou não, tenho certeza de que também são as pessoas que mataram Audric e me transformaram nesse horror. Será que eu odeio os ocidentais? Ah, você não pode imaginar o quanto. Observe, e você verá os bons chevarittai dos Domínios escorraçá-los, e depois nós cuidaremos de seus amigos firenzcianos também. Em breve, o combate começará. E você vai nos ajudar, Kenne.

Ele virou a cabeça amordaçada na direção de Sigourney, com uma expressão de curiosidade. Ela riu. — Ah, você vai. Nós temos que ter os ténis-guerreiros, afinal, e temos que garantir que eles entendam que seu archigos agora se arrepende de sua horrível traição e que deseja que todos os ténis da fé concénziana ajudem Nessântico nesta ocasião terrível da maneira que puderem. É o que você deseja mesmo, não é, archigos?

Kenne só podia encará-la, mudo.

— Você acha que não? Bem, a proclamação já está escrita; só precisa de sua assinatura. E quer você queira ou não, eu *terei* essa assinatura. Você foi amigo de Sergei Rudka, afinal; deve saber que a Bastida *sempre* consegue as confissões que deseja.

Mesmo com aquele horrível aparato preso ao rosto, Kenne não conseguiu esconder a expressão de horror e percebeu o sorriso da kraljica diante de sua reação. — Ótimo — falou Sigourney. — Vou refletir sobre o seu sofrimento quando o capitão me entregar sua confissão.

A kraljica gesticulou para os gardai do lado de fora da cela e disse — Ele está pronto. Cuidem para que receba sua hospitalidade integralmente.

~ A Batalha Começa: Niente ~

A CIDADE ERGUIA FLANCOS DE PEDRA sobre morros baixos; as torres e os domos lotavam a grande ilha no centro do rio de modo que parecia uma pedra coberta por cracas. A metrópole saltara para fora do confinamento do cinturão das muralhas, magnífica, orgulhosa e destemida, os campos ao redor eram cheios de grãos e colheitas que alimentavam a aglomeração de habitantes. Essa cidade... Ela era a rival de Tlaxcala, de certa forma menor, porém mais populosa e comprimida, com uma arquitetura estranha. Nas cidades de sua terra natal, prevaleciam as pirâmides dos templos de Axat, Sakal e dos Quatro; aqui em Nessântico, o que era mais visível eram as torres dos grandes edifícios e os domos dourados dos templos.

Tão estrangeiro. Tão estranho. Niente não queria nada além de ver locais conhecidos novamente e temia que jamais os veria.

Ele olhou para Nessântico e sentiu um arrepio, mas não viu a mesma reação no tecuhtli Zolin. O tecuhtli, ao contrário, estava no morro que dava vista para o rio e a cidade. Zolin cruzou os braços e deu um sorriso com os lábios fechados. — Isso é nosso — disse ele. — Olhe para a cidade. Ela é *nossa.*

Niente se perguntou se o homem ao menos notou as grandes fileiras de tropas orientais dispostas ao longo da estrada, se contou os barcos que apinhavam o rio, se percebeu os preparativos para guerra na periferia oeste da cidade.

— O que você me diz, Niente? — perguntou Zolin. — Será que descansaremos amanhã à noite neste lugar?

— Se for a vontade de Axat — respondeu Niente, e Zolin gargalhou.

— É a *minha* vontade que importa, nahual. Você ainda não compreendeu isso? — Ele não deu tempo para Niente responder; não que houvesse alguma resposta que o nahual pudesse dar. — Vá. Cuide para que os nahualli estejam prontos e que o resto da areia negra tenha sido preparado para os ataques iniciais. E mande Citlali e Mazatl até mim. Começaremos hoje à noite. Vamos mantê-los acordados e exaustos; depois, quando Sakal colocar o sol no céu, atacaremos como uma tempestade. — Zolin olhou fixamente para a cidade por mais um instante, depois se virou para Niente. Quase com carinho, colocou a mão em seu ombro. — Você *verá* sua família novamente, nahual. Eu prometo. Mas, primeiro, temos que dar uma lição nesses orientais por sua insensatez. Olhe em sua tigela premonitória, Niente. Você verá que estou certo. Verá sim.

— Com certeza eu verei, tecuhtli.

Mas Niente já sabia o que veria. Ele tinha vislumbrado na manhã de hoje, enquanto eles se aproximavam desse lugar.

O nahual havia rogado a Axat e olhado na tigela, e ele não ousaria olhar novamente.

~ A Batalha Começa: Sergei ca'Rudka ~

PELA MAIOR PARTE DA MANHÃ, Sergei cavalgou sozinho no meio das tropas firenzcianas, perdido em reflexões que mantinham afastada — pelo menos um pouco — a dor crescente nas costas, provocada pela longa cavalgada. E o corpo não estava mais acostumado a longos dias na sela, nem a tardes passadas debaixo de uma tenda.

Você está ficando velho. Não estará aqui por muito tempo mais, e tem tanto o que fazer ainda.

— Regente, quero falar com você.

Diante do chamado, Sergei virou o olhar e viu o garanhão com as cores de Firenzcia que parou ao seu lado sem ser notado. *Velho. Antigamente, você jamais teria deixado de perceber a aproximação.* — É claro, hïrzg Jan — falou ele.

O menino trouxe o garanhão mais para perto da baia de montagem de Sergei. A montaria do regente mexeu as orelhas nervosamente e revirou os olhos diante do cavalo de guerra bem maior do que ela. Jan não disse nada, a princípio, e Sergei aguardou enquanto eles prosseguiam pela Avi levantando uma nuvem de poeira em volta dos dois. O exército aproximava-se de Carrefour, com Nessântico a um bom dia de marcha de distância. As forças de Nessântico desapareceram, sumiram; foram embora na tarde da negociação. — A matarh disse que você perdeu dois bons amigos — falou Jan finalmente.

— Perdi sim. Aubri co'Ulcai fez parte da minha equipe por muitos anos, tanto na Garde Kralji quando na Garde Civile, antes de eu ser nomeado regente. Ele era um bom homem e um excelente soldado. Eu não consigo nem pensar em falar com a esposa e os filhos dele para contar o que aconteceu, muito menos para dizer que a lealdade a mim foi a responsável pela morte de Aubri. — Sergei esfregou o nariz de metal, a cola repuxou a pele quando ele fechou a cara. — Quanto a Petros... bem, não havia pessoa mais gentil no mundo, e sei como a amizade dele era importante para o archigos. Não sei o que a notícia fará ao archigos Kenne. Matá-los foi cruel e desnecessário, e se Cénzi me der uma vida suficientemente longa, eu cuidarei para que o conselheiro ca'Mazzak se arrependa da dor que causou a mim e às pessoas de quem eu gosto.

O jovem concordou com a cabeça e falou — Eu entendo. Entendo mesmo. Algum dia, eu encontrarei quem contratou a Pedra Branca para matar meu onczio Fynn, e eu mesmo matarei essa pessoa e a Pedra Branca junto com ela. Meu onczio era um bom amigo para mim, bem como meu parente, e me ensinou muita coisa no pouco tempo em que estive com ele. Eu queria que ele tivesse vivido o suficiente para me ensinar mais a respeito... — Jan parou e balançou a cabeça.

— Não existe livro que ensine alguém a ser um líder, hïrzg — disse Sergei. — A pessoa aprende ao liderar e torcendo para não cometer muitos erros no processo. Quanto à vingança: bem, ao ficar mais velho, eu aprendi que o prazer que se tira da concretização da vingança jamais se compara à expectativa. Também aprendi que às vezes tem que se deixar a vingança completamente de lado em nome de um objetivo maior. A kraljica Marguerite sabia disso melhor do que ninguém; e por esse motivo ela era uma monarca tão boa. — Ele sorriu. — Mesmo que seu vavatarh discordasse veementemente.

— Você conheceu os dois.

Sergei não soube dizer se isso era uma afirmativa ou uma pergunta, mas concordou com a cabeça. — Conheci, sim, e tinha um grande respeito por ambos, incluindo o velho hïrzg Jan.

— Minha matarh o odiava, creio eu.

— Se ela odiava, tinha boas razões — respondeu Sergei. — Mas Jan era o vatarh dela, e acho que sua matarh também o amava.

— Isso é possível?

— Nós somos criaturas estranhas, hïrzg. Somos capazes de ter dois sentimentos conflitantes na cabeça ao mesmo tempo. Água e fogo, ambos juntos.

— A matarh diz que você costumava torturar pessoas.

Sergei esperou um longo tempo para responder. Jan não disse nada e continuou cavalgando ao lado dele. — Era meu dever, em uma determinada época, quando estive no comando da Bastida.

— Ela falou que os rumores diziam que você gostava de torturar. Isso faz parte do que você dizia, sobre a habilidade de ter dois sentimentos conflitantes na cabeça ao mesmo tempo?

Sergei franziu os lábios. Ele esfregou o nariz novamente. Olhou para frente, não para o jovem. — Sim — respondeu Sergei finalmente. A palavra solitária trouxe de volta todas as memórias da Bastida: a escuridão, a dor, o sangue. O prazer.

— A matarh é, ou *era*, de qualquer maneira, amante do archigos Semini. Você sabia disso, regente?

— Eu suspeitava, sim.

— Mesmo que ela ame o archigos, a matarh estava disposta a sacrificá-lo e entregá-lo ao julgamento, como o u'téni Petros pediu. Ela tomaria essa decisão; a própria matarh me disse quando voltou da negociação. "Que os pecados de Semini sejam pagos em vidas salvas", foi o que ela falou. Não havia uma lágrima no olho ou um sinal de arrependimento em sua voz. O archigos... ele não sabe disso. Não sabe como chegou perto de ser um prisioneiro. Até onde eu sei, os dois ainda podem... — Jan parou. Deu de ombros.

— Água e fogo, hïrzg — falou Sergei.

Jan concordou com a cabeça. — Ela disse que você ama Nessântico acima de todos nós. No entanto, você cavalga conosco, salvou a matarh e a mim em Passe a'Fiume e colocaria a matarh no Trono do Sol.

— Eu colocaria sim, porque estou convencido de que isso seria o melhor para Nessântico. Eu quero ver os Domínios restaurados, com Firenzcia novamente como seu forte braço direito. — Sergei fez uma pausa. Os dois podiam ver os arredores de Carrefour diante deles na estrada, os topos dos prédios se erguiam mais alto do que as árvores. — É isso o que o senhor também quer, hïrzg?

Sergei observou o jovem, que desviou o olhar para a longa fileira do exército que se estendia pela estrada. — Eu amo minha matarh — respondeu Jan.

— Não foi o que eu perguntei, hïrzg.

Jan concordou com a cabeça e continuou olhando para a cobra blindada de seu exército. — Não, não foi, não é mesmo?

~ A Batalha Começa: Karl Vliomani ~

— VOCÊ AINDA PODE IR EMBORA pelas ruas a leste do Portão Norte — disse Karl para Serafina. — Terá que tomar cuidado e andar rápido, mas se estiver com Varina, você e Nico terão proteção.

Karl viu que Serafina e Varina balançavam a cabeça antes mesmo de ele terminar. — Eu não irei embora sem Talis — falou Serafina. Nico estava no colo da matarh enquanto se sentavam à mesa da sala principal do apartamento de Serafina. Eles terminaram um jantar à base de pão, queijo e água, embora o queijo estivesse velho, o pão, mofado, e a água, turva. Mas comeram tudo, pois não sabiam quando teriam mais comida.

Com o exército dos tehuantinos a oeste dos limites da cidade, o A'Sele sob controle dos navios ocidentais, e a ameaça do exército de Firenzcia a leste, Nessântico estava em pânico. Rumores fantásticos e absurdos sobre a pilhagem de Karnor e Villembouchure corriam pela cidade e ficavam mais sinistros e violentos cada vez que eram repetidos. Os ocidentais, caso se pudesse acreditar nas histórias, não eram nada além de demônios gerados pelos próprios moitidis, dedicados ao estupro, à tortura e à mutilação. As prateleiras das lojas estavam praticamente vazias; os moinhos não tinham farinha para as padarias, e não havia carroças vindo dos campos fora da cidade para os mercados. Até mesmo a Avi a'Parete estava às escuras na noite de hoje, pois os ténis-luminosos não fizeram as rondas de sempre; para piorar, uma neblina espessa e gelada surgiu a oeste e tomou conta da cidade, que tremia na escuridão, à espera do ataque inevitável que viria.

— Eu pensei ter perdido tanto Talis quanto Nico uma vez; não os perderei novamente — continuou Serafina.

— Ele *não pode* ir embora — insistiu Karl. — Talis é homem e jovem o suficiente para ser obrigado a servir à Garde Civile. Eles o pegariam antes que chegasse à metade da Avi. E com o archigos na Bastida... bem, com muita certeza a Garde Kralji tem nossas descrições e já procura por nós. Duas mulheres com um menino... acho que você estaria a salvo. Mas comigo e com Talis...

— Eu não vou embora sem ele — insistiu Serafina. A voz e a mão em volta da cintura de Nico tremeram, mas os lábios permaneceram firmemente franzidos.

— Metade da cidade *já* foi embora... aqueles que puderam. Os rumores sobre Karnor e Villembouchure... tudo aquilo pode acontecer aqui.

Ela deu de ombros.

Varina estava sorrindo sombriamente e tocou o joelho dele por debaixo da mesa. — Você perdeu a discussão, Karl. Com ambas. Estamos aqui. E ficaremos aqui, não importa o que isso signifique.

Karl olhou para Talis, que estava sentado em silêncio ao seu lado da mesa. No último dia, ele andou quieto de uma maneira estranha, desde que foi confirmada a notícia da prisão do archigos, e passou muito tempo com a tigela premonitória. Karl se perguntou o que o homem estaria pensando por trás daquele rosto solene. Talis deu de ombros, e falou para Serafina — Eu concordo com Karl. Eu preferiria que você e Nico estivessem a salvo.

Varina pegou a mão de Karl ao ficar de pé. — Venha comigo. Deixe Sera e Talis resolverem essa questão sozinhos. Nós resolveremos também.

Karl acompanhou Varina até o outro aposento. Ela fechou a porta assim que os dois entraram, de maneira que só podiam ouvir um murmúrio baixo de vozes que conversavam, e disse — Ela ama Talis. — Varina ainda estava apoiada na porta e olhava para Karl.

— Sim — protestou Karl — e é exatamente por isso que Talis quer que Serafina vá embora: porque ele não quer perder as pessoas que ama.

— E é exatamente por isso que ela *não* irá embora, porque não suportaria não saber o que aconteceu com Talis. — Varina cruzou os braços sob os seios. — É por isso que eu também não irei embora.

— Varina...

— Karl, cale a boca. — Varina afastou-se da parede e foi até ele. Os braços deram a volta em Karl, os lábios procuraram os dele. Havia um desespero no abraço, uma violência no beijo. Karl ouviu um soluço na garganta de Varina e levou a mão ao rosto dela para descobrir que a bochecha estava molhada. Ele tentou se afastar, perguntar o que estava errado, mas Varina não permitiu. Ela puxou de volta a cabeça de Karl, usou o peso do corpo para derrubá-lo sobre o colchão de palha no chão. Então, por um instante, Karl esqueceu de tudo.

Mais tarde, ele deu um beijo em Varina enquanto a segurava perto de si e apreciava o calor de seu corpo. — Eu amo você, Karl — sussurrou Varina no ouvido. — Desisti de fingir que não.

Karl não respondeu. Ele queria. Queria devolver as palavras para Varina. Elas preencheram a garganta, mas ficaram ali, presas. Karl achava que, se dissesse as palavras, trairia Ana e tudo o que ela significava para ele. — *Encontre outra pessoa* — dissera Ana, há muito tempo. — *Volte para sua esposa, se quiser. Ou apaixone-se por outra pessoa, por mim tudo bem, também. Eu ficaria feliz por você porque não posso ser o que você quer que eu seja, Karl.*

— Eu... — começou Karl, mas parou. Os dois ouviram ao mesmo tempo um assobio estridente e um rugido baixo como trovão, seguidos quase que imediatamente por outros, e as trompas dos templos começaram a soar um alarme. Karl rolou e afastou-se de Varina. — O que é isso? — perguntou ele, mas suspeitava que já sabia. Ambos vestiram-se depressa e correram para o outro cômodo.

— Começou — falou Talis para os dois assim que entraram. Ele estava parado ao lado da porta que dava para o sul. Na direção do A'Sele, todos puderam ver o brilho laranja amarelado sobre os tetos, iluminando a névoa que bloqueava a visão. — Fogo — continuou Talis. — Os nahualli estão disparando areia negra dentro da cidade, perto do A'Sele.

As trompas soavam estridentes, e havia berros e gritos abafados vindos da névoa.

Talis fechou a porta e disse — É tarde demais agora. Tarde demais.

~ A Batalha Começa: Sigourney ca'Ludovici ~

DO ÚLTIMO ANDAR do Palácio da Kraljica, apoiada em uma muleta que compensava a falta da perna, Sigourney podia ver os telhados à frente e as águas do A'Sele na margem norte, onde as fogueiras dos ocidentais ardiam nos arredores da cidade. Lá também, ela sabia, estava agrupado o exército da Garde Civile, agora com Aleron ca'Gerodi como comandante. Ele, pelo menos, estava confiante na capacidade dos chevarittai e da Garde Civile em lidar com a dupla ameaça à cidade, mesmo que ninguém mais estivesse. Ca'Gerodi ao menos já esteve em combate antes — e entre os chevarittai à disposição da kraljica, ele era o mais indicado para ser o comandante, desde que ca'Mazzak retirou Aubri co'Ulcai da disputa. Isso fora um erro, Sigourney tinha certeza; um erro que ela compreendia, sim, dada a rebelião de co'Ulcai, mas também um erro que poderia custar a Nessântico mais do que a cidade podia bancar.

O corpo de Sigourney doía muito esta noite. Ela tomou um bom gole de *cuore della volpe* e pousou a taça no peitoril da janela.

Sigourney também estivera confiante. Confiante de que eles dariam conta daquela ralé ocidental e a destruiria. Depois, que eles se voltariam para o leste e cuidariam de Allesandra e seu filhote, e que fariam com que os firenzcianos percebessem a insensatez desse rompimento do tratado. Sim, ela estivera confiante.

Mas isso parecia ter sido séculos atrás.

Agora, Sigourney vira a estranha névoa surgir do acampamento ocidental e envolver o Velho Distrito e a Garde Civile. Depois, após uma mera virada da ampulheta, grandes flores de fogo laranja nascerem na margem norte, e a kraljica viu as flores subitamente desenharem arcos no céu em várias direções; algumas caíram na névoa onde seu exército esperava, e outras...

A água do A'Sele tremeluziu com o reflexo do fogo conforme as flores — que guinchavam e bramiam — subiam, como se tivessem sido lançadas por raivosos moitidis. Ela viu a resposta dos ténis-guerreiros: raios azul-claros lançados na direção das flores ao alto. Vários alcançaram as flores no ápice de seus arcos: quando eles se tocaram, um breve sol ganhou vida e o som do trovão ecoou pela cidade. Mas havia muitas flores de fogo e a resposta dos ténis-guerreiros chegou atrasada demais. A maior parte das bolas de fogo caiu: sobre os navios de guerra dos Domínios no rio, no labirinto do Velho Distrito, e sobre a própria Ilha A'Kralji. E, onde caíam, explodiam em um jorro de fúria brilhante e ruidosa.

Sigourney observou uma bola de fogo em especial: o arco se ergueu mais alto que os demais, e ela viu a linha assustadora que vinha diretamente em sua direção. A kraljica olhou fixamente, paralisada tanto pelo fascínio quanto pelo medo, e sentiu (conforme a bola de fogo despencava, à medida que crescia a cada instante) o corpo se lembrar do choque e do horror do momento em que o kraljiki Audric foi morto. Ela perguntou-se se doeria muito.

Mas não... Sigourney viu que o rastro de fagulhas agora se desviava levemente para a sua direita. A bola de fogo chocou-se contra a asa norte do palácio e espirrou fogo sobre a fachada e os jardins lá embaixo. A kraljica sentiu a estrutura inteira tremer com o impacto, tão forte que ela teve que se segurar na ombreira da janela para evitar cair. Os dedos apertaram com força a barra da muleta. Houve gritos e berros por toda parte do terreno. A noite de Nessântico foi mais uma vez banida — não pelas famosas lâmpadas dos ténis-luminosos, mas por um inferno. Mesmo da janela, Sigourney achou que podia sentir o calor.

Os criados entraram correndo no cômodo. — Kraljica! A senhora tem que vir conosco! Depressa!

— Eu não sairei daqui.

— A senhora precisa sair! O fogo!

— Então não percam seu tempo aqui; vão ajudar a apagá-lo — falou Sigourney. — Convoquem os ténis-bombeiros nos templos. Vão. Vão!

Ela gesticulou com a mão livre para os criados — o corpo ferido e combalido protestou ante a violência do movimento —, e eles foram embora. As trompas soaram, agora nos templos, o alarme tomou conta da cidade inteira. Sigourney abaixou o olhar e viu os funcionários do palácio correrem na direção da ala em chamas. A fumaça deu a volta na lateral do palácio e fez arder o olho restante da kraljica. Ela piscou ao lacrimejar e bebeu o resto do preparado do ervanário.

— Olhem para mim! — Sigourney soltou um berro estridente para a noite e para as forças ocidentais escondidas na névoa. — Eu abri mão de muita coisa para estar aqui. Vocês não vão me tirar daqui. Não vão.

~ A Batalha Começa: A Pedra Branca ~

— *POR QUE VOCÊ CONTINUA AQUI?*

— *Por que você os vigia? O menino não é seu.*

— *Ele não é sua responsabilidade.*

— *Você esperou tempo demais.*

As vozes tagarelavam na cabeça dela, em tom sedutor, de alerta, satisfeito. A voz de Fynn era a mais alta, ronronava com satisfação. — *Você morrerá aqui, e a criança dentro de você também.*

— Silêncio — disse a Pedra Branca para todas as vozes, que fizeram silêncio a contragosto.

O ar estava espesso com a névoa anormal, e o cheiro de madeira queimada fluía pelos filetes da bruma. O brilho tinha ficado pior, e agora parecia cair uma neve de verão: cinzas caíam no chão e cobriam o cabelo oleoso e os ombros da tashta suja da Pedra Branca. Havia sons indefinidos na névoa, encobertos pelo lamento contínuo e sobrenatural das trompas.

A Pedra Branca olhou fixamente para a porta onde viu Talis pela última vez. Agora não havia ninguém lá, e ela não tinha visto Nico. *Não há nada que você possa fazer por ele. Por enquanto, Nico está a salvo.* Ela pressionou as mãos contra a barriga inchada. Talvez as vozes estivessem certas. Talvez ela devesse fugir da cidade. Salvar a própria filha.

Mas Nico era filho dela também. Cénzi trouxe o menino para ela. Ele a escolheu, e Nico era tão filho dela quanto a criança em gestação dentro de sua barriga.

— *Tarde demais...*

Ou talvez não. Com uma careta, ela se afastou da casa de Nico e andou rapidamente pelas ruas. Ela tinha que ver com os próprios olhos, tinha que saber o que acontecia. As ruas estavam bem mais cheias do que costumavam ficar a esta altura da noite, mas as pessoas corriam para seus destinos sem olhar umas para as outras, com o medo estampado em suas feições. Muitas mantinham as mãos próximas às armas carregadas abertamente: espadas com bainhas descascadas e lâminas manchadas de ferrugem; facas que pareciam que a última coisa que tinham feito era cortar um porco assado. Haveria violência nessas ruas antes de a noite acabar: uma palavra rude, um esbarrão acidental, um gesto mal interpretado — qualquer coisa poderia acendê-la, como uma fagulha em um material inflamável. A Pedra Branca sabia disso, porque a violência vivia dentro dela. Ela era capaz de sentir o cheiro de sangue pronto para ser derramado.

Mas não ainda. Não ainda. Ela manteve-se nas sombras, não falou nada com ninguém. Ela evitou matar, a menos que fosse por dinheiro ou pela própria proteção.

Ela chegou à Avi a'Parete e virou para o sul. Ao se aproximar do rio, o cheiro de fumaça ficou ainda mais forte, ela e a bruma estavam tão misturadas que era impossível distinguir uma da outra. Havia incêndios no aglomerado de prédios próximos a oeste da Avi, as chamas chegavam tão alto que a Pedra Branca conseguia ver do ponto onde estava. Uma carruagem conduzida por um téni veio correndo pela Pontica Kralji com meia dúzia de ténis-bombeiros dentro, com os rostos cobertos por fuligem e já exaustos pelo esforço de usar os feitiços para apagar os vários incêndios. Um esquadrão da Garde Kralji, com espadas desembainhadas e expressões carrancudas, acompanhava os ténis--bombeiros e cercava um grupo de homens de aparência melancólica em bashtas simplórias, a maioria jovem demais ou velha demais. — Você! — vociferou o offizier do esquadrão ao apontar para um velho de barba grisalha que andava à espreita, perto do prédio mais próximo à Pedra Branca. — E você! — Agora dirigido a um jovem que não devia ter mais de 12 anos, sendo puxado pela matarh. — Vocês dois! Venham conosco! Quero ver animação agora!

A matarh soltou um grito estridente de objeção, o homem fez menção de correr na direção contrária, mas evidentemente decidiu que não conseguiria fugir. A Garde Kralji cercou os dois e partiu noite adentro na direção dos incêndios, levando o menino e o velho com eles, enquanto a matarh protestava inutilmente, aos gritos.

A Pedra Branca continuou caminhando na direção sul até ver as colunas da Pontica Kralji que se agigantavam através da fumaça. Ela parou ali e olhou para o A'Sele. O que viu a deixou horrorizada e fez as vozes dentro de sua cabeça rirem.

No rio, vários navios de guerra estavam em chamas, já queimados quase até a linha d'água, os destroços entupiam o A'Sele de maneira que os navios ainda incólumes mal conseguiam manobrar. O Palácio da Kraljica era um inferno laranja amarelado, com um vulcão que cuspia fagulhas para longe. O grande novo domo do Velho Templo parecia rachado, o fogo lambia os suportes que tinham sido erigidos em volta dele. Havia pequenos incêndios aqui e ali. As pontes, exatamente as duas que levavam à margem sul, estavam lotadas de pessoas em fuga, que empurravam carrinhos cheios de pertences ou sobrecarregados com pacotes. A Pedra Branca ouviu um estrondo atrás de si;

ela olhou na direção dos prédios que lotavam a Avi nesta margem e viu uma multidão botar abaixo a porta de uma padaria e também de uma joalheria. A rua atrás dela estava ficando lotada e barulhenta. Dentro de algum lugar, em uma das lojas, a Pedra Branca ouviu uma mulher gritar.

Sangue. Ela sentiu o cheiro do sangue. Tocou a bolsinha de couro sob o tecido da tashta e sentiu a pedra lisa lá dentro.

— *O tumulto começou...*

— *Isso só vai piorar...*

As vozes berraram assustadas em sua cabeça. — *Você virou idiota, mulher? Ande!*

Ela andou. Caminhou a passos largos, sem pressa, até o beco mais próximo, um espaço cheio de lixo entre os fundos dos prédios. A Pedra Branca voltaria à casa de Nico. Ficaria de vigia e, se as coisas ficassem perigosas, ela estaria ali para ajudá-lo, para tirá-lo de lá. Se a família de verdade do menino não pudesse protegê-lo, ela seria sua verdadeira matarh e faria isso. Ela tocou o estômago enquanto andava. — E farei o mesmo por você — sussurrou para a vida que se mexia dentro dela. — Eu farei isso. Prometo.

As vozes riram e gargalharam.

A Pedra Branca viu um movimento pelo rabo de olho na névoa e na fumaça e sentiu um arrepio de perigo. Ela deu meia-volta. — Ei! — Havia um homem ali, com cabelo negro e fios brancos, mas jovem o suficiente, o que fez a Pedra Branca se perguntar como ele conseguiu evitar os esquadrões de alistamento que rondavam o Velho Distrito. — Não há necessidade de se assustar, não é, vajica? — disse o sujeito. Ela viu a língua se mexer atrás dos poucos dentes. — Eu só queria ter certeza de que estava a salvo, só isso. — Ele deu um passo na direção dela. — Agora os tempos andam perigosos.

— Para você, sim — respondeu ela. — Eu posso tomar conta de mim mesma.

— Ah, pode, é? — O homem deslizou para o lado e impediu que ela entrasse no beco. Ela acompanhou o movimento, sempre olhando para o sujeito. — Não são muitas as pessoas que podem dizer isso hoje em dia. — Ele deu um passo na direção da Pedra Branca, que fez uma expressão de desdém.

— Não — disse ela, embora já soubesse que o homem não ouviria. — Você se arrependerá. Você não quer conhecer a Pedra Branca.

Ele riu. — A Pedra Branca, é? Está me dizendo que a Pedra Branca tem interesse em alguém como você?

Ela não respondeu. O homem deu mais um passo, ficou perto o suficiente para que ela sentisse seu cheiro, e estendeu a mão para agarrar seu braço. Nesse mesmo instante, a Pedra Branca agachou-se, tirou uma adaga da bainha na bota e golpeou para cima, debaixo das costelas do homem, que foi empurrado de costas para dentro do beco. Ele ofegou, boquiaberto como um peixe; ela sentiu o sangue quente jorrar sobre a mão. Os dedos do sujeito arranharam seu braço, mas caíram lentamente. A Pedra Branca ouviu o homem tomar um fôlego *gorgolejante* enquanto saía um filete de sangue da boca. Ela deixou o corpo cair enquanto metia a mão debaixo da gola da tashta para pegar a bolsinha. Com pressa, a tirou do pescoço e deixou a pedra lisa e clara como neve cair na palma da mão. Pressionou o seixo no olho direito do sujeito. Seus próprios olhos estavam fechados.

Ah, o lamento da morte... ela ouviu o homem gritar, sentiu a presença entrar no seixo enquanto os outros se remexiam no interior para abrir espaço para o espírito moribundo. O uivo silencioso do sujeito tomou conta de sua mente, tão alto que ela ficou surpresa que não ecoasse em volta dos dois. Quando a pedra o absorveu complemente, ela removeu o seixo do olho e guardou de volta na bolsinha, colocou o cordão de couro no pescoço novamente e deixou a bolsinha cair entre os seios, debaixo da tashta.

— A Pedra Branca protege o que é dela — ela disse para o cadáver de olhos abertos.

Depois, as vozes falaram alto e tomaram conta da cabeça da Pedra Branca, com uma nova que se juntou ao coro louco, enquanto ela voltava para a casa de Nico.

~ A Batalha Começa: Niente ~

O CÉU FICOU ILUMINADO a leste e a bruma mágica sumiu com a luz, embora a cidade continuasse envolvida pela fumaça. Niente estava com o tecuhtli Zolin, Citlali e Mazatl. Os guerreiros que usavam a armadura e os rostos tatuados agora estavam pintados para parecerem as terríveis e cruéis criaturas oníricas que estupraram Axat antes que a Escuridão colocasse seu corpo ferido no céu. Os três estavam próximos ao rio; a enorme ilha em volta da qual ele fluía parecia estar acesa, e a fumaça saía de várias dezenas de lugares na cidade.

— Muito bem, nahual — disse Zolin. — Eles estarão exaustos e assustados com os incêndios dessa noite. Os nahualli estão descansados? Os cajados mágicos estão cheios?

— Eles estão tão descansados quanto é possível, tecuhtli — falou Niente. — Nós preparamos nossos cajados ontem à noite, após lançarmos a areia negra.

— Ótimo — trovejou Zolin. — Então deixe de parecer tão melancólico. Esse é um grande dia, nahual Niente. Hoje nós mostramos a esses orientais que eles não são imunes à fúria dos tehuantinos.

Citlali e Mazatl gargalharam com Zolin. Niente tentou sorrir, mas não conseguiu. Ele ergueu o próprio cajado mágico, o tecuhtli assentiu e disse — Vá até os nahualli. Citlali, Mazatl, acordem seus guerreiros. Quando virmos os olhos de Sakal se abrirem no horizonte, será o momento.

Niente abaixou a cabeça para o tecuhtli e foi embora. Ele se dirigiu para o norte, para o campo pisoteado onde a maior parte do exército estava reunida perto da estrada. Os nahualli encontravam-se ali, o nahual deu suas ordens e espalhou os homens atrás da primeira fileira de guerreiros montados e da primeira leva de infantaria. Niente tomou o seu próprio lugar atrás do tecuhtli Zolin e de seus guerreiros selecionados. Do outro lado, ele viu, com a visão borrada pelo olho esquerdo ruim, os estandartes e escudos das tropas de Nessântico à espera. Havia muitos; Niente olhou para o próprio exército, significativamente menor agora, após todas as batalhas.

Ele não tinha dúvida de que os guerreiros tehuantinos eram mais bravos, de que os nahualli eram mais poderosos que os ténis-guerreiros de Nessântico. No entanto...

Havia um ardência no estômago que não passava. Niente segurou o cajado mágico com força e sentiu a energia do X'in Ka ligada ao objeto, mas o poder nas mãos não lhe deu conforto.

O céu a leste ficou ainda mais iluminado. Os primeiros raios da manhã lançaram sombras compridas que correram pela terra.

Zolin ergueu a espada e gritou — Agora! Agora! — Trompas soaram em resposta, e os guerreiros tehuantinos gritaram seus desafios. Niente levantou o cajado mágico e o bateu contra a mão aberta. O fogo chiou, faiscou e saiu voando na direção das fileiras inimigas; um momento depois, os cajados dos outros nahualli de toda a longa fileira fizeram o mesmo. Os ténis-guerreiros de Nessântico responderam: alguns feitiços sumiram como se tivessem sido engolidos pelo ar; outros quicaram, como se tivessem batido em uma parede, e voltaram para as fileiras dos tehuantinos em um arco. Onde os feitiços caíam, guerreiros caíam com eles e berravam ao serem consumidos pelas línguas grudentas do fogo. Muitos feitiços, porém, passaram incólumes, e os tehuantinos ouviram os gritos de resposta dos nessânticos. Os arqueiros, com o que restava da areia negra na ponta das flechas, lançaram uma chuva flamejante sobre o campo, que foi respondida por uma chuva de flechas nessânticas. Em volta de Niente, guerreiros grunhiram ao serem empalados, mas os escudos foram erguidos de imediato e apararam a maioria das flechas. Zolin gesticulou com a espada e os guerreiros começaram a se mover, devagar, a princípio, depois ganharam velocidade para correr pelo campo na direção dos inimigos e da cidade a frente à espera.

Foi difícil não se envolver com a onda de empolgação. Niente avançou atrás de Zolin e da parede de infantaria e ouviu a própria voz berrar um desafio com os demais. Então, com um tremor audível, a linha de frente dos tehuantinos colidiu com os nessânticos, que esperavam. Niente viu o reluzir das espadas, o avanço dos guerreiros a cavalo contra a massa caótica de soldados, ouviu os gritos dos mortos e moribundos de ambos os lados, sentiu o cheiro do sangue e viu os espirros que voavam no ar, mas havia guerreiros demais entre eles. Os guerreiros atrás de Niente o empurravam pelas costas, faziam com que avançasse, e a vanguarda avançou tão abruptamente que ele quase caiu. De repente, o nahual estava no meio da batalha, com indivíduos lutando por todos os lados, e viu um nessântico de cota de malha empunhando uma espada acima de sua cabeça ao avançar contra ele.

A tigela premonitória... O nahualli morto...

Niente berrou e golpeou o homem com o cajado mágico como se fosse um florete. Quando tocou o abdômen do soldado, um feitiço foi disparado: um clarão, uma explosão de anéis de aço rompidos, de pano marrom, de pele branca e de sangue escarlate. A espada despencou das mãos inertes, o homem ficou boquiaberto, mas não emitiu som, e caiu.

Mas não havia tempo para descansar. Outro soldado avançava contra Niente, e novamente o cajado, cheio de feitiços que o nahual preparou, derrubou o homem. Um soldado montado que os inimigos chamavam de chevarittai investiu contra ele, Niente atirou-se para o lado no momento em que os cascos blindados e com espinhos do cavalo de guerra arrancaram a terra onde ele estava e avançou em frente.

Para Niente, essa batalha — como qualquer outra — tornou-se uma série de encontros desconexos, um turbilhão de confusão e caos, um cenário desorganizado em que o nahual continuava a avançar. O barulho era tão tremendo que se transformou em um rugido inaudível em volta dele. Ele se desviou de espadas e enfiou o cajado em qualquer coisa que vestisse as cores azul e dourada. Uma espada acertou seu braço e abriu o antebraço, outra pegou a panturrilha. Niente berrou com a garganta rouca. A energia fluía rapidamente do cajado quente na mão direita, quase no fim agora.

E...

Niente percebeu que não estava em um campo, mas entre casas e prédios, que a batalha agora assolava as ruas da cidade, que os soldados vestidos de azul e dourado neste momento davam meia-volta ao soar das trompas e recuavam para as profundezas da grande cidade.

Ele ainda estava vivo, assim como Zolin.

~ A Batalha Começa: Sigourney ca'Ludovici ~

O COMANDANTE ALERON CA'GERODI ESTAVA diante de Sigourney e do resto do Conselho dos Ca', a armadura suja de sangue, o elmo amassado por um golpe de espada e o rosto coberto de lama, fuligem e sangue.

— Sinto muito, kraljica, conselheiros — disse ele. A voz estava tão exausta quanto a postura. — Nós não conseguimos contê-los...

Ca'Mazzak sibilou como uma chaleira que passou muito tempo no fogo. Sigourney fechou o único olho. Ela respirou fundo o ar cheio de fuligem e cinzas e tossiu. Abriu o olho novamente. Através da névoa da fumaça, a kraljica viu as ruínas do palácio, com partes queimando. Ela e o Conselho refugiaram-se no Velho Templo que, apesar do domo quebrado, encontrava-se em grande parte incólume. A nave principal estava lotada de tesouros do palácio: pinturas (incluindo o retrato chamuscado da kraljica Marguerite), louças azuis e douradas, roupas cerimoniais, os cajados e as coroas usados por uma centena de kralji; tudo estava aqui, embora muita coisa — coisas demais — tenha sido perdida no incêndio. Sigourney estava sentada no Trono do Sol na entrada da câmara sob o domo, mas se o trono estava aceso, não era aparente na claridade do sol que entrava pelo grande buraco aberto no domo. O sol debochava da kraljica ao brilhar intensamente em um céu sem nuvens.

Um dos criados entregou a Sigourney uma taça de *cuore della volpe*, para aliviar a tosse e a dor. Ela tomou um gole do líquido frio, marrom e turvo da taça dourada.

— Qual é a gravidade da situação? — perguntou a kraljica.

— Nós finalmente conseguimos deter o avanço deles — informou ca'Gerodi. — Os ocidentais não chegaram à Avi a'Parete, mas tomaram a maior parte das ruas a oeste da Avi na margem norte. Eles dominaram o vilarejo de Viaux. Houve uma batalha intensa perto do Mercado do Rio e por um tempo ele foi tomado pelos inimigos, mas nós os rechaçamos. Eu destaquei um batalhão para proteger a Pontica Kralji, mas isso deixou a área do Portão Norte mais aberta do que eu gostaria.

Os conselheiros murmuraram. — Isso é inaceitável — falou ca'Mazzak mais alto.

— Então talvez você devesse ter deixado o comandante co'Ulcai vivo — disse Sigourney. — Ou gostaria de pegar a espada você mesmo? — Ca'Mazzak resmungou e acalmou-se. Ca'Gerodi pareceu cambalear, e Sigourney gesticulou para que um criado trouxesse uma cadeira; o homem desmoronou de bom grado no assento estofado, sem se importar com a sujeira que espalhou no brocado. — O que está me dizendo, comandante? — perguntou a kraljica. — Que hoje à noite eles colocarão fogo no resto da cidade, que amanhã nos derrotarão completamente? Você disse que tinha mais do que homens suficientes. Você disse que...

— Eu sei o que eu disse — interrompeu ca'Gerodi e, quando Sigourney imediatamente calou a boca diante da grosseria, ele pareceu perceber o que fez e balançou a cabeça. — Perdão, kraljica; eu não durmo desde a noite de anteontem. Mas sim, isso é exatamente o que temo: que a noite de hoje trará mais daquele fogo terrível dos ocidentais, e que quando eles atacarem amanhã... — Ele ergueu a cabeça e olhou para Sigourney com seus olhos castanhos e abatidos. — Eu darei minha vida para proteger Nessântico, se for preciso.

— Aleron... — A kraljica começou a se levantar do Trono do Sol, esqueceu-se momentaneamente das feridas, e desmoronou. O movimento provocou uma nova tosse. Os conselheiros observaram Sigourney. Ela sabia agora o que tinha que fazer, e a compreensão era incômoda, tão dolorosa quanto o corpo ferido. — Vá. Descanse o quanto puder, e nós cuidaremos do que a noite de hoje e o dia de amanhã trouxerem. Vá. Durma enquanto pode.

Ca'Gerodi ficou de pé e fez uma mesura. Ele foi embora mancando. Quando saiu, Sigourney gesticulou para um criado. — Traga-me um escriba.

E também um mensageiro, o melhor que tivermos, para levar uma mensagem para o hïrzg, a leste.

O criado arregalou os olhos momentaneamente, fez uma mesura e foi embora correndo.

— Kraljica — disse ca'Mazzak. — A senhora não pode...

— Nós não temos escolha — falou Sigourney para ele, para todos os conselheiros. — Nenhuma escolha. A situação já não é mais sobre nós.

Ela recostou-se no assento estofado do Trono do Sol, que cheirava à fumaça de madeira queimada. Cheirava à derrota.

◊◊◊ RESOLUÇÕES ◊◊◊

Allesandra ca'Vörl

Niente

Varina ci'Pallo

Sigourney ca'Ludovici

Karl Vliomani

Nico Morel

Niente

Sergei ca'Rudka

Jan ca'Vörl

Niente

A Pedra Branca

Allesandra ca'Vörl

~ Allesandra ca'Vörl ~

JAN LEU A MISSIVA com cuidado, os olhos claros vasculhando as palavras. Allesandra já sabia o que a mensagem dizia — os soldados do starkkapitän ca'Damont interceptaram o mensageiro que vinha na direção leste pela Avi a'Firenzcia, ele carregava uma bandeira branca tremulando içada sob o luar, e trazia o pergaminho selado para Allesandra, insistindo com os assistentes da a'hïrzg que ela fosse acordada. Allesandra quebrou o selo e vasculhou a carta, depois se vestiu rapidamente e foi até Jan.

Se o filho notou ou se se importou que o selo estivesse sem lacre e quebrado no papel grosso, ou que a kraljica tenha endereçado a missiva a Allesandra e não ao hïrzg, não disse nada. Jan empurrou a vela que usava como fonte de luz; o castiçal raspou a mesa que foi montada às pressas na tenda de campanha ao lado da tenda particular do hïrzg.

— Isso é genuíno? — perguntou Jan. Havia um cobertor dobrado sobre seus ombros, as pálpebras estavam cansadas e com olheiras. Ele bocejou e esfregou os olhos. — Temos certeza?

— O mensageiro disse que recebeu a mensagem da própria kraljica Sigourney — respondeu o starkkapitän ca'Damont.

Jan assentiu. Ele entregou o pergaminho para Semini, que leu a carta, franziu os lábios e o entregou para ca'Rudka. Jan parecia estar esperando, e Allesandra, sentada à mesinha na tenda de campanha ao lado dele, tamborilou os dedos na superfície arranhada. — Estamos perdendo tempo, meu filho — falou a a'hïrzg. — A mensagem é clara. A kraljica está disposta a abdicar do Trono do Sol se levarmos o exército até lá para deter os ocidentais. Acorde os homens agora e, se nossas forças marcharem rápido, nós conseguiremos chegar aos portões da cidade de manhã cedo.

Jan não pareceu ouvi-la. Ele olhava para Sergei, e perguntou — Regente? Sua opinião?

Ca'Rudka esfregou o nariz por muito tempo enquanto olhava o pergaminho, o que enlouqueceu Allesandra. Ela viu a luz da vela tremeluzir nas narinas esculpidas. — A kraljica não quis considerar a abdicação quando foi oferecida a ela durante a negociação, hïrzg Jan, ou, pelo menos, ca'Mazzak não quis — disse ele finalmente. — O conselheiro parecia totalmente confiante que a Garde Civile podia derrotar os ocidentais. Agora a kraljica foi subitamente acometida por altruísmo? Mas, como eu lhe disse, hïrzg, só quero o que for melhor para Nessântico. Eu não me importaria de ver a cidade destruída, mas isso precisa ser decisão sua.

— Aí está, Jan, viu só? — falou Allesandra, ficando de pé. — Starkkapitän, você irá...

Mas Jan havia colocado a mão no ombro dela e disse — Eu ainda não terminei, matarh. Archigos Semini, o que *você* acha desta oferta?

Allesandra começou a protestar, mas Jan apertou a mão no ombro da matarh. Todos observavam a a'hïrzg. Ela franziu os lábios e sentou-se novamente. Semini olhou especialmente para Allesandra, sem expressão nos olhos de cor magenta. Ele *sabia*, a a'hïrzg percebeu então. O archigos sabia que ela esteve disposta a oferecê-lo em troca do Trono do Sol. Sergei... será que Sergei contou para ele? Ou...

Jan?

— Eu notei que a oferta da kraljica não menciona nada sobre a fé concénziana — respondeu Semini, que ainda encarava Allesandra. — Isso é inaceitável para mim. Eu reluto em empenhar os ténis-guerreiros em uma aliança com Nessântico, a não ser que o archigos Kenne também esteja disposto a abdicar em meu favor. — Semini desviou o olhar de Allesandra e inclinou a cabeça para Jan. — A não ser, é claro, que o hïrzg exija isso de mim.

— Jan — insistiu Allesandra, ignorando Semini. — Isso é o que queríamos desde o início. Está ao nosso alcance; só temos que estender a mão e pegar.

— Oh, eu discordo, matarh — disparou Jan. — Isso é o que *a senhora* sempre quis. Parece que sua vida inteira é sempre uma questão do que a senhora quer: suas ambições, suas aspirações, seus desejos. Mesmo quando era menina, pelo que me contaram: a senhora quis primeiro Nessântico, então o vavatarh obrigou o exército a marchar mais rápido do que deveria e perdeu; sim, Fynn me contou essa história, que disse ter ouvido do vavatarh.

— Isso não é verdade — contestou Allesandra. *Era o vatarh que queria Nessântico tanto assim. Não eu. Eu lhe disse para esperar e ser paciente. Disse sim*... Mas Jan não escutou, e continuou falando.

— A senhora decidiu que não queria ajudar o vatarh após ele finalmente trazê-la de volta, então seu casamento foi uma farsa, quando poderia ter sido uma aliança forte. A senhora não quis que eu me envolvesse com Elissa, então a mandou embora. Não quis ser hïrzg, então fez campanha para que eu ficasse com o título. O que a senhora sempre quis foi ser kraljica, e quer que aceitemos essa oferta para que tenha o título *agora*, quer seja o melhor para Firenzcia ou não. Sempre foi *a senhora*, matarh. A senhora. Não o vatarh, não o vavatarh, não eu, não o archigos, ninguém. A senhora. Bem, a senhora me tornou o hïrzg, e, por Cénzi, eu *serei* o hïrzg e farei o que for melhor para Firenzcia e a Coalizão, não o que for melhor para a senhora. Eu amo a senhora, matarh — estranhamente, para Allesandra, ele olhou para Sergei ao dizer isso —, mas eu sou o hïrzg e declaro: nós *iremos* até Nessântico, mas iremos no momento conveniente. Nessântico grita por socorro para nós? Bem, deixe que grite. Deixe que lute a batalha que provocou. Starkkapitän, nós levantaremos acampamento pela manhã, como o planejado, e prosseguiremos em ritmo normal até vermos Nessântico, de lá esperaremos até sabermos mais ou até que a kraljica em pessoa saia e se ajoelhe a mim. Não mandarei uma única vida firenzciana para ser perdida defendendo Nessântico de sua própria insensatez.

— Jan... — Allesandra começou a falar, mas foi interrompida por um estalo do braço do filho.

— Não, matarh. Não discutiremos mais essa questão. A senhora queria que eu fosse o hïrzg? Bem, cá estou eu, e esta é a minha vontade. Não falaremos mais a respeito disso. Starkkapitän, você tem suas ordens.

Ca'Damont fez uma mesura e saiu da tenda após dar uma olhadela para Allesandra. Semini bocejou e espreguiçou-se como um urso despertando da hibernação. Ele fez o sinal de Cénzi para Jan e seguiu atrás do starkkapitän, sem olhar para Allesandra. Sergei viu os dois homens saírem e se levantou. — Caso precise do meu conselho, hïrzg, o senhor sabe onde me encontrar — falou. — A'hïrzg, uma boa noite para a senhora.

Allesandra acenou minimamente com a cabeça. Por vários momentos, ela e Jan ficaram sentados ali, em silêncio. — Você não quer que eu seja kraljica? — disse a a'hïrzg quando o silêncio pareceu durar tempo demais.

— Assim como Sergei quer o que for melhor para Nessântico, eu quero o que for melhor para Firenzcia — respondeu ele. Então, antes que ela pudesse responder: — Tudo o que eu sempre quis da *senhora* foi seu amor, matarh.

As palavras doeram como um tapa na cara dela, tão fortes que provocaram lágrimas em seus olhos. — Eu amo você, Jan. Mais do que você pode compreender.

Jan olhou com raiva para a matarh: o rosto de um estranho. Não, o rosto de seu homônimo, como Allesandra o imaginou durante todo o cativeiro em Nessântico, quando ele se recusava a pagar o resgate por ela. — Cale a boca, matarh. A senhora me ensinou bem. Mostrou para mim que as aspirações e a determinação são mais importantes que amor. Eu falei com o archigos Semini. Contei que a senhora esteve disposta a sacrificá-lo para ser kraljica. Ele me contou algo em troca: que planejou assassinar Fynn. Para a *senhora*, matarh. Tudo pela senhora. Semini me contou que a senhora *sabia*, naquela dia em que salvei Fynn, que o ataque aconteceria. A senhora usou Semini, seu amante, para fazer de mim um herói, para fazer de mim o hïrzg. O resto eu posso descobrir por mim mesmo. Eu me pergunto, matarh, quem contratou a Pedra Branca, mas tenho um excelente palpite. — Allesandra sentiu a face corar e virou o rosto. — Aquele seu gesto tão nobre — continuou Jan — de abdicar em meu favor: a senhora jamais quis ser hïrzgin. Sempre quis mais. Não queria o que era melhor para mim, mas o que fosse melhor para a senhora. Eu sempre fui seu *segundo* filho, o menos importante, matarh. A ambição sempre foi seu primogênito.

Allesandra ficou sem ar. Ela permaneceu sentada ali, com as bochechas úmidas de lágrimas, enquanto Jan se afastava da mesa e ficava de pé. — Jan...

— disse a a'hïrzg ao erguer os braços para o filho, mas ele a negou com a cabeça. Jan olhou para a matarh, e, por um momento, ela pensou ter visto a expressão no rosto do filho abrandar.

Mas Jan deu meia-volta e saiu noite afora.

~ Niente ~

ELES USARAM O POUCO do que sobrou da areia negra para lançar na cidade novamente, naquela noite. Depois disso, Niente mandou os nahualli descansarem e preencherem novamente os cajados mágicos para a batalha do dia seguinte. Ele perdeu mais dez nahualli durante a batalha, a maioria no fim do dia, quando Zolin tentou, em vão, tomar a ponte mais próxima sobre o rio. A energia dos cajados mágicos tinha acabado e não houve tempo para descansar e renovar os feitiços. Os nahualli, como Niente mandou, tentaram recuar para trás da linha de frente assim que o poder foi exaurido, mas alguns foram abatidos pelas espadas nessanticanas, incapazes de se defender. O nahual não sabia quantos guerreiros tinham sido perdidos. Eles foram escorraçados por uma investida desesperada dos chevarittai, e Zolin — por insistência de Niente, que temia que fossem perder ainda mais nahualli — finalmente mandou o avanço parar.

Eles eram muito poucos... tanto os nahualli quanto os guerreiros. Mas Zolin não enxergava isso, ou estava tão envolvido com a própria visão que a situação tinha sido apagada dos próprios olhos. — Amanhã, toda a cidade será nossa — disse ele para Niente, Citlali e Mazatl. O nahual não sabia se era verdade ou não e estava exausto demais para se importar.

Após a última das bolas de fogo ser lançada na cidade, o nahual foi para a própria tenda. Lá, sozinho, ele pegou a tigela premonitória nas mãos: com medo de conjurar o feitiço, com medo de ter a mesma visão, com medo da exaustão e da dor que seriam cobrados pelo feitiço. Niente tentou se lembrar do rosto da esposa e dos filhos: ele conseguiu vê-los em sua mente, mas isso só fazia piorar a saudade. Imaginou como estavam, se mudaram, se sentiam sua falta como Niente sentia a deles.

Imaginou se algum dia saberia.

Ele colocou a tigela de lado.

O sono naquela noite foi intermitente e inquieto. Os pesadelos o invadiram; Niente viu a esposa morta, as crianças feridas, viu a si mesmo lutando e tentando correr, mas incapaz de fazer mais do que andar enquanto era cercado por demônios vestidos de azul e dourado. O nahual tentou imaginar o rosto da esposa diante dele, a boca semiaberta quando Niente inclinou-se para beijá-la... o rosto não tinha expressões nem feições, era uma máscara. Sem conseguir escapar dos sonhos, ele acabou andando de um lado para o outro do acampamento, escutou os sons dos guerreiros descansando, viu as estranhas formas dos prédios ao redor. Ao passar por um edifício, o nahual ouviu seu nome ser chamado. — Niente.

Ele reconheceu a voz. — Citlali.

O guerreiro supremo estava encostado na porta do prédio. Atrás dele, uma vela brilhava na escuridão. — Não consegue dormir? — perguntou Citlali.

Niente balançou a cabeça. — Eu não ouso. Sonhos demais. E você?

O rosto com redemoinhos negros deu um sorriso. — Sonhos de menos. Eu queria ver a nossa terra natal e minha família novamente, mesmo no sono.

— Isto não acontecerá se... — Niente engoliu o comentário, furioso consigo mesmo. Se estivesse menos confuso pela falta de sono, não teria dito nada.

— Se prevalecer a vontade do tecuhtli Zolin? — arriscou Citlali. — Eu pensei a mesma coisa, nahual. Não precisa ficar tão nervoso. — O sorriso aumentou, e ele olhou de um lado para o outro, como se tentasse ver se alguém os escutava. — E deixe-me responder à outra pergunta que você não irá fazer. Não. Eu não desafiarei o tecuhtli. Veja até onde ele nos trouxe, nahual, do outro lado do mar até o grande lar dos orientais. Isso é a verdadeira grandeza, nahual. Grandeza. Estou orgulhoso por ter sido capaz de ajudá-lo.

— Mesmo que isso signifique que você jamais verá sua terra natal e sua família novamente?

Citlali ergueu os ombros. — Eu sou um guerreiro. Se essa for a vontade de Sakal... — Ele abaixou os ombros novamente. — Eu não preciso de uma tigela premonitória, nahual. Não tenho interesse no futuro, apenas no presente. É uma bela noite, eu estou vivo e vendo um lugar que jamais pensei que veria e que poucos tehuantinos um dia viram. Como alguém não ficaria feliz com esta situação?

Niente limitou-se a concordar com a cabeça. O nahual desejou boa-noite e deixou o guerreiro com seu devaneio. Da parte dele, Niente voltou aos próprios alojamentos e realizou os rituais para colocar feitiços no cajado novamente. Então, completamente esgotado pelo esforço, ele foi para a cama e deixou os pesadelos o invadirem outra vez.

E, no dia seguinte, os pesadelos se tornaram realidade.

Na alvorada, o tecuhtli Zolin levou os tehuantinos para as profundezas da cidade, eles lutaram de rua em rua na direção da grande avenida principal. A batalha foi um reflexo do combate do dia anterior: novamente, a ofensiva inicial fez os cansados nessanticanos recuarem; quando o olho de Sakal estava bem alto no céu, eles chegaram à avenida, onde Zolin rapidamente reagrupou as tropas e começou a marcha para o sul.

Lá, os nessanticanos haviam se reunido: em volta do mercado, onde finalmente detiveram o avanço tehuantino no dia anterior, e em volta da ponte que levava à ilha. No A'Sele, Zolin mandou que os navios avançassem na direção do inimigo; os navios nessanticanos deslocaram-se para detê-los, e outra batalha tomou o lugar, cujo resultado Niente só podia imaginar, embora muitos navios de guerra de ambos os lados estivessem em chamas. Não havia mais retirada possível ali — restaram poucos navios para todos eles voltarem para casa.

— Nahual! — Do cavalo, Zolin apontou um dedo para Niente. — Pegue seus nahualli e venha comigo. Nós controlamos a rua principal, agora temos que dominar a ponte. Citlali! A mim!

Zolin rapidamente posicionou os guerreiros. Citlali e Zolin atacariam os píeres da ponte a partir da avenida, diretamente no coração das forças nessanticanas; Mazatl esperaria até que o ataque estivesse em andamento, depois investiria pelo flanco oeste através do Mercado do Rio. Vários guerreiros duplas mãos[1] também começariam um ataque ao norte imediatamente e forçariam a passagem pela avenida circular de maneira que os nessanticanos não pudessem concentrar a atenção na cabeça de ponte — não sem possivelmente perder a ponte mais a leste para a grande ilha. Zolin mandou os guerreiros à frente como manobra de distração, depois esperou que a sombra do sol movesse um dedo antes de acenar e liderá-los ao lés-nordeste da avenida, onde posicionou seus homens. Eles podiam ver os nessanticanos: uma parede de escudos em riste do outro lado da avenida, a meros cem passos.

Não havia areia negra, nem tempo para fazer mais, mesmo que eles tivessem os materiais brutos. Desta vez, os arqueiros começaram o ataque com uma chuva sobre os escudos dos nessanticanos sem causar grandes danos. Os ténis-guerreiros lançaram as bolas de fogo estridentes na direção dos tehuantinos, e Niente — com os demais nahualli — ergueu seu cajado mágico rapidamente. Os feitiços de proteção estalaram para fora, um pulso quase visível no ar. A maior parte das bolas de fogo foi desviada; elas caíram nos prédios de ambos os lados, que pegaram fogo. Mas havia muitos ténis-guerreiros e nahualli insuficientes. Os feitiços de guerra caíram sobre os guerreiros reunidos; os homens gritaram, seus corpos foram queimados e contorcidos. Aqueles que puderam, fugiram, terrivelmente feridos com as queimaduras do fogo pegajoso. Os que não puderam, morreram. Uma bola de fogo caiu perto o suficiente de Niente para o nahual sentir o calor do feitiço, como se a fornalha de um ferreiro tivesse sido aberta em frente a ele. O calor passou por seu rosto como uma onda escaldante e secante. Zolin também sentiu o calor; ele deu uma olhadela para a cena atrás de si quando o

---

1. *Dupla mão* é um termo de cavalaria para o oficial que tanto pode comandar um esquadrão quanto um batalhão. Também é o caso do soldado que luta com um mosquete e um sabre ao mesmo tempo, que não é aplicável aqui. (N. do T.)

cavalo empinou com medo. O tecuhtli berrou — Em frente! Agora! — Zolin controlou a montaria e a cutucou com o pé para que galopasse. Os guerreiros supremos montados seguiram o tecuhtli e a infantaria também investiu, à frente. Niente foi levado pela onda.

A onda arrebentou contra os escudos pintados de azul e dourado e empalou-se em suas lanças. No caos barulhento, Niente viu o cavalo de Zolin cair, com uma lança cravada no peito, mas o tecuhtli em si perdeu-se na massa de soldados, e o nahual não conseguiu ver o que aconteceu com ele.

Havia espadas e combate em volta de Niente, que só conseguiu pensar em si mesmo, em matar o máximo possível de nessanticanos. Ele apontou o cajado mágico, falando a palavra de ativação sem parar, e os raios estalaram da ponta, assobiando e ondulando ao mergulharem nas fileiras em frente ao nahual. Um buraco foi aberto na parede de escudos quando ele lançou um feitiço após outro — os clarões mandaram dezenas de homens ao chão. Os guerreiros gritavam, urravam e brandiam suas espadas ao avançar através da brecha. A parede começou a ceder, e então desmoronou complemente. Niente novamente foi levado pela onda e viu de perto as torres que marcavam a entrada da ponte.

À direita, havia uma cacofonia de gritos: os guerreiros de Mazatl que investiam contra o flanco. O som grave das trompas soou nas fileiras nessanticanas. Niente viu um estandarte tremulando ali e um aglomerado de chevarittai a cavalo. De repente, o estandarte seguiu para a direção sul da ponte, com os chevarittai junto. O nahual viu a expressão de compreensão nos rostos dos soldados inimigos diante dele. Viu a maneira como as espadas foram abaixadas momentaneamente, como as fileiras se enfraqueceram visivelmente. A chuva de flechas cessou, os ténis-guerreiros não lançaram mais bolas de fogo sobre a cabeça de Niente sobre a retaguarda dos tehuantinos. Eles avançaram gradualmente: os guerreiros, os nahualli, agora o nahual conseguia ver Zolin novamente, sangrando e ferido, mas em pé, sua espada ceifava os soldados que ousavam ficar diante dele. Citlali estava ao lado do tecuhtli, com o rosto implacável e impetuoso.

Eles estavam na ponte agora. Ela era dos tehuantinos. O rio movia--se preguiçosamente embaixo deles, e corpos caíam do peitoril e batiam nas águas.

Os tehuantinos rugiram. Eles cantavam enquanto matavam, e Niente cantou com eles.

~ Varina ci'Pallo ~

AS RUAS DO VELHO DISTRITO ESTAVAM tomadas por cidadãos em pânico, a maioria corria para leste, para longe das forças ocidentais que se aproximavam e das batalhas ao longo da Avi a'Parete. Todos ouviam os sons: os berros que reverberavam pelas vielas, os lamentos, os gritos, o barulho constante das trompas dos templos soando alarmes estridentes. A fumaça dos incêndios manchou o céu, trapos imundos que às vezes obscureciam o sol, e o cheiro de fogo e carnificina no ar era intenso.

Varina viu-se próxima a Karl pela maior parte do dia. Ela sorria para ele, nervosa e indecisa, e Karl devolvia o mesmo sorriso. — Prometa — falou Varina finalmente. Os dois estavam sozinhos em um dos cômodos; Talis, Serafina e Nico estavam no outro.

— Prometer o quê?

— Que o que quer que aconteça... que aconteça conosco. Guarde um último feitiço para nós, eu farei o mesmo.

— Não será assim tão ruim — disse Karl. — Talis... ele é um deles, afinal.

Ela sacudiu a cabeça, tão desamparada pelo fato quanto Karl.

Mais tarde, o cheiro de fumaça ficou mais forte. Pela janela do apartamento, eles viram a fumaça pegajosa e espessa subir das casas e de uma rua a oeste, com chamas que ocasionalmente irrompiam na escuridão. Cinzas caíam como neve cinzenta. Karl achou que quase podia sentir o calor. Os dois seguiram para o cômodo da frente com os demais.

— Tudo está queimando — falou Nico. Ele parecia mais empolgado do que preocupado, mas todos os adultos trocaram olhares preocupados. O estalo das chamas ao longe era audível no silêncio.

— Você está certo, Nico — disse Varina, enquanto olhava para Serafina. — Infelizmente, os ténis-bombeiros estão muito ocupados em outros lugares para fazer algo a respeito disso. — O olhar dela desviou de Serafina para Karl. Varina sabia o que ele estava pensando; era o que estava na mente de todos: *Será que podemos ficar aqui? Precisamos ir embora?*

Menos de uma virada da ampulheta depois, todos ouviram uma comoção alta ecoar a oeste, lá fora, na rua. Não muito longe dali, uma turba de várias dezenas de pessoas andava à espreita pela viela; não eram soldados, nem ocidentais, mas gente que morava no Velho Distrito. Eles berravam, corriam de casa em casa e quebravam portas e janelas; Varina ouviu os berros e gritos dos que estavam no interior enquanto a turba invadia cada casa. Eles saqueavam, carregavam qualquer coisa que parecesse de valor: ela viu algumas pessoas segurando itens roubados enquanto marchavam; o que mais, além de roubar, os saqueadores faziam dentro das casas, Varina só podia imaginar. Já havia fogo em três ou quatro casas mais ao longe na rua. A turba gritava alto: — *Peguem o que quiserem! A cidade está perdida! Revolta! Revolta!*

Karl e Talis passaram por Varina e seguiram para a rua enquanto a turba continuava o lento e caótico avanço na direção deles. Alguém à frente os notou e apontou, e vários aglomerados de saqueadores seguiram na direção deles. — Parem com isso! — gritou Karl, a turba debochou, as pessoas responderam com berros e brandiram armas velhas ou improvisadas. Ele deu uma olhadela para Talis e acenou com a cabeça. O embaixador ergueu as mãos, gesticulou, e uma luz surgiu entre elas. Ao seu lado, Talis levantou o cajado e bateu uma vez nas pedras de pavimentação: um raio saiu como uma flecha do punho para o céu esfumaçado.

A turba parou. Sem uma palavra, as pessoas se dispersaram em um estranho silêncio, correram para qualquer direção, desde que fosse para bem longe dos dois. Alguns instantes depois, a rua estava vazia. — Ora, isso acabou bem — falou Karl. Ele e Talis viraram-se, e Varina viu os dois ficarem boquiabertos.

Ela tinha lançado o próprio feitiço no momento em que Karl lançou o dele. Varina moldou o ar ao redor com o toque de um escultor, desenhou como se fosse uma tela e colocou nele uma imagem saída da mente. Varina viu o que Karl e Talis viram, algo que se agigantava atrás deles, mais alto que qualquer uma das casas.

— Um dragão! — berrou Nico da porta da casa, nos braços de Serafina, tomado pela alegria. Karl riu e aplaudiu, Varina sorriu. — Você pode fazê-lo cuspir fogo e voar? — perguntou o menino, e ela fez que não com a cabeça.

— Ele não pode *fazer* nada, só *parece* feroz — disse Varina. Por um instante, o perigo foi esquecido, mas depois a realidade desabou sobre eles quando ela cancelou o feitiço. O dragão sumiu em filetes de fumaça verde que foram levados pelo vento. Os saqueadores podiam ter ido embora, mas nada mudou. Eles voltariam em breve, e os incêndios próximos ardiam sem controle. A cidade continuava sob ataque.

— Karl, não podemos ficar aqui — falou Varina.

Ele olhou para Talis e viu o homem concordar com a cabeça, devagar.

— Você está certa — disse Karl. — É o momento. Vamos pegar o que precisamos. — Ele deu um tapinha no ombro de Talis e foi para a porta.

Do outro lado da rua, Varina viu uma velha solitária — uma mendiga, pela aparência da roupa. Ela olhava fixamente para a casa. Assim que Varina a viu, a mulher pareceu acenar com a cabeça, depois correu pelo espaço escuro e apertado entre as casas e foi embora.

~ Sigourney ca'Ludovici ~

ELES A COLOCARAM no Velho Templo.

O comandante ca'Gerodi voltou fugindo da derrota na Pontica Kralji, entrou gritando no Velho Templo onde Sigourney estava sentada, no Trono do Sol, e disse que ela e o Conselho dos Ca' deveriam pegar o que fosse possível e fugir imediatamente pela Pontica a'Brezi Veste até a margem sul e sair da cidade.

Sigourney recusou-se. — Que o Conselho vá embora se quiser. Eu vou ficar.

— Eu não posso protegê-la, kraljica — disse ca'Gerodi. — Eles estão vindo, a qualquer momento.

— Eu não abandonarei minha cidade e minha responsabilidade — respondeu ela friamente. — Eu ficarei.

No fim, a equipe de Sigourney pegou o que pôde do que restava dos tesouros do palácio e fugiu da Ilha A'Kralji. O mesmo aconteceu por toda Nessântico: no enorme Templo do Archigos, na margem sul; na Grande Biblioteca com seus preciosos e insubstituíveis livros e pergaminhos de velino; no Teatro A'Kralji e no Museu a'Artisans. O conselheiro ca'Mazzak e o resto do Conselho desapareceram também. Fugiram para o sul, a única direção ainda aberta para eles...

Sigourney permaneceu no Trono do Sol, no Velho Templo, sob a luz do sol que entrava pelo domo arruinado e queimado. Antes de permitir que o ervanário da corte fosse embora, a kraljica mandou que o homem preparasse uma taça especial do *cuore della volpe*, que agora estava no braço do Trono do Sol, ao lado dela. Sigourney usava uma longa tashta cerúlea com um sobretudo amarelo que escondia o fato de não haver uma perna debaixo do joelho direito. Ela mandou que os criados colocassem um tapa-olho cravejado sobre o buraco onde antes ficava o olho direito e aplicassem pó de ovo no rosto para esconder a pior parte das cicatrizes.

Sigourney aguardava no antigo trono de Nessântico. Aguardava o inevitável.

Lá fora, a kraljica ouviu a batalha em andamento: os gritos dos homens, o clamor das armas, o rugido dos feitiços dos ténis-guerreiros. A fumaça subia e enfraquecia a luz do sol. Um esquadrão de elite da Garde Kralji estava disposto diante dela, a cota de malha farfalhava quando os soldados se remexiam, nervosos, empunhando as espadas e voltados para as portas do templo. O comandante ca'Gerodi tinha ido embora há uma virada da ampulheta. — Eu não a verei novamente, kraljica — disse ele. — Sinto muito.

— Eu sei. Eu sei. Sinto muito também.

Ela aguardava.

Quando as portas foram escancaradas, os gardai em frente a Sigourney ficaram tensos e começaram a avançar. — Não — disse a kraljica. — Parem! Esperem! — Vários guerreiros ocidentais entraram no templo; com eles havia outro homem, este sem as tatuagens dos guerreiros e com um cajado de madeira lustrosa: um dos feiticeiros. Os ocidentais pararam e espiaram o longo corredor da nave onde Sigourney estava sentada sob um facho poeirento de luz do sol. — Algum de vocês fala nossa língua? — berrou ela.

— Eu falo — disse o feiticeiro. As palavras eram arrastadas e com um sotaque carregado, mas compreensíveis. — Um pouco.

— Ótimo. Eu sou a kraljica Sigourney ca'Ludovici, monarca desta terra. Quem é você?

O homem sussurrou por um instante para o guerreiro ao lado dele, que tinha a imagem de uma águia ou um falcão vermelho desenhada na careca. — Eu sou Niente — respondeu o feiticeiro. — Sou o nahual. E este — ele apontou para o guerreiro com quem havia falado — é o líder dos tehuantinos, o tecuhtli Zolin. Ele exige sua rendição, kraljica.

— Ele pode exigir o que bem quiser. — Sigourney ergueu a mão do braço do Trono do Sol. O anel com o sinete dos kralji reluziu quando a kraljica tocou a faixa dourada da coroa, posta sobre seu cabelo grisalho e grosso. O sol estava quente sobre ela, que ergueu os olhos para as ruínas queimadas dos suportes do domo. — Ele não terá minha rendição.

Novamente o feiticeiro falou com o guerreiro, que soltou uma gargalhada que ecoou pelo templo. O homem falou palavras em uma língua que parecia ao mesmo tempo estranha e, no entanto, familiar de um jeito esquisito. Onde ela ouviu palavras assim antes? — O tecuhtli Zolin diz que se a kraljica deseja desafiá-lo, ele está disposto a aceitar. O tecuhtli emprestará a própria espada se ela não tiver uma própria. Caso contrário, ele mandará seus guerreiros torná-la prisioneira. O tecuhtli deixa a decisão com a senhora.

Sigourney balançou a cabeça e falou — Eu sei como vocês tratam os prisioneiros. E você não percebeu todas as opções que eu tenho. — O feiticeiro pareceu confuso ao ver a kraljica pegar a taça no braço do Trono do Sol e tomar todo o preparado amargo em um só gole. — Espero que aproveitem a cidade enquanto a controlam. — Ela ergueu a taça para os ocidentais e deixou que caísse nos ladrilhos, onde se quebrou. A perna já formigava quando Sigourney recostou-se no trono. A paralisia subiu rapidamente pelas coxas, pela cintura, pela barriga. Pelo coração. A luz do sol na nave pareceu enfraquecer. — Este é o *meu* trono e, enquanto eu viver, não abrirei mão dele.

Sigourney riu então. A voz parecia estranha, ofegante e fraca. A kraljica tentou forçar as próximas palavras. — E eu escolho o momento conveniente. — Ela tentou tomar fôlego, mas os pulmões não se mexeram. Abriu a boca, mas não havia ar.

Sigourney sorriu para eles quando o sol escureceu e Nessântico sumiu de vista.

Karl Vliomani

— PARA ONDE VOCÊ SUGERE de irmos? — perguntou Talis.

— Leste — sugeriu Karl. — Para os firenzcianos. Sergei pode estar lá.

— Podemos ir para o oeste — contra-argumentou Talis. — Para o meu povo.

— Seu povo colocou fogo em Nessântico — falou Varina. — Eles matam. Estupram. Saqueiam.

— E o seu povo não faz isso? — disparou Talis. — Você não esteve nos Hellins, não é? Ou se esqueceu do que começou este confronto em primeiro lugar? — Ele olhou com raiva para Varina, que sustentou o olhar, sem pestanejar.

— Parem, vocês dois — disse Karl. — Não temos tempo a perder com isso. Talis, ir para o oeste significa tentar passar pela pior parte dos incêndios, e o sul não parece muito melhor do que isso. Temos que pensar a respeito do menino, especialmente; é perigoso demais.

— E ir na direção dos firenzcianos *não é* perigoso? — protestou Talis.

— Eu diria que é menos.

Serafina tocou no ombro de Talis e falou — Acho que ele está certo, amor. Por favor...

Talis fez uma cara de desdém, e deu de ombros. — Tudo bem. Mas a culpa vai ser sua, numetodo, se a coisa ficar feia.

Eles rapidamente reuniram o que poderiam carregar. O cheiro de fumaça era esmagador agora, e cinzas caíam constantemente sobre os telhados, cujas bordas brilhavam com chamas agitadas. O grupo não conseguia ver o sol de maneira alguma, embora devesse estar no alto no céu. A rua continuava deserta; aqueles que podiam fugir já haviam escapado; aqueles que ficaram estavam entrincheirados nos prédios. Eles desceram a viela rapidamente até o cruzamento e viraram para leste.

Quando chegaram às ruas maiores, eles encontraram as multidões novamente. Um enxame de gente saqueava lojas, quebrava portas, arrancava persianas e carregava o que fosse possível. Os saqueadores olhavam com ar de provocação para o grupo enquanto passavam com as conquistas, desafiavam qualquer um a tentar detê-los ou protestar. Um esquadrão de quatro utilinos apareceu e soprou os apitos, mas, tirando isso, não fizeram tentativa alguma de restaurar a ordem; eles apontaram os cassetetes e gritaram avisos, mas saíram correndo quando os saqueadores mais próximos se viraram para confrontá-los.

Karl e os demais foram atrás deles.

Algum tempo depois, o grupo passou por vários quarteirões, longe o bastante para as cinzas dos incêndios não mais caírem sobre os ombros e cabelos. Eles se aproximavam do centro do Velho Distrito; Karl vislumbrou a praça aberta não muito distante dali, onde a viela tortuosa de repente se abria nela: lá estava a estátua de Henri VI, com a espada erguida sob a luz do sol. As multidões desapareceram novamente. Parecia que eles corriam por uma cidade deserta. Quando se aproximaram do fim da rua, Karl parou o grupo: encolhidos contra o flanco do prédio mais próximo, eles viram um esquadrão da Garde Civile passar rapidamente para o sul pela praça aberta, perto do chafariz de Selida, liderado por um trio de chevarittai montados. Muitos dos soldados estavam visivelmente feridos, e mancavam enquanto cruzavam a praça meio que correndo.

— Eles estão recuando — sussurrou Varina. — Será que perdemos a cidade, então?

Karl não tinha como responder, embora desconfiasse da verdade, e falou — Vamos correr...

O grupo começou a cruzar a praça quando a Garde Civile desapareceu na entrada de uma rua ao sul. Eles chegavam ao fim da sombra de Henri VI, quase no meio do centro do Velho Distrito, quando viram do que os soldados fugiam.

Uma massa ruidosa de homens pintados entrou na praça aos borbotões vinda do norte. Ao longe, Karl viu que estavam bem armados: espadas, lanças, flechas. Os rostos tinham o redemoinho de linhas negras como o de Uly; os corpos eram protegidos por armaduras de bambu. Eles ainda não tinham visto o pequeno grupo de Karl, ou, se viram, julgaram irrelevante. Os ocidentais entraram no espaço aberto: havia pelo menos trinta ou mais deles. — Andem! — sibilou Karl. — Rápido! — Eles podiam facilmente chegar a uma das transversais que levavam ao centro do Velho Distrito e despistar os ocidentais antes que fossem alcançados. Karl pegou a mão de Varina e começou a correr.

Depois de alguns passos, Karl percebeu que os dois estavam sozinhos. Talis permaneceu parado sob a sombra da estátua. Ele segurava as mãos de Serafina e Nico. — Talis!

Talis balançou a cabeça. — Não — disse ele em voz alta.

— Talis, Sergei foi para Firenzcia. Nós podemos segui-lo. Você não tem nada para barganhar com essa gente. Não mais. Você está colocando Serafina e Nico em perigo.

Talis sorriu para Karl e Varina. — Ah, mas eu tenho *sim* um trunfo: a areia negra de Uly. Lembra-se? Ainda está aqui.

Karl sentiu a mão de Varina apertar seu braço. Ele lembrou-se: Uly, os barris de ingredientes no apartamento do homem, à espera de serem misturados... — Você não pode dar *isso* a eles...

— Este é o *meu* povo — falou Talis. — Eu agradeço por tudo o que vocês fizeram por Sera e Nico, mas este é o meu povo, o povo que eu conheço, e este é o momento de eu voltar para eles. Vá para o seu. — Ele gesticulou para os soldados e berrou algo em uma língua que Karl não compreendia. — Vá — disse Talis para Karl. — Vá enquanto ainda tem chance.

— Pelo menos deixe-nos levar Serafina e Nico conosco — gritou Varina, mas Talis fez que não com a cabeça.

— Eles são a minha família e ficarão comigo. Vá, Karl. Ou fique. Mas faça sua escolha. — Serafina olhou para os dois com incerteza e pânico no rosto. Nico encarou de olhos arregalados, mas parecia calmo.

Vários guerreiros pintados se aproximavam correndo agora. Talis ergueu o cajado mágico. Uma luz irrompeu do objeto, cintilou e baniu a sombra de Henri VI. — Karl? — A mão de Varina estava erguida; ele sentiu a energia do Segundo Mundo se acumular em volta dela.

— Eles são muitos — disse Karl.

— Não podemos deixá-los. Não podemos deixar Nico.

— Não temos escolha — respondeu ele.

Karl pegou a mão de Varina, e os dois correram.

~ Nico Morel ~

NICO NÃO CONSEGUIA ENTENDER o que Talis dizia quando os soldados pintados se aproximaram deles. Ele notou a insegurança na voz do vatarh e o jeito com que Talis falava alto e rápido, com a bengala mágica em frente ao corpo como um porrete. A matarh abraçou o menino com tanta força que ele mal conseguia respirar quando os estranhos os cercaram. Os homens eram inacreditavelmente grandes, assustadores e cheiravam a sangue e morte.

Nico sentiu o medo crescer dentro dele, juntamente com o frio estranho que sentiu no gabinete do archigos, assim como quando fugiu de Ville Paisli. O frio começou a aumentar por dentro, e ele murmurou baixinho as estranhas palavras que vieram à mente enquanto as mãos fizeram pequenos gestos sob o abraço forte da matarh.

— Talis, o que está acontecendo? Estou assustada... — Nico ouviu a matarh falar.

— Está tudo bem — disse o vatarh, mas a voz contradizia a resposta. — Eu só preciso falar com o guerreiro supremo. Deixe-me cuidar disso. Eles são meu povo; só não esperavam me encontrar aqui...

Talis voltou-se para um dos homens pintados, o que tinha um lagarto negro de língua vermelha rastejando no topo do crânio, que passava em volta do olho esquerdo e ia até a lateral da cabeça. Enquanto eles meio que gritavam uns com os outros, o vatarh brandiu a bengala na cara do sujeito. Nico sentiu o frio crescer sem parar dentro dele, era tão intenso que ele sabia que iria explodir se tentasse contê-lo por mais tempo. O menino gritou as estranhas palavras. Gesticulou.

Não houve fogo azul dessa vez. Em vez disso, o ar tremeu em volta dele e propagou-se como uma onda visível, a onda rápida acertou os homens pintados, e eles foram lançados para trás como se tivessem sido golpeados por um grande punho. — Venha, matarh! — berrou Nico. O menino agarrou a mão dela e puxou-a de maneira que Serafina tropeçou ao segui-lo, enquanto ele fugia na direção em que Karl e Varina foram. — Talis! Rápido!

Mas Talis não correu com os dois; ele também havia sido derrubado pela explosão incontrolável do menino. O guerreiro-lagarto já estava de pé, Nico olhou para trás ao começar a correr e viu o homem berrar para os demais no momento em que Talis gritou alguma coisa de volta e ergueu a bengala. Uma luz ofuscante brilhou da bengala, e um dos guerreiros rugiu. Nico puxou a matarh com mais força. — Corra!

Sera deu um passo com ele, mas soltou a mão do filho. O menino deu outro passo antes de perceber que a matarh não estava com ele. — Sera! — Nico ouviu Talis gritar e virou-se para trás.

A matarh estava esparramada sobre os paralelepípedos da praça, com uma lança nas costas e seu sangue manchando as pedras da pavimentação. Ela esticou o braço na direção de Nico, rastejou atrás do filho, com o rosto contraído de dor. — Matarh! — berrou o menino, que correu de volta para Serafina. Nico caiu ao lado dela assim que Talis a alcançou.

— Nico... — disse a matarh. — Eu sinto muito... — Ela virou a cabeça para Talis e começou a falar, mas ele fez carinho na cabeça de Serafina e a abraçou com cuidado.

— Não, não diga nada. Eu vou levar você a um curandeiro, a alguém que possa te ajudar... — Talis ergueu o olhar para os soldados pintados, que se reuniram em volta deles. O vatarh falou rispidamente na própria língua. O guerreiro-lagarto fez uma expressão de desdém, e gesticulou para os homens. Um deles arrancou a lança das costas da matarh de Nico, e ela gritou novamente. O menino atirou-se contra o guerreiro-lagarto e socou a armadura do homem. Ele agarrou Nico com um braço musculoso e rosnou alguma coisa para Talis. — Nico! — falou o vatarh. — Eles vão ajudá-la. Por favor, escute o que eu digo. Você tem que parar de lutar com eles.

Toda a energia abandonou Nico; ele desmoronou no braço do guerreiro--lagarto.

Dois guerreiros agacharam-se; eles rasgaram tiras da própria roupa e amarraram na cintura da matarh do menino. Um guerreiro pegou Serafina nos braços; ela gemeu e revirou os olhos, mas Nico viu que a matarh ainda respirava. Uma das mãos pendia; o menino contorceu-se no braço do guerreiro-lagarto e foi solto pelo homem. Ele correu e pegou a mão de Serafina.

Nico segurou a mão da matarh, em prantos, enquanto eles saíam rapidamente da praça.

~ Niente ~

ELES CONQUISTARAM A CIDADE.

Ou, mais corretamente, conquistaram parte dela. Nessântico era grande demais e a força dos tehuantinos pequena demais para controlar a cidade inteira, na prática. Em vez disso, eles arrebentaram a cidade, usaram areia negra para incendiar Nessântico, fizeram a Garde Civile recuar para o norte e o sul.

A cidade já não pertencia à kraljica e ao povo dela, mas também não era dos tehuantinos.

Niente tinha certeza de que jamais seria deles.

— Bem? — perguntou Zolin enquanto o nahual espiava a água da tigela premonitória.

— Paciência, tecuhtli — disse ele. — Paciência. — Mas Niente já sabia. A visão já tinha passado e a água era apenas água. Mas, ao fingir, o nahual podia decidir o que queria dizer. Ao fingir, podia se recuperar da pior parte do cansaço e da exaustão causados pelo feitiço.

Ele viu — novamente —, no meio da grande cidade arruinada, o tecuhtli e o nahualli mortos e sentiu outra vez o arrepio com a certeza de que viu Zolin e a si mesmo. Nada mudou. Axat ainda lhe mostrava o mesmo futuro, o mesmo caminho. Nada foi alterado após esta vitória. Niente achava que nada poderia alterá-lo. O futuro estava predeterminado, tão inevitável quanto o pôr do sol.

Eles estavam nas ruínas do templo, Zolin sentado no trono que a kraljica usara. O cabo de uma lança tinha sido cravado em uma fenda no piso de cerâmica, perto do trono. A cabeça da kraljica foi enfiada na lança, o único olho vidrado voltado para fora, o cabelo pendia grotescamente — o corpo estava caído contra a parede atrás do trono, onde fora jogado. Uma fogueira foi acesa no meio da nave e alimentada com a madeira dos bancos do tempo; uma fumaça cinza e fina subia para o céu que começava a ficar púrpura. Mesas foram erigidas em volta da fogueira, e um banquete estava em andamento, servido por assustados prisioneiros ocidentais. Não havia algum motivo em especial para o medo deles; Zolin e os outros guerreiros supremos não permitiriam que nenhum prisioneiro fosse maltratado. Sim, haveria os inevitáveis estupros, saques e mortes, mas os incidentes seriam poucos, e os responsáveis seriam severamente punidos se fossem flagrados. Alguns offiziers do alto escalão seriam sacrificados pela glória de Axat e Sakal, mas nenhum outro prisioneiro sofreria algum mal.

Os tehuantinos eram mais benevolentes e bons vencedores do que os orientais quando estes vieram aos Hellins.

Enquanto os guerreiros aproveitavam o banquete, Niente olhava na tigela premonitória perto da fogueira. A luz do fogo lambeu a pele do nahual, mas o calor não conseguiu tocar o frio que ele sentia por dentro. Niente finalmente pegou a tigela e jogou a água nas brasas em chamas, que assobiaram e soltaram vapor em resposta.

— Então — falou Zolin —, Axat me vê permanecendo aqui? Eu acho que este é um ótimo lugar. Podemos construir uma nova cidade aqui, uma que essa terra nunca viu antes, uma cidade que rivalizasse com Tlaxcala, e eu poderia ser o tecuhtli aqui, e os ocidentais nos serviriam como eles forçaram nossos primos a servi-los.

— Eu realmente vejo o senhor permanecendo aqui, tecuhtli — falou Niente, o que não era nada mais que a verdade.

Zolin deu um tapa nos braços cristalinos do trono. Ele rugiu de alegria, e os guerreiros reunidos no salão riram com ele. — Viu só! — berrou o tecuhtli para Niente. — Todas aquelas preocupações. Eu lhe disse, nahual, eu lhe *disse*.

— Disse sim, tecuhtli — falou Niente.

Zolin inclinou-se para a frente no trono. — Você viu outras batalhas? Você me viu tomando novas cidades?

O nahual balançou a cabeça e respondeu — Não. E isso não seria prudente, tecuhtli. Não temos mais areia negra. Se pudéssemos repor os guerreiros que caíram, se eu pudesse trazer mais nahualli para cá... — Ele espalmou as mãos. — Eu diria ao tecuhtli... — Niente começou a falar, mas houve uma agitação no fim do salão: o guerreiro supremo Citlali surgiu com um homem ao lado dele; um homem com um cajado mágico na mão. O nahual apertou os olhos para ver na escuridão da noite, iluminada pela fogueira; não era um nahualli que ele reconhecesse, e o homem estava vestido como um dos orientais, havia manchas de sangue na roupa. No entanto, aquele rosto...

— Talis? — perguntou Niente. — É você? — Pelo rosto, o homem parecia ter muitos mais anos do que deveria, a face foi arrasada pelo poder de Axat assim como a do nahual, mas ele lembrava-se da juventude nas feições do sujeito.

— Niente? — Talis correu à frente e agarrou o antebraço de Niente, seus olhos vasculharam o rosto, sem dúvida tão mudado quanto o próprio. — Por Axat, tem muito, muito tempo. Você é o nahual. Ótimo. Que ótimo para você... — Ele então viu o tecuhtli Zolin, deu meia-volta e abaixou a cabeça para ele. — Tecuhtli. Noto que Necalli caiu.

Niente ainda olhava para Talis. Havia uma dor nos olhos do homem que não era causada pelo X'in Ka. — Você está ferido? — perguntou o nahual, e Talis balançou a cabeça.

— Não, é que... — Ele parou, e Niente viu a preocupação e a tristeza desabarem sobre o homem. — Eu... eu tenho uma esposa aqui, e um filho. Ela foi... gravemente ferida. Preciso voltar para os dois...

— Nós levamos a mulher e o menino para a tenda dos curandeiros, tecuhtli, nahual — intrometeu-se Citlali. — Eles estão fazendo o possível.

— Ótimo — falou Zolin. — Você poderá ir até eles em um momento, Talis. Então *você* é o nahualli enviado para cá pelo antigo nahual? Eu sei que ele disse ao tecuhtli Necalli que você era quase tão poderoso quanto Mahri; que você teria dado um belo nahual. — Zolin deu uma olhadela para Niente. — Talvez esse acabe sendo seu destino. Eu li seus relatórios e, com o passar dos anos; eles me ajudaram a compreender e a derrotar os orientais. Sou grato por isso.

— Tecuhtli — disse Citlali quando Zolin fez uma pausa ao se recostar no trono. — Talis tem uma informação que o senhor precisa saber, sobre um exército mais a leste da cidade. Foi por isso que eu o trouxe aqui.

Talis concordou com a cabeça, Niente ouviu o homem, sentindo um medo crescente enquanto ele falava a respeito desse exército de Firenzcia e da reputação da força militar daquele país. O nahual ficou especialmente aflito com a expressão cada vez mais empolgada no rosto de Zolin. — Tecuhtli — falou ele —, isso é o que a tigela premonitória me disse. Nós fizemos tudo que viemos fazer aqui. Devíamos embarcar agora e voltar para casa antes que esse exército venha para cima de nós. Podemos juntar um novo exército e voltar com mais navios, mais guerreiros e nahualli da próxima vez, e se o senhor quiser se sentar nesse trono como tecuhtli do leste, nós o colocaremos aqui com recursos suficientes para que isso aconteça. Mas não agora. Somos muito poucos, guerreiros e nahualli, para outro grande combate, especialmente sem a areia negra.

Niente pensou que, finalmente, tivesse convencido o tecuhtli. Sentado no trono, Zolin fez uma careta e tamborilou os dedos no braço cristalino do trono. Balançou a cabeça como se estivesse pensando.

Mas Talis então acabou com qualquer esperança que restasse em Niente. — *Existe* areia negra — disse ele. — Ou melhor, existem ingredientes suficientes aqui na cidade para fazer boa parte dela. Eu sei onde estão.

Zolin inclinou-se para frente no trono e arregalou tanto os olhos que as asas da águia dançaram no rosto. — Onde? Leve-nos até eles agora.

— Tecuhtli, minha esposa... Eu preciso ir até ela.

Niente sabia como Zolin reagiria a isso; e não ficou surpreso. — Todos nós temos esposas e família — retrucou o tecuhtli. — Nosso *dever* é aqui e agora. Citlali, como está a mulher?

Citlali deu de ombros. — Ela está nas mãos de quem sabe o que fazer. Não há nada mais a ser feito.

— Pronto. Viu só, Talis? — falou Zolin. — Você tem sua resposta. Sinto muito pelo ferimento de sua esposa e entendo que queria estar com ela. Mas seu tecuhtli também precisa de você. O nahual Niente está certo: sem mais areia negra, nós perderemos o que ganhamos. A areia negra, nahualli, é o que precisamos. — Zolin inclinou-se para frente e apoiou os cotovelos nos joelhos. — A esposa de um traidor não receberia ajuda alguma.

Niente ouviu as próximas palavras como se fossem o toque do sino da morte.

— Como o senhor quiser, tecuhtli — disse Talis. — Eu o levarei lá.

— Ótimo — falou Zolin ao ficar de pé. — Citlali, coma e beba alguma coisa e prepare os guerreiros para mais uma batalha. Nahual Niente, faça o mesma com os nahualli. Nesse meio tempo, eu conversarei com você, Talis, enquanto vamos atrás dessa areia negra.

~ Sergei ca'Rudka ~

SERGEI CUSTOU A ACREDITAR no que Karl e Varina lhe contaram. Ele tinha visto a fumaça dos incêndios em Nessântico, cujo cheiro tinha sido trazido pelo vento, e sabia que a cidade sofria, mas isso: Nessântico conquistada, a maior parte em ruínas...

Isso, Sergei não tinha esperado.

Havia muita coisa que ele não tinha esperado. Sergei sentiu-se muito velho e frágil realmente.

— O archigos ca'Cellibrecca está *aqui*? — perguntou Karl. Sergei concordou com a cabeça. O rosto do numetodo ficou rígido e determinado, a voz amarga comeu sílabas. — Então me leve até ele, Sergei. Que esse seja o pagamento por libertar você da Bastida. Apenas me leve até ele e afaste-se. Você não precisa se envolver com o resto.

— Não é tão simples assim, Karl.

— Na verdade, *é* simples assim — retrucou o numetodo. — O homem matou Ana, e eu quero justiça pelo assassinato dela.

— Isso, eu não posso dar para você. Não aqui, nem agora. Mas posso lhe dizer que o hïrzg Jan não gosta muito do homem. Acho que o mesmo pode ser dito a respeito da a'hïrzg Allesandra, pelo menos por enquanto. Karl, deixe-me cuidar dessa situação. Por favor. — Sergei olhou para Varina, em busca de apoio.

— Ouça o que ele diz — falou ela. — Ou ouça Ana; o que ela lhe diria?

O trio estava na tenda de Sergei no acampamento firenzciano, onde os dois tinham sido trazidos pelos primeiros soldados que encontraram. O regente ficou surpreso e contente de ver os dois numetodos; após a separação,

Sergei temeu que eles tivessem sido capturados e aprisionados, ou coisa pior. Se a história de Karl e Varina tinha feito o regente sofrer era porque a ideia de Nessântico arruinada era dolorosa demais para imaginar.

Ele também sabia que o hïrzg e a a'hïrzg, no mínimo, também já teriam sido informados da chegada de Karl e Varina; Sergei estava um pouco surpreso por ainda não ter ouvido alguma coisa de um dos dois. E quando o archigos Semini soubesse que o embaixador dos numetodos estava no acampamento... Ele precisava se preparar para isto. Allesandra e Jan eram outro problema; Sergei não sabia exatamente como os dois reagiriam. Ele faria o possível para proteger Karl e Varina, mas...

Sergei falou — Karl, eu lhe prometo isto: quando chegar o momento, ajudarei você com ca'Cellibrecca. O homem é uma praga e um insulto ao robe que a archigos Ana usou. Ambos concordamos com isso. Quando chegar o momento, eu terei prazer em lhe ajudar a tornar a morte dele tão dolorosa quanto você quer. — Sergei quase sorriu ao pensar em Semini instalado na Bastida. Sim, aquilo seria delicioso. Aquilo seria... prazeroso.

Varina arregalou um pouco os olhos com a declaração, mas Karl concordou com a cabeça, com os lábios franzidos. Houve um pigarreio discreto de uma garganta na aba da tenda, um momento depois. — Entre — falou Sergei, e a aba foi aberta para revelar um dos pajens do hïrzg.

— Regente, o hïrzg Jan pede que o senhor leve seus dois convidados... — os olhos do menino se voltaram para Karl e Varina — ... à tenda dele. O hïrzg montou um jantar para os dois e deseja escutar o que eles têm a dizer.

— Diga ao hïrzg que iremos imediatamente — falou Sergei para o pajem, que fez uma mesura e saiu. — Vocês não têm o que temer do hïrzg Jan — disse o regente para os dois. Ele torcia para que fosse verdade. — Eu até gosto do jovem. De certa forma, ele me faz lembrar de mim mesmo...

— O archigos Semini me dirá que os numetodos são hereges e mentirosos, fisicamente perigosos para mim, bem como para minha alma eterna — disse o hïrzg Jan.

— O archigos Semini é um mentiroso e um tolo, além de burro — respondeu Sergei. — Se me perdoa a franqueza, hïrzg.

Jan sorriu. — Sentem-se — falou ele para Karl e Varina ao apontar para a mesa com pão, queijo e uma panela com guisado de carne. Pratos foscos de estanho estavam dispostos diante deles. — Aproveitem os pequenos confortos que temos aqui em campanha, uma vez que não posso oferecer a hospitalidade completa de Firenzcia. — Quando os dois hesitaram, o sorriso de Jan cresceu. — Eu lhes garanto que tenho a mesma opinião do regente no que se refere ao archigos Semini.

Varina conseguiu dar um sorriso; Karl ainda parecia inseguro e perguntou — E qual é a opinião do hïrzg sobre os numetodos?

— Uma das coisas que o regente ca'Rudka me ensinou é que devo julgar as pessoas não pelo que são, mas por quem elas são. Eu ainda não tenho opinião sobre os numetodos; até agora, nunca havia conhecido um. — Jan gesticulou para as cadeiras novamente. — Por favor...

Sergei fez uma mesura. Um momento depois, Karl repetiu o gesto, e os três tomaram seus lugares em frente ao hïrzg. — A a'hïrzg se juntará a nós? — perguntou o regente.

O sorriso de Jan sumiu ao ouvir isto e disse — Não. — Aquela única palavra quase pareceu arrancada à força. Sergei aguardou mais explicações, mas nenhuma veio. O regente perguntou-se sobre o que teria acontecido entre matarh e filho; até agora, ele só tinha visto Allesandra de relance durante um dia e meio. Embora o exército se arrastasse próximo às muralhas de Nessântico em um passo lento enlouquecedor, Allesandra manteve-se em uma carruagem fechada, sem nem o filho, nem o archigos como companhia.

Mas Sergei não pediria uma explicação ao hïrzg. Em vez disso, Jan olhava para Karl e Varina. — Eu gostaria de saber sua história, contada por vocês mesmos — falou ele.

Pela próxima virada da ampulheta, foi isso que Karl e Varina fizeram, com Jan guiando os dois com perguntas ocasionais. Sergei ouviu a maior parte e achou graça quando Karl omitiu algumas partes da história. Jan inclinou-se para a frente quando o numetodo descreveu a areia negra, como foi usada pelos ocidentais no ataque à cidade, e ao saber que havia ingredientes na cidade para fazer mais.

— Você afirma que essa areia negra é a chave do sucesso dos ocidentais? Essa é a mesma magia que nós soubemos que eles usaram nos Hellins?

— Não é *magia*, hïrzg — falou Karl. — Essa é a parte interessante. É alquimia. Varina tem certa noção, pelo que Talis disse e pelas amostras que eu trouxe do apartamento de Uly, de como preparar a areia negra. Eu vi, todos nós vimos, as coisas terríveis que a areia pode fazer. — Uma sombra sinistra pareceu passar pelo rosto de Karl ao dizer isso, e Sergei sabia que ele se recordava do assassinato de Ana. Era um horror que jamais seria apagado da mente de qualquer um dos dois. — Os ocidentais colocaram fogo na cidade com a areia; eles mataram centenas, talvez milhares. Hïrzg, com essa areia negra, nenhum exército precisa de ténis-guerreiros ou de feitiços. Nenhuma armadura consegue resistir, espadas não podem superá-la, não importa o número.

— E você sabe onde está o estoque dessa areia negra?

Karl assentiu com a cabeça. — Eu sei. Varina também. Nós podemos levar o senhor até lá, hïrzg. Mas os ocidentais também estarão atrás da areia negra. Talis... eu suspeito que Talis já esteja levando os ocidentais até ela. Eles *já* podem estar com a areia.

— Hïrzg — interrompeu Sergei. — Eu entendo por que o senhor deixou seu exército ocioso aqui. Eu talvez tivesse tomado a mesma decisão no seu lugar; embora meu coração fique partido ao ver a cidade queimar e saber que os ocidentais pisoteiam as ruínas dos lugares que mais amei no mundo. — Ele esfregou o nariz falso, notou que Jan olhou fixamente para o gesto e abaixou a mão. — Mas, se o senhor realmente está disposto a ouvir meu conselho, eu lhe diria que o tempo de esperar acabou. Eu também testemunhei os efeitos dessa areia negra. Se os ocidentais tiverem tempo para criar mais, então seus próprios soldados pagarão o preço pela hesitação. Hïrzg, ouça o que meus amigos estão lhe dizendo. A Garde Civile de Nessântico foi derrotada. Aquela batalha acabou. Temos que atacar agora; não Nessântico, mas aqueles que a derrotaram, antes que venham à Firenzcia.

Sergei achou que o apelo não teria efeito. Jan olhava para o alto, o olhar vasculhava a lona iluminada pelo fogo como se houvesse uma resposta escrita na fumaça. O jovem suspirou uma vez. Então bateu palmas e um pajem entrou.

— Chame o starkkapitän aqui — disse o hïrzg para o menino. — Há preparativos imediatos que eu preciso que ele faça. Corra!

Jan ca'Vörl

ELE OUVIU as grandiosas e gloriosas histórias de guerra várias vezes ao longo dos anos: do vavatarh Jan; do vatarh; dos onczios e dos conhecidos mais velhos; e, mais recentemente, de Fynn. Até mesmo da matarh, que contou que o vavatarh a elogiou quando era pequena por seu conhecimento de estratégia militar.

Jan começou a se dar conta de que essas histórias eram inventadas, memórias falsas ou, muitas vezes, mentiras deslavadas.

Até hoje, ele nunca havia entrado a cavalo em uma batalha de verdade. Até hoje, seu conhecimento sobre habilidades marciais fora intelectual e seguro. Mostraram a Jan como cavalgar, manejar uma espada, usar uma lança ou arco e flecha sobre o cavalo, como se proteger de outro chevarittai ou de um soldado de infantaria. Ele participou de lutas com espada de treino, participou de manobras militares. Aprendeu sobre a arte da guerra: quais táticas usar contra um inimigo que estivesse em um terreno superior ou inferior, ou que possuísse mais soldados ou menos, ou mais ténis-guerreiros ou menos. Jan sabia que formação teoricamente era melhor contra outra.

Era o que qualquer jovem rapaz de seu status teria aprendido.

A guerra, na mente de Jan, era um exercício muito gracioso e preciso. Ele sabia — intelectualmente — que era impossível que fosse tão linear e eficiente. Jan entendia.

Mas... ele não sabia que a guerra podia ser tão desordenada assim. Tão caótica. Tão real.

Ninguém no exército firenzciano achava que Jan — assim como Fynn, assim como seu homônimo, o velho hïrzg Jan — seria o verdadeiro general nesse importante ataque. Eles sabiam que a estratégia era do starkkapitän ca'Damont, com a ajuda do regente ca'Rudka e a contribuição dos dois numetodos que vieram da cidade em chamas para o acampamento. Sabiam que seria o archigos Semini que comandaria os ténis-guerreiros.

Jan estaria lá, e a bandeira de comando tremularia entre a Garde Hïrzg e os chevarittai à sua volta, e ele avançaria logo atrás da vanguarda de suas forças como Fynn e o antigo hïrzg Jan fizeram antes dele. Mas Jan consultaria o starkkapitän antes de dar ordens. Ele sabia que era uma atitude inteligente; sabia que o resto dos offiziers e chevarittai também tinha noção disso. Francamente, Jan estava tranquilo em relação a consultar o starkkapitän; ele conhecia a própria inexperiência e não era tão arrogante a ponto de insistir em estragar o ataque.

A entrada em Nessântico começou bem o suficiente. Como uma espada curva, as forças firenzcianas avançaram pela cidade através de todos os portões do lado leste. Não houve resistência; pelo contrário, o surgimento dos soldados foi recebido por gritos de alegria pela população e pelos remanescentes da Garde Civile de Nessântico espalhados. Alguns chevarittai dos Domínios até saíram de mansinho dos esconderijos para engrossar as fileiras de Firenzcia. Após uma virada da ampulheta dentro das muralhas da cidade, Jan começou a torcer para que a situação continuasse assim: marchando sem resistência até a fronteira oeste da cidade e encontrando as forças ocidentais em plena retirada.

Sob o calor do dia, ele suava debaixo da armadura, e o que mais queria era arrancar o fardo pesado dos anéis de aço. Aquilo parecia ser o pior desconforto da vitória.

— Qual o caminho, embaixador? — perguntou Jan para Karl, que cavalgava com seu séquito ao lado de sua matarh, Varina e Sergei.

— Ao norte, por algumas transversais — respondeu o numetodo, que apontava —, depois vários quarteirões para o leste.

Jan concordou com a cabeça. O exército firenzciano ganhou volume pela Avi. O sol brilhava intensamente. Era um belo dia. Eles já tinham vencido, e o hïrzg sentiu-se confiante a ponto de dar uma ordem por si próprio. — Starkkapitän — disse Jan para ca'Damont —, eu levarei metade da Garde Hïrzg comigo, bem como o regente e os numetodos. Deixo você no comando do exército. Faça o que for necessário para defender esta parte da Avi e a cidade. Depois você e a a'hïrzg prosseguirão para o sul, para a Ilha A'Kralji, e cuide para que controlemos a ilha e as Ponticas orientais. Se houver algum problema, mande um mensageiro até mim imediatamente. Da minha parte, eu mandarei um mensageiro assim que nós localizarmos a areia negra e soubermos como está a situação por lá.

— Jan. Hïrzg. — Allesandra franziu a testa, enquanto ca'Damont parecia incomodado. — Eu não acho...

— Eu dei minhas ordens — disparou Jan e interrompeu sua matarh. — Starkkapitän? Tem algum problema com elas?

Ca'Damont meneou a cabeça negativamente. Ele vociferou ordens rápidas.

— Eu me encontro depois com a senhora, matarh — disse Jan. — Na Ilha.

Allesandra não pareceu convencida. O hïrzg pensou que ela fosse protestar mais, mas a matarh só olhou feio para ele. Jan viu Allesandra dar uma única olhadela para Sergei; o regente deu levemente de ombros sob a armadura. O nariz lançou fagulhas de sol sobre o rosto.

A matarh finalmente inclinou a cabeça e disse — Como quiser, meu hïrzg. — "Meu hïrzg", não "meu filho". Jan notou a irritação na expressão. Ela puxou as rédeas com força e começou a caminhar para o sul. Um quarteto da Garde Hïrzg e um téni-guerreiro cercaram a a'hïrzg com atraso.

O starkkapitän prestou continência e falou — Que Cénzi oriente o senhor, meu hïrzg. Eu cuidarei para que a a'hïrzg permaneça a salvo. — Ca'Damont começou a ir embora, mas puxou as rédeas, e disse — Fynn fez uma excelente escolha no senhor. Tome cuidado, hïrzg Jan.

O starkkapitän ca'Damont prestou continência novamente e foi embora, com a maior parte do séquito com ele. Jan olhou em volta para os demais e falou — Vamos encontrar essa areia negra. Embaixador ca'Vliomani, você vai à frente.

Karl levou o esquadrão de Jan ao norte pela Avi, e os soldados pelos quais eles passaram prestaram continência ao hïrzg e a seu estandarte, depois o grupo virou à esquerda em uma rua mais estreita e deixou o exército para trás. O tilintar das armaduras e o baque frio do aço nos cascos dos cavalos eram o barulho mais alto na rua. Não havia mais rostos nas janelas, mais ninguém visível adiante, no caminho curvo. Algumas portas dos prédios pelos quais o esquadrão passou estavam abertas; muitas à força. Havia lixo acumulado na avenida. Eles passaram por vários corpos: gente morta há alguns dias, pela aparência, cadáveres inchados com pernas e braços rígidos, em ângulos estranhos, cheios de vermes e moscas. Jan olhou fixamente para os mortos ao passarem; ele notou que Sergei fez o mesmo, com uma intensidade estranha.

Há pouco tempo, esses corpos tinham sido pessoas vivas, que talvez corressem para os amantes, acompanhassem os filhos, comprassem comida nos mercados ou bebessem nas tavernas, levassem suas vidas em frente. Ele duvidava que essas pessoas esperassem que a vida fosse acabar tão rapidamente e de modo tão definitivo. Duvidava que elas esperassem que fossem virar monumentos acidentais e temporários da guerra.

Jan fungou, incapaz de manter o fedor longe do nariz — ele perguntou-se se Sergei realmente podia sentir o cheiro. O hïrzg segurou firme na espada e enroscou as rédeas com mais força na mão esquerda.

Ao sul, eles ouviram um estrondo repentino como trovão e gritos baixos. Sergei, ao lado de Jan, olhou naquela direção com preocupação, e disse — Eu acho, hïrzg, que a batalha começou. Talvez devêssemos retornar.

Jan balançou a cabeça. — Embaixador, a que distância estamos do lugar? — perguntou.

— Mais dois cruzamentos — respondeu ca'Vliomani. — Não mais do que isso.

— Então nós prosseguiremos.

Sergei franziu os lábios, mas não teve outra reação.

Eles continuaram até chegar a outra viela, ainda menor, onde Karl parou e ficou em pé na sela. Ao olhar a rua estreita, Jan viu uma placa antiga e surrada pendurada em um prédio à direita: havia um cisne mal desenhado em tinta vermelha nas tábuas.

— Ali. — Ca'Vliomani chamou Jan e os demais. — Nós deveríamos...

Ele não foi adiante.

Da esquerda, da direita, várias dezenas de guerreiros pintados vieram para cima deles aos berros. Os próximos grãos da ampulheta viraram um caos de que Jan se lembraria pelo resto da vida.

... um clarão súbito de uma luz ofuscante surgiu à frente do grupo, depois mais um, e Jan percebeu que Karl e Varina lançavam feitiços. Ele ouviu gritos...

... o chevarittai à direita de Jan foi arrancado da sela com o pulo de um ocidental, e o cavalo do homem chocou-se com força na perna do hïrzg. A perna direita ficou presa entre os dois animais, e ele gritou pela pontada de dor, apesar da proteção das grevas. Jan puxou as rédeas do cavalo...

... mas houve mais movimento à direita e por trás no exato momento em que ele fez isso. Jan viu o aço e colocou sua espada diante do corpo da montaria quase tarde demais — mas o suficiente para que o golpe que teria acertado acima das presilhas de seu coxote fosse desviado, mas a lâmina do ocidental cortou fundo a pata traseira de seu cavalo de guerra. O animal relinchou de dor e terror. Jan viu o cavalo arregalar os olhos, sentiu a perna da montaria ceder, ele estava caindo...

... — Ao hïrzg! — Jan ouviu alguém gritar. Ele estava no chão com uma confusão de pernas, tanto equinas quanto humanas, em volta. O hïrzg ficou de pé rapidamente (a perna direita enviou uma pontada de dor espinha acima por causa do abuso). Um ocidental vinha para cima dele, e Jan conseguiu encontrar o cabo da espada, levantar o aço pesado e estocar debaixo do peitoral da estranha armadura do homem. Ele sentiu a lâmina entrar na carne. Ela ficou brevemente presa, Jan a torceu e empurrou, gemeu e sentiu a boca se esgarçar em um ricto de fúria, a espada entrou subitamente. O ocidental, empalado, ainda completou o ataque, mas as braceleiras em volta dos antebraços do hïrzg aguentaram o impacto, embora ele achasse que o braço direito pudesse ter quebrado com o golpe. Jan tentou arrancar a espada do homem, mas não conseguiu, e o peso morto do ocidental quase tirou a arma de sua mão, que ficou inerte e dormente...

... Outro ocidental berrou à sua esquerda, Jan puxou a espada desesperadamente outra vez, embora soubesse que seria tarde demais. Mas outra espada — firenzciana — cortou a garganta do homem e quase decepou sua cabeça. O hïrzg ficou coberto por sangue quente...

... E mãos levantaram Jan. — O senhor está bem, meu hïrzg? — perguntou alguém, e ele concordou com a cabeça. A mão direita formigava, mas parecia ter voltado à vida. Jan fechou os dedos, exercitou-os dentro da manopla, abaixou a mão e soltou a espada com um puxão. Ele virou-se...

... e viu um trio de ocidentais reunidos como escudos em volta de outro guerreiro pintado, este com um pássaro tatuado no crânio raspado e no rosto. Sergei estava ao seu lado, sua espada subia e descia, mas o soldado firenzciano ao lado do regente caiu com a mão decepada no pulso. Jan correu para a brecha, sem pensar em nada a não ser reagir...

... e, de alguma forma, ele passou pelos guardas e ficou em frente ao guerreiro com a marca do pássaro. A armadura do ocidental desviou o primeiro corte de Jan, e o pomo duro de bronze da espada do homem bateu no queixo do hïrzg sob o elmo. Ele cambaleou para trás, com gosto de sangue na boca...

... ao ver o guerreiro-pássaro amparar o ataque da espada de Sergei...

... ele investiu novamente contra o homem, rosnou e contorceu o rosto, e o ocidental não foi capaz de se defender de ambos ao mesmo tempo. Foi a espada de Jan que penetrou, que encontrou a brecha entre os tubos roliços da armadura do homem e entrou no corpo. O ocidental perdeu o fôlego como se estivesse surpreso. O hïrzg ouviu uma voz chamar um nome estranho, "tecuhtli", quando o homem caiu de joelhos. A espada de Sergei acompanhou a arma de Jan e acertou o sujeito no pescoço e na cabeça. O guerreiro-pássaro desmoronou sobre os paralelepípedos ensanguentados, de cara no chão...

... e tudo acabou, a não ser pelo estrondo da pulsação nos ouvidos.

Jan percebeu que sua respiração estava acelerada, que o coração batia tão furiosamente que ameaçava irromper pelas costelas, que a perna e os braços doíam, que estava completamente coberto por sangue, e que, pelo menos em parte, o sangue era seu. Ele estava curvado e ofegante, com as pernas bem afastadas. Jan sentiu um embrulho no estômago e engoliu em seco para conter a bile ardente, para se forçar a não vomitar. Sentiu a mão de Sergei dar um tapinha em seu ombro sobre a armadura. Ele pestanejou e olhou em volta: havia pelo menos uma dúzia de corpos no chão, alguns com o uniforme preto e prateado de Firenzcia. Uns poucos ainda se debatiam; enquanto o hïrzg observava, os homens da Garde Civile despachavam os ocidentais que ainda estavam vivos. Havia córregos de sangue que fluíam dos corpos e entranhas espalhadas na rua como salsichas obscenas.

Karl e Varina estavam incólumes — os corpos mais próximos aos dois estavam carbonizados e escurecidos; havia um cheiro de carne cozida no ar. O nariz falso de Sergei tinha sumido completamente e a bochecha esquerda estava aberta por um corte; onde ficava o nariz, a pele era sarapintada e as cavidades da cabeça de Sergei estavam escancaradas, o que deixava o rosto com a aparência horripilante de um crânio. Jan foi novamente tomado pela náusea, e dessa vez o mundo pareceu girar um pouco à sua volta. Ele colocou a ponta da espada no chão e apoiou-se pesadamente sobre a arma.

— Tecuhtli! — O hïrzg ouviu o chamado novamente, agora um homem saia do prédio onde estava pendurada a placa do cisne vermelho, não mais do que a uma dezena de passos de onde Jan e os demais estavam. Ele segurava um frasco de vidro na mão direita, cheio de grânulos escuros; na mão esquerda havia uma bengala retorcida. O sujeito parou, como se estivesse assustado pela imagem de carnificina à frente.

— Talis... — Jan ouviu Karl murmurar o nome: uma surpresa, uma maldição, um feitiço. — Areia negra...

O homem fechou a cara, ergueu o frasco com a mão direita e jogou o braço para trás como se fosse lançar o objeto. Jan imaginou como seria morrer e se encontraria o vavatarh Jan e Fynn na morte.

Uma mulher saiu correndo do beco atrás da taverna, um borrão marrom e cinza, tão depressa que ninguém teve tempo de reagir. Assim que Talis levantou a mão, ela agarrou o cabelo do homem e puxou a cabeça para trás. A boca do homem ficou tão escancarada quanto a de um peixe no mercado, e o tom vermelho seguiu o prateado quando a mulher passou uma faca pela garganta de Talis. Uma segunda boca ficou ainda mais escancarada do que a primeira e vomitou sangue. O frasco de vidro caiu da mão do sujeito e quebrou no chão, sem explodir. Ela debruçou-se sobre o corpo — parecia colocar alguma coisa às pressas no olho de Talis —, Jan deu uma boa olhada no rosto da mulher, entre o cabelo emaranhado.

O coração saltou no peito. Ele ficou boquiaberto e murmurou — Elissa?

A jovem ergueu a cabeça e arregalou os olhos ao vê-lo, e embora ela não tenha dito nada, Jan ouviu a mulher respirar fundo. Ela arrancou algo do rosto de Talis; o hïrzg vislumbrou uma pedra branca entre os dedos. A jovem correu para o beco de onde veio. Um dos soldados começou a correr em perseguição.

— Não! — berrou Jan para o homem. — Deixe-a ir!

O soldado parou. Jan ouviu os sussurros ao redor: — A Pedra Branca...

A Pedra Branca...

Não, o hïrzg queria dizer para todos, não era verdade, porque aquela pessoa era Elissa, que Jan amava. Não era verdade porque a Pedra Branca assassinou Fynn, que ele também amava. Não era verdade.

E, de alguma forma impossível, era verdade.

Era verdade.

~ Niente ~

O NAVIO ESTAVA LOTADO de gente fugindo da cidade, e de pessoas dos outros navios agora emborcados e meio submersos no rio. O convés estava escorregadio com água, sangue e vômito. A água em volta estava cheia de corpos rígidos e inchados — tanto de orientais quanto de tehuantinos. Havia guerreiros e nahualli feridos espalhados por toda parte do convés, gemendo sob a luz do sol que sumia; os tripulantes que ainda eram capazes subiam nos mastros para soltar as velas e apertar os cabos. A âncora, que gemia e protestava, foi içada no lodo do fundo do rio, e o capitão do navio berrava ordens. Devagar, muito devagar na opinião de Niente, a cidade começou a ficar para trás conforme eles eram levados embora pela corrente do rio e pelo vento.

Niente observava da popa do navio de guerra, à direita de Citlali. O corpo do guerreiro supremo, decorado com os traços rubro-negros de cortes cicatrizados feitos por espadas, apoiava-se pesadamente no cabo quebrado de uma lança enquanto ele olhava com raiva para a cidade.

— Você estava certo, nahual — disse Citlali. — Você viu corretamente a visão de Axat.

Niente concordou com a cabeça. Ele ainda estava admirado por estar aqui, por estar vivo, por ter sido poupado, de alguma maneira impossível, por Axat. O nahual poderia ver a terra natal novamente, se as tempestades do Mar Interior permitissem. Teria a esposa nos braços outra vez; abraçaria os filhos e os veria brincar. Niente respirou fundo e estremeceu.

— Eu não fui poderoso o suficiente — falou ele. — Não fui o nahual que deveria ter sido. Se tivesse sido mais firme ao falar com Zolin, se tivesse visto as visões com mais clareza...

— Se tivesse feito isso, nada significativo teria mudado — respondeu Citlali. — Zolin não teria lhe dado ouvidos, nahual, não importa o que você dissesse. Zolin só ouvia os deuses clamarem por vingança. Ele não teria lhe dado ouvidos. Você teria sido afastado como nahual e teria morrido aqui também.

— Então foi tudo um desperdício.

Citlali deu uma risada seca e sem graça. — Um desperdício? Longe disso. Você não tem imaginação, nahual Niente, e não é um guerreiro. Um desperdício? Nenhuma morte em combate é um desperdício. Olhe para a grande cidade dos orientais. — O guerreiro supremo apontou para leste, onde o sol reluzia dourado sobre as torres quebradas e atravessava a fumaça dos incêndios que restavam. — Nós tomamos a cidade deles. Tomamos o coração dos orientais. — Ele estendeu a mão com a palma para cima, como se pegasse alguma coisa. Os dedos fecharam-se lentamente. — Você acha que algum dia eles se esquecerão disso, nahual? Não. Eles tremerão à noite e ficarão aterrorizados diante de um som repentino, pensarão que somos nós de volta. Eles se lembrarão disso de geração em geração. Jamais se sentirão seguros novamente; e eles terão razão.

Citlali cuspiu sobre a amurada para o rio. Havia sangue no cuspe. — Nós pegamos o coração dos orientais e ficaremos com ele. Eu faço essa promessa para Sakal aqui, e você é minha testemunha; que o olho Dele veja minhas palavras e registre. Nós ficaremos com o que tiramos dos orientais. Um tecuhtli estará de novo onde Zolin caiu.

Citlali deu um tapa nas costas de Niente com tanta força que ele cambaleou. — O que você acha disso, nahual?

Niente olhou fixamente para a cidade, que desaparecia no rastro do navio, e falou — Eu olharei na tigela premonitória hoje à noite, tecuhtli Citlali, e direi o que Axat diz.

~ A Pedra Branca ~

A NOVA VOZ na cabeça da Pedra Branca gritava, lamentava e se revoltava, falava metade na língua de Nessântico e metade em um idioma que ela não entendia de maneira alguma. As outras vozes riam e vibravam.

— *Jan, o seu amante... Que visão agradável ele tem de você agora!*

— *Você acha que ele se casaria com a assassina suja que viu?*

— *Ele dormiu com uma assassina e agora ela carrega seu filho no ventre.*

— *Ele vislumbrou a verdade. Espero que você sempre se lembre do horror no rosto de Jan ao ser reconhecida.*

Aquela última voz era de Fynn, satisfeito e presunçoso. — Calem-se! — gritou a Pedra Branca para as vozes, mas elas só riram ainda mais alto e abafaram o que ela ouvia com os próprios ouvidos.

Ela havia seguido Talis e o líder ocidental desde a Ilha até o *Cisne Vermelho*, após verificar que Nico parecia a salvo. Ela estava furiosa, com raiva de Talis — que rompera sua promessa com a Pedra Branca. Os numetodos... eles podiam ser hereges nojentos, mas trataram Nico com gentileza e respeito, especialmente a mulher.

Mas Talis...

Talis traiu Nico, e por causa disso a matarh do menino estava à beira da morte, e a Pedra Branca dissera para Talis qual seria o preço. Dissera e cobraria o pagamento. A Pedra Branca sempre cumpria sua palavra.

Ela seguiu Talis então, quando — do nada — sons de batalha irromperam ao leste e a Pedra Branca viu o líder ocidental agrupar seus homens para emboscar os chevarittai e os soldados firenzcianos. De repente, havia muita luta acontecendo, muito movimento para ela agir. A Pedra Branca ficou preocupada naquele momento, se perguntando se Nico estava realmente a salvo, quis desesperadamente correr até o menino, com medo de que Talis pudesse ter cometido um erro. Mas ela o viu sair de mansinho do quarto onde havia entrado e depois correr para a rua. A Pedra Branca seguiu Talis. Ela assistiu ao confronto e viu a chance. Passou a faca na garganta dele e sentiu Talis morrer ao deixar cair o frasco com o pó negro. E ao deitá-lo no chão e colocar a pedra no olho do homem, a Pedra Branca *o* viu de relance.

Jan.

O choque foi palpável. Ela sentiu com tanta intensidade como se o coração tivesse sido posto diretamente sobre uma camada escondida de brasas incandescentes. Jan: ele ficou parado ali, e ela testemunhou o lento reconhecimento de seu rosto. A expressão de Jan a assustou. Era permeada de choque e carinho, de saudade e horror. Vê-lo foi horrível e maravilhoso ao mesmo tempo. Ela quis correr até Jan, quis pegar sua mão e colocar na barriga inchada e sussurrar: *aqui, querido. Esta é a vida que criamos juntos. Isso é o que o nosso amor fez*. Ela também quis correr, esconder o rosto e fingir que essa revelação nunca aconteceu.

O segundo impulso foi mais forte.

Ela pegou a pedra branca do olho de Talis e fugiu, com vontade de que Jan a seguisse e com medo de que ele realmente fizesse isso.

A Pedra Branca não parou até chegar à Pontica Kralji. Ali não havia homens estranhos da cor de bronze; nenhum que estivesse vivo, de qualquer forma, embora o chão estivesse cheio de corpos ocidentais. Ela viu soldados usando os tons preto e prateado de Firenzcia por toda parte nas ruas — o que fez Fynn se manifestar com empolgação dentro de sua cabeça —, cruzou a Pontica cuidadosamente e escondeu-se depressa na Ilha. Isso foi fácil; havia tantas paredes desmoronadas, tantos prédios queimados. Ela foi até a cabana do jardineiro no terreno do palácio para onde Nico e sua matarh tinham sido levados, onde o curandeiro ocidental trabalhou no corpo ferido de Serafina.

O curandeiro e todos os soldados ocidentais tinham ido embora, mas os medos da Pedra Branca passaram quando viu que Nico ainda estava ali, segurando a mão da matarh, ajoelhado ao lado da mesa onde ela estava deitada — devia ter sido uma das mesas de jantar do palácio antigamente, ainda coberta por damascos rendados e elegantes, agora sujos e manchados de sangue. Ela notou o movimento da respiração lenta no peito de Serafina, mas os olhos continuavam fechados e ela parecia sem reação.

— Nico — falou a Pedra Branca. O menino levou um susto e apertou com mais força a mão da matarh.

— Ah — disse ele um momento depois. O rosto ficou um pouquinho alegre. Nico fungou e passou a mão pelo nariz. — Elle. É você.

A Pedra Branca confirmou com um aceno e foi até o menino. Ela segurou com as mãos de Nico e a de Serafina. Viu que ele olhava fixamente para o sangue que manchava a pele da matarh. — Precisamos ir embora, Nico.

— Eu não posso abandonar a matarh. Talis voltará em breve.

A Pedra Branca fez que não com a cabeça. Ela apertou com força a mão dele. A pele era quente, tão quente, e ela sentiu a criança dentro dela dar um pulo com o toque; o movimento da vida, o despertar. Ela levou um ligeiro susto com a sensação. — Não. Infelizmente, Talis está morto, Nico.

Ela percebeu as lágrimas surgirem nos olhos do menino e o lábio inferior tremer. Depois ele fungou de novo e piscou. — Isso é verdade?

Ela concordou com a cabeça. — É verdade, Nico. Sinto muitíssimo.

O menino chorava plenamente agora, as palavras saíram entre os soluços. — Mas minha matarh... Eu não posso... Eles acabaram de abandoná-la... Ela está dormindo e eu... não consigo acordá-la...

— Sua matarh gostaria que você fosse comigo. Olhe para ela, Nico. Sua matarh ama muito você, eu tenho certeza que sim, mas não sei se ela acordará um dia, e a cidade está cheia de soldados e morte. Ela gostaria que você fosse comigo porque posso mantê-lo a salvo. Eu *manterei* você a salvo.

— Mas eu fiz isso com ela — disse Nico. — A culpa é minha. Quero que ela saiba que eu sinto muito.

A Pedra Branca apertou a mão de Nico em volta da mão da matarh. — Ela sabe. Nico, temos que correr.

Ela tirou a mão do menino de Serafina, abriu os dedos com delicadeza. Ele soltou a matarh com hesitação, mas sem reclamar. — Agora dê um beijo — falou a Pedra Branca. — Ela sentirá e saberá.

Nico ficou de pé, inclinou-se sobre o corpo da matarh e deu um beijo na bochecha. Ela colocou a mão de Serafina, que pendia para o lado, sobre a mesa e deu um tapinha. Nico olhou para trás, então, com os olhos cheios de lágrimas, que não caíam.

— É o momento — disse a Pedra Branca.

Juntos, de mãos dadas, eles foram embora da cidade em chamas e ruínas.

Allesandra ca'Vörl

— AQUI ESTÁ A SENHORA, MATARH. Ele é todo seu. Espero que fique feliz.

As palavras de Jan saíram como um banho de água escaldante. Elas queimaram e cauterizaram Allesandra, foram ditas com frieza e desdém espantosos e cruéis. O hïrzg fez um gesto grandioso e debochado na direção do Trono do Sol. Ela olhou fixamente para a enorme peça de cristal entalhado, que estava estranhamente fora do lugar, no meio das ruínas do Velho Templo. O trono foi rachado e mal reformado; estava coberto por um pano com estranhos desenhos geométricos, as ruínas do domo rachado e da claraboia estavam espalhadas sobre o piso quebrado de cerâmica, e por toda parte no salão havia os restos de um banquete qualquer. Ratos espreitavam os cantos do cômodo, e o ar fedia à fumaça e à carne podre. Perto dos fundos havia um corpo, coberto às pressas por uma tapeçaria.

Allesandra sabia de quem era o cadáver encoberto: de Sigourney, cuja cabeça separada do corpo estava enfiada em uma lança perto do trono.

O regente e os dois numetodos estavam recortados pela luz do sol nas portas abertas do templo, longe demais para ouvir a conversa de Jan com ela. O starkkapitän ca'Damont dava ordens na praça do templo e despachava patrulhas para garantir que todas as tropas ocidentais estivessem fora da cidade e para impedir que os sobreviventes saqueassem.

Allesandra ouviu o arrastar de passos nas portas do templo; ao olhar para trás, viu o archigos Semini pisar com cuidado sobre os destroços no chão. Jan também viu o homem e disse — Ah, archigos Semini. Estou contente que esteja aqui, uma vez que isso também é seu. Eu lhe dou Nessântico. Você não ficará mais em Brezno.

— Meu hïrzg? — perguntou Semini ao olhar com preocupação de Allesandra para Jan. — Eu pensei que o archigos talvez pudesse ficar em Brezno agora, dada a destruição daqui. Eu poderia designar um a'téni para Nessântico...

— Ah, eu concordo — falou Jan, e o sorriso provocou um arrepio em Allesandra. Era o sorriso sério e indiferente que o vatarh de Allesandra usava quando estava furioso. Ela o tinha visto muitas vezes na infância e na idade adulta, quando ele finalmente a trouxera de volta para Firenzcia. Agora, a expressão de desdém e deboche voltaram. Fuligem e sangue sujavam o rosto de Jan, e o braço e a perna direitos estavam bem enfaixados. Ele mancava e não parecia capaz de erguer o braço da espada. Allesandra perguntou-se o que o filho tinha visto, o que sentia. Ela queria envolvê-lo nos braços e confortá-lo como fazia quando Jan era criança, mas o hïrzg estava a um cauteloso passo de distância, como se temesse exatamente isso. — Veja bem, *haverá* um archigos em Brezno. Quanto a ter um archigos em Nessântico, bem... — Jan deu de ombros friamente. — A escolha é sua. Você pode querer reivindicar o título e mantê-lo por um tempo, embora você sempre tenha dito que queria uma fé concénziana reunificada. Ou talvez o archigos em Brezno deixe *você* ser o a'téni aqui em Nessântico, apesar de eu aconselhar o archigos contra isso.

— Hïrzg? — balbuciou ca'Cellibrecca. O rosto ficou no tom de branco dos fios que salpicavam a barba e o cabelo escuros; o contraste foi forte. — Eu não entendo.

— Talvez a matarh explique para você, uma vez que agora esta cidade é dela — disse Jan.

Allesandra olhou fixamente para o trono. Ela sentia-se morta, entorpecida. Se alguém a cortasse, pensou, ela não sentiria nada, nem mesmo o calor do sangue na pele. — Meu filho me deu Nessântico, mas me informou que Firenzcia não se reunificará com os Domínios — falou Allesandra para Semini com uma voz tão morta quanto as emoções.

— Considere isso como meu presente de casamento, matarh — falou Jan. — Pelo casamento que eu nunca tive, com a mulher que a senhora mandou para longe de mim.

— Eu estava protegendo você, Jan — disse Allesandra, embora não houvesse energia na reclamação. — Elissa era uma fraude. Uma impostora.

— Eu sei. Ela foi contratada para matar Fynn.

— O quê? — Isso fez com que Allesandra erguesse a cabeça e provocou uma breve onda de fúria. Ela virou-se para encará-lo. — O que você está dizendo? A Pedra Branca matou Fynn.

— Matou, sim — falou Jan com o mesmo sorriso irritante. — Deixe-me dizer uma coisa que a senhora talvez não saiba, matarh, embora devesse saber: Elissa era a Pedra Branca. Ela me usou para se aproximar de Fynn.

— Isso não é possível — disse Allesandra. Não podia ser; não era possível. A voz que ela ouviu, a mulher intermediária; não, não era possível, e, no entanto... Allesandra lembrou-se da voz, mais aguda do que seria esperado de um homem. E ela nunca tinha *visto* a Pedra Branca. Apenas presumiu...

— Acredite no que quiser — dizia Jan. — Eu realmente não me importo. — Ele gesticulou novamente para o trono. — Tome seu novo lugar, matarh. Não se acanhe. A senhora esperou por tanto tempo, afinal, e o regente ca'Rudka renunciou a qualquer pretensão ao título. A senhora pode mandar Semini abençoá-la. Talvez os ca' e co' voltem à cidade agora, para que a senhora possa lhes dizer que há uma nova kraljica.

Jan começou a se afastar, na direção das portas abertas. Ela deu um passo e pegou o braço ferido. — Jan. Filho...

Ele soltou o braço, fez uma careta ao sentir a dor evidente, e aquilo foi uma agonia maior para Allesandra do que qualquer golpe de espada. — *Sente-se*, matarh. Assuma seu Trono do Sol. A senhora possui o que sempre quis. Aproveite o presente que eu lhe dei.

Dito isso, ele caminhou na direção de ca'Rudka e dos demais. Allesandra observou o filho sair, sentiu vontade de chamá-lo, de impedi-lo de ir embora, de parar o sofrimento.

Ela não fez nada. Observou Jan chegar à passagem iluminada, ouviu sua risada ao dar um tapinha nas costas de ca'Rudka com a mão que não estava machucada. Os quatro foram embora e a luz do sol desabou sobre deles.

Semini olhava para o céu, onde o domo de Brunelli esteve, e respirava alto pelo nariz. Allesandra andou lentamente até o Trono do Sol.

Ela sentou-se.

Nas profundezas do cristal espesso, não havia luz. Nenhuma reação. O trono permaneceu melancolicamente escuro.

Epílogo: Nessântico

ELA ESTAVA ARRASADA. Ela estava arruinada.

Ela foi devastada pelo fogo e pela magia; foi cortada pelo aço. Foi saqueada e pilhada. Os maiores tesouros danificados ou perdidos. Os prédios que foram sua coroa eram ruínas desmoronadas e pilhas de pedras escurecidas. O colar de joias da Avi a'Parete não reluzia mais à noite. Agora só havia as estrelas no céu, que brilhavam e debochavam da própria escuridão da cidade.

Metade da população estava morta ou havia fugido. Ela sentiu, pela primeira vez em muitos séculos, a marcha de soldados conquistadores em suas ruas: não sentiu uma vez, mas duas. Havia uma kraljica no Trono do Sol, mas ela olhava para um império que murchou e encolheu.

Não havia como negar a magreza da face refletida no espelho sujo do A'Sele: o rosto da cidade era o rosto de uma velha, um rosto encarquilhado, um rosto com cicatrizes, feridas abertas e dor. Não havia beleza ali, nenhuma glória, nenhum deslumbramento.

Tudo isso foi embora, como se nunca tivesse existido.

Quando vieram as chuvas, como era frequente naquele outono, foi como se o mundo inteiro chorasse por ela: a cidade, a mulher. As tempestades podiam lavar a fuligem e extinguir as chamas, mas não podiam curar. Elas podiam refrescar e aplacar, mas não podiam restaurar. Levaram embora os corpos, o lixo e a terra que entupia o rio, mas os trovões não conseguiam destruir as memórias.

As memórias permaneceriam.

Permaneceriam por muito, muito tempo...

APÊNDICES

~ PERSONAGENS PRINCIPAIS ~

(em ordem alfabética pelo sobrenome)

Audric ca'Dakwi *[AHD-ric-Kah-DAWK-whee]*
O kraljiki de Nessântico.

Sergei ca'Rudka *[SARE-zhay Kah-ROOD-kah]*
O regente de Nessântico até Audric atingir a maturidade, aos 16 anos.

Karl ca'Vliomani *[Karhl Kah-vlee-oh-MAHN-ee]*
Embaixador dos numetodos, da Ilha de Paeti, amigo da archigos Ana e do regente ca'Rudka.

Allesandra ca'Vörl *[Ahl-ah-SAHN-drah Kah-VOORL]*
Filha do hïrzg de Firenzcia, e outrora a herdeira do título.

Jan ca'Vörl *[Yahn Kah-VOORL]*
Filho de Allesandra e Pauli.

Varina ci'Pallo *[Vah-REE-nah Kee-PAHL-low]*
Uma numetodo.

Nico Morel *[NEE-koh Mohr-ELL]*
Um menino que vive no Velho Distrito.

Niente *[Nee-EHN-tay]*
O nahual (feiticeiro-chefe) dos ocidentais (tehuantinos).

A Pedra Branca
Uma assassina.

ELENCO COADJUVANTE

(em ordem alfabética pelo sobrenome)

Os ca':

Karin ca'Belgradin *[KAH-reen Kah-bell-GRAH-deen]*

O vavatarh de Allesandra, outrora hïrzg de Firenzcia. Morreu de febre do sul.

Francesca ca'Cellibrecca *[Frahn-SESS-ka Kah-sell-ee-BREK-ah]*

Filha de Orlandi ca'Cellibrecca, esposa de Semini.

Orlandi ca'Cellibrecca *[Orh-LAHN-dee Kah-sell-eh-BREK-ah]*

Archigos Orlandi I, o primeiro dos archigi breznoianos. Falecido.

Semini ca'Cellibrecca (nome de solteiro co'Kohnle) *[SEH-meen-eh Kah-sell-ee-BREK-ah]*

O archigos em Brezno. Casado com Francesca.

Justi ca'Dakwi (nome de solteiro ca'Ludovici, nome de solteiro ca'Mazzak) *[JUSS-tee Kah-*DAWK-whee]

Kraljiki Justi III, também conhecido como Justi, o Perneta, filho da kraljica Marguerite I (ca'Ludovici), vatarh de Marguerite, Audric e Elzbet ca'Dakwi. Falecido.

Marie ca'Dakwi *[MAH-ree Kah-DAWK-whee]*

Matarh de Marguerite, Audric e Elzbet ca'Dakwi. Falecida.

Armen ca'Damont *[ARR-mhen Kah-dah-MHONT]*

Starkkapitän da Garde Civile firenzciana.

Sinclair ca'Egan *[Sinn-CLARE Kah-EE-ghan]*

Chefe do Conselho dos Ca' em Brezno.

Kenne ca'Fionta *[KENN-ah Kah-fee-ON-tah]*

A'téni de Nessântico da fé concénziana.

Aleron ca'Gerodi *[ALH-er-onn Kah-ger-OH-dee]*

Integrante do Conselho dos Ca'.

Petrus ca'Helfier *[PET-roos Kah-HELL-fear]*

Ex-comandante das forças dos Domínios nos Hellins.

Marguerite ca'Ludovici *[Marhg-u-REET Kah-loo-doh-VEE-kee]*

Ex-kraljica de Nessântico, a "Généra a'Pace."

Sigourney ca'Ludovici *[Si-GOHR-nee Kah-loo-doh-VEE-kee]*

Prima em segundo grau de Audric ca'Dakwi, irmã gêmea de Donatien ca'Sibelli, integrante do Conselho dos Ca'.

Meric ca'Matin *[MAHR-ick Kah-mah-TEEN]*

Um a'offizier do exército dos Domínios nos Hellins.

Odil ca'Mazzak *[OH-deel Kah-MAH-zak]*

Integrante do Conselho dos Ca'.

Dhosti ca'Millac *[DOST-ee Kah-MEE-lok]*

O archigos da fé concénziana antes da archigos Ana. Um anão.

Villa ca'Ostheim *[VEEH-ahh Kay-OHST-hime]*

A'téni de Villembouchure, e um téni-guerreiro.

Ana ca'Seranta *[AHN-ah Kah-sir-AHN-tah]*

Archigos de Nessântico.

Donatien ca'Sibelli *[Don-AY-shun Kah-see-BEHL-lee]*

Primo em segundo grau de Audric ca'Dakwi, irmão gêmeo de Sigourney ca'Ludovici. Comandante da Garde Civile nos Hellins.

Colin ca'Vliomani *[KOHL-inn Kah-vlee-oh-MAHN-ee]*

Filho de Karl, vive na Ilha de Paeti.

Nilles ca'Vliomani *[NIGH-ulhs Kah-vlee-oh-MAHN-ee]*

Filho de Karl, vive na Ilha de Paeti.

Fynn ca'Vörl *[Finn Kah-VOORL]*

Hïrzg de Firenzcia.

Greta ca'Vörl *[GREH-tah Kah-VOORL]*

Matarh da a'hïrzg Allesandra.

Jan ca'Vörl *(nome de solteiro ca'Belgradin) [Yahn Kah-VOORL]*

Vatarh da a'hïrzg Allesandra.

Pauli ca'Vörl *(nome de solteiro ca'Xielt) [PAHL-lee Kah-VOORL]*

Marido de Allesandra, filho do gyula da Magyaria Ocidental.

Toma ca'Vörl *[TOH-ma Kah-VOORL)*

Filho de Jan e Greta. Falecido.

Valeri ca'Weber *[Vahl-AIR-ree Kah-VEH-ber]*

A'téni de Prajnoli, Nessântico do Norte.

Os co':

Co'Brunelli *[Koo-Broon-ELL-ee]*

Um famoso arquiteto dos Domínios, responsável pelo projeto do grande domo do Velho Templo.

Aris co'Falla *[AIR-iss Koo-FAH-lah]*

Comandante da Garde Kralji.

Andreas co'Görin *[Ahn-DREH-us Koo-GOHR-ren]*

Embaixador dos Domínios de Firenzcia nos Domínios de Nessântico.

Helmad co'Göttering *[HELL-mahd Koo-GERR-tehr-ring]*

Comandante da Garde Brezno.

Petros co'Magnaoi *[PET-rhoss Koo-mag-NAY-oy]*

Companheiro e amante de longa data de Kenne, um u'téni da fé concénziana.

Aubri co'Ulcai *[AHH-bree Koo-UHL-kie]*

Comandante da Garde Civile em Nessântico.

Os ci':

Edric ci'Blaylock *[EDD-reek Kee-BLAY-lok]*

Mestre (professor) de Audric.

Alia ci'Gilan *[AHH-lee-ah Kee-GHEE-ahn]*

Esposa de Mika ci'Gilan.

Mika ci'Gilan *[MEE-kah Kee-GHEE-ahn]*

A'morce (chefe) dos numetodos em Nessântico.

Edouard ci'Recroix *[EDD-ward Kee-reh-KROI]*
Um artista famoso.
Gairdi ci'Tomisi *[GAIR-dee Kee-Tome-EES-ahh]*
Um agente firenzciano em Nessântico.

Os ce':
Sara ce'Fallin *[SAH-lah Keh-FAHL-linn]*
Uma o'téni e assistente do archigos Kenne.
Roderigo ce'Messina *[Rod-eh-REE-goh Keh-Meh-SEE-nah]*
Assistente chefe do hïrzg.

Sem sobrenome de status:
Alisa Morel *[Ah-LEES-sah more-ELL]*
Irmã de Serafina e tantzia de Nico em Ville Paisli.
Bayard Morel *[BAY-ardh more-ELL]*
Cunhado de Serafina e onczio de Nico em Ville Paisli.
Serafina Morel *[Sair-ah-FEEN-ah more-ELL]*
Matarh de Nico.
Talis Posti *[TAWL-iss POHS-tee]*
O amante de Serafina Morel.
Citlali *[See-TAHL-lee]*
Um general do exército tehuantino.
Darkmavis *[Dark-MAY-viss]*
Um conhecido compositor.
Xaria *[Shah-ree-ahh]*
A esposa de Niente.
Mahri *[MAH-ree]*
Um feiticeiro tehuantino que viveu em Nessântico durante o fim do reinado da kraljica Marguerite.
Marlon *[Marr-LOAN]*
Um dos camareiros de Audric.

Mazatl *[Mah-ZAH-uhl]*

Um general do exército tehuantino.

Necalli *[Neh-CAHL-lee]*

O tecuhtli (rei) tehuantino, responsável pelas conspirações de Mahri e Talis em Nessântico.

Seaton *[SEA-tun]*

Um dos camareiros de Audric.

Uly *[OOO-lee]*

Um comerciante do Mercado do Rio, um tehuantino que conhece Talis.

Zolin *[ZOE-leen]*

O tecuhtli (rei) do povo tehuantino.

~ DICIONÁRIO ~

A'Sele *[Ah-SEEL]*

O rio que divide a cidade de Nessântico.

Archigos *[ARR-chee-ghos]*

O líder da fé concénziana; o plural é "archigi".

Avi a'Parete *[Ahh-VEE Ah-pah-REET]*

A ampla avenida que forma um círculo dentro de Nessântico e que também serve como concentração para os eventos da cidade.

Axat *[Ahh-SKIAT]*

A deusa-lua dos tehuantinos.

Bashta *[BAASH-tah]*

Uma peça única de blusa e calças, geralmente presa por um cinto largo na cintura, e solta e esvoaçante nos demais lugares. Bashtas são geralmente usadas por homens, embora haja versões femininas, e podem ser simples ou ter decoração extravagante, dependendo do status da pessoa e da ocasião.

Bastida a'Drago *[Bahs-TEEdah Ah-DRAHgoh]*

A "Fortaleza do Dragão", uma antiga torre que agora serve como prisão de Nessântico. Originalmente construída pelo kraljiki Selida II.

Besteigung *[BEHZ-tee-gung]*

"Ascensão". A cerimônia onde um novo hïrzg ou uma nova hïrzgin de Firenzcia é oficialmente reconhecido(a) depois do período de luto prescrito por lei do antigo governante.

Braceleira

Armadura que protege o antebraço.

Os "ca' e co' " *[Caw-e-Co]*

O termo para as famílias de alto status nos Domínios. Os ricos.

Camareiros

Os criados cuja tarefa é atender ao kraljiki ou à kraljica nos quartos de dormir. Apenas os criados mais confiáveis recebem essa atribuição.

Catapora Vermelha

Uma doença infantil, geralmente mortal.

As "Chamadas"

Na fé concénziana, há Três Chamadas para reza durante o dia. A Primeira Chamada ocorre de manhã, quando o sol surge acima do horizonte à distância de um punho esticado. A Segunda Chamada é feita quando o sol atinge seu apogeu. A Terceira Chamada ocorre quando o sol está à distância de um punho esticado acima do horizonte no poente.

Cénzi *[SHEN-zee]*

Principal deus no panteão de Nessântico e o patrono da fé concénziana.

Chevaritt /Chevarittai *[Sheh-vah-REE/Sheh-vah-REE-tie]*

Os "cavaleiros" de Nessântico, homens das famílias ca' e co'. O título de "chevaritt" é concedido pelo kraljiki ou kraljica, ou pelo governante nomeado dos vários países dentro dos Domínios; em tempos de guerra, os chevarittai (o plural da palavra) são convocados para provar sua lealdade e coragem. Os chevarittai seguem (geralmente) as ordens do comandante da Garde Civile, mas não necessariamente aquelas dos offiziers comuns da Garde Civile. O status interno é predominantemente baseado na importância familiar. No passado, conflitos ocasionais foram decididos por uma batalha honrosa entre chevarittai enquanto os exércitos assistiam.

Coalizão Firenzciana

A aliança informal entre Firenzcia e os estados que se separaram dos Domínios: Firenzcia, Sesemora, Miscoli e Magyarias Ocidental e Oriental.

Colégio A'téni

A reunião de todos os a'ténis da Concénzia. Um Colégio A'téni é convocado para eleger um novo archigos e fazer mudanças na Divolonté.

Comté

O governante de uma cidade, geralmente um ca' e chevaritt.

Concénzia

A principal teologia em Nessântico, cuja principal divindade é Cénzi, embora Cénzi simplesmente seja o deus-chefe de um panteão.

Cores

Cada um dos vários países dentro dos Domínios manteve suas cores e bandeiras. Aqui estão as estruturas básicas dos estandartes:

Magyaria Ocidental: faixas horizontais de laranja, vermelho e azul

Magyaria Oriental: faixas horizontais de vermelho, verde e laranja

Firenzcia: faixas verticais alternadas de preto e prata

Graubundi: um campo amarelo com estrelas negras

Hellin: campos rubro-negros divididos diagonalmente

Il Trebbio: um sol amarelo sobre um campo azul

Miscoli: uma estrela branca solitária em um campo azul-escuro

Namarro: uma lua crescente vermelha em um campo amarelo

Nessântico: campos azuis e dourados divididos diagonalmente; usado tanto por Nessântico do Norte quanto por Nessântico do Sul

Paeti: faixas verticais de verde, branco e laranja

Sesemora: um campo prateado com um manopla fechada no centro

Sforzia: um campo branco com uma barra diagonal azul

Corneta

Um instrumento de sopro comprido feito de madeira ou latão, tocado como um trompete.

Cuore della volpe

"Coração de raposa", uma flor avermelhada com grandes sementes brancas. O óleo das sementes, misturado com vinho, é medicinal quando diluído e serve como analgésico. Em diluições mais fortes, o extrato é extremamente potente e pode causar paralisia temporária ou morte.

Dias da semana

Os seis dias da semana em Nessântico levam os nomes das principais divindades do Toustour. A semana começa com cénzidi (dia de Cénzi) e segue com vuctadi, mizzkdi, gostidi, draiordi e parladi.

Doença dos gardai

Um eufemismo para homossexualidade.

Divolonté *[Dee-voh-LOHN-tay]*
"A vontade de Deus", as regras e regulamentos que compõem os dogmas seguidos pelos fiéis concénzianos.
Febre do sul
Uma doença que mata um grande percentual dos enfermos. A febre causa o inchaço do cérebro, o que provoca demência e/ou coma, enquanto os pulmões ficam cheios de líquido da infecção e provocam sintomas parecidos com os de pneumonia. Muitas vezes, mesmo que a vítima se cure da tosse, restam sequelas no cérebro.
Fjath *[Phiy-AHTH]*
O título do governante de Sforzia.
Garda
"Guarda" ou "soldado" (uso intercambiável). O plural é gardai.
Garde Brezno *[GAR-duh BREHZ-noh]*
A guarda municipal de Brezno em Firenzcia.
Garde Civile *[GAR-duh Sih-VEEL]*
O exército nacional de Nessântico. Não é a maior força (que é o exército de Firenzcia), mas a Garde Civile comanda todos os exércitos dos Domínios em situações de guerra.
Garde Kralji *[GAR-duh KRAHL-jee]*
A guarda municipal de Nessântico. Com base na Bastida, a insígnia é o crânio de um dragão de bronze. As patentes mais baixas são "gardai" (com prefixos que vão de e' a a'), os oficiais são "offizier" (também com prefixos que vão de e' a a'). A mais alta patente na Garde Kralji é comandante.
Gardes a'Liste *[GAR-dess Ah-LEEST]*
A organização burocrática responsável por manter a lista dos sobrenomes e por designar os prefixos oficiais de status a eles.
Généra a'Pace *[Jhen-AH-rah Ah-pah-SAY]*
"Criadora da Paz", o título popular da falecida kraljica Marguerite I. Durante três décadas de seu reinado, não houve grandes guerras dentro dos Domínios.

Gibanete

Um gibão curto de cota de malha.

Grandes Horizontales *[GRAHN-days Hor-eh-ZHON-tah-leh]*

O termo para as cortesãs de alta classe entre os clientes ca' e co'.

Greva

Armadura da perna.

Gschnas *[Guh-SHWAZ]*

O baile do "Falso Mundo" que ocorre anualmente em Nessântico.

Gyula *[G-YUH-lah]*

Governante da Magyaria Ocidental. A Magyaria Oriental usa o mesmo título.

Hïrzg *[HAIRZG (quase duas sílabas)]*

O título do governante de Firenzcia. "Hïrzgin" é o feminino, e "a'hïrzg" serve tanto para o herdeiro quanto para a herdeira.

Ilmodo *[Eel-MOH-doh]*

"O Caminho". O Ilmodo é uma energia predominante que pode ser moldada através de cânticos rituais, aperfeiçoados e compilados pela fé concénziana. Os numetodos chamam o Ilmodo de "Scáth Cumhacht". Outras culturas que reconhecem sua existência chamam por outros nomes. Os tehuantinos chamam de "X'in Ka".

Instruttorei *[Inn-struh-TORR-ay]*

Instrutor.

Kraljica *[Krahl-JEE-kah]*

Título mais parecido com "imperatriz". O masculino é "kraljiki" (kralh-jee-kee). Para se referir ao governante sem citar o sexo, usa-se geralmente "kralji", que também é o plural.

Kusah *[KOO-sah]*

O título do governante de Namarro.

Marca

O documento dado a um acólito quando este entra para a Ordem dos Ténis e é colocado a serviço da fé concénziana.

Matarh *[MAH-tarr]*
"Mãe".
Mamatarh *[mah-MAH-tarr]*
"Avó".
Moitidis *[Moy-TEE-dees]*
Os "meio deuses", semideuses criados por Cénzi, que, por sua vez, criaram todas as coisas vivas.
Montbataille *[Mont-bah-TEEL]*
Uma cidade nas grandes encostas de uma montanha na região leste de Nessântico do Norte; também o famoso local de uma batalha entre Nessântico e a província de Firenzcia, e a única boa passagem pelas montanhas entre os rios Clario e Loi.
Nahual *[NAH-hu-all]*
O título próprio do feiticeiro chefe dos tehuantinos. Os feiticeiros subalternos são chamados de "nahualli", que serve tanto para o singular quanto para o plural.
Namarro *[Nah-MARR-oh]*
A província no extremo sul dos Domínios de Nessântico.
Nessântico *[Ness-ANN-tee-ko]*
A capital dos Domínios, governada pelo kraljiki. Os habitantes ou naturais de Nessântico são nessanticanos.
Nota de Dispensa
Um documento que dispensa um acólito do ensino da admissão na Ordem dos Ténis. Normalmente cinco por cento ou menos dos acólitos completam o treinamento e são aceitos na ordem. A grande maioria recebe a nota.
Numetodo
Uma seita que acredita que a manipulação da energia mágica no mundo não advém de Cénzi ou de nenhum deus, mas, em vez disso, apenas requer uma "fórmula" para ser manipulada. Eles explicam o mundo em termos humanísticos e são considerados hereges e perigosos pela fé concénziana.

Onczio *[AHNK-zhee-oh]*

"Tio".

Offizier *[OFF-ih-zeer]*

"Oficial". As várias patentes de oficiais acompanham a hierarquia dos tênis. Em ordem ascendente: e'offizier, o'offizier, u'offizier, a'offizier. Muitas vezes um offizier em um dos exércitos também é um chevaritt.

Passe a'Fiume *[PASS-eh ah-fee-UHM]*

A cidade na principal passagem do rio Clario, na região leste de Nessântico.

Pedra

Uma medida de peso para produtos têxteis. Exige-se que os comerciantes tenham um conjunto de pesos, certificados pela câmara de comércio local. Uma pedra pesa aproximadamente 675 gramas em nossas medidas.

Pochspiel *[POCK-speel]*

Um jogo de cartas firenzciano de apostas e blefes, similar ao pôquer moderno.

Pontica a'Brezi Nippoli *[Phon-TEE-kah Ah-BREHZ-ee Nee-POHL-ee]*

Uma das quatro pontes de Nessântico.

Pontica a'Brezi Veste *[Phon-TEE-kah Ah-BREHZ-ee VESS-tee]*

Uma das quatro pontes de Nessântico.

Pontica Kralji *[Phon-TEE-kah KRAWL-jee]*

Uma das quatro pontes de Nessântico.

Pontica Mordei *[Phon-TEE-kah MHOR-dee]*

Uma das quatro pontes de Nessântico.

Quibela *[Qwee-BELL-ah]*

Uma cidade na província de Namarro.

Rétes

Um *strudel* magyariano, geralmente feito com maçãs ou queijos adocicados.

Sakal *[Sah-KHAL]*

O deus-sol dos tehuantinos.

Sapnut

O fruto da árvore sapnut, de onde é feito um corante de tom amarelo intenso.

Scáth Cumhacht *[Skawth Koo-MOCKED]*

O termo dos numetodos para o Ilmodo.

Sesemora *[Say-seh-MOHR-ah]*

Uma província na região nordeste dos Domínios de Nessântico.

Sistema monetário

Existem três moedas em Nessântico: as "folias" de bronze (um décimo é uma d'folia, e meia folia é uma se'folia); os "siqils" de prata (meio siqil é um se'siqil); e as "solas" de ouro (meia sola é uma se'sola). Vinte folias valem um se'siqil; 50 siqils (ou 2 mil folias) valem uma se'sola. Um simples trabalhador recebe geralmente uma folia por dia; um artesão competente pode chegar a ganhar 4 ou 5 folias por dia ou um se'siqil por semana. O preço (e tamanho) de um pãozinho integral em Nessântico é tabelado em uma d'folia.

Sobrenomes

Dentro de Nessântico e da maioria dos Domínios, os sobrenomes seguem a linhagem feminina. Ao se casar, um homem (exceto em casos raros) toma o sobrenome da esposa, e todas as crianças (sem exceção) recebem o sobrenome da matarh. Em caso de morte da esposa, o viúvo geralmente mantém o sobrenome dela até se casar novamente. O status na sociedade é determinado pelo prefixo do sobrenome. Em ordem crescente, eles são: nenhum, ce', ci', co' e ca'.

Starkkapitän *[Starkh-KAHP-ee-tahn]*

"Alto Capitão", o título do comandante das tropas firenzcianas.

Strettosei *[STRETT-oh-see]*

O oceano a oeste de Nessântico.

T'Sha *[Ti-SHAH]*

O governante de Tennshah.

Ta'Mila *[Tah-MEE-ah]*

O governante de Il Trebbio.

Tantzia

"Tia".

Tashta *[TAWSH-tah]*

Uma vestimenta parecida com um robe que está na moda em Nessântico.

Tecuhtli *[Teh-KOO-uhl-ee]*

O título para "lorde" ou "rei-guerreiro" na língua tehuantina.

Tehuantinos *[Teh-WHO-ahn-teen]*

"O Povo", o nome como os ocidentais se chamam.

Téni *[TEHN-ee]*

"Padre". Os fiéis concénzianos que foram testados no domínio do Ilmodo, que fizeram seus votos e estão a serviço da igreja. O corpo dos ténis também usa uma hierarquia similar às famílias de Nessântico. Em ordem ascendente, os escalões são e'téni, o'téni, u'téni e a'téni.

Téni-guerreiro

Téni cujas habilidades com o Ilmodo foram voltadas para a guerra.

Téte *[teh-TAY]*

"Cabeça", um título usado para os líderes de uma organização, como os Guardiões da Fé ou o Conselho dos Ca'.

Tlaxcala *[Tlash-TAH-lah]*

A capital de todas as nações tehuantinas.

Toustour *[TOOS-toor]*

O "Conto Supremo", a bíblia da fé concénziana.

Utilino *[Oo-teh-LEE-noh]*

Uma mistura de zelador e vigia que patrulha uma pequena área (não mais que um quarteirão) da cidade. O utilino, que também é um téni da fé concénziana, está ali para resolver pequenas tarefas (por um preço), bem como manter a ordem, e é considerado parte da Garde Kralji.

Vajica *[Vah-JEE-kah]*

Título mais parecido com "madame", usado para se dirigir educadamente a adultos sem algum outro título ou quando o título é desconhecido. O masculino é "vajiki". Os plurais são "vajicai" e "vajik".

Vatarh *[VAH-ter]*
"Pai".
Vatarh *[VAH-ter]* ***por casamento***
"Sogro".
Vavatarh *[vah-VAH-ter]*
"Avô".
Verzehen *[Ver-ZAY-hehn]*
Termo tehuantino para telescópio.
Ville Colhelm *[VEE-ah KOHL-helm]*
Uma cidade na fronteira de Nessântico e Firenzcia, no rio Clario.
Virada da ampulheta
Uma hora. Os lados da ampulheta são geralmente marcados com linhas que representam os quartos de hora. Assim, uma "marca da ampulheta" indica aproximadamente 15 minutos.
Zink
Um instrumento de sopro similar a uma corneta, só que curvo em vez de reto.

~ PERSONAGENS HISTÓRICOS ~

Falwin I *[FAHL-win]*

O hïrzg Falwin de Firenzcia liderou uma breve e malsucedida revolta contra o kraljiki Henri VI, que foi rápida e brutalmente debelada.

Henri VI *[OHN-ree]*

Primeiro kralji da linhagem ca'Ludovici (413-435), de quem Marguerite I foi descendente.

Kalima III *[Kah-LEE-mah]*

Archigos de 215 a 243.

Kelwin *[KEHL-win]*

Primeiro hïrzg de Firenzcia.

Levo ca'Niomi *[LEHV-oh Kah-nee-OH-mee]*

Liderou um golpe em 383 e foi kraljiki por três dias. Retirado à força do poder, foi aprisionado por quase duas décadas na Bastida, onde escreveu as poesias que sobreviveram à sua morte.

Maria III

Kraljica de Nessântico de 219 a 237.

Misco *[MEEZ-koh]*

O lendário "fundador de Brezno".

Pellin I *[PEH-Lihn]*

Archigos da Fé de 114 a 122.

Selida II *[Seh-LEE-dah]*

Kraljiki de Nessântico. Terminou de construir as muralhas da cidade e a Bastida a'Drago.

Sveria I *[seh-VERH-ee-ah]*

Kraljiki de Nessântico de 179 a 211. A Guerra de Secessão ocupou quase todo seu reinado. Ele finalmente trouxe Firenzcia por completo aos Domínios.

~ TRECHOS DA CONCÓRDIA DE NESSÂNTICO ~

(Quarta edição, ano 642)

Sobrenomes nos Domínios:

Em Nessântico, a linhagem é matrilinear. Um marido pode, em raras ocasiões, manter o próprio sobrenome (especialmente se for considerado de status superior ao da esposa), mas a esposa jamais pode tomar o sobrenome dele. Na grande maioria dos casos, porém, o marido toma legalmente o sobrenome da esposa e, portanto, torna-se um integrante daquela família aos olhos da lei de Nessântico. O marido continuará a manter o sobrenome e ser considerado como parte da família mesmo diante da morte da esposa, a não ser e até que ele case novamente e, portanto, adquira o sobrenome da nova esposa. (Divórcios e anulações são raras em Nessântico, exigem a assinatura do archigos, e cada divórcio é uma situação especial, onde as regras são às vezes flexíveis.) Os filhos recebem, sem exceção, o sobrenome da matarh: "Sempre se tem certeza de quem é a matarh", como diz o ditado em Nessântico. O prefixo de um sobrenome pode mudar, dependendo do status relativo a um parente próximo dentro da sociedade de Nessântico. Os prefixos, em ordem ascendente de status, são:

- nenhum
- ce' (keh)
- ci' (kee)
- co' (koh)
- ca' (kah)

Uma das funções dos kralji era assinar a lista oficial de famílias onde os prefixos eram registrados a cada três anos, embora o kraljiki ou a kraljica raramente determinassem alguma mudança pessoalmente; esse papel era da burocracia dentro de Nessântico conhecida como a Gardes a'Liste.

Portanto, é possível que o marido ou a esposa da família ci'Smith pudesse ganhar status de alguma forma e recebesse um novo prefixo pela Gardes a'Liste. Marido, esposa, filhos e quaisquer parentes maternais vivos passariam assim a ser co'Smith, mas irmãos, irmãs e primos permaneceriam como ci'Smith.

Sucessão real dentro dos Domínios:

Muitos países dentro dos Domínios têm várias regras de sucessão dentro de suas sociedades, o que não surpreende, dada a variedade de costumes. Isso é especialmente verdade quando esses países são governados de maneira independente. Por exemplo, na Magyaria Oriental, o parente homem mais próximo do antigo governante que também *não* seja um filho direto deste governante é nomeado como sucessor. No entanto, com a ascensão de Nessântico e dos Domínios, os países sob influência de Nessântico tendem a acompanhar o exemplo dos kralji.

Para as famílias reais de Nessântico, a sucessão de título passa normalmente para os filhos do kralji por ordem de nascimento, sem levar em conta o sexo. No entanto, é possível para o kralji designar um filho favorito como herdeiro e deixar para trás os filhos que nasceram antes, se o kralji considerá-los incapazes de governar ou se, por alguma razão, perderem a preferência. Esse é um caso incomum, embora não seja raro ao longo da história. Para o kralji, isso significa que seus filhos tendem a bajulá-lo para se manter em suas boas graças ou talvez para impedir que um dos irmãos seja nomeado como o a'kralj.

O Ilmodo e a feitiçaria:

Algumas pessoas têm a habilidade de sentir o poder que existe ao redor de todos nós: a possante energia invisível do Segundo Mundo. Nas regiões do mundo controladas por Nessântico, o uso de magia sempre foi ligado à fé religiosa, desde a época pré-histórica. O mito de Cénzi está entranhado na bruma histórica, e sempre foram os seguidores de Cénzi que possuíram o poder de manipular o "Ilmodo" através de cânticos e gestuais.

O cântico que captura o poder do Ilmodo é a "língua do Ilmodo", que é ensinada a todos os acólitos ténis. A língua do Ilmodo na verdade tem suas raízes linguísticas na fala do povo tehuantino, embora nenhum dos fiéis concénzianos ou numetodos tenham se dado conta disso por séculos. Os tehuantinos das Terras Ocidentais também tiram poder do Segundo Mundo via o uso da religião, embora seja através de um deus e mitologia diferentes, e têm seu próprio nome para o Ilmodo: X'in Ka.

Os numetodos tomaram o mais recente caminho para esse poder: não através da fé, mas essencialmente através de uma "ciência" da magia. O culto dos numetodos surgiu no fim dos anos 400, originalmente na Ilha de Paeti, e espalhou-se a partir dali em sua maioria para o oeste e o sul, e às vezes reage com violência à cultura de Nessântico e da fé concénziana.

Não importa como o poder seja obtido, usar um feitiço cobra um "pagamento" necessário: o ato tem um custo físico para o conjurador; quanto maior o efeito, maior o custo em exaustão e cansaço para ele.

Caminhos diferentes resultaram em habilidades diferentes. Para os ténis concénzianos, não há como "armazenar" feitiços. Eles levam tempo para serem conjurados e, uma vez preparados, têm que ser lançados ou são perdidos. No entanto, os ténis concénzianos têm a vantagem de serem capazes de lançar feitiços que duram por algum tempo após a conjuração (ver "As Luzes de Nessântico" ou "O Trono do Sol do Kralji"). Ténis que lançam feitiços com rapidez e de maneira eficaz não são comuns, e em algumas ocasiões históricas foram considerados suspeitos de cometer heresia.

Os numetodos, em contrapartida, encontraram uma maneira de conjurar feitiços várias viradas da ampulheta mais rápido (embora tais feitiços não possam ser armazenados indefinidamente). Como todos os usuários desse poder, eles "pagam" por isso com exaustão, mas mantém o poder nas mentes para ser lançado com um simples gesto e palavra. Seus feitiços geralmente levam mais tempo e são mais difíceis de criar (até mesmo mais do que aqueles dos ténis), mas não necessitam de "fé", como é exigido pela linha de pensamento da Concénzia e dos tehuantinos. Tudo o que eles exigem é que o conjurador siga uma "fórmula". No entanto, qualquer variação da fórmula, mesmo que pequena, poderá arruinará o feitiço...

Os tehuantinos, que seguem o que chamam de X'in Ka, têm que entoar cânticos e fazer gestuais parecidos com os ténis, mas eles também podem "encantar" um objeto com um feitiço (algo que nem os ténis, nem os numetodos conseguem fazer) para que o objeto (uma bengala, por exemplo), ao ser manipulado por alguém (ao bater em uma pessoa, por exemplo), possa lançar um feitiço (como um choque que deixe o alvo inconsciente).

Em todos os casos, e seja lá qual for o estilo do conjurador, os feitiços do Segundo Mundo tendem a ser ligados aos elementos do nosso mundo: fogo, terra, ar e água. A maioria dos conjuradores tem uma habilidade maior com um dos elementos e é bem mais fraco com os demais. Raramente um conjurador tem a capacidade de controlar dois ou mais elementos com alguma habilidade; são ainda mais raros aqueles que vão facilmente de um elemento para outro.

A hierarquia dos ténis na fé concénziana:

Esses são os escalões dos ténis, do mais baixo ao mais alto:

Acólito: aqueles que estão sendo ensinados para ser um dos ténis. Geralmente, o ensino deve ser pago à Concénzia pelas famílias dos estudantes. A fé concénziana admite alunos homens e mulheres para se tornar um téni, embora realisticamente as turmas tendam a ser formadas em sua maioria por homens, e há menos mulheres do que homens nos altos escalões dos ténis. (Só houve apenas seis mulheres archigi na longa história da Fé.) Durante o período em que são acólitos (geralmente três anos), os alunos servem à fé concénziana fazendo tarefas domésticas para os ténis e também começam a aprender os cânticos e a disciplina mental necessária para o Ilmodo, a manipulação da energia do universo. Normalmente, apenas cinco por cento ou menos dos acólitos receberão a Marca do Téni. Há escolas para acólitos em todas as grandes cidades de Nessântico, cada uma presidida pelo a'téni da região.

E'téni: o mais baixo escalão dos ténis que servem à Fé. Os acólitos que recebem a Marca tornam-se, com raríssimas exceções, e'téni, o que indica que possuem uma pequena habilidade com o Ilmodo. A essa altura, eles geralmente recebem tarefas domésticas que exigem a magia de Cénzi, como acender os postes da cidade. Espera-se que eles ampliem suas habilidades e demonstrem um controle crescente do Ilmodo.

O'téni: um e'téni é promovido a o'téni geralmente depois de um a cinco anos de serviço, quando são colocados à disposição de um dos templos para gerenciar as necessidades da comunidade ou tornam-se responsáveis por uma das indústrias movidas pelo poder dos ténis dentro da cidade. Esse é o escalão onde a maioria dos ténis encerra a carreira. Apenas uns poucos seletos serão promovidos a u'ténis.

U'téni: os u'ténis agem diretamente em nome do a'téni da região. Um u'téni é geralmente responsável por gerenciar um dos templos da cidade e supervisionar as atividades dos o'ténis deste templo.

A'téni: o mais alto escalão da Fé, com a exceção do archigos. Cada um dos a'ténis é responsável por uma região ao redor de uma das grandes cidades dos Domínios, onde geralmente detêm enorme poder e influência sobre os líderes políticos e cidadãos. Às vezes, essa relação é litigiosa; mas, na maioria das vezes é neutra e mutualmente benéfica. No ano do jubileu da kraljica Marguerite, há 23 a'ténis na Fé, um aumento de três desde a época em que ela ascendeu ao trono. Geralmente, quanto maior e mais influente for a cidade em que têm base, maior será a influência dos a'ténis dentro da Fé.

Archigos: o líder da Fé. Este não é necessariamente um cargo eletivo. Geralmente, o archigos aponta o seu sucessor entre os a'ténis ou até mesmo um u'téni favorito. No entanto, na prática, houve "golpes" dentro da Concénzia onde o archigos morreu antes de apontar um sucessor ou o sucessor teve seu direito de assumir o cargo contestado, algumas vezes de maneira violenta. Quando isso acontece, os a'ténis que almejam o posto de archigos são trancados em uma sala especial dentro do Templo do Archigos para reunir o Colégio A'téni. O que acontece lá dentro é assunto de muita especulação e debate. Um deles, no entanto, surgirá como archigos.

A criação de Cénzi:

No começo de tudo, havia apenas Vucta, a Grande Noite, a essência feminina sem olhos que sempre existiu, que vagava solitária pelo nada do universo. Embora Vucta não pudesse ver as estrelas, ela era capaz de perceber seu calor e, quando sentia frio, Vucta aproximava-se das estrelas e ali ficava por um tempo. Foi perto de uma estrela que ela descobriu algo que nunca conhecera antes: um mundo, um local feito de rochas e água. Vucta permaneceu ali por um tempo, imaginou e sonhou ao andar nesse estranho lugar, tocou em tudo para perceber suas formas e ouviu o vento e as ondas baterem no litoral, sentiu a chuva, a neve e o toque das nuvens. Vucta torceu para que nesse estranho lugar perto da estrela, pudesse haver um ser semelhante a ela, mas ainda não havia animais aqui, nem árvores, nem nada que vivesse.

Enquanto Vucta andava pelo mundo, filetes de seus pensamentos oníricos envolveram seu corpo como uma bruma, uniram-se e enrijeceram-se até finalmente ficarem pesados por conta do próprio volume. Os pensamentos oníricos começaram a tomar a forma de uma mortalha branca em volta de Vucta, que se tornou mais comprida e substancial conforme ela andava, a mortalha ganhou cada vez mais peso até que a parte mais pesada caiu no chão e esbarrou em uma rocha. Sem olhos, Vucta não conseguiu enxergar isso. Ela continuou andando e pensando, transbordando pensamentos oníricos que agora ficavam parados onde caíam, esticavam-se e afinavam-se à medida que Vucta afastava-se do ponto onde caíam. Na verdade, ela já estava ficando cansada desse lugar e de sua busca. Como desejava o calor de outro sol, Vucta pulou para longe do mundo, e a mortalha de pensamentos oníricos desprendeu-se quando ela foi embora.

Os pensamentos oníricos de Vucta ficaram ali, todos se aglutinando, e quando o sol brilhou no primeiro dia após a partida de Vucta, surgiu uma forma igual a ela, encolhida no chão. No segundo dia, a luz do sol agitou os pensamentos oníricos, e a forma mexeu braços e pernas, embora não tivesse consciência de si mesma. Os pensamentos oníricos eram os anseios de Vucta reunidos em sua cabeça e, a partir do desejo de Vucta de conhecer o lugar por onde ela andava, eles criaram olhos no rosto.

No terceiro dia, quando o sol tocou a forma novamente, ela abriu os olhos e enxergou o mundo. "Eu sou Cénzi", disse a criatura, "e este lugar é meu." Ele então se levantou e começou a caminhar...

Este é o início do Toustour, o Conto Supremo. Com o tempo, conforme a história da criação continua, Cénzi sente-se solitário e cria companheiros, os moitidis, feitos a partir do sopro de seu corpo, que ainda continha o grande poder de Vucta. Esses companheiros, por sua vez, imitam seu criador e dão origem a todas as criaturas vivas da terra: plantas e animais, incluindo os humanos. Os sopros dos moitidis eram fracos, e, portanto, suas criações saíram imperfeitas. Mas o sopro de Cénzi e os sopros mais fracos dos moitidis permearam a atmosfera e tornaram-se o Ilmodo, que os humanos conseguiram aprender a moldar através de reza, devoção a Cénzi e intenso estudo.

No entanto, o relacionamento entre Cénzi e sua prole sempre foi litigioso, marcado por conflitos e inveja. Cénzi fez leis para suas criações seguirem, mas, com o tempo, os moitidis começaram a mudar e ignorar essas leis, e vangloriaram-se em relação a Cénzi. Cénzi ficou furioso com os moitidis por conta dessas atitudes, mas eles não se arrependeram e começaram a se opor abertamente ao criador. Foi um conflito longo e brutal, e poucas das criaturas vivas sobreviveram ao embate, pois naquele passado havia muitos tipos de criaturas capazes de falar e pensar. A briga entre Cénzi e os moitidis provocou o surgimento de montanhas e vales e moldou o mundo que até então era plano, e com apenas um grande oceano. O golpe final que destruiu a maioria dos moitidis acabou por rachar a própria terra, rompeu a superfície e criou uma grande fenda onde o Strettosei fluiria.

Após esse imenso golpe que sacudiu o mundo inteiro, os poucos moitidis que sobreviveram fugiram e esconderam-se, encolhidos de medo. Cénzi, porém, ficou atormentado pelo acontecido e quis encontrar Vucta, para conversar com ela, cujos pensamentos oníricos o formaram. Apenas uma única espécie falante e pensante sobrou entre todos os netos de Cénzi, e ele fez esta promessa para eles, nossos próprios ancestrais: que, se permanecessem fiéis, Cénzi sempre os ouviria e mandaria seu poder para eles, e que um dia Cénzi voltaria aqui e ficaria com eles para sempre.

Feita essa promessa, Cénzi saiu do mundo para perambular pela noite entre as estrelas.

Na visão da fé concénziana, Cénzi é o único Deus digno de devoção (os estudiosos concénzianos consideram Vucta mais como um espírito onipresente do que uma entidade) e são as Suas leis, feitas para os moitidis, que a Fé compilou e agora segue. Os deuses cultuados por outras religiões dentro e fora dos Domínios são os covardes moitidis que saíram do esconderijo quando

Cénzi foi embora e que enganaram seus devotos para que eles pensassem que eram deuses de verdade. Os moitidis sobreviventes permanecem sentindo um medo mortal do retorno de Cénzi e fogem sempre que os pensamentos Dele voltam-se para esse mundo, o que acontece quando os fiéis rezam bastante, segundo dizem.

A verdade disso é demonstrada pelo fato de que as leis da humanidade, onde quer que as pessoas morem ou a quem elas cultuem, são parecidas em essência, porque todas partiram dos princípios originais de Cénzi.

A Divolonté:

Um amplo conjunto de regras e regulamentos que rege a fé concénziana, em sua maioria derivado do Toustour. No entanto, a Divolonté tem uma origem secular, foi criada e ampliada por vários archigi e a'ténis através dos séculos, enquanto o Toustour é considerado como derivado das próprias palavras de Cénzi. A Divolonté também é um documento dinâmico, que passa por uma evolução lenta e contínua sob os auspícios do archigos e dos a'ténis. Muitos de seus preceitos e instruções são um tanto arcaicos e são ignorados ou até mesmo esnobados pela Fé atual. No entanto, é a Divolonté que os conservadores da fé concénziana citam quando olham para a ameaça de outras crenças, como aquela dos numetodos.

~ ENTRE OS LIVROS ~

ANO 521 (os eventos de *O Trono do Sol — A Magia da Alvorada*): este é o ano do jubileu da kraljica Marguerite. Sob o meio século de seu reinado, Nessântico prosperou. No entanto, na primavera, a kraljica Marguerite é assassinada. O kraljiki Justi (filho dela) assume o Trono do Sol. O archigos Dhosti morre; o archigos Orlandi torna-se o líder da fé concénziana. O hïrzg Jan lidera o exército de Firenzcia pelos Domínios adentro, com a intenção de tomar Nessântico. A archigos Ana torna-se a líder da fé concénziana depois que o archigos Orlandi deserta para o lado do hïrzg Jan em Passe a'Fiume. As forças firenzcianas atacam Nessântico. Allesandra, filha do hïrzg Jan de Firenzcia, torna-se refém da archigos Ana e do kraljiki Justi. As forças firenzcianas recuam.

522: Orlandi declara-se formalmente archigos em Brezno; a fé concénziana está rachada. Nasce Fynn, filho do hïrzg Jan e Greta ca'Vörl. O hïrzg Jan recusa-se a pagar resgate por Allesandra e declara a independência de Firenzcia dos Domínios. Semini co'Kohnle casa-se com Francesca ca'Cellibrecca, filha de Orlandi.

523: O enviado Karl ci'Vliomani da Ilha de Paeti é promovido a embaixador e recebe o status de co'. A influência dos numetodos começa a crescer dentro dos Domínios. Sesemora separa-se dos Domínios e alia-se com Firenzcia; é o primeiro país dentro do que será conhecido como a Coalizão de Firenzcia. A hïrzgina Greta ca'Vörl morre sob circunstâncias "suspeitas"; a seita dos numetodos é apontada como culpada.

524: Miscoli e Magyaria Oriental juntam-se à separação de Sesemora e entram na Coalizão de Firenzcia. Uma guerra é declarada entre os dois Domínios rivais, que irá se arrastar por anos sem uma vitória decisiva de qualquer um dos lados. As divisões oriental e ocidental da fé concénziana declaram uma à outra herege e inválida.

525: O kraljiki Justi casa-se com Marie ca'Dakwi de Il Trebbio, filha do atual ta'mila (governante local) de Il Trebbio. Justi assume o sobrenome ca'Dakwi (como é o certo e o esperado na sociedade deles). O archigos Orlandi de Brezno morre de causas naturais. O a'téni Semini ca'Cellibrecca torna-se o archigos lá.

526: Nasce o primogênito de Justi e Marie. O bebê morre dentro de três meses. O hïrzg Jan declara oficialmente seu filho Fynn como a'hïrzg, o herdeiro do trono. Isso deixa Allesandra no limbo, não sendo mais a herdeira oficial do trono de seu vatarh.

527: Nasce o segundo filho de Justi e Marie, uma menina. Como o irmão, ela morre dentro de três meses.

529: Nasce o terceiro filho de Justi e Marie, outra menina, que recebe o nome de Marguerite. Ela é mais forte que os irmãos e sobrevive. A menina torna-se a'kralj (herdeira).

531: O Tratado de Passe a'Fiume é assinado e encerra as hostilidades entre Nessântico e Firenzcia. Como parte das negociações, Allesandra (agora com 23 anos e tendo vivido quase tanto em Nessântico quanto em Firenzcia) retorna a Firenzcia após o resgate ter sido finalmente pago.

532: Allesandra casa-se com Pauli ca'Xielt da Magyaria Ocidental, filho do gyula (governante local) da Magyaria Ocidental. A Magyaria Ocidental separa-se dos Domínios e entra para a Coalizão de Firenzcia.

533: Nasce o varão de Allesandra e Pauli: Jan. Este será o único filho deles. Há rumores de que há "problemas" no casamento. Em Nessântico, Marie morre ao dar à luz o quarto filho de Justi, outro menino. Embora doentio, Audric sobrevive.

535: Forças nessanticanas avançam ainda mais para o oeste nos Hellins (e também para a Ilha de Paeti, que virão a controlar).

537: A febre do sul ressurge nas cidades. Marguerite ca'Dakwi, de férias em Namarro, pega a doença e morre. Audric torna-se o a'kralj em seu lugar.

540: O comandante das forças dos Domínios nos Hellins, Petrus ca'Helfier, é morto por um ocidental após ca'Helfier ter "estuprado" a filha de um ocidental ou os dois terem se apaixonado (a verdade aqui provavelmente jamais será conhecida). O novo comandante, Donatien ca'Sibelli, captura o assassino à força e o executa sem julgamento; os ocidentais protestam. Agravam-se as retaliações, e subitamente há uma guerra aberta. O comandante ca'Sibelli descobre que há novas forças com os ocidentais: soldados com rostos tatuados e feiticeiros com habilidades que são páreo para aquelas dos ténis. Na Coalizão, o a'hïrzg Fynn, agora com 18 anos, é bem-sucedido ao liderar o exército firenzciano contra Tennshah e toma terras a leste para a Coalizão de Firenzcia.

542: Ocorrem ataques dos ocidentais dentro da fronteira dos Hellins. A magia usada pelos ocidentais demonstra ser formidável. Eles vencem uma batalha em larga escala contra as forças dos Domínios nos Hellins. As cidades em torno dos lagos Malik e Udar são perdidas, assim como o controle da fronteira ocidental. Os Domínios dos Hellins são reduzidos a estreitas faixas de terra em volta das cidades de Tobarro e Munereo.

543: O hïrzg Jan sofre um ataque cardíaco. Sua saúde entra em um lento e estável declínio.

544: Justi, ao perceber que está morrendo, nomeia Sergei ca'Rudka como sua escolha para regente até que Audric atinja a maioridade aos 16 anos. O kraljiki Justi morre, e Audric torna-se kraljiki aos 11 anos.

548: Começa *A Magia do Anoitecer.*

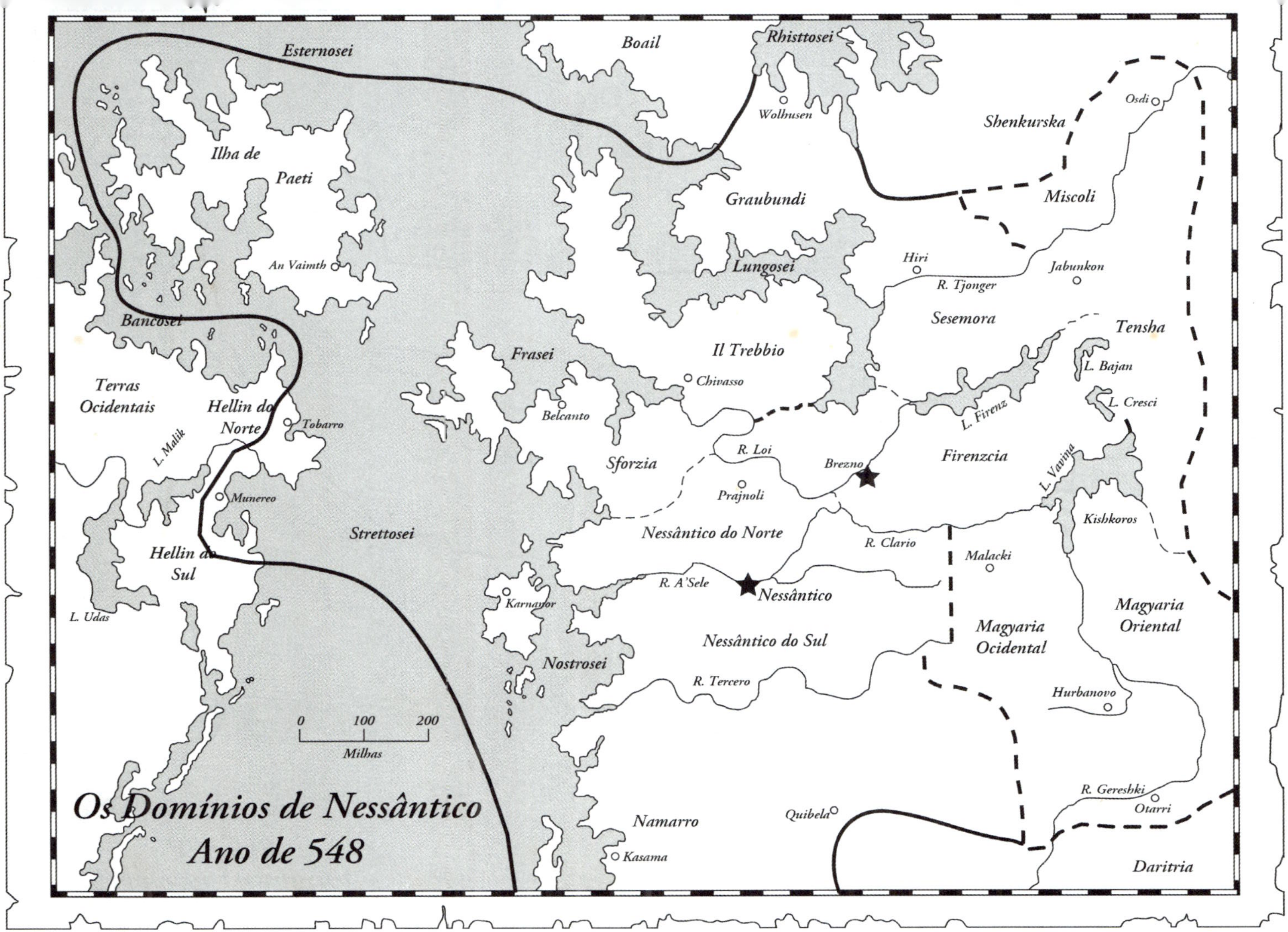

Os Domínios de Nessântico
Ano de 548
Esternosei
Boail
Rhisttosei
Wolhusen
Shenkurska
Osdi
Miscoli
Ilha de Paeti
An Vaimth
Graubundi
Lungosei
Hiri
R. Tjonger
Jabunkon
Sesemora
Tensha
L. Bajan
L. Cresci
Bancosei
Frasei
Il Trebbio
Chivasso
Terras Ocidentais
Hellin do Norte
Tobarro
Belcanto
L. Malik
L. Firenz
Sforzia
R. Loi
Brezno
Firenzcia
L. Vavina
Munereo
Prajnoli
Kishkoros
Strettosei
Nessântico do Norte
R. Clario
Malacki
Hellin do Sul
R. A'Sele
Nessântico
Karnavor
L. Udas
Magyaria Oriental
Magyaria Ocidental
Nessântico do Sul
Nostrosei
R. Tercero
Hurbanovo
0
100
200
Milhas
R. Gereshki
Otarri
Namarro
Quibela
Kasama
Daritria

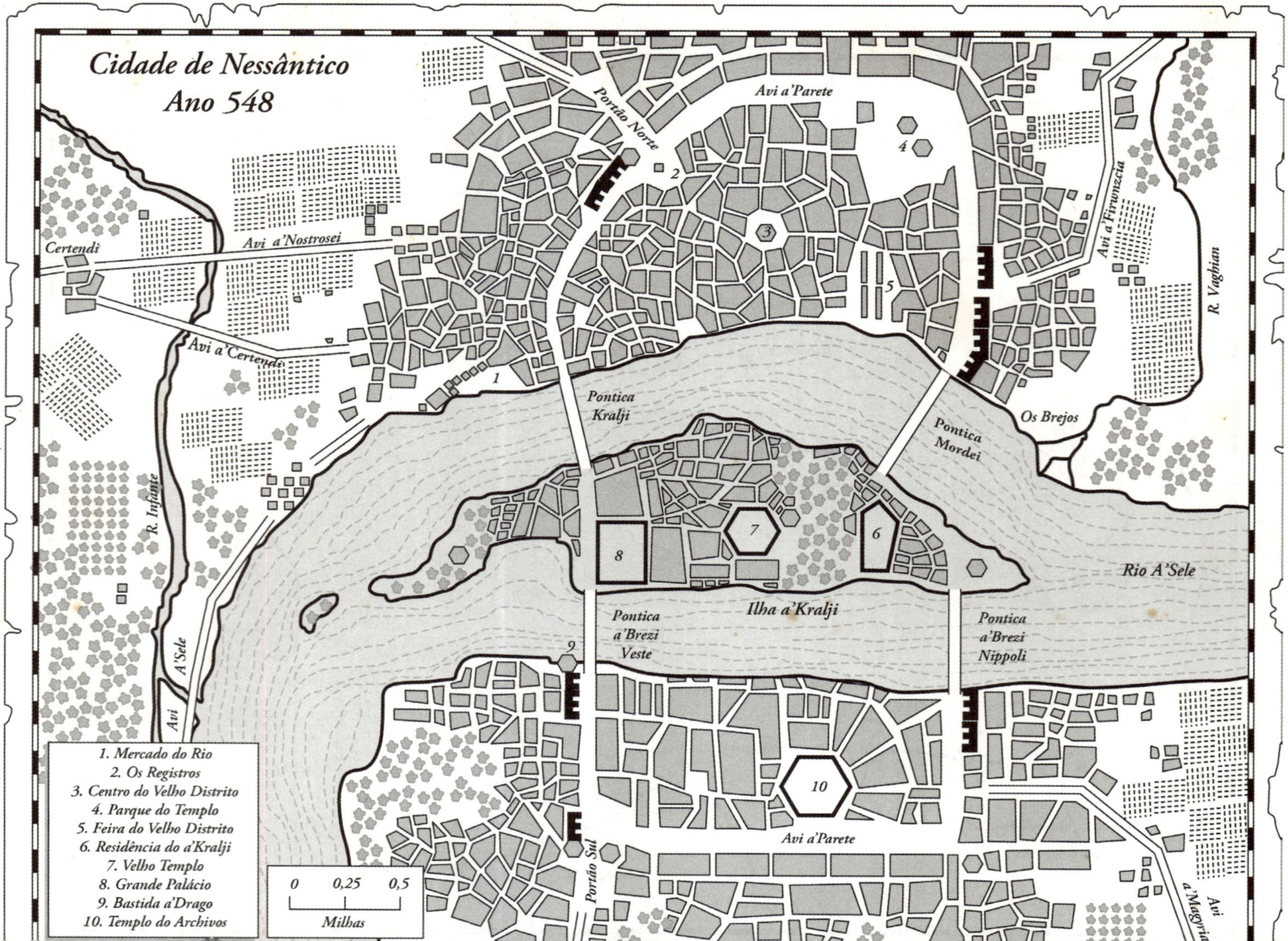

Cidade de Nessântico
Ano 548
Avi a'Parete
Portão Norte
Avi a'Firwnzcia
R. Vaghian
Certendi
Avi a'Nostrosei
Avi a'Certendi
Pontica Kralji
Pontica Mordei
Os Brejos
R. Infante
Rio A'Sele
Ilha a'Kralji
Pontica a'Brezi Veste
Pontica a'Brezi Nippoli
A'Sele
Avi
Portão Sul
Avi a'Magyria
1. Mercado do Rio
2. Os Registros
3. Centro do Velho Distrito
4. Parque do Templo
5. Feira do Velho Distrito
6. Residência do a'Kralji
7. Velho Templo
8. Grande Palácio
9. Bastida a'Drago
10. Templo do Archivos
0 0,25 0,5
Milhas